Ulla Hahn
AUFBRUCH

Ulla Hahn
AUFBRUCH

Roman

Deutsche Verlags-Anstalt

»… Genk âne wek   »… Geh ohne Weg
den smalen stek …«   den schmalen Steg …«
Volkslied aus dem 14. Jahrhundert
Meister Eckhart zugeschrieben

»Schreibe, was du siehst und hörst!«
Scivias von Hildegard von Bingen

LOMMER JONN, hatte der Großvater gesagt, lasst uns gehen!, in die Luft gegriffen und sie zwischen den Fingern gerieben. War sie schon dick genug zum Säen, dünn genug zum Ernten? Wie freudig war ich ihm alle Mal gefolgt, das Weidenkörbchen mit den Hasenbroten in der einen, den Bruder an der anderen Hand. Aus dem kleinen Haus in der Altstraße 2, wo die Großmutter regierte und der liebe Gott, der Vater op de Fabrik ging und die Mutter putzen, zogen wir vorbei an Rathaus, Schinderturm, Kirchberg, durch Rüben-, Kohl- und Porreefelder an den Rhein, ans Wasser. Dorthin, wo keine Großmutter Gott und Teufel beschwor, kein Vater drohte, keine Mutter knurrte, wo ich mich losriss von der Hand des Großvaters und loslief, auf und davon und weit hinein ins Leben, durch Kindergarten und Volksschule, Mittelschule und erste Liebe, eine Lehrstelle auf der Pappenfabrik, die Flucht in den Alkohol und die Erlösung daraus. War Beichtkind, Kommunionkind, Firmling gewesen, hatte mich von Hildegard in Hilla umgetauft, mir das schöne Sprechen beigebracht, das Essen mit Messer und Gabel.

Lommer jonn, hätte der Großvater an einem Tag wie heute gesagt, frostklare Sonne, ein krisper Wind, ventus, venti, masculinum, ich hatte die Zeit seit der Kündigung meiner Lehrstelle genutzt, carpe diem, hatte mein Pensum intus, mit der Sprache, der lingua Gottes, auf tu und du. Ich hatte die Prüfung bestanden. Das Aufbaugymnasium erwartete mich. Das Wilhelm-von-Humboldt-Aufbaugymnasium.

Lommer jonn, hätte er gesagt, und ich wickelte mich in Mütze und Schal, machte mich auf, an den Rhein, ans Wasser, dorthin, wo die Wellen mir mein erstes Buch vor die Füße gespült hatten, einen weißen, von grauen und schwarzen Linien geäderten Kiesel. Der Stein ist beschrieben!, hatte das kleine Mädchen gejauchzt. Beinah wie das Schreibheft der Cousinen, die Zeilen im Märchenbuch der Schwester im Kindergarten.

Ich zog die Mütze fester über die Ohren. »Verjess de Heische˙ nit!«, rief mir die Mutter nach, »komm nit ze spät noh Huus, denk an morjen!« Hinter mir fiel das Gartentor ins Schloss, ich vergrub die Hände in den Manteltaschen. Da war er, der Stein, den der Großvater lange in der Hand gewogen hatte, da waren sie wieder, seine lieben Großvateraugen, die nachdenklich abwechselnd mich, dann den Stein betrachtet hatten. Und da war sein warmes, dunkles Großvaterbrummen, das sich so friedfertig abhob von den schrillen Stimmen der Mutter, der Großmutter, den knappen, widerwilligen Sätzen des Vaters.

Es gab einmal, hatte der Großvater damals erklärt, einen Stein, der alles verwandelt. Er leuchtete im Dunkeln und im Hellen. Als er aber auf die Erde gefallen sei, vor vielen Millionen Jahren, gleich nachdem Gott Himmel und Erde erschaffen habe, seien tausend und abertausend Steinchen abgesplittert und hätten sich über unsere Welt verstreut. Sie alle enthielten nun winzige Bruchteile dieses Himmelssteins. Dies seien die Buchsteine, de Boochsteen. Wer diese Splitter finde, sei selbst ein Licht und leuchte in der Welt. Sei gut und schön und ein Mensch, den alle lieben. Schon das kleinste Teilchen des Steins mache die Menschen selber gut und schön.

Ich rollte den Stein in meiner Handfläche. Die Geschichte vom Pückelsche stand da noch immer. Pückelsche, hatte der Großvater uns aus dem Buchstein vorgelesen, ein kleiner Junge, aus dessen Buckel sich Flügel entfalteten, wann immer es nottat. Kälte spannte meine Lippen, die sich zu einem Lächeln verzogen und den Großvater grüßten, aber auch die kleine Hildegard, das kleine Mädchen, das ich einmal gewesen war. Ich ballte die Faust um den Stein. Unermüdlich hatte ich damals mit dem

˙ Handschuhe

Bruder Buchsteine gesammelt, ihm aus den Steinen die Welt erklärt; das Geheimnis von Großvaters Wutstein verraten. Hatte man sich über einen Menschen so richtig geärgert, konnte sich aber nicht wehren, musste man nur einen dunklen, dreckigen Stein in die Hand nehmen, ihn ansehen und an nichts anderes denken als an den Bösewicht und die eigene Wut. So lange, bis das fiese Gesicht aus dem Stein heraufstieg. Dann weg damit, in den Rhein. Mit sich herumschleppen durfte man Wutsteine nie, sie gehörten ins Wasser.

Wie viele Steine hatte ich seither aufgelesen, immer neue Gesichter im Wutstein ertränkt. Dass ich mehr als einmal dem Stein mitten ins Gesicht gespuckt hatte, erlebte der Großvater nicht mehr. Auch nicht, dass ich vor noch gar nicht langer Zeit einen letzten Wutstein zusammen mit den letzten Fläschchen Underberg und einer Flasche Schnaps versenkt hatte. Kurz nach Beginn meines ersten Schuljahrs auf der Realschule war der Großvater gestorben.

Vorbei an Rathaus und Gänsemännchenbrunnen ging ich die Dorfstraße hinauf. In den Vorgärten krümmten sich schwarzgefrorene Stauden. Nadelnde Tannenbäume, im ärmlichen Schmuck vergessener Lamettafäden, warteten auf die Müllabfuhr. Dreikönigstag war vorüber; unser Baum schon zu Brennholz zerhackt. Die Straße lag winterstill, der Asphalt hie und da gerissen vom Frost. Nur ein paar Frauen, vermummt in Mützen, Schals und Tücher, huschten aus Metzger- und Bäckerläden nach Hause. Morgen, hätte ich ihnen am liebsten entgegengeschrien, geht das Leben weiter, vorbei die Zeit von Debit und Kredit, vorbei die Ohnmacht des Industriekaufmannsgehilfenlehrlings Hilla Palm vor Stenographie und Schreibmaschine, die Kapitulation vor Soll und Haben. Ich fühlte mich leicht, frei, freigekämpft. Industriekaufmannsgehilfenlehrling – welch ein Ungetüm von Wort, genau passend für das, was sich dahinter verborgen hatte; die bösartige Herrschaft meiner Lehrherrin, die schweißlauen Finger des Prokuristen, meine Flucht in den Alkohol.

Mehr als einen Stein hatte ich für alle gefunden, die mir das Leben schwergemacht hatten, und auch mein Underberg-Gesicht lag auf dem Grunde des Rheins. Für immer. Das hatte ich Rosenbaum geschworen. Und mir.

Rosenbaum, Biologielehrer an der Realschule. Einer meiner Schutzengel. Wie Pastor Kreuzkamp, der mich mit meiner Liebe zum schwarzen Fritz, einer Negerpuppe, vor Eltern und Großmutter in Schutz genommen hatte. Wie die Kinderschwester Aniana, die nicht müde geworden war, der Mutter von meinem reinen Herzen zu erzählen. Wie Lehrer Mohren mit seinem »Steh auf«, als ich nicht aufstand mit denen, die auf Gymnasien und Realschule gehen wollten. Und Friedel, die mir siebzehn alte Brockhausbände geschenkt hatte. Sie alle hatten bei mir einen Stein auf dem Brett, hinter den Büchern versteckt; auf dem Regal in meiner Zuflucht, dem Holzstall, meinem eigenen Reich. Ein Tisch, ein Stuhl, ein Bücherbrett.

Dem I-Dötzchen Hildegard hatte der Großvater einen Stein geschenkt, darauf mit goldenen Lettern ihr Name. Genauso hatte ich jedem meiner Schutzengel ein Denkmal auf Stein geschrieben.

Der Schindertum lag schon hinter mir, vor mir der Turm der Georgskirche, ein gedrungenes Rechteck, nach dem Krieg nicht wieder zu schlanker Höhe aufgebaut. Kreuzkamp, Mohren, Rosenbaum: Ohne sie liefe ich heute nicht hier durch die Straßen, säße vielmehr bei Steno und Schreibmaschine in einem vollgequalmten Büro. Gemeinsam waren der Pastor und die beiden Lehrer – wie die Heiligen Drei Könige, hatte der Bruder gespottet – in der Altstraße aufgetaucht. Ihrer Übermacht war der Vater, war sein Nein zum Gymnasium für ein Mädchen, nicht gewachsen. Wie verloren hatte er am Ende den dreien gegenübergesessen.

Mit kurzen, schnellen Schritten kam ich rasch vorwärts, die Eisen, vom Vater unter die Sohlen geschlagen, klapperten wie aufgeregte Ponyhufe auf das steinerne Pflaster. Ganz so war ich vor Jahren an einem eisigen Tag wie diesem an den Rhein gerannt, Sigismund entgegen. Eisschollen knirschten, als wir im ersten Kuss zusammenfroren. Sommermöwen kreischten, als ich sein Gesicht mit den kleinen roten Ohren in unzähligen Wutsteinen versenkte. Die Tochter des Fabrikbesitzers Maternus, für den ich in den Schulferien Pillen packte, passte wohl besser zum Sohn des höheren Angestellten als die Tochter vom Hilfsarbeiter Palm.

Nie wieder verliebt, hatte ich mir damals geschworen, froh, »mein Kapital«, wie Mutter, Tante und Cousinen den Zustand jungfräulicher Unversehrtheit nannten, nicht an einen Unwürdigen verschleudert zu haben. »Dat is ding Kapital« – und das sollte es auch bleiben. »Mir han nix zu verschenke.«

Vom Kirchturm schlug es zweimal. Halb drei, die Sonne sank früh. Über Feldern und Wiesen lag dünngestäubter Schnee, feine glitzernde Flocken, das Eis in den Pfützen zersprungen. Kaum Wind strich durch Pappeln und Weiden, die harten Zweige standen starr, grau wie Schotter das Schilf. Still war es, still. Wie ein entferntes Echo knackte der Frost im Schilf. Und dann lag sie endlich vor mir, die dunkel funkelnde Wasserbahn, mein Wassermann: Sorgenschlucker, Trauertröster, Wutverschlinger, mein treuer Vagabund, mein verlässlicher Stromer, mein Rhein.

In meiner Manteltasche war es warm zwischen Hand und Stein, als führte der Großvater mich hin zu unserer Weide, wo wir im Sommer so oft eine Decke ausgebreitet, gespielt und geträumt hatten. Der Rhein, das Wasser, die Steine. Die Großvaterweide. Dä Rhing, dat Wasser, de Steen. Alles war, wie es sein sollte.

Schneewolken zogen heran, schoben sich vor die Sonne, es wurde rasch dunkel. Kein Mensch in Sicht. Bis auf einen. Auf dem eisharten, steinigen Ufer holperte ein Fahrrad langsam näher, darauf ein klobig verpacktes Rechteck mit Mützenkopf, den Schal über Mund und Nase. Der Bruder hatte mich aufgespürt. Ein guter Schüler auch er, war für ihn der Übergang aufs Gymnasium, das Möhlerather Schlossgymnasium, leicht gewesen; er war ein Junge, und die Patentante, eine Schwester des Vaters, bezahlte das Schulgeld. Sie hatte den elterlichen Bauernhof übernommen und mit dem Verkauf der Felder als Bauland jet an de Föß. Sie hatte Geld.

Welch eine Freude hatte es Bertram in den vergangenen Monaten gemacht, mir, der älteren Schwester, die sonst immer alles besser wusste, Latein beizubringen. Reines Spiel war es für uns beide, unsere Welt in der Sprache Gottes neu zu erschaffen, Dinge unseres Alltags, von denen sich die alten Römer nichts hatten träumen lassen, in deren Kosmos zu entrücken. Ein Kilometerzähler wurde zum chiliometrorum mensura, der Stromausfall zum fluoris electrici abruptio, und der Kölner FC schoss: porta! Toor!

Mühsam brachte Bertram das Fahrrad auf dem glattgefrorenen Sand zum Halten, rappelte sich über Sattel und Querstange und wischte den Schal von Mund und Nase. Seine Hände steckten in roten Fäustlingen, auf dem Rücken eingestrickt ein weißer, angeschmuddelter Schneestern.

»Amo, amas, amat! Dacht ich mir doch, dass ich dich hier finde«, stieß er aus kältesteifen Lippen in die Luft, die ihm sekundenlang in kurzen weißen Wölkchen vorm Mund stehen blieb.

»Amamus, amatis, amant«, erwiderte ich. »Ja, wo soll ich denn sonst sein?«

Amo, amas, amat – ich liebe, du liebst, er, sie, es liebt. So beginnt ein jedes Studium der Sprache Gottes. Seit unserer ersten gemeinsamen Lateinstunde war dies unsere Losung. Zauberworte, die der Bruder mir zum ersten Mal beim Besuch der Heiligen Drei Könige in der Altstraße zugeflüstert hatte.

Bertrams Gesicht war rotgefroren wie meines, seine braunen Augen, den meinen verwandt; alle anderen in der Familie hatten helle Augen, grün die Mutter, nassblau der Vater, die Großmutter ein altersverschleiertes Grau. Während meine Kleider, meist aus dem Sack des Oberpostdirektors, dessen Tochter in meinem Alter war, immer schlotternd an mir herunterhingen, doppelt gesäumt, hinten gerafft, in der Taille geschoppt – oh, wie hasste ich den Ausdruck für diesen Handgriff geübter Verkäuferinnen, wenn sie kleingewachsenen Menschen weismachen wollten, der Rock, unter den Hüften hängend, sitze exakt in der Taille –, während ich also geschoppt und gerafft in Wohltätigkeitsspenden einherging, stammte die Kleidung des Bruders von C&A, neugekauft, sah jedoch binnen kurzem wie eingelaufen aus. Dann musste er warten, bis die Mutter ausrief: »Alles ald widder ze spack!«*, und eine Reise nach Köln fällig wurde. In diesem Winter hatte er wieder einmal ne Schoss jedonn, einen Schuss getan, aber für einen neuen Anorak hatte es nicht gereicht. Bertram stak in der wattierten Jacke wie in einer Gießkanne mit zwei Tüllen. Nur an Mützen hatten wir keinen Mangel. Tante Berta, die ältere Schwester der Mutter, versorgte damit höchstselbst die gesamte Familie, und niemand, nicht einmal ihre resolute Tochter Hanni, wagte es, die tütenförmigen Eins-rechts-eins-links-Gebilde gegen modischere Kopfbedeckungen zu vertauschen.

»Freust du dich denn auch?« Bertram schickte unseren Atemschiffchen noch ein paar hinterher.

»Na klar!«

»Ja, wenn jetzt der Opa hier wär!« Bertram ruckte einen Fäustling mit den Zähnen herunter. Öffnete seine schmalgefrorene Jungenhand, darin ein runder, flacher Kiesel, zwei rote Punkte am oberen Rand, darunter ein in Richtung der Punkte geschwungener Halbkreis. Der Stein lachte mich an.

»Da, nimm«, lachte der Bruder. »Er ist sogar noch ein bisschen warm. Lapis risus. Lachstein. Direkt aus dem Forum Romanum.«

»Tibi gratias, frater! Mensch, Bertram!« Ich griff nach seinem Arm, fasste eiskaltes Nylon mit bloßen Händen, es brannte.

»Hilla«, Bertram legte den Stein in meine Hand, »wo sind denn deine Handschuhe?«

»Vergessen.«

* Alles schon wieder zu eng!

»Hier, nimm meine.«
»Die brauchst du doch auf dem Fahrrad. Ich hab tiefe Taschen. Hier.« Ich zog auch die andere Hand aus der Tasche und nahm die Hand des Bruders in die meinen. Dazwischen der Lachstein.

»Ich dachte mir«, hob Bertram an, und ich erkannte am Tonfall, dass er es ernst meinte, »also, ich hab mir gedacht, einen Wutstein hat man ja nicht immer zur Hand, aber den Lachstein, den kannst du überall mit hinnehmen. Und dann ist er bei dir, auch wenn dir mal nicht zum Lachen ist. Und dann denkst du an den Opa. Und an mich.«

»Aber nur, wenn dir vorher nicht die Hände abfrieren. Keine Widerrede.« Bedächtig streifte ich dem Bruder den Fäustling über die Hand, die sich in meiner ein wenig erwärmt hatte. »Jetzt aber ab nach Hause. Oder brauchst du noch einen Wutstein?«

»Eher einen Stein der Weisen«, grinste Bertram. »Morgen geht es gleich mit Mathe los.«

»Owei«, seufzte ich. »So viele Steine könnt ich gar nicht mit mir rumschleppen, wie ich für Mathe bräuchte.«

»Denk an den Lachstein.« Bertram wischte sich die Nase. Überzeugend klang er nicht.

Ein Stück weit schob er das Fahrrad neben mir her, dann schraubte er sich auf den Sattel und rumpelte davon; sein Tischtennispartner wartete schon.

Rechts den Buchstein, links den Lachstein in der Tasche wurde mir der Heimweg leicht. In der Dämmerung schien es wärmer zu werden. Warum hielt ich die Steine eigentlich so getrennt? Ich steckte sie in eine Tasche, lapis ridens zu lapis librorum, wo sie sich rieben, stießen, sirrten. Ich stupste sie zusammen, ließ sie klimpern, klickern, Lachstein und Buchstein kicherten sich eins. Natürlich. Lachstein erzählte Buchstein einen Witz.

Die Großmutter hatte schon Feuer gemacht, war pünktlich wie jeden Morgen ins Kapellchen beim Krankenhaus zur Frühmesse aufgebrochen, Vater und Bruder schliefen noch, als ich an diesem ersten Schultag in die Küche kam. Die Mutter war nirgends zu entdecken, hatte aber ein Käsebrötchen aufs Brettchen gelegt, ein zweites in Cellophanpapier lag daneben. Brötchen, die es sonst nur sonntags gab! Aufgehoben, extra für mich! Lächelnd nickte ich hinauf zum Christuskreuz, das der Großvater geschnitzt hatte, und machte die Haustür leise hinter mir zu.

Niemand stieg an der Pappenfabrik aus. Zu früh fürs Büro, für die Frühschicht zu spät. Doch solange ich bei ausgerenktem, rückwärtsgedrehtem Hals die beiden rußschwarzen Schornsteine noch im Blick hatte, durfte sich meine Zungenspitze zwischen meine Lippen drängen, im Triumph, hier nicht aussteigen zu müssen; nie mehr hier aussteigen zu müssen, nie wieder überquellende Aschenbecher und ab vor ad und 22. nach 21., nie mehr verstohlene Blicke auf nicht vorrücken wollende Uhrzeiger, nie mehr Sehr geehrte Herren und Prokuristenhände wie feuchte Lappen im Nacken.

Ich dachte an Rosenbaum, und wie er mich vom Alkohol zurück in die Wahrheit der Wörter gerettet hatte. Kurz nachdem er mit Pastor Kreuzkamp und Lehrer Mohren für mich gekämpft hatte, war er mit seiner Frau nach Israel gezogen, zu seinem Sohn. Den Brief aus dem Kibbuz hatte ich wieder und wieder gelesen, so, wie früher *Die kleine Meerjungfrau*. Ich kannte ihn auswendig.

»Glaub daran, dass Du wirklich das bist, was du fühlst zu sein«, hatte Rosenbaum geschrieben. »Trau Deiner inneren Sicherheit, egal, wie andere Dich sehen, oder was andere wünschen, was aus Dir werden soll. Du kannst Dich Dir selbst erzählen. Du bist Deine Geschichte. Lass nicht zu, dass andere Deine Geschichte schreiben. Folge Deiner Phantasie. Aber folge ihr mit Vernunft.

Lerne zu schweigen. Schweigen ist Macht. Behandelt man Dich ungerecht, beleidigt man Dich, sag kein Wort, schau sie nur an – und denke. Denke, was Du willst! Lass Dich nicht hinreißen. Es gibt nichts Stärkeres als Wut – außer der Kraft, die sie zurückhält, die ist stärker.«

Mit wem der Lehrer sprach, mit sich, mit mir, mit keinem und jedem, das war nicht herauszulesen. Ich nahm den Brief als sein Vermächtnis. Was der Großvater mir mit meinem Namen in goldenen Lettern auf einem Stein hatte mitteilen wollen, suchte Rosenbaum in Wörter zu übersetzen. Die Botschaft war dieselbe.

Im spiegelnden Fenster der Straßenbahn sah ich mein Gesicht, die Dunkelheit draußen nur hin und wieder von fernen Lichtpunkten unterbrochen. Erst in Hölldorf waren Häuser zu erkennen, hier und da schon helle Fenster, die Schornsteine der Brauerei, grüne und rote Lampen an den Seilen eines Kahns im Hafen nahe der Haltestelle. Leute stiegen aus, andere, dick vermummt, stiegen zu, dampften weißen Atem, zogen Handschuhe aus, bliesen warme Luft hinein und zogen sie wieder an. Niemand sprach, alle starrten aus dem Fenster oder vor sich hin.

Wie anders war es morgens auf der Fahrt nach Großenfeld zugegangen, wenn wir uns in der Straßenbahn getroffen hatten, Jungen und Mädchen aus Strauberg, Rheinheim, Hölldorf und Dondorf, jeder von uns voller Neuigkeiten, die man sich tuschelnd anvertraute.

Vorbei. Ich seufzte, schob die Mütze zurück und presste meine Stirn gegen die Scheibe.

Auch in diesem Jahr hatte ich Weihnachten ein Alpenveilchen zum Bürgermeister getragen. Es war das siebente. Das erste hatte ich ihm im ersten Realschuljahr auf seine spiegelblanken Lochmusterschuhe fallen lassen – ach, das arme Blümchen, ach, du armes Kind –, hatte ihm diese Pflanze, die wir uns zu Hause nicht leisten konnten, einfach nicht gegönnt. Trotzdem: Auch in den folgenden Jahren wurde ich am zweiten Weihnachtsfeiertag stets mit Blumentopf und Tausenddank für das Schulgeld der Gemeinde in Grebels Villa geschickt. Hatte beobachten können, wie Grebels Frau Walburga immer dicker und gedunsener wurde, während der Bürgermeister zu vertrocknen und zu schrumpfen schien. Dies sei ja nun der letzte Blumengruß und Dank, hatte er gescherzt, bevor ich meine Bürolehre antrat, mir ein Fünf-, statt des üblichen Zwei-Mark-Stücks in die Hand gedrückt und alles Gute für den Ernst des Lebens gewünscht.

Diesem Ernst war ich noch einmal entkommen. Gnädig, wenngleich ein wenig säuerlich lächelnd, hatte der Bürgermeister in diesem Jahr nun wieder sein Alpenveilchen entgegengenommen. Doch verlor er kein Wort darüber, dass ich der Gemeinde erneut auf der Tasche liegen würde; wünschte mir vielmehr wie die Jahre zuvor alles Gute, diesmal für meinen Start als »Jüngerin der Wissenschaft«, und dass ich der Gemeinde weiterhin Ehre machen solle.

Die Straßenbahn schaukelte mich durch das behaglich warme Wohnzimmer des Bürgermeisters, um den Christbaum herum, vom Kamin zu den tropischen Pflanzen im Blumenfenster, schaukelte mich durch die Dunkelheit am Rhein entlang, ich döste, träumte, Endstation Rheinheim.

Kalt war es draußen, schneidend kalt, stockfinster noch immer. Der Bus kam erst in zwanzig Minuten. Kein Wartehäuschen. Kein Unterstand. Ich gesellte mich zu der Menschentraube an der Haltestelle, dichtgedrängt wie die Schafe, nur wagten wir nicht, einander zu berühren. Doch unsere Atemstöße vermischten sich zu einer eisigweißen Wolke, die wie ein feiner Nebel zwischen und über uns lag.

»In der Schweiz«, ließ sich eine Männerstimme nahe dem Haltestellenpfosten vernehmen, »ist sogar der Züricher See zugefroren.«

Ein enormer Ausstoß weißgefrorener Luft unterstrich diesen Befund, den eine kältebebende Frauenstimme mit einem knappen »Der Bodensee auch« verstärkte. Jemand fing an, mit den Füßen aufzustampfen, eine zweite Person tat es der ersten nach, ein Stampfen und Mit-den-Armen-um-sich-Schlagen begann, wir rückten auseinander und wuchsen doch in diesem Stampfen und Schlagen noch näher zusammen. Aus unseren Mündern stiegen die weißen Nebel wunderbar, und wir lachten hinter hochgestellten Kragen einander an.

Der Bus wurde in Rheinheim eingesetzt. Kalt und leer. Einzeln in die Sitze gekauert, fiel unsere Heizgemeinschaft wieder auseinander, jeder zog sich in sich zusammen, machte sich klein, als böte er so der Kälte weniger Angriffsfläche. Ab Ruppersteg wurde der Bus voller, Jungen und junge Männer, meist Schüler, die wie ich zum Gymnasium fuhren. Der Tonfall ihrer Stimmen, die Lässigkeit ihrer Gesten, die bessere Kleidung zeigten, mit welcher Selbstverständlichkeit sie ihren Platz nicht nur im Bus von Ruppersteg nach Riesdorf oder im Franz-Ambach-Gymnasium einnahmen, im ganzen Leben ergriffen sie so von ihren reservierten Plätzen Besitz. Mussten sich weder beeilen noch anstrengen, das Klassenziel zu erreichen. Generationen, oder doch wenigstens die Eltern, hatten längst für eine Erneuerung des Abonnements der ersten Ränge gesorgt. Mein Blick fiel auf einen hochgeschlagenen Kragen, an den Rändern von schwarzem Pelz überlappt. Ich, Hilla Palm, würde es ihnen zeigen, sie bezwingen, meinen Platz in ihrer Abonnementsvorstellung erobern. Ich grinste: Der kurzgeschorene Kopf überm Pelz erinnerte an ein schlachtreifes Karnickel.

»Die Naturgewalt des Lachens ist das allergrößte Wunder«, hatte Rosenbaum in seinem Brief geschrieben. »Der Mensch kann auf seinem Weg alles verlieren: Jugend, Gesundheit, Kraft, Glauben, Gedächtnis, Namen. Bewahrt er sich sein Lachen, bleibt er Mensch. Der Anlass Deines Lachens spielt keine Rolle. Oft fragst Du Dich hinterher, worüber Du eigentlich gelacht hast. Du kannst Dein eigenes Lachen nicht enträtseln. Lachen ist Selbstverteidigung. Durch Lachen überwindest Du, was über Dir steht, stärker ist als Du. Lachen ist Philosophie. Selbstbestätigung. Du kannst in auswegloser Lage sein. Das Lachen drängt von innen herauf und hebt Deine Bürde an. Schützt Deine

Würde. Lachen ist Befreiung.« Ich tastete nach dem Lachstein. Und lachte.

Der Verkehr wurde dichter, eine glitzernde Strecke an erleuchteten Schaufenstern, Neonreklamen vorbei. In Riesdorf stiegen die Gymnasiasten aus, ich reihte mich in die Schülerschar ein, über die Straße, durch den Park, es dämmerte nun, und ich spürte die Blicke, die mich, offenbar das einzige Mädchen, trafen. Kaum hatten wir den Schulhof erreicht, ertönte ein Gong, man ordnete sich klassenweise, nur die Älteren blieben in Gruppen zusammen. Ich schob mich hinter einen Baum.

Kein Lehrer in Sicht. Es gongte zweimal, ein Mann stieß das Portal des Backsteingebäudes auf. Ich trat aus der Deckung, marschierte in meinen Stiefeln aus Seehundsfell durch die Reihen der Schüler dem Mann entgegen, Pfiffe und Anrufe kaum wahrnehmend. Der Mann war auf der oberen Treppenstufe stehen geblieben, so, dass ich hinaufstapfen musste, um ihn, zwei Stufen unter ihm stehend, mit einem Blick wie die Engel im Himmel gen Christus, zu fragen, wo bitte denn die Klasse des Aufbaugymnasiums sei. Drei weitere Schläge tat der Gong, die Schüler setzten sich in Bewegung.

»Halt!«, donnerte der Mann vor mir und hob die Hand am gestreckten Arm, um dem Schwarm Einhalt zu gebieten. Unwillkürlich duckte ich mich, trat – nicht leicht auf einer Treppe – einen Schritt zurück, wäre gestürzt, hätte die Hand mich nicht gepackt und auf den Füßen gehalten. »Aha, Sie sind also das Wunderkind«, sagte er mit freundlichem Spott. »Fest auf beiden Beinen bleiben. Und keinen Schritt zurückweichen! Trotzalledem! Kommen Sie, ich bringe Sie hin.«

Seine Hand, noch immer auf dem Ärmel meines Wintermantels, von Cousine Hanni, zwei Nummern zu groß, drehte mich langsam um. Er trat auf die Stufe neben mich, und so, seine Hand auf meinem Oberarm, gingen, nein, schritten wir die Stufen hinunter, an den glotzenden Schülern vorbei, die sich widerwillig in Richtung Klassenräume bewegten, wartendes Lehrpersonal schon warnend in den Fenstern.

»Fräulein Palm, nehme ich an«, ergriff mein Führer das Wort. »Melzer, Geschichte und Philosophie. Ich habe schon von Ihnen gehört. Na, bei uns haben Sie ja jetzt endlich gut lachen.« Der Lehrer ließ meinen Arm fahren, ging voran und deutete über den Schulhof hinaus: »So, da sehen Sie's schon.« Er blieb stehen. »Da vorne. Und jetzt entschuldigen Sie mich, meine Klasse wartet.«

Vor mir stieg eine langgestreckte, graue Baracke mit kleinen, hellstrahlenden Fenstern wie ein Geisterschiff aus dem Morgendunst. Ich suchte ein Gymnasium. Das Aufbaugymnasium. Doch weit und breit war kein anderes Gebäude zu sehen. Nur ein Sportplatz und die weiten Auen um den Lauf eines Flüsschens.

Vielleicht, dachte ich, zog man sich in der Baracke gerade für den Sportunterricht um; aber in dieser Kälte? Ich schob die Tantenmütze hoch, legte ein Ohr an die Bretterwand. »Quid est«, fragte eine Männerstimme, »in homine ratione divinius?« Ganz klar: Was ist im Menschen göttlicher als seine Vernunft? Die Stimme klang eintönig, gleichmäßig, artikulierte mit äußerster grammatikalischer Genauigkeit, die jede Vorsilbe, Endsilbe, jeden Schlusslaut geradezu zelebrierte, wobei sie keinen Unterschied machte zwischen Haupt- und Nebensätzen, geschweige denn zwischen Vor-, Haupt- und Endsilben, was dem Vortrag etwas Zwingendes, beinah Hypnotisierendes gab. Ich stand gebannt, versuchte zu übersetzen, versuchte zu folgen, vergaß die Kälte über einem gewissen Kritolaus, der in die eine Schale die Güter der Seele, in die andere die des Körpers legt. Was, ja, was hindert ihn, auf der Tüchtigkeit das glücklichste Leben aufzubauen? Ich klinkte die Tür auf, Hitze verschlug mir das Atmen. Runter mit der Mütze, dem Schal, raus aus dem Mantel. Die Innentür ging auf. Der Lateinlehrer. Groß, dürr, knochig; schwarzes, ölig glänzendes Haar fiel ihm in die Stirn, ein breiter, blasser Mund im fahlen Gesicht, später erfuhr ich, sein halber Magen sei wegen Geschwüren herausgeschnitten.

»Salve!«, sagte er und hielt mir einladend die Tür auf.

»Salve!« Verwirrt sah ich den Lehrer an.
»Nomen mihi est Sellmer. Quid est tibi nomen?«[*]
»Vocor Hilla Palm.«[**]
Ich fühlte, wie ich wieder zu Atem kam. Heiß nur noch von den bullernden Heizkörpern.
»Hic quid vis?«,[***] ging das Verhör auf Latein weiter. Ich antwortete, ohne zu zögern. Die Stunden mit dem Bruder und seinen Lateinbüchern am Küchentisch, die Nachmittage im Holzstall mit *Stowasser* und *Nota*, die langen Abende in der Küche über *Atrium Linguae Latinae* mit Fabeln, Sagen, bunten Geschichten aus der Alten Welt, bis im Herd das Feuer ausging, machten sich bezahlt.
»Tiro in chartaria laboravi, Emeritus.«[****] Das hatte ich mir zu Hause zurechtgelegt. »Discam et scholae et vitae«,[*****] antwortete ich, sicher und vergnügt, als hätte ich nie etwas anderes gesprochen als die Sprache Gottes, die Sprache der römischen Dichter und Krieger, die nun die meine werden würde. Klare Fragen, klare Antworten. Subjekt, Objekt, Prädikat. Ich war am Ziel. Das Wilhelm-von-Humboldt-Aufbaugymnasium war eine Baracke; ein Behelfsgebäude. Etwas Vorübergehendes. Was ich hier lernen würde, hatte Bestand. Hatte Bestand gehabt und würde Bestand haben. Plusquamperfekt und Futurum I. Ein Konjunktiv, den ich verwandeln würde in einen Indikativ. Und niemals Futurum II: Es wird Bestand gehabt haben.
»Vos instruam!«, rief Sellmer. »Audite! Vorstellung, bitte!«
»Monika Floraevallis, Monika Blumenthal«, sagte das dunkelhaarige Mädchen neben mir; erklärte, dass sie »in silvae domo«, in Waldheim, wohne, und lächelte mich an. Ihr folg-

[*] Mein Name ist Sellmer. Und wie heißen Sie?
[**] Ich heiße Hilla Palm.
[***] Und was wollen Sie hier?
[****] Ich habe als Lehrling im Büro der Fabrik für Papier und Pappe gearbeitet.
[*****] Ich will für die Schule und das Leben lernen.

ten Anke Sutor und Astrid Faber, klar, Schuhmacher und Handwerker. Anke hieß wirklich so. Astrid hieß Kowalski. Ihr Vater war Werkzeugmacher. Auch der männliche Teil der Klasse wartete mit den merkwürdigsten Familiennamen und Ortschaften auf. Zwar begriff ich, dass es sich um verwegene Übersetzungen handelte, behalten konnte ich fast nichts, außer den Vornamen der Mädchen und den Namen eines großen Blonden, um etliches älter als wir. Nikolaus Opulentus, vulgo Clas Reich, reich an Gütern, Geld und Einfluss – das schien auf ihn zu passen.

Wir waren vierzehn mit mir, der Neuen. Aus weitem Umkreis kamen wir hier zusammen. Angefangen, erfuhr ich später, hatten zweiunddreißig. Zehn Jungen und vier Mädchen saßen wir in Hufeisenform an sieben Zweiertischen.

»Hilla, das meint doch wohl Hildegard?«
Ich nickte.
»Hildegardis also. Und nun zu Palm. Die Palme. In der Antike das Zeichen des Sieges. Im Christentum Symbol für das Leben. Steckt allerhand drin in so einem Dattelkern. Palmes, palmatus, palmetum, palmifer, palmosus, palmula, palmaris«, spulte Sellmer herunter.

»Palmes – der Schössling, der Zweig«, schrieb der Lehrer an die Tafel, »palmatus – mit Palmenzweigen bestickt; palmetum – der Palmenhain; palmosus – palmenreich; palmifer – palmentragend; palmula – 1. das Ruder, 2. die Dattel; palmaris – vorzüglich.«

Der Lehrer setzte die Kreide ab. »Nun, Fräulein Palm?«
»Palmaris!«
»Vorzüglich!«, bestätigte der Lehrer. »Fräulein Hildegard Vorzüglich. Discipula Hildegardis Palmaris. Nomen est omen. Wollen wir hoffen. Sind Sie zufrieden mit diesem Namen?«
Ich nickte. Warum nicht?
»Sie dürfen sich nämlich auch einen Namen erfinden. Das dürfen alle hier. Wie die freigelassenen Sklaven in Rom. Die übernahmen den Namen ihres Herrn. Aber wir leben ja in einer

Demokratie. Also wählen Sie. Oder warten Sie«, Sellmer fasste mich ins Auge, »Ursula zum Beispiel. Was meinen Sie? Oder Stella? Rosa?«
Ursula? Die kleine Bärin. Kam nicht infrage. Auch so ein Name, den die Verwandtschaft, genau wie Hildegard, nicht richtig hätte aussprechen können und in ein Orsela verwandelt hätte. Bestimmt hätte ich mich als Ursula in Ulla umgetauft.
»Petra«, entschied ich. »Petra Leonis.«
Sellmer zog die Brauen zu zwei spitzen Dreiecken hoch. »Stein des Löwen. Zwei wahrhaft königliche Symbole. Der Stein: In der griechischen Sage warfen Deukalion und Pyrrha Steine hinter sich, aus denen ein neues Menschengeschlecht wuchs. Im Christentum Symbol der Standhaftigkeit und Unerschütterlichkeit, siehe Petrus, der Felsenapostel. Nur zwei von vielen Bedeutungen. Und der Löwe? Er steht, kurz gesagt, für das Verschlingende wie für das Siegende. Für Tod und Auferstehung.«
Sellmer zog den Kopf auf die Brust und dehnte die Schultern nach hinten. Auf seinem fahlen Gesicht bildeten sich rote Flecken der Begeisterung. Anders als bei den lateinischen Vorträgen, deren hypnotische Wirkung von ihrer Monotonie herrührte, riss uns, wenn es auf Deutsch um Leben und Literatur seines geliebten Römervolkes ging, seine Begeisterung mit. »Übrigens: Auch in Rom konnte man seinen Namen frei wählen. Aber nur als Mann. Und nur als Mann von Stand. Gaius Iulius Caesar nannte man meist Caesar; aber Augustus' Stiefsohn und Nachfolger Tiberius Claudius Nero war als Tiberius bekannt. Doch nun genug davon.« Sellmer stellte die Beine zusammen, schob die Daumen in die Armlöcher seiner Weste, was seiner schlaksigen Gestalt nolens volens eine Straffheit verlieh, die er seiner verehrten, von allem Firlefanz gereinigten Sprache schuldig zu sein glaubte.
»Saluto vos initio anni novi. Novus annus nobis praebeat: PACEM.« Sellmer ergriff die Kreide und schrieb den Satz an die Tafel. »Discipula Floraevallis!«

»Ich grüße euch am Beginn des neuen Jahres«, übersetzte meine Nachbarin schleppend. »Das neue Jahr bringt uns Frieden.« »Nun, das wollen wir hoffen, discipula Floraevallis. Zunächst aber habe ich es etwas bescheidener beim Konjunktiv belassen, der Wunschform: bringe uns Frieden, das neue Jahr. Ja, es bringe uns Frieden. Und was wird von Ihnen noch weiter gewünscht?«

»Ut feriae longae sint!«[*], strahlte Tim Wottrich, offenbar der Spaßvogel der Klasse.

»Ut valeamus!«[**]

»Portae multae per FC Colonia!«[***] Tim stupste seinen Nachbarn in die Rippen.

»Na, die Tore möchte ich nicht schießen«, lächelte Sellmer. »Ut FC Köln manus pedifollica saepissime follem in portam inferat!«[****]

»Da ist der Ball ja im Gegentor«, feixte Clas. »So lange, wie der braucht.«

Sellmer tat, als habe er nichts gehört. »Und was wünschen Sie sich, discipula Leonis? Müsste übrigens korrekt Leaena heißen, die weibliche Form.«

Ja, was wünschte ich mir für das neue Jahr? Gute Noten. Wie übersetzen? »Omnem honorem, äh, ornamentum...« Mir wurde heiß. »Multos libros bonos!«, schob ich hinterher.

»Ehre und Auszeichnung«, Sellmer deutete ein Lächeln an, »und viele gute Bücher, na dann. Omnia bene eveniant. Viel Erfolg!«

Es kam noch einiges an Wünschen, äh, optationes, zusammen: eine Reise nach Rom, Gottes Segen für das Zweite Vatikanische Konzil, das wünschte sich Alois, genannt Pius, der Fromme, uno

---

[*] Dass die Ferien lang sein mögen!
[**] Dass es uns gut gehen möge!
[***] Viele Tore für den FC Köln!
[****] Dass die Fußballmannschaft des FC Köln den Ball sehr oft ins Tor schießt.

opus sculptile Viennae magnus, das war wieder Clas, der, ungefragt, dennoch für die phantasievolle Übersetzung eines Wiener Schnitzels gelobt wurde, worauf wir dann alle in Wortschöpfungen wetteiferten.

Schließlich brach Sellmer ab. »Na also«, das Lächeln hatte sich von den Mundwinkeln bis in seine Augen ausgebreitet. »Da sage nun noch einer, Latein sei eine tote Sprache. Na, das glaubt ja nun ohnehin von Ihnen keiner mehr. Und Sie, discipula Leonis, bleiben nach der Stunde noch kurz bei mir.«

Sellmer griff in seine Aktentasche und stellte einen grünlichen Kopf auf den Tisch. »So, da ist er wieder. Es wird ernst. Erkennen Sie ihn?«, wandte sich Sellmer an mich.

Na klar, da wir *De bello Gallico*, den *Gallischen Krieg*, lasen, das hatte man mir gleich nach der Aufnahmeprüfung mitgeteilt, musste dieser Kopf dessen Verfasser gehören. »Heute«, Sellmer rieb sich die Hände, »wollen wir einmal sehen, was uns Caesar im siebenundzwanzigsten Kapitel seines sechsten Buches zu sagen hat. Herr Fromm, discipule Pius, bitte lesen Sie.«

Pius begann: »Sunt item, quae appellantur alces.« Ich erkannte die Stelle auf Anhieb. Bertram hatte mich vor dieser Geschichte gewarnt. Meist nehmen die Lehrer sie an Karneval, hatte er hinzugefügt, gern aber auch am Anfang eines Jahres oder Schuljahres. Gute Stimmung und so.

Während Pius las, schrieb Sellmer die neuen Vokabeln lateinisch und deutsch an die Tafel: »Alces – Elche; capra – Ziege...«

»Discipula Sutor, ea transfer!«

»Auch gibt es solche, die Elche genannt werden«, begann Anke. »Sie sind ähnlich der Figur der Ziegen und haben verschiedene Häute.«

»Consiste! Stopp!«, rief Sellmer. »Verschiedene Häute... Wie heißt das genauer?«

»Scheckige Felle!«, sagte ich, war doch klar. »Varius«, fügte ich hinzu, »bunt, scheckig.«

»Dann machen Sie doch gleich weiter, discipula Leonis!«

Fließend und frei – strenge lateinische Grammatik durch rheinische Lust am Fabulieren zu besiegen, sollte mein Markenzeichen werden – brachte ich meinen Klassenkameraden die hanebüchene Geschichte von den Tieren mit stumpfen Hörnern und ohne Gelenkknöchel zu Gehör. Daher, so Caesar, schliefen die Tiere im Stehen, an Bäume gelehnt, und würden gefangen, indem Jäger diese Schlafbäume an den Wurzeln untergrüben oder so weit anschnitten, dass die Tiere, lehnten sie sich dagegen, mitsamt dem Baum umkippten, wehrlose Beute.

Von Satz zu Satz war das Raunen lauter geworden. Monika kicherte.

»Tace!«, gebot Sellmer Ruhe. »Discipuli«, wandte er sich an alle, »was haltet ihr davon?«

»Insanum est!«[*] Armbruster, pardon, Pauperpectus, warf den Kopf in den Nacken.

»Caesar insanus non est«,[**] widersprach Pius.

»Sermone nativo utere!«,[***] befahl Sellmer schmunzelnd. »Oder auch: sermone patrio.[****] Sprechen Sie, wie Ihnen der Schnabel gewachsen ist, discipule Pauperpectus!«

»Völlig irre Übersetzung«, hielt der nicht hinterm Berg. »So etwas schreibt doch kein Caesar!«

Die Klasse murmelte Zustimmung. Ich lehnte mich zurück. Genau so hatte mir Bertram die Reaktion in seiner Klasse geschildert.

»Discipula Leonis?«, wandte sich Sellmer an mich.

»Totum emendatum est!«, beharrte ich. »Alles richtig.«

»Nun, dann wollen wir mal sehen.«

Geduldig ließ der Lehrer nun Wort für Wort übersetzen. Und es stellte sich heraus, was ich wusste: Ich hatte den Text etwas blumig, aber durchaus emendatus, in der Sache richtig, wieder-

---

[*] Das ist verrückt.
[**] Caesar ist nicht verrückt.
[***] Gebrauche die Muttersprache.
[****] Muttersprache

gegeben. Schon mit Bertram hatte ich die Geschichte hin und her gewendet. War Caesar beim Met von einem germanischen Spaßvogel auf den Arm genommen worden? Oder hatte der Feldherr mit seinem Bericht den eigenen Landsleuten einen Bären aufbinden wollen?

Wie auch immer. Sellmer teilte die Ansicht, dass es sich hier im sechsten Buch des *Gallischen Krieges* um das erste Jägerlatein der Weltliteratur handelte, dass seitdem jedes jägerische Phantasieerzeugnis als »Latein«, »Jägerlatein« bezeichnet wurde.

»Und da wir schon mal bei den Tieren sind«, fuhr er fort: »Weiß jemand, woher die ›Zeitungsente‹ kommt?«

»Aus den acta publica?«, wagte Pius eine Vermutung.

Der Gong zur Pause ertönte. Niemand machte Anstalten, den Raum zu verlassen.

»Nun«, sagte Sellmer, »das hat nicht direkt etwas mit unserem Pensum zu tun. Nur so viel: Früher musste eine nicht völlig gesicherte Pressemeldung mit n.t. gekennzeichnet werden. N.t., was nichts anderes heißt als? Na, ich sag's Ihnen: non testatum heißt das. N.t. Nicht bezeugt. Omnia bene?« Sprach's und verstaute seinen Caesarenkopf wieder in der Aktenmappe. »Discipula Leonis, auf ein Wort.«

Erwartungsvoll blieb ich sitzen, während die anderen sich zögernd erhoben. Bei der Kälte hatte es niemand eilig.

»Sie können noch einsteigen.« Sellmer reichte mir den Abzug einer Matrize: »Hier. Würde mich freuen, wenn Sie mitmachten, in currum currentem saliens, auf den fahrenden Zug aufspringend, sozusagen.«

Ich sah den Lehrer verständnislos an. Der schaute auf die Uhr. »Die Oberprima drüben wartet. Sie finden alles in diesem Papier. Das hat Zeit bis zu Hause.«

Es war ein Liebesbrief. Sellmers Liebesbrief an die lateinische Sprache. Die Beschwörung ihrer Einzigartigkeit. Von ihrem Ursprung, ihrem Wachsen, ihrer Meisterschaft, sich des Griechischen zu bedienen, war da zu lesen; von den Dichtern, die sie genutzt, geformt und entwickelt hatten; vom Siegeszug des Lateinischen als Sprache der abendländischen Wissenschaft für mehr als anderthalb Jahrtausende; von ihrer Fähigkeit, die Sprachen der unterworfenen Völker zu bereichern: das Englische, Deutsche, Französische; mehr als drei Viertel aller Fremdwörter im Deutschen stammten aus dem Lateinischen.

»Das Lateinische – eine tote Sprache?«, schloss das Plädoyer, und ich glaubte, Sellmers höhnisch triumphierende Verneinung zu hören. »Wir alle sprechen Latein, ohne es zu wissen. Wenn wir Augen und Ohren offenhalten, stoßen wir überall auf lateinische Redewendungen und Schlagwörter.«

Diese galt es aufzuspüren. Nolens volens und tabula rasa, cui bono und in medias res ...

Aber Sellmer ging es um mehr. Auch einzelne lateinische Wörter, die im Deutschen so taten, als gehörten sie seit den Urgermanen dazu, sollten aufgestöbert werden, Wörter, unverändert seit Augustus' Zeiten, wie Zirkus, Alibi, Datum, Globus, Interesse, Luxus, Motor, Propaganda, Terror, Universum ... Dazu deutsche Wörter lateinischer Abstammung, wie Ziegel aus tegula, Mauer aus murus. Und schließlich deutsche Wörter, die aus dem Lateinischen übersetzt worden waren, Sellmer nannte sie Lehnübersetzungen, etwa Barmherzigkeit, ein Wort, das findige Mönche aus miser i cordia geformt und damit nicht nur ein neues Wort, sondern auch ein dem Christentum verbundenes, neues Gefühl verkündet hatten. Für den erfolgreichsten Sammler war am Ende des Schuljahres ein Preis ausgesetzt. Seit den Sommerferien – ich brütete da noch über Stenokürzeln – war die Klasse schon mit dieser Sammlung beschäftigt.

»Eine Art Ahnenpass«, hatte Sellmer unter die blasslila Matrizenbuchstaben gekritzelt, und: »Sie sind doch katholisch. Fangen Sie doch da einmal an.«

Wörter hatten eine Geschichte! Nicht wie Sonne und Mond, eine Rose, ein Baum einen ewigen Sinn, eine unveränderliche

Gestalt. Sie waren nicht nur einfach da, um im geordneten Miteinander der Grammatik Geschichten zu erzählen, sie hatten, jedes für sich selbst, mehr zu sagen, als sie auf den ersten Blick, die erste Bekanntschaft preisgaben. Wörter hatten eine Vergangenheit, eine Herkunft. Sie kamen wie die Menschen von weit her. Wandelten sich wie die Steine vom Rhein, veränderten ihre Form und blieben sich doch treu. Pastor, pastoris, der die Schafe hütet. »Weide meine Schafe, weide meine Lämmer«, hatte Jesus zu Petrus gesagt. Petrus, der Fels. Kreuzkamp, der Schäfer. Pange, lingua! Singe, Zunge!

Bertrams Begeisterung hielt sich zunächst in Grenzen. Er zog das Übersetzungsspiel vor, war voller Anerkennung für das große Wiener Schnitzel, das opus sculptile Viennae magnus. Dann aber packte es auch ihn. Unsere Suche wurde unermüdlich, fanatisch. So, wie wir als Kinder nach Buchsteinen gefahndet hatten, scheuchten wir nun die alten Lateiner aus ihren neuhochdeutschen Verstecken, schälten ihnen die germanischen Kleider vom antiken Leib. So, wie ich mit Wörtern und Buchstaben gespielt hatte, aus der Tante Tinte, dem Hund eine Hand, dem Leid ein Lied gemacht und den Pappa in Pippi ertränkt hatte, ging ich jetzt, ein wahrer Sherlock Holmes im Dienste der deutsch-lateinischen Beziehungen, bewaffnet mit dem *Kleinen Stowasser*, dem lateinisch-deutschen Schulwörterbuch, auf Enttarnung. An meiner Seite Bertram, ein rechter Watson, der sich insbesondere darauf verlegte, Familienmitglieder für unsere Forschungen zu begeistern.

»Weiß de«, überfiel er eines Sonntagmorgens die Großmutter beim Kartoffelschälen, »dat du Latein spreschen kanns, Lating, wie dä Pastur?« Bertram machte es seit langem wie ich: reines Hochdeutsch nur außer Haus.

Die Großmutter griff nach einer Kartoffel. »Isch? Nä«, sagte sie. »Wie küs de dann do drop? Dat is doch nix für usserens. Dat is die Sprache Jottes.«

»Rischtisch«, sagte Bertram. »Aber mir sind doch alle Jottes Kinder. Da könne mir doch auch seine Sprache spreschen. Sonst verstehe mir den ja nit.«

Die Großmutter ließ Kartoffel und Messer sinken. In einer langen, hauchdünnen Spirale hing die Schale von der Knolle herab. Sie sah den Bruder liebevoll an. Bertram, seit fast zehn Jahren Messdiener, besaß, anders als ich, der Düwelsbrode, ihr Vertrauen. Gut, dass sie nicht wusste, wie es um mich und den lieben Gott stand. Mit drei Kerzen in der Kirche und einem Gebet vor allen Worten, inbrünstig wie in Kindertagen, als ich noch an Wunder glaubte, hatte ich Ihm draußen bei der Großvaterweide für meine Erlösung aus dem Lehrlingsdasein gedankt. Danach ließ ich es wieder beim Besuch der Sonntagsmesse bewenden, und Er schien damit zufrieden.

»Nur en bissjen anders is dat«, fuhr Bertram fort, »so wie wenn de Platt un Hochdeutsch sprischst. Da hören sisch de Wörter ja auch en bissjen anders an. So wie Boom un Baum oder Bruut un Brot, so sacht der Pastor angelus, und du sachst Engel. Altare ist der Altar, Kloster kommt von claustrum, Monstranz von monstrare. Und da jibet noch viel mehr Wörter wie die.«

Die Großmutter nickte. »Un Amen?«, fragte sie. »Sacht der liebe Jott auch Amen? Un Halleluja? Un Hosianna? Un Christ? Un Kirche?«

»Nä, Oma«, sagte ich. »Dat kommt aus dem Hebräischen, sozusagen von Gottvater. Und Christ und Kirche, die kommen aus dem Griechischen. Aber Pastor zum Beispiel, das heißt Schäfer, wie der gute Hirte. Und Petrus. Der Fels, auf dem die Kirche gebaut ist.«

Das war zu viel. Die Großmutter nahm die Kartoffel wieder auf. Setzte das Messer exakt da an, wo sich die Spirale aus der Schale wand, hielt dann aber noch einmal inne und blinzelte

listig. »Pengste*«, sagte sie. »Jesus hat uns doch den Heilijen Jeist jeschickt. Wer zu Jott betet, der kann dat in jeder Sprache tun. Jott versteht alles. Un er sprischt zu jedem so, dat der dat versteht. Jott sprischt alle Sprachen.«
Und Bertram und ich waren mit unserem Latein am Ende.

Verblüffenden Erfolg hatten wir dagegen, als wir am Nachmittag die Mutter gemeinsam mit Tante Berta und Cousine Hanni im sonntäglich geheizten Wohnzimmer antrafen. Berta war die ältere Schwester der Mutter, resolut in dem Maße wie die Mutter zaghaft. »Et kütt, wie et kütt«, sagte man in Dondorf. So weit waren sich die Schwestern einig. Doch dann schlussfolgerte die Tante: »Et es noch immer jutjejange«, während die Mutter überzeugt war: »Dat dicke Äng kütt noch«,** woran sie ihre klammheimliche Freude hatte. Hanni, früher Arbeiterin in der Weberei, war verheiratet; Rudi, ihr Mann, Reitlehrer, hatte einen Hof geerbt, Land verkauft, also jet an de Föß.***
Die Frauen beugten die Köpfe über eine Zeitungsbeilage; der Winterschlussverkauf stand bevor.
»Die feminine Linie in der Mode«, Hannis Stimme klang beschwingt, fast frohlockend. »Hier kuckt mal, die Kostümschen. Der reine Luxus.«
Bertram stieß mich in die Rippen. Die Frauen sahen auf.
»Wat wollt ihr denn hier?« Die Mutter machte eine Handbewegung, als wolle sie uns verscheuchen, doch Hanni rückte schon auf dem Sofa für Bertram und mich zur Seite. »Wie jeht et denn in der neuen Schul?«, fragte sie beiläufig, und ich antwortete ebenso unverbindlich: »Jut«, und das reichte uns allen.
»Dat interessiert die Kenger doch nit.« Tante Berta, aus ihrer Strickjacke dampfend, schnippte auf die Zeitung und fasste uns

* Pfingsten
** Das dicke Ende kommt noch.
*** Geld haben

über ihre Brille hinweg, die sie neuerdings zum Lesen brauchte, tadelnd ins Auge.

»Von wejen.« Bertram zog Hanni das Faltblatt aus der Hand. »Hier! Die feminine Linie in der Mode. Luxus pur und exklusiv für die elegante Dame. Wisst ihr überhaupt, wat ihr alles könnt? Dat hier ist Latein! Und ihr könnt dat lesen! Und verstehen!«

Die Frauen sahen Bertram an, als hätte der den Verstand verloren. Jetzt war ich dran. »Feminin, das kommt von lateinisch femina, die Frau, Linie kommt von linea, die Linie«, dozierte ich, »Mode von modus, die Art und Weise, Luxus haben schon die alten Römer gesagt und pur und exklusiv auch. Dame kommt von domina, die Herrin, und elegant, das sagte man auch schon vor Christi Geburt, wenn jemand anständig angezogen war. Ist das nicht einfach wunderbar? Dass wir so alte Wörter gebrauchen für ganz neue Sachen?« Ich biss mir auf die Lippen. Zu viel des Gutgemeinten.

Betretenes Schweigen.

»Un so wat lernt ihr?« Hannis Stimme hatte ihre selbstgewisse Fröhlichkeit, mit der sie die Annonce! vorgelesen hatte, verloren. Aber ich glaubte auch, einen Unterton zaghafter Bewunderung herauszuhören.

Nicht einmal die Tante wagte, ihr Lieblingswort hervorzustoßen, das sie für alles parat! hielt, was ihr nicht passte, sagte nicht: Kokolores!, holte tief Luft, senkte das vielfache Kinn in den V-Ausschnitt und murrte, wenn auch ungewohnt verhalten, beinah kleinlaut: »Un wat has de davon, dat de dat all weißt?« Doch mit jeder Silbe gewann die Tante ihre Courage! zurück. Hämisch sah sie die Mutter an: »Dofür jibt dir doch keiner ne Penne. Wenn dat alles es, wat se ösch beibrenge!« Und dann kam sie doch noch, die Verdammnis: »Kokolores!«

Aber Hanni hatte Feuer gefangen, und die Mutter schlug sich ohnehin stets auf die Seite der Gegner ihrer älteren Schwester.

»Wat wisst ihr denn noch für Wörter, die mir von de alte Römer haben?« Trotzig sah die Mutter der Tante ins schadenfrohe Gesicht.

»Alle Wörter«, sagte Bertram, »die mit -at aufhören, kommen aus dem Lateinischen. Zum Beispiel privat, separat...«
»Parat?«, fragte die Mutter zögernd.
»Rischtisch!«, schrien Bertram und ich.
»Adveniat«, sagte die Mutter mit fester Stimme. Das musste stimmen, es kam aus der Kirche.
»Kandidat«, platzte Hanni heraus.
»Resultat«, rief die Mutter.
»Diktat!«
»Sabbat!«
»Kamerat!«
»Inserat!«
»Schluss jitz!« Die Tante schwenkte das Zeitungsblatt, als wollte sie die lästigen Lateiner wie Ungeziefer herausschütteln.
»Maria, mach uns ens en Botteramm! Met Kies!* Kütt dat och von dinge ahle Römer?« Die Tante sah mich an wie die Katze die Maus vorm letzten Hieb.
»Ganz genau! Ausgezeichnet! En Botteramm mit Kies! Tante«, sagte ich, »das ist reines Latein!«
Die Tante schnaufte ungläubig.
»Butter, das hieß bei den Römern butyrum«, erklärte ich unbeirrt, »hört sich doch ganz so an wie Botteramm. Und Käse hatten die auch schon, caseus.«
Als sei ihr ein Geschenk in den Schoß gefallen, breitete sich ein scheues, ungläubiges Lächeln auf dem Gesicht der Tante aus, das ihren derben Zügen eine mädchenhafte Anmut verlieh; so mochte sie als Schulkind ausgesehen haben, wenn der Lehrer sie lobte.
»Salat!«, sagte sie versöhnlich. »Spinat. Muskat. Prummetat.**«
Bertram holte schon Luft, ein Rippenstoß brachte ihn zum Schweigen.

* Maria, mach uns doch ein Butterbrot! Mit Käse!
** Pflaumenkuchen

»Tante«, sagte ich, »du haset im kleinen Finger! Pflaume, da sagten die Römer prunum.«
Geschmeichelt blies die Tante die Backen auf.
»Fehlt nur noch de Höppekrat*!«, kicherte Hanni.
»Kokolores!«, wies die Tante die Tochter zurecht. »Maria, mach uns ens en Buttürum met Kaseus!«

Kurz darauf steckte mir die Tante einen Zettel zu. »Automat«, las ich, »Monat, Prälat, Ornat, Muskat, Diktat, Kitekat.«
»Und der Zettel hier is vom Hanni. Hat et extra für disch abjeschrieben, aus dä Zeitung. Von wat Ausjejrabenem.«
»DA.T.I.SNEP.ISPO.T.USCO.L.O.NIA.«

Meinem Punktsieg in Latein folgte gleich am ersten Schultag ein K.o. in Mathematik. Meyer, so der harmlos tuende Name des Zahlengelehrten, war klein und rund, und jeder Geste, ja, noch dem Lidschlag der hellen, spähenden Augen in seinem kupferroten Gesicht, haftete etwas Lautes, Polterndes an. Ein vorstehender Bauch, jäh aufwärtsstrebend, ließ die Knöpfe der Weste sommers wie winters breit hervortreten und zeugte von prächtigen Siegen über Braten, Kuchen und Bier. Im Profil hatte sein Kopf die Umrisse eines Quadrats.

Händereibend spazierte Meyer vor der Tafel auf und ab und fragte, wer denn ein Fahrrad besitze. Alle Finger gingen in die Höhe. Wann sie zuletzt damit gefahren seien, rief er Clas und Achim auf, die sich, um Zeit zu schinden, gespielt mühsam zu erinnern suchten. Ob die Fahrräder eine Rücktrittbremse hätten, wollte er dann wissen, und wieder bejahten wir.

* wörtlich Hüpfkröte, Frosch

»Dann sind Sie wohl auch schon alle einmal einen Berg hinaufgefahren und wieder hinunter.«
Zustimmendes Gemurmel. »Nun, dann wollen wir mal.« Meyer straffte sich. Offenbar gewillt, den pädagogischen Triumph, den Sellmer im Lehrerzimmer verkündet haben mochte, zu übertrumpfen, bestellte er mich an die Tafel und drückte mir ein Stück Kreide in die Hand. »Ein Radfahrer durchfährt einen Höhenunterschied von dreihundert Metern mit Rücktrittbremse. Sein Gewicht einschließlich Rad beträgt neunzig Kilo.«
Der Lehrer machte eine Pause. Sah mich an.
»Dreihundert, neunzig«, murmelte ich. »Radfahrer durchfährt, kein gutes Deutsch, sollte ›durchquert‹ heißen, auch nicht gut, besser: Ein Radler durchfährt, ja, dann ist die Wiederholung weg.«
»Nun, Fräulein Palm«, unterbrach der Mathematiklehrer meine Korrekturbestrebungen, »darum geht es hier nicht. Ich komme nun zu meiner Frage: a) Welche Wärmemenge entsteht in der Rücktrittbremse? b) Wie heiß wird diese bei einer Masse von achthundert Gramm Stahl und fünfzig Prozent Wärmeabgabe?«
Eingeschüchtertes Schweigen im Zimmer.
»Ich gebe eine Hilfestellung.« Meyer nahm mir die Kreide aus der feuchten Hand und haute eine Formel an die Tafel.
Schlimmer hätte es nicht kommen können. Ich hörte die Wörter, am Satzbau war nichts zu bemängeln, der Radfahrer ist ein Radfahrer ist ein Radfahrer, wusste doch jedes Kind, was der tut, Rad fahren, Höhenunterschiede durchfahren und die Rücktrittbremse bedienen.
Ich spürte, wie mir eine beträchtliche Wärmemenge in die Wangen stieg, hätte gern mehr als fünfzig Prozent Wärme abgegeben; heißer als meine durchdrehende Gehirnmasse konnte die Masse von achthundert Gramm Stahl gar nicht werden, ich stierte auf die »Hilfestellung« an der Tafel, mechanisch ergriff ich die Kreide, die Meyer mir auffordernd entgegenstreckte.
Schon wurde rechnendes Gemurmel laut, ich spitzte die Ohren, Armbruster am Ende des Hufeisens murmelte betont

vernehmlich: »Dreihundert mal neunzig«, und ich beeilte mich, das Aufgeschnappte zu fixieren, sogar das Ergebnis kriegte ich noch hin. Was es aber damit auf sich hatte, was die Zahlen bedeuteten und wie es weitergehen sollte, konnte ich dem hilfsbereiten Zischeln des Klassenkameraden nicht entnehmen.

Verzweifelt flehten meine Blicke, und Meyer, weit davon entfernt, sich an meiner Unfähigkeit zu weiden, schickte mich betrübt auf meinen Platz. Wunderkind hatte versagt. Die widerliche Mischung aus Zahlen und Wörtern, in denen die Zahlen von vornherein die Oberhand hatten und auch behalten mussten, kickte mich wieder mal auf die Matte. Mein wisperndes Gegenüber indes schob den Pulloverärmel in die Höhe, ein blasses, dicht und dunkel behaartes Handgelenk enthüllend, und quietschte in null Komma nix die Lösungen an die Tafel, dabei Zeichen verwendend, die ich noch nie gesehen hatte.

Doch Meyerlein, wie er allgemein genannt wurde, ließ so schnell nicht locker. Wie wir wüssten, sei er in russischer Kriegsgefangenschaft gewesen. Nichts sehnlicher als einen Hammer hätten sie sich damals gewünscht in dem elenden Unterstand, einen Hammer und Nägel, Holz sei ja genug dagewesen, wenn man es nur hätte nutzen können. Ach, einen Hammer und Nägel. Die eisige Tundra, der Hunger, die Knochenarbeit, Meyerlein kam in Fahrt, und ich schickte ein Stoßgebet gen Himmel, dass der Gong mich erlösen möge von allem Übel, all den perfiden mathematischen Folgeerscheinungen, die Hammer und Nägel unweigerlich mit sich bringen würden. Und da waren sie auch schon:

»Energie!«, rief Meyerlein. »Energie war, was uns fehlte. Nix zu essen im Bauch. Kalt wie Hund. Aber wie Schlittenhund, haha. Und alles mit bisschen Energie zu beseitigen.«

»Kniebeugen«, brummte es neben mir. Aber Meyerlein hatte spitze Ohren. »Kniebeugen! Jawohl. Reife Leistung! Und was ist das: Leistung?«

»Leistung, äh. Wenn ich etwas tue. Äh. Etwas leiste eben.«

»Gib's auf, gib's auf, Pütz.« Meyerlein winkte ab. Heinz Pütz,

ein zarter, zappliger Junge, kaum größer als ich, machte sich noch schmaler und zog den Kopf ein.
»Beschränken Sie sich auf Ihre Kniebeugen. Also: Was ist Leistung? Wer hat noch nicht, wer... Ja, Fräulein Schuhmacher?«
Anke, alles war lang und dünn an ihr, von den aschblonden Haaren über die Nase bis zu Kinn und Mund, setzte sich aufrecht und rasselte eine Formel herunter, Leistung schnappte ich auf, Quotient und Zeitintervall.
Bescheiden, den Kopf gesenkt, sackte Anke wieder zusammen, als schäme sie sich ihrer Leistung über die Leistung.
»Fräulein Palm! Ein neues Spiel, ein neues Glück. Also, wenn ich bitten darf.« Meyer machte eine einladende Geste zur Tafel hin. »Aufgepasst!«
Ein unmerklicher Ruck ging durch die Klasse. »Welche Kraft wirkt auf einen Nagelkopf beim Aufschlag eines Hammers mit der Masse ist gleich ein Kilogramm, wenn man annimmt, dass der Hammer in 0,001 Sekunden bei einer Geschwindigkeit von fünf Metern pro Sekunde zur Ruhe kommt?«
Verständnisloses, empörtes Raunen.
»Noch mal. Zum Mitschreiben.« Der Lehrer wiederholte die Aufgabe, unterstrich jedes Wort mit ausdrucksvollen Bewegungen beider Hände, formte Bögen, die Anfang und Ende genau aufeinanderlegten, dergestalt die unbezweifelbare Exaktheit mathematischer Vorgänge optisch verifizierend.
Ich beeilte mich nachzukommen, und dann hatte ich es weiß auf schwarz und armer Tor und war so klug als wie zuvor. Was blieb mir übrig? Mein Gedächtnis. Bis zum Wort Hammer konnte ich der Frage folgen. Die Kraft des Dreinschlagenden, die Kraft der Hand, des Muskelspiels trifft auf den Nagelkopf, wenn er ihn dann trifft, gar nicht auszudenken, wenn er danebenhaut mit aller Kraft, nicht auf den Nagelkopf, sondern den Daumenkopf... wo die meisten Nerven, oje, wenn der Hammer da zur Ruhe kommt, dann ist es aus mit der Ruhe, in Sekunden erfolgt dann der Aufschlag des Hammers in der Ecke.

Von einer Ecke aber war in der Aufgabe nicht die Rede, weg mit den Wörtern und her mit den Zahlen, die sich einzelner Buchstaben bemächtigt hatten, des K, des W und des N, ich weiß nicht, was soll es bedeuten. Und traurig war ich auch. Meine Niederlage vom rücktrittbremsenden Radfahrer wiederholte sich beim Aufschlag des Hammers auf den Nagelkopf. Mathematik, Physik, Chemie entzogen sich Wundern und Gebeten, entzogen sich Kerzen und hochheiligen Opferversprechungen. Und dabei blieb es. Daran konnte auch Meyerlein, so leid es ihm tat, nichts ändern.

In der Mathematik gab es kein Vielleicht, kein Wenn-und-aber, kein Sowohl-als-auch, nur wenn und dann, wenn dann. Keine Zweideutigkeiten, von Mehrdeutigkeiten ganz zu schweigen. Diese Schlichtheit des Ja-Nein jedoch tarnte sich mit den absonderlichsten Behauptungen, die jedes gesunden Menschenverstandes spotteten und ohne die das ganze Ja-nein-Konstrukt in sich zusammenbrach. Warum sollte a Quadrat plus b Quadrat gleich c Quadrat sein? Wie konnte DF gleich EB sein? Wie BE gleich FD? Dass Gott zu Beginn Himmel und Erde schuf, das Feste vom Flüssigen, das Dunkle vom Hellen trennte, war mit Händen zu greifen, jedenfalls wurden die Folgen göttlicher Schöpferkraft jedermann Tag für Tag vor Augen geführt. Die Sonne ging auf und unter, es wurde Licht wie seit Menschengedenken und davor, und es gab, was da kreucht und fleucht wie am dritten alttestamentlichen Tag. Wo aber irgendwo in der Welt von Dondorf über Großenfeld, Langenhusen, Köln; von Düsseldorf bis Ploons oder Möhlerath hatte ich jemals eine Mittelsenkrechte gesehen? Eine Winkelhalbierende? Einen Inkreis? Wo die Diagonale eines Rhombus? Eine vierte Proportionale? Wo war ich jemals einer Tangente begegnet? Ich sah das arme Tier mit den Algen im Parkteich kämpfen, erliegen und geriet über einem »freien Schenkel« ins Grübeln. Dennoch: Ich tat, was ich konnte, Schritt zu halten mit dem Durchschnitt, was mir mehr schlecht als recht gelang. Fürs erste Zeugnis reichte es sogar für eine Drei. Und in Physik gab es meine erste und letzte Zwei. Meyer, im Physikunterricht berühmt für temperamentvolle Vorführungen, die oftmals eher Zirkusvorstellungen glichen als wissenschaftlichen Experimenten, hatte sich, hingerissen von seiner Ankündigung der dramatischen Folgen eines Blitzschlags, den er mit Hilfe zweier Drähte auszulösen gedachte, selbst in den Stromkreis geschlossen. Ich zog den Stecker. Meyer, blau bis in die Lippen, stammelte etwas von ewig dankbar sein und blieb es auch. Unter eine Drei sank ich nie.

Doch noch regierten Hammer und Nagel, und Clas, der aussah, als habe er auch im wirklichen Leben keine Mühe damit, warf seine schlaksige Gestalt vom Stuhl und klopfte den Nagelkopf mit fünfhundert Watt an die Tafel.

Mit einem enttäuschten, bedauernden »Ts, ts, ts« entließ mich Meyer an meinen Platz. Nur zu gut klangen mir diese vorderzähnigen Vorwurfslaute, Verwerfungslaute noch in den Ohren. »Ts, ts, ts«, hatte sich Frau Wachtel mir über die Schulter gebeugt und meine auf den Tasten herumirrenden Fingerkuppen beschnalzt. Hier wie dort zog ich den Kopf ein, senkte ihn tief, noch tiefer auf die Brust, hätte mich am liebsten selbst in mich selbst versenkt. Ts, ts, ts. Gewogen und für zu leicht befunden. Der Mathematiklehrer sah mich aus schwimmenden Augen an. Petra Leonis? Stein des Löwen? Nichts mehr von Symbolen für Unsterblichkeit und Sieg. Den Sieg davon trugen die unsterblichen Zahlen und Fakten.

Der Pausengong erlöste mich von einem dritten Anlauf, stellte mich aber vor die nächste Prüfung: Ich war die Neue.

Offenbar war mir ein Gerücht außerordentlicher Befähigung vorausgeeilt. In der Lateinstunde hatte ich das Gerücht bestätigt, in der Mathestunde widerlegt. Was für eine war das denn nun?

Draußen hatte sich der Nebel kaum gelichtet, und nur eine dünne Spur vom Backstein-Hauptgebäude, dem Franz-Ambach-Gymnasium, zur Wilhelm-von-Humboldt-Baracke war gestreut. Wir hatten die Erlaubnis, drinnen zu bleiben. Trotzdem: Ich musste hier raus. Frische Luft. Auch Monika schob den Stuhl zurück. Sekundenlang starrten die anderen sie an, mir schien, beinah hätte sie sich wieder gesetzt, aber da machte sie auch schon die Tür hinter uns beiden zu und schlüpfte in einen Mantel, lang und auf Taille, mit einem schwarzen Fellkragen, den sie hochschlug wie Greta Garbo. Da stand ich in Hannis Wintermantel, musste den Gürtel festzurren, die Stoffbahnen hochziehen und verstauen, bis meine Seehundstiefel wieder zum Vorschein kamen, und hätte mich am liebsten unter meinem Tisch verkrochen. Monika putzte sich derweil bemüht umständlich die Nase.

»Mach dir nichts aus Meyerlein.« Monika hakte mich unter, und wir stelzten ein paar Schritte durch den seit Tagen gefrorenen Schnee, der unter unseren Schritten knirschend barst. »Er war eben bei den Russen und ist erst als einer der Letzten rausgekommen. Herzkrank auch. Kriegt bei der kleinsten Aufregung blaue Lippen. Ich glaube, er war enttäuschter als du. Hast du wirklich nichts verstanden?«

»Nichts!«

»Aber Latein! Da bist du doch so gut! Sellmer sagt immer: ›Abstraktes Denken ist überall dasselbe. Wer Latein kann, kapiert auch Sinus und Cosinus.‹«

»Ich nicht«, antwortete ich und hackte mit der Stiefelspitze in die Schneedecke. »Ich kapier nichts, was nicht mit Wörtern zu tun hat. Dieser Mischmasch aus Wort und Zahl ist mir zuwider. Geht nicht in meinen Kopf.«

»Naja«, beruhigte mich Monika, »ist ja heute der erste Tag. Der Rolf dir gegenüber hilft dir bestimmt, uns einzuholen.«

Ich schwieg, und Monika ermunterte mich: »Jetzt haben wir erst mal Deutsch! Bei Rebmann!« Sie blieb stehen, wandte sich mir zu und packte meinen Arm noch fester: »Du wirst sehen: ein

Fä-nohmen.« Monika betonte das Wort auf der zweiten Silbe, und ich verbiss mir gerade noch die Korrektur.»Und dabei nur ein Arm. Den anderen hat er in Afrika verloren. Gott sei Dank den linken.« Monika ließ mich los und machte sich auf den Rückweg, dann, die Hände in den Manteltaschen vergraben, blieb sie noch einmal vor mir stehen, so dicht, dass unsere Mäntel sich berührten und ich ihren warmen Atem spürte:»Was glaubst du, wie das wohl ist, wenn der einen umarmt? So richtig, meine ich? Mit nur einem Arm? Diese Kraft…« Den Rest verschluckte der Pausengong, und ohne meine Antwort abzuwarten, stapfte Monika los, ihrem Fänohmen entgegen.

Fast gleichzeitig mit uns betrat der kaum mittelgroße Endvierziger die Klasse. Sein Gesicht ein längliches, schmales Oval; weiches Kinn, scharfe Nase, die Lider verhangen, melancholische, beinah schwermütige Züge. Fest lagen die schmalen Lippen über einem starken Zahnbogen. Aschiges Haar, locker nach hinten gekämmt, setzte ein wenig zu hoch an über der Stirn. Der linke Ärmel des dunkelgrauen Flanellanzugs stak nachlässig in der Jackentasche, die Aktenmappe flog unterm rechten Arm hervor aufs Pult, wo eine kräftige Hand die Schlösser mit energischem Daumendruck aufschnappen ließ und einen Stapel Papiere hervorzog, offensichtlich Klassenarbeiten. Ich lehnte mich zurück. Ging mich nichts an.

»Spät kommt Ihr – doch Ihr kommt.« Rebmann trat vor meinen Tisch. Am Revers seines Anzugs entdeckte ich ein feines Bändchen, das dem Knopfloch Farbe verlieh und den Blick anzog wie ein drittes magisches Auge. Ein Orden, wusste Monika später dieses Fädchen zu erklären; die Medaille lege man zu Hause ins Geheimfach.

»Gestatten: Rebmann«, verbeugte sich der Lehrer vor mir wie in der Tanzschule und streckte mir seine Rechte entgegen.

Falsch, durchzuckte es mich: Der Herr wartet, bis die Dame ihm die Hand reicht. Für meinen neuen Lebensabschnitt hatte ich mich mit einem Buch versorgt, anders, als all meine Bücher zuvor. Zu undeutlich gaben Romane in Fragen des Alltags Auskunft, zu mühsam war die Spurensuche nach Anleitungen zu korrektem Wandel in der Welt, zu perfekten Manieren, Manieren à la Bürgermeister. Mein Großenfelder Buchhändler, Maier, konnte ein ungläubiges, gleichwohl verständnisvolles, wenn nicht gar anerkennendes Lächeln nicht verbergen, als ich ihm das *Einmaleins des guten Tons* auf die Theke legte. Vierzigste Auflage! Frau Dr. Gertrud Oheim wusste, was sich gehört, und über eine Million Deutsche folgten ihr.

Die Frau, äh, Dame, streckt dem Mann, äh, dem Herrn, also »bereitwillig die Hand entgegen, wenn sie dessen Grußabsicht erkennt«. Oder war ich gar keine Dame? Zwar eine Sie, aber doch nur ein Mädchen, eine Schülerin?

Rebmanns bestimmter Händedruck brachte mich wieder ins Schulzimmer. Der Lehrer zog sich hinters Pult zurück und fragte, ob ich denn den *Werther* schon gelesen hätte.

Ich bejahte. Erleichtert.

Ich konnte übers Lesen nicht lügen.

Ein Echo meiner Kinderjahre, als ich Lesen für eine heilige Tätigkeit gehalten hatte. Übers Lesen lügen – da konnte ich ebenso gut behaupten, nach dem Schwänzen der Sonntagsmesse im Stande der Gnade zu sein. Nie hätte ich vorgegeben, etwas gelesen – und das hieß für mich: zu Ende gelesen – zu haben, so, wie manche, die freiweg über Bücher reden, von denen sie nur den Klappentext oder eine Zeitungskritik kennen. Über Bücher reden – das war für sie ein hilfreiches Mittel im gesellschaftlichen Umgang und genauso belanglos wie eine Plauderei über ein Fußballspiel oder ein Sonderangebot. Doch es gab ein Zauberwort, das mir den Rücken freihielt: das Wörtchen »noch«. Ich habe das Buch nicht gelesen, das klang, als wäre das Buch nicht gut genug für mich. Mit einem »noch« davor, kehrte sich der Satz in sein Gegenteil. Ich habe das Buch *noch* nicht gelesen, das klang demütig, geduldig, als wartete ich sehnlich auf meine innere Reife, die alle, die das Buch schon kannten, mir voraushatten. Mit diesem »noch« erhöhte ich sie, gestand ihnen zu, mir gegenüber im Vorteil, mir voraus zu sein – und hatte meine Ruhe.

»Nun, dann können Sie uns vielleicht in ein paar Sätzen sagen, was Sie vom *Werther* halten. Das war Thema unserer Klassenarbeit.«
Ich wollte aufstehen, aber Rebmann hielt mich zurück.
»Bleiben Sie ruhig sitzen. Wir sind doch keine Kinder mehr.«
Ich hatte den *Werther* gelesen, mich von der Sprache überwältigen lassen. Die Person dieses Werther aber?
»Eine faszinierende Sprache«, hörte ich mich stammeln.
»Ja, und weiter?«, bohrte Rebmann, bohrten dreizehn Augenpaare. »Was halten Sie von der Geschichte?«
»Also«, legte ich los. »Ich verstehe Werther! Er hat nichts mehr auf der Welt. Keine Tätigkeit, keine sittliche Idee, wie wir sie bei Schiller und Kant finden, keine Religion, an die er sich halten kann. Auch das Naturerlebnis ist nachher nur noch Spiegel seiner selbst, seines düsteren, zerrütteten Herzens, ist nur noch ›ein lackiertes Bildchen‹. Er sucht nach einer neuen Religion, einem neuen Weg, das Unendliche im Endlichen zu finden, und er trifft auf die Liebe. Sie ist ihm versagt. Er kann Lotte nicht zum Ideal, zur Heiligen erheben, obwohl er ihr eine solche Liebe andichtet. Er liebt sie mit allerheftigster Sinnlichkeit. Daher muss er scheitern.«
»Sehr schön«, unterbrach mich Rebmann. »Ungefähr so steht es im Nachwort. Aber was halten Sie denn nun von diesem Mann? Ihre Meinung ist gefragt.«
»Ich, äh«, druckste ich. »Ich billige Werthers Tat nicht!«
Kichern. Füßescharren. Flüstern.
»Und warum nicht?«
»Nichts ist schöner, aber auch schrecklicher«, dozierte ich, »als ein reiches Gefühlsleben. Aber nicht ohne Selbstbeherrschung! Wo nur das Herz spricht, wo der Mensch seinen Verstand vergisst, da ist er zum Scheitern verurteilt.«

»Und was hätten Sie Werther geraten zu tun?«
»Eine Expedition.«
»Wie bitte?«
»Ja, eine Expedition in ein fernes, fremdes Land. Voller Gefahren und Abenteuer. So wie Alexander von Humboldt. Da wäre er auf andere Gedanken gekommen. Und hätte etwas Nützliches für die Menschheit geleistet.«
»Nun, ich sehe, Sie sind für das Realistische. Und Goethe? Glauben Sie, er hätte Werther in den Urwald schicken sollen?«
»Nein«, ich zögerte, »nein, ich glaube nicht. Sterben ist schöner. So schön traurig.«

Zwei meiner Klassenkameraden mir gegenüber, deren Namen ich schon wieder vergessen hatte, stießen sich an und grinsten.

Rebmann aber nickte und wollte eben zu einem Kommentar ansetzen, als er Monika bemerkte, die während meiner Ausführungen zunehmend unruhig auf ihrem Stuhl herumgerutscht war.

Wie erlöst, brach es aus ihr heraus, als Rebmann sie nach ihrer Meinung fragte und ihr dazu ihren Aufsatz überreichte. Von einziger wahrer Liebe schwärmte sie, Liebe, die bedingungslos sei, gleichgültig, ob Erlösung, Erhörung oder Verdammnis, ewige Verdammnis, von Gott und den Menschen verlassen. Mit jedem Wort drängte sie ihre Augen tiefer in die des Lehrers. Der hin und wieder beifällig nickte, bis er schließlich Monikas untergründige Schwüre mit dem Kugelschreiber abklopfte wie ein Dirigent sein Orchester und sich an die Klasse wandte: »Zwei Köpfe – zwei Meinungen. Und wer hat recht?«

Werther war nicht länger eine Figur auf dem Papier; er war aus Fleisch und Blut, wurde Mensch, nahm Gestalt an, in jedem Kopf eine andere, wir selbst wurden unglückliche Liebende und teilten sein Schicksal, als wäre er einer von uns. Rebmann diskutierte angeregt mit, nahm mal Partei für den einen, mal für den anderen Ausgang des Liebesabenteuers.

Abenteuer! Gerhard, ein schmächtiger, pickelverunzierter Junge, brachte dieses Wort in Umlauf, woraufhin Monika ihre

Empörung – Liebe sei doch kein Abenteuer wie Bergsteigen oder Fußball, sondern eine Sache auf Leben und Tod! – kaum beherrschen konnte. Astrid hingegen konterte kühl, wäre Lotte nicht mit einem anderen verlobt gewesen, Werther wäre als braver Familienvater gestorben. Alles sei doch von Goethe so eingefädelt. Aber – und da müsse sie Hilla Palm recht geben – der Werther sei doch ein rechter Spinner, und Lotte solle froh sein, dass sie ihren handfesten Albert habe. Schließlich hätte sie auch enden können wie Gretchen. Kind im Bauch und Heinrich auf und davon. Goethe selbst sei ja auch ab nach Italien, weil die Sache mit Frau von Stein aussichtslos war. Überhaupt – und hier reckte Astrid ihr starkes Kinn energisch vor – müsse man doch auch die Zeit berücksichtigen, in der Goethe das geschrieben habe. Und sowieso sei doch alles nur erfunden.

Nur erfunden? Damit hatte Astrid der Diskussion eine neue Wendung gegeben. Was das heiße: nur erfunden? War es deshalb weniger wert? Werther weniger wirklich? Weniger wahrscheinlich? Läsen wir die Geschichte anders, nähmen wir sie anders wahr, wenn sie in der Zeitung gestanden hätte, sie wirklich geschehen wäre, Werther wirklich gelebt hätte?

Entschieden schlug ich mich auf die Seite derer, denen es gleichgültig war, ob Erfundenes oder Tatsächliches zur Sprache gebracht wurde: »Wenn es mich packt, mich ergreift, nicht mehr loslässt, dann ist es gut«, behauptete ich. »Egal, ob wirklich oder erfunden. Am besten sind erfundene Geschichten, denen man gar nicht anmerkt, dass sie erfunden sind.«

Wie sonst, dachte ich, könnte ich um Gretchen weinen, Faust verdammen, mit Anna Karenina zittern und Gessler hassen, wären sie nur Druckerschwärze und Papier oder irgendwelche Hirngespinste!

Dass mir Studienrat Dr. Werner Rebmann meine Liebe zu den Büchern und Buchmenschen, den wohlwörtlichen Wortgebilden einer Madame Chauchat, einer Effi Briest, eines Hamlet oder Josef K. nicht durch Fakten und Daten verdarb, dafür flog ihm mein Herz entgegen. Ein paar Einordnungen verlangte auch er; doch sein Wunsch, uns zum Selberdenken anzuregen, überwog. Richtig oder falsch gab es nur selten. Nicht: Was will uns der Dichter damit sagen?, wie es uns das furchtsame, buchstabengläubige Fräulein Abendgold in der Realschule beigebracht hatte, interessierte Rebmann. Er wollte wissen: Was hat er *Ihnen* zu sagen? Was können *Sie* anfangen mit diesem Gedicht, dieser Erzählung, dieser Figur? Argumente zählten. Eine Meinung haben und sie begründen, eine An-Sicht der Sache, am besten nicht nur eine, sondern von allen Seiten, das Für und Wider erwägen, Schlüsse ziehen. Dem eigenen Denken vertrauen. Sich hineinversetzen in die Figuren. Lesen sollte zum Denken führen. Klappentexte und sogenannte Einführungen hätte er am liebsten verboten. Besonders bei Neuerscheinungen und zeitgenössischen Autoren.

Nie wollte er wissen, ob uns etwas gefalle. Unser Geschmack war so wenig gefragt wie unser Gefühl. »De gustibus non est disputandum«, erklärte er augenzwinkernd, »oder erst recht! Geschmack ist etwas für Suppenköche und Kaltmamsells. Ein Rinderbraten hat Geschmack oder ein Königsberger Klops, und zwar nur auf meiner Zunge. Oder wissen Sie etwa«, Rebmann schleuderte seine Rechte in die Klassenluft gegen alle und jeden, »wissen Sie etwa«, scharf fasste er irgendeinen von uns ins Auge, »wie meinem Gaumen ein Karamellpudding mundet?«

Ich hütete mich, ihm zu widersprechen. Aber ich folgte ihm nicht. Ich dachte, wie er es verlangte. Aber ich dachte mit Gefühl. Und fühlte mit Begründung.

Kaum hatte Rebmann die Klasse verlassen, zupfte Monika mich am Ärmel nach draußen und sah mich gespannt an. Ich tastete nach meinem Lachstein. Bloß jetzt ernst bleiben. Wo die Liebe hinfällt... Ich hatte es selbst erlebt, und die Bücher waren voll davon. Monika war verrückt oder verliebt, was dasselbe war. Jedenfalls für mich.

»Warum grinst du denn so?« Monika zog den Schal ein Stück höher. »Ich dachte, du verstehst mich. Nicht so wie die da.«

Monika ruckte ihren Kopf in Astrids und Ankes Richtung. »Die haben nichts als die Schule im Kopf.«
Ich auch, hätte ich am liebsten geantwortet. »Komm«, raunte ich und fasste Monika beim Arm. »Und ob ich dich verstehe.« Nicht einmal gelogen war das. Erzählen konnte man mir alles. In der Wirklichkeit und in den Büchern. Nur erleben wollte ich nichts von dieser Bürde der Gefühle. Ich wollte keine Liebe. Ich wollte lernen. Ich vermisste nichts. Ich hatte den Unterricht, die Schule. Und meine Freunde in den Regalen, mit denen ich mich jederzeit aus dem Alltag herausschleichen konnte, um zu erkunden, was es alles gab, was alles auf mich wartete. Später, das Abitur in der Tasche, würde ich mich ohne Eile entscheiden, wie ich es leben wollte, das Leben.

Er stand an der Kiste, kehrte mir einen Cordsamtrücken zu und sah kaum auf, als ich an die Kiste daneben trat.
Meine große, heimliche Liebe: diese Kisten. Schon in meinem letzten Realschuljahr hatte mich diese Leidenschaft gepackt, doch die Riesdorfer Kisten waren ungleich besser als die Großenfelder gefüllt. Allein die kleine prickelnde Mühe, ihnen nahe zu kommen, war pure Freude, eine Bushaltestelle vor der meinen standen sie, schon von weitem sah ich ihnen mit dem Auge der Begierde entgegen. Beinah jeden Tag nahm ich den Umweg in Kauf. Auch wenn sich tagelang an den Beständen nichts änderte, nie konnte ich des Innenlebens der Kisten sicher sein.
»Buch Bücher Buche«, verkündete das Schild im Schaufenster. Julius Buche: sein Name mehr als die Mehrzahl, ein Pluralissimus, sozusagen das non plus ultra des Buchwesens. Ich hatte mit Buche, ganz wie mit dem Großenfelder Buchhändler, bald Freundschaft geschlossen und ließ oft zwei, drei Busse fahren, wenn mich eine Neuerscheinung fesselte. Im Winkel hinterm

Laden, nicht viel größer als mein Holzschuppen, durfte ich sitzen, meist mit einer Tasse Malzkaffee oder Kakao.

Vor dem Schaufenster mit den Neuen standen die Kisten mit den Verstoßenen aus den vier Wänden, aus den Regalen Vertriebene, Flüchtlinge, Waisen, Obdachlose, aus den Kisten heraus flehten sie: Begehre mich, nimm mich mit, schlag mich auf, mach mich jung und schön und lesenswert. Am liebsten hätte ich sie jedesmal alle erweckt, verwandelt, befreit vom Makel der heimatlosen Minderwertigkeit. Ich kam aus dem Holzstall und strebte auf einen Platz in den Regalen, in den Regalen bei Kunst und Wissenschaft, einen Platz in der Nähe von Rosenbaum, Rebmann, Sellmer, Kreuzkamp. Die hier draußen waren auf den umgekehrten Weg gezwungen, aus der Erhöhung der Regale in die Erniedrigung der Kisten abgestürzt. Und die Kisten machten alle gleich.

Hier lagen Goethe und Schiller, Lessing, Kleist, Hebbel, Mörike, Büchner, die Droste, Keller, Fontane, Storm neben Vicky Baum: *Es begann an Bord. Roman einer Tropennacht.* Annemarie Selinko: *Désirée*, Hedda Zinner: *Nur eine Frau.* Letztere meist in der modischen Einkleidung des Aktuellen; so jung, so neu und schon ausgestoßen. Keine Zeit zu reifen in den Regalen, erst beim Buchhändler, dann in der Schrankwand des Käufers, womöglich sogar in einer Bibliothek. Die bunten Einbände zwitscherten lockend, Zuckerwatte und türkischer Honig, aber ich ließ mich nicht irreführen: Fast immer verbarg das knallige Außen einen matten Inhalt.

Je zurückhaltender die Bücher daherkamen, desto vorbehaltloser durfte man sich ihnen anvertrauen. Die Kiste, die üblen äußeren Umstände, machten doch nicht alle gleich. Ob man als Reclam-Band Nummer einhundertvierundzwanzig, als *Faust, Nathan* oder *Kaufmann von Venedig* in der Kiste lag, war doch etwas anderes, denn als *Frauenarzt Dr. Holm, Komtesse Beate* oder *Die Erbin vom weißen Schloss* hier zu enden. Trotzdem: Auf den ersten Blick verstieß ich keinen. Einmal in die Hand nahm ich sie, eines Blickes würdigte ich sie alle. Auch die bunten. Auch mit ihnen hatte sich jemand monate-, vielleicht jahrelang Mühe gegeben, hatte Zeit und Geist, Kraft und Hoffnung aufgeboten, nur damit sich der Daumen des Buchhändlers alsbald nach unten senkte. Raus! Kasten! So, als hätte jemand trotz allen Übens, trotz aller Mühen die Stange beim Hochsprung gerissen. Einen Verlag hatten die Blätter noch gefunden, ins Buch hatten sie es noch geschafft, gedruckt, gebunden zwischen zwei festen Deckeln, oft sogar in farbigem Leinen unterm Glanzpapier. Aber dann hatte es wie bei der Olympiade – ist dabei sein wirklich alles? – doch nicht für Medaillenruhm gereicht.

Ohnehin wurde ich vor der Tür nur selten fündig, wusste ich doch, was mich dahinter erwartete. Dort hielt der Buchhändler für besondere Kunden eine zweite, kleinere Kiste bereit und für mich noch einmal eine Schachtel, Schuhschachtel mit Reclam-Heftchen, die er noch nicht in die Kälte der Kiste ausgesiedelt hatte. Wen ich hier nicht erwählte und erwarb – zu einem Betrag, der für meine Finanzen spürbar, objektiv aber eher symbolisch war –, der musste raus: Die Schuld an der Endstation Kiste konnte ich nicht auf den Buchhändler allein schieben.

Von einem Titel ließ ich mich nur selten verführen. Öfter schlug ich eines der Hefte auf, las einen Satz und fühlte mein Herz im Hals. Ich war auf einen Herzsatz gestoßen; dann musste es dieses Heft sein und kein anderes. Der Satz war mir zu Herzen gegangen, und ich würde mir, was das Buch zu sagen hatte, zu Herzen nehmen, es an mein Herz nehmen, mich ihm anvertrauen, ihm trauen. Indem ich es erlas, würde ich mich selber lesen, indem ich es verstand, verstand ich mich. Bücher sollten mich aus mir herausfordern.

Einmal, ich hatte mich wieder lange beim Buchhändler herumgetrieben, stand da auf meinem Weg zum Bus ein Karton mit Büchern. Einfach so, auf der Straße. Ich warf einen flüchtigen Blick auf die Buchrücken: *Für eine Nacht. Das Schloss am Meer. Das Beichtgeheimnis.* Es wurde schon dunkel. Ich sah mich um. Sah vor anderen Häusern alte Stühle, Packen geschnürter Zeitungen, einen Nachttisch mit schiefhängender Tür, Säcke mit Kleiderlumpen. Sah, wie Menschen, einige mit Handwagen, die Gegenstände an den Straßenrändern fachkundig musterten, gelegentlich etwas aufluden oder geringschätzig wieder fallen ließen. Plötzlich hatten die Bücher das verlorene Aussehen von Leuten, die endgültig in der Gosse gelandet sind. Bedrucktes Papier.

Ohne die Ausgesetzten eines zweiten Blickes zu würdigen, lief ich vorbei, aber die Bücher liefen mit, verfolgten mich wie in Goethes Gedicht die Glocke den flüchtigen Kirchgänger. Hätte ich nicht doch reinschauen müssen? Ich rannte zurück. Der Karton war weg.

Seinen Cordsamtrücken kehrte er mir zu, der Mann an der Kiste vor Buches Buchladen. Während ich tat, als prüfte ich das Buch in meiner Hand, schielte ich zu dem Leser nebenan, suchte zu erspähen, was er so angelegentlich durchblätterte. Sage mir, was du liest, und ich sage dir, wer du bist. In fremden Wohnungen zog es mich zuerst an die Bücherregale, wenn es welche gab. In Bus und Bahn konnte ich nicht davon ablassen, den Buchtitel der Nachbarn zu erforschen oder nach ein paar Sätzen auf den Inhalt zu schließen.

»Bitte sehr«, plötzlich kitzelte mich ein vertrauter Geruch in der Nase, dieser unverwechselbare Geruch alter Bücher, die lange in feuchter Kälte gelegen haben, ein Geruch, der anzeigt, Rettung ist nötig, Stockflecken drohen.

Ich musste niesen.

»Entschuldigung.« Die Hand hielt das Buch nun so, dass ich den Titel bequem lesen konnte: »Das wollten Sie doch wissen. Versteh ich.«

»*Welcher Stein ist das?*«, las ich laut. »*Tabelle zum Bestimmen der wichtigsten Mineralien, Edelsteine und Gesteine.*« Ich musste lachen.

»Was gibt es denn da zu lachen?«, fragte der Mann irritiert. Er war älter als alle in der Klasse, älter sogar als Clas.

»Hier«, ich reichte ihm mein Buch.

»*Verwitterte Steine*«, ließ er sich amüsiert vernehmen, »Ben van Eysselstein.«

Eben noch rechtzeitig merkte ich, dass er damit den Namen des Verfassers, nicht aber seinen eigenen meinte, und hielt mein »Hilla Palm« gerade noch zurück. Die Stimme war schon beim Klappentext: »Also: Hören Sie! ›Dies ist die Geschichte reicher holländischer Bauern, die seit Jahrhunderten auf ihren Höfen sitzen. Ihre Herzen werden zu Stein. Im Mittelpunkt des Buches steht eine junge Frau. Sie versucht, der Enge des Elternhauses zu entfliehen und folgt dem Mann, den sie liebt, in die Stadt. Doch sie wird in der Fremde nicht glücklich.‹« Der Mann ließ das Buch zusammenknallen. Es klang verächtlich. »Ts, ts, ts, nicht glücklich, na, so was. Geld macht also nicht glücklich. Was gibt's denn da schon wieder zu lachen?«

»Steine«, lachte ich, »so viele Steine auf einmal. Und so ein schreckliches Deutsch.«

»Ach so, ja.« Auch der Fremde musste nun lachen, ein männliches, erwachsenes Lachen. Er stand da wie auf einer Campari-Reklame, längliches, blasses Gesicht, graue Augen, Grübchenkinn, ein schmaler Mund, der sich leicht und gern spöttisch verzog.

»Da ziehe ich meine Steine aber den Ihren vor! Feldspat, Nephrit, Zirkon, Chrysoberyll, Korund, Diamant. Alles nur eine Frage der Härte. Tja, gut ist, was hart macht. Was meinen Sie?«

»Naja«, sagte ich, »wenn aber das Herz hart wird?« Welche Härte hatte ein Buchstein, ein Lachstein? Bestimmt war der Wutstein knallhart.

»Jetzt lachen Sie schon wieder«, sagte mein Gegenüber. »Wissen Sie was? Ich lade Sie zu einer Cola ein. Darf ich Ihnen dieses Buch schenken?«

Alles, was ich hörte, war: ein Buch schenken! Hätte ich doch bloß ein anderes in der Hand gehabt, den Echtermeyer zum Beispiel, achthundert Seiten deutsche Gedichte aus nahezu tausend Jahren, sogar Ingeborg Bachmann schon drin. Zu spät. Prüfend fasste ich den Spender ins Auge. Der nahm mir das Buch aus der Hand, ergriff die meine und führte sie bis fast an die Lippen, hielt sie in den Fingerspitzen und verkündete: »Godehard van Keuken. Gehn wir.«

Van Keuken klinkte die Tür zum Buchladen auf, nickte mir zu – war mir jemals eine Tür aufgehalten worden?

»Fräulein Palm!«, rief der Buchhändler und: »Herr van Keuken!«, kniff die Augen zusammen, als blende ihn eine Erscheinung. »Wenn das keine Überraschung ist!«

Van Keuken und ich tauschten einen Seitenblick.

»Die beiden? Zweimal Steine. Hmhm, mal fürs Herz, mal für den Kopf. Und dass man Sie auch wieder einmal lachen sieht, Herr van Keuken! Einpacken?«

Van Keuken sah mich fragend an. Ich schüttelte den Kopf.

»Auf Wiedersehen, Herr van Keuken! Bis morgen, Fräulein Palm!« Buche hielt uns die Tür auf. Für mich allein hatte er das noch nie getan. War da wirklich ein Anflug von Ehrerbietung in seiner Stimme?

In der Milchbar bestellte Keuken eine Cola für mich, und für sich verlangte er – wirklich, er trank Campari, und nun fehlte nur noch ein bisschen Sonnenuntergang. Und auch der dämmerte an diesem frühen Nachmittag in der Riesdorfer Milchbar allmählich romantisch herauf, je länger ich dieser Stimme folgte. Er wohne in Köln, besuche aber oft seine Großtante hier in Riesdorf, erfuhr ich, doch was spielte das für eine Rolle, solange er mir in die Augen sah, wie mir noch niemand in die Augen gesehen hatte, ein Blick, der mich auf Zehenspitzen stellte, schweben ließ, furchtlos, sicher gehalten, wie hätte ich mich vor Jahren nach einem solchen Blick von Sigismund gesehnt! Geologie studiere er, gerade habe er ein Referat geschrieben – sollte er, solange seine Augen mir sagten, wie schön ich war, wie begehrenswert.

»Amphibole Doppelketten bei den Pyroxenen«, wiederholte ich träumerisch und nuckelte an meiner Cola.

Dennoch schüttelte ich den Kopf, als er mich nach Hause fahren wollte. Ich hatte ihm erzählt, dass wir ein eigenes Haus bewohnten, hatte den grünen Daumen des Vaters gerühmt, der eine Position bei Krötz und Ko. innehabe. Meine Ablehnung schien seine Gefühle zu beflügeln. »Hilla«, sagte er vor der offenen Bustür, »ich darf doch Hilla sagen? Und auf bald!« Der Fahrer hupte. Ich stieg ein. Türen schließen automatisch.

Der Bus fuhr an. Ich zog das Buch aus der Tasche. Legte es vor mich hin, betrachtete es, streichelte es, vorsichtig, vorsichtig mit den Fingerspitzen wie ein schlafendes Lebewesen, das jederzeit aufspringen könnte, auf und davon. Kein Buch lag da, da lag ein Wunder. Nicht bitten müssen hatte ich und nicht danken.

Bitten hieß eingestehen, dass etwas fehlte. Zu groß meine Angst, man könne mir meine Bitte abschlagen. Jlöv jo nit, dat de jet Besseres bes.

Wie beneidete ich Monika um dieses Bittenkönnen. Monika, die mit einem Augenaufschlag und einem Lächeln die Erfüllung ihrer Bitte zur Auszeichnung machte. Monika, die sich um nichts zu bemühen schien, die mit einem Lächeln, einem Blick den Kellner in der Milchbar dazu brachte, das Eis an den Rändern des kugeligen Löffels nicht wie üblich – und wie bei mir – zurück in den Behälter, sondern großzügig noch in ihren Becher zu stopfen; wie ein Augenaufschlag genügte, und Alois Fromm legte ihr seine Lateinübersetzung zu Füßen. Sogar Astrid verstand es besser als ich: Sie konnte wenigstens fordern. Wie auch immer, bitten oder fordern: Beides setzte das Eingeständnis eines Mangels voraus. Hilfe annehmen konnte ich, bitten konnte ich nicht.

Das Buch sah zerlesen aus. Verwittert. *Verwitterte Steine*. Nie hätte ich dafür Geld ausgegeben. Ich schlug es aufs Geratewohl auf: »Bernier öffnete das Kästchen. Auf weißem Satin ruhte ein Collier aus glatten goldenen Gliedern, zwischen denen dunkelviolette Steine funkelten. ›Amethyste‹, sagte Onkel Frederic. ›Der Stein des Bischofsrings. Sie besitzen das reine Blau des Himmels und das trübe Feuer unserer Leidenschaften. Sie enthalten beides. Es sind Steine des Schmerzes und der Läuterung – und der Hoffnung auf Gnade. So ist das ganze Leben, mein Junge.«» Das ganze Leben«. Das trübe Feuer unserer Leidenschaften. Ich grinste. Nicht mit mir.

Zu Hause saßen Bertram, Mutter und Großmutter noch am Küchentisch vor einem Päckchen Schwarzbrot, einem Stück Graubrot, Rübenkraut, Käse und Mettwurst.
»Nabend.«
Gemurmel antwortete mir. Ich setzte mich neben Bertram auf die Bank.
»Amo«, nuschelte der.
»Amas, amat«, antwortete ich laut und vergnügt.
Der Bruder stupste mich in die Rippen. »Du strahlst aber«, sagte er, »alles gutgegangen in Mathe?«
»Mathe? Äh ja, sehr gut.«
»Wo wars de so lang«, murrte die Mutter, »hier is Wurst un Käs. Dä Tee is schon kalt. Weiß de schon, dat et Pihls Resi jestorwe es? Jester Owend. Et hat nit jelitten, sacht der Doktor.«
Klang die Stimme der Mutter enttäuscht? Sie liebte die Einzelheiten des Sterbens, die näheren Umstände, die zu dem letzten Aus führten, der unwiderruflichen Bestätigung ihres Glaubenssatzes: Dat dicke Äng kütt noch.
Resi Pihl. Ich trat dem Bruder unterm Tisch ans Bein. Der nickte. Um den Großvater zu heilen, hatten wir vor Jahren heimlich den Kopf von ihrer Muttergottes aus Lourdes abgeschraubt und das geweihte Wasser daraus in ein Fläschchen für Liebesperlen umgefüllt. Doch die Großmutter kippte das geweihte Nass ahnungslos in den Rhabarber. Der Großvater starb. Der Rhabarber strotzend wie nie.
»Dat ärme Hannelore. Hätt ken Mama mehr!«, schloss die Mutter ihre Wehklagen.
»JelobtseiJesusChristus.« Die Großmutter klopfte den Schichtkäse überm Rübenkraut auf dem Schwarzbrot mit dem Messerrücken fest.

»Aber wat jlaubs de, wat dat für en Beerdijung jibt!« Die Stimme der Mutter träumerisch von kaum verhaltener Vorfreude.
Die Tür ging auf. Der Vater. Er nickte mir kurz zu, brummte etwas, das klang wie:»Ihr sitz jo noch immer hie«, schnappte sich ein Stück Brot, ein Stück Käse und verschwand wieder in seinem Schuppen. Dort, bei seinen Werkzeugen, bei Schraubstock, Feilen, Zangen und Sägen fand er Zuflucht wie ich im Holzstall bei meinen Büchern. Mit ihm kam der Geruch nach öligem Drillich und Arbeitsschweiß in die Küche. Ich ließ meinen Godehard-Luftballon los. Dondorf, Altstraße 2. Ich war wieder gelandet.

Während Mutter und Großmutter den Tisch abräumten – nie hätten sie zugelassen, dass ich dabei half –, schlich ich vor den dreiteiligen Spiegel der Kommode im Schlafzimmer der Eltern. Hildegard Palm, ziemlich klein, aber alles dran. Das Beste: die Augen. Ich löste meinen Zopf, dunkel und dicht fiel mein Haar weit über die Schultern. Lächelte mein Spiegelbild mit geschlossenen Lippen an, wie ich zu lächeln gewohnt war, seit der Vater die Zahnspange zerquetscht hatte. Gar nicht so schlecht, befand ich. Prüfung bestanden.

Abends im Bett erzählte ich Bertram von meinem Geschenk. Noch immer teilten wir das kleine Zimmer, die Betten nur durch einen schmalen Nachttisch getrennt; unser gemeinsamer Ort ins verschwiegene Dunkel geflüsterter Kümmernisse, hier durfte zur Sprache kommen, was vom Tage im Halse stecken geblieben war.

»Klingt, als hättst du die Geschichte aus nem Buchstein gelesen.« Ich glaubte, den Bruder grinsen zu sehen.»Der gefällt dir wohl? Ich dachte schon, der Sigismund hätt dir dein Heherrz gebrrrohochen.«

»Blödsinn! Schlaf jetzt!« Ich rollte mich auf die Seite, Knie unters Kinn.

»Bona nox, sororcula. Gute Nacht, Schwesterchen. Somnia dulciter. Träum süß.«

Das tat das Schwesterchen nicht. Lange lag ich wach und grübelte, ob mir am Ende der gelbe Pulli, unter dem ein rosenholzfarbener Kragen, die Ecken geknöpft, hervorsah, nicht doch besser gefallen hatte als Godehards Campari-Gesicht, die Manschetten mit den goldgefassten blauen Ovalen besser als die Hände. Lapislazuli hießen diese Steine, hatte ich gelernt. Lapislazuli: Was für ein schönes Wort. Was gefiel mir besser: Wort oder Stein? Über dem Zwiespalt, was ich lieber berühren würde, Godehards Haut oder den weichen Flaum seines Kaschmirpullis, schlief ich ein.

Rebmann hatte für die Klasse Heinrich Bölls *Ansichten eines Clowns* bestellt. Vor unser aller Augen öffnete er das Buchpaket, stapelte die Exemplare vor sich auf und entfernte einen Schutzumschlag nach dem anderen mit seiner einen Hand, als zöge er dem Buch das Fell über die Ohren.

»Wenn wir hiermit durch sind«, sagte er, »gibt es die Lappen dazu. Keine Sorge. Aber erst einmal wird ohne Wanderkarte gelesen.«

Ich verstand ihn. Oft traf ich im Kölner Dom auf Menschen, die, einen Domführer in der Hand, blindlings bestrebt waren, aufzuspüren, zu begutachten, was sie zuvor gelesen hatten.

Über den *Ansichten eines Clowns* kamen auch die in Fahrt, die mit *Wilhelm Tell*, *Emilia Galotti* oder *Werther* wenig anfangen konnten: Clas, der schon als Chemielaborant gearbeitet hatte; Axel, der Apothekerssohn; Hubert, der einmal die Kanzlei seines Vaters übernehmen sollte und hier eine letzte Chance zum Abitur hatte. Clas, Axel und Hubert nahmen forsch und entschieden Partei für den Ich-Erzähler Hans Schnier; von scharfzüngigen Argumenten zur Verteidigung ihres Helden bis zu plumpen Verdammungen seiner Gegenspieler. Anke und Monika neigten diesem Urteil zu, während ich mich unerwartet einer Meinung mit Astrid fand. Uns hatte die offenbare Sympathie, die der Erfinder Heinrich Böll diesem Sohn aus gutem Hause entgegenbrachte, jedenfalls nicht angesteckt. Eltern und Umstände, die Gesellschaft hätten ihn zu dem gemacht, was er sei, so die drei. Er habe nicht so werden wollen wie seine Eltern und deren Bekannte: Heuchler und Egoisten, selbstgerechte Pharisäer. Zugegeben, hielten Astrid und ich dagegen, »aber musste man deshalb ein nichtsnutziger Versager werden? Immer neue Sündenböcke finden, bis schließlich sogar noch die katholische Kirche herhalten muss? Selbst der sonst so stille Alois Fromm sprang uns bei. Niemand machte seinem Namen größere Ehre als er. Er wollte Priester werden und ließ unsere gelegentlichen Hänseleien mit gottseliger Geduld über sich ergehen, Prüfungen, die ihm gerade recht kamen, dem Allerhöchsten seine demütige Gefolgschaft zu beweisen.

Mich empörte vor allem, dass dieser Schnier sich auch noch etwas darauf zugutehielt, das Mädchen Marie, dessen Ausbildung sich der verarmte Vater buchstäblich vom Munde abgespart hatte, kurz vor dem Abitur zu verführen. Dieses entlaufene Unternehmersöhnchen verdiente meine Verachtung.

Und Marie?, so die drei. Hatte sie nicht eingewilligt?

»Ja«, musste ich zugeben. Letzten Endes war sie an ihrem Unglück selber schuld.

Selber schuld. Das war das Stichwort. War Hans Schnier an seinem Unglück selber schuld? War er, ein antriebsloser Egoist, ein Versager, Leichtfuß und Taugenichts, genauso rücksichtslos und selbstgerecht wie seine Mutter, der er gerade diese Eigenschaften vorhielt? Hatte er sich nicht an Marie genauso versündigt wie die Mutter an seiner Schwester Henriette, als sie diese noch kurz vor Kriegsende zur Flak gehen ließ? War nicht der ganze Roman eine Schilderung der verschiedenen Spielarten des Egoismus, der eitlen Selbstverliebtheit, selbstgerechter, naseweiser Besserwisserei?

Aber er habe doch Marie geliebt, wandte Anke temperamentvoller denn je ein; er habe für sie gesorgt, und nicht er habe sie, sie habe ihn verlassen.
Liebe?, höhnten Astrid und ich. Sei das Liebe, wenn Schnier seiner Marie die Zukunft verbaue, nur um sein »fleischliches Verlangen«, wie Böll es nannte, zu befriedigen? Wie zuwider er mir war, dieser Schnier, der auf seinem Nichtverheiratetsein so selbstgefällig herumritt, als sei das ein ganz besonderes Verdienst. Tante Berta, dachte ich, hätte ihm gehörig den Kopf gewaschen. Eine ganz normale Gemeinheit war das. Und außerdem, setzte ich noch eins drauf, ziemlich kitschig das Ganze. Von wegen »fleischliches Verlangen«. Bei Böll werde nur geweint und Bettlaken gewaschen.

Mit den *Ansichten eines Clowns* machte ich eine neue Leseerfahrung. Ich lernte, gegen den Strich zu lesen. Hatte ich bislang in den Büchern nach Vorbildern gesucht, nötigten mir die Personen in diesem Buch eine neue Haltung ab: so nicht. Nicht ich. Nicht mit mir. Lesen hieß nicht mehr aufsaugen, genießen, eintauchen, schwelgen, eingehen in die Gegenwelt. Es hieß auch: Position beziehen, Standpunkte suchen. Einen eigenen festen Boden unter den Füßen finden.

Ich setzte mich mit den Figuren auseinander, mit ihren Lebensentwürfen, ihren Wünschen und Absichten und machte mir im Widerspruch zu den ihrigen die meinigen klar. Vor allem eines: Ich wollte nicht enden wie Marie. Weder ein Versager wie Schnier noch eine »Zierde der Gesellschaft« wie Züpfner, der Parvenü, sollten mich von meinem Weg abbringen. Auch kein Godehard van Keuken. Selbst wenn er mir nicht aus dem Kopf ging.

»Wissen Sie überhaupt, mit wem Sie neulich hier im Laden waren?«, überfiel mich der Buchhändler bei meinem nächsten Besuch. »Herr van Keuken hat schon ein paarmal nach Ihnen gefragt.«
»Naja«, meinte ich, »Doktorand, Geologie ...«
»Das auch«, Buche nickte ungeduldig. »Aber van Keuken! Van Keuken!« Seine Stimme wurde beinah schrill, um dann zu einem Flüstern abzusinken: »*Der* Keuken.«
Ich sah den Buchhändler verständnislos an.
Kopfschüttelnd machte Buche einen Schritt auf mich zu. »*Der* Keuken«, wiederholte er. »Kuchen kauft man nur bei Keuken. Und: Kein Kaka-o-Trank ohne Keuken. Na, klingelt's?«
»Keuken? Nein.« Was hatte das Kindergesicht auf Kakaotüten, Schokoladentafeln und Pralinenschachteln mit Godehard zu tun?
»Der Er-be!« Beinah singend zelebrierte Buche die beiden Silben.
Unwillkürlich sah ich Godehard an einem Riesenknusperhaus aus Vollmilch-Nuss, Krokant und Nougat schlecken. Ich lachte.
»Genau. Wer den mal kriegt, der hat gut lachen«, bestätigte der Buchhändler mit unangenehmer Vertraulichkeit in der Stimme; dann, als wolle er wieder etwas gutmachen, präsentierte er mir den Erzählband Jean-Paul Sartres, *Die Mauer*, und war wieder der Alte.
»Darf ich Ihnen ja eigentlich gar nicht geben«, zwinkerte er. »Hier sehen Sie.«
Buche entnahm dem Buch einen postkartengroßen Zettel: »Ich erkläre, dass ich volljährig bin und Jean-Paul Sartres *Die Mauer* nur für meinen ausschließlichen Privatbedarf erwerbe. Ich werde das Buch auch nicht an Jugendliche weitergeben oder ausleihen. Ort und Datum. Unterschrift.«
Einundzwanzig musste man sein, um dieses Buch lesen zu dürfen. Ich streckte die Hand aus. Buche zog das Buch zurück.
»Nun, wie hat Ihnen der Schinken gefallen? Dieser Holländer?«

Buche lachte. »Oder nein, warten Sie: Böll. Der hat es doch wirklich in sich, oder? Dass der Rebmann sich traut, das in der Schule durchzunehmen!«
»Ganz gut«, beschied ich den Buchhändler knapp, »der Böll, meine ich.« Er hatte *Die Mauer* auf ein kleines Podest vor die Neuerscheinungen gestellt.
»Dann eben nicht.« Pikiert wandte ich mich zur Tür. Nicht einmal den Reclam-Heften schenkte ich noch einen Blick.
»Warten Sie. Ich soll ihn anrufen, wenn Sie wieder hier sind«, rief Buche mir nach. Ich blieb stehen.
»Den Keuken. Verstehn Sie denn nicht? Kommen Sie, kommen Sie«, drängte er, »nehmen Sie den nächsten Bus. Wenn er bei seiner Tante ist, ist er gleich da. Sie wohnt hier um die Ecke.«
Der Buchhändler griff zum Hörer. »Ja?« Eilfertiges Nicken ins Telefon, dann zu mir herüber. »Sehr schön!« Wieder musterte mich Buche mit diesem Blick, den die Großmutter für Pastoren und Kapläne bereithielt, einen Blick, mit »Hochachtungsvoll« und »In Verehrung« unterschrieben. Was so ein Knusperhäuschen doch ausmachte.

Klopfte mein Herz? Es klopfte. Doch unter Buches Argusaugen tat ich, als klopfe nichts. Nahm *Die Mauer* vom Podest, ohne dass er protestierte, schon funktionierte das Knusperhäuschen auch für mich, und blätterte darin, suchte nach Wörtern, Wörtern für unkeusches Tun und Streben, Wörtern, für das Urteil: nicht jugendfrei.

»Hilla, endlich!« Godehard stand da, kariertes Hemd, grüne Strickjacke, Bluejeans, wie auch Clas sie trug, »Nieten in Nietenhosen« hatte im Fernsehen ein Reporter die Träger beschimpft. In der Hand eine Rose. »Hilla!« Ich war aufgesprungen, hatte die Gefahr erkannt, dass er vor mir in die Knie gehen würde, nicht einmal Buche hätte ihn daran gehindert, und so standen wir voreinander, Godehard mit der Rose, ich mit Sartre. Den er mir aus der Hand nahm und die Blume hineinlegte.

»*Die Mauer*, aha«, sagte er, »ist das nicht für kleine Mädchen verboten, Herr Buche?« Godehard reichte ihm das Buch. »Schreiben Sie es zu den anderen. Die Karte können Sie rausnehmen. Wie alt ich bin, wissen Sie ja. Kommen Sie Hilla, das müssen wir feiern.«
»Wie? Was?«, stammelte ich verwirrt.
»Unser Wiedersehen! Was denken Sie denn?« Godehard ergriff meine Aktentasche, hielt mir die Tür auf.
Mein Herz klopfte nicht mehr. Bei Sigismund war das anders gewesen. Da hatte es erst recht losgehämmert, wenn er da war. Aber das Zehenspitzengefühl war wieder da, mindestens zwei Zentimeter über den Dielen des Buchladens schwebte ich hinter Godehard zur Tür hinaus.
Himmelblau blank machte sein Wagen Sehnsucht nach Sonne und Sommer an diesem verhangenen Vorfrühlingstag. Noch war es zu kalt, das Verdeck herunterzufahren. Ich kuschelte mich in den Sitz.
»Musik, Hilla?«, fragte er und drückte einen Knopf, ohne meine Antwort abzuwarten. Geige und Klavier spielten miteinander, umeinander, gegeneinander, aneinander vorbei und wieder zusammen. Ich genoss die Musik, die bequemen Polster, genoss den Blick auf Godehards blaubetuchte Beine, die Manschetten unter der Jacke. Genoss es, nicht reden zu müssen. Abrupt wie er es eingeschaltet hatte, machte Godehard das Radio wieder aus, mitten in einem romantischen Umschmiegen von Klavier und Geigenton. Ich fuhr auf.
»Ich schlage vor, wir fahren nach Altenberg«, sagte er, »ich kenne da ein kleines Lokal. Das Richtige zum Anstoßen. Auf unser Du. Sie haben doch hoffentlich Zeit, nach all den Tagen, die ich auf Sie gewartet habe.«
Es waren genau drei gewesen. Doch Godehards Stimme duldete keine Widerrede. Nicht, dass er etwas befohlen hätte, nicht einmal überreden wollte er mich, es kam ihm gar nicht in den Sinn, dass man seine Vorschläge ablehnen könnte. Warum auch? Ich rutschte tiefer in den Sitz hinein. Wie gut, dass ich mich

nicht nur mit Latein, sondern auch mit dem *Einmaleins des guten Tons* auf das Leben als Aufbaugymnasiastin vorbereitet hatte.

Beträchtliches hatte ich hier schon für das Leben gelernt. »Wo noch vor gar nicht langer Zeit Geld und allenfalls die persönliche Leistung den Wert eines Menschen bestimmte, sieht man heute schon wieder auf gewandtes Auftreten und tadellose Umgangsformen.« Jawohl! Ich wollte nicht »an den Klippen des guten Tons von vornherein zum Scheitern verurteilt« sein. Kaum etwas, woran man nicht scheitern konnte. Hatte ich bislang geglaubt, es genüge, das Essen mit Messer und Gabel zu beherrschen, schreckte mich Frau Dr. Gertrud Oheim nun wieder aus meiner vornehmen Ruhe auf. Zum Beispiel die Serviette. Gab's bei uns nicht. Das Stückchen hatte es in sich: »Die Serviette, ob es nun eine Stoff- oder Papierserviette ist, wird erst entfaltet und auf den Schoß gelegt, wenn die Speisen aufgetragen sind und das Essen beginnt. Sie gehört weder in den Kragen oder Halsausschnitt noch zwischen die Westen- und Blusenknöpfe. Bei appetitlich essenden Menschen wird es nie nötig sein, sich mit der Serviette den Mund abzuwischen. Sie ist auch nur dazu da, etwa vor dem Trinken den Mund etwas abzutupfen und im Übrigen Kleid oder Anzug zu schützen. In besonderen Fällen hat man ja auch sein Taschentuch bei der Hand.« In besonderen Fällen? Was mochte damit gemeint sein? Kotzen? Knochen? Fleisch, so zäh, dass man die zerkaute Masse ausspucken durfte? »Nach dem Essen wird eine Papierserviette leicht geknüllt auf den Essteller, die Stoffserviette lose zusammengefaltet neben den Teller gelegt. Es ist unmanierlich, sie unordentlich zerknüllt, und unnötig, sie pedantisch zurechtgefaltet hinzulegen. Selbstverständlich muss man Servietten, die am Familientisch oder in Fremdenpensionen zum täglichen Gedeck gehören, sauber zusammenlegen und in den dazugehörenden Ring oder eine Tasche stecken – auch das sind kleine Hürden des guten Tons, an denen mancher scheitert.«

Ich nicht.

Godehard hatte inzwischen zu einem Vortrag angesetzt. Derlei kleine Vorträge hielt er gern, das war mir schon bei unserem Besuch in der Milchbar aufgefallen. Genau zuhören musste ich nicht, meist ging es um Steine. Lügensteine hörte ich. Mehr als zweitausend gebe es davon, sehr selten seien sie. Kaum noch zu finden. Seine Stimme floss gleichförmig dahin, Nieselregen ließ die Landschaft draußen verschwimmen, wie mir Godehards Sätze verschwammen in einzelne Wörter, kristallin und derb hörte ich, körnig und nierig, Drusen, Kristall, komplizierte Silben, Ilmenit, Korund, Spinell, geheimnisvolle Laute, meist endend auf -it.

Steine konnten nun wirklich nicht lügen, erzählen ja, unendliche Geschichten, vielleicht wollte er mich foppen, so, wie der Bruder mich hinters Licht führen konnte, mit den unwahrscheinlichsten Geschichten.

Nein, Steine konnten nicht lügen. Anders als Wörter. Die gesprochenen Wörter. Schall und Rauch. Wann hatte ich je erfahren, dass ich mich auf das gesprochene Wort verlassen konnte?»Steh auf!«, hatte Mohren gesagt, und Rosenbaum und Kreuzkamp hatten mich mit ihren Worten aus dem Büro befreit. Aber sonst?»Et tut nit weh«, hatte die Mutter versichert, bevor dem Lappen überm aufgeschlagenen Knie brennender Schmerz folgte; mit»Isch sach nix dem Papa« Bertram und mir Geständnisse entlockt, die sie stehenden Fußes weitertrug.»Wenn de brav bis, darfs de dat schöne Kleid anziehe«, am Freitag versprochen, am Sonntag gebrochen. Folgten den Worten wirklich Taten, waren es Ankündigungen von Strafen gewesen:»Waat, bes mer daheem sind! Wenn dat dä Papp hürt!« Und mit Sigismunds Schwüren war es mir nicht besser ergangen.

Auf gute Wörter verlassen konnte man sich nur in den Büchern. Da hatte ein jedes seinen Platz, seine unverrückbare Bedeutung.

Anders im Leben. Nicht nur für Versprechen und ihre Missachtung galt dieser Übelstand. Wurden Wörter erst einmal gesprochen, waren sie gefährdet und konnten gefährlich sein.

Gesprochen wurden sie wandelbar, verformten sie sich auf dem Weg vom Mund ins Ohr des Gegenübers, nahmen eigene Bedeutungen an in dessen Gehirn, verfärbten sich in seinem Kopf, wie ich es nie voraussehen konnte. Wie fügten sich die Wörter in das Vokabular seiner Seele? Welche Erfahrungen hatte der Angesprochene mit diesen Wörtern gemacht? Waren sie den meinen ähnlich? Lagen Wörter und Taten fest aufeinander? Enttäuschten die Wörter die Taten? Die Taten die Wörter? Straften Taten die Wörter Lügen?

Der Wörterschall, die Außenwelt des Wortes. Messbar. Unfehlbar. Wie aber sah es für den Hörer im Innern des Wortes aus? Die Innenwelt der Wörter: anders in jedem Kopf. Überlappungen, ja, aber die Unterschiede vergrößerten sich sprunghaft, je mehr Wörter eine Verbindung eingingen, je mehr Ohren den Schall auffingen und in den Gehirnen zu Bedeutungen umwandelten. Einer sagt etwas in die Luft hinein. Und wie unser Ohr, unser Hirn, unser Herz es aufnimmt, was kümmert ihn das. Die Wörter sind weg, raus aus seinem Mund. Was die Wörter in uns anrichten, ist ihm egal. Ob sie Hoffnungen, Wünsche, Erwartungen wecken: egal. Gesprochene Wörter: Papiergeld. Wechsel ohne Gewähr.

Menschen beim Wort zu nehmen. Davor musste man sich hüten. Wort halten taten nur die Bücher. Das gedruckte Wort. Unverrückbar. Verlässlich. So wie die Steine. Lügensteine? Lächerlich.

»Hilla, hören Sie mir überhaupt zu?« Godehard drückte die Hupe. »Sie träumen wohl gern?«

»Von einem Traumstein. Sicher. Lügensteine, na klar. Kenn ich!«, behauptete ich kühn.

»Kennen Sie? Sie kennen Lügensteine?«

»Und ob. Was glauben Sie, was die mir schon alles erzählt haben.« Hoffentlich war der verruchte Unterton nicht zu stark ausgefallen.

Godehard schlug belustigt mit der Hand aufs Lenkrad. Sie steckte in einer Kombination aus grobgenarbtem Leder und festem Strick, auf dem Handrücken ein rundes Loch, das seine dünn behaarte Haut zeigte.

»Wenn Sie's nicht glauben, fahren wir zu mir. Ich hab sogar einen zu Hause. Oder vielleicht morgen. Wir sind ja gleich da.«

Die waldige Landstraße ging in eine Dorfstraße über. Von weitem die Türme des Altenberger Doms. Wie lange lag es zurück, dass ich Fronleichnam in einer Prozession der katholischen Landjugend durch dieses Portal gezogen war. Der Dom kam näher, noch näher, doch mein Fahrer machte nicht die geringsten Anstalten, das Tempo zu drosseln.

»Halt!«, rief ich, als wir fast schon vorbei waren. »Der Dom!«

»Ja, sicher, der Dom«, erwiderte Godehard ungerührt. »Was sonst? Wir sind gleich da.«

Vor so viel Selbstsicherheit kam mir mein Wunsch, den Dom zu besuchen, eine Kerze, Ehrensache, anzuzünden, kindisch vor. Godehard wusste Bescheid.

Das kleine Lokal war wirklich klein, das Erdgeschoss eines Fachwerkhauses abseits von der Landstraße in einer Lichtung gelegen. Zur alten Jagdklause.

»Dort drüben?« Godehard steuerte auf einen Tisch am Fenster, rückte mir den Stuhl zurecht – das hatte noch nie jemand getan. »Hier haben Sie den besten Ausblick. Wenn's dunkel wird, kommen sogar Rehe raus, wenn wir Glück haben. Ich jedenfalls habe jetzt schon Glück.«

Godehard ergriff meine Hand. Gut, schoss es mir durch den Kopf, dass ich das Necessaire von Fräulein Kaasen seit meiner Kommunion immer so gewissenhaft benutzte.

Wir waren die einzigen Gäste. Ein Kellner eilte herbei, schwarzes Jackett mit seidenen Aufschlägen, zum weißen Hemd eine schwarze Fliege. »Wie schön, Sie wieder einmal zu sehen, Herr van Keuken«, dienerte der Mann. Und mit einer Verbeugung zu mir: »Guten Abend, Mademoiselle. Darf es schon einmal ein Aperitif sein?«

»Zwei Martini«, orderte Godehard.

»Ganz wie in alten Zeiten«, schmunzelte der Kellner. »Darf ich Ihnen die Rose abnehmen, Mademoiselle?« Schon hatte er die Blume ergriffen und machte kehrt.

»Für mich eine Cola.« Fremd und aufmüpfig klang mir meine Stimme in den Ohren. Hilla Spielverderber. Ich presste die Hand auf mein hämmerndes Herz.

Mitten in der Kehrtwendung hielt der Kellner inne, die Rose an die Brust gedrückt, und sah Godehard fragend an.

»Sie hören doch, Cola«, erwiderte der ungehalten. Der Kellner machte, dass er fortkam.

»Ich, äh«, stammelte ich verlegen, »ich mache mir nichts aus Alkohol. Bekommt mir nicht.«

»Müssen Sie doch auch nicht; niemand wird zu nichts gezwungen.« Godehard lächelte und griff nach meiner Hand, die ich ihm nicht entzog. Er verbarg seine Enttäuschung gut, aber ich wusste es besser. Auch Clas hatte mich vor kurzem zu einer seiner Partys eingeladen. Kaum zwei Stunden konnte ich bleiben, wollte ich die letzte Bahn erwischen. Und trinken tat ich auch nichts. Nur ein Schlückchen, sei kein Spielverderber; scheel angesehen hatte man mich, als ich hart geblieben war, spiritus verde, den grünen Schnaps, und Underberg vor Augen, Rosenbaums Mahnungen im Ohr. Nicht mal einen Schuss Rum in die Cola. Eine trübe Tasse sei ich, Streberin, Bücherwurm, da konnte ich mich noch so bemühen, mein »schlichtes Sommerkleid von zeitlosem Schnitt« durch modisches Beiwerk wie Gürtel, Clips, Blüte, Schal oder Spitze immer wieder »zu verwandeln«. Konnte noch so kenntnisreich über Sartre, Kafka, Camus parlieren oder Ingmar Bergmans *Wilde Erdbeeren* kommentieren.

Mit übertriebenem Schwung – »Mademoiselle, voilà!« – stellte der Kellner die Rose in einer kleinen schmalbauchigen Silbervase und meine Cola vor mich hin. Weiße Kristalle um den Rand des Glases, Zucker schmeckte ich, Eiswürfel klirrten, ein Zitronenschnitz geriet mir zwischen die Zähne, als wir uns

zutranken: »Hilla« und »Godehard«. »Auf Du und Du«, sagte er und tauchte seine Lippen in den Martini. »Sie, äh, du musst doch noch fahren«, wagte ich einzuwenden. »Das lass mal meine Sorge sein. Herr Ober! Die Weinkarte.«
Der Mann – ja, wie bewegte er sich eigentlich? – tänzelte, schwänzelte, flog heran, elegante Servilität, drei Karten in der Hand. »Wünschen die Herrschaften denn nicht zu speisen?«, wagte er demütig und vorwurfsvoll zugleich zu fragen. »Jaja, natürlich«, erwiderte Godehard zerstreut. »Wie immer.« Und mit einem tiefen Blick in meine Augen: »Die Ente hier! Etwas Besseres findest du nicht einmal im Düsseldorfer Schiffchen. Kennst du nicht? Wirst du kennenlernen. Ach, was wirst du nicht noch alles kennenlernen.« Mit der einen Hand griff Godehard nach der meinen, mit der anderen nach der Weinkarte, gab sie aber dann ungeöffnet zurück. »Ich denke, wir bleiben bei dem Rothschild.«
Durch den Körper des Kellners ging ein ehrerbietiger Ruck. »Wie immer. Der Rothschild.« So sprach die Großmutter die Worte des Ohms, ihres Bruders, vor Jahren Missionar in Afrika, nach, wenn der, bei uns zu Besuch, seine privaten Dogmen verkündete. Die Familie hatte sich seine Priesterlaufbahn vom Munde abgespart. Das Wort dieses Stellvertreters Gottes auf Erden war Gesetz in der Altstraße 2. Nicht nur in Glaubensdingen, da hatte er gegen jedweden Zweifel den Spruch »demütig glauben« parat. Hautnah bekamen wir seine Hoheit in allen Fragen von Sitte und Moral zu spüren. Mit seiner Verheißung: »Wenn die Frauen in Männerkleidern gehen, ist das Ende der Welt nahe«, hatte er mir als Kind das Leben in Winterzeiten sauer gemacht.
Schon war der Kellner zurück: »Kleiner Gruß aus der Küche«, frohlockte er und stellte ein Tellerchen vor uns ab. »Haschee vom Tafelspitz an Sellerieschaum und Schalottenmark.« Sprach's

und war weg, mit einer Schnelligkeit, die in der Tat das Wort »verschwinden« verdiente, als sei diese unsichtbare Art des Rückzugs eines der Berufsgeheimnisse seines Standes.

Immer von außen nach innen, hatte ich gelesen, sei das Besteck zu benutzen. Dennoch wartete ich, bis Godehard mir einen Guten Appetit gewünscht, das Brotkörbchen gereicht, die Serviette mit dezentem Schwung auseinandergeschlagen, auf die Knie gebreitet und zur kleinen Außengabel gegriffen hatte. Aha, die Butter kam auf den kleinen Teller neben dem großen, dorthin, wo schon ein Extramesser lag, da also schmierte man sich die kleine Brotscheibe.

Der Happen auf dem Teller – das Wörtergebirge für das kleine Häufchen konnte sich doch kein Mensch merken – schmeckte sehrsehr gut, aber warum so sparsam? Ich hatte seit der großen Pause nichts mehr gegessen. Schon wollte ich fragen, ob ich nicht noch ein Tellerchen haben könnte, so einen leckeren Gruß aus der Küche, da hatte sich der Kellner auch schon wieder an unseren Tisch gezaubert. »Vorspeise wie immer?«

Godehard nickte. »Wie weit ist der Wein?«

»Sollte noch eine Weile atmen.« Der Kellner warf einen serviettenähnlichen Lappen von einem Arm auf den anderen.

Godehard machte eine Handbewegung, wie ich sie aus Filmen kannte, wenn der Chef den Chauffeur nicht mehr braucht. »Gefällt es dir?« Godehard fasste mich in seinen verklärenden Blick, dass ich gar nicht anders konnte, als zustimmend und vielleicht ein wenig übertrieben zu nicken. Was er auch gar nicht anders erwartet zu haben schien, denn er war schon weiter, beim Lobpreis des Weines, den wir gleich genießen würden. Aber vorher noch ein Glas Champagner. Zur Vorspeise, das könne ich ihm doch nicht abschlagen.

Ich konnte es wirklich nicht. Was hatte dieser Mann, das ich nicht hatte? Er konnte, was Monika und Clas, was Sigismund und Doris konnten: bitten im sicheren Wissen um die Erfüllung der Bitte. Gar nicht in den Sinn kam es Godehard, dass es mir nicht gefallen könnte, dass *er* mir nicht gefallen könnte. Von dieser Selbstgewissheit ging eine Kraft aus, der ich mich nicht zu widersetzen wagte. Mehr noch: Ich merkte gar nicht, dass ich tat, was er wollte; weil ich glaubte, ich sei es, die wollte, was er wollte, dass er genau das vorschlug, was ich wollte. Ich ließ mich zurückgleiten. Vergaß Rosenbaum und meinen Schwur bei den Underberg-Flaschen am Rhein und hob mein Glas dem Godehards entgegen.

Es schmeckte sehrsehr gut. Mein Magen knurrte nach mehr. Ich griff in den Brotkorb, Godehard hielt mich zurück. »Du verdirbst dir nur den Appetit«, warnte er. »Ah, siehst du, es geht schon weiter.«

Zwei tiefe Teller, mit ihrem Riesenrand wie umgedrehte Hüte italienischer Padres, wurden vor uns abgestellt. Nudeln. Normale buttrige Bandnudeln. Dazu rückte der Kellner ein Tischlein heran, streifte sich einen weißen Handschuh über seine Rechte, griff in die silbern polierte Schale, die uns an unserem Tisch länglich verzerrt widerspiegelte, zog eine schrumpelige dunkle Knolle heraus, etwas größer als eine vertrocknete Pflaume, und hielt sie Godehard diskret unter die Nase. Der schnüffelte und verdrehte die Augen. Worauf der Kellner die Knolle über einen winzigen silbernen Hobel führte, doch nicht etwa über Godehards Teller, etwa so, wie man Käse reibt, o nein, über einer Art Briefwaage wurde gehobelt, bis Godehard die Hand hob, worauf die Knollenspäne aus der goldenen Waagschale glitten und sich braungrau und stumpf über dem gelben Butterglanz der Bandnudeln verteilten.

Ein würziger Geruch breitete sich aus, nasser Waldboden, Tannen und Fichten, moderndes Laub, reife Pilze, aufregend und ein bisschen verboten roch es, nicht jugendfrei. Ich kicherte.

Wieder stellte sich der Kellner in Positur, die Knolle war erst zur Hälfte verbraucht. Ich nickte dem Mann, wie ich hoffte, hoheitsvoll zu, der Hobel senkte sich über die Waage, die Rechte rieb, ich schaute zu. Die Knolle war zu Ende. »Weiter«, sagte ich. Wieder griff der weiße Handschuh in die Schale, flogen die Späne in die Schale der Waage, deren feines Gestänge sich nun merklich senkte. Der Ober machte eine Pause. »Noch ein bisschen, bitte!« Lächerlich dieses Getue mit Handschuh und Waage für so ein paar schrumpelige Dinger. Ich hatte Hunger. Die zweite Knolle war alle.

»Die Nudeln werden kalt«, mahnte Godehard. Entschlossen kippte der Kellner die Späne auf meinen Teller und machte sich mit seinem Tischlein davon.

Ich mischte die Schrumpelkrümel unter die Nudeln und lud mir – Dr. Oheim hin oder her – einen herzhaften Bissen auf die Gabel. Kaute mit vollen Backen, während Godehard bedachtsam ein Nudel-Späne-Häppchen zum Munde führte und an den Gaumen presste, als prüfte er ein Medikament.

»Nun, wie schmeckt's?«, fragte er, und diesmal wartete er meine Antwort wirklich ab.

»Ein-fach köst-lich«, entsann ich mich angelesener Kinderstuben, *Effi Briest* oder *Buddenbrooks*, und verschlang eine zweite Nudelfuhre. »Superb.« Dass ich Großmutters Makkaroni mit Ei, gekochtem Schinken und altem Holländer überbacken diesen Schnipseln bei weitem vorzog, behielt ich für mich. »Allerdings: bisschen trocken.«

»Bisschen waaas?« Godehard verschluckte sich. »Diese Périgord-Trüffel sind das Beste, was der Markt hergibt!«

Trüffel! Das waren Trüffel! Ich aß Trüffel! Trüffel wie in *Babettes Gastmahl*!

Rebmann hatte mir das Buch erst vor kurzem gegeben. Neben dem Buchhändler sorgte auch er für meinen Lesestoff. »Gut, dass Sie auch mal die Zeitgenossen lesen«, hatte er meine Vorliebe für tote Dichter indirekt getadelt. »Man kann nicht nur von Wurzeln leben.«

Ich zog die Toten den Lebenden vor, das Alte dem Neuen. Das Neue, das Alltägliche hatte ich jeden Tag. Ich war mein eigener Zeitgenosse, kannte meine eigene Zeit, war ihr Teil. Ich musste nur das Fernsehen anstellen. Oder den Gesprächen von Mutter, Tante und Cousinen zuhören. Wo waren sie gewesen?

Wer mit wem? Was hatten sie angehabt? Gegessen? Getrunken? Wurde wieder alles teurer? Wer hatte was gesagt? Getan? Wer war krank und wer gestorben? Hatte geheiratet? Wer war unter die Räder gekommen? Ich saß dabei und hörte zu. Und las ohne ein Buch. Geschichten, um die Hauptfigur, die Tante, herumgeschrieben, die die Fäden in der Hand hielt wie ein Romancier vom alten Schlag.

Ich musste nur von den Büchern aufsehen, um zu wissen, was passierte. Es war die Zeit der Toten, die ich nicht kannte. Die Toten waren aufregend genau darum, weil sie nicht wir waren. Die Zeit hatte für mich eine Wahl getroffen. Aus dem Stimmengewirr vergangener Zeiten einen Kanon des Wohllauts gebildet. Das machte mir die Auswahl leicht. Bei den toten Dichtern fühlte ich mich sicher. Sie hatten überlebt. Und etwas von diesem Triumph ging auf mich über.

Schicksalsanekdoten hieß die Sammlung, Erzählungen von Tania Blixen, die noch bei mir im Holzstall standen.

»*Babettes Gastmahl*«, sagte ich andächtig. »Sag ich doch: einfach köstlich. Nicht ganz so wie Blinis Demidoff oder Cailles en Sarcophage, aber immerhin.«

Ich schmeckte den Trüffeln des *Gastmahls* nach, widmete mich den nächsten Bissen mit all der Aufmerksamkeit, die ich der überwältigenden Erzählung entgegengebracht hatte, auf meiner Zunge vermischte sich das Aroma vorzüglicher Trüffel mit meinem Leseentzücken, Godehard saß da in einer Reihe am Tisch mit General Löwenhjelm und dem Propst von Berlevaag, mit Philippa und Martine, der Witwe Oppegaarden, und ich mitten unter ihnen. Ich fühlte mich wohl und war doch auf der Hut. Trüffel, Austern und Champagner beherrschten die Weltliteratur, wenn es um Verführung ging, waren das Pendant des feinen Herrn zu Sachertorte und Likörchen des kleinen Mannes. »Nor einen wenzigen Schlock«, hielt ich Godehard mein Glas entgegen. Der griff hinter sich in den Eiskübel und goss nach. *Babettes Gastmahl*. Ich fühlte mich im Schutz einer großen Schriftstellerin.

Bratenduft wehte herüber. »Alles zur Zufriedenheit?«, räumte der Kellner unsere Teller beiseite, kam zurück mit zwei Glaskelchen: »Voilà. Zweimal Zitronensorbet. Es ist gleich so weit.« Eis? Mitten beim Essen.

Wieder rollte er einen Tisch heran, und dann trug er ihn herbei, vorsichtig, im Körbchen, wie ein Neugeborenes hielt er den Rothschild in seinen Armen, bevor er Korb und Flasche aufbettete. Feierlich, wie Kreuzkamp an hohen Festtagen Wasser und Wein zur Wandlung mischte, goss der Kellner einen Schluck in Godehards Glas. Der ließ die tiefrote Flüssigkeit träge in hohen Bögen kreisen. »Herrliche Fenster«, lobte er. Kellner und Gast nickten einander kennerisch zu.

Die Ente kam. Vor unseren Augen schnitt der Kellner die Brust aus dem braunen, duftenden Leib, Bratenhaut knisterte, dazu Champagnerkraut, wie er das Sauerkraut nannte, und Spitzkohl püriert. »Darf es etwas Sauce dazu sein?« Es durfte. Dann trug der Kellner alles wieder weg. Es schmeckte sehrsehr gut. Godehard pickte auf seinem Teller herum und sah mir beim Essen zu, fand offenkundig Gefallen an meinem Appetit. Viel sprachen wir nicht. Nur eines fehlt jetzt noch, dachte ich: ein Buch.

Wann immer es ging, suchte ich Lesen und Essen zu paaren: Essen und Lesen an ein und demselben Tisch zu ein und derselben Zeit. Das verschaffte mir eine nahezu lasterhafte Lust. Nichts stellte mich so vollkommen zufrieden, brachte mich dem Gefühl des Einsseins mit Gott und der Welt, nebst einem lustvollen Quentchen Teufelei, näher. Meist aß ich im Holzstall, wo ich auch ungestört lesen konnte, und meist war die Speise so beschaffen, dass sich wieder einmal Schiller bewahrheitete: Es ist der Geist, der sich den Körper baut. Ich aß Käsebrot und Schwarzbrot mit Rübenkraut und schlemmte doch, was immer im Hause Buddenbrook getafelt wurde, oder darbte trotz entschlossenen Bisses in die Pflaumenmusschnitte mit den Fischern am Gletscher von Halldór Laxness.

Gelang es mir, selten genug, allein im Haus eine warme Mahlzeit zu mir zu nehmen, wählte ich das zur Speise passende Buch wie der Feinschmecker seinen Wein. Dann war der Genuss vollkommen. Der Rhythmus des Kauens und Schluckens fand im Rhythmus der Sätze zu einem phantastischen Duett, das Ohr kaum in der Lage, die melodischen Linien von Leib und Geist zu trennen. Parallelen, in Meyers verhasster Mathematik zum Treffen im Unendlichen verdammt, hier kamen sie zusammen: Essen und Erzählung verschmolzen in einem Mund, voll Geschichte, und der irreführende Gegensatz von Fleisch und Geist war überwunden. Klassisch tönte es bei Rotkohl mit Rindsroulade (einer halben) zu Fontanes *Frau Jenny Treibel*, lieblich ging ein Pflaumenkompott in Rilkes *Herbsttag* ein, in gewagten Assonanzen widersprach eine dicke Bohnensuppe Hamsuns *Hunger*.

Hier und jetzt aber war alles wirklich. Ich las von keiner Tafel, ich tafelte selbst. Dieses Gastmahl war das meine. Meine fleischliche Zunge schmeckte, was die wirklichen Zähne zerbissen. Vor mir bewegte Godehard seine kernigen Kinnbacken, kauten seine gutsortierten Gebiss gutgebratenes Geflügel.

»Eine jut jebratene Jans auf joldener Jabel jejessen, is eine jute Jabe Jottes«, murmelte ich kichernd.

»Wie bitte?«

Ich wiederholte das Sprüchlein. Wie viel Kummer hatte es mir damals bereitet, als ich es genau so vor der Klasse aufgesagt hatte und nicht, wie es sich gehörte und Doris und die anderen es konnten, mit hochdeutsch korrektem G.

»Bravo«, sagte Godehard. »Wo hast du das denn gelernt? Besser kann das eine Putzfrau auch nicht.«

»Übungssache«, antwortete ich knapp und versuchte, ihm auf dieselbe Art in die Augen zu schauen wie er mir.

Godehard schwenkte den Rothschild, ich tat es ihm nach, musste immer nur tun, was er tat, um Frau Dr. Oheims Regeln – auf keinen Fall »das Glas plump mit der ganzen Hand umspannt« – perfekt in die Tat umzusetzen, die schiere Lehrstunde war das hier, und doch: Es war mehr. Weil mir der Lehrer gefiel.

Godehards Glas schwebte mir über den weißen Damast entgegen, vorbei an Spitzkohl und Entenbraten, Gläserklang, Glockenklang, die Glocken des Kölner Dom, der dicke Pitter, läuten den Sonntag ein, läuten die Weihnacht ein, Ostern, Auferstehung.

Der Ober: »Herr van Keuken. Sie werden am Telefon verlangt.«

Godehard fuhr hoch. »Muss das sein?«

»Ihr Herr Vater.«

Widerwillig, doch ohne zu zögern, sprang Godehard auf. »Du entschuldigst mich. Ich bin gleich wieder da.«

Mein Teller war leer. Spielerisch ließ ich Messer und Gabel zusammenklirren. Nie hatte ich so schweres Besteck in Händen gehalten. Ich schwenkte den Rothschild im Glas, schmeckte Traum und Vergangenheit, Traum und Zukunft, die Glocken des Kölner Doms, sah mich mit dem Vater im Kaufhof bei Russisch Ei und Kölsch, sah mich bei Rosenbaum mit meiner schlecht verpackten Flasche Escorial Grün – und goss den Rothschild vorsichtig, wehmütig in die Geranie, die üppig rosa im Messingtopf neben mir auf der Fensterbank blühte.

Godehard kam zurück und mit ihm der Kellner, der nachgoss und die Keulen der Ente servierte, eine kleine Portion auf Pilzen. Immer noch schmeckte es sehrsehr gut. Godehard und Kellner tauschten einen schnellen Blick, der von meinem leeren Glas zur Flasche und über mich hinwegging.

Godehard sah verstohlen auf die Uhr. »Entschuldige, aber ich habe versprochen, die Tante anzurufen, wenn es später wird. Ich bin gleich wieder da.«

Und die Geranie wurde zum zweiten Mal mit einem Rothschild verwöhnt.

»Sei mir nicht böse, Nachtisch entfällt.« Godehard ergriff meine beiden Hände und zog mich hoch. »Mein kleiner Bruder wartet auf mich bei der Tante. Er hat gerade in Hamburg sein Studium begonnen. Aber ich fahre dich noch nach Hause.«

»Wirklich nicht nötig«, sagte ich. »Ist doch ein Riesenumweg für dich. Bushaltestelle genügt.«
Godehard schien erleichtert. Winkte dem Kellner. Drückte ihm einen Schein in die Hand, ich glaubte, einen Zwanziger zu erkennen. Und die Rechnung? Musste ein Herr van Keuken denn nirgends bezahlen?
Der Ober dienerte uns zur Tür, reichte mir die Rose, den Stiel in feuchtes Papier eingeschlagen. »Mademoiselle, bis zum nächsten Mal.«
Feiner, dichter Regen fiel noch immer, die Erde roch nach altem Laub und frischem Grün, Frühlingsduft, der die Sehnsucht anstachelte, zu erleben, was in den Büchern stand. Godehard nahm mich in seine Arme, nein, untern Arm nahm er mich, wir rannten die wenigen Schritte zum Wagen, und da nahm er mich wirklich in seine Arme, zog mich an seine grüne Strickjackenbrust, die nach Entenbraten und Champagnerkraut roch, vorsichtig, umsichtig, als handle es sich um einen wertvollen zerbrechlichen Gegenstand. Nie zuvor hatte mich jemand in einer Berührung so eins mit mir gemacht, eins mit mir und der Welt, wie es sonst nur das Lesen vermochte. Nein, auch Federico hatte das gekonnt, mein schöner Gastarbeiter, damals am Rhein, als er mir wieder und wieder meine Haare, capelli bellissimi, mit seiner Noppenbürste striegelte. Aber da war ich ein Kind, ein kleines Mädchen gewesen, das sich Taschentücher in den Büstenhalter der Mutter steckte. So also konnte sich das auch anfühlen, Lippen hinter dem Ohr, den Nacken, die Kehle hinauf und hinunter bis in die Kuhle am Schlüsselbein, eine Hand in den Haaren, die andere auf meiner Schulter, dem Schulterblatt, streichelnd, liebkosend, durch den Stoff meines Pullis, Schulter und Schulterblatt und kein bisschen darüber hinaus. Ich dachte an Sigismunds harte Jungenhände, sein Tasten, Drängen und Greifen, das unser Zusammensein zu einem ständigen Kampf zwischen Gewähren und Verweigern gemacht hatte. Eine heiße Welle froher Dankbarkeit, dass Godehard mich nicht bestürmte, mir nichts abverlangte, kein Ja und kein Nein, durchflutete

mich, ich schmiegte mich an ihn. »Nie«, flüsterte er, »werde ich etwas tun, was du nicht willst.« Da hob ich ihm mein Gesicht entgegen, das er in beide Hände nahm, seine Lippen tasteten über mein Gesicht, leicht und behende leckte seine Zungenspitze die Stirn, als schriebe sie eine geheime Botschaft; seine Lippen streichelten die meinen, wie zuvor seine Hände Körper und Kopf, ich musste nichts tun, nur annehmen und geschehen lassen, gewähren, das meinte schon zu viel Absicht, absichtslos geschehen lassen, dass seine Lippen die meinen öffneten, oder öffneten sich meine Lippen den seinen? Unsere Lippen öffneten sich, wie sich Lippen öffnen, kein Vergleich drängte sich dazwischen, alles geschah wie von selbst, geschah wie der Frühlingsregen draußen, der stärker geworden war und die Sicht nach außen nun gänzlich versperrte. Godehards Zunge war zärtlich und kundig, spielerisch und verständig, nicht heiß, nicht lau, schmeckte, wie ihm die meine schmecken mochte, nach Ente, Trüffel, Rothschild und Champagner, nach Godehard und Hilla. Er schmeckte sehrsehr gut. Ich genoss den Kuss und den nächsten, genoss ihn wie unser erlesenes Mahl. Hillas und Godehards Gastmahl. Und doch: Ich blieb wachsam, aufmerksam wie in einer Schulstunde.

So selbstverständlich, wie wir uns in die Arme genommen hatten, lösten wir uns voneinander.

»Musik, Hilla?«

Ich nickte in die Dämmerung. »Wenn die Musik der Liebe Nahrung ist«, sagte ich vor mich hin.

»Spielt weiter! Gebt mir volles Maß!«, schloss Godehard an. »Ja, denkst du denn, ich kümmere mich nur um alte Steine? Auch die alten Dichter sind mir nicht ganz egal. Und auch die neuen nicht. Erzähl doch mal, hast du einen Lieblingsdichter?«

Was für eine Frage. Aber sollte ich ihm wirklich von meinem Friedrich erzählen, Friedrich Schiller, dem ich als Kind, als die anderen Mädchen in der Klasse für Filmschaupieler schwärmten, einen Altar errichtet hatte? Dessen kluge Sätze – »In deiner Brust sind deines Schicksals Sterne«, »Der Mensch ist frei geschaffen, ist frei, und würd er in Ketten geboren« – mir durchs Leben geholfen hatten. Oder von Sartre?»Ich bin meine Freiheit.«Von Seneca?»Auch aus einem bescheidenen Winkel kann man in den Himmel springen.«Von Sokrates? Dass nur das schön ist, was auch wahr ist.

Sollte ich ihm erzählen, dass ich in den Büchern suchte nach Wörtern und Sätzen mit der Kraft eines Amuletts. Dass Lesen für mich eine einzige ununterbrochene Frage nach dem Sinn des Lebens war? Wie soll ich leben? Was soll ich tun? Das war die einzige Frage. Dafür brauchte ich nicht *einen* Lieblingsdichter. Ich brauchte sie alle. Ich las, die Antwort zu suchen, und merkte nicht, dass die Suche selbst zur Antwort wurde. Lesen war mir zum Leben geworden. Die Welt existierte, um gelesen zu werden. Und ich, um sie zu lesen.

Kein Wort davon zu Godehard. Vielleicht später. Also warf ich mich in die Brust mit Goethe, Hölderlin und Hofmannsthal, deklamierte:»Was ist die Welt? Ein ewiges Gedicht...«, getragen von Beethovens Opus 11, wie Godehard die Radiotöne einordnete.

»Aber Musik, Musiiik«, seufzte er, und ich musste mir den Mund zuhalten, um nicht *Mu*-sick zu kichern, *Mu*-sick, wie es zu Hause hieß.»Die geht doch über alle anderen Künste. Davon verstehst du wohl nicht so viel?«

Er hatte recht. Zu Hause wurde klassische Musik abgestellt oder weitergedreht Richtung Radio Luxemburg. Meine Kenntnis beschränkte sich auf festtägliche Darbietungen des Kirchenchors, und mit Bertrams Hilfe und dessen Musikunterricht hatte ich nur herausgebracht, dass es sich bei dem vom Kirchenchor oft und laut gesungenen»Halleluja« um Händel handelte, und Orgelmüller, wie der Dondorfer Organist Honigmüller allgemein genannt wurde, sich an Buxtehude versuchte.

»Kommt alles noch, kommt alles noch«, tröstete Godehard und drückte seine Lippen auf meine Hand, dass ich seine Zähne spürte. Gewollt zu sein. Einfach so. So, wie ich war. Ich, Hilla Palm aus der Altstraße 2. Dat Kenk vun nem Prolete. War das nicht wirklich die reine, wahre Liebe? Wie in den Büchern mit Chefärzten und Komtessen? Godehard fuhr sicher, geschickt, von Champagner und Rothschild keine Spur, die Scheibenwischer klackten verlässlich den Regen beiseite, ich sah ihnen zu, ihrer eintönigen Bewegung, sah aus dem blanken Halbrund in die Vorfrühlingslandschaft, die sich den Tropfen entgegenzurecken schien.

Ich musste wohl eingenickt sein, schrak hoch, als der Wagen hielt.

»Riesdorf, alles aussteigen«, rief Godehard aufgeräumt. Er hatte es eilig. »Die Tante«, ächzte er, mir die Wagentür öffnend. »Bis morgen?« Und ohne meine Antwort abzuwarten, schlang er mich noch einmal an seine grüne Strickjacke, in der noch immer Entenbratenduft hing. »Bis morgen. Bei Buche.«

Zu Hause lag ein Butterbrot auf dem Brettchen für mich auf dem Tisch. Graubrot mit Mettwurst, die Kanten schon trocken, nach innen gerollt. Ich musste sauer aufstoßen. War mir der Champagner doch nicht bekommen?

»Hab schon gegessen. Bei Monika«, sagte ich, und die Mutter schob das Brot dem Bruder zu, der an seinen Hausaufgaben saß. Der nickte mir kurz zu und verschlang es.

»Amo«, knurrte er, »morgen ist Mathe.«

»Amas, amat, schon wieder? Du Armer!«

Die Mutter schaute mich kopfschüttelnd an. Derlei Gefühlsausbrüche waren bei uns unbekannt.

»Hier, Mama«, hielt ich der verdutzten Frau die Rose hin.

»För mesch? Wofür dat dann?«

»Einfach so.«

Die Mutter hielt die Rose von sich gestreckt, als könne die Blume jeden Augenblick einen Rüssel nach ihr ausfahren oder ein Spinnenbein.

»Oma«, rief sie, »has de mal en Väsjen.«

Unter dem Kruzifix neben dem ausgebrannten Öllämpchen nahm sich die Rose wahrhaft königlich aus.

»Die Rose«, forschte Bertram, kaum dass wir in den Betten lagen, »war doch sicher von deinem Gooodehard.«
»Hm.«
»Und dann schenkst du die der Mama?«
»Warum nicht?«, erwiderte ich leichthin; aber die Frage gab mir einen Stich. Sigismunds Rose hätte ich niemals der Mutter geschenkt. »Hör mal«, sagte ich zögernd, »glaubst du, dass es Lügensteine gibt?«
»Ha«, fuhr Bertram hoch. »War das etwa alles gelogen, was du erzählt hast? Und überhaupt, wo warst du denn so lange?«
»Essen«, sagte ich. »Spazieren.« Wieder spürte ich es sauer die Kehle hochsteigen.
»Nein, wirklich nicht. Stimmt alles. Ich meine nur so. Ob es Lügensteine gibt.«
»Lügensteine«, der Bruder nahm das Wort in den Mund, wie wir als Kinder Wörter, die uns gefielen, in den Mund genommen hatten, auf der Zunge gerollt wie Himbeerbonbons. Er schnalzte: »Na klar, gibt es die. So wie Lach- und Wutsteine. Und Traumsteine. Lapis somniorum. Ich such dir einen schönen. Schlaf gut.«
Lange grübelte ich, was wohl mit dem Rest der Ente geschehen war. Hatten wir – halt! – hatte Godehard nicht für das ganze Geflügel bezahlt? Gezeigt hatte uns der Ober das Tier komplett. So gerne hätte ich die Stücke mitgenommen. Bestimmt hätten die der Mutter besser gefallen als die Rose. Ich hatte mich nicht getraut. Das Knusperhaus zeigte schon Wirkung.

Godehard war nicht bei Buche am nächsten Tag. Dafür reichte mir der Buchhändler ein Buch, in dünnes Papier eingeschlagen, das den Titel kaum verhüllte. *Die Mauer*.
»Herr van Keuken lässt sich entschuldigen, sein Bruder bestand auf einem Besuch von Schloss Moorbruck, da ist doch

jetzt diese Ausstellung, dieser Italiener, na, Sie wissen schon.« Der Buchhändler sah mich an, dass ich mir unwillkürlich übers Gesicht strich, als müsste ich etwas abwischen, einen Makel, einen Fleck. Der Blick machte ihn zu einem Fremden. Ich nahm das Buch und hatte nun wirklich das Gefühl, etwas Verbotenes zu tun.

»Bis morgen«, sagte ich und machte mich davon.

Vergebens suchte ich nach einem Gruß von Godehard, einem Brief, einem Zettel, wie sie der Bruder mir von Sigismund zugesteckt hatte. Egal.

Bis Rheinheim war ich mit der ersten Erzählung, der Titelgeschichte, durch. Ziemlich an den Haaren herbeigezogen. Ein zum Tode Verurteilter soll einen Freund verraten, damit er selber freikommt. Um den Freund zu schützen, gibt er einen recht unwahrscheinlichen Ort, den Friedhof, als dessen Versteck an. Er kommt frei. Die anderen Gefangenen werden erschossen.

Naja, dachte ich, als der Verurteilte so präzise einen Ort angab. Dann wird der Gesuchte wohl dort sein. Warum sonst – in einer so kurzen Geschichte – diese Einzelheit? Anders als im Leben sollten in einer Ezählung die Details einen Sinn haben, auch wenn der sich erst Seiten später offenbart.

Es war die letzte Erzählung, *Die Kindheit eines Chefs*, der die warnende Karte galt. Schließlich war strafbar, was Sartre da so eindeutig darstellte, die Verführung eines Jungen durch einen Mann, ne Hundertfünfundsiebzijer, ne warme Bruder, wie man »verkehrte« Männer im Dorf nannte. Paragraph 175. Was ging das mich an? Ohne die Karte hätte ich das Buch nie gelesen, verlockt worden war ich allein durch das Verbot.

Am nächsten Tag stand Godehard schon bei der Kiste und schwenkte mir ein dickes Buch entgegen. »Sieh mal, was ich gefunden habe«, rief er statt einer Begrüßung, »genau, was du dir gewünscht hast!«

Es war der Echtermeyer. In der Erweiterung durch Benno von Wiese.

»Hier? Hier in der Kiste hast du den gefunden?«, fragte ich ungläubig.

»Naja«, druckste Godehard, »nicht ganz. Aber den wolltest du doch haben, hast du gestern, äh, vorgestern gesagt.«

»Ja, aber, der ist doch so t...« Ich biss mir auf die Zunge. Knusperhäuschen!

»Ist schon alles erledigt«, drängte er mich weg von der Tür zum Laden, nahm mir die Aktentasche ab und verstaute das Buch. »Mein Auto ist zur Inspektion. Komm, wir nehmen ein Taxi. Ich will dir was zeigen. Und eine Kleinigkeit essen können wir dort auch. Du hast doch noch nichts gegessen? Siehst du, ist schon da, Herr Buche hat es bestellt.«

Taxi fahren! Das schloss sich lückenlos an Trüffel und Champagner an. Nie war ich, wäre ich oder jemand aus der Familie oder Verwandtschaft mit einem Taxi gefahren. War man krank, sprang Rudi ein, Hannis Mann, der einzige Verwandte in Dondorf mit Auto. Hatte ich überhaupt jemals auf Dondorfer Straßen ein Taxi gesehen?

»So schweigsam, kleine Hilla?« Godehard rutschte ein bisschen näher. Lieber hätte ich vorn beim Fahrer gesessen, bessere Sicht. Doch Godehard hatte mir demonstrativ die Hintertür aufgehalten. Saß man im Taxi immer hinten? Bei Frau Dr. Oheim gab es Manieren in Auto, Eisenbahn, Ozeandampfern, Flugzeugen. Im Taxi nicht.

»Nichts erlebt heute? Ich kann dich ja nicht nach der Schule fragen, wie ein kleines Kind. Was machst du denn so, wenn du nach Hause kommst?«

»Lesen«, antwortete ich einsilbig. Weil ich zu lesen begonnen hatte, als ich noch an Wunder glaubte, vor den Buchseiten schon aus den Steinen gelesen hatte, blieb das Lesen immer etwas Wunderbares. Die Verwandlung von Zeichen in eine lebendige Welt war in sich selbst ein Wunder. Könnte er das verstehen? Dass Lesen für mich das war, was für die Großmutter und alle, die glauben konnten wie sie, das Beten war. Könnte ich ihm das klarmachen? Dass Lesen mich in einen Stand der

Gnade, des Einsseins mit meinem besseren Ich versetzte. Dass es mir weniger auf den Inhalt, den Stoff eines Buches ankam. Erst recht nicht auf die Spannung einer Handlung. Es waren die Wörter, die Sätze, der Rhythmus, die mich erregten, das lange, langsame Zusammensein mit einem Buch, die Form, die Gestalt der Wörter, ihr Rollen und Rauschen im Ohr, die mich in die sicher gefügte Wirklichkeit einer Geschichte davontrugen. Das sollte cand. rer nat. Godehard van Keuken begreifen? Wie sollte er verstehen, dass ich las, wann immer ich Zeit fand. Freie Zeit war Lesezeit. Wenn ich der Wirklichkeit gegeben hatte, was der Wirklichkeit war, machte ich mich aus dem Staube dieser Vergänglichkeit ins Buch, gab mich den Buchstaben hin: meiner einzigen, einsamen Leidenschaft. Jedenfalls bis jetzt. Konnte ich Godehard das erzählen? Ich konnte nicht.

»Und dann hatten wir Besuch. Verwandtschaft. Tante, Cousinen, Nachbarn. Eine kleine Abendgesellschaft.« Julchen und Klärchen von nebenan hatten immer noch keinen Fernseher, und die Tante war mit ihren Töchtern zu Robert Lembkes *Was bin ich? Das heitere Beruferaten* gekommen, weil die Männer unbedingt Fußball wollten, Borussia Mönchengladbach spielte auf Schalke.

»Ach, wie schön.« Godehards Stimme war warmes und weiches Verständnis. »Ja, die Familie. Was wären wir ohne die. Und ohne die Liebe!« Godehard drückte meine Hand. Ich drückte zurück.

»Liebe ist wie Wasser, das über Steine fließt«, sagte ich.

»Wie bitte?«

Rebmann hatte die Angewohnheit, derlei Sätze einfach aus der Luft zu greifen, um sie dann zu zelebrieren wie ewige Wahrheiten alter Weiser. Oft verstand ich nicht nur ihren Sinn nicht, ich begriff auch nie, warum sie gerade in diesem Augenblick fielen; nur mit erheblicher Tüftelei ließ sich irgendein waghalsiger Zusammenhang zu dem gerade Diskutierten herstellen. Ob Zitat oder Erfindung war nie sicher. Doch meist fand ich Gefallen an den Sätzen. Daran änderte sich nichts, als ich Rebmann durchschaute: Unter dem Banner eines großen Namens gewinnen blumige Plattheiten Tiefgang.

»Der Anfang ist gemacht. Die Enden Lichtern gleichen«, hatte er vor ein paar Tagen zwischen den Aufsatzthemen »Sollten Jugendliche einen eigenen Hausschlüssel haben?« und »Interpretieren Sie das Gedicht von Hugo von Hofmannsthal *Manche freilich*« verlauten lassen, und ich hatte mich daraufhin gemeldet.

»Kao Pe Ping«, sagte ich, »4. Jahrhundert vor Christus.«

Rebmann hatte keine Miene verzogen: »Etwas genauer bitte: Mao Ze Peng. 348 bis 346 vor Christus.«

Nach der Stunde schob ich Rebmann einen Zettel zu: »Genau am 30. April 347 vor Christus um halb zwölf Uhr abends.«

Seither versuchte ich mich selbst an derlei Tiefsinnigkeiten, hatte sie auch schon an Bertram erprobt: »Die Wahrheit steht vor der Tür«, hatte ich ihm beim Mittagessen verkündet. »Wir müssen sie nur noch hereinlassen.« Worauf der kauend und schluckend »Alaaf!« geantwortet hatte und die Tante wie aufs Stichwort in die Küche gestürmt war.

»Ja«, wiederholte ich. »Liebe ist wie Wasser, das über Steine fließt. Ist das nicht ein schöner Satz? Pao Me Ling. 3 vor Christus.«

»Über Steine, ja.« Godehard war sichtlich erleichtert, sozusagen wieder auf festem Boden. »Wie schön, dass du die Steine so liebst wie ich. Nimm einen Stein in die Hand und du stehst in Verbindung mit Urzeit und Geschichte des Bergischen Landes. Trias und Jura bauten die Talränder aus. Die breite Talsohle... Rechts, rechts!«, unterbrach er seinen Vortrag. »Rechts geht es nach Moorbruck!«

Der Wagen bremste, ging scharf in die Kurve, warf mich gegen Godehard; ich setzte mich gerade. Schon tauchte das Schloss vor uns auf. Statt Geld gab Godehard dem Fahrer eine Karte, Visitenkarte vermutlich, die der Mann nach einem Blick darauf widerspruchslos akzeptierte.

Im Schlosscafé aßen wir Ragout fin, das Godehard mit echtem Geld bezahlte, genau wie die Eintrittskarten zur Ausstellung, von der Buche gestern gesprochen hatte.

»Kleine Hilla«, Godehard zog mich mit sich. »Das wollte ich mit dir teilen. Es ist exzeptionell. Gestern war ich mit Burkhard hier. Meinem Bruder. Und der Tante. Die Tante, naja, die ist alt und anderes gewohnt. Aber Burkhard und ich konnten uns kaum losreißen. Endlich einmal jemand, der die verrotteten Verhältnisse erledigt. Rücksichtslos und radikal. Genauso stand es im *Kölner Stadt-Anzeiger*. Dieser Dr. Sartorius, übrigens ein Freund des Hauses, besonders meiner Mutter, weiß die Moderne beim Namen zu nennen. Ein ausgezeichneter Schreiber.«

Auf der Realschule hatten wir mit Buntstift und Wasserfarben, Linolschnitt und Kartoffeldruck hantiert, das letzte Jahr damit verbracht, uns gegenseitig abzumalen. Im Aufbaugymnasium fielen Kunst, Musik, Sport und Religion flach. Meine Kunstkenntnisse beschränkten sich auf Fleißkärtchen und Heiligenbilder, Drucke aus der *Kristall* und dem *Michaelskalender*, den Kunstpostkarten von Sigismund. Modern: Das hieß Monet und Manet, Gauguin und van Gogh und endete bei Picasso und Buffet.

Das Schloss, etwa doppelt so groß wie die Villa der Bürgermeisterfamilie, wo die Großmutter Dienstmädchen gewesen war, roch durchdringend nach Bohnerwachs, was die Tafeln »Vorsicht frisch gebohnert« noch zu verstärken schienen. Der Ausstellungsraum war dunkel getäfelt, die Decke weiß gewölbt mit goldenen Rippen. An den Wänden die Kunst. Leinwand, etwa kartoffelsackgroß, straff auf einen Rahmen geklopft, die Nägel bei einigen sichtbar. Einige weiß, andere schmuddelig grau. Jedes Stoffstück irgendwo, meist in der Mitte, aufgeschlitzt.

Ich blickte zu Godehard hoch. Der stand, den Kopf leicht zur Seite geneigt, vor einem der Schlitzfetzen, tat einen Schritt nach rechts, nach links, wiegte den Kopf von einer Seite zur anderen, trat zurück, ging näher, eine Person sprang hinzu: »Abstand halten, bitte!«

Abstand wovon? Von einem aufgeschlitzten Sack? Den die Großmutter nicht einmal mehr hätte zu Putzlumpen zerschneiden wollen? Verstohlen sah ich mich um. Eine Frau mit grauem Pagenkopf machte sich in ein Büchlein mit Goldschnitt Notizen. Ein junges Paar drehte eine Runde, kicherte und ging. Godehard umklammerte meine Hand. »Diese Wucht! Diese Raserei. Diese Kompromisslosigkeit. Das ist Kunst: keine Kompromisse. Entgrenzung. Kühle Überlegung. Das ist: Zerstörung als Öffnung in den unendlichen Raum.«

»Ist aber doch Durchschnitt!«, sagte ich trocken. »Mitten durch. Meistens jedenfalls. Und ins ›Unendliche‹? Bis gegen die Wand.«

»Hilla!« Godehard schleuderte meine Hand von sich. »Das ist nicht dein Ernst! Ist das alles, was dir dazu einfällt?«

Entsetzt wie ein Kind, dem man droht, sein Meerschweinchen zu verspeisen, sah er mich an. Seine hellen Augen so aufrichtig verstört, dass ich den Spruch, den ich schon auf der Zunge hatte – worüber man nicht malen kann, dahinein soll man schlitzen! –, seinem bettelnden Blick zuliebe verschluckte. Stattdessen faselte ich etwas von der Kunst als Kehrseite der Kunst, variierte seine Ausführungen aus dem *Stadt-Anzeiger*, brachte Sinnentleerung und Sinnzerstörung in Wallung und schloss »Die Blume der Kunst blüht unterm Messer am schönsten«, was der grauhaarige Pagenkopf, mir dankbar zunickend, notierte.

Endlich schaute Godehard auf die Uhr. »Jetzt müsste er da sein«, murmelte er. Ich blickte ihn fragend an. Hatte er das Taxi hierherbestellt?

»Der Chauffeur«, erklärte er. »Mein Vater braucht ihn nicht. Die Mutter auch nicht. Komm, kleine Hilla.« An der Kasse kaufte er mir noch einen Katalog. »Du lernst doch so gern.«

Draußen wartete ein Wagen, wie ich in Dondorf noch keinen gesehen hatte. Nicht einmal der von Maternus, dem Pillenfabrikanten, kam diesem hier gleich. Es war kein Mercedes, den hätte sogar ich erkannt, Kunststück – der Stern. Am ehesten glich das Gefährt den Wagen, denen Lords und Earls in englischen Kriminalfilmen entsteigen. Doch nicht etwa ein Rolls-Royce? Godehard schaute ein wenig verlegen. »Bis ich den mal fahre, hat's noch ein bisschen Zeit«, versuchte er zu scherzen, »meiner tut's auch, was meinst du?«

Der Chauffeur, in einem graumelierten Anzug, wie ihn der Vater nicht einmal sonntags trug, blickte mit gesenktem Kopf zu Godehard auf, zog die Kappe und riss die Wagentür auf. »Einen guten Tag, Herr van Keuken. Einen guten Tag, Fräulein Palm.« Ein schneller Blick musterte mich von Kopf bis Fuß, ich glaubte darin Einverständnis, doch auch ein vages, ungläubiges Erstaunen zu erkennen.

Noch ehe ich Zeit hatte, über sein Erstaunen zu erstaunen und mich zu wundern, woher er meinen Namen wusste, saßen wir schon, vielmehr hatten wir Platz genommen, in einen Rolls-Royce rutscht man nicht mal so einfach rein. Auch dass, wer vornehm sitzt, nicht etwa vorn sitzt, sondern hinten, Rücksitz, hatte ich kapiert, die Hintersten werden die Vordersten sein, so ähnlich steht es ja schon in der Bibel.

»Musik, wie immer?«, fragte der Chauffeur dezent und tonlos wie der Motor, wie der Wagen, diwanweich, und am liebsten hätte ich Godehard in die Rippen gestupst, mir eine Federboa um den Hals geworfen, eine Zigarette in eine silberne Spitze gesteckt und mit verruchter Stimme ein verruchtes Lied gesungen. Vor uns in Haltern Flaschen. Ein goldglänzend gefasster Klapptisch, Zigarren und Zigaretten, Pralinen, Gebäck, eine Keuken-Kollektion.

»Bertram«, seufzte ich unhörbar, mit ihm hätte ich all das spielen und genießen können.

Die Musik, irgendetwas von Chopin, erklärte Godehard, füllte das Wageninnere wie in einem Konzertsaal. Dazu der Geruch. Nicht nach Dingen wie Leder oder Holz – das Armaturenbrett schimmerte wie dunkler Bernstein –, der Geruch tat wesenlosere Eigenschaften kund, meinte Fertigsein, Sichersein, Reichsein, Fernsein, entrückt.

Ich ließ mich zurücksinken. Sollte Godehard von geschlitzten Säcken schwärmen, was ging das mich an. Ich, Hilla Palm, hielt Händchen mit einem Jungen, nein, einem Mann, einem richtigen und liebevollen Mann, hörte Chopin und saß in einem Rolls-Royce.

Und dann wieder im Bus. Vor den Augen der Wartenden hatte der Chauffeur mir die Tür aufgerissen, und ich stieg aus, nein, ich entstieg – mit geschlossenen Beinen hinauszuschwingen hatte sich die Dame –, der Chauffeur ergriff meinen Ellenbogen, gut, dass ich vorher gelesen hatte, dass der Herr die Dame unterstützt, sonst hätte ich ihn womöglich abgeschüttelt, er zog die Kappe und reichte mir die Tasche. Und ich dem Schaffner meine Schülermonatskarte.

Auch diese Prüfung hatte ich bestanden.

Bertram pfiff durch die Zähne, als ich ihm abends berichtete, jede Einzelheit interessierte ihn. »Pass auf, wenn du das nächste Mal wieder mitfährst. Besonders innen.«

»Ach, Bertram«, seufzte ich.

»Das wär was, du im Rolls-Royce durch Dondorf und dann in die Altstraße 2. Junge, Junge.«

Gott sei Dank hatte der Chauffeur kurz vor Riesdorf über Funk einen Auftrag bekommen, der ihn nach Köln zurückrief.

»Somnia dulcia, fraterule. Omnia insana sunt!«[*]

War es aber nicht. Godehard meinte es ernst.

Beinah Tag für Tag trafen wir uns beim Buchhändler. Meist fuhr ich danach nach Hause; ich musste lernen. Das musste Godehard einsehen. Mitunter aßen wir Bei den drei Tannen

---

[*] Süße Träume, Brüderchen. Ist doch alles verrückt!

im nahgelegenen Stadtwald eine Kleinigkeit. Von der Schule erzählte ich, von Büchern, überlegte mir schon während des Tages, wie ich ihn zum Lachen und Staunen bringen könnte. Doch Godehard war kein guter Zuhörer. Er hörte sich gern reden und ich ihn. Auf unseren langen Spaziergängen lernte ich viel über Steine und Gesteinsformationen, die Erde unter meinen Füßen. Erfuhr einiges von seiner Familie, und dass er auf keinen Fall ins Geschäft des Vaters eintreten werde. Er liebe sein Fach, die Geologie, und wolle an der Uni bleiben, Forschung und Lehre. Fast übergangslos kam er vom Reden zum Küssen, es blieb angenehm und herzklopflos, und manchmal durfte er seine Hände nach meinen Brüsten ausstrecken, sie ein wenig drücken oder streicheln, so, wie den Rücken, zwischen den Schulterblättern war es mir am liebsten. Ob er mich nach Hause fahren dürfe, fragte er nicht mehr. Ich hatte immer neue Ausflüchte erfunden. Er hatte keine Eile.

Erwartete Godehard mich nicht bei der Kiste, lag immer ein Geschenk für mich unterm Ladentisch. Meist das Buch, von dem ich ihm am Vortag erzählt hatte, immer eingeschlagen in weißes Seidenpapier. War mir das erste Buch noch wie ein Wunder vorgekommen, wurden die Wunder nun alltäglich und waren keine mehr. Wie schnell man sich an Wunder gewöhnt. War das Kästchen quadratisch und fest, enthielt es einen Stein. Nie ohne die exakte Beschreibung von Fundort und Datum sowie Name und Eigenschaften des Minerals.

Mit Bertram besprach ich jeden Stein. Und nicht nur die. Abend für Abend hielt ich ihn über Godehard auf dem Laufenden. Als er den Deckel vom ersten Kästchen hob, sah ich, dass er schluckte, so, wie ich geschluckt hatte beim Anblick des glatten, dunkelgrünen Steins auf schwarzem Samt. Bertram nahm ihn in die Hand, so, wie ich ihn in die Hand genommen hatte, schloss die Hand zur Faust, grün schimmerte es zwischen den Fingern hindurch.

»Jetzt hast du wohl was Besseres als de Boochsteen und minge Laachsteen. Ich glaub, ich brauch jetzt ne Wutsteen.« Bertram ließ den Stein zurückfallen.

»Mensch, Bertram, das glaubst du doch selber nicht!« Ich nahm das polierte Stück in die Hand. »Bei unseren Steinen hat der nichts zu suchen. Turmalin, sagst du? Von mir aus auch Turmalin. So ähnlich stell ich mir nen Lügenstein vor. Lapis mendax.«

Sie waren schön, Godehards Steine, mal geglättet, mal wie aus der Erde gewachsen, schartig und rau, schrumplige Jahrmillionengesichter. Schön waren alle. Sie waren schön – und stumm. Mochten sie anderen viel zu erzählen haben, zu mir sprachen sie nicht. Ich ließ sie in ihren Kästchen. Gesellte sie nicht zu den anderen. Stapelte sie in einem, dann einem zweiten Schuhkarton unterm Tisch im Holzstall. Nach einem Brief, einem Zettel, irgendetwas Geschriebenem von Godehards Hand suchte ich in den Büchern und bei den Steinen vergebens.

Müde und zufrieden von weiten Wegen, langen Küssen saßen wir wieder einmal in seinem Auto, als Godehard wohlig seufzte: »Nun, ja, es ist ja auch kein Zufall gewesen, dass wir uns bei den Kisten getroffen haben.«

»Schicksal, Gottesfügung?«, erwiderte ich halb im Scherz, halb ernsthaft.

Godehard lachte. Eine ganze Zeit lang, gestand er, habe er mich beim Buchhändler beobachtet, mit welchem Ernst ich Tag für Tag unverdrossen die Bestände kontrolliert, mein Geld gezählt hätte. Und wie strahlend ich jedesmal herausgekommen sei, wenn ich ein Buch gekauft hätte. Eines Tages habe er sich dann ein Herz gefasst. Das Weitere wisse ich ja. Godehard lachte wie nach einem gelungenen Schabernack. »Und dann deine Augen«, fügte er hinzu und küsste sie beide.

Mir aber war nicht zum Lachen zumute. Sollte ich nicht geschmeichelt sein, dass ein cand. rer. nat., Erbe der Keuken-Fabriken, offenbar die Aufbauschülerin Hilla Palm aus der Altstraße 2, dat Kenk vun nem Prolete, auserkoren hatte? Warum sollte man nicht erst einmal zusehen, sich ansehen, mit wem man sich einließ?

»Und das Buch zum Bestimmen der Steine, das habe ich mitgebracht«, fügte Godehard hinzu. »Ich musste doch wissen, ob du dich für Steine erwärmen kannst.«

»Aber dass mein Buch, das Buch, das ich gerade in der Hand hielt, *Verwitterte Steine* hieß, das hast du ja wohl nicht auch noch eingefädelt«, erwiderte ich trotzig. »Und dass der Verfasser auch noch Eysselstein heißt und das Buch im Biederstein Verlag erschienen ist, ist ja wohl ein bisschen viel Zufall.« Ich musste schon wieder lachen. Das ging auf keinen Buchstein!

Trotzdem. Ich ließ zwei Tage beim Buchhändler aus. Dann ging ich wieder hin, besorgt, Godehard könnte in Dondorf auftauchen. Ich sah ihn nur kurz, fuhr gleich nach Hause. »Es gibt bald Zeugnisse«, sagte ich. »Klassenarbeiten. Du vergisst wohl manchmal: Ich geh noch zur Schule.«

»Heiraten darf man mit Erlaubnis der Eltern ab sechzehn«, erwiderte er.

»Heiraten?«, wiederholte ich entgeistert. »In einer Woche gibt es Zeugnisse. Ich muss nach Hause.«

Kurz vor Ostern war das erste Schuljahr im Wilhelm-von-Humboldt-Aufbaugymnasium vorbei. Knapp vier Monate hatte es für mich gedauert. An der Abiturfeier, gemeinsam mit dem Franz-Ambach-Gymnasium, nahmen Mittel- und Oberstufen teil. Die Besten jeder Klasse wurden nacheinander auf die Bühne gerufen. Wie lange war es her, dass ich im grünen Samtkleid von Gottfried Keller geschwärmt und mein Abgangszeugnis von der Realschule empfangen hatte. Ich trug das Kleid auch heute, als ich meinen Namen hörte, mit weichen Knien die Stufen hinaufstieg, wo der Direktor »Hilla Palm, in Anerkennung für besondere Leistung« einen Bildband von Claude Monet überreichte, den ich erst einmal fallen ließ, einfach durch die Hände rutschte er mir, ehe ich ihn, wie die Großmutter ihr Gebetbuch, an die Brust hob.

Nur entgegennehmen musste ich das Buch. Und festhalten. Sonst nichts. Keine Rede halten und keinen Knicks machen. Keinen Blumentopf überreichen. Ich musste nicht dankbar sein. Nur froh. Wie anders es sich anfühlte, dieses Buch, anders als alle Bücher von Godehard. Auch dessen Bücher hatte ich nicht bezahlen müssen. Sie waren mir geschenkt worden. Diesen Monet hatte ich mir verdient. Er war mehr als ein Buch. Er war eine Auszeichnung. Beinah ein Orden. Unsichtbare Leistung sichtbar gemacht. Am liebsten hätte ich den Bildband geküsst wie der Pastor das Messbuch am Altar. Corpus christi. Corpus libri. Ich war selig.

Viele Schüler waren mit ihren Eltern gekommen. Die Zeugnisse wurden gefeiert. In kleinen Gruppen schlenderte man aus der Aula ins Freie.

Draußen stand Godehard und strahlte. Aufs Schulgelände hatte er sich noch nie vorgewagt. Bloß weg hier. Monika, mit ihrer Mutter noch ins Gespräch mit Rebmann vertieft, konnte jeden Augenblick herauskommen.

»Du, hier?«, fragte ich und suchte das Buch in meinem Matchbeutel zu verstauen. Niemand, schon gar nicht Monika, sollte mich mit Godehard sehen. Als könnte der sich unter ihren neugierigen Augen verflüchtigen wie ein verbotener Traum.

»Ich dachte, du freust dich. Ich dachte, deine Eltern sind auch hier. Da könnte ich sie doch einmal kennenlernen.«

»Komm jetzt.« Ich zog ihn hinter mir her.

»Na, hör mal!« Godehard blieb abrupt stehen. Dann, plötzlich, rannte er schneller als ich, zog nun mich hinter sich her, und die Welt war wieder in Ordnung. Schnaufend erreichten wir sein Auto.

»Zeig mal, was wolltest du denn da vor mir verstecken?« Godehard schnappte sich meinen Matchbeutel und zog das

Buch heraus. Pfiff durch die Zähne, das heißt, beinah tat er das, rief sich aber kurz vorher zur Ordnung und küsste mir übertrieben schwungvoll die Hand. »Meine Verehrung! Meine kleine Hilla! Eine Zierde ihres Geschlechts. Donnerwetter. Das muss gefeiert werden.«

Ich riss mich los. »Heute nicht.«

»Nein. Heute nicht! Ich muss nämlich ein paar Tage verreisen. Nach Idar-Oberstein. Beruflich. Eine ganz seltene Lieferung. Turmaline aus Südwestafrika. Ich wollte dir nur Adieu sagen. Und dir das hier geben. Damit du bei jedem Blick an mich denkst, mich nicht vergisst. Wenn ich zurück bin, hast du Ferien, und dann kommst du auch endlich zu mir nach Hause.« Godehard küsste mich flüchtig auf die Wange und stieg in sein Auto. Nicht einmal zum Bus fuhr er mich. Ich sah ihm nach. Das Päckchen in der einen, das Buch in der anderen Hand. Und war auf der einen Seite traurig und auf der anderen froh.

Im Holzstall räumte ich den Tisch leer. Für das Buch. Legte alle meine Steine rundherum. Den vom Großvater mit meinem Namen. Bertrams Lachstein. Die Namenssteine. Passte den Bruder am Gartentor ab: »Ich muss dir was zeigen.«

»Junge, Junge! Darf ich?« Zögernd streckte Bertram die Hand nach dem Buch aus.

»Na klar!«

Vorsichtig, beinah andächtig schlug der Bruder das Buch auf und versank in Monets Gärten und Teichen, Wiesen und Parks, in den sonnendurchglühten Garderoben schöner Jahrhundertwendefrauen, die ganze Sommerwärme der Bilder schien von den Seiten in die Wangen des Bruders zu steigen.

»Gefällt es dir?«

Bertram nickte, schluckte, sein Adamsapfel hüpfte die magere Jungenkehle hinauf und hinunter. Erst vor kurzem hatte er mir in unseren abendlichen Gesprächen gestanden, dass er Kunstgeschichte studieren wolle. Oder Malen.

»Schenk ich dir.«

»Mir?« Bertram ließ das Buch beinah fallen. Er griff danach, ich griff danach, und dann hielten wir uns umarmt, wie seit langer Zeit nicht mehr, nicht mehr seit Kindertagen, unseren Märchenspielen. Brüderchen und Schwesterchen. Lagen uns in den Armen, zwischen uns das Buch. Die Anerkennung für besondere Leistung.

Bertram wandte sich zum Gehen.

»Wart mal, hier ist noch was! Ein Kästchen von Godehard.«

»Welcher edle Stein darf's denn diesmal sein?« Wie übermütig der Bruder aussehen konnte. Etwas geschenkt kriegen, einfach so, ohne Weihnachten oder Namenstag; ich wusste, wie gut das tat.

»Ist so leicht!« Ich wog das Kästchen in der Hand.

»Vielleicht ein Luftstein?«, spottete Bertram.

»Duftstein!«

»Lichtstein!«

»Nichtstein!«

So war's. In dem Kästchen lag auf lila Samt eine Armbanduhr. Groschengroß, golden, schwarzes Krokoarmband.

»Mannomann«, kommentierte Bertram. »Der lässt sich nicht lumpen! Wann ist denn Verlobung? Was wirst du denn so rot?«

Ich war überwältigt. Und doch nicht froh. Das hier ging über Bücher und Steine hinaus. Die Uhr wollte getragen werden, gezeigt werden, öffentlich sein, wenn auch nur wir beide und nun Bertram um ihre Herkunft wussten. »Heiraten darf man schon ab sechzehn«, hörte ich Godehards Stimme. Auch Rudi hatte Hanni zur Verlobung eine Uhr geschenkt, allerdings ganz aus Gold, und auch Maria, ihre Schwester, hatte ihre Verlobungsuhr getragen, noch im Krankenhaus, nach der schweren Operation, bis der Bräutigam die Verbindung gelöst hatte: Nicht zuzumuten sei nem Mann eine Frau mit nur einer Brust, hatten die Dondorfer Frauen verständnisvoll genickt. Andererseits: Ich konnte die Uhr gebrauchen. Die Kommunionuhr vom Patenonkel stand auf ihren siebzehn Steinen schon seit Jahren still.

»Was soll ich denn der Mama sagen, wie ich an die Uhr gekommen bin?«, stupste ich Bertram, der von unserem Buch hochschreckte.

»Äh«, nachdenklich zog der Bruder die Nase kraus, »hier«, er gab mir das Buch zurück. »Das zeigst du ihr und dazu die Uhr. Anerkennung für besondere Leistung. Was glaubst du, wie die kuckt.«

Das tat sie. Einen flüchtigen Blick warf sie auf das Buch, den Eintrag. Aber die Uhr. Tanten, Cousinen, Nachbarinnen wurde die Trophäe präsentiert: Dat Kenk konnte es durch Liere* zu was bringen.

»Et süht ja us wie en Verlobungsührsche.« Nachbarin Julchen drehte und wendete die Uhr in ihren kräftigen Fingern, als könne sie noch männliche Fingerabdrücke entdecken: »Has de die wirklisch nur für et Liere jekriescht?«

Und ihre Schwester ergänzte missgünstig: »Et es doch nur en Uhr. Verlobt bes de deshalb noch lang nit!«

Hatte Monika mich mit Godehard gesehen? Sie sagte nichts. Aber ich spürte, dass sie mich beobachtete. Kurze Zeit hatte es geschienen, wir könnten Freundinnen werden. Doch Monika merkte schnell, dass ich mich für Caesar, Goethe und Schiller, notgedrungen sogar für Sinus und Cosinus mehr interessierte als für Kleider und Knilche, unser Wort für Jungen. Und seit der Party bei Clas hielt sie mich endgültig für eine trübe Tasse. Auch Anke sah ich nur im Klassenzimmer. Sie ging in der Sorge um ihre nervenkranke Mutter auf, war froh, dass sie in der Schule mitkam.

Blieb Astrid. Ein drahtiges, unscheinbares Mädchen mit aschblonden, dünnen Haaren und einem zupackenden Unterkiefer,

* Lernen

der nach Nüssen und anderen harten Dingen zu gieren schien. Ich mochte sie nicht. Ich erkannte an ihr die Zeichen der kleinen Leute. Die penibel gebügelten Blusen, die blau, rot, grün aufeinanderfolgten wie die Wochentage, mal in einen hellen, mal in einen dunklen Rock gestopft. Im Winter mit einer braunen Wolljacke. Selbstgestrickt, auf den ersten Blick. Die gewienerten Schnürschuhe, immer akkurat besohlt; der sorgsam geplättete Mantelsaum, der dennoch die mehrfache Verlängerung nicht leugnen konnte. Je abgetragener ihre Kleider, je rissiger ihre Nägel, desto schroffer äußerte sie ihre Ansichten, egal, ob es um eine mathematische Formel, den gestrigen Film im Fernsehen, Adenauers Frankreichpolitik oder irgendeine Sorte Leberwurst ging. Freundlichkeit schien ihr überflüssiges Getue; Liebenswürdigkeit etwas für die, die es nicht nötig hatten zu kämpfen. Astrid kämpfte. Das sah man ihr an. Und das war der Grund, weshalb ich sie nicht gerne ansah, als widerspiegele sie Enge und Not der Altstraße 2, als potenziere ihre Dürftigkeit die meine.

Astrid, obwohl ich mich von ihr fernhielt, suchte meine Nähe. Sie war keine gute Schülerin, und ich glaubte, sie als Einzige in der Klasse beneidete mich.

Ob ich schon mal was von Max von der Grün gehört hätte? »Ein Bergmann, Arbeiter, schreibt Bücher. *Männer in zweifacher Nacht.*« Könne sie mir leihen. Ob ich *Die Eingeschlossenen* im Kölner Schauspielhaus gesehen hätte? Fidel Castro bei seinem Besuch in Moskau im Fernsehen, Martin Luther King und die großen Demonstrationen, die Eröffnung der Internationalen Gartenschau in Hamburg, hundertzehn Fußballplätze groß. Hatte ich davon gehört? Mit malmendem Gebiss schmetterte sie Frage auf Frage an mich, energisch forderte der Unterkiefer Antwort, doch ihre kleinen blassblauen Augen bettelten. Ich fühlte Macht. Macht zu gewähren oder zu versagen. Einfach so. Schließlich, als sie mir Max von der Grüns *Irrlicht und Feuer* geradezu aufgedrängt hatte, ging ich eines Nachmittags nach der Schule mit ihr nach Hause.

Astrid wohnte ein paar Bushaltestellen vom Gymnasium entfernt. An Geschäftsfassaden vorbei fuhren wir, dann durch Straßen mit hohen Bäumen und Häusern mit breiten, buschigen Vorgärten; schließlich hieß es Endstation auf einem Platz, von dem aus ein paar Straßen in die Siedlung führten, eine Gründung aus den ersten Nachkriegsjahren. Keine Bungalows, keine niedrigen Reihenhäuser wie in Dondorf, vielmehr sechsstöckige Blöcke, dazwischen Rasen und Sandkästen, Wippen, Schaukeln, ein Klettergestell. Ein paar Bänke. Mütter mit Kindern.

»Gefällt es dir hier?«, fragte Astrid, Trotz und Betteln in der Stimme.

»Ja, doch, nett hier«, sagte ich beiläufig.

Die Straßen unterschieden sich kaum, und die Namen, Märchennamen wie Aschenputtelweg, Dornröschen- und Schneewittchenstraße, sprachen der Wirklichkeit Hohn. Vor einem der Häuser blieben wir stehen, im Rapunzelgässchen, nicht schmaler und nicht breiter als die König-Drosselbart-Allee und vom gleichen trüben Anblick.

Astrid schob mich durch die Tür, die Treppe hinauf, Kindergeschrei, Radiostimmen, bis sie eine zweite Tür aufsperrte. In der Nische des engen Flurs eine Singer-Nähmaschine.

Astrid machte Licht.

»Da ist das Bad.«

Ein Geviert, kaum größer als ein geräumiger Schrank, fast wäre ich übers Klo gestolpert: Waschbecken, Duschkabine, Klosett. Die Fliesen sauber bis in die Fugen, wie neu.

Aus der Küche hörte ich ein Husten.

Astrids Mutter saß am Tisch, stopfte und rauchte, Qualm stieg in grauen Strähnen an die Decke. Die Frau inhalierte noch einmal tief und stieß ein lungengefiltertes, bläuliches Wölkchen aus, ehe sie die Zigarette in den Aschenbecher neben einem Korb mit Wollsocken legte und mir die Hand gab. Eine knochige, harte Hand, eine Hand, wie ich sie kannte, eine Hand, die gearbeitet hatte von Kindheit an, die gut passte zu der knochigen Gestalt und dem hageren Gesicht mit den kurzen aschigen Haaren.

»Aha. Das Arbeiterwunderkind«, musterte sie mich aus zusammengekniffenen Augen. »Setzt euch ins Wohnzimmer. Essen steht auf dem Herd.« Und, meine Verblüffung bemerkend, fügte sie hinzu: »Ihr seid ja wohl alt genug, euch die Suppe aufzuwärmen.«

Nie hätte die Mutter mir erlaubt, mich Herd und Kochtopf auch nur zu nähern, geschweige denn, mir selbst etwas zu machen. Während ich zusah, wie Astrid mit Kochlöffel und Gewürzen hantierte, eine Dose Würstchen aufmachte und in den Topf gab, dachte ich, dass auch die Küche ein Machtbereich sein kann. War das der Grund, weshalb die Mutter der Großmutter so lange gezürnt hatte, dass die sie nit an de Pott ließ?

Im Wohnzimmer schoben wir die Tischdecke zurück und legten eine Zeitung unter die Teller. Astrid aß mit der breiten Seite des Löffels und war so viel schneller fertig als ich, die ich die Suppe von der Löffelspitze in den Mund kippte.

Nach dem zweiten Teller hechelten wir Latein-, Deutsch- und Mathelehrer durch; verlachten die immer länger wachsende Schmachtlocke des schönen Armin; die schlottrigen Hosen des frommen Alois, der wohl seine »Fleischlichkeit« verstecken wollte; beklagten, dass die Monatskarten für Bus und Bahn schon wieder teurer wurden.

Während Astrid die Teller nahm und nicht zuließ, dass ich ihr in die Küche folgte, sah ich mich im Wohnzimmer um. Alles wie neu. Neu und billig. »Sonderangebot« schien an jedem Gegenstand zu kleben; am Schrankwandstück mit gläsernen Schiebetüren, an der graugrünen Couchgarnitur, am Beistelltisch mit blaugrüner Resopalplatte. Am Esstisch mit sechs Stühlen. An van Goghs Sonnenblumen, Picassos Pierrot. Billige Drucke in billigen Rahmen. Billig, hässlich, neu: Ein anscheinend unvermeidlicher Dreiklang, dachte ich, und war für das Vertiko in der Küche der Altstraße 2, den Couchtisch mit den schnörkeligen Schnitzereien, die schwere Eichenanrichte, das Samtsofa und die Sessel aus Großmutters Dienstmädchenzeiten beim Bürgermeister beinah dankbar.

Dann aber fiel mein Blick auf das, was hinter dem Glas der Schrankwand stand. Von mir aus hätte Astrid nun für den Rest des Nachmittags in der Küche bleiben können. Doch mit zwei großen Gläsern Apfelsaft war sie schon wieder zurück.

»Warte«, sagte sie, »hier ist der Schlüssel.« Astrid griff hinter die Uhr, ähnlich der unseren, nur aus Plastik, so, wie vor Jahren der Vater nach dem Stöckchen hinter der Uhr gegriffen hatte, sperrte die beiden Schranktüren auf und weidete sich an meinem verblüfften Staunen: Wo bei uns die Sammeltassen, Vasen, Wein- und Schnapsgläser standen, und die Kaffeekanne aus den Beständen der Frau Bürgermeister unter einem Plüschwärmer jahraus, jahrein auf ihre Befreiung zum Gebrauch wartete – da standen bei Kowalskis Bücher. Ganz unten Stöße von *Reader's-Digest*-Heften und *Der Gewerkschafter*. Darüber aber Bücher mit stabilen Einbänden, kaum einmal ein Taschenbuch, eine richtige Bibliothek hielt sich hier zwischen Birkenfurnier auf Sperrholz und Papprückwand verborgen. Weder goldschnittrandig und vornehm ledergebunden wie die bei der Frau Bürgermeister noch abgegriffen und speckig wie in der Borromäusbücherei. Auch nicht ungelesen nach Kundschaft schreiend wie im Buchladen, oder nach Farben und Größen sortiert wie bei Doris' Eltern, wo ebenso gut Nippes, Blumen oder Photos die Regale hätten füllen können, Bücher aber die Bildung der Familie bezeugen sollten. Die Bücher der Kowalskis glichen dem Werkzeug des Vaters im Schuppen der Altstraße 2. Sahen benutzt aus, gebraucht, zugehörig denen, die sie besaßen. Zugehörig durch Gebrauch. Angeeignet. Ihre alten Bücher, erklärte Astrid, hätten die Eltern auf der Flucht im Krieg ja nicht mitnehmen können. Doch der Vater sei nicht nur in der IG Metall aktiv, Vertrauensmann seit neuestem, auch Mitglied in der Büchergilde Gutenberg sei er.

Ich beugte mich tiefer zu den Büchern. Ungefähr wusste ich, was das war, die IG Metall, eine Gewerkschaft, etwas für

Proleten, die mehr Geld forderten, streikten. Was die Wirtschaft – was immer das war – in Gefahr bringen konnte. Doch ein Vertrauensmann?

Die Frage nach der Büchergilde Gutenberg drängte sich fast ohne mein Zutun auf die Lippen.

»Jeder kann Mitglied werden und bekommt dann jedes Vierteljahr ein Buch«, erklärte Astrid.

»Egal, welches? Aber warum nur eins?«

»Jedes Buch«, bestätigte Astrid. »Aber viel billiger. Nicht nur eins. Alle.«

»Alle?« Ich konnte es nicht glauben. »Warum werden dann nicht alle Leute Mitglied?«

»Naja«, druckste Astrid. »Jedes Buch, das die Büchergilde anschafft. Schund gibt es da nicht.«

»Und Sartre?«, forschte ich.

»Bis jetzt noch nicht«, musste sie zugeben. Es dauerte eine Weile, bis ich aus ihr herausbekommen hatte, dass es nur »qualitätvolle und gut verkaufte Bücher« als Sonderdrucke und damit billiger gab, allerdings erst eine Weile nach Erscheinen der Originalausgabe. Astrid hatte einen klaren, genauen, aber nervenaufreibend langsamen Kopf und war aus Angst, etwas auszulassen, in den eigenen vier Wänden noch langsamer als in der Schule. Gutmütige Naturen wie Rebmann stellten ihr mitunter kurz vor der Pause eine Frage, die sie in aller Ruhe beantworten konnte. Klassenarbeiten brachte sie ohnehin kaum rechtzeitig zu Ende.

Während ich ihr nach und nach die Geheimnisse der Büchergilde entlockte, musterte ich gleichzeitig die Bestände. Alfred Anderschs *Die Kirschen der Freiheit* und *Die Rote* fand ich, Hans Hellmut Kirst mit *08/15*, Ignazio Silone, Erich Kästner, E.T.A. Hoffmann und Thornton Wilder, Ernest Hemingway, Jack London, Nikolai Gogol. Golo Manns *Deutsche Geschichte des 19. und 20. Jahrhunderts*, Ricarda Huch, von der ich Liebesgedichte kannte, stand hier mit einem gelehrten Buch: *Römisches Reich Deutscher Nation*.

In der obersten Reihe, wo bei uns die Hummelfiguren tanzten, fiel eine dunkelgrüne, ledergebundene Buchreihe ins Auge, die weit besser in den Schrank der Frau Bürgermeister gepasst hätte. »Heine« war den zwölf verblichenen Rücken in goldenen Zierbuchstaben eingeprägt. Ich sah Astrid fragend an. Sie nickte mir zu, und ich löste den ersten Band sorgfältig von den anderen – und hätte ihn beinah fallen gelassen, so erschrak ich, als der Buchleib aus dem steifen Einband rutschte und ich beides gerade noch auffangen konnte.

»Keine Sorge, das war schon so«, beruhigte mich Astrid. »Wir hätten es längst neu binden lassen müssen. Du kannst dir die Bücher alle anschauen.«

Jedes Buch zeigte auf braungrünem Leder Heine im Profil, den Kopf mit geschlossenen Augen in die Hand gesenkt wie die Engelchen auf den Dondorfer Kindergräbern; welliges, halblanges Haar, ein gerundeter Kinnbart, die schmale Nase, der nach unten gebogene Mund, ein Gesicht, zart und verletzlich, darüber konnte auch der Rahmen aus goldenem Rankenwerk nicht hinwegtäuschen. Wie traurig und müde er aussah, der Dichter, von dem ich nur das eine Reclam-Heft kannte, das mir Rosenbaum mit auf den Weg gegeben hatte. Mein Bild von ihm war das eines Verführers und Rebellen, eines lustigen frechen Kerls, der in Austernkellern schlampampte und Fräuleins verspottete, ob am Teetisch oder seufzend am Meere bei Sonnenuntergang. Schon mit dem frommen Mütterlein in der *Wallfahrt nach Kevlaar* hatte ich den fröhlichen Spötter nicht zusammenbringen können, bis ich das Gedicht schließlich für eine beinah bösartige Satire auf den Nutzen des Gebets genommen und so mein Bild des Dichters sichergestellt hatte.

Der traurige Poet dieser prächtigen Bände war mir fremd.

»Das ist doch nicht aus der Büchergilde?«, forschte ich.

Während ich mich in die Züge des Dichters versenkte, erzählte Astrid auf ihre umständliche Art die Geschichte der Bücher. Schon beim Erscheinen habe ihr Urgroßvater die Ausgabe erworben – erworben, sagte Astrid, nicht gekauft. Subskribiert, das heißt, schon im Voraus bezahlt, habe er sie, damit es billiger wurde. Dennoch habe er dafür Schulden machen müssen. Für Bücher! Astrid blies die Backen auf. Aber der Urgroßvater habe lieber auf Tabak und seinen Wacholder verzichtet, als auf diese Bücher, die er seinem ältesten Sohn vermacht habe und der wiederum dem seinigen, ihrem, Astrids, Vater. Bei seinem letzten Heimaturlaub 1944 habe er die Koffer für die Flucht der Familie gepackt, nur das Nötigste. Und den Heine. Alle zwölf Bände. Ob die Mutter davon gewusst hatte, wisse sie, Astrid, nicht. Nur, dass es zum Streit zwischen den Eltern gekommen sei, als die Mutter in dem kalten Winter 1946 die Bücher habe verkaufen wollen, für Essen und Briketts. Erst der Einwand des Vaters: »Wer gibt heute schon Geld aus für Bücher?«, habe die Mutter dazu gebracht, den Heine wieder aus dem Hamsterkoffer auszupacken. Was war die ganze Büchergilde Gutenberg gegen diese *Rechtmäßige Original-Ausgabe – Heinrich Heine´s sämmtliche Werke* aus dem Hoffmann und Campe Verlag, Hamburg 1865!

Ich stand und staunte.

»Soll ich dir mal mein Lieblingsgedicht vorlesen?« Zielsicher griff Astrid zu, blätterte kurz und mit einer Stimme, in keiner Weise schleppend und zaghaft, begann sie: »Deutschland. Ein Wintermärchen.« Brach ab, sah mich an und erklärte, dies wieder auf ihre umständliche Art, dass sie nicht alle Verse vorlese, nur eben ihre liebsten, und ich könne mich ruhig setzen.

Deutschland. Ein Wintermärchen.

Sich die Stimme des Dichters zu eigen machend, war das gehemmte Mädchen kaum wiederzuerkennen. Eins, zwei, drei, vier, schlug sie mit der Fußspitze den Takt, es klang flott und kühn auf dem beigegrauen Linoleum, und dann verkündete Astrid Kowalski aus dem Rapunzelgässchen mir, Hilla Palm aus der Altstraße 2:

»Ein neues Lied, ein besseres Lied,
O Freunde, will ich Euch dichten!
Wir wollen hier auf Erden schon
Das Himmelreich errichten.

Wir wollen auf Erden glücklich sein,
Und wollen nicht mehr darben;
Verschlemmen soll nicht der faule Bauch,
Was fleißige Hände erwarben.

Es wächst hienieden Brot genug
Für alle Menschenkinder,
Auch Rosen und Myrten, Schönheit und Lust,
Und Zuckererbsen nicht minder.

Ja, Zuckererbsen für jedermann,
Sobald die Schoten platzen!
Den Himmel überlassen wir
Den Engeln und den Spatzen.«

Astrids graublaue Augen schienen sich mit blauer Farbe gefüllt zu haben, wie der Rhein im Sommer, wenn der Himmel sich in den Wellen spiegelt, seinen blauen Überfluss mit dem Wasser teilt. Ihr Unterkiefer hing ein wenig herab, ein bisschen Speichel stand in ihren Mundwinkeln. Sie stellte das Buch zurück, zog das Taschentuch aus dem Jackenärmel, putzte sich umständlich die Nase und setzte sich auf das Sofa neben mich, so nah, dass ich unwillkürlich von ihr abrückte.

Es klingelte. Astrid sprang auf. Zwei verschwitzte, verraufte Jungs, Astrids Brüder, kamen vom Spielen und nahmen lärmend von der Wohnung Besitz. Klar, weshalb auch Astrids Hausaufgaben nicht besser waren als ihre Antworten im Klassenzimmer. Keinen Raum für sich. Nirgends Ruhe. Nicht einmal einen Holzstall.

Gleich würde es Abendessen geben. Eine gute Gelegenheit, mich aus dem Staub zu machen.

Doch da ging die Tür noch einmal auf. Eine tönende Männerstimme: »Ja, wen haben wir denn da?« Getrappel, die Stimmen der Jungen. »Ruhe, Herrgottnochmal!« Die Mutter.

»Ja, sieh mal an. Und Besuch haben wir auch!« Eine solche Stimme konnte nur aus einer breiten Brust kommen, und die breite Brust gehörte zu einem kräftig gebauten, großen Mann in Cordhose und kariertem Hemd, der seine Schirmmütze abnahm und an den Haken hängte. Dichtes, schwarzes, fast struppiges Haar, dichte, dunkle Brauen, graue, scharfblickende Augen in einem großen, grobgeschnittenen Gesicht. Astrids Vater. Er fasste meine Hand, umsichtig wie einen zerbrechlichen Gegenstand, und zeigte lächelnd eine Reihe beneidenswert ebenmäßiger Zähne. Wie jung er wirkte! Weit jünger als seine Frau, die klappernd – sogar ihr Klappern, schien mir, verbreitete Missmut – den Tisch in der Küche deckte; jünger sogar als Astrid, die sich an ihm vorbeidrückte, um der Mutter zur Hand zu gehen.

»Du bleibst doch noch zum Abendessen, Hilla?« Astrids Vater legte mir die Hand auf die Schulter und schob mich an den Tisch. »Für einen mehr reicht es immer noch. Was habt ihr denn so getrieben den ganzen Nachmittag?«

»Gelesen«, sagte ich. »Die Bücher bewundert. Astrid hat mir ihr Lieblingsgedicht vorgelesen.«

»Den Himmel überlassen wir den Engeln und den Spatzen«, äffte die Mutter. »Hier, setz dich.«

Dichtgedrängt saßen wir um den Tisch. Astrids Vater griff zu. Schüttelte mit Daumen und Zeigefinger die Schinkenscheiben auseinander, köpfte das Ei mit dem Messer, und die Jungen machten es ihm schwungvoll nach, dass die Eierschalen übers Tischtuch sprangen. Er ließ es sich schmecken. Unüberhörbar. Wischte sich den Mund mit dem Handrücken und den Handrücken am Hosenbein ab. Warum störte mich das alles nicht? Alles geschah kraftvoll, selbstverständlich, ohne Falsch. Hatte nicht Luther geschrieben: »Warum rülpset und furzet Ihr nicht/ hat es Euch nicht geschmacket?« Es war nicht Unbeholfenheit. Kein Verstoß gegen Regeln. Regeln interessierten Franz

Kowalski nicht, zumindest nicht in seinen eigenen vier Wänden. Dabei redete er fast ununterbrochen, mit einer zuversichtlichen Stimme, ohne sich vom Kauen und Schlucken beeinträchtigen zu lassen. Es war nicht klar, zu wem er sprach, so gut wie hier an den Abendbrottisch hätte die Rede in eine Versammlung gepasst. Für Kowalski spielten weder Anlass noch die Zahl der Zuhörer eine Rolle. Wenn es einen Brustton der Überzeugung gibt, dann quoll der unter diesem enggespannten Karohemd hervor. Kowalski erzählte vom Tage. Vom heute gewesenen Tage. Er sang's uns mit schlesisch rollendem R ins Ohr, was an Maschine drei schon wieder schiefgelaufen war, dass die – hier kam ein Name, den ich nicht verstand – im Lager nun auch noch ein Kind bekomme, schon die Zweite in dieser Gruppe, und Arbeitskräfte doch so knapp. Jedenfalls bei den Frauen. Über eine bevorstehende Tarifrunde ließ er sich aus – Tarifrunde, ein Wort, mit dem ich so lange herumspielte: eine Tarifrunde, Tarifdicke, Tarifdünne, Tariflange, Tarifkleine –, dass ich den Anschluss verpasste.

Klar war: Astrid und ihre Mutter würden am nächsten Morgen mit Kowalski zur Frühschicht fahren und Flugblätter verteilen. »Acht Prozent, das muss drin sein! Die in Stuttgart machen es richtig. Mutter, darauf ein Bier!«

Astrids Mutter, die sich gerade eine Zigarette angesteckt hatte, erhob sich, Kühlschrank auf, Kühlschrank zu, und stellte dem Mann die Flasche neben den Teller. Kowalski nahm die Flasche in die rechte Hand, stemmte die linke in die Hüfte und ließ den Verschluss mit dem Daumen aufschnappen. Es schäumte, schäumte aufs Tischtuch, »ein Glas«, rief ich, »wo ist das Glas«, die Mutter sprang auf, Astrid sprang auf, doch Kowalski hatte die Flasche längst an den Lippen, schluckte glucksend, wobei ihm der Adamsapfel die Kehle hinauf- und hinunterfuhr, setzte die Flasche zurück auf den Tisch und brach in schallendes Gelächter aus, als Frau und Tochter gleich zwei Gläser vor ihm hinstellten.

»Haha, reingefallen! Wann hab ich denn jemals Bier aus dem Glas getrunken! Unsere Hilla hat doch bestimmt nichts gegen einen Schluck aus der Pulle! Prost.«

Kowalski schwenkte die Flasche zu mir herüber, und ich hatte schon Angst, er würde mir einen Schluck anbieten, aber er war schon wieder in seinem Betrieb. »Und dann! Wenn ich das schon höre! Die lügen doch, wenn die den Mund aufmachen! Arbeitgeber! Arbeitnehmer! Hast du schon mal darüber nachgedacht, was das heißt?«, wandte sich der Mann mit einem Ruck seines starken Körpers an mich.

»Äh, ich«, stotterte ich überrascht, was gingen mich Kowalskis Fabrikgeschichten an? »Also: Arbeitgeber, der gibt den Arbeitnehmern was zum Arbeiten, damit die Geld verdienen.«

»Ha! So hätten sie es gern! Das sollen wir glauben! Wer nimmt denn die Arbeit von wem? Der Unternehmer, der Fabrikbesitzer. Der krümmt doch keinen Finger! Alles, was der hat, sind ein paar Maschinen, an denen wir – wir!«, Kowalski schlug sich mit beiden Fäusten auf die Brust, »wir arbeiten. Wir sind es, die die Arbeit geben, unserer Hände Arbeit. Und nehmen tut sie – der Kapitalist!« Kowalski schnitt sich ein Stück Wurst ab, kaute und spülte es mit einem Schluck aus der Flasche runter. Astrid rutschte immer weiter auf ihrem Stuhl nach vorn und verbarg kaum ihre Erleichterung, als ich aufsprang, um den letzten Bus zu erreichen. Wir sahen uns nicht an; wussten beide, dass später noch Busse fuhren.

Astrids Vater schlug mir zum Abschied wieder die Hand auf die Schulter und bat mich herzlich, beim nächsten Mal mehr Zeit mitzubringen. In seinem rechten Mundwinkel klebte Eigelb. Astrids Mutter legte nicht einmal die Zigarette aus der Hand, nickte mir zu und wünschte einen Guten Abend.

Im Treppenhaus drang durch die dünnen Wände die Stimme des Nachrichtensprechers: Dreihundertzwanzigtausend Arbeiter in der Metallindustrie ausgesperrt. Härteste Machtprobe seit Bestehen der Bundesrepublik. Streik droht sich auf Nordrhein-Westfalen auszuweiten.

Hinter mir fiel die Haustür ins Schloss. Daher also wehte bei Kowalskis der Wind.

Büchergilde, Heine, Zuckererbsen, Tarifrunde, Streik, Aussperrung, Arbeitnehmer, Arbeitgeber, und wie selbstgewiss Kowalski das Ei geköpft hatte. Was unterschied Astrids Familie von meiner? Arm waren wir beide. Doch unsere Armut, der Mangel der Altstraße 2, wurde anders erfahren und gelebt.

Die Armut der Familie Palm war eine verdrossene, gleichwohl erduldete Armut. Sie wurde hingenommen. Weil sie erträglich war. Da war das eigene Häuschen, auch wenn es weniger Platz bot als die Genossenschaftswohnung der Kowalskis. Da war der Garten, in dem man frei entscheiden konnte, ob man Erbsen oder Möhren oder beides ziehen wollte. Dann musste man aufs Gedeihen hoffen, was wiederum eine Ergebenheit lehrte, wie sie vielen Landleuten eigen ist. Eine Ergebenheit, die weiß, wie wenig es nützt zu hoffen, zu hadern oder zu beten, und sei es nur darum, dass die Bohnenernte nicht verdorrte. Dennoch: Hier war man sein eigener Herr, und der Vater hatte seinen Schuppen, seine Werkzeuge, die er erfinderisch zu nutzen verstand.

Und dann die Dorfgemeinschaft. Meine Familie zählte zu den Eingesessenen. Eingesessen. Ein Wort, das mir gefiel, dickärschig, behäbig, nicht von der Stelle zu kriegen. Eingesessen, hineingesessen, immer tiefer hinein in das Leben im Dorf. Einen festen Platz haben. Einen angestammten Platz. Angestamm-t wie Äste und Zweige, getragen vom Stamm. Anerkannt. Sicher.

Und das alles gekrönt von der Zugehörigkeit zur katholischen Kirche, was weit mehr meinte als den sonntäglichen Kirchgang. Wir alle, das ganze Dorf, jedenfalls alle, die zählten, waren römisch-katholische Gotteskinder. Ein jeder von uns auf einem angestammten, von Seiner Hand angewiesenen Platz. Oben und unten, arm und reich: vorherbestimmt seit Ewigkeit. Gottes Kind sein. Die Kirche gab Halt. Verhinderte ein Abrutschen in die Armut als Verwahrlosung. Aber dieses Gehaltensein spornte nicht an. Es machte demütig, bescheiden. Ermutigte nicht, diesen von Gott in seiner Allmacht zugewiesenen Platz zu verlassen.

Wenn vor Gott alle Menschen gleich waren, was spielte es da für eine Rolle, ob man als Hilfsarbeiter oder Brauereibesitzer, als Oberstudienrat oder Hausmeister, Arbeitnehmer oder Arbeitgeber in den Himmel kam? Und wer noch immer nicht dran glauben wollte, für den gab es die Geschichte vom Reichen, samt Kamel und Nadelöhr.

Kowalskis lebten ihre Armut ohne den barmherzigen Schleier der Religion. Ohne die Beschwichtigung, alle Menschen seien gleich – vor Gott. Ohne Erbauung, ohne den Trost der Schönheit der biblischen Sprache, der Liturgie, der Gesänge, Bilder und Blumen, des Duftes von Weihrauch und Kerzen. Dafür aber mit Bebel und Zetkin, Heine und Heinrich Mann. Die Armut der Kowalskis war eine strenge, aufrechte, fast aufsässige Armut. Oja, alle Menschen waren gleich – und zwar jetzt und hier. In der Demokratie. Vor dem Gesetz. Verschlemmen soll nicht der faule Bauch, was fleißige Hände erwarben. Nie hätte Kowalski zu seiner Tochter gesagt: Jlöv jo nit, dat de jet Besseres bes. Sie waren nix Besseres und wollten das auch nicht werden. Sie wollten bleiben, was sie waren, nur bessergehen sollte es ihnen. Und dazu warteten sie weder auf irdische Almosen noch auf himmlische Fügung. Sie kämpften. Für Zuckererbsen hier und jetzt. Und nicht für alle, sondern für die Zukurzgekommenen, für die da unten. Für die, denen der liebe Gott die Plätze als Arbeitnehmer reserviert hatte. Es gab eine Armut mit Häuschen und Garten und Kirche, und es gab die andere mit Büchergilde, Genossenschaftswohnung, Flugblattverteilen und acht Prozent mehr Lohn.

Das alles hätte mir gefallen müssen. Es gefiel mir nicht. Es war mir zu wirklich. Zu dicht am Möglichen, am Machbaren. Dieser Weg aus der Armut war ein Weg der kleinen Schritte. Er ließ keinen Platz für Träume. Keinen Platz fürs Fliegen. Lieber fliegen in Träumen als vorwärtskommen Schritt für Schritt im wirklichen Leben. Ich hielt es weiterhin mit Schiller: Freiheit ist nur in dem Reich der Träume.

Im Holzstall ersuchte ich mein Lexikon um Aufklärung. Ob es im 19. Jahrhundert schon Arbeitnehmer und Arbeitgeber gab?

Über sechzehn Seiten, ganze zweiunddreißig Spalten, erstreckte sich das gesammelte Wissen zum Thema Arbeit. »Arbeitgeber«, las ich, »ist derjenige, welcher einen oder mehrere Arbeiter gegen Lohn beschäftigt... Die Arbeitgeber haben aus ethischen und rechtlichen Gründen für das Wohl ihrer Arbeiter, deren Arbeitskraft sie benutzen, zu sorgen... Neuerdings sind sie durch die socialpolitischen Gesetze verpflichtet worden, die Versicherung der von ihnen beschäftigten, versicherungspflichtigen Personen gegen die wirtschaftlichen Folgen von Krankheit, der Betriebsunfälle und der Invalidität oder des Alters zu vermitteln und zum Teil auf eigene Kosten durchzuführen... Abgesehen von diesen Geldaufwendungen« – die Aufzählung ging über zwei Spalten – »sind die Arbeitgeber der Gesamtheit gegenüber dafür verantwortlich, dass ihre Arbeiter thunlichst moralisch gehoben werden. Dies geschieht am besten durch Herstellung und Erhaltung persönlicher Beziehungen zu den Arbeitern, durch Eingehen auf ihre besonderen Interessen, namentlich in Fällen der Not und der Krankheit, durch Belebung und gutes Beispiel, hierzu können auch die Ehefrauen der Arbeitgeber wesentlich beitragen. Die thunlichste Ausgleichung wirtschaftlicher und socialer Gegensätze ist die Hauptaufgabe der Gegenwart, und bei ihrer Lösung fällt dem Arbeitgeber der Hauptanteil zu, weil er durch seine Stellung auf ein stetes Zusammenwirken mit den Arbeitern angewiesen ist.«

Arbeitnehmer, immerhin gab es auch dieses Wort schon vor hundert Jahren, verwies auf: Arbeiter.

»Arbeiter ist ein jeder, welcher an der wirtschaftlichen Produktion, an der Wertschaffung thätig teilnimmt. Allein in einem engeren, wenngleich gebräuchlicheren Sinne bezeichnet man als Arbeiter oder *Arbeitnehmer* diejenigen, welche von Arbeitgebern (Unternehmer, Fabrikanten) gegen Lohn mit einer Arbeit beschäftigt werden, bei der die körperliche Thätigkeit stark überwiegt... Die Gesamtheit dieser Arbeiter bildet den Arbeiterstand, die arbeitende Klasse...«

Astrids Familie kämpfte für den Arbeiterstand. Ich kämpfte für mich. Zuckererbsen für jedermann? Das klang nach »Samstags gehört Vati mir« und »Wohlstand für alle«. Ich wollte alles – für mich – den Himmel und die Engel, Spatzen und Zuckerschoten. In diesem, in meinem Leben.

Kurz darauf lud mich Astrid wieder zu sich nach Hause ein. Gerade seien neue Bücher gekommen, lockte sie, Carl Zuckmayers *Die Fastnachtsbeichte* und Stendhals *Die Kartause von Parma*. »Und Heine kann ich dir wieder vorlesen.« Mein Herz klopfte bis in die Zungenspitze, als ich ihr kalt in die bittenden Augen sah. »Du kannst mir die Bücher gerne mitbringen. Ich lese sie lieber allein.«

Am nächsten Tag steckte sie mir einen Zeitungsartikel zu und lachte mich mit breit gebleckten Zähnen an. Ich schlug die Doppelseite auseinander. Auf dem ganzseitigen Photo strahlte ein Mädchen, etwa neun, zehn Jahre alt, in die Kamera. Mit Zähnen, die schief durcheinanderstanden. Darunter, fett: »So müssen Zähne heute nicht mehr aussehen.« Und klein darunter: »Helfen auch Sie Ihrem Kind in eine unbeschwerte strahlende Zukunft.« Auf dem Bild daneben trug das Kind eine Zahnspange. Korrekt faltete ich das Papier zusammen und bedankte mich. Da konnte ich doch nur lachen.

Ich besuchte Astrid nie wieder. Ihr Gesicht im Wutstein fletschte einen zahnlosen Gaumen.

Godehard war zurück. Mit einer Kette aus bunten Steinen, die er mir bei unserem Wiedersehenskuss um den Hals legte. Glatt, kalt, schwer ließen mich die Steine keinen Augenblick vergessen, dass ich sie trug. »Meine kleine Frau«, sagte er dabei und küsste mein Handgelenk über der Uhr.

Mein Besuch bei ihm zu Hause stand bevor. Beim Buchhändler lagen jetzt immer öfter Päckchen, die keine Bücher enthielten. »Schön sein muss auch die kluge Frau.« Einen beigen Schal, mit rotblauen Schuhen bedruckt, fand ich, reine Seide, sagte das Etikett am Saum; eine Puderdose, silbern mit Perlmutteinlage für die Handtasche; ein Fläschchen, nein, Flakon, Ma Griffe; einen Lippenstift von Helena Rubinstein. Das letzte, das größte Paket überreichte er mir selbst.

»Du sollst schön sein, kleine Hilla.« Godehards Augen hatten einen sonderbaren weichen Glanz, so sah die Großmutter aus auf dem Weg zur Kommunionbank. »Schöner als alle anderen. Das hier habe ich für dich ausgesucht. Sag nichts. Probier es zu Hause an. Du wirst aussehen wie eine Prinzessin. Meine Prinzessin.«

Ich bugsierte das Paket in Bus und Bahn nach Hause, schlich mich, nach allen Seiten spähend, in den Holzstall, verstaute das Ding unterm Tisch bei den Schachteln mit den Steinen. Wartete, bis die Luft im Haus rein war. Vor dem dreiteiligen Spiegel im Schlafzimmer der Eltern probierte ich es an. Ein grünschwarz changierendes, knisterndes Kleid zog ich aus knisterndem Seidenpapier, Cocktail-Kleid nannte man so etwas, eng und ausgeschnitten vorne und hinten, aber mit einem Bolero. Wie sehr hatte ich Doris, meine feine blonde Freundin von der Realschule, damals um so ein Jäckchen beneidet.

Das seidigglatte Futteral saß wie eine zweite Haut. Ich war in eine andere Haut geschlüpft. Godehards Haut. Kleider machen Leute? Und ob! Aus Hilla Palm, Kenk vun nem Prolete, machte dieses Kleid... Ja, was eigentlich? Ich holte meine weißen Pumps aus dem Schrank. Stellte ein Bein vor, legte den Kopf schief, lächelte mich an: meine kleine Hilla. Stemmte die Hand mit der Uhr am Gelenk in die Hüfte und nickte mir zu: meine Prinzessin. Legte mir die Steine um den Hals, zog das Jäckchen über und sah mir tief in die Augen: meine kleine Frau.

Prüfung bestanden. Frau. Prinzessin. Meine Kleine. Passten die Worte zu mir? Wie oft hatte ich derlei schon gelesen. Aber wollte ich das auch leben?

Den Bruder weihte ich ein. Für die Mutter machte ich das Kleid zu einer Spende von Monika; zu eng geworden, ze spack. Sie lade mich zu ihrem Geburtstag ein. Würde es spät, könne ich bei ihr übernachten.

Das aber hatte ich nicht vor. Den letzten Zug von Köln nach Großenfeld kurz nach zehn könnte ich bequem erreichen.

»Wie Aschenputtel«, lachte ich, als ich Godehard am Samstagnachmittag auf dem Bahnhof entgegenlief, unterm Popelinmantel von Cousine Hanni das herrliche Kleid.

»Den ziehen wir gleich aus«, schloss mich Godehard in die Arme. »Komm, alle sind schon gespannt auf dich.«

Wind vom Rhein fuhr mir unter den Mantel, zerrte ihn auseinander. »Alle? Ich denke, wir fahren zu deinen Eltern?«

»Zu meinen Eltern? Nein. Die sind gar nicht zu Hause. Du kommst zu mir. Aber wenn du willst, kann ich dir das Haus zeigen.«

»Aber... Ich dachte... Deine Eltern...«

»Ein anderes Mal, kleine Hilla, wir haben doch noch so viel Zeit. Wie schön du bist.«

Ohne den Dom eines Blickes zu würdigen, lenkte Godehard den Wagen aus der Innenstadt hinaus, am Rhein entlang, ich verdrehte den Hals nach den Türmen, bis auch die Spitzen verschwanden. In Köln und nicht zuerst im Dom. Das gab mir einen Stich.

»Immer noch gut katholisch?«, fragte Godehard leichthin, und da ich mit der Antwort zögerte, fuhr er fort: »Geht dir vielleicht so wie mir: nicht ganz dabei und nicht ganz davon weg. Heute Abend ist ein Cousin von mir da. Lukas will Pastor werden. Hat schon die Diakonweihe. Mit dem kannst du dich ja mal unterhalten.« Godehard schien aufgeregt, redete in einem fort, von denen, die kommen, und denen, die nicht kommen würden. Ich hörte kaum zu. Hatte mir angewöhnt, gelegentlich ein Hm, Soso, Achnein einzuwerfen und meinen Gedanken nachzuhängen.

Alle Aufregung verflogen, nun, da ich wusste, nicht Godehards Eltern waren es, die mich erwarteten. Offensichtlich handelte es sich um eine Cocktail-Party, wo, gemäß Dr. Oheim, »vor allem junge Menschen, in besonders zwangloser Form etwa zwischen achtzehn und zwanzig Uhr zusammenkommen...«. Denn »eine gut vorbereitete Cocktail-Party ist etwas sehr Nettes, Spritziges – allerdings nicht ganz Billiges«. Ein nettes, spritziges Stündchen würde ich bleiben und dann ab nach Hause. Montag gab es eine Mathearbeit.

Die Stadt ließen wir hinter uns, auf der Landstraße ging es Richtung Sauerland, in einem Waldstück fuhr Godehard langsamer und bog kurz darauf ab. Mitten zwischen die Bäume. Bremste. Hielt an. Ich presste die Knie zusammen. Eine Schranke versperrte die Weiterfahrt. Godehard stieg aus, schloss auf, klappte den Balken hoch, wir fuhren durch, schloss wieder ab.

»Hör mal«, fragte ich irritiert, »wie kommen denn die anderen hier durch?«

»Die anderen? Ach, die müssen einen Umweg machen, kommen von der anderen Seite. Die kennen das.« Godehard lachte. »Ich bring dich schon nicht in Blaubarts Burg.«

Trotzdem: Wie sollte ich von hier wieder wegkommen? Pünktlich zu meinem letzten Zug?

»Keine Sorge«, beruhigte er mich. »Irgendjemand wird dich sicher nach Hause fahren – wenn du nicht bleiben willst. Bei mir.«

Ich schaute auf die Uhr. Minutenlang nichts als Bäume und kein Haus in Sicht.

»Gehört alles dazu«, sagte Godehard mit einer ausladenden Handbewegung, ganz wie im Märchen vom gestiefelten Kater, der überall behauptet: »Das gehört meinem Herrn, dem Grafen.« Schließlich ging der Wald in ein parkähnliches Gelände über, die Wege, kniehoch buchsbaumeingefasst, von Bogenlampen erleuchtet, Kies knirschte; ein langgestrecktes, mehrstöckiges Gebäude kam in Sicht. »Herrenhaus«, schoss mir durch den Kopf, und dass ich mir so die Keyserling'schen Häuser vorstellte, Häuser für Barone und Komtessen – oder für Kakaofabrikanten.

Godehard bog vom Hauptweg ab, unter den Rädern wurde es wieder still. Er fuhr jetzt im Schritttempo und kurbelte das Fenster hinunter: »Hier rechts siehst du das Haus unseres Gärtners; dahinter die Stallungen. Drüben wohnt der Butler mit seiner Familie. Dort der Bungalow meines Bruders, und hier sind wir bei mir. Hier bei mir.«

Der Wagen hielt vor einem doppelstöckigen Backsteinhaus, blassrote Ziegel, die Rahmen um Fenster und Türen aus einem helleren Stein, die Mauern über und über mit knospendem Weinlaub bedeckt wie bei Schönenbachs Gärtnerei, unserem Haus gegenüber. Fehlte nur noch die Katze auf dem Sims. Durch die Wiese mit blühenden Tulpen und Narzissen führte ein schmaler Pfad auf die dunkle, mit Schnitzwerk verzierte Tür. Grüne Fensterläden mit Eisenmännchen befestigt, genau wie an unserem Haus. Nur war dieses hier mehr als doppelt so groß. Für nur eine Person. Im Dämmerlicht schienen die Mauern direkt aus dem Gras zu wachsen. Das Haus gefiel mir sehrsehr gut.

»Gefällt es dir?«, freute sich Godehard. »Das alte Jagdhaus. Aber der Jäger wohnt jetzt in der Stadt. Der Schulweg war für die Kinder zu weit.« Zwischen den Bäumen, die die Wiese umgaben, standen Autos. Ein paar Motorroller. Saxophontöne aus den geöffneten Fenstern, ein verrauchter Bass sang »God's my lord, heart and soul« oder so ähnlich.

»Komm, gib mir den Mantel.« Godehard griff nach meinen Schultern, streifte mir den Hanni-Mantel ab, über die Schwelle schritt ich im Godehard-Kleid.

Aus der engen Diele – nur ein Zwölfender über der Flurtür erinnerte noch an den ehemaligen Bewohner – ging es gleich weiter in einen großen Raum oder kleinen Saal, jedenfalls in ein Zimmer, größer als jedes, das ich aus Privathäusern kannte. Offenbar hatte man im Erdgeschoss Wände entfernt und ein paar Stützbalken aus rauchgeschwärztem Holz eingezogen.

Die Partygäste drängten sich uns entgegen, eingehüllt in eine Wolke aus Zigaretten, Rasierwasser, Deo, Parfüm. Alle redeten durcheinander, die weiter hinten reckten die Köpfe nach uns, bis Godehard den Arm hob und »Ruhe, still jetzt!« gezischelt wurde.

»Fräulein Hildegard Elisabeth Maria Palm«, stellte Godehard mich vor, »ihr dürft aber Hilla sagen«, und ich schüttelte Hände, schmale, breite, kräftig und labbrig, trocken und feucht, lächelte mit geschlossenen Lippen und kam mir wie die Königin von England vor. Nur dass die sich nicht mit jedem Händedruck verlegener fühlte. Doch die anderen schienen genauso froh wie ich, als die Zeremonie vorbei war, verteilten sich rasch im Saal, wo an der Wand auf langen Tischen – jawohl, die weißen Tischdecken hingen gemäß Dr. Oheim bis fast auf den Boden hinunter – Schüsseln, Geschirr, Besteck, Gläser und ein Bowlegefäß standen. Ein Kellner, zwei Serviermädchen.

Im vorderen Teil des Raumes gab es hohe, runde Tische, darauf Aschenbecher und Zigaretten, Roth-Händle, Gitanes, Senoussi, HB. »Bei einer Cocktail-Party müssen genügend Tabakwaren und die dazugehörenden Aschenbecher bereitgestellt werden.« Am liebsten hätte ich ein paar Päckchen für Friedel eingesteckt, die mir vor Jahren mit dem Lexikon eine so große Freude gemacht hatte. Eine Fläche hinter den Tischen war freigeräumt; sicher würde dort getanzt werden. Irgendwo wurden Witze erzählt, ab und zu Gelächter.

Fast ehrerbietig füllte eines der Serviermädchen mein Glas. »Diese Bowle musst du unbedingt probieren«, drängte Godehard, »hab ich selbst gemischt. Die süßen Früchte essen wir später.« Er schnappte nach meinem Ohrläppchen. »Wie schön du dir deine Haare gemacht hast. Und wie ich mich schon darauf freue, die Nadeln rauszuziehen.«

Das konnte er gleich haben. In Erwartung seiner Eltern hatte ich mein Haar kunstvoll zu einem seriösen Turm drapiert. Mit ein paar Handgriffen waren die Nadeln draußen, ich schüttelte die Strähnen über die Schulter. »Besser so?«

Godehard schien enttäuscht. »Hätt ich gern selbst gemacht.« Er fuhr mir ins Haar, packte meinen Nacken und drückte spielerisch zu. »Komm, wir schauen mal, was da los ist.«

Vor dem Plattenspieler – »*Summertime*, Ella Fitzgerald«, sagte Godehard – stritt ein Grüppchen um die nächste Runde. Die vorletzte der zehn LPs war gerade nach unten gefallen.

Ein Pärchen, das Mädchen in einem rosa Kleid, bleistifteng und wie meines mit Bolero, der junge Mann wie Godehard in Anzug und feingestreiftem Hemd mit schmaler Seidenstrickkrawatte, hielt sich locker um die Hüften gefasst, in der freien Hand Martinis, seiner mit einer Olive, ihrer mit einer Maraschino-Kirsche. »Marokkaner-Kirsch« nannte die Tante die kandierte Frucht, die sie aus der Kochsendung mit Clemens Wilmenrod kannte. Auch die beiden wollten weiter Jazz hören. Namen wie Louis Armstrong, Bessie Smith, Count Basie und Miles Davis wurden ausgerufen wie Hauptgewinne.

Eine zweite kleinere Gruppe scharte sich um einen Mann, den Godehard mir als seinen Vetter vorstellte, Student der Ökonomie an der London School of Economics. Alles an ihm war exakt, bis auf drei Stellen hinterm Komma genau: der Haarschnitt, der geknöpfte Kragen, die Fliege. Aber die Schuhe. Sie verrieten, dass in Markus Moigenbruchs Kopf mehr vorging als Gewinn und Verlust, Steuern und Rückstellungen. Sozusagen auf Schritt und Tritt verrieten sie seine Sehnsucht, aus der Reihe zu tanzen in diesen Schuhen aus dunkellila Leder mit gelben lochgestanzten, grüngesteppten Einsätzen auf Spann und Ferse, purpurnen Schnürriemen und spitz, zum Aufspießen spitz, die dünnen Enden, leicht schnabelförmig nach oben gebogen, so bewegte sich der Ökonomiestudent durchs Leben. Zumindest in seiner Freizeit. Ich konnte meinen Blick von diesen Schuhen – sie mussten ein Vermögen gekostet haben – nicht lösen. Erst recht nicht, als ich entdeckte, dass in den lilagelben Schuhen rosa Socken steckten. Moigenbruch schwenkte eine LP in ihrer Papphülle. Aus sonderbar verdrehter Perspektive schauten vier lachende Jungenköpfe mit Kindergarten-Topffrisur in Anzug und Krawatte über eine Art Treppengeländer wie aus einer Kiste: The Beatles in gelben Großbuchstaben. Rechts unten, kleiner, der

Titel: *Please, Please Me*. Darunter noch kleiner, hellblau: *With Love Me Do and 12 other songs.*

»Beatles, nie gehört«, schallte es aus der Gruppe der Jazzanhänger. Dies sei das erste Album der Gruppe, erklärte der Vetter, gerade herausgekommen, er habe sich gleich eins gesichert, wir sollten doch erst mal hören. Jede Wette, die seien bald die Nummer eins. Unterstützt wurde er von einem schlaksigen Jungen, der in Jeans und offenem Hemdkragen James Dean nachstrebte, und einem Mädchen, das in seiner schneidergrau kostümierten Eckigkeit an Astrid erinnerte und mit durchdringender Stimme behauptete, sogar Radio BBC habe dieser Gruppe gerade eine ganze Stunde gewidmet.

»Sehen süß aus«, befand ein Mädchen. »Aber die Haare?«, meinte ein zweites unschlüssig. »Wär nichts für meinen Vater. So einen dürfte ich nicht mit nach Hause bringen.«

»Nach Hause vielleicht nicht«, antwortete die Erste vielsagend, worauf sich die beiden kichernd ihre Gläser nachfüllen ließen.

Die dritte, stärkste Gruppe wurde von einem Mädchen in Hosen angeführt. Langes aschblondes Haar, dichter Pony bis in die Augen, enger schwarzer Pulli, schwarze enge Hosen, flache schwarze Schuhe. Ich musste lachen, dachte an meine Färbekünste, als ich aus Protest gegen Gott und die Welt, das Leben im allgemeinen und die Pappenfabrik im besonderen meine sämtlichen Kleider existentialistisch-schwarz gefärbt hatte, worauf die Tante mich voller Entsetzen eine »Ecksteinspezialistin« genannt hatte. So ähnlich glaubte sie es in einem Artikel über die zügellose Jugend in Frankreich gelesen zu haben.

Auch das Mädchen hielt eine LP in der Hand und wurde unterstützt von einem jungen Mann, Anzugträger mit Rollkragenpulli, ebenfalls schwarz. Jetzt seien sie an der Reihe, sagte er in einem müde-vornehmen Ton, er habe nichts gegen diese schwarze Musik, viel Seele, aus der Hefe komme diese Musik, wisse er alles, aber die Wurzeln unserer Kultur lägen doch anderswo, lägen doch hier. Er nahm der Schwarzgekleideten die Platte aus der Hand und schwenkte sie überm Kopf, rief »La belle France« und das hier sei nun die neueste Platte von Juliette Gréco, Texte von Prévert und Brassens, sogar von Sartre, Jean-Paul Sartre, wiederholte er, als dulde allein dieser Name keine Ablehnung. Zwei Gedichte von ihm habe die Gréco sich selbst aussuchen dürfen. Und, spielte er seinen letzten Trumpf aus, ihre Mutter sei im Widerstand gegen die Nazis gewesen; die kleine Juliette habe mit ihr im KZ Ravensbrück gesessen.

Betretenes Schweigen.

»Der Abend ist doch noch lang«, beschwichtigte Godehard, souverän in seiner Rolle als Gastgeber. »Also Amerika hatten wir ja schon. Jetzt erst einmal ›Vive la France‹ und dann kommen die, wie heißen sie noch? Die Beatles, die Maikäfer, dran.«

Gesittet standen wir um die kleinen, hohen Tische herum oder saßen auf schmalen Stühlen gegenüber vom Buffet, machten wissende Mienen zu Chansons, von denen ich kaum ein Wort verstand. Drei Jahre Französisch in der Realschule waren fast spurlos an mir vorübergegangen. Juliette Gréco folgten Charles Trenet und Gilbert Bécaud, Charles Aznavour und Yves Montand, die Stimmung wurde zunehmend gedämpfter, die Gespräche verstummten beinah ganz, betreten stierten wir in unsere Gläser, o wie luden diese Lieder doch die ganze Schwere des Lebens auf unsere jungen Schultern. Da half nur noch Bowle. Leise schlich man über die knarrenden Dielen zum Nachschub, immer öfter kamen die Jungen mit stärkerer Kost zurück, Whisky oder Cognac, man lehnte aneinander, umarmte sich, schutzsuchend vor diesem Ansturm französischer Melancholie, erst Edith Piaf mit ihrer krähenden Lebenslust riss uns zurück ins pralle Partyleben.

Auch ich hatte Godehard immer wieder mein leeres Glas präsentiert; er liebte diese kleinen Aufmerksamkeiten für mich umso mehr, hier vor aller Augen. Wie sollte er wissen, dass ich mir meinen Stuhl genau ausgesucht hatte, direkt neben der Kakteenetagere, was mir erlaubte, meine Bowle immer wieder mit einem Greisenhaupt oder einem Zwergsäulenkaktus zu teilen?

Zwei weitere Serviermädchen erschienen, balancierten Platten mit Broten, so klein, dass Astrids Vater davon sieben auf einen Streich hätte verputzen können. Ich hatte Hunger, hätte gern zwei Happen auf einmal von der Platte geklaubt, doch Godehard hielt meinen Arm unauffällig, spielerisch, aber nachdrücklich zurück. Hätte er, dank Dr. Oheim, nicht gemusst. »Eine Cocktail-Party soll ja keine Abfütterung sein, sondern ein durch kleine, aber feine leibliche Genüsse gewürztes flüchtiges geselliges Beisammensein... möglichst appetitlich auf Platten angerichtet... vom Personal herumgereicht... Leckereien, sehr oft auf kleine Holzstäbchen gespießt, die sich zwischen einem Schluck aus dem Cocktail-Glas und ein paar Plauderworten schnell in den Mund schieben und sich zu einem neuen Schluck anregen lassen.« »Canapés« hießen diese Appetithappen. So hatte ich es gelesen, und so prüfte ich die Bestände auf der Cocktail-Party Godehards van Keuken.

Ich beobachtete jede Bewegung. Wenn die anderen Hunger hatten wie ich, so taten sie doch wie ich, als hätten sie keinen. Man nahm den Bissen mit spitzen Fingern, nie mehr als einen, dazu eine Papierserviette, die man als eine Art freischwebendes Schlabberlätzchen auf dem Weg in den Mund unter den Happen hielt, wobei die Männer nicht selten den Kopf in den Nacken warfen und ein wenig in die Knie gingen. Vom nächsten Teller konnte man dann wieder nehmen, und wenn der erste Teller zurückkam, durfte man auch hier noch mal ran, aber meist waren dann Metthäppchen, Aal- oder Krabbenhäppchen schon weg, nur noch Ei und Käse. Sogar der Überfluss, dachte ich, hat seine Verlierer.

Die Unterhaltung kam wieder in Gang; ein Junge mit Stoppelschnitt und einem Oberkörper, der das Jackett zu sprengen drohte, erklärte, warum der 1. FC Köln auch in diesem Jahr Deutscher Meister werde. Eine andere Gruppe diskutierte den Verlauf der Ostermärsche. Der Wortführer, wie die anderen im Anzug, aber die Hose zu kurz, das Jackett zu weit, trug am Rockaufschlag eine bronzefarbene, rechteckige Plakette. »Das Friedenszeichen«, sagte der junge Mann, Stolz und Trotz in seiner Stimme, die ihre rheinische Herkunft nicht verleugnete. »Ein ganz schöner Haufen waren wir dieses Jahr. Um die zwanzigtausend. Wenn man bedenkt, dass wir beim ersten Mal mit knapp tausend von Hamburg aus zu den Amis marschiert sind.«

»Ja«, pflichtete ihm ein Mädchen bei, die gleichen störrischen Locken wie der Sprecher, sicher seine Schwester, »da haben sie uns noch nicht mal was zu essen gegeben, hatten Eintopf bestellt für hundertfünfzig Mann, und als wir ankamen, hing das Schild ›Geschlossen‹ an der Tür. Man hatte offiziell vor uns gewarnt. Muss man sich mal vorstellen. Wie vor Verbrechern.« Das Mädchen tippte sich auf die Brust, auf die Friedensbrosche. Frohgemut und unerbittlich, mit blitzenden Augen hinter blitzenden Brillengläsern, sagte sie ihrem Publikum eine tödliche Zukunft voraus, es sei denn, alle, aber auch wirklich alle, schlössen sich im nächsten Jahr ihrer Kampagne an.

Godehard nahm seinen Vetter beiseite. »Kennst du die? Und den Jungen? Wie kommen die hierher?«

»Keine Sorge«, beruhigte ihn Markus, »den kenn ich. Hab mit ihm in Köln das Studium angefangen. Aus kleinen Verhältnissen, aber Studienstiftung. Der Vater macht bei uns den Garten. Ich dachte, einer mehr oder weniger auf einem so großen Fest...«

»Ja, aber, was erzählt der denn da?« Godehard war noch immer beunruhigt. »Mit Politik will ich nichts zu tun haben. Damit hatten wir in der Familie schon genug Ärger. Weißt du ja.«

»Vor der Friedensbewegung musst du nun wirklich keine Angst haben.« Markus klopfte ihm beschwichtigend auf die Schulter. »Ich kenn die aus London. Hat ja da angefangen. Campaign for Nuclear Disarmament; Bertrand Russell, Albert Schweitzer und so. Und vor ein paar Jahren hat es hier in Deutschland doch das Göttinger Manifest gegeben, gegen Atomwaffen für die Bundeswehr. Haben Männer wie Otto Hahn, Heisenberg und Weizsäcker unterschrieben.«

Wir traten näher zu dem Geschwisterpaar, das jetzt fast alle Gäste um sich geschart hatte. Keine Parteien, keine Vereine, auch nicht die Gewerkschaften, erklärte das Mädchen gerade. Seit die SPD die Bewegung »Kampf dem Atomtod« verlassen habe und mit der Bundesregierung für die Aufrüstung stimme, habe man sich ja auch umgenannt in »Kampagne für Abrüstung«. Nur der Einzelne sei gefragt. Und keine Diskussionen. Propaganda erst recht nicht. Sie habe selbst erlebt, wie einer, der Werbung für die sogenannte DDR gemacht habe, nach Hause geschickt worden sei.

Nach Hause geschickt worden seien in diesem Jahr auch die Engländer und Dänen, die hätten mitmarschieren wollen. Regierungsbeschluss. Aber in einem, das Mädchen sah sich Zustimmung heischend um, sei man sich ja wohl einig: »Wozu brauchen wir Atomwaffen?«

»Atomwaffen vielleicht nicht«, widersprach ein Mädchen mit ruhiger aufmerksamer Stimme. »Aber eine Wiederbewaffnung? Ist die so verkehrt?« Man müsse sich doch schließlich verteidigen.

Die Diskussion kam in Fahrt.

»Siehst du«, sagte Godehard aufgebracht zu Markus, »was hab ich gesagt. Schon mitten drin in der Politik!«

»Keine Sorge«, lachte der, »gegen diese Waffe versagt jede Auf- und Abrüstung.« Der Vetter klopfte die LP aus der Hülle.

Ich stellte mich ans Fenster. Es war dunkel geworden. Draußen erhellten blaue, grüne und gelbe Laternen auf kniehohen Stäben den Weg zu Godehards Haus. Am liebsten hätte ich ihn bei der Hand genommen und wäre mit ihm durch das Spalier der bunten Kugeln zu einem unserer langen Spaziergänge aufgebrochen, weg von diesem Getümmel, den müden Chansons, den Gesprächen, Brothappen und Bowle. Doch Godehard zog mich mit sich, die Platte knisterte, zwei, drei harte Schläge, »one, two, three, four«, zählte eine Jungenstimme. »Mach doch mal einer das Licht aus«, brüllte jemand über die Musik hinweg, der in Kellnerkleidung schoss hinter den Tischen hervor, fummelte an einem Schalter, der Kronleuchter verglimmte bis auf ein lind-romantisches Sommernachtslicht, schimmerte milde wie ein wolkenverhangener Vollmond. Schlagzeug, E-Gitarren, eine Stimme bellte: »Well, she was just seventeen, you know what I mean, and the way she looked was way beyond compare. So, how could I dance with another, ooh, when I saw her standing there?«, sang die Stimme, und Godehard suchte meinen Blick, als sähe er mich wirklich wieder dort stehen, dort an der Kiste, und ich war ja auch siebzehn, die Stimme versprach: »Now I'll never dance with another«, und Godehard hielt mich vor aller Augen in den Armen, »Komm, tanzen wir«, sagte ich, andere folgten uns, einfallsreichere Tänzer als Godehard, die ihre Partnerinnen ständig von sich wegwarfen und wieder zurückrissen, um die eigene Achse schnellten, mit den Fingern schnippten, die meisten mit einem todernsten, beinah feindseligen Ausdruck, der sich, je länger die vier Maikäfer ihren Schreigesang stöhnend auf Gitarre und Schlagzeug droschen, mehr und mehr lockerte und einer Selbstvergessenheit Platz machte, die ich von den Gesichtern der Kirchengemeinde kannte, wenn der Chor, verstärkt mit Pauken und Trompeten des Schützenvereins, das Halleluja jubilierte. »Misery«, jammerte einer der vier, »you've been treating me bad«, nie hatte ich entrückter vom Elend des Liebeskummers singen hören. Schön, nein, schön war es gewiss nicht, was die vier ihren Stimmen und Instrumenten abrangen; klang eher, als würden sie gleichzeitig Kaugummi kauen, gurgeln und heiße Kartoffeln runterwürgen, dazwischen hohes Geheul, so wie die Tante über die Straße juhuute, wenn sie einen sah vom alten Schlag.

Nicht zu vergleichen mit dem Wohllaut der Chansons, ihrer poetischen Sprache, war dieses läppische: »Love, love me do, you know I love you, I'll always be true, so please, please love me do.« Aber es wirkte. Wirkte, als hätte man uns allen etwas in die Bowle, den Whisky, den Cognac, die Cola oder Limo gekippt. Es packte alle. Die um das Mädchen in den schwarzen Hosen so gut wie die mit dem Friedensknopf, die Jazzanhänger sowieso. Bis »Love, love me do« auch die Mädchen am Buffet, die mit den Tabletts und am Ende auch den Mann in Kellnerkleidung fortriss. »We held each other tight«, gab die Stimme vor, und Godehard tat, wie ihm befohlen, drückte mich an sich, meine kleine Frau. »Please, please me«, bettelte die Stimme in immer höheren Tönen, die mir ins Blut gingen, wo sie sich mit meinen Bowleschlückchen vermischten, schon kam mir Godehards Unterleib nicht mehr bedrohlich vor, war nur noch lästig, dann nicht einmal mehr das. Ganz nah dran war ich, alles, was ich jemals gelesen hatte vom Tanzen, Trinken, Küssen und Begehren auf einen verfügbaren Körper zu übertragen: höchste Zeit für einen Gang aufs Klo.

Immer noch hatte ich nicht herausgekriegt, wie man einen solchen Gang gediegen ankündigt. Selbst Frau Dr. Oheim schien davon auszugehen, dass eine Dame sich derlei verkniff. Ich wand mich aus Godehards Arm. »Bin gleich wieder da.«

»Direkt neben der Garderobe«, rief er mir nach. »Ich warte auf dich, warte immer auf dich.«

An der Tür vertrat mir ein Mädchen, von dem ich mich schon den ganzen Abend beobachtet fühlte, den Weg.

»So allein?«, fragte sie, sich wie in huldvoller Verneigung zu mir herabbeugend. Sie war sehr schlank, einen guten Kopf größer als ich, die dunklen, fast schwarzen Haare aufgesteckt, was sie noch größer machte. Um den Hals trug sie eine Kette aus bunten Steinen. »Godehard lässt Sie ja keinen Augenblick aus den Augen. Sie gehen noch zur Schule?« Das große Mädchen roch schwach nach Maiglöckchen und sprach mit einer einnehmend sanften Stimme, der man sich gern anvertraute. »Gehen wir ein paar Schritte?«

»Ja, nein«, stotterte ich. »Ja, ich meine, ich gehe noch zur Schule. Nein, ich geh lieber wieder rein. Godehard wartet.«

»Der kann warten. Der wird warten. Glauben Sie mir, es schadet gar nichts, wenn man Männer warten lässt. Natürlich nicht zu lange.« Lächelte sie?

»Sehen Sie mich ruhig an. Ich bin ein paar Jahre älter als Sie. Freuen Sie sich denn auch schon auf Rom?«

»Auf Rom? Wieso Rom?«

»Sie fahren doch Pfingsten nach Rom.« Keine Frage war das, es war eine Feststellung.

»Nach Rom? Ich? Das muss ein Irrtum sein.« Das Mädchen war wirklich älter als ich, eine junge Frau, etwa Mitte zwanzig. Sie schaute geradeaus in die bunterleuchtete Dunkelheit und wandte mir ihr Profil zu, ein hageres, verletzliches Vogelprofil mit einer schmalen Nase, dünnen Lippen, großen Augen unter langen Lidern. Was wollte diese Frau von mir? Wer war sie? Sicher hatte ich auch ihre Hand gedrückt, Name und Gesicht aber waren mit denen der anderen verschwommen.

»Nun, das weiß Godehard aber besser.« Hörte ich in der wohllautenden Stimme einen spöttischen Unterton?

»Wieso Godehard?« Ich biss mir auf die Lippe. Ich wollte weg und doch auch wissen, was als Nächstes kam.

»Nun, Godehard redet seit Ostern nur noch davon, dass er Pfingsten mit Ihnen nach Rom fährt.«

»Ja, so«, sagte ich. »Ich wollte eigentlich nur mal austreten.« Austreten! Wie ein I-Dötzchen. Durchgefallen. Ich machte die Klotür hinter mir zu.

Als ich herauskam, war sie fort. Godehard wartete auf mich, bei ihm ein Pärchen: Burkhard, der Bruder, mit seiner Verlobten. Beide schauten mich, wie mir schien, entgeistert an, sekundenlang nur, machten dann aber diesen Eindruck, wenn er denn stimmte, durch doppelte Herzlichkeit wett.

»Godehard ist sehr glücklich mit Ihnen.« Burkhards Händedruck war fest und zuverlässig. Etwas größer als Godehard, hatte er die gleichen hellen Augen, das helle Haar, sogar die Kerbe im Kinn war der des Bruders ähnlich. »Aber was ist denn das für eine Musik da drinnen? Hörst du, Clea?« Burkhard legte seiner Verlobten die Hand auf die Schulter. Mein, sagte die Hand mit allen fünf Fingern. Das Mädchen, klein wie ich, rund und munter – blaue Ohrringe baumelten aus braunen Locken, eine grüne Plastikblume steckte am roten Kleid –, sah mich ebenso erstaunt, durchdringend und freundlich an wie der Bruder. Was hatte Godehard ihnen nur von mir erzählt?

Doch noch ehe jemand die Frage nach der Musik beantworten konnte, drängte uns der mit dem schwarzen Rollkragenpullover zur Seite und stürzte, »Hört ihr's denn nicht?«, an uns vorbei nach draußen. Wir ihm nach. »Love, love me do«, klang es zum wievielten Mal durch die weitgeöffneten Fenster. »Denise!«, schrie der Mann. »Mach die Tür auf!«, schrie er mit zum Himmel, genauer zum Dachgeschossfenster, gereckten Armen. Eines der schwarzen Röhrenhosenbeine hing schon über der Fensterbrüstung, der Oberkörper des Mädchens ins Innere des Dachstuhls gedreht. »Isch werde misch stürzen von oben nach unten!«, gellte sie mit ihrem drolligen Akzent, es klang wie die Ankündigung einer Zirkusnummer.

»Um Himmels willen!« Godehard knirschte mit den Zähnen. »Marcel, was ist mit Denise los?«

»Eifersüchtig, wieder mal. Hab zu lange mit Manuela getanzt und dazu auch noch gesungen, dieses blöde Lied geht einem ja sofort ins Ohr: Love, love you, too. Denise!«, unterbrach er sich schreiend. »Mach die Tür auf! Ich hol dich!« Dann, zu uns gewandt: »Wenn sie getrunken hat, ist sie unberechenbar.«

»Keine Sorge.« Burkhard legte dem Aufgeregten die Hand auf die Schulter. Ruhe, keine Sorge, sagte die Hand. »Ich hole jetzt eine Leiter, und Sie bleiben hier stehen und reden ihr gut zu. Komm mit, Godehard.«

Kaum waren die beiden weg, zog das Mädchen sein Bein aus dem Fenster, doch nur, um alsbald das andere herauszuschwingen und, »Isch werde misch stürzen von oben nach unten«, das zweite nachzuziehen.

»Denise«, heulte Marcel.

»Diable«, heulte Denise.

Drinnen schien man von all dem nichts zu bemerken. Man spielte jetzt Elvis Presley, *You're the Devil in Disguise*, und man kreischte wie zuvor bei den Beatles, womöglich noch lauter, erprobte dieses gerade entdeckte lustvolle Kreischen in immer neuen Variationen und Lautstärken.

Die Leiter kam. Denise zog die Beine ein und knallte das Fenster zu. Marcel rannte zur Haustür. Wo ihm Denise schon entgegenkam. Auf unsicheren Beinen und im Arm eines ebenfalls schwarzgekleideten jungen Mannes, dessen weißgestärkter Hemdkragen zuversichtlich aus der dunklen Wolle schimmerte. Marcel sprang auf sie zu, und Denise ließ sich von einem Arm in den anderen fallen. Zufrieden wischte sich ihr Retter die Hände an den Hosenbeinen ab.

»Mensch, Lukas, danke!« Godehard stupste ihn in die Rippen. »Da sieht man doch wieder mal, wofür die Kirche gut ist. Hilla«, wandte er sich an mich, »Lukas van Keuken, der Diakon.«

Lukas van Keuken hatte die gleichen offenen Augen wie seine Vettern. Hell und bodenlos, so hell, dass ich mich kaum darin widerspiegelte. Auch er sah mich mit dieser sekundenlangen Verblüffung an und schüttelte mir dann betont herzlich die Hand.

»Auf den Schreck müssen wir einen trinken«, Burkhard horchte auf, winkte ins Haus. »Ah, das sind ja dann wohl eure Beatles.«

»Kommen Sie«, Lukas nahm mich beim Arm, »Godehard hat mir schon so viel von Ihnen erzählt.«

»Dürfen denn Diakone tanzen?«, fragte ich dümmlich, doch schon wirbelte mich Lukas rechts herum, links herum, rundherum am ausgestreckten Arm, ließ mich los, fing mich wieder ein, Godehard hüpfte neben mir vor einem Mädchen hin und her, plötzlich hielt mich ein anderer an der Hand, ein verschwitzter Junge hatte mich mitten in der Drehung von Lukas weggeschnappt, zog mich an sich heran, rollte flehend die Augen und seufzte mit schwerer Zunge und einem starken holländischen Akzent: »Tanz locker mit mir!«, und ließ die Glieder schlackern, »twist and shout«, brüllten die Beatles, »twist and shout«, brüllte Markus, »die letzte Nummer«, schrie er und »twist and shout«, alle schrien, und Godehard brachte mich aus den zunehmend unsicher greifenden Händen des Holländers in Sicherheit, »twist a little closer«, riss mich an sich, »and let me know that you're mine«, Godehard schnüffelte in meinen Haaren, kitzelte mich an den Rippen, das hatte er noch nie getan, ich riss mich los, verrenkte mich an seiner Hand, wie ich hoffte, gekonnt und anmutig nach allen Seiten, »twist and shout«, wo war Lukas? Wo war der Diakon? Höchste Zeit für den Diakon, musste machen, dass ich hier wegkam, mein »Kapital« sonst futsch, verspielt, in einer Nacht.

Doch nicht Godehard würde es sein, mit dem ich »mein Kapital« durchbringen würde, die vier Pilzköpfe wären es, ihre aufsässig rauen Jungenstimmen würden mich ausnehmen, ihnen würde ich erliegen. So, wie vor Jahren im Treibhaus mit Peter Bender in der schwülen Blumenluft nicht viel gefehlt hatte, und ich hätte ein Treibhaus geküsst und geglaubt, es sei Peter. »Et es en Sekond«, war die Warnung der Mutter, wenn es »zum Äußersten« kam, wenn die Kääls »et« han, sind se weg, wussten die Frauen bei Maternus. AAhhh (tief), ahhhh (höher), ahhhh (höher), aaahhhhh (hoch), schrien die von der Platte, schrien Godehard und ich, jedesmal eine Oktave höher und schüttelten uns in verzückter Lust. Ich spähte nach Lukas. Schrie der auch?

»Mein Zimmer ist oben«, blies mir Godehard ins Ohr und fuhr mit der Zunge in meine Ohrmuschel. Ooohhh, ohhhh, ohhhhh! Quiekend torkelte ein Mann, die Champagnerflasche in der Hand, unter die Tanzenden, letzte harte Gitarrenschläge, die Platte war zu Ende. »Twist and shout«, grölte der mit der Flasche und setzte den Champagner an den Hals wie die Männer auf der Dondorfer Kirmes ihr Bier.

»Einen Augenblick.« Godehard nötigte mich auf ein Stühlchen, bemächtigte sich des Betrunkenen und schleppte ihn weg. »Jetzt fängt der Abend doch erst an«, maulte ein Mädchen, das schlaff neben mir hing, und streckte die Hand nach dem Jungen aus, der ihr Glas gefüllt zurückbrachte. »Komm, leg noch mal auf. Noch mal dasselbe.«

Ich zog mein Bolero über, griff meine Tasche. Meine Godehard-Uhr zeigte kurz nach zehn. Ich sprang hoch. Lukas war auf dem Weg zur Tür: »Nach Hause?«

»Ja, Frühmesse. Muss noch einiges vorbereiten.«
»Ich komm mit.« Bevor Godehard wiederkam, wollte ich weg sein. Ich wollte nicht Ja sagen. Aber Nein sagen auch nicht. Nur weg.

Bis Großenfeld hatten Lukas und ich denselben Weg. Beredsamkeit schien ein Erbteil der Keukens zu sein. Wie Godehard hatte auch Lukas eine angenehme Stimme und da er nicht von Erdzeitaltern und Gesteinsformationen, von prismatischen Natrolithen, rhombischen Kristallen, dicktafeligem Zinnober sprach, sondern vom Alltag in seiner Pfarrei, hörte ich ihm auch wirklich zu. Wir fuhren zügig und doch: Die letzte Bahn war weg. An der Haltestelle ein Mädchen, etwa in meinem Alter, reckte uns aufgeregt den Daumen entgegen: nach Dondorf. Nie, niemals, erklärte es erleichtert, werde es jemals in ein Auto steigen, in dem nur ein Mann sei. Wir setzten sie vor ihrer Haustür ab, und sie versprach Lukas eine Kerze, morgen nach der Sonntagsmesse.

Auch in der Altstraße fuhr Lukas bis vor eine Haustür. Vor der Villa des Holzfabrikanten, wo Sigismund einmal gewohnt hatte, ließ ich ihn halten und dankte ihm mit einem keuschen Kuss. Klinkte das fremde Gartentor auf, wartete, bis das Auto um die Ecke gebogen war, lief zurück und klingelte: Altstraße 2.

Das Schlafzimmerfenster im ersten Stock flog auf. Die Mutter: »Wer es do?«

»Ich!«

Ein Schlüssel wurde gedreht, ein Riegel geschoben, die Mutter im Nachthemd: »Kumm rin. Waröm bis de denn nit beim Monika jeblieben? Nächstens schläfs de bei dem, wenn et so spät wird. Is doch vill ze jefährlich für en Mädschen.«

Ich hätte sie küssen mögen, mitten in ihr verschlafenes Gesicht. Ich war zu Hause. Mit meinem gut verzinsten »Kapital«.

Stand er am Montag bei der Kiste? Er stand. Seinen Vorwürfen über mein grußloses Verschwinden kam ich mit der Frage nach seiner Pfingstreise zuvor: Alle Welt rede von seiner Reise nach

Rom. Von un-se-rer Reise nach Rom. Das solle er mir mal erklären, bitte schön! Man könne mich schließlich nicht einfach so in den Koffer packen wie ein Fernglas oder ein Paar Socken.

Godehard sah mich mit schiefgelegtem, gesenktem Kopf an: »Bist du deshalb so früh gegangen? Warst du mir böse?«

»Jawohl!«, log ich mit Nachdruck.

»Musst du aber nicht, meine kleine Hilla.« Godehard schien erleichtert. »Hättest du mich gleich gefragt! Es sollte eine Überraschung werden.«

»Schöne Überraschung«, gab ich mich weiter gekränkt, »wenn alle anderen schon Bescheid wissen.«

»Ja, sonst wär es ja auch keine Überraschung mehr!« Godehard gewann Boden. Sollte er. Ich hatte ihn wirklich gern, selbst wenn ich mir das immer wieder klarmachen musste.

»Und das hier«, Godehard zog ein Kästchen aus der Tasche, kleiner als alle früheren Päckchen, »das wollte ich dir eigentlich auf meinem Fest geben. Aber komm, hier ist nicht der richtige Ort. Du hast doch noch etwas Zeit. Hast du ja am Samstag eingespart!«

Im Stadtwald auf unserer Bank hinterm Ententeich holte Godehard das Kästchen wieder hervor. Frühlingsvögel schmetterten, das Grün brach aus den Zweigen, Godehard nahm seinen Schal ab, trat hinter mich, »Darf ich?«, schon lag das Tuch über meinen Augen, wurde festgeknotet. Et es en Sekond. Eine Sekunde! Nur eine Stunde. Die Weltliteratur dröhnte von Seufzern dieser Art, Liebeseiden, Reueschwüren, Begierden. Der Park um diese Zeit, an dieser Stelle menschenleer. Ich rutschte unruhig nach vorn, tastete nach der Binde, meine Hände wurden heruntergedrückt und hinter den Rücken gelegt.

»Bin gleich so weit.« Papier ratschte, Godehard fluchte leise, sogar das klang vornehm bei ihm.

»Voilà!« Vor meinen befreiten Augen Godehard, kniend, legte mir seinen Kopf in den Schoß, blinzelte mich an wie ein Bernhardiner. In seiner Hand, auf himmelblauem Samt, ein goldenes Schlänglein, zum Kreis geringelt, die blauen Augen, das rote Zünglein im feingebildeten Köpfchen nach oben gereckt. Der Ring war sehrsehr schön. Ich griff danach, Godehard hielt mich zurück. Nahm den Ring und hob ihn der Sonne entgegen. Nie hatte ich so etwas Schönes gesehen. Nur einmal auf einer Abbildung in der *Kristall:* »Exquisite Juwelen. Juwelier Friedrich, Frankfurt«, hatte da gestanden. Genau wie innen auf dem Deckel des Kästchens.

»›Die ganze Schönheit der Natur ist in den Edelsteinen auf kleinstem Raum zusammengedrängt‹, sagt Plinius in seiner *Naturgeschichte*«, hob Godehard zu einem seiner Vorträge an, und ich lehnte mich zurück, ließ Stimme, Ring und den Glanz der Steine zusammenfließen, die Saphire kämen aus Ceylon, dort finde man sie im reinsten dunkelsten Blau; das rote Zünglein hingegen ein Granat aus Böhmen, die Farbe der Liebe, die Farbe der Treue, dazu das Krönchen aus Diamant, Diamant von griechisch adamas, der Unbezwingliche, auch nach Plinius. Hätte er nur ewig weitergesprochen. Wenn er so ganz bei der Sache war, seiner Sache, wenn dieser Mann in der Sache aufging, war er mir am liebsten. Dann musste ich nur ein bisschen von seiner Begeisterung für die Steine in meine Begeisterung für den Liebhaber der Steine auf mich übergehen lassen.

»Also abgemacht.« Godehard stieß mir den Ring auf den Finger. »Pfingsten nach Rom. Meine kleine Frau.«

Ich war überwältigt. War ich auch froh? Ich dankte Godehard, indem ich ihm meinen Mund zu mehreren seiner angenehmen Küsse, meine Brust seinen geschickten Streichelfingern überließ, und war froh, als ein kleiner Junge durchs Gebüsch brach und zwischen unseren Beinen nach seinem Ball suchte, bevor sich Godehards Hände, wie es seit kurzem öfter geschah, von der Brust über Taille und Hüften weiter abwärts tasten konnten. Ich sprang hoch, schützte die leidige Mathematik vor, verhauen, ich fürchtete die Klassenarbeit verhauen zu haben, »verhauen«, Godehard schüttelte den Kopf: was für ein Wort. Aber er schien glücklich, alles wieder im Griff zu haben. Und mich.

Kaum hatte er mir den Rücken gekehrt, ließ ich den Ring im Kästchen verschwinden. Undenkbar, dem Schaffner damit meine Schülermonatskarte hinzustrecken, in der Klasse die *Lingua Latina* aufzuschlagen, die Logarithmentafel, den *Wallenstein*. Am ehesten noch könnte ich ihn zu Hause tragen. »Kaugummiautomat«, würde ich sagen, wo mit den bunten Kugeln manchmal Sächelchen wie Ringe, Broschen, Kettchen aus der Klappe fielen, und die Mutter würde maulen: »Dofür is dir dat Jeld nit ze schad!«

»Auweia!«, war alles, was Bertram sagte. Drehte den Ring zwischen Daumen und Zeigefinger, hielt ihn wie Godehard ans Licht, als könne er ihm so die Antwort entlocken. »Bist du denn jetzt verlobt?« Bertram, der den Stimmbruch fast hinter sich hatte, kiekste vor Aufregung.

»Ach, Bertram«, seufzte ich. »Der Godehard gefällt mir. Aber ich will doch Abitur machen. Studieren.«

»Aber wenn er dir doch gefällt. Wenn das die Tante wüsste. Wat der an de Föß hat.« Bertram kicherte. Es klang nicht lustig.

All das Geld. Für den Vater eine Hobelbank. Vielleicht sogar den Ausbau des Schuppens. Für die Mutter einen Alpakamantel und eine Waschmaschine. Für die Großmutter eine Antoniusfigur. Zehn Seelenmessen für den Großvater. Und für Bertram und für mich?

»Wo bis de denn mit deinen Gedanken?« Bertram klappte das Kästchen zu. »Bis de schon am Verteilen? Denk dir: Nie wieder Pillen packen.«

Ich verbarg den Ring bei den anderen Steinen im Schuhkarton. War ich glücklich? Vielleicht. Aber das Glück leuchtete nicht. Es steckte im trüben Gestein, und ich konnte es nicht herausschlagen.

Wenige Tage nach Godehards Party nahm mich Monika in der Pause beiseite: »Also doch! Schon nach der Schulfeier hab ich euch gesehen. Hab es nicht geglaubt. Aber eine Cousine von mir war auch auf der Party.«

Leugnen zwecklos. Und warum auch? Godehard musste man nicht verstecken. Monika wollte alles wissen, und vor allem eines: »Gehst du wirklich mit dem? Fest?«

»Pfingsten fahren wir nach Rom.« Das reichte. Monika lud mich zu einer Party ein. »Aber bring ihn auch bestimmt mit!«

Ich gehörte dazu; mehr noch, ich gehörte hochachtungsvoll dazu. Und doch: Ein ganz normaler Oberprimaner wäre mir lieber gewesen.

Abends nahm ich den Ring aus dem Kästchen, legte ihn neben Bertrams Lachstein, legte ihn auf ihn und unter ihn, fuhr mit ihm um ihn herum. Konnten die beiden sich anfreunden? Vertragen? Ich sperrte das Schlänglein wieder weg. Lachte Bertrams Stein mich an oder aus?

Pfingsten nach Rom! Ich brauchte Geld.

Hatte bemerkt, dass Godehard meine Schuhe kritisch musterte, meine weiß, blau, rosa Blusen, die beiden Röcke, die Pepitahose. »Ich mache mir nichts aus Kleidern«, hatte ich wegwerfend erklärt, als er einmal mit mir zum Einkaufen fahren wollte. Wie hätte ich dagestanden in den Geschäften, ohne einen eigenen Pfennig? Wie die Einkäufe zu Hause erklären?

Für die Pfingstreise brauchte ich etwas Neues. Ein Kostüm. Ich konnte nicht bis zum Sommer warten, bis ich wieder Pillen packen ging. Nachhilfe musste her. Ich wandte mich an Rebmann, der gleich Rat wusste: zwei Quartaner, der eine wiederhole die Klasse. Ob ich mir das zutraute? Rechtschreibung und Grammatik. Da täte ich sicher ein gutes Werk.

Um gute Werke mit Lohn im Himmel war mir aber nicht zu tun, und so musste ich wohl auch ausgesehen haben, denn er beeilte sich hinzuzufügen: und ein gut bezahltes dazu. Niemand anderem als den Sprösslingen des Direktors der Kaiser AG, wo Astrids Vater arbeitete, sollte ich auf die Sprünge von Dativ und Genitiv, Perfekt und Plusquamperfekt, Groß- und Kleinschreibung helfen. »Das wird gewiss Ihr Schade nicht sein«, hörte ich Rebmann, der sich, wenn ihm etwas nicht geheuer war, gern altertümelnder Redensarten bediente.

»Wie viel ... was zahlen die denn die Stunde?«, druckste ich, und bemerkte erleichtert, obwohl mich das hätte stutzig machen sollen, dass der Lehrer ebenso verdruckst mit der Nachricht herausrückte, das wisse er nicht, und sich in einen seiner Sprüche flüchtete: »Melkt die Kühe, wo ihr sie trefft«, was mich im Nu von dem Ernst der Angelegenheit, dem Geld, ablenkte, hin zu der eigenwilligen Verfremdung dieses Spruches, den ich, da war ich sicher, schon einmal so ähnlich gehört hatte oder gelesen. Wo nur? Von wem?

Vergeblich musste Godehard am nächsten Tag bei der Kiste auf mich warten. Eine Mercedes-Limousine holte die beiden Knaben und mich von der Schule ab. Ich saß neben dem Chauffeur, der, unsicher, ob er mich als Personal oder Gast des Hauses zu behandeln hatte, so tat, als sei ich gar nicht da, so, wie meine beiden Zöglinge auf dem Rücksitz, die nach einer flüchtigen Begrüßung ihr Gespräch über heimische Schnecken, offenbar Thema der letzten Biologiestunde, fortsetzten.

Von der Allee bogen wir in eine schmale Straße, die in steilen Windungen einen Hügel hinaufführte. Die beiden Jungen wurden merklich stiller, eine gedrückte Stimmung machte sich breit. Wir hielten vor einem Bungalow.

Der Chauffeur riss die Tür auf, erst den Jungen, dann mir. Die beiden schlichen auf das Haus zu, ein langgestrecktes L-förmiges Gebäude, über der Eingangstür halbrunde Fenster, die mich wie zwei freche Ferkelaugen ansahen. Nicht viel fehlte, und ich hätte ihnen die Zunge rausgestreckt.

Eine robuste Frau, Hausdame Fräulein Marie, wie sie sich vorstellte, bat mich in ein kleines Zimmer neben der Diele. Ich setzte mich auf das kurze, geschwungene Sofa und musterte die

Vitrine, darin Teller mit Blumen und Vögeln, vor mir ein runder Tisch, zwei Stühle. Die Wände über und über mit gerahmten Photographien von Menschen bedeckt; einzeln oder in Gruppen, bei Hochzeiten, Taufen, Beerdigungen, unter Christbäumen, auf Bergen, auf Schiffen, am Meer.

Die Schritte der Jungen entfernten sich, ihr unterdrücktes Lachen, Türenschlagen. Wer immer da kommen sollte, ließ auf sich warten.

Klappernde Absätze kündigten sie an.

À la Dr. Oheim sprang ich auf, als die Ältere, die Respektsperson, den Raum betrat, und wartete, bis mir »Frau Direktor Wagenstein« die Hand entgegenstreckte, die ich mit einer »anmutigen Kopfbewegung« ergriff und drückte, »fest und kurz, aber nicht brutal«; murmelte weder »Sehr erfreut« oder gar »Angenehm«, total veraltet, genauso wie der »Direktor«, den die Frau für sich beanspruchte.

»Bitte setzen Sie sich doch« oder »Behalten Sie Platz«, hätte sie nun sagen müssen, was sie aber keineswegs tat, sich vielmehr auf einem der Stühle zurechtrückte, während ich vor ihr stand und wartete, bis es mir zu dumm wurde, und mich vorsichtig auf der äußersten Kante des Sofas niederließ.

Frau Wagenstein sah wirklich aus wie eine Frau Direktor Wagenstein. Oder wie ihre Vorstellung von einer Frau Direktor Wagenstein. Blaues Kostüm mit weißer Bluse, blau-weiße Pumps, dezent geschminkt, das blonde Haar hochaufgetürmt, und das an einem Mittwochnachmittag zu Hause. Unübersehbar ihr Bemühen, Autorität aus der Stellung ihres Mannes für sich selbst abzuzweigen. Ihr gebieterisches Auftreten hatte etwas Geborgtes, Vorgeschobenes. Sie blieb Gattin. Ich spürte das, und ich spürte auch, dass sie spürte, dass ich spürte. Ich durchschaute sie. Und doch. Warum konnte ich auf ihre mit süßlich-feiner Stimme vorgebrachte Frage nach meiner Vorstellung des Honorars – ja, »Honorar«, sagte sie, als wäre ich ein Künstler oder ein Clown – nicht mit fester Stimme antworten, so, wie ich es mir im Holzstall viele Male vorgesprochen hatte:

»Nun, ich dachte an fünf Mark die Stunde.« Warum kriegte ich diese Forderung nicht über die Lippen, stammelte vielmehr etwas von Freude, sogar Ehre, den Kindern helfen zu dürfen. Ich hörte mich reden, sah wie die Augenbrauen der Frau sich hoben, die Lippen sich kräuselten, wie ich ihr mit jedem Wort weiter erlaubte, immer wirklicher Frau Direktor zu werden, bis sie mich schließlich unterbrach: »Also drei Mark die Stunde. Und jetzt zu Tisch.«

Hätte sie fünfzig Pfennig gesagt, ich hätte nicht widersprochen, nicht widersprechen können, wäre ihr gefolgt, wie ich ihr jetzt folgte, hinterherschlich, auf leisen Sohlen ihren klappernden Pfennigabsätzen hinterher, die Aktentasche umkrampfend, meine Bücher, meine Hefte, mein Wissen-ist-Macht, ihr hinterhertrug, drei Mark die Stunde lang, ihr hinterher.

Im Esszimmer wurde mir von der Frau, die mir die Tür geöffnet hatte und deren erhitztes Gesicht zeigte, dass sie auch fürs Essen zuständig war, mein Platz am unteren Ende des Tisches angewiesen, eines Tisches, so ausladend, dass er in keines unserer Altstraßenzimmer gepasst hätte. Meine Arbeitgeberin saß mit Ralf und Alf am anderen Ende unter dem Porträt einer Dame in einem altertümlichen Gewand, Ringellöckchenfrisur, der Rahmen sah teuer aus, viel Gold und Schnörkel. Zwischen der Gruppe oben und mir unten drei Stühle Abstand. Ein Strauß in der Mitte des Tisches versperrte die Sicht zwischen Arbeitnehmerin und Arbeitgeberin.

»Nun, Fräulein Halm«, richtete die Hausherrin das Wort an mich.

»Palm«, schrien die Jungen. Ralf, der mit dem Zeigefinger immerfort sein rechtes Augenlid rieb. Alf, der sich fortwährend mit der Zunge über die Oberlippe fuhr, deren Rand entzündet leuchtete. Ralf und Alf. Ralf, der Ältere, mit einem Buchstaben mehr, wie er mir verraten hatte. Sitzenbleiber, was man in diesen Kreisen »Wiederholer« nannte. Nicht nur mit Geld, dachte ich, sogar mit Wörtern verstehen sie es, ihr Leben zu polstern.

»Palm«, korrigierte sich Frau Wagenstein wegwerfend und fügte hinzu: »Bei Tisch wird nicht geschrien. Aus Dondorf also kommen Sie? Wie lebt es sich denn in diesem Städtchen?«

Sie hatte den Sieg über mich davongetragen und spielte nun vor den Kindern die vollendete Gastgeberin, wollte »die Gedankenbälle hin und her werfen, damit jeder zu seinem Recht kommt«, wie es im *Einmaleins des guten Tons* hieß, und »das Gefühl erwecken, dass der Gast immer der Wichtigere ist«. Widerwillig bemerkte ich, dass ich der Frau, die meine Unsicherheit so rücksichtslos ausgenutzt hatte, dankbar war, dankbar für ihre freundliche Ansprache, auch wenn mich die gespielte Sanftheit ihrer Stimme nicht über ihre Härte, ja, Kälte, hinwegtäuschen konnte. Doch brachte mich die floskelhafte Frage nach dem Leben in Dondorf, eben weil sie alles andere war als wirkliche Anteilnahme, wieder zu mir. Wie froh war ich, vor Jahren, im heißen Sommer meines ersten Jahres in der Realschule, die Flinte nischt ins Korn von isch und misch und disch geworfen zu haben. Wie mühelos gelang es mir nun, der Direktorsgattin im Tone einer Freifrau von Briest mit ein paar Sätzen im Stile Fontane'scher Konversation zu begegnen, wobei es in meinem Hinterkopf hämmerte: drei Mark die Stunde, drei Mark die Stunde, was mich zu immer wilderen Ausschmückungen dörflicher Idylle anstachelte, um das hämische Stakkato zum Schweigen zu bringen.

Frau Wagenstein erhob sich, schob den Rosenstrauß ein wenig zur Seite, nahm wieder Platz. Ihre blassgrauen Augen starrten mich an, als hätte eine von uns den Verstand verloren. Ich aber hatte den meinen wiedergefunden, redete mich mit jedem meiner geschraubten Sätze näher an meine Vernunft zurück, eine kalte, böse, rachsüchtige Vernunft.

Dann senkten sich die Arbeitgeberaugen in den Teller, in die Suppe, die, während ich meine Sätze zelebrierte, aufgetragen worden war. Für die da oben. An meinem Platz fehlte der tiefe Teller. Fehlte der Löffel. Unten war keine Suppe vorgesehen. Mit knurrendem Magen schwadronierte ich von Tafelfreuden im Hause Poggenpuhl, von deftigen Braten, dicken Suppen, Soufflés, während ich zusah, wie die da oben begannen; die Jungen mit hastigen, hungrigen Bewegungen, Schlürflauten auch und überladenen Löffeln, von denen bei jedem Bogen zum Munde Suppe zurück in die Teller platschte; die Frau hingegen, das Besteckstück am äußersten Ende kaum berührend, die Höhlung eben bis zur Hälfte mit Brühe füllend und mit ruhiger Hand einen spaltbreit über dem Teller verharrend, bis der Löffel, tropfenfrei an die zum O geformten Lippen geführt, mit einer leichten Kippbewegung in den Mund entleert und sein Inhalt lautlos geschluckt werden konnte.

Steil auf ihrer Wirbelsäule balancierend, zu vornehm zum Anlehnen, brauchte die Mutter mit dieser Art der Suppenzufuhr fast doppelt so lange wie ihre beiden Söhne, die mehrfach ermahnt werden mussten, das Schlürfen zu unterlassen, das Wippen zu unterlassen, das Spielen mit dem Brot zu unterlassen, das Kichern zu unterlassen, bis sie apathisch auf den Ellenbogen über dem Tischrand hingen und gemahnt wurden, auch das zu unterlassen. Dann gab die Hausherrin dem Fräulein Marie ein Zeichen, mit dem Servieren fortzufahren. Rotkohl und Kartoffeln. Die am oberen Ende erhielten dazu ein Kotelett, mir legte Fräulein Maria, immerhin mit derselben silbrig blinkenden Zange wie für die Fleischstücke, ein Wiener Würstchen vor.

Mit äußerster Delikatesse, als behandelte ich eine Antiquität, nahm ich Messer und Gabel in die Fingerspitzen und betupfte das Würstchen, diese saucisse, einfach köstlich, ein Fest für Gaumen und Augen. Näherte mich mit der Gabel seiner Haut, drückte sie, dellte sie ein, drang auf sie ein, ruckte ein wenig, sie platzte, unter einer Zinke zuerst, es folgten die anderen, die Gabel saß, nun war es am Messer, das Werk zu vollenden, knapp hinter die Zinken zwang ich die Schneide, drängte ins Saftige, Runde, durchs Harte ins Weiche, da saß es auf der Gabel, das wurstige Stück und nahm seinen Weg durch die Wagenstein'sche Esszimmerluft zum Kenk-vun-nem-

Prolete-Mund, den ich nicht minder O-schön zu runden wusste als die Hausherrin den ihrigen in Erwartung des Suppenlöffels. Ich speiste, tafelte, schlemmte das Würstchen, schnörkelte mir die Bissen zwischen die Zähne, kaute ausführlich mit malmendem Kiefer, schob die Masse von einer Backentasche in die andere, schnalzte sachkundig mit gespitzten Lippen, verdrehte die Augen. Tafelte und dachte an den Großvater. Wie er mit den Fingernägeln die Töne von den Zinken seiner Gabel gepflückt, das Klingen in ein Glas Wasser versenkt oder vom Tisch gestupst und dann das feine Sirren dem Bruder aus den Ohren, mir aus dem Bauch oder einfach aus der Luft zurückgeholt hatte. In seiner Hand waren der Griff der Gabel und das Geheimnis des Klangs sicher verborgen gewesen.

Später, da war der Großvater schon lange tot, verriet mir Hanni den Trick, lehrte mich das Gabelzinkenpflücken: so zu tun, als hielte ich den Klang in der Hand, um dann mit dem Griff der Gabel im richtigen Moment verstohlen den Tisch zu streifen, den Tisch oder das Frühstücksbrettchen, Holz musste es sein, was die noch andauernden Klangwellen wieder hörbar machte, wobei ich mich irgendwohin bücken oder strecken musste, als kämen die Töne von dort.

Sekundenlang war ich enttäuscht gewesen, das Geheimnis der singenden Gabel nichts als ein Geschicklichkeitsspiel, dann aber hatte der Stolz des Eingeweihtseins überwogen, und ich hatte erst Bertram, dann, auf Namenstags- und Geburtstagsfesten, Mädchen und Jungen unzählige Gabeltöne aus Mund und Nase, den Haaren gezogen.

Ich warf einen Blick auf Frau Wagenstein und die Knaben, wischte die Gabel an der Serviette, die meine aus Krepp, die der anderen aus Leinen, ab, wartete, bis man am oberen Ende des Tisches das Esswerkzeug hatte auf den Kotelettteller sinken lassen und begann. Zupfte mit meinen necessairegestutzten Fingernägeln silbrige Töne von silbrigen Zinken, ließ sie ins Glas tropfen, sprang auf und holte sie, Mahagoniplatte und Gabelgriff diskret vereinend, mit elegantem Schwung aus den

Ohrläppchen von Alf und Ralf und dem Haarturm der Mutter zurück.

Die – »Was erlauben Sie sich?« – mich brüsk auf meinen Platz verwies, während Alf und Ralf nicht ablassen konnten, mir verstohlene Blicke zuzuwerfen, in die sich Respekt und Neugier mischten. Ihr Vertrauen war mir sicher.

Oben wurde ein zweites Kotelett serviert, es gab Apfelmus für alle, Kaffee für die Dame des Hauses, Saft für die Jungen, Wasser für mich. Frau Wagenstein erhob sich, mahnte das Fräulein Palm zur Ernsthaftigkeit – »Keine Fisimatenten!« –, die Jungen zum Fleiß – »Kostet alles Geld!« –, und dann brachte uns die Hausdame zu den Zimmern der Jungen, wo ein Streit entstand, in welchem der Zimmer der Unterricht stattfinden sollte, was Ralf, der Ältere, für sich entschied.

Der Raum so groß wie das ganze Erdgeschoss der Altstraße, Küche, Wohnzimmer, Flur. Ein Bücherregal bis unter die Decke. Ein Schreibtisch, groß wie ein Lehrerpult. Eine grüne Schiefertafel. Ein Globus. Eine Deutschlandkarte. Eine Karte der heimischen Vögel. Ein Fernseher. Stabilbaukasten, Legosteine, eine Gitarre. Penible Ordnung.

Wir rückten den Schreibtisch vom Fenster, damit Alf und Ralf mir gegenübersitzen konnten, und dann lieferte ich sie den Tücken der starken, schwachen und unregelmäßigen Verben aus, wobei ich ihnen lediglich den Stoff aus ihren Schulbüchern noch einmal vorsetzte. Mit einem Unterschied. Ich ließ sie Fehler machen, spornte sie geradezu zu Fehlern an, Fehlern, die sie auf den ersten Blick selbst erkannten. Gar nicht genug kriegen konnten sie von Falschmeldungen: »Ich komme, ich kommte, ich bin gekommt, ich lese, ich leste, ich habe gelest«, kichernd und lauthals lachend wurden sie geradezu erfinderisch: »Ich laufe, ich laufte, ich bin gelauft; ich kaufe, ich kief, ich habe gekaufen; ich liege, ich legte, ich habe gelogen; ich lebe, ich labte, ich habe gelobt.«

Bis die Mutter in der Tür stand. »Was ist hier los?«

Ralf und Alf nahmen Haltung an wie dressierte Pudel.

»Wir konjugieren: starke Verben«, sagte ich kühl. »Zum Beispiel: Ich esse Suppe. Ich aß Suppe. Ich habe Suppe gegessen. Und jetzt du, Ralf. Ein Buch lesen. Ich ...«

»Ich lese ein Buch«, begann Ralf, und während Alf schon losprustete, fuhr Ralf fort: »Ich las ein Buch. Ich habe ein Buch gelesen.«

»Und jetzt du, Alf: fangen.«

Alf kniff ein Auge zusammen: »Ich fange, ich fing, ich habe den Ball gefangen.«

»Was es da wohl zu lachen gibt!« Die Tür schloss sich, und ich diktierte: »Bei starken Verben unterscheidet sich der Stammvokal – das ist der in der Mitte – der Vergangenheit von dem der Gegenwart, und das Partizip Perfekt wird gewöhnlich mit dem Präfix – das ist eine Vorsilbe – und der Endung -en gebildet. Klar?«

Die Jungen nickten zögernd.

»Was ist ein Partizip Perfekt?«, bohrte ich.

Schweigen.

Wort für Wort ging ich den Satz mit den Jungen durch, die willig folgten. Wir blasen, blies, geblasen; fangen, fing, gefangen; stehlen, stahl, gestohlen, von drei bis fünf, dann gebot Fräulein Marie: Feierabend. Die Brüder machten einen artigen Diener, die Mutter ließ sich nicht mehr blicken, und dann stand ich vor der Haustür und wusste nicht weiter. Keine Spur von einem Chauffeur. War hier irgendwo eine Bushaltestelle? Ich raffte meine Aktentasche untern Arm und machte mich auf, den langen, gewundenen Hügel hinab, gehen, ging, gegangen, durch den sonnenwürzigen Tann, hinab und hinan, laufen, lief, gelaufen, was willst du dir jetzt kaufen von zwei mal drei Demark, Verben schwach und stark. Wirklich tat es gut, durch den schattigen Tannenwald zu gehen – hätte ich den Weg nicht gehen *müssen*. Ich war müde, hungrig, wollte nach Hause. Irgendwo da unten auf der Landstraße musste ein Bus fahren. Ich stampfte auf und drehte dem Bungalow und seinen Insassen eine lange, lange Nase.

Drei Stunden brauchte ich vom Bungalow in die Altstraße 2. Sechs Mark in fünf Stunden, rechnete ich die Anfahrt dazu, kam ich auf eine Mark pro Stunde. Viel weniger als bei Maternus.

Bei den nächsten Mahlzeiten sagte die Frau Fräulein Holm zu mir, Fräulein Kram und Fräulein Frahm, und Alf und Ralf schrien jedesmal: »Fräulein Palm!« Auf dem Weg ans untere Tischende verwandelten sich Rindsrouladen, Beefsteaks, Hühnerbrust in Würstchen. Doch Alf schrieb in der nächsten Klassenarbeit eine zwei, Ralf eine drei, und am Monatsende zählte mir die Hausfrau mein Geld auf den Tisch: Zwei Zehn-Mark-Scheine. Vier Mark hatte sie mir fürs Essen abgezogen. Auf meinen Vorschlag, mich mit Broten selbst zu versorgen, reagierte sie mit einer Stimme, als widere sie jedes Wort an: »Aber Fräulein Salm! Ich habe Erkundigungen über Sie eingezogen. Sie sind es doch, die Nachhilfe braucht. Sie kommen aus keinem guten Stall. Aus keinem guten Stall!«, wiederholte sie, und ich musste widerstrebend bewundern, wie sie sich kaum die Mühe machte, ihre Lippen zu bewegen; vielmehr die Wörter, fast ohne die Zähne voneinander zu lösen, hervorstieß mit einer so verächtlichen Tonlosigkeit, die zu gespanntem Hinhören nötigte. »Sie sollten dankbar sein für jede Stunde, die Sie unter diesem Dach verbringen dürfen!«

Ich dachte an Rosenbaums Brief – Lachen ist Selbstverteidigung –, lächelte die Frau mit all der liebenswürdigen Falschheit, die ich ihr inzwischen abgeschaut hatte, an, steckte die Scheine ein und ging. Rebmann war zufrieden, obwohl auch er die Bezahlung für zu niedrig hielt; beim nächsten Elternabend werde er mit Frau Wagenstein reden. Das tat er, musste mir aber gestehen, dass er nichts habe ausrichten können. Doch die gute Leistung der beiden sei ja auch ein Erfolg für mich und Lohn an sich.

In den nächsten Stunden prägte ich Alf und Ralf mit noch mehr Nachdruck ihr Pensum ein. Geduldig diktierte ich ihnen Satz für Satz in ihre Hefte, Gegenwart, Vergangenheit, Zukunft, unregelmäßige und regelmäßige Verben, aktiv und passiv. Ich werde getreten, ich wurde getreten, ich bin getreten worden, ich war getreten worden, ich werde getreten werden, ich werde getreten worden sein. In der nächsten Klassenarbeit schrieben die Brüder eine sechs.

Rebmann rief mich zu sich. Frau Wagenstein, Frau Direktor Wagenstein – er also auch, dachte ich –, sei bei ihm gewesen. Mit den Heften ihrer Söhne. Was ich mir denn dabei gedacht hätte?

»Hier!« Rebmann ließ die Seiten flattern. Die Frau Direktor habe ihm die Hefte zur Begutachtung gegeben. Die Frau Direktor, wiederholte er kopfschüttelnd, und diesmal glaubte ich, Anführungsstriche vor und hinter dem Direktor herauszuhören, die Frau Direktor, sagte Rebmann zum dritten Mal, dabei das O mutwillig in die Länge ziehend, bis ich sicher sein konnte, auf wessen Seite der Lehrer stand, die Frau Direktoooor könne sich die beiden Ungenügend nicht erklären, wo sich die Jungen doch derart viel Mühe gegeben hätten, alles akkurat so aufzuschreiben, wie von mir diktiert, und auswendig zu lernen, Wort für Wort. Sehen Sie selbst, habe sie gesagt, wie sauber und deutlich. So eine schöne Handschrift.

»Und wirklich«, Rebmann sah mich durchdringend an, »an der Form ist nichts auszusetzen. Aber der Inhalt! Ihnen ist klar, dass ich das eigentlich nicht durchgehen lassen kann. Eigentlich. Ich tue das nicht. Ich kann mir einiges zusammenreimen. Hier haben Sie die Hefte. Ins Feuer damit. Auf Ihre Nachhilfe wird das Haus Wagenstein wohl verzichten müssen. Haben Sie denn nicht an die Kinder gedacht?«

Doch, hatte ich. Aber die würde so schnell nichts von ihrem Stammplatz im Leben abdrängen können. Auch nicht zwei Hefte, in die ich ihnen die Regeln als Ausnahmen, die Ausnahmen als Regeln diktiert hatte. Was meinen Grammatikkenntnissen spielend zugutegekommen war. Doch ich fühlte mich elend, als Rebmann das Thema der Hausaufgabe diktierte: »Darf Rache so weit gehen, dass sie auch Unschuldige trifft?«

In meinem Schuppen saß ich bis tief in die Nacht, grübelte und stocherte in meinem Schiller, bei Platon, Sokrates, im Lateinbuch. Die Antworten waren Ohrfeigen. Ich hatte es gewusst. Ich hatte sie verdient. Conscientia mala facinora flagellantur. Schlechte Taten werden vom Gewissen gegeißelt.

Natürlich durfte die Rache das nicht: Lag doch auf der Hand, die mich schmerzte, so krampfhaft hatte ich Halt an dem Stift, der sich nicht übers Papier bewegen wollte, gesucht. Es wurde dunkel, und schließlich rief mich das Murren der Mutter ins Haus. Ich schüttelte den Arm und schrieb dann aus dem Handgelenk: »Die Frage ist so gestellt, dass sie nur mit Nein beantwortet werden kann.«

So gab ich das Heft am nächsten Morgen ab.

Rebmann ließ sich mit der Rückgabe Zeit. Tage später fingen Ralf und Alf mich nach der Schule ab, kurz bevor ich in den Stadtpark einbiegen wollte. Ich hatte Zeit, der Bus kam erst in einer halben Stunde, und ich genoss jeden Tag das kurze Stück Weg zwischen Büschen und Blumenrabatten, den Bächen, dem Springbrunnen.

»Schade, dass du nicht mehr kommst«, sagte Ralf und leckte sich die Lippe. »Hier ist ein Brief von der Mutter.«

»Ich habe jetzt einen Hamster«, sagte Alf. »Ich wollte ihn Hilla nennen. Das hat die Mutter verboten. Jetzt heißt er Halli. Wie findest du das? Wörterverdrehen ist gigantisch.«

Ehe ich antworten konnte, mahnte der Chauffeur, der in diskretem Abstand die Übergabe des Briefes beobachtet hatte, zur Eile. Offenbar war ein Kontakt der Kinder zu mir nicht mehr erwünscht.

Kaum hatten sie mir den Rücken gekehrt, riss ich das Kuvert auseinander.

Auf dickem Papier mit sepiabraun geprägtem Briefkopf des Herrn Direktor Wilfried Wagenstein war unter Ort und Datum in Schreibmaschinenschrift zu lesen, Pica normal, die mich ein Jahr lang gequält hatte:

Betrifft: Kündigung des Dienstverhältnisses der Unterprimanerin H.P. im Hause Direktor Wilfried Wagenstein.

Sehr geehrtes Fräulein Palm,
hiermit sehen wir das Dienstverhältnis zu Ihnen als gelöst an. Sie haben unseren Erwartungen weder fachlich noch charakterlich entsprochen. Letzteres ist besonders bedauerlich. Sie kommen eben aus keinem guten Stall. Da hilft auch die Grammatik nicht, wie man sieht. Anbei der Lohn für zwei Doppelstunden, abzüglich zweimal Mittagessen.
Sibylle Wagenstein

Zwei Doppelstunden hätten zwölf Mark ergeben müssen. Frau Direktor hatte mir sieben Mark abgezogen. Ich knüllte den Fünf-Mark-Schein mit dem Brief zusammen. Aus keinem guten Stall. Die Wörter hatten sich schon nach dem ersten Zusammentreffen in mein Hirn gebrannt. Jetzt tat es mir leid, dass ich Rebmann – und mir – die Sache so leicht gemacht hatte, dass ich ihn – und mich – mit diesem Schuldgeständnis abgespeist hatte. Und ich begriff, dass es oft leichter ist, eine Schuld zu gestehen, als sich mit Motiven, Antrieben und Ursachen der Tat auseinanderzusetzen.
Sich schuldig sprechen, das war beinah wie sich freisprechen. Es sorgte für klare Verhältnisse. Man musste nicht weiter nachdenken. Musste büßen, vielleicht, aber vielleicht nicht einmal das, oft genügte auch dem Kläger die Anerkenntnis der Schuld, bestätigte, bekräftigte dessen moralische Überlegenheit, es war wie in der Kirche, mea culpa, mea culpa, mea maxima culpa, sogar im Himmel herrschte angeblich mehr Freude über einen Sünder, der Buße tut, als über neunundneunzig Gerechte. Der Buße tut. Ich wollte keine Buße tun. Ich holte den Brief und die Banknote aus der Jackentasche, strich sie glatt, steckte das Geld ins Portemonnaie, setzte mich auf eine Bank und las den Brief noch einmal, fühlte, wie sich mein Gesicht zu einer Grimasse verzerrte, die Lippen sich öffneten bei zusammengebissenen Zähnen.

Ich zwang die Lippen über die Zähne zurück, löste den Unter- vom Oberkiefer, ließ den Unterkiefer hängen bei offenem Mund, wie es alte Leute tun, die dem Leben schon lange genug die Zähne gezeigt haben. Und dann brach es aus mir heraus, Lachkraft aus Brustkorb und Rachen, prustend, schallend, herausgekitzelte Naturgewalt.

Noch einmal knüllte ich den Brief zusammen, hatte die Hand schon nach dem Papierkorb ausgestreckt, wollte ihn loswerden, die Bosheit loswerden, die Erniedrigung loswerden, wie meine Schuld, als ließen sich die Wörter loswerden, wenn ich das Papier, das Knäuel loslassen würde, Müll zu Müll. Das Glaubensbekenntnis ratterte durch meinen Kopf: Er wird wiederkommen, in Herrlichkeit, Gericht zu halten über Lebende und Tote, und seines Reiches wird kein Ende sein. Das Lachen war mir vergangen.

Ich glättete den Brief zum zweiten Mal und verstaute ihn im *Lehrbuch der Mathematik für die höheren Lehranstalten*, dem Buch, das ich hasste. Von dort würde ich ihn hervorholen, wann immer man glaubte, mir beibringen zu müssen, aus welchem Stall ich kam. Aus keinem guten Stall. Ich nahm den Lachstein in die Hand. Blickte ihm ins Punkt-Punkt-Komma-Strich-Gesicht. Meine Lippen glitten noch einmal seitwärts auseinander, Unter- und Oberkiefer lösten sich voneinander, platzten auseinander, ein Kichern zuerst, dann ein weites, lautes Lachen erlösten mich aus meinem keinen guten Stall. Wie in einem Vexierbild hatten die Wörter ihre herabsetzende Wirkung, ihre verletzende Kraft verloren. Prustend schnappte ich nach Luft, besorgt sah sich eine Frau mit Kinderwagen nach mir um, wirklich, ich kam aus keinem guten Stall, aus dem Holzstall kam ich, ja, und der Holzstall war weiß Gott kein guter Stall oder doch ein guter Stall? Nie hatte ich darüber nachgedacht. War der Holzstall ein guter Stall? Kein guter Stall? Im Holzstall hatte ich, was ich brauchte, einen Tisch, einen Stuhl, Licht. Meine Bücher. Meine Ruhe. Noch immer vor mich hin kichernd entschied ich: Der Holzstall ist ein guter Stall. Hilla Palm kommt aus dem Holzstall.

Also kommt Hilla Palm aus einem guten Stall. Dem besten aller Ställe in der besten aller Welten, Altstraße 2.

An der Frittenbude beim Ausgang des Parks verlangte ich, was ich mir, anders als die anderen Schüler, von denen der Imbiss lebte, bislang versagt hatte, eine Tüte Pommes frites. Eine große. Mit Mayonnaise, doppelte Portion. Bezahlte mit dem Fünf-Mark-Schein. Steckte das Wechselgeld, als sei es der Rede nicht wert, unbesehen in die Jackentasche. Ging zurück in den Park, in die Ecke mit den Staudenbeeten und Rosenspalieren, und genoss dort die Düfte von Frittenfett und Queen Victoria, großblühend gelb, eine dicke grüne Raupe fraß sich gerade durch eine der Knospen. Kaute und schluckte, kaute und schluckte, aber was ich hätte schlucken sollen, schluckte ich nicht. Ich spie es aus. Denen, die es mir zu schlucken geben wollten ins Gesicht. Und schwor meinem Holzstall die Treue.

Rebmann gab die Hefte am nächsten Tag zurück. Meine Arbeit war unbenotet. Sekundenlang überlegte ich, ob ich ihm den Brief der Frau Wagenstein zeigen sollte. Nein, entschied ich. Es würde den Appell, der von diesem Brief an meinen Widerstand, meine Kraft zur Auflehnung ausging, nur schwächen.

Doch ich beantwortete ihn. Gab Alf und Ralf einen dicken Umschlag mit, in Schönschrift an Frau Direktor Sibylle Wagenstein adressiert. Darin, gepolstert mit Zeitungspapier – lauter Todesanzeigen – und kunstvoll eingewickelt in ein Stück Silberpapier aus dem Heidenkinderschatz der Großmutter ein Wiener Würstchen.

Was übrigblieb von den fünf Mark aus meinem Dienstverhältnis in einem guten Stall investierte ich in eine zweite Portion Pommes frites und in Kalidasas *Sakuntala*, ein Drama aus dem Sanskrit, Reclam. Den Rest reservierte ich für eine Reuekerze im Kölner Dom. Wutstein überflüssig.

Ein paarmal noch begegnete ich Alf und Ralf, sie lächelten mich verschämt-verschüchtert an; dann sah ich sie nicht mehr. Sie seien auf einem Internat in England, hieß es. Dafür sah ich Frau Direktor Sibylle Wagenstein ganz allein an ihres

Gatten Esstisch sitzen. Vor einem Teller Würstchen. Schrumpelig, kalt, von einer bleich-erstarrten Fettschicht überzogen. Aufessen!

Godehard traf ich seltener. Sein Doktorvater war von einer Expedition aus Guatemala zurück und legte Wert auf Anwesenheit, wenn er, privatissime et gratis, seine Doktoranden zu sich nach Hause einlud. Pfingsten, Godehard sah mich an, als erscheine ihm der Heilige Geist, Pfingsten würden wir alles nachholen. Meine kleine Frau, sagte er; nicht mehr so oft wie früher, doch inbrünstiger, beseelter. Ich hörte es ohne Widerstreben, und wenn ich an Frau Wagenstein dachte, an Astrid oder Monika, glaubte ich sogar, mich zu freuen. Monikas Party hatte ich nicht besucht. Seither behielt sie mich misstrauisch im Auge. Bis ich mit dem schuhgemusterten Seidenschal in der Schule erschien. Da vertraute sie mir an, dass sie mit Alex aus der Oberprima vom Ambach-Gymnasium gehe, der Godehards Bruder gut kenne. Man könne sich doch mal zu viert treffen, vielleicht sogar gemeinsam nach Rom.

Doch gemeinsam nach Rom, so Godehard keine zwei Wochen vorher, werde man mit seinen Eltern fahren. Eine Idee der Mutter, mich zwanglos kennenzulernen, und wo geschehe das besser als auf Reisen? Stockend und verlegen brachte Godehard das heraus, und ich wusste nicht, sollte ich froh sein, dass »mein Kapital« nun sozusagen in schwiegerelterlichem Gewahrsam sichergestellt war, oder, wie Godehard, ärgerlich über diese wie selbstverständlich über uns verhängte Bewachung.

Doch in der Woche vor Pfingsten brach Godehards Vater mit einem Herzinfarkt zusammen, jetzt sei er außer Lebensgefahr, »aber man weiß ja nie«, sagte Godehard, »bitte sei mir nicht böse, versteh mich, ich kann die Mutter nicht allein lassen.«

»Schade«, seufzte ich verständnisvoll; zuinnerst dankbar, dass allein mein Schutzengel hörte, wie mir ein Stein vom Herzen fiel.

»Dafür«, fuhr er fort, »komm ich jetzt endlich einmal zu dir nach Dondorf. Wenn meine Eltern schon nicht dich kennenlernen, dann wenigstens ich die deinen.«

»Aber...«, wollte ich gerade zu einer meiner Ausflüchte ansetzen.

»Keine Widerrede«, schnitt mir Godehard ungewöhnlich ernst das Wort ab. »Bitte frag zu Hause, wann es am besten passt. Wir wollen doch, dass der Ring bald offiziell wird.«

Abends zog ich den Bruder ins Vertrauen.

»Da musst du durch.« Bertram knuffte sein Kopfkissen zurecht. »Was soll denn passieren? Der Sigismund war doch auch hier. Die Mama freut sich, wenn du endlich wieder einen mitbringst. Im Rolls-Royce.« Bertram kicherte.

»Ist doch nur ein Karmann-Ghia. Coupé. Und wir sagen, die Eltern haben in Köln ein Schokoladengeschäft. Ist ja auch irgendwie wahr. Dann regt sich die Mama nicht ganz so sehr auf.«

Das tat sie aber doch. Godehard heiße er, studiere Geologie, das sei etwas mit Steinen, nein, mit Bauen habe das nichts zu tun, Edelsteine und so. Seine Eltern hätten in Köln ein Geschäft, Schokolade und Kakao.

»Do hätt he jo jet an de Föß!« Die Mutter war erleichtert. »Kenns de den Laden schon?«

»Is he kattolisch?«, war das Einzige, was die Großmutter interessierte, und ich sagte: »Jawohl. Und ein Vetter sogar Diakon, kurz vor der Priesterweihe.«

»Aber dä Name: Jodehaad? Wo hätt he den dann her? Dat is ene Heidenname. Der arme Jong. Mit su nem Name.«

Schließlich brummte der Vater am Abend: »Losse kumme«[*], und Bertram gab mir einen aufmunternden Fußtritt.

[*] Lass ihn kommen.

Das Haus wurde auf den Kopf gestellt. Die Vorkehrungen für Godehards Besuch waren durchgreifender als die für den Ohm. Hausputz vom Speicher bis zum Keller. Es machte mich traurig und wütend zugleich, die Mutter hochrot, verschwitzt, gehetzt fuhrwerken zu sehen; begriff nicht, dass dies ihr Weg war, mit der Unruhe fertig zu werden, in die sie dieser Besuch versetzte.

»Wat es dann hie los?«, platzte die Tante mitten in die Vorbereitungen.

»Besuch«, die Mutter schaute kaum auf, pustete sich eine Haarsträhne aus der Stirn. »Besuch. Mir, dat Hilla, kriescht Besuch. Dat bringt ne Jong mit. Ne feine Mensch.«

»Nä sujet!« Die Tante ließ sich auf einen Stuhl fallen. »Dat wöt jo och Zick, wat Hilla? Nit immer nur Lating. Wer is et denn?«

»Ein Student«, sagte ich. »Studiert Gesteinskunde.«

»Je-ol-lo-jie«, ergänzte die Mutter, erhob sich ächzend, schaute hoch, mich an, stolz, ich nickte bekräftigend. »Un die Eltern haben en Schokoladenjeschäft. In Köln. Un Kakao.«

»Jonge, Jong.« Die Tante rückte näher an den Tisch. »Dat is lecker! Maria, häs de für dein ärme Schwester ens e Tässje Kaffe? Ävver hier op dr Desch«, die Tante patschte auf das abgeschabte Wachstuch, »do muss jet Besseres drop. Isch bring dir morjen meine Tischdeck mit.«

»Mir drinke doch nit Kaffe en der Kösch. Mir jonn in et Wohnzimmer«, sagte die Mutter beleidigt. »Mir sin doch nit bei de Müppe.«*

Ich vergrub mich im Holzstall in *Die Dämonen*. Ich brauchte kräftige Kost. Stoff, der mich nach wenigen Sätzen vergessen ließ, wo ich war, wer ich war, was war und was sein würde.

Dann war es so weit. Pfingstsamstag, Besuchstag, kurz vor halb zwei. Um drei wollte Godehard hier sein. Das Haus duftete nach Zimt und Zitronat, Schokoladenguss und heißem Apfel. Kuchen und Torten standen bereit. Die Mutter hatte eine fri-

---

* Wir sind doch nicht bei denen von der Fürsorge.

sche Dauerwelle. Vom Friseur und nicht von Hanni. Der Tisch im Wohnzimmer gedeckt für fünf Personen. Der Vater noch im Garten von Krötz, dem Prinzipal. Ich, im sonntäglichen Kostümkleid – rosa Leinen mit schwarzen Litzen, ein Kunstwerk Hildes, der Schneiderin –, überwachte vom Sofa aus die Straße. Die Mutter stand mit Seife und Waschlappen am Spülstein, schrubbte sich nun selbst wie Tage zuvor Fußböden und Fenster, Herd und Hof. Ein Auto bremste. Godehard. Ehe er klingeln konnte, lief ich ihm entgegen: »Bisschen früh, was?«

Godehard, im Begriff auszusteigen, hielt einen enormen Blumenstrauß und eine Pralinenschachtel in den Händen. »Lass liegen«, sagte ich hastig, »die Mutter ist noch im Bad. Komm, wir machen einen Spaziergang. An den Rhein.«

»Gute Idee.« Godehard umarmte mich flüchtig, nach allen Seiten spähend. Sein Blick blieb an der Villa des Holzfabrikanten hängen. »Entschuldige, dass ich zu früh bin.«

»Macht nichts«, lächelte ich, »komm, wir gehen.« Schon hatte ich die Bewegung einer Gardine hinter dem Fenster der nachbarlichen Doppelhaushälfte bemerkt.

Godehard bot mir den Arm, und ich schob meine Hand darunter. »Gehen zwei junge Menschen miteinander Arm in Arm, so nimmt man sofort an, dass es zwischen den beiden schon zu gewissen Intimitäten gekommen ist«, warnte der *Liebes-Knigge*. »Zeigt sich das Mädchen bereit, mit ihrem Begleiter untergehakt zu gehen, so gibt es auch da wieder gewisse Regeln, die nicht missachtet werden sollten. Das Anstandsgefühl verlangt, dass jede Zärtlichkeit eine intime Angelegenheit zwischen zwei Menschen bleibt und keine Zuschauer braucht. Zärtlichkeiten sollten demnach nicht vor einem Dritten ausgetauscht werden. Das Eingehängtgehen darf nach der Anstandsregel in keiner Weise zärtlich aussehen. Stets hat sich die Dame bei dem Herrn, und nicht umgekehrt, einzuhaken: Keinesfalls darf sich der Herr bei der Dame einhaken und dann womöglich noch seine Hand auf ihren Unterarm legen… Unbedingt abzulehnen ist es, wenn der Herr die Dame auf der Straße um die Schulter nimmt, und ganz unmöglich sieht ein Paar aus, das sich gegenseitig um die Mitte hält. Angenommen, ER ist groß und nimmt sie um die Schulter, und SIE ist sehr klein. Da liegt dann ihr Arm ungefähr in der Höhe seiner Hüften! Solch ein Anblick ist nicht nur lächerlich, sondern auch noch unästhetisch. Dass man so sonderbar umschlungen auch noch sehr unbequem geht, dabei oft ins Wanken kommt und einander auf die Zehen tritt, sei noch am Rande vermerkt.«

Langsam, langsam schritten wir davon, sollten Julchen und Klärchen, die Nachbarinnen, genau hinsehen, wer da aus einem himmelblauen Wagen stieg, wer wem die Hand reichte, wer an wessen Arm davonstolzierte aus der Altstraße 2, Arm in Arm, Schritt für Schritt.

Wie immer führte Godehard das Wort, schien gar nicht zu sehen, was ich sah, mein Dorf, in dem ich groß geworden war, so erwachsen, dass ich jetzt, groß und schön, am Arm eines schönen Campari-Mannes flanierte, am Rathaus und am Gänsemännchenbrunnen vorbei, die Dorfstraße hinauf, durchs Tor des Schinderturms, vorbei am Kirchplatz, wo pfingstlich die gelb-weißen Fahnen wehten, so groß und schön am Arm seines schönen Campari-Mannes schritt dat Kenk vun nem Prolete, die Unperson aus keinem guten Stall, und alle konnten mich sehen, Arm in Arm ging es, meine Hand mit dem goldenen Schlänglein für alle sichtbar auf Godehards Ärmeltweed, bis wir die Reithalle hinter uns ließen und den Apfelblütenschnee in den Auen, die Rübenäcker und Porreefelder erreichten, da nahmen wir uns bei den Händen, den Weg hinauf auf den Damm, wo ich mich losriss von Godehards Hand und davonlief, vorbei an Pappeln und Schilf, ans Wasser. Von weitem nickte ich der Großvaterweide zu. Pappelsamen flog, da wandere de Bööm, klang mir der Großvater im Ohr. Würde Godehard die Sprache der Bäume verstehen? Könnte er jemals aus Buchsteinen lesen?

Ich war ihm weit vorausgelaufen. Gemessenen Schrittes folgte er mir. Nein, er hatte wirklich keine Eile, wie er mir immer wieder versicherte.

»Sieh mal.« Ich drückte Godehard einen weißen Stein, von roten und grauen Adern durchzogen, in die Hand. »Ist der nicht schön?«

»Metamorphes Gestein«, sagte Godehard achselzuckend, »ganz gewöhnlicher Rheinkiesel. Aber da er von dir ist«, er führte den Stein an die Lippen, »ist er natürlich etwas Besonderes. Ein Hillastein sozusagen.« Godehard lachte entzückt ob seines Einfalls und ließ den Kiesel auf der Handfläche hüpfen. Hillastein.

»Oder ein Lügenstein«, spottete ich. »Was sagt er denn, dein Hillastein? Lapis Hildegardis?«

Godehard sah mich unsicher an und steckte den Stein in die Jackentasche.

»Komm«, sagte ich, »zu Hause warten die schon.«

Beim Rathaus kam uns Bertram entgegen. Hatte er uns hier abgepasst? Wie kurz und gedrungen er neben dem langen, schlanken Godehard aussah.

Die Mutter stand schon in der Tür, trug ihr blau-weiß gestreiftes Kleid mit Schmetterlingsärmeln, die gelblichen Schweißränder unterm Arm kaum sichtbar. Dazu ihre Sonntagspumps, auf denen sie sich bewegte, als sei sie in ihren eigenen vier Wänden zu Besuch. Neben ihr die Großmutter mit glühenden Bäckchen, in ihrem üblichen Schwarz, ohne Schürze.

Ich stellte Godehard vor. Ach herrje, der Strauß, wo war der Strauß? Godehard lief zum Auto, hier erst mal die Pralinen. »Nä, sujet, is ja wie Weihnachten«, die Mutter schlug die Hände zusammen; eine Schachtel dieser Größe kannte sie, kannten wir nur aus Schaufenstern. Und dann der Strauß! Wo war die Vase? Eine passende Vase, Riesenvase, »Maria, mir nämme die von dä Fronleischnamsprozession«, die Großmutter verschwand im Keller.

»Kommen Sie rein, Herr Küken«, die Mutter hielt die Wohnzimmertür auf. »Keuken!«, riefen der Bruder und ich wie aus einem Munde, und Godehard sagte: »Nennen Sie mich doch einfach Godehard, liebe gnädige Frau«, ergriff die Hand der

Mutter und führte sie an die Lippen, das heißt, das hatte er vor, doch die Mutter entzog ihm die Rechte und versteckte sie hinter dem Rücken wie ein kleines Kind, das nicht das schöne Händchen geben will.

Ich sah, wie Bertram einen Blick zur Zimmerdecke schickte, sah, wie der Mutter das Blut zu Kopf stieg.

»Setz dich, da. Bitte!« Ich wies auf den Stuhl am Kopfende des Couchtischs, den der Vater für den heutigen Zweck sowohl hochgekurbelt als auch ausgeklappt hatte. »Bitte!«, wiederholte ich. Meine Stimme hoch und hastig wie die Töne einer Kasperlefigur. Wenn er sich doch endlich setzen wollte! Wie klein große Menschen kleine Räume machen. Wie niedrig die Decke hing, wie erbärmlich die Lampe mit den drei tütenförmigen Schalen. Die Großmutter kam mit der Vase zurück, es gab noch einmal ein Durcheinander, doch dann saßen wir alle um den Tisch herum.

»Tässje Kaffe?« Beherzt griff die Großmutter nach Godehards Tasse.

»Wat darf et denn sein, Jodehaad«, fasste auch die Mutter Mut. »Alles selbst jebacken. Un et Obst aus dem eijenen Jarten.«

»Schmeckt lecker, Mama.« Bertram hatte sich schon versorgt, kaute mit vollen Backen und bearbeitete den Kirsch-Streusel mit der Kuchengabel, dass es nach allen Seiten spritzte.

»Äh«, Godehard schien verwirrt. »Äh, ja, ein Stückchen Apfelkuchen bitte.«

»Jedeckter Apfel«, die Großmutter leckte die Lippen. »Mein Jeheimrezept. Noch vun de alten Vischers. Dem Bürjermeister«, ergänzte sie stolz. »Da war isch Dienstmädschen, müssen Se wissen. Un dat Heldejaad hat da immer die Kalenderblättschen abjerissen un jesammelt. Un alles aufjeschrieben in sein Heft.«

»Oma, das interessiert den Godehard doch nicht.«

»Doch, doch«, beeilte der sich zu sagen. »Das ist doch köstlich. Das mit dem Kalenderblättchen, meine ich. Ebenso wie dieses außerordentliche Gebäck. Exzellent. Was stand denn da so auf deinen Blättchen? Weißt du noch eines?«, wandte sich Godehard gezwungen neckisch an mich.

»Subsilire in caelum ex angulo licet«, sagte ich.

Die Großmutter nickte und strahlte wie immer, wenn sie die Sprache Gottes hörte. Bertram nickte und grinste. Die Mutter nickte Godehard zu, Godehard wiegte den Kopf. »Auch aus einem bescheidenen Winkel kann man in den Himmel springen«, feixte ich. »Noch ein Stückchen? Pfirsich-Sahne vielleicht?« Wie trostlos die neue Tapete mit ihren blauen, roten, gelben Segelbooten und Sonnenschirmchen an der Wand klebte.

Es klingelte. Die Mutter sprang auf, knickte um, Godehard hielt sie am Arm. Es klingelte einmal, zweimal, durchdringend.

Die Tante. Platzte herein. Platzen, ein Verb, wie für sie geschaffen, jede Bewegung, jedes Fingerschnippen, Lippenspitzen verschaffte sich Platz in der Luft, in der Welt. Drängte sich an der Mutter vorbei, stutzte: »Habt ihr Besuch?« Wie schlecht sie heucheln konnte!

Godehard erhob sich, ergriff die Hand der Tante mit den Fingerspitzen, die er wiederum mit ausdrucksloser Miene an die Lippen führte. Bertram grunzte vor unterdrückter Belustigung.

»Habt ihr noch en Plätzjen für misch?« Schon hatte die Tante den Hocker gepackt, Godehard sprang auf: »Bitte sehr, gnädige Frau.«

Umstandslos machte es sich die Tante bequem, während mein Besuch, den Kuchenteller in der einen, die Gabel in der anderen Hand, auf dem Schemel kauerte.

»Jololojie studieren Se also«, eröffnete die Tante, sich über ein Stück Pfirsich-Sahne hermachend, das Gespräch. »Isch weiß schon, wat mit Steinen. Wat lernt man denn da so?«

Eines musste man der Tante lassen: Sie wusste mit Männern umzugehen. Nichts bringt ein stockendes Gespräch sicherer in Schwung, als einen Mann nach seiner Profession oder seinem Hobby zu fragen.

»Geologie, richtig«, nahm Godehard den Ball auf. »Was man da lernt? Sehen Sie.« Godehard grub meinen Stein aus der Rocktasche. »Ein einfacher Stein, werden Sie sagen. Nein! Unsere ganze Erde, die Schöpfungsgeschichte steckt in diesem Stein.« Beim Wort »Schöpfungsgeschichte« horchte die Großmutter auf und setzte sich gerade. Und während die Tante von Pfirsich-Sahne zu Schoko-Nuss mit Guss überging, die Mutter eine Tasse Kaffee nach der anderen trank und Bertram unterm Tisch meinen Fuß bearbeitete, holte Godehard mit leicht näselnder Dozierstimme zu einem seiner weitschweifigen Vorträge über Erdzeitalter und Gesteinsarten aus.

Der Großmutter sank schon bald der Kopf auf die Brust, ihr Atem ging leise pfeifend, diese Schöpfungsgeschichte war doch nicht das Richtige für sie. Die Tante, endlich satt, schlug mit dem Löffel gegen die Zuckerdose.

»Pass doch op«, fuhr die Mutter auf. »Du machs ja noch de jute Büchs kapott.«

Godehard brach ab. Sah auf die Uhr. »Ich glaube, es wird Zeit für mich. Schade, dass ich den Herrn Vater nicht angetroffen habe.«

»Den hab isch doch jesehen«, rief die Tante. »Der is im Jarten. Josäff!!«, schrie sie aus dem Fenster. »Besuch! Der Jodehaad muss jonn!«

»Komm, ich bring dich zum Auto«, sagte ich. Wieder kam es zum Handkuss; diesmal hielt die Mutter stand, mit einem unnatürlichen, gehorsamen Lächeln, als zeige sie die Zähne dem Schulzahnarzt, und sekundenlang hasste ich sie für diese naive Gefügigkeit, mit der sie den Handkuss für bare Münze nahm.

Der Vater. Stapfte herein, im Blaumann, die Füße in Blotschen*, und streckte Godehard die erdverschmierte Hand entgegen, die dieser ergriff, drückte; sein Zögern kaum sichtbar, doch sichtbar genug für mich. Für den Vater auch?

* Holzschuhe

»Josäff«, fuhr die Mutter dazwischen. »Wasch dir de Händ, du siehst doch, dat mir Besuch haben.«

»Nur keine Umstände«, Godehard schüttelte Bertram herzhaft die Hand. »Ich muss jetzt wirklich gehen. Es war schön, Sie kennengelernt zu haben. Komm, Hilla, wir gehen.«

»Wollen Se denn schon weg?« Die Großmutter hielt ihren Aufgesetzten hoch. »Schwarze Johannisbeere! Jibet nirjends ze kaufe! Kommen Se. Ein Jläsjen in Ehren...«

Aber Godehard hielt mir schon die Haustür auf.

»Amo, amas, amat«, flüsterte mir Bertram noch zu, mein »amamus, amatis, amant« hörte er schon nicht mehr.

»Du hast doch sicher noch ein bisschen Zeit«, hielt ich Godehard beim Auto zurück. »Komm, ich zeig dir noch einen aus der Familie. Es ist nicht weit.«

Wieder bewegten sich die Gardinen im Nachbarhaus, diesmal ging sogar das Fenster auf, und Julchen schmetterte uns mit ihrem starken Alt ein »Tach zesammen!« hinterher.

»Springen«, Godehard zog mich an sich, als stünde ein Unwetter bevor, »springen musst du doch nicht, kleine Hilla. Ich werde dich in den Himmel tragen.« Tief hinunter zog er mich unter seinen Arm, verbarg mich an seiner Brust. Aber er machte zu lange Schritte, ich versuchte mitzuhalten, mich anzupassen an ihn, er versuchte kürzere Schritte, sich anzupassen an mich, wir kriegten keinen Gleichschritt hin. Schweigend legten wir den kurzen Weg zum Friedhof zurück, bis wir vor dem Grab des Großvaters standen. Da knurrte Godehard etwas, das wie »Doch« klang.

»Was hast du gesagt?« Ich bückte mich nach einem Grashalm neben dem Grabstein.

»Loch«, knurrte Godehard lauter. Und dann noch einmal: »Loch.«

»Wieso?«, sagte ich verblüfft. »Ist doch ein anständiges Grab. Eins wie alle anderen. Oder meinst du das letzte Loch, auf dem wir irgendwann mal alle pfeifen?« Ich schluckte. Blöde Sprüche.

»Kalendersprüche!«, schnaubte Godehard. »Das Haus!«, stieß er hervor. »Ein Loch.«

Da begriff ich: Er meinte die Altstraße 2, und ich fühlte, dass ich mich zusammenrollte wie ein vergilbtes Blatt.

»Komm, weg hier«, sagte er und zog mich mit sich. »Ich hol dich da raus. Und dann kriegst du auch endlich eine Zahnklammer.«

»Ja, Godehard«, sagte ich, und er nahm mich wieder unter den Arm, küsste meine Augen, die Hand mit dem Ring. Wir gingen zurück, und ich trug ihm Genesungswünsche an seinen Herrn Vater auf und winkte dem himmelblauen Wagen hinterher.

Mich zog es noch einmal zu Großvaters Grab. Ich gab den Gladiolen frisches Wasser und rupfte hier und da ein welkes Blatt von den Begonien. Nu, loof ald*, glaubte ich seine Stimme zu hören. Wohin? Dahin, wo ich mit Godehard nicht gewesen war. Zur Großvaterweide an den Rhein.

Zwei frühe Schmetterlinge gaukelten in ihrem zarten Grün. Ihr Flügelflimmern tat mir wohl. Godehards Hand war vor der des Vaters zurückgezuckt!

»Hildegard Palm« hatte der Großvater mit goldenen Lettern auf den Kiesel geschrieben, den er mir zum ersten Schultag geschenkt hatte.

Unterprimanerin Hildegard Palm, Altstraße 2, ausgezeichnet mit einem Bildband über Monet für besondere Leistungen. Zwei Jahre noch, und sie würde Stipendiatin der Studienstiftung des deutschen Volkes sein.

Wind fuhr in die Zweige der Pappeln, drängte die beiden Falter in der Weide zusammen, drängte mich unter ihren blassgrünen Zweigemantel, ich streckte mich aus, einfach so, in meinem besten Kleid lag ich unter der Großvaterweide, so, wie wir als Kinder dort gelegen hatten, Bertram und ich. Und wie damals ließ ich die Ohren ausfahren, an langen Fäden schmetterlingsleicht wie bunte Ballons in den pfingstlichen Himmel, bis ich

---

* Nun, lauf schon.

die wütende Hoffnung und den Schrecken hinter mir ließ, die dunklen Verheißungen und die Trauer, bis ich hoch droben ankam im Kindheitsland bei den Sommergesichtern des lieben Toten in einem Gespinst aus Erinnerungen und dem Geruch von Manchesterhosen und Burger Stumpen. »Trau Deiner inneren Sicherheit«, hörte ich Rosenbaums Stimme, oder war es die des Großvaters? »Egal, wie andere Dich sehen, oder was andere wünschen, was aus Dir werden soll. Du kannst Dich Dir selbst erzählen. Du bist Deine Geschichte. Lass nicht zu, dass andere Deine Geschichte schreiben.«

Du bist deine Geschichte. Ich sprang auf, schüttelte den Sand aus den Kleidern, rannte zurück, durch Kohl- und Porreefelder, den Blütenschnee der Kämpen, am Kirchplatz vorbei, durchs Schinderturmtor, Dorfstraße, Rathaus, Altstraße 2.

»Is he weg?«, fragte die Mutter, bequem in Kittel und Hausschuhen, der Couchtisch abgeräumt, auf normale Höhe gekurbelt und zusammengeklappt.

»Ja«, sagte ich. »Ich zieh mich nur schnell um.« Ich lief nach oben, hängte das Kleid in den Schrank, schlüpfte in Rock und Bluse.

»Is he nit en bissjen alt für disch?«

»Ach, Mama.« Ich stopfte die Bluse fester in den alten Leinenrock.

»Hier«, sie schob mir ein Schoko-Nuss-Stück zu. »Dat has de doch am liebsten. Du has ja jar nix jejessen. Jojo, de Aufrejung! Aber ne feine Mann. Nit esune Kääl wie dä vum Hannelore oder vum Birjit.«

»Ach, Mama«, seufzte ich noch einmal. Die Lebenslinien dieser Klassenkameradinnen von der Volksschule waren mir bislang als vorbildlich dargestellt worden: Schulabschluss, Friseurlehre oder Einzelhandel, Verlobung mit einem Maurer- oder Bäckergesellen. Beide hatte ich in den Augen der Mutter mit Godehard uneinholbar abgehängt.

»Hier«, die Mutter reichte mir den Kiesel, »den hat er verjessen.«

»Macht nix«, sagte ich. »Ist ja nur ein Stein vom Rhein.«

Die Mutter schnaufte: »Dat reimt sich ja! Ja, wat sisch liebt, dat reimt sisch.«

Verschämt tastete sie nach meiner Hand neben dem Teller. Strich mit ihrem harten, rissigen Zeigefinger über das Schlänglein: »Is dä doch escht? Wirklisch escht?«

»Nä«, sagte ich, zog den Ring ab und warf ihn ihr zu. »Kanns de haben. Hab ich doch jesacht: aus dem Kaugummiautomat.«

Die Mutter hielt sich den Ring vor die Augen: »Von wejen Kaujummi«, sagte sie. »Dreimal die Neun steht do und HP. Dä is escht!«

Sekundenlang stand die Mutter in einem mattgrünen Alpakamantel neben einer vollautomatischen Waschmaschine in einem gekachelten Bad mit Wanne, Dusche, fließend warmem und kaltem Wasser.

»Pass jut op dr Ring auf!« Andächtig umfing die Mutter das Juwel mit ihrem Blick. Schaute noch einmal ins Ringinnere: »Komisch«, sagte sie, »do steht jo nur HP. Nur dein Name. In ne anständije Verlobungsring jehürt och der Name von dem Bräutijam!«

»Ävver wat he von der Schöpfung erzählt hat, dat war nit kattolisch«, murrte die Großmutter. »Jeheiratet wird kattolisch. Hier in Dondorf.« Sie mit ihrem besten Aufgesetzten einfach stehen zu lassen!

»Ach, Oma«, seufzte ich. »Wo is denn der Bertram?«

»Beim Toni. Hilft dene beim Packe. Die trecke no Pengste öm.«[*]

»Und?«, fragte ich Bertram abends im Bett.

»Trübe Tasse«, war das knappe Urteil. »Aber ein netter Kerl.«

»Ja, was nun?«

»Beides.«

---

[*] Die ziehen nach Pfingsten um.

»Er kann ja nichts dafür.«
»Wofür?«
»Weiß ich auch nicht. Dass er ist, wie er ist. Ach, Bertram.« Und dann tat ich, was ich seit unseren Kinderspielen, seit Frau Holle, Rotkäppchen, Brüderchen und Schwesterchen nicht mehr getan hatte: Ich schlüpfte zum Bruder ins Bett. Er roch nach Hefe und Rosinen wie der warme Stuten der Großmutter, roch nach Hänsel und Gretel, dem Knusperhaus. Warf mich dem Verdutzten an die verschwitzte Jungenbrust und heulte. Bertram hielt still, fragte nichts. Ich wurde ruhig. Plötzlich roch der Bruder nach Mann. »Schlaf gut.« Ich sprang in mein Bett zurück.

»Loch«, hatte Godehard gesagt. »Loch.« Das hätte er nicht sagen dürfen.

Wir hatten uns für den ersten Schultag nach Pfingsten beim Buchhändler verabredet. Beinah gleichzeitig trafen wir aus entgegengesetzten Richtungen an den Kisten zusammen. Ja, dem Vater gehe es besser, er habe ihm von seinem Besuch in Dondorf erzählt, ein wahres Kuckuckskind, habe der Vater gescherzt, sei ihm, Godehard, ja da aus dem Dondorfer Nest zugeflogen, und er habe dem Vater versprechen müssen, sich um mich zu kümmern. Gleich übermorgen könne ich zum Zahnarzt gehen, ein Kieferspezialist; er habe schon einen Termin für mich gemacht.

Wir hatten die Bank, unsere Bank im Stadtwald hinterm Ententeich, erreicht. Godehard zog mich an sich. »Und im Sommer geht es dann wirklich nach Rom. Ohne Eltern. Ich hab ihr Wort.« Er griff nach meiner Brust.

Ich löste mich von ihm, nahm seine Hand in meine: »Godehard«, sagte ich. »Es geht nicht.«

»Geht nicht? Also, wenn du willst, dass die Eltern mitfahren... Bitte sehr. Du bist ja wirklich noch jung. Aber ich meine es ernst. Zuerst Abitur – und dann: meine kleine Frau.«

»Godehard, darum geht es nicht. Es geht nicht! Verstehst du denn nicht! Mit uns beiden. Das geht einfach nicht. Du, du... du bist zu alt für mich!«

»Seit wann das denn?« Ich kannte diesen Tonfall; seinen Ärger, wenn etwas nicht so war, wie er es wollte. Dann klang seine Stimme wie die eines nörgelnden Kindes.

»Seit ... – ach was. Wir passen einfach nicht zusammen!« Es war heraus. Ich fühlte eine Leichtigkeit, ein Schweben wie vor Zeiten nach drei, vier Gläschen spiritus verde, Escorial Grün, wenn die Wörter sich einfach über die Lippen drängten, egal, welche. »Es geht nicht!«

Godehard packte meine Hand. Seine Fingernägel taten mir weh.

»Au!« Ich verschränkte die Hände in meinem Schoß.

»Zu alt? Es geht nicht? Warum?«

Ich stand auf. »Da«, sagte ich. »Der Ring«. Drückte ihm das Kästchen in die Hand und rannte. Der Kindheit noch nah genug, um sorglos und unerschrocken Nein sagen zu können. Und Ja zu meiner eigenen Geschichte.

Aber es tat weh. Nicht die schadenfrohen Blicke der Dondorfer, als ich wieder allein durchs Dorf ging. Nicht der unbeholfene Trost der Tante: »Dä wor doch och nix för desch. Nix wie sing Steen im Kopp.« Nicht die Verdammnis der Großmutter, die ihn, was die Kirche anging, als Laumann durchschaute. Im Holzstall saß ich und heulte, um mich, um Godehard, Mitleid und Selbstmitleid, wenn ich hörte, wie sein Wagen hielt in der Altstraße 2, dem Loch, wie die Wagentür schlug, gleich würde er klingeln, ich horchte, da war sie, die Stimme der Mutter – »Sag ihm, ich sei nicht da« – in schrillem Triumph: »Nä, dat Hilla is nit da. Nä, dat Hilla muss lernen. Nä, dat Hilla bleibt ze Haus.« Hörte zitternden Herzens, wie sie dem Mann die Tür vor der Nase zuschlug. Als er nicht mehr kam, war ich traurig und froh zugleich. Zu Hause wurde nicht mehr von ihm gesprochen, wie von einem Fehltritt.

»Zu verschieden«, versuchte ich eine Antwort auf Bertrams Frage nach meinem Kummer. »Die Steine, meine ich. Zu verschieden. Buchstein, Wutstein, Lachstein – Smaragd, Rubin, Diamant: Das geht nicht zusammen.«

»Ach, was«, schnitt der Bruder mir das Wort ab, »bei dem Sigismund wär dir das doch ganz egal gewesen.«

Er hatte recht. Den wahren Grund verschwieg ich auch ihm. Loch. Das hätte cand. rer. nat. Godehard van Keuken nicht sagen dürfen.

Alle machten Reisepläne. Die Sommerferien standen vor der Tür. Alle, sogar Astrid. Sie würde ein Zeltlager der Gewerkschaftsjugend in Rottenburg betreuen. Monika flog zu einem Sprachkurs nach Cornwall. Ob ich nicht mitkommen wolle, da ich doch wieder solo sei. Ich hatte sie glauben machen, Godehard habe mich sitzen lassen. Das war ich ihm schuldig. Seither hielt sie mich für eine bemitleidenswerte Niete. »Dass du den nicht binden konntest«, musterte sie mich, von der blauen Bluse bis zu den braunen Halbschuhen. Ihr, gab mir dieser Blick zu verstehen, wäre das nicht passiert. So kurz vor der Reise nach Rom! Ob ich stattdessen nicht mit ihr kommen wolle. So teuer sei es ja nicht, die Unterkunft zahle ihre Mutter für mich mit, blieben nur Flug und Kursgebühren. Und ob ich wollte. So tief, dass sie mich wieder links liegen ließ, war ich also nach meiner Liebespleite in ihren Augen noch nicht gesunken. Aber das Geld. In der Zeit mit Godehard war mir das Leben zuweilen wie ein einziger Lottogewinn erschienen. Jetzt schob sich das Geld wieder zwischen mich und meine Wünsche. Ich hatte keins.

»Ja, also«, zögerte ich.

»Hör mal, wenn du nicht willst«, missdeutete Monika meine schwere Zunge, »frag ich jemand an...«

»Nein! Nein! Nein! Wann soll es denn losgehen?«

»Schön«, Monika drückte flüchtig meinen Arm, »freut mich, wirklich. Wann? Weiß ich nicht. Ist das denn so wichtig? In den Sommerferien eben. Ich sag dir morgen Bescheid.«

Und ob das wichtig war. Mitfahren konnte ich nur, wenn ich vorher Geld verdiente. Wie viel brauchte ich wohl? Wieso hatte ich nicht danach gefragt? Drei Wochen Maternus konnten knapp dreihundertfünfzig Mark bringen.

Ich grübelte im Bus von Riesdorf nach Rheinheim, in der Bahn von Rheinheim nach Dondorf, grübelte noch immer, als das Gartentor hinter mir ins Schloss fiel. Was sollte ich tun, wenn das Geld nicht reichte?

Bertram saß schon am Küchentisch. Donnerstags gab es Bratwurst.

»Deine Teller steht im Ofen«, die Mutter, eben noch wohlwollenden Blicks Bertrams Appetit genießend, ließ uns allein.

»Was ist los?«, fragte Bertram, als ich sein frisches »amo, amas, amat« kaum erwiderte

»Einen Geldstein müsste man haben«, seufzte ich, stocherte in den Möhrenscheiben, spießte die labbrige Wurst auf die Gabel, biss hinein, lauwarmes Fett tropfte, schlierte über das Gemüse. Ich schob den Teller von mir. »Einen Goldstein, Silberstein, Mensch, Bertram, da hilft der dickste Lachstein nix.«

Bertram stemmte die Gabel neben den Teller. »Brauchs de wieder Geld für ein Buch?«

»Nä«, sagte ich, »diesmal ist es ernst.«

»Kann was kosten«, war sein Resümee. »Mit hundert Mark bin ich dabei. Die hab ich noch auf dem Sparbuch von der Tante Angela.«

»Ja, wer so eine Patentante hat!« Ich zog den Teller wieder zu mir, aß weiter. Die Steine des Großvaters hatten uns Geschichten erzählt; die der Tante waren zu Geld geworden, Bauland, sozusagen Geldsteine. Als Kinder hatten wir bei unseren Besuchen Steine von den Feldern geklaubt und an den Rändern aufgeschichtet; dafür wurde uns beim Abschied ein Geldstück in die Hand gedrückt.

»Und wenn du mal den Papa fragst? Der kann dir doch was vorstrecken. Kriegt er ja wieder, wenn du bei Maternus fertig bist.«

»Der, der...« Ich brachte das Wort »Papa« nicht über die Lippen. »Den soll ich fragen?«
»Warum denn nicht? Kost doch nix. Denk an den Lachstein.«
Unsere Teller waren leer. Bertram wischte sich den Mund mit dem Handrücken ab und trabte – »Der Hunderter ist gebongt!« – davon.
Die Wurst lag mir schwer im Magen. Morgen würde ich beides erfahren, die Kosten und die Daten des Kurses.
»Dreihundertfünfzig Mark«, sagte Monika, alles in allem, Flug und Kurs. Ich atmete auf. Das könnte ich bei Maternus verdienen. Abflug in der ersten August-, der ersten Ferienwoche.

Ich fing den Vater am Gartentor ab, dort, wo ich ihm vor Jahren meine ersten Englischvokabeln entgegengeschrien hatte: »Big pig«, immer wieder, »big pig«, wie verrückt war ich um den Schuppen herumgesprungen und hatte ihm die Laute in die Ohren gegellt, die er nicht verstehen konnte, bis er die Tür aufriss, den Hosengürtel in der hocherhobenen Hand. Aber es gab auch den anderen Vater. Einmal, ein einziges Mal, hatte er sich mir gezeigt, damals, nach dem kleinen Lottogewinn, als ich mit ihm nach Köln gefahren war, ganz allein, nur der Vater und ich. Drei Kleider, einen Ledermantel und eine Pepitahose hatten wir gekauft, alles auf einmal. Aber ein Lexikon, das ich mir damals mehr als alles andere wünschte, hatte es nicht gegeben. »Bööscher? Nä«, hatte der Vater feindselig geknurrt. Stattdessen kaufte er mir ein Armband mit buntem, funkelndem Dom. Ich verwahrte es im Samtkästchen neben dem Kommunionsgeschenk von Tante Berta, dem ziselierten Kreuz am Silberkettchen.
Gab es diesen Vater noch? Den Mann, den ich beinah geküsst, dessen Haut zwischen Schläfe und Ohr mein Mund sekundenlang gestreift hatte, bevor wir nach Hause zurückkamen. Gab es ihn, jetzt, wo ich ihn brauchte?
Der Vater schwang sich vom Fahrrad. Sein Blaumann verströmte den strengen Geruch einer Arbeitswoche. Die Hände

am Lenker verschmiert wie der Drillich. Er sah kurz auf, ungefähr in meine Richtung.
»Hör mal«, sagte ich leise.
Der Vater knallte mit dem Hacken seines festen Schuhs das Gartentor hinter sich zu und schob das Fahrrad an mir vorbei. Ich sprang ihm aus dem Weg.
»Hör doch mal!«
Er hielt inne und drehte sich nach mir um. »Wat jibet denn?« Er klang gleichgültig, müde, hatte es eilig, aus der Kluft herauszukommen und in Manchesterhose und Joppe im Schuppen zu verschwinden.
»Ich, ich brauch Geld!«
»Jeld? Dat bruche mir all!« Aus der Kehle des Vaters löste sich ein heiserer Laut, ein Lachen, ein Räuspern?
»Waröm fröjs de dann nit dinge Kääl, dä rische Pinkel?«
»Der ist weg.«
»Ach, nä«, der Vater warf mir einen abschätzenden Blick zu. »Dann bin isch dir jitz widder jut jenuch. Un wofür?« Der Vater wischte sich die Stirn, seine ölverschmierten Finger zogen Striemen wie von einer Verletzung. Als suche er etwas weit hinter mir im Verborgenen, sah er an mir vorbei.
»Jeld broch isch. Jeld. Un isch will et nur jeliehe han. Du kress et all widder!«, suchte ich Zuflucht in der Sprache meiner Kindheit, der Großvatersprache, der Zeit vor den Büchern, vor dem blauen Stöckchen hinter der Uhr.
»Wat soll dat dann?« Endlich sah der Vater mich an, richtete seinen Blick auf mich, fasste mich ins Auge, ich fühlte mich gefasst, gestellt, schlug die Augen nieder, konnte diesen Blick, diese Mischung aus Argwohn und Müdigkeit nicht ertragen. »Wie kalls du met mir? Jlövs de, isch künt keen Huhdüksch verstonn?«*
Ich kniff die Lippen zusammen. Schon wieder falsch.
»Also, wat jibet? Isch muss noch mal weg. In dr Jarten.«

* Wie sprichst du mit mir? Glaubst du, ich könnte kein Hochdeutsch verstehen?

Der Garten gehörte Krötz, dem Prinzipal, wie die Fabrik, wo der Vater arbeitete, Maschinen bediente, die aus riesigen Drahtballen Ketten formten. Nach Feierabend sorgte er – »Herr Palm, Ihr grüner Daumen ist unbezahlbar« – für Blühen und Gedeihen in dem parkähnlichen Gelände.

»Also, das Jeld, isch brauch das für einen Sprachkurs. Englisch. In England.« Ich holte tief Luft. Hielt die Augen gesenkt, studierte meine kreuzweis geschnürten braunen Halbschuhe.

Wieder stieg aus der Kehle des Vaters dieses heiser-erstickte Bellen: »Ne Sprachkurs? Aha. Zum Englischliere no England. Nä! Liere kan mer överall op dr Welt. Och doheim!« Der Vater packte das Fahrrad mit beiden Händen und schob es vorwärts, an mir vorbei, hart streifte mich das Schutzblech des Hinterrads.

»Ävver du krieschst et doch widder!«, schrie ich ihm nach. »Et is doch nur für drei Wochen! Isch jeh doch widder zum Maternus!«

Der Vater blieb noch einmal stehen, kehrte mir weiter den Rücken zu und knurrte mit schräg über die Schulter geneigtem Kopf: »Nä, han isch gesacht. Schluss jitz! Isch han keen Zick. Isch muss en dr Jarten. Der Prinzipal waat ald˚.«

Der Vater rechts, ich links, verschwanden wir in Schuppen und Stall.

»Und?«, fragte der Bruder am Abend.
»Nix«, sagte ich. »Er sagt: Lernen kann ich auch zu Hause.«
»Aber du musst doch auch mal raus. Du bist doch noch nie in die Ferien gefahren. Nie weiter gekommen als bis nach Würzburg auf Klassenfahrt. Die Riemenschneider-Tour.«

Bertram konnte gut lachen. Seine Klassenfahrten hatten ihn schon nach Paris und Rom gebracht; die Patentante bezahlte. In diesen Sommerferien machte er eine Radtour durch Schottland.

˚ wartet schon

Mit dem Sohn der Tante und einem Schulfreund, Taschengeld inklusive.

»Und wenn du es noch mal probierst? Er war heute vielleicht nur zu kaputt. Musste ja auch noch mal weg. Sonntag. Probier es doch am Sonntag noch mal. Amo...«

»Amas, amat. Mach ich.« Ruhe finden konnte ich nicht. »Du Bertram, hast du den schon mal lachen sehen?«

»Hä?«, machte Bertram.

»Lachen«, wiederholte ich, »so wie andere Männer. Onkel Schäng oder Onkel Hermann, wenn die sich von früher erzählen und die Oma ihren Aufgesetzten rausholt.«

»Lachen? Dä Papa?« Pause. Dann, mit Bestimmtheit: »Nein. Nie! Hab ich nie drüber nachgedacht. Jetzt, wo du's sagst. Nie. Nicht mal auf Photos. Und die Mama auch nicht. Die grinst nur, so als wär sie beim Zahnarzt. Und die Oma? Auch nicht.«

Nebenan ging die Tür, leichte Schritte, die Mutter kam ins Elternschlafzimmer.

»Schlaf gut«, flüsterte ich.

Bertram gähnte, Bettzeug raschelte. Eine Weile starrte ich in die Dunkelheit, horchte auf die Atemzüge des Bruders und grübelte, die säuerliche Stimme der Mutter – »Wat jibet denn do ze lache?« – im Ohr, darüber, wie sehr sie sich von ihrer Schwester unterschied, Tante Berta, die lachend und krachend durchs Leben polterte.

Nachts träumte ich von Pappa. Pappa, träumte ich. Pappa, Pappa, bitte Pappa bitte bitte bigpig bittepig pigpig Bigpappa Pappapig, Pigpappa, Bigpappapig, Pappa und pig, bitte und big verquirlten sich zu immer neuen Wörterschlaufen, wie winzige, stichlige Käfer krabbelten sie auf und über mir herum, wollten in meinen Mund hinein, wollten, dass ich es herausschrie, das Wort, das mir nicht über die Lippen gekommen war.

»Hilla! Wach auf!« Bertram hielt mich an beiden Armen.

Ums Herz herum tat mir alles weh. Jede Rippe. Ich schnappte nach Luft.

»›Papa‹, hast du geschrien«, sagte Bertram, »ganz laut. ›Papa!‹ Soll ich Licht anmachen?«

»Schlaf weiter. Ich hab nur geträumt. Schlecht geträumt.«

Doch Bertram hatte recht. Warum es nicht noch einmal versuchen?

In der Georgskirche blühten die Blumen, wucherte der Sommer über die Stufen hinauf zum Altar und um den Altar herum, üppige Sträuße aus dem Pfarrgarten und aus Gärtnerei Benders Rabatten. Lilien und Weihrauch mischten sich in das Hosianna der Orgel, Duft und Klang verbanden sich mit den Stimmen der Gemeinde, den Messdienerschellen, dem Flackern der Kerzen, nichts, was nicht eingestimmt hätte in den großen Gesang zur Ehre des Herrn. Sursum corda. Mein Herz erhob sich auch. Ich kniete in einer der letzten Bänke; war mit den Jahren immer weiter nach hinten gerückt, immer weiter weg von der ersten Reihe, in die sich Hildegard, das Beichtkind, Kommunionkind gedrängt hatte. Immer weiter nach hinten, als stünden mir die besseren Plätze nicht mehr zu.

Auf der Seite der Männer, nur eine Reihe vor mir, stand der Vater. Männer, das hatte mich schon als Kind beschäftigt, knieten weit seltener als Frauen, eigentlich nur bei Wandlung und Kommunion. Sie müssten die guten Hosen schonen, hatte Kreuzkamp mich einmal lächelnd beschieden.

Nach der Kommunion lichteten sich die hinteren Bänke, besonders auf der Männerseite erst zögernd, dann immer schneller. Kaum einer, der das Schlusslied noch abwartete. Auch der Vater nicht. Ich drängte ihm nach, vorbei an den Frauen, die sich unwillig an die Bänke pressten; knickste zum Altar und ließ die Stimmen hinter mir: »Jesus ist der beste Freund, der uns ewig treu verbleibet.«

Die Sonne war weitergewandert, ich schob mein Fahrrad in den Schatten. Männer standen in Gruppen unter den Linden – »Der hat doch nix ze sagen«, hörte ich, »und den kann man doch nit wählen«. Politisieren nannte man das zu Hause, nix für unsereins. Der Vater hatte schon das Weite gesucht, aber wohin? Ich rannte um die Kirche herum, einmal und noch einmal, drei Abzweigungen führten zur Altstraße, der Vater nirgends zu sehen. Da entdeckte ich ihn. In der entgegengesetzten Richtung. Der Vater auf dem Weg an den Rhein. Die Kirchturmuhr schlug elf. Zeit genug bis zum Mittagessen.

Es war nicht schwer, den Vater einzuholen. Ein verkürztes Bein und seine Spezialschuhe machten seinen Gang zögerlich und ungelenk. Wortlos ging ich neben ihm. In den Ohren das Sausen der Pappeln schwoll an, schien das Schweigen zu sammeln und in Brausen umzuwandeln, bis ich es schließlich nicht länger aushielt und hinein in das Rauschen schrie: »Aber ich brauch doch das Geld!«

Als habe er nichts gehört, stapfte der Vater voran, schlackernd in seinen orthopädischen Schuhen. Die Narbe auf seiner Wange glühte, zuckte. Das hier war nicht der andere Vater, nicht der Vater aus Köln mit Silberarmband und Dom.

»Nä«, stieß der Vater zwischen den Zähnen hervor.

»Du kriegst doch alles wieder!«, rief ich aufgebracht, fühlte, wie meine Angst sich in Wut verwandelte. »Ich will doch nix geschenkt!«

»Kris de och nit.« Hörte ich wirklich Genugtuung in der Stimme des Vaters?

»Schade«, zischte ich und machte auf dem Absatz kehrt.

Drehte der Vater sich nach mir um? Ich tat es nicht. Hätte er mich gerufen, wäre ich stehen geblieben? Nein. Nicht mit diesem Gesicht, tränennass, Tränen, die mir den Hals hinabliefen in den runden Ausschnitt meines Sonntagskleids. Nie mehr, hatte ich mir vor Jahren geschworen, als der Vater mich zum letzten Mal geschlagen hatte, nie mehr sollte dieser Mann, sollte ein Mann mich weinen sehen.

Ich wusch mein Gesicht im Brunnen am alten Rathaus, schloss mein Fahrrad vom Pfosten und fuhr dem Vater nach. Er war schon auf dem Damm, und ich rollte ein stückweit neben ihm her, ehe ich mit einem falschen, kalten Lachen in die Pedale trat, lachend an ihm vorbeischoss, den Damm hinunter an den Rhein, ans Wasser.

Im Holzstall holte ich den Lachstein hervor. Er sah mich traurig an, als wollte er sagen: so nicht.

Ob er wisse, woher der Vater sein kurzes Bein habe, fragte ich Bertram am Abend. »Nä«, knurrte der und warf sich im Bett herum. Er hatte andere Sorgen. Die Mathematik quälte ihn wie mich. Und er vermisste Toni, seinen Freund, der nach Freiburg gezogen war.

Monika zuckte nur die Achseln, als ich ihr anderntags eine verworrene Geschichte auftischte, die klarmachen sollte: Ich komme nicht mit. Fast schien es, als hätte sie damit gerechnet; nicht drei-, sondern vierhundertfünfzig Mark koste das Ganze, gestand sie. Da habe sie am Wochenende schon mal ein Mädchen aus der Nachbarschaft, eine vom Lyzeum, gefragt. Vierhundertfünfzig: So viel könne ich ja sicher nicht bezahlen.
 War ich erleichtert? Enttäuscht? Das vor allem. Besonders von mir. Dass ich mich nicht hatte überwinden können, das eine Wort herauszubringen: Papa. Und das andere: bitte.

Maternus lehnte mein Ersuchen um Ferienarbeit ab, ein Formbrief, derzeit kein Bedarf, gern könne ich zu einem späteren Zeitpunkt noch einmal anfragen. Doch wenigstens enthielt der Brief keinen Hinweis auf die Streikaktion vor Jahren, als ich die Frauen am Fließband zu frechen Sprechchören gegen den Prokuristen aufgestachelt hatte. Auch wenn ich weder nach Cornwall noch nach Rottenburg reisen würde. Ich brauchte Geld. Sofort.

Ich ging von meinen Beständen aus, erkannte die Lage, die Lage war ernst. Hatte ich vor Jahren noch Geld ausschließlich in Reclam-Währung umgerechnet, teilte ich jetzt in meinem Kopf noch nicht verdienten Monatslohn bereits in einen Wintermantel, ein sogenanntes kleines Schwarzes und eine dazu passende Handtasche ein. Im Herbst würde ich mit dem Theaterbus des Ambach-Gymnasiums, dem sich das Humboldt-Gymnasium anschließen durfte, nach Köln ins Schauspielhaus und in die Oper fahren.

An vier Fabriken der Umgebung schickte ich meine Bewerbungen; schließlich durfte ich bei einer Großenfelder Tubenfabrik vorsprechen und wurde genommen. Schon am ersten Tag, Monika saß jetzt im Flugzeug nach London, sehnte ich mich ans Fließband zurück. Bei Maternus konnte man immerhin sitzen; hier musste man stehen, acht Stunden lang, mittags eine halbe Stunde Pause, morgens und nachmittags je zehn Minuten. Christbaumartige Ständer glitten auf Schienen durch die Halle, wir zogen die Tubenrohlinge, die dem Baum aufgesteckt waren wie Kerzen, ab und schichteten sie in einen Korb. Die Zeitspanne auch hier durch einen Refa-Mann so knapp berechnet, dass keine von uns nachlassen durfte, wollte sie nicht den Kolleginnen mehr Arbeit aufbürden. Nahmen die Tuben in den »Bäumen« überhand, griffen sogenannte Springer ein, Frauen in der Hierarchie knapp unter einer Vorarbeiterin, aber auf dem Weg dorthin.
In der ersten Woche schaffte ich mein Pensum ganz leidlich, mit einigen der Frauen konnte ich auch schon ein paar Worte wechseln, eine, Giusi aus der Gegend von Palermo, hatte mir sogar ein Photo ihrer Eltern gezeigt, zwischen ihren Füßen ein kleines Mädchen mit Zöpfen, wie ich sie einmal getragen hatte. Doch dann ließ es sich nicht mehr leugnen. Meine Hände schwollen, juckten und brannten rot.
Am Sonntag legte ich sie alle paar Stunden in eine Schüssel mit kaltem Wasser, doch sobald ich sie der Luft aussetzte, fing

das beißende Jucken und Pochen wieder an. Die Großmutter machte mir einen Umschlag mit essigsaurer Tonerde, das war noch schlimmer.

Beim Mittagessen konnte ich kaum mit Messer und Gabel umgehen.

»Konns de denn nix Besseres finde?«, stieß der Vater zwischen zwei Bissen hervor, seine ersten Worte für mich seit unserem Gang an den Rhein.

»Nä!« Das erste Wort von mir für ihn. Und für lange Zeit das letzte.

Montagmorgens beim Griff nach den Tuben war mir, als steckten meine Hände in glühenden Futteralen. Kurz darauf schwollen sie wieder an, übersät mit roten Flecken, die sich unter dem Kittel bis hinauf zu den Ellbogen zogen. Mittags konnte ich kaum noch greifen. Ich brauchte das Geld. Ich machte die Klotür hinter mir zu und steckte die Hände in die Kloschüssel, zog die Spülung und ließ das Wasser über die Hände laufen; wartete bis der Kasten wieder voll war und zog erneut, ich spülte und zog, zog und spülte, bis die Pause herum war. Doch dann wuchsen auf den geschwollenen Händen die Flecken zu pfenniggroßen Beulen, und die erste Beule platzte mit einem beißenden Schmerz, fast erträglicher als dieses Jucken, das mich zu Pflückleistungen anspornte, die kein Refa-Mann für möglich gehalten hätte. Verstohlen wischte ich den eitrigen Schleim am Kittel ab. Eine zweite Beule ging auf, wieder musste ich wischen, ich kam aus dem Takt, der Tubenbaum glitt ungeplündert vorüber. Die Frauen murrten, die Springerin kam: »Was ist los?«

Ich vergrub meine Hände in den Taschen.

Ein Blick auf den Kittel genügte. »Feierabend«, sagte die Springerin trocken. »Schluss für heute.« Sie drückte einen Knopf. Die Bäume stoppten. Ich trat aus der Reihe der Arbeiterinnen, die Frauen vom Ende der Halle rückten eine nach der anderen einen Baum weiter nach oben, die Lücke, die ich hinterließ, schloss sich, als hätte ich nie dort gestanden. Meine Hände oder die einer anderen, ob Hände aus Fleisch und Blut oder Finger aus Draht und Schrauben, egal. »Feierabend«, hatte die Springerin gesagt. Und der Werksarzt fügte hinzu: »Zinkallergie. Und zwar dritten Grades. Um Himmels willen, warum sind Sie nicht früher gekommen?«, entsetzte sich der Mann. »Das haben Sie doch nicht erst seit gestern.«

»Geld, Geld, Geld«, hörte ich ihn murmeln, während er eine weiße Paste auftrug, meine Hände und Arme bis zu den Ellenbogen bandagierte. »Ich dachte doch, dass Sie vernünftiger wären als die Leutchen aus Sizilien und Kalabrien, die sich für Geld vermutlich die Finger abhacken ließen.«

Ich schwieg und starrte auf das Fenster des sonnigen Zimmers, durchsichtige, lichte Gardinen, die ein weicher Wind zur Seite bauschte, starrte in den Nacken des Mannes, der sich scharfrasiert über meine geschundenen Hände beugte. Als ob man kein Geld brauchte, wenn man vernünftig war, kein Geld brauchte, wenn man wusste, dass man unerfüllbare Wünsche im Konjunktiv II ausdrücken musste. Wenn man wusste, dass solche Wünsche der Form nach mit Bedingungssätzen identisch sind, jedoch keine Schlussfolgerung haben. Hätte ich doch nur Geld! Würde ich doch nur Geld haben. Wenn ich doch nur Geld hätte, dann hätte ich Geld.

Meine Hände heilten rasch. Das Geld verharrte im Konjunktiv. Nicht einmal die Fluchten in die Bücher konnten mich davon ablenken, und der Mutter war ich im Weg wie eine zugelaufene Katze.

»Wenn de nix Besseres zu tun has, kanns de ja mitjehn«, knurrte sie, »op dr Kass jibet jenuch ze tun.«

Seit Fräulein Kaasens Tod, deren bescheidenen Haushalt die Mutter besorgt hatte, putzte sie die Krankenkasse.

Beinah trotzig stand sie vor mir in Faltenrock und Bluse, Hände in die Hüften gestützt, unterm Arm die Einkaufstasche, darin verborgen frischgewaschene Aufnehmer, Staublappen und der Putzkittel.

Warum eigentlich nicht? Ich schob Carossas *Arzt Gion* beiseite, ohnehin nicht sehr fesselnd, und sprang auf die Füße. Die Mutter hielt die Tasche vor den Bauch und trat einen Schritt zurück. »Du wills doch nit wirklisch mitjonn?«

»Doch«, sagte ich und klappte das Buch endgültig zu. Vielleicht würde sich dort etwas für mich ergeben. Für Geld.

Frau Omlers, Sachbearbeiterin, begegnete uns schon bei der Post; sie hielt sich die Wange und quetschte statt einer Begrüßung »Zahnarzt!« heraus.

»Isst jo och nix wie Kooche!«, kommentierte die Mutter schadenfroh. »Jeden Tach muss isch von däm Minsch de Koocheteller spülen.«

Auch die anderen Angestellten packten ihre Sachen zusammen. Manfred Longerich, Anfang zwanzig schon so dick, dass er sich nur schnaufend bewegen konnte; Franz Kötter, kurz vorm Rentenalter, hager, beinah zerbrechlich, mit der gelbgrauen Gesichtsfarbe chronisch Magenkranker. Beide Männer wandelnde Sinnbilder einer Kasse für Kranke. Geleitet wurde die Allgemeine Ortskrankenkasse Dondorf von Hans Werner Finke, der als Mitglied des Schützenvereins, des Kirchenvorstandes und des Männerchores Hammonia zu den Dondorfer Herrschaften zählte, wenn auch nicht zu denen ersten Ranges. Auch Finke war dick, doch zweifellos nährte sich sein Fett von hochwertigeren Grundstoffen, hing ihm nicht schlaff und gedunsen um die Knochen wie dem jungen Longerich, umrundete vielmehr feist und herausfordernd seine Leibesmitte, Embonpoint, mit Weste und Uhrkette. Honoratiorenfett.

Während der junge dicke und der alte dünne Mann unser Erscheinen als endgültiges Signal für den Aufbruch in den Feierabend nahmen und sich davonmachten, lockerte Finke den Schlipskragen am drallen Hals, lehnte sich in seinem Ledersessel zurück und wünschte uns leutselig einen Guten Tag. Wie ich diesen Tonfall hasste. Und die Mutter dazu, die Finkes Gruß fast mit einem Knicks erwiderte und mit stotternder Schulmädchenstimme, als hätte sie etwas ausgefressen, meine Anwesenheit entschuldigte.

»Da gibt es doch nichts zu entschuldigen, Maria.« Finkes salbige Stimme klang leicht tadelnd. »Aber du schaffst das hier doch auch allein? Oder?« Das tönte beinah wie ein Verweis, eine Drohung.

»Ja, sischer schaff isch dat, Herr Finke! Da machen Sie sisch keine Sorjen!« Die Mutter hatte den Kittel schon übergestreift, den Putzlappen in der Hand. »Da, Hilla, nimm du die Körb.«

Am liebsten hätte ich Finke seine Sehr geehrten, die Pillenreklamen und Ärzteanfragen aus dem Papierkorb über Socken und Sandalen gekippt, die er, ungeachtet seiner gutbürgerlichen Ausstattung überm Tisch, unterm Tisch trug. Doch ich verwandelte die Wut in ein süßes Lächeln, das Finke genau zwischen die Augen traf, wirbelte die Papierfetzen aus den Körben, einen nach dem anderen, in den Mülleimer hinterm Haus, stampfte das Papier zusammen, stampfte den Mann zusammen, der meine Mutter duzte und beim Vornamen nannte wie ein Dienstmädchen – und meine Mutter, die so kniefällig durchs Leben ging, dazu.

Als ich zurückkam, war Finke weg.

Ich spülte Frau Olmers Kuchenteller, offensichtlich hatte Linzer Torte ihrem Zahn den Rest gegeben, spülte Gläser und Besteck; wischte unsichtbaren Staub von Schreibmaschinen, Registrierkasse und Topfblumen, während die Mutter mit dem Putzlappen auf Knien die Wände entlangkroch, gegen den täglichen Staub-gib-uns-heute auf Linoleum und Fußleisten vorging, wobei sie die Ecken, den Zeigefinger ins feuchte Tuch gespitzt, besonders sorgfältig traktierte. Schließlich, beide Hände ins Kreuz drückend, richtete sie sich auf, um den Lappen erneut in den Eimer zu tauchen, auszuwringen und sich mit frisch getränktem Werkzeug ächzend unter Finkes Schreibtisch zu schieben, dorthin, wo er tagsüber Socken und Sandalen auslüften ließ. Dort begann die Mutter zu schrubben, die Handflächen auf den Lappen gestützt, die Unterarme, vor und zurück, aus den Ellenbogen heraus, vor und zurück, dann mit durchgestreckten Armen aus den Schulterblättern heraus, vor und zurück schrubbten Hände, Ober- und Unterarme, vor und zurück, um die Schubkästen herum, um den Chefsessel herum, um jeden einzelnen der vier Massivholzkugelfüße rundherum. Schrubben. Schrubben. Schrubben. Ich versuchte, das Wort in meinem Kopfe kreisen zu lassen, beruhigend wie ein Schlaflied für Kinder. Vergebens. Schrubben blieb Schrubben, und die Mutter unter dem Schreibtisch des Ortskassenleiters der AOK wandte mir im blauen Arbeitskittel den Hintern zu.

Die Faust um mein Herz ließ sich nicht von Wortschällen lockern. Es tat weh, die Mutter auf Knien über den abgewetzten Linoleumboden durch die Kasse rutschen zu sehen. Doch zu sehen, wie sie am Ende dastand, sich das Kopftuch abband und damit den Schweiß von der Stirn wischte, den Putzlappen in den Eimer warf, sich die Hände am Kittel abstreifte und wieder in die Hüften stemmte, so, wie sie es vor dem Holzstall bei ihrer Einladung an mich getan hatte: Das schmerzte noch mehr. Es schmerzte der Gesichtsausdruck der Mutter, dieser Ausdruck innigster Befriedigung, mit dem sie die Augen über ihr Werk, das Werk zweier Stunden, schweifen ließ, der unverhohlene, rechtschaffene Genuss an spiegelblank gewienerten Tischoberflächen, millimetergenau arrangierten frisch gespitzten Bleistiften, frisch abradierten Gummis, exakt gestapeltem Papier, Aktenordnern in Reih und Glied. Alles, wie sich's gehört. Und nichts davon gehörte ihr. Wer nahm hier Arbeit? Wer gab sie? Eine Traurigkeit ergriff mich, wie ich sie nicht mehr gespürt hatte, seit Rosenbaum fortgezogen war. Dass die Mutter nichts anderes hatte für ihren Stolz als einen sauber geputzten Schalterraum, gegen diese Traurigkeit hatte der Lehrer mir keinen Rat gegeben. Diese Traurigkeit war schlimmer als Wut. Sie machte mich schwach, weich, hilflos.

»Siehs de«, sagte die Mutter und schlüpfte aus dem Kittel. »Alles pickobello! Wie jeleckt! Jo, isch lass mir nix nachsagen!«

Keine Arbeit: Das trieb mich um. Was auch immer ich zu lesen in die Hand nahm, irgendwann musste jedes noch so herzzerreißende Schicksal aus den Buchseiten der Frage weichen, wie ich an Geld kommen könnte. Öfter als sonst hielt ich mich zu Hause auf, und als sich die Mutter zum Friedhof aufmachte, ging ich mit. Erfreut war sie nicht.

»Has de schon wieder nix Besseres vor?«, fragte sie nur. Wortlos griff ich nach der Gießkanne, doch die Mutter riss sie mir aus der Hand, als wollte ich sie berauben. »Mal jespannt, wen mer heute auf dem Friedhof treffe«, sagte die Mutter, Vorfreude in der Stimme.

»Jib mir doch die Kanne«, sagte ich, aber die Mutter hielt sie fest umklammert.

»Has de wat von dä Ruppersteger gehört?«, versuchte ich die Mutter auf eines ihrer Lieblingsthemen zu bringen.

»Nä«, sagte sie kurz.

»Und die Rüppricher?«

»Nix.«

»Aber vom Großenfelder Berta gibt es doch bestimmt Neues? Is die noch im Krankenhaus?«

»Nä.«

»Nä, drinnen oder draußen?«

»Draußen!«

Die Großenfelder Chaussee wurde verbreitert. Kreissägen schnitten mit schriller Ungeduld in die alten Stämme. Karrenbroichs Kühe muhten erregt und drängten die Köpfe zusammen. Auch sie würden bald von hier verschwinden. Weide und Obstplantagen waren Bauland geworden.

»Wills de dann nit mehr arbeiten jehn?«, schnaufte die Mutter.

»Doch«, sagte ich. »Aber ich find nix.«

»Frag doch mal op dr Papp. Do kenne sie disch doch schon.«

»Nä«, sagte ich.

»Du kanns doch hier nit sechs Woche lang erömlungere!«, schrie die Mutter in das Kreischen der Säge und schwang die Harke gegen die Männer in den Bäumen.

Ich zuckte die Schultern, und der Ort der ewigen Ruhe brachte auch die Mutter zum Schweigen.

Im Dorf der Toten lag man, wie man sich im Leben gebettet hatte. In der ersten Reihe, nahe beim Eingang, ruhten Pastoren und Honoratioren, dahinter Beamte, Handwerker, Angestellte, Arbeiter; Ehepaare hatten den Vorrang vor Einzeltoten, wer zu Lebzeiten keinen abgekriegt hatte, schleppte den Makel mit in die Ewigkeit; Ledige lagen hinter den Kindern, aber vor den Russen an der Hecke. Gräber besuchte man wie Sehenswürdigkeiten. Diskutierte, ob sie fleißig gepflegt wurden und von wem, ob mit Lichtern bestückt und mit Sträußen geschmückt; wer von wem die Gießkanne borgte, ob ein Gesteck noch bleiben konnte oder weg damit. Wie die Luchse hatten Bertram und ich als Kinder die Gräber gemustert, ob eine Hand herauswüchse: Daran sehe man, ob der Tote jemals die Hand gegen die Eltern erhoben habe.

Schweigend ging ich neben der Mutter, vorbei an den großen Gemeinschaftsgräbern der katholischen Geistlichkeit. Dem Guten Hirten war der Stab weggebrochen, die Hand hing abgeknickt, nur noch von einem rostigen Drahtseil gehalten, ins Leere. Sonst versäumte die Mutter nie, diese Verlotterung zu beklagen. Diesmal würdigte sie den Verstümmelten keines Blickes. Hastete vorbei am »Grab der Barmherzigen Schwestern in der Genossenschaft der armen Dienstmägde Jesu Christi«, wo ich stehen blieb und die Bilder aufsteigen ließ aus Kindergartenzeiten.

Aniana, die Kinderschwester, mit zweiundsechzig Jahren gestorben, Josefine Hütgen war sie »in der Welt« gewesen, als habe sie mit dem heiligen Namen, dem Namen der armen Dienstmagd, diese Welt bereits verlassen. Doch zu meinem Glück war sie sehr irdisch geblieben, die kleine, dralle, wieselflinke Person, die mich begleitet hatte wie ein Schutzengel.

Heute wölbte sich ein frischer Hügel zwischen den Steinplatten. Ich zog die hitzesteif knisternde Schleife unter dem bescheidenen Kranz hervor: Bertholdis, »in der Welt« Magdalena Furth, war vor wenigen Tagen gestorben, Bertholdis, die Schwester aus der Nähstube, die der kleinen Hildegard, mehr als alle anderen Schwestern, Respekt, wenn nicht Furcht eingeflößt hatte. Nun lag sie da, unter verdorrendem Immergrün in ihrem langen weißen Leinenhemd.

Die Mutter kam noch einmal ans Schwesterngrab zurück. »Jo, dat Bertholdis is tot«, sagte sie. »Vorige Woch schon. Et Häz. Et hätt all dat Durschenander nit mi usjehale. Dat se dä Kinderjarten abjerissen haben un die Nähschul. Et wollt ja auch keiner mehr nähen lernen jehn bei der.« Die Stimme der Mutter bebte in verhaltener Lust. Lust am Leid, an der Bestätigung: Die Welt ist schlecht. Ihr Kopf ein Archiv für Missgeschicke aller Arten, vom Loch im Strumpf bis zum Loch im Kopf. Ihr Blick auf die Welt war ohne Hoffnung. »Freu desch nit ze fröh«, wie oft hatte ihr verdrossenes Misstrauen mir jede Vorfreude vergällt. Lief es trotzdem gut, nahm sie das dem Schicksal beinah übel.

Am Karfreitag war sie in ihrem Element. »O Haupt voll Blut und Wunden, voll Schmerz, bedeckt mit Hohn«, frohlockte sie über die schleppenden Stimmen der Gemeinde hinweg, Genugtuung in jeder Silbe. Mag sein, sie hielt die Auferstehung für eine Art Sondervergünstigung, für ein Privileg, so, wie Brauereibesitzer Küppers nach Amerika, konnte Gottes Sohn in den Himmel fliegen. Nix für kleine Lück.

Niemand, so die Mutter, habe noch etwas von Schwester Bertholdis gewollt. Und die Wäsche habe sie ja nicht mehr machen können, wegen der Aller, Aller...

»Allergie«, warf ich ein.

»Ja, wegen de Händ«, fuhr die Mutter fort, »so wie bei dir.« Immer ganz rot und geschwollen, sobald sie mit Waschpulver in Berührung gekommen sei, und mit allem, was mit Waschpulver gewaschen worden sei. Schließlich habe die Allerjie auf den ganzen Körper übergriffen, und am Ende sei die Schwester »am Jöcke jestorwe. Dat war ne Erlösung.«

Ich sah mich um. Der frühe Nachmittag tauchte das Gräberfeld in ein hartes, isolierendes Licht, das die Grabstätten voneinander trennte, jedes einzelne Ding mit beinah bedrohlicher Intensität vom anderen abschnitt. Ein Licht, das die Sinne schärfte und verwirrte. Sogar die Gerüche in dieser Glutluft waren klar und elementar; unvermischt stand der heiße Atem von Tagetes und Wacholder neben der süßlichen Verwesung welkender Blumen und Kränze vom Kompost bei den Russengräbern. Der Friedhof menschenleer, bis auf eine schwarze Gestalt, die bei den Kindergräbern kauerte.

Wehmütig sah ich zu meinem Engelchen hinüber, das, den Kopf auf die Hand gebeugt, schlafversunken lächelte. Es war das einzige dieser Art. Alle anderen hatten Flügel, knieten aufrecht und lächelten himmelwärts. Nie hatte ich versäumt, meinem Liebling eine Blume in die Armbeuge zu stecken. »Dat hätt jo noch nit ens Flügel! Dat is ja jar nit im Himmel!«, hatte die Mutter meine Vorliebe für die Schlummernde stets getadelt.

Ich holte Wasser, die Mutter leerte die Gießkanne über Begonien und Wacholder, trat die Steckvase hinter dem Grabstein fest, und dann durfte ich die Kanne nach Hause tragen.

Doch am Friedhofstor drückte ich der Mutter den Henkel in die Hand und rannte zurück. Zu den Kindergräbern. Zu der schwarzen kauernden Gestalt. Fasste mir ein Herz und sagte in den braungebrannten Nacken: »Guten Tag, Peter.«

Die Gestalt zuckte ein wenig zusammen.

»Tach«, brummte er, die Hand nach einem Kräutlein ausstreckend, das bei einem gepflegten Grab auch außerhalb der steinernen Einfassung nichts zu suchen hatte.

»Wegerich oder Wegefreit«, sagte ich, auf seinen Handrücken deutend: »Plantago. Ich armes Kraut am Weg, / Ich steh hier ungebeten, / Muss auf mich lassen treten, / Wer Lust hat, flink und träg.«

Noch immer sah Peter nicht hoch.

»Die Wegeriche«, verlegte ich mich nun von der Poesie auf die Medizin, so, wie ich es vor Jahren von ihm gehört hatte, »die Wegeriche wurden früher für die wirksamsten aller Arzneipflanzen gehalten, und schon Plinius der Ältere nennt sie als wichtigstes Mittel gegen Schlangen- und Skorpionbiss.«

Unter meinem gelehrten Singsang richtete Peter sich langsam auf und wandte mir sein ebenmäßiges Gesicht zu. Treuherzig lächelnd schaute er mich aus seinen grünen Augen reglos an.

Mein Herz setzte einen Schlag aus, blaugoldene Flämmchen von spiritus verde zuckten vor meinen Augen auf.

»Peter«, sagte ich und streckte meine Hand aus. »Du bist ja allein!«

Mit zwei erdigen Fingerspitzen ergriff Peter mein Handgelenk und schüttelte es, als befreie er einen Setzling aus seinem Topf.

»Die Mama ist krank«, sagte er ausdruckslos. »Der Rücken. Sie kann sisch nit mehr bücken. Un jetzt muss isch alles allein tun.«

»Peter«, sagte ich und streckte wieder meine Hand nach der seinen aus. Er umklammerte die Harke.

»Ich will dir helfen!«

»Du? Mir?« Peter wich einen Schritt zurück.

»Ja. Ich.« Ich griff nach seinem Jackenärmel. Er ließ es geschehen.

»Du musst mir helfen!«, versuchte ich es nun andersherum.

»Ich? Dir?« Peter kam einen Schritt näher. »Das eben, das war aus meinem Buch. Hast du denn mein Buch noch?«, fragte er, und seine schönen Lippen zitterten ein bisschen.

»Es ist mein liebstes«, antwortete ich, und das war kaum übertrieben. Peters Gesicht strahlte auf wie vor Jahren, als er am Rhein die Verse vom Bohnenfest des Horaz deklamiert hatte.

Es machte mir Mut, dieses Strahlen, obwohl es dem Mädchen galt, das ich nicht mehr war.

»Peter«, wiederholte ich in sein Strahlen hinein, »hilf mir.«

Peter hockte sich auf die Grabkante und klopfte einladend neben sich. Die goldenen Buchstaben und einen Palmzweig der Familie Karrenbroich im Rücken, setzte ich Peter in angemessenem Tempo meine Lage auseinander. Es dauerte, bis er begriff, was ich von ihm wollte: Arbeit. Und für die Arbeit Geld. Und als er es begriffen hatte, dauerte es noch mal so lange, bis er begriffen hatte, dass ich das dringend brauchte, Arbeit und Geld. Eine, die op de hühere Scholl ging, auf Du und Du mit den erlauchtesten Toten aller Länder und Zeiten, wollte in der Erde über Dondorfer Knochen buddeln.

»Kanns de denn nix Besseres finden?« Peter kniff seine schönen Augen zusammen, als könne er so jeder Lüge Einlass verwehren.

»Nein«, sagte ich verzweifelt und streckte ihm meine Hände entgegen, über und über mit roten Narben bedeckt. »In der Tubenfabrik kann ich nicht mehr arbeiten. Aber ich brauch Geld.«

Peter seufzte. »Helfen kanns de ja. Aber Jeld? Dat macht doch alles die Mama.«

»Dann frag sie«, drängte ich. »Oder soll ich sie fragen?«

Peter nickte. Die schlaue Hilla Palm würde seine Mutter schon rumkriegen.

Ich fing gleich mit der Arbeit an. Ein Großteil der Kindergräber war in einem erbärmlichen Zustand. Mit der Drohung, die Gräber einzuebnen, hatte die Gemeinde die Familien gezwungen, sie in Ordnung zu bringen. Unter einem grünen Dickicht waren die kleinen Rechtecke kaum noch auszumachen. Also erst einmal: raus mit Quecke, Giersch und Schachtelhalm.

Vergeblich schaute ich nach dem Mofa aus, als ich mit Peter den Friedhof verließ. Er fuhr jetzt eine Vespa. Doch wie in alten Zeiten schwang ich mich hinter ihn und hielt mich mit beiden Armen an ihm fest. Er roch nach heißer Haut und sonnengetrocknetem Schweiß. Ich beugte mich seinem Rücken entgegen, bis ich die Hitze seines Körpers spürte. Näher kam ich ihm nicht. Näher war ich ihm nie gekommen.

Zu Hause sperrte Peter mir die Tür auf und machte sich in die Treibhäuser davon.

»Frau Bender?«, rief ich beherzt. Nichts hatte sich geändert, seitdem ich hier mit Apfelkuchen bewirtet und als Schwiegertochter in spe für gut befunden worden war.

»Wer is da? Kommen Se dursch.« Die resolute Stimme, mir nur allzu gut bekannt. Ich dachte an das kleine Schwarze und klinkte die Tür zum Wohnzimmer auf.

»Is wat passiert?«, fuhr Frau Bender hoch, dann mich schärfer ins Auge fassend: »Dat Heldejaad! Wat willst du dann he? Wo es dä Peter?«

»Im Treibhaus«, sagte ich. »Wie geht es Ihnen, Frau Bender?«

Ächzend richtete Frau Bender sich auf, ächzend sank sie zurück. Sie sah erschöpft aus und älter, als ich sie in Erinnerung hatte.

»Siehs de ja. Isch komm nit mehr hoch. Die Bandscheibe, sacht de Mickel.« Frau Bender verzieh diese Frechheit weder dem Arzt noch ihrem Rückgrat. »Wenn et nit besser wird, muss isch unter dat Messer. Aber wie kommst du denn hierher? Schickt disch de Mama?«

»Nä«, sagte ich. »Mit dem Peter. Ich hab dem bei den Gräbern geholfen.«

»Du?« Das U in Frau Benders Mund wollte kein Ende nehmen. »Du?«, wiederholte sie und versuchte noch einmal, sich aufzurichten, vergeblich.

»Ja, ich«, sagte ich fest. »Ich brauche Geld.«

»Jeld?« Frau Bender lachte durch die Nase. »Dat brauche mir all. Un da frags de ausjerechnet bei uns?«

Welche Beweggründe Peters Mutter auch immer hinter meiner Bitte vermutete, ich war im richtigen Augenblick gekommen. Peter brauchte Hilfe. Arbeitskraft. Die konnte ich bieten.

»Eins dreißig die Stunde. Mehr is nit drin«, machte Frau Bender ihr Angebot.

»Eins fünfzig«, sagte ich.

Warum war es so viel einfacher, mit Frau Bender über Geld

zu reden als mit Frau Direktor Wagenstein, die für eine Bluse ausgab, was der Vater im Monat verdiente?

Wir einigten uns auf eins vierzig. Ich wünschte gute Besserung, Peter fuhr mich bis an Piepers Eck, vor das fassungslose Gesicht der Mutter, die dort stand und der Tante auf dem Fahrrad hinterherwinkte. Wenn die mich gesehen hätte!

Die nächsten Wochen hatten die Farbe Grün.

Die Krusten der Narben auf meinen Händen lösten sich, der dünnen neuen Haut tat die Erde wohl. Ich grub die Finger den Wurzeln entgegen, den Toten entgegen, aus Staub bist du, zu Staub kehrst du zurück, zu Grün sollst du werden, zu grünem Bewuchs auf der Erde Rücken, grüne Blüten und Blätter aus fettigem Wurzelwerk. Weiß und weitverzweigt die Wurzeln des Gierschs, ich ihnen verbissen hinterher. Anfangs schwenkte ich besonders langverwickelte Stränge triumphierend vor Peters Gesicht, doch der hatte wenig Sinn für die Art und Weise, wie ich seine Arbeit in ein Spiel verwandelte. Nur ihm zu Gefallen tat ich, als sei das Ganze hier eine Last. In Wahrheit frohlockte ich jeden Morgen, dass ich weder am Pillenband sitzen noch beim Tubenbaum stehen musste, im stickigen Dunst, im Lärm der Maschinen. Und wie gut es tat, Herrin der Zeit zu sein! Nichts und niemand trieb meine Hände zur Eile an, ich selbst war es, die ihnen die Bewegung diktierte, nützliche Bewegungen, sinnvolle Bewegungen, Bewegungen, von denen keine der anderen glich, Bewegungen, deren Folgen sichtbar waren, ursprüngliche Bewegungen, alt wie die Menschheit, alt wie das Tun von Adam und Eva, jäten und pflanzen, scheiden zwischen nützlichen und unnützen Pflanzen, ihre Schönheit begreifen, beider Schönheit, die Schönheit des Nützlichen wie des Unnützen, die Schönheit alles Geschaffenen.

Wie ich da über den Gräbern kauerte, den veruntreuten, verunkrauteten Gräbern, erfuhr ich die Offenbarung der Schöpfung noch in ihrem kleinsten Teil. In der vor Hitze vibrierenden Luft begriff ich, was Gott als Erstes hatte schaffen müssen: das Licht. Nur das Licht erlaubte Ihm, erlaubte mir, in diesen stillen Tagen zu erkennen, dass alles, was Er geschaffen hatte, gut war, bis in die letzte Wurzelspitze des Schachtelhalms. Die ich als Teufelswerk verfluchte, wenn sie wieder mal in der Erde stecken blieb. Die Schönheit des Unscheinbaren. Wenn wir nur genau hinsehen. Wie viele Seiten hat ein jedes Ding?, hatten wir den Großvater gefragt. So viele, wie wir Blicke für es haben, war seine Antwort gewesen. Was ist schön?, hätte ich ihn jetzt gerne gefragt. Ich konnte mir die Antwort selber geben mit jedem Blick, der auf ein Blatt, eine Knospe, eine Blüte fiel, alles wuchs in seiner Schönheit meinen Augen entgegen. Pflanzen können nicht lügen, ging mir durch den Kopf. Und der eine Satz des Sokrates, den ich nicht vergessen wollte: dass nur dann schön ist, was ich sage, wenn es auch wahr ist.

Peter reagierte ungeduldig, fast unwirsch, wenn ich über der Form einer Margeritenrosette oder dem fiedrigen Weiß der Gierschblüte ins Träumen geriet. Vor seinem ernsthaften, unbeirrten Zugriff, seinem unbestechlichen Sortieren in gute und schlechte Pflanzen, kam mir mein Entzücken bald theatralisch vor. Doch diese Arbeit allein als Mittel zum Zweck, zum Gelderwerb zu sehen, dazu konnte mich sein sachlicher Blick nicht bringen. Im Gegenteil. Sogar seine Hände, die ich hier oft und lange vor Augen hatte, wurden schöner von Tag zu Tag. Peter Bender, das war nicht länger sein ebenmäßiges, gleichwohl leeres Gesicht, war nicht allein sein langsames Begreifen und Verstehen. Peter, das waren seine Hände. Braungebrannte Hände mit kurzen, kräftigen Fingern, Schaufeln gleich, die unbeirrt durch die Erde pflügten, Räume öffneten und sie wieder füllten, Hände über Bestehen und Vergehen. Hände ohne jede Spur von Stolz, Hände, die dem Willen des Schöpfers folgten seit Anbeginn und sich die Erde untertan machten.

Meine Hände dagegen – ihr Zögern, bevor Daumen, Zeige- und Mittelfinger einen blühenden Günsel packten und rupften; ehe sich die Faust um eine Ackerwinde schloss und sie aus dem Wacholder zerrte. Meine Hände, die ich nun abends mit der Wurzelbürste schrubbte, waren keine selbständigen Wesen wie Peters Hände. Meine Hände waren Befehlsempfänger, Dienstboten des Gehirns. Und doch liebte ich es, ihnen zu folgen, nicht nur mit den Augen, die ich immer wieder schloss, um die Erde zwischen den Fingern ohne den Filter meiner Pupillen zu spüren.

Auch wenn wir Pause machten – Peter gab hierfür das Zeichen –, sprachen wir kaum. Peter holte seine Aktentasche hinter dem Grabstein seiner Großeltern hervor und trank Tee aus der Becherkappe der Thermoskanne. Ich hatte die Feldflasche des Großvaters aus dem Ersten Weltkrieg feucht gemacht und in der Sonne gekühlt. So hockten wir in der Morgenpause auf der Einfassung des Grabes – immer auf dem, das Peter gerade machte – und verzehrten einsilbig unsere Brote. Erst mittags setzten wir uns bei den Honoratiorengräbern auf die Bank unter der Linde in den Schatten. Hier wurde Peter gesprächiger, stellte mir die nächsten Grabgestaltungen vor, erklärte, was wir auf die Schatten-, was auf die Sonnengräber pflanzen würden, ob wir schwere oder leichte Erde aufbringen, Kali oder Stickstoff düngen sollten, schwarzen oder roten Torf. Stiefmütterchen, Erika, Begonien. Bloß keine Tagetes, nichts als Schneckenfraß, anfangs habe er das mal gemacht und am nächsten Morgen – ratzekahl. Peters klassisch geformte Lippen verzerrten sich in Abscheu. Wenn sein Wesen in seinen Händen lag, so lag darin auch ein Zug von Grausamkeit. Oder war dies einfach nur die sicherste und schnellste Methode, die verhassten klebrigen Nacktschleicher aus der Welt zu schaffen? Einfach mit der Blumenschere durchschneiden und weg damit, zwei schlierige Schneckenhälften, denen blaugrauer Gallert unter der braungerillten Oberschicht herausquoll, einfach wegschmeißen zwischen die letzten Ruhestätten, wo sich die glibberigen Häufchen alsbald in der Sonne auflösten.

Zu Hause sammelte die Großmutter die Schnecken in einer Blechbüchse, hatte sie früher ins Plumpsklo geworfen. Nachdem uns der Lottogewinn ein Wasserklosett beschert hatte, wurden die Schnecken dort hinuntergespült, bis die Mutter eines Abends ins Wohnzimmer stürzte, wo wir mit den Nachbarinnen *Was bin ich?* verfolgten: »Nu lurt ösch dat ens an!«[*] Einer Schnecke war die Flucht aus der Tiefe des Raums in die Porzellankloschüssel gelungen.

Seitdem wurden die Schnecken im Garten vergraben.

Unnachsichtiger Umgang mit Ungeziefer, mit Schädlingen war mir also nichts Neues. Es musste sein. Und doch. Der Widerspruch zwischen Peters schönem Wesen, das ich seinen Händen zuschrieb, und seiner schneckenschneidenden Rechten blieb verstörend. Peter merkte von alldem nichts. Wenn er nicht von Blumensorten, Blumenerde, Blumendünger oder den Wetteraussichten sprach, blieb er stumm.

Einmal, ich war gerade in den Anblick eines Odermennigs versunken, der Pflanze, die uns damals einander nahegebracht, beinah zu Verlobten gemacht hatte, da spürte ich Peters Blick. Verstohlen schaute ich zu ihm hinüber, sah einen schmerzlich entschlossenen Ausdruck in seinem Gesicht und wie er langsam den Kopf schüttelte, ehe er sich wieder seinem Erikabüschel zuwandte.

Manchmal saßen wir abends noch eine Weile auf der Bank vorm Leichenhaus in der Sonne und tranken den Rest vom Tee aus Peters Thermoskanne. Wir tranken aus einem Becher. Ich steckte die Hände in die Taschen der Hose, ein abgelegter Fetzen vom Bruder, streckte die Beine von mir und ahmte eine, die ihren Platz im Leben gefunden hat, meisterlich nach.

Die Dondorfer Frauen hatten ein neues Thema: Dat Kenk vun dem Rüpplis Maria mät met dem Benders Peter de Jräwer! Gerüchte flammten auf, erstarben, neue wurden ausprobiert. Die

[*] Nun schaut euch das mal an!

Mutter, die Tante hielten mit der simplen Wahrheit dagegen, aber die interessierte keinen. Dat Kenk vum Rüpplis Maria war zuerst vun dr Papp geflogen, hochkant raus, hatte einfach nix kapiert von Soll und Haben. Et wollt ja immer hoch hinaus; Meddelscholl* noch nit jenuch. Dann op et Jimnasium! Un och noch op en jemischtes. Un wo is et jelandet? Op dem Kerschhof! Hätt et dofür jeliert**? Oder is et am Äng widder henger dem Peter her? Dä hätt jo nit vell em Kopp, ävver jenuch an de Föß. Jonge, Jong. Dat Weet *** es raffiniert! Wo et met dem andere nit jeklappt hät.

Peter schien das alles kaum zu bemerken und wenn, so focht es ihn nicht an. Ohnehin kam er immer öfter nur morgens, um im Schatten hinter der Leichenhalle die Kisten mit den Pflanzen abzustellen. Mir gab er dann einen Zettel, welches Grab ich womit zu bestücken hätte, wo zu hacken, zu gießen, zu jäten sei.

Der Sommer blieb heiß und trocken, mitunter ging ein Sturzregen nieder, Ausläufer ferner Gewitter, dann wölbten sich manchmal die heiteren Farben eines Regenbogens hinter der Scheune auf Karrenbroichs Weide. Meist aber vibrierte die Luft vor Hitze, mittags schwirrten Myriaden von Insekten, die, sich aus dem Komposthaufen fortwährend neu erzeugend, in dunklen Schwaden an die Gräber schwärmten.

Heute war das Familiengrab der von Kilgensteins herzurichten, ein nach Australien ausgewanderter Sproß der Sippe würde in den nächsten Tagen Dondorf besuchen. Das mochte Peter nicht mir allein überlassen, und so hockten wir wie in unseren ersten Tagen wieder nah nebeneinander. Nicht ein Mal hatte er mich nach der Fahrt zu seiner Mutter auf seine Vespa eingeladen, auf seine Vespa nicht und auch sonst nirgendwohin. Dabei bewies ich ihm doch mit jedem Stiefmütterchen, jeder Begonie, die ich flink und geschickt platzierte, dass auf mich Verlass war, dass es das Mädchen mit schwarzen Kleidern und grünen

* Mittelschule
** gelernt
*** Mädchen

Schnäpsen nicht mehr gab, dass »Gallia est omnis divisa in partes tres«, Sinus und Cosinus, der Faraday'sche Käfig meinen Alltag ausmachten. Doch vielleicht verschloss gerade das ihm den Mund. Da konnte ich noch so akkurat zwölf Sommerastern rhombenförmig anordnen.

Der Tag war heißer als die vorangegangenen, ein Gewitter hing in der Luft, die Insektenschwärme überm Wacholder so dicht, dass man kaum zu atmen wagte. Wir machten früher Schluss, räumten die Geräte zusammen – Gärtnerei Bender durfte einen Verschlag hinter der Kapelle nutzen – und setzten uns auf die Bank bei den Honoratiorengräbern, um endlich unsere Brote zu essen. Zufrieden betrachteten wir das Kilgenstein-Grab. Von immergrünen Ranken besänftigt, brannten die Farben der roten und gelben Begonie in der Sonne, das Familienwappen mit weißen und blauen Stiefmütterchen nachgebildet. Es war gut, zu sehen was man getan hatte, vor Augen zu haben, wo die Zeit geblieben war, unsere Hände hatten etwas ins Sichtbare befördert, etwas Wirkliches geschaffen, eine Form gestaltet; aus ein paar Pflanzen, die einmal nichts als ein paar Samenkörner gewesen waren, hatten wir Schönheit gemacht. Dagegen all mein Lesen, all mein Lernen, all mein Wissen: unsichtbar, wie nicht und nirgends vorhanden. Spurenlos. »Ich bin meine Freiheit«, diesen Satz von Sartre hatte sich das schwarzgefärbte Mädchen Hilla damals in sein Heft *Schöne Wörter, schöne Sätze* notiert. »Ich bin meine Spur«, ging es mir hier angesichts des blühenden Zeugnisses meiner Arbeitskraft durch den Kopf. Ich bin meine Spur. Ich bin mein einziger Beweis, das einzig Sichtbare meiner unsichtbaren Bemühungen. Gallia est omnis divisa in partes tres. Die sichtbaren Spuren längst getilgt. Was blieb, war das dreigeteilte Gallien im Buch. Und in meinem Kopf. Unsichtbar. Als Spur des vergangenen Sichtbaren nur in mir. Ich bin meine Spur. Und je mehr Spuren ich in mir versammle, desto gefestigter wird die meine. Desto …

Ein sachter Rippenstoß von Peter: »Meins de nit, da sollte noch wat hin? Wat Jrünes?« Peter deutete zum Kilgenstein-Grab hinüber.

Ich folgte seiner Hand, ohne zu begreifen. War doch alles perfekt.

»Komm«, Peter erhob sich. »Hier siehs de, hier muss noch wat hin, wat Hängendes.«

Peter hatte recht. Nie hätte ich es selbst entdeckt. Doch sobald er einen Zweig des Fächerahorns, »Acer palmatum«, sagte er, über den Grabstein drapierte, sah ich: Diese scheinbare Unordnung, die arrangierte Zufälligkeit hatte gefehlt, unser Werk zu vollenden.

»Wat meins de, wat isch morjen mitbringen soll?«, fragte Peter. »Eine Salix alba ›Tristis‹, eine Trauerweide, oder so eine Salix caprea ›Pendula‹? Das ist eine Hängekätzchenweide.«

Am liebsten hätte ich ihm einen Kuss gegeben. Zum ersten Mal, seit wir hier miteinander arbeiteten, nahm Peter mich ernst. Ich fasste ihn beim Arm und lachte ihn an.

»Wat lachs de denn?« Peter sah mich mit leicht geöffneten Lippen an. Sah mich an wie vor Jahren, wenn ich auf seinem Mofa die Arme um ihn geschlungen hatte. In meinen Fingerspitzen fühlte ich das Pochen seines Pulses. Ich drückte seinen Arm, seine braungebrannten Muskeln unterm karierten Hemd ein wenig stärker: »Was du für ein gutes Auge hast, Peter. Ja, sehr schön. Eine Salix alba ›Tristis‹, so eine Trauerweide wäre da sehr schön.« Nicht nur mein Mund, auch mein Herz lachte Peter entgegen. Warum fühlte ich mich bei ihm so viel wohler als je bei Godehard?

Peter nahm meine Hand von seinem Oberarm. Hielt sie fest. Jetzt lächelte auch er. Bis in die Augen hinein: »Hm. Ja. Wird aber doch leider sehr jroß.«

Wir gingen zurück zur Bank. Ich setzte mich, zog ihn neben mich. Er roch nach heißem Torf und frischgebackenem Brot. Seine Hand warm, trocken, zuverlässig und versöhnlich in meiner. »Dann vielleicht eine Birke?«

»Hängebirke«, wiegte Peter den Kopf. »Betula pendula. Könnt man machen. Oder wat häls de von Kiefern? Pinus mugo ›Mops‹ oder Pinus mugo ›Pumilio‹?«

Ehe ich antworten konnte, tauchte sie vor uns auf, musste sich vom Komposthaufen her genähert haben, trat aus der Sonne in unseren schattigen Rastplatz: »Also, is et wahr!« Ein stämmiges Mädchen, das aschblonde Haar treppenförmig gestuft bis zu den Schultern, versperrte uns die Sicht. Die Arme vor der Brust verschränkt, sah sie auf uns hinab, als wollte sie gleich die Handschellen aus der Tasche holen. Peter schnellte hoch, setzte sich wieder, sprang auf und ergriff das Mädchen an den Schultern, zaghaft, nur einen Schritt zur Seite musste sie machen, um ihn abzuschütteln.

»Zuerst erklärst du mir dat!«

Das Mädchen löste die Arme von der Brust und bohrte mir seinen Zeigefinger entgegen.

»Dat is doch dat Hilla«, sagte Peter. Mit hängenden Armen stand er neben dem Mädchen und sah vorbei an ihrem ausgestreckten Zeigefinger auf mich hinunter wie auf ein schönes Geschenk, das einem gleich genommen wird.

»Dat seh isch«, entgegnete das Mädchen kurz angebunden, zog den Zeigefinger zurück und legte die Hand auf Peters Oberarm ab. Natürlich! Ich hatte sie schon einmal gesehen. Mit Peter in der »Raupe«. Es war das Mädchen von der Kirmes, der Fischbrötchenkirmes. Die Tochter aus der Strauberger Gärtnerei.

»Dat seh isch«, wiederholte das Mädchen und zog Peter einen Schritt mit sich, weg von der Bank. Weiter blauer Rock, enger weißer Pulli, dazu ein rot-blaues Nickytuch und weiße Ballerinas: Sie hatte sich feingemacht.

»Wat hat die hier ze suchen?«, forschte sie, mich in meiner verdreckten Hose, der verschossenen Bluse verächtlich musternd.

»Dat is doch dat Hilla«, wiederholte Peter. »Dat arbeitet bei mir.« Mit einem ungewohnt heftigen Ruck versuchte er, sich aus ihrem Griff zu befreien.

»Arbeede!« Die Knöchel ihrer sonnenverbrannten Hand auf Peters Oberarm traten weiß hervor.

»Arbeede! Op dr Bank! Dat es dat letzte Mal, dat isch dat hier sehe. Wat jlövs de, wat die Lück kalle?* Nit mit mir!« Das Mädchen schnaufte noch einmal, und dann war es ganz still. Lauschend drehten wir den Kopf zur Kettenfabrik, wo der Vater eine der Maschinen bediente. Das ununterbrochene Rasseln, das den Friedhof neun Stunden am Tag überzog, war verstummt. Feierabend.

Wortlos erhob ich mich. Zog die Hose hoch, steckte die Bluse in den Gürtel. »Bis morgen, Peter«, sagte ich leise.

»Von wejen bis morjen!« Das Mädchen ließ Peters Arm los, packte meinen, ich zerrte, wich zurück, doch sie ließ erst locker, nachdem sie mir lange genug ihren linken Handrücken vor die Augen gehalten hatte. Goldener Reif mit grünem Stein und blauem Stein. Grün wie die Hoffnung, die Treue so blau. So, wie er damals aus dem Kästchen gefallen war, so, wie ihn Peter mir damals nicht gegeben hatte.

Hinter mir hörte ich noch die empörte Stimme des Mädchens, das müde Murmeln Peters. Am Friedhofstor drehte ich mich noch einmal um. Sie saßen auf der Bank, das Mädchen da, wo ich vorher gesessen hatte, nur viel näher an Peter gerückt, und der hatte beide Arme auf der Rückenlehne abgelegt, einen hinter dem Nacken des Mädchens, so, wie ich die beiden damals auf der »Kirmes-Raupe« gesehen hatte.

Am nächsten Morgen war ich pünktlich wie immer. Peter mit dem Kilgenstein-Grab schon fertig. Er hatte eine Trauerweide gepflanzt. Ohne mich. Matt schwangen die langen, dünnen Zweige über die Geburts- und Sterbedaten des Stammvaters. Ich wollte die Gießkanne greifen, Wasser holen, meinen Teil dazutun, zum Gedeihen dieses melancholischen Gewächses.

Peter nahm mir die Kanne aus der Hand, stellte sie zwischen uns.

»Hier«, er griff in die Jackentasche, richtete seinen Blick in die Weide und hielt mir ein blaues Kuvert entgegen. »Hundert-

---

* Was glaubst du, was die Leute reden?

sechs Stunden. Mal eins vierzig macht hundertachtundvierzig Mark vierzig. Kannst du nachzählen.«

»Aber, wieso? Aber, Peter«, stammelte ich.

Peter senkte den Kopf und schaute auf den Umschlag: »Isch kann nix dafür. Dat Annemie war bei der Mama. Un die Mama sagt: ›Wat sollen de Lück sagen!‹«

»Und du? Was sagst du?« Ich versuchte, in Peters Augen zu sehen, einen Blick zu tun in das dem blauen Umschlag zugewandte Gesicht. Peter zog den Kopf noch tiefer zwischen die Schultern und starrte auf seine Schuhe.

»Wir hängen ja auch schon im Kästchen. Und am nächsten Sonntag von der Kanzel.«

Ich schnappte den Umschlag und machte kehrt.

Ich fühlte mich betrogen. Um all die einfachen Dinge fühlte ich mich betrogen: den klaren Zugriff, der das Kraut vom Unkraut trennte, den Geruch der regenschweren, der trockenen, der frischgegossenen Erde, das Hochgefühl, wenn ich ein Grab mit frischen Blumen bepflanzt hatte, als hätte ich den Tod besiegt. Um Peters kräftige, geschickte Hände. Und vielleicht auch um mehr. Um ein Leben, so einfach und klar, eindeutig wie das Festklopfen eines Setzlings.

Nicht einmal aufgerundet hatte er den Betrag. Nicht einmal ein Zettelchen mit einem Lebewohl.

»Do bis de ja schon widder!«, wunderte sich die Mutter, als ich mich kurz darauf in den Holzstall verdrücken wollte. »Wat es los?«

»Die Gräber sind fertig.«

»Ja, un in die Treibhäuser? Jitz, wo die Mamm vun dem Peter doch im Krankenhaus is!«

Nicht einmal das hatte er mir gesagt. »Da ist auch alles fertig«, fauchte ich.

Die Mutter schüttelte den Kopf. »Dä Peter«, sagte sie bestimmt, »hat ein jutes Herz. Der weiß, wat sisch jehört. Der is noch vom alten Schlag.« Sie wandte sich ab.

Ich wusste, was sie verschwieg: Anders als du!
Vom alten Schlag. Das höchste Lob in meiner Familie. Nur die vom alten Schlag gehörten dazu.

Ich wünschte, die Trauerweide wäre nie richtig angegangen, wäre eingegangen, verkümmert. Aber sie gedieh prächtig, nahezu zügellos, und wurde jedes Frühjahr gestutzt, ob von Peter, seiner Mutter oder Frau Bender jun. habe ich nie herausgekriegt.

Im Holzstall lag ein ansehnliches Bündel Postkarten. Wer hatte mir nicht alles geschrieben! Monika natürlich und Anke, Monika aus Dartmoor, Anke aus Italien. Eine Karte von Astrid, einfache Postkarte mit einer Reihe spitzer Zacken, die wohl ein Zeltlager darstellen sollten. Von Doris lag eine Karte aus Reit im Winkl da; ihr Robert hatte mit unterschrieben. Auch andere Klassenkameraden aus der alten und der neuen Schule ließen grüßen. Ätsch, schrien die Karten mich an: Da sitzt du in deinem Holzstall, während wir im Kleinen Walsertal, in Obermaiselstein und Menzenschwand, in Lerchenau und Epfendorf, in Schneizlreuth und Rüdesheim durchs Leben rauschen. Darüber konnte ich nur lachen. Aber eine Karte kam aus Rom. Eine aus Athen. Barcelona. Paris.
Ich stopfte meine Brote, für die Pause mit Peter, in mich hinein, machte, dass ich aus den Arbeitskleidern kam, zog zur besten Bluse die Pepitahose an und schwang mich aufs Rad. Nach Großenfeld. Im Matchbeutel meine hundertachtundvierzig Mark vierzig. Zum Teufel mit dem kleinen Schwarzen.
»Neuerscheinungen« lockte die Maier'sche Buchhandlung, wo ich vor Jahren nach verbotenen Wörtern im Lexikon geforscht hatte. Unwillkürlich suchte mein Fuß den Rücktritt. Ich zwang mich vorbei. Drehte noch eine Runde um meine alte Schule,

dann endlich stieg ich ab, rüttelte mich in Pepitahose und Bluse zurecht, Bauch rein, Brust raus, und drückte die Klinke.

Es roch nach Kaffee und frischen Brötchen in dem kleinen Raum; die Wände über und über mit bunten Plakaten bestückt, ein Regal mit Prospekten, ein Gummibaum, der im Luftzug eines Ventilators bebte. Das Mädchen hinter dem Schreibtisch ließ das Brötchen samt Teller in der Schublade verschwinden, musterte mich von den Turnschuhen bis zum roten Band in meinem Haar und bot mir einen Stuhl an. Vor dem Plakat mit der machtvollen Wölbung eines antiken Gebäudes, das ein schwarzer Aufdruck mitten durch den blauen Himmel als Pantheon auswies, sah sie klein und verloren aus in ihrem rot-weißen Ringelpulli.

Wie kaufte man eine Reise? Eine Reise kaufen hieß, eine Reise buchen, das wusste ich seit den Hollandtouren der Tante mit Bötschs Bussen. »Has de denn schon jebucht?«, fragte die Mutter immer wieder, sobald die Ankündigungen im Schaukasten hingen. »Has de schon jebucht«, ihre kleine Stimme voller Bewunderung für die ältere Schwester, Bewunderung mit einer Spur Neid und einem schiefen Blick auf mich, unnützer Kostgänger.

Buchen also. Am liebsten hätte ich wieder kehrtgemacht.

»Sie wünschen bitte?«, wiederholte das Mädchen seine Frage.

»Ich möchte«, räusperte ich mich, »ich möchte eine Reise – buchen.« Es war heraus. Mein Herz steckte im Hals und ich schluckte, einmal, zweimal, bis ich es wieder an seinen Platz gedrückt hatte.

Das Mädchen verkniff sich ein naheliegendes: Das kann ich mir denken, wofür ich ihm dankbar war, und fragte, wo es denn hingehen solle. Ich zuckte die Achseln. Ob in Deutschland? In den Norden, Ostsee, Nordsee. Oder den Süden, das schöne Bayern? Die Ruhpoldinger Alpen, zur Zeit Deutschlands beliebtester Ferienort, von dort kombinierte Reisen zu immer anderen südlichen Zielen. Die Aufzählung des Mädchens machte Ruhpolding zum Mittelpunkt der Ferienwelt. Ich bewunderte, wie sie diese Angebote ohne zu stocken herunterschnurrte, nur hin und wieder einen Blick in einen Katalog werfend, den sie nun umblätterte, um mir ebenso geläufig ein »unbekanntes schönes Deutschland« zu empfehlen, mit unzähligen Orten in Oberschwaben, Spessart und Maintal, Eifel und Hunsrück, wie im Erdkunde- oder Geschichtsunterricht kam ich mir vor, während sie Orte, von denen ich nie gehört hatte, mit ihren Stauseen, Ruinen, Talsperren, Seenplatten, Klosterkirchen, Bärenhöhlen, Nebelhöhlen, Tropfsteinhöhlen, Burgen, Türmen, Domen, Schlössern, Natur- und sonstigen Denkmälern aus dem Katalog in den Ferienhimmel hob. Sie mit zahllosen Adjektiven zu unwiderstehlichen Zielen adelnd, vor allem durch das eine: idyllisch. Idyllisch war alles, vom Baggersee bis zum Matterhorn.

Mit jedem neuen Angebot fühlte ich mich auf meinem Plastikpolster schrumpfen. Wenn kaufen auch buchen hieß, bezahlen musste ich es doch. Ich wollte nur noch raus.

Das Mädchen machte eine Pause, holte das Brötchen wieder aus der Schublade, leckte etwas Leberwurst vom Finger und bot mir eine Tasse Kaffee an.

»Nein, danke!«, sagte ich und griff meinen Matchbeutel. Ich konnte, wenn ich wollte. Wenn ich gewollt hätte.

Das Mädchen sprang auf. Raffte ein paar Prospekte aus dem Regal. »Hier! Dann nehmen Sie die doch wenigstens mit.«

Ich zog meinen Matchbeutel zusammen.

»Sind doch umsonst!«

Ich zog meinen Matchbeutel wieder auf. Der Stapel wog fast so schwer wie ein Lexikonband. Zu Hause verschwand ich mit meiner Beute im Holzstall.

Eine klassische Italienfahrt würde 421, eine volkstümliche 486 Mark, eine romantische 753 Mark verschlingen. Wem Gott will rechte Gunst erweisen. Das Paradies am blauen Meer, es blieb für mich verschlossen. Mein Sesam-öffne-dich zu knapp bemessen. Hunderte von Stunden hätte ich dafür jäten, hacken und pflanzen müssen.

Ich legte das Heft zu den anderen. Sah hinunter auf meine Hände, die Narben fast unsichtbar, in den Rändern der Fingernägel noch Erde von gestern. Braungebrannt. Braungebrannt wie meine Arme bis hinauf zu den Schultern, braun wie mein Nacken, mein Hals, mein Gesicht.

Hatte ich mir auf meinen Gräbern nicht genau das erworben, was die fernreisenden Klassenkameraden aus südlichen Breiten mit nach Hause bringen würden: braune Haut? Schien nicht *eine* Sonne von Dondorf bis Rimini? Ließ sich Dondorfer Grabesbräune von der Meeresbräune Ricciones, grüne Perle der Adria, unterscheiden?

Ich musste mich nach den Ferien nicht mit launigen Bemerkungen über Blumenerde und Begonien aus den Gesprächen derer stehlen, die, zurück aus der großen Welt, das große Wort führten. Ich wollte mitreden.

Am liebsten wäre ich nach Italien oder Griechenland gefahren. All das Gelesene zu sehen. Sapphos Gedichte auf Lesbos. Platons *Symposion* in Athen. Mit Sokrates auf der Agora ... und dann erst Rom. Mit Caesar durch das Forum Romanum, Neros Blick auf die brennende Stadt, die Villa Kaiser Hadrians.

Aber der Alltag. Monika und Anke waren schon zweimal in Italien gewesen. Selbst wenn ich den Aufstieg zur Akropolis noch so enthusiastisch schildern würde, eine Flugreise nach Griechenland für 435 Mark würde man mir nicht abnehmen. Und Monika wäre mit Recht gekränkt.

»Jugoslawien, Land der Buchten und der tausend Inseln. Ihr Vorteil in Leistung und Preis.« Ohne mich um die kleinen Bildchen zu kümmern, stieß ich gleich zur Preistabelle vor. Ich wählte das billigste Ziel. Gewohnheit? Glaubwürdigkeit vor mir selbst? Novi Vinodolski mit Übernachtung und Frühstück: 225 Mark. Idyllisches (schon wieder!) kleines Seebad, gepflegte Gärten, bewaldetes Hinterland, ausgedehnte Uferpromenade. Zwei Strandbäder, Bootsverleih, Tennis, Konzerte, Kino; Stadtmauern, Zitadelle, eine altkroatische Kirche, Fischerhafen. Alles in allem eine Mischung, mit der man etwas anfangen konnte. Ich wollte reisen. Auf dem Papier. Die Auslagen lächerlich. Ein Heft, ein Stift. Und da ich mein Schicksal nicht ganz aus der Luft greifen mochte, mussten ein paar Tatsachen her, an denen ich mein Abenteuer verankern konnte.

Das alte Lexikon half nicht weiter. Jugoslawien gab es nicht. Nicht einmal das Wort. Beim Großenfelder Buchhändler versorgte ich mich mit ein paar Zahlen und Fakten aus Katalogen und Reiseführern. Auf Vorrat und für alle Fälle. Ob Anke wusste, wie viel Einwohner die Schweiz hatte oder Spanien, wo sie voriges Jahr Ferien gemacht hatte? Welche Verfassung Italien? Ob die Erde dort Löss, Karst, Lehm war? Wen interessierte das? Gutes Wetter, sauberes Wasser, leckeres Essen, nette Leute. Daran musste ich mich halten. Vielleicht hier und da noch eine Sehenswürdigkeit, einige Sonderbarkeiten. Der Kolo zum Beispiel, ein alter südslawischer Rundtanz, so der Polyglott, würde in ganz Jugoslawien auch heute noch von der Jugend getanzt. Mit mir.

Im Stall und bei der Weide hielt ich mich nicht mit Möglichkeitsformen auf. Versetzte mich im Handumdrehen in die wirkliche Wirklichkeit einer Reise nach Novi Vinodolski. Fuhr von Köln bis Rijeka im Liegewagen. Nahm den Bus nach Novi Vinodolski. Unterkunft in einer Pension. Strandleben. Ließ Palmen und bunte Fahnen wehen. Segel und Matrosen vor Anker gehen, holte das Blaue vom Himmel herunter aufs Papier. Ließ die Volkstanzgruppen springen, Mandolinen im Mondschein erklingen, derweil sie mir auf der Zunge zergingen: ćevapčići in einer gostiona am Meer, dazu pivo und prosit und voćni sok. Viel mehr gab der Reiseführer nicht her.

Aber ich wusste mir die Zeit zu vertreiben.

Mit Eero Huusarii, einem finnischen Papieringenieur. Tatsächlich hatte ein solcher während meiner Zeit op dr Papp dort hospitiert. Im Winter, als es fürs Rad zu kalt war, setzte er sich ein paarmal in der Straßenbahn neben mich. Er gefiel mir mit seinen gelben Haarstoppeln und dem drolligen Akzent, wenn er die L und M und N mit der Zunge gegen den Gaumen presste. Schließlich lud er mich ins Kino ein – *Wilde Erdbeeren* in Möhlerath. Doch da hatte ich tags zuvor Sigismund im Theaterbus mit der anderen gesehen, und ich schlug seine Einladung so unwirsch aus, dass er mich nur noch von weitem grüßte.

Einfach heranschlendern ließ ich ihn am Strand.

Im *Polyglott Sprachenführer* lernte ich: Guten Morgen. Guten Abend. Auf Wiedersehen. Finnisch. Minä rakastan sinua, ich liebe dich, schwor ich den Wellen am Rhein, dem Wind in den Pappeln, dem Schilf, minä rakastan sinua in Licht und Schatten, guten und bösen Tagen. Mittags sagte ich: Hyvää yötä, steckte den Kopf unter die Zweige der Weide und döste. Döste mich an die Gestade der jugoslawischen Adria, an die finnische Brust meines Papieringenieurs und schlang meine Arme um mich.

»Hyvää päivää«, grüßte ich am Morgen die Mutter. »Hyvää iltapäivää«, mittags die Großmutter. »Hyvää yötä«, knuffte ich abends das Bett des Bruders. Ich hatte die Karte aus Glasgow auf sein Kopfkissen gelegt.

»Et wöt Zick, dat de Scholl widder anfängt«, murrte die Mutter. »Nix wie Driss em Kopp.* Dat kütt dovon, wenn mer nit ärbeede moss.«

Sie hatte recht. Es wurde Zeit, dass ich meine Reiseeindrücke zu Gehör bringen konnte, solange sie noch frisch waren. Gewissensbisse? Hatte ich nicht vor wenigen Wochen noch Sokrates' unbedingten Willen zur Wahrheit verehrt? Mein Verlangen, eine wie alle zu sein, war stärker. Ich wollte mich nicht herausreden. Hineinreden wollte ich mich.

Wir hatten uns schick gemacht am ersten Tag nach den großen Ferien. Monika stöckelte auf hohen Absätzen in einem dünnen, blauen Sommerkleid in die Klasse, Astrid trug ihren rosa Pull-

* Nichts wie Mist im Kopf.

over, und ich hatte mein Haar so lange gebürstet, bis es sich knisternd lockte und mir über die Schultern fiel, über braune, jugoslawische Ferienhaut, braunes, jugoslawisches Ferienhaar. Und ein rotes Band hatte ich hineingebunden, so, wie ich es in Jugoslawien gesehen hatte.

Die erstaunlichste Veränderung aber war mit Anke vor sich gegangen. Zu einer engen schwarzen Hose aus einem sanft glänzenden Stoff trug sie eine rosagrün schillernde Bluse, am Hals von einer Kordel gehalten, die sie, das hatte ich auf Titelbildern von *Quick* und *Revue* gesehen, mit einem Griff jederzeit so weit lockern konnte, dass man den Ansatz des Busens und mehr sehen konnte.

Außer sich war die Tante vor ein paar Tagen mit der *Rheinischen Post* bei uns hereingestürmt: »Dä!«, hatte sie geschrien. Mehr war nicht nötig.

Den Rest erklärte das Photo einer Frau, die in einem eleganten Kleid über eine elegante Straße stolzierte. Aus dem schlichten Ausschnitt schwappten zwei nackte Brüste. Natürlich mit einem Balken drüber. Schmal genug, um dem ungeheuerlichen Anblick kaum Abbruch zu tun. Und wo? Natürlich in Düsseldorp! Op dr Kö!

Die Großmutter hatte gleich nach der Brikettzange gegriffen – »Dat Düwelzeusch pack isch nit an« –, das Blatt erfasst und unter verdammendem Klappern der Herdringe ins Feuer geworfen. Das Corpus Delicti vernichtet. Die Tante hocherbost. Wollte sie ihren Aufklärungsfeldzug fortsetzen, musste sie in eine zweite Zeitung investieren.

»Kütt alles von dene Amis«, knurrte die Großmutter, »dabei haben die so ne nette Präsident. Kattolisch!«

Eine solche, zur Unschamhaftigkeit verlockende Ami-Bluse trug also ausgerechnet die stille, strenge Anke, die doch nichts im Kopf hatte als Zahlen, geometrische Figuren und ihre kranke Mutter. Auch ihr mausbraunes Haar kam mir verändert vor, weicher und heller, aber das mochte an der Sonne liegen, ligurische Sonne; von Anke war eine Karte aus Ventimiglia gekommen.

Wir waren in der großen Pause ein paar Schritte von der Baracke in den Park geschlendert.

»Wisst ihr«, tat ich geheimnisvoll, »warum die Krawatte Krawatte heißt? Cravate: so genannt nach den Kroaten, die unter Ludwig XIV. in Frankreich ein Fremdenregiment bildeten und eine eigenartige, in Frankreich dann nachgeahmte Halsbedeckung trugen. Erst das Bändel am Hals, dann das Wort dafür.« Wissen ohne Nutzen. Einfach so. Das war nach meinem Geschmack.

»Hilla«, vergeblich suchte Monika, meinen Namen mit dem flotten Doppel-L gelangweilt zu dehnen. »Hilla, war ja wirklich schade, dass du nicht dabei warst. Aber so spannend war es nun auch wieder nicht, Englisch von morgens bis abends. Nur...« Monika fingerte an ihrem Armband, einem Silberkettchen mit vielen winzigen bunten Gegenständen, kleinen Burgen, Kirchen, Hütchen und Schuhen. »So langweilig kann es in deinem Kaff doch auch nicht gewesen sein, dass du dich mit so einem Kram befassen musstest. Das interessiert doch keine Mücke.«

Anke und Astrid nickten.

»Wieso langweilig und wieso Kaff? Naja, wenn du Novi Vinodolski ein Kaff nennst!«

Drei Paar Kaumuskeln hielten inne.

»Ach!«

»Wo?«

»Ich denke, du warst wieder bei Maternus?« Astrid sah mich von der Seite an. Ihr angebissenes Brot in der Blechschachtel sah mitleiderregend aus. Ich schluckte meinen letzten Happen hinunter. Astrid war schließlich in Rottenburg gewesen; als Aufsicht und Küchenhilfe, aber: verreist. Ein für alle Mal wollte ich jetzt klarstellen, aus welchem Stall ich kam. Dass ich eine war, deren Namen man sich merken musste, und nicht Kalm oder Halm oder Salm. Dass man mich nicht mit Wiener Würstchen abspeisen durfte oder mit einem Briefumschlag für einhundertsechs Stunden Gräberschmuckarbeit. Ich kam aus einem Eigenheim und nicht aus einem Loch.

»Kuck mich doch an«, sagte ich. »Sieht das nach Maternus aus?« Ich schloss die Augen und hielt den dreien mein rosig gebräuntes Gesicht entgegen, meine Bluse, zwei knopfweit geöffnet, Arme, Beine, nichts als braune Haut.

»Kannst dich auch zu Hause in die Sonne legen. Hier war auch gutes Wetter«, wandte Astrid ein, die allerdings fast so käsig aussah wie vor den Ferien.

»Braun bist du«, musste Monika anerkennen. »Das sieht nicht nach Dondorf aus.«

»Und das hier auch nicht!« Lässig machte ich die Bluse noch einen Knopf weiter auf und hob ein feinziseliertes Silberkreuz hervor. Das Kommunionsgeschenk der Patentante. »Feine Filigranarbeiten«, so der Polyglott, »zeugen von hoher Handwerkskunst und sind ein beliebtes Andenken.«

Ich band die Kette ab und ließ sie von Hand zu Hand gehen. Die Tante hatte sich nicht lumpen lassen. Sogar Monika konnte ihre Bewunderung nicht verbergen. »Sei froh, dass du nicht mitgefahren bist«, rückte sie schließlich heraus. »So, wie die mich behandelt haben, mich und die anderen aus Deutschland. Die meisten waren ja Franzosen, auch Holländer und Dänen. Aber auf uns Deutschen haben die rumgehackt. Von wegen Nazis und so. War kein Vergnügen, kann ich euch sagen.«

Ich legte mir das Kreuzchen wieder um, wollte gerade ansetzen, aus welch lieber Hand ich dieses Kleinod empfangen hätte, als Monika noch hinzufügte: »Aber danach war ich ja noch in Taormina: ›Studentenreisen zu Studentenpreisen.‹ Die nehmen es da nicht so genau mit dem Ausweis.«

Doch Astrid ließ nicht locker. »Und wie bist du dahin gekommen?«, fragte sie mich kühl, fast unbeteiligt, wie der Kommissar, wenn er sicher ist, den Missetäter mit einer scheinbar belanglosen Einzelheit in der Falle zu haben.

»Mit dem Liegewagen. Wie sonst!«, gab ich ebenso beiläufig zurück. Mit diesem Transportmittel katapultierte ich mich an die Spitze der Ferienbewegung. Darüber gab es nur noch Flugzeug.

»Ach nee«, bohrte Astrid weiter. »›Urlaubsgeld erschließt die Welt.‹ Hat doch sicher einiges gekostet?«

»Keinen Pfennig«, strahlte ich. »Gewonnen.« Das Wort überrumpelte mich nicht minder als meine Zuhörerinnen.

»Gewonnen?«, kam es aus drei Mündern.

»Gewonnen!«, bekräftigte ich. »Sogar mit Liegewagen. Kostet sechs Mark extra. Da liegt man zu dritt. Ich ganz oben. Hab die ganze Nacht geschlafen. Von Köln bis Rijeka.«

Vom Ambach-Gymnasium klang der Gong herüber. Die Pause war zu Ende. Seltsam, dachte ich, während ich Monikas Arm hielt, die sich auf ihren Stöckeln bei mir eingehakt hatte, seltsam, dass Anke nicht ein Wort gesagt hat. Ihr versonnenes Lächeln, das ihre spitzen Züge weich und weiblich machte, verstärkte sich, als wir wieder auf unseren Plätzen saßen.

Meyerlein war krebsrot aus den Ferien zurückgekommen. Seine aufgestaute Energie entlud sich in Formeln, denen drei Kreidestücke zum Opfer fielen. Alle starrten auf seine plumpen Finger, kichernd schlossen wir Wetten ab, wie viel Kreide noch zu Bruch gehen würde.

Einzig Anke interessierte das alles nicht. Nicht einmal den Anschein gab sie sich. Schaute beinah demonstrativ nicht zur Tafel, sondern geradeaus. Geradeaus saß Armin Mattes, ein schlaksiger, hübscher Junge, die Haare heller als sein Verstand, aber gutmütig, höflich, bemüht, Schritt zu halten. Heute allerdings sah er beinah keck in die Welt, in seinem blau-weißen, frischgebügelten Hemd, Kräuselhaare aus dem offenstehenden Kragen. Spähte gesenkten Blicks auf Ankes blusigen Kordelzug.

Nach der Schule lud uns Monika in die Eisdiele ein, und ich spürte endlich so etwas wie Ferienstimmung.

»Touropa Reisen?«, fragte sie und nippte an ihrem Milchshake, den es seit kurzem hier gab. »Fährt meine Tante auch immer mit. Oder war es Hummel?«

»Äh«, sagte ich. »Es war ein Kreuzworträtsel. Scharnow, glaube ich.«

»Musst du doch wissen, wo du gewonnen hast.« Astrid konnte es nicht lassen.

»In der *Hörzu*.«

Allein durch Aussprechen wurde etwas nie Geschehenes wirklich und wahr. Gelogen? So wäre denn alles Erzählen Lügen? Nein, nur, wenn man behauptete, das Erzählte sei wirklich geschehen. Erzählen, das war Wirklichkeit-als-ob. Wirklichkeit-als-ob veredeln zu: So ist es, so ist es gewesen. Erzählen und Lügen liegen nah beieinander, nur durch einen Pakt zwischen Zuhörer und Erzähler voneinander geschieden. Das machte ich mir zunutze. Erzähl mal, wie's war. Und ob ich erzählte.

»Also, los ging es mit dem Liegewagen, sagte ich ja schon.«

Wer denn noch im Abteil gewesen sei, wollte Astrid wissen.

»Äh«, daran hatte ich nicht gedacht, »zwei Freundinnen, Sekretärinnen, eine Auslandskorrespondentin. Ganz ruhig. So ruhig waren sie, als wären sie gar nicht da.« Eine verfängliche Formulierung. Nichts, so lehrte mich Astrids Stutzen, gefährdet die Glaubwürdigkeit stärker als Übertreibung, als Hochstapelei und Angeberei. Das Gleichmaß treffen, Ebenmaß, der goldene Schnitt, Erzählen im Takt der Alltäglichkeit, des So-könnte-es-gewesen-Sein. Der Vorstellung der Zuhörer entsprechend. Stimmte das Erzählte allerdings zu perfekt mit deren eigenen Vorstellungen überein, begannen sie sich zu langweilen. So, als ich wortgetreu das Frühstück aus einem der Prospekte pries – gekochtes Ei, Schinken, Mettwurst, Brötchen und Brot –, das Monika noch vor der Käseplatte abbrach: »Ist doch egal. Hauptsache, gewonnen. Nun erzähl schon.«

»Ja, erzähl«, drängte Astrid. »Wie ist das bei den Kommunisten?«

Darauf war ich vorbereitet. Erzählte von Staatsverfassung und Föderation, schnurrte die sieben Teilstaaten der Sozialistischen Republik herunter.

Monika gähnte. »Jaja. Aber wie merkt man denn, dass man bei Kommunisten ist?«

»Überhaupt nicht!« Ich betonte jede Silbe einzeln. So nett und freundlich seien die Leute. In einem kleinen Hotel am Meer hätte ich gewohnt, bisschen heruntergekommen vielleicht, aber gepflegt und sauber. Ich verlor mich in der Schilderung meines Hotelzimmers, das ich dem Wohnschlafzimmer von Cousine Maria ähnlich machte, vom Flokati-Bettvorleger bis zu den grobgewebten Stores.

Aber was ich denn so erlebt hätte, drängte Anke. Und Monika ergänzte: »Knilche und so.«

Jetzt musste sich erweisen, wie weit meine erfundenen Erfahrungen tragen würden. Jetzt, in der Stunde der erzählten Wahrheit, der Stunde Eero Huusariis aus Helsinki.

»Naja«, druckste ich.

»Also doch«, trumpfte Astrid auf, der ich bei meinem Besuch gestanden hatte, mit Jungen wollte ich erst nach dem Abitur zu tun haben. Genau wie sie.

»Ja, wirklich?« Monika holte tief Luft, und Anke seufzte: »Ach.«

Ich aber holte aus. Machte mein wehrloses Opfer zu einem kühnen Eroberer, groß und blond und schlank und braun – von Anke kam ein zweites »Ach« – und klug. Allerdings: ein Finne.

Ich machte eine Pause. Pausen, das hatte ich bei den Vorträgen der Tante, wenn sie ihre Zuhörer so recht auf die Folter spannen wollte, gelernt, Pausen sorgen für Spannung, nicht minder als der Fluss des Erzählens, die Geschichte selbst. Pausen gehören zu einer guten Geschichte dazu.

Schweigen.

In Jugoslawien einen finnischen Papieringenieur zu treffen, war nun wieder so unwahrscheinlich, dass es nicht angezweifelt werden konnte, genauso viel oder wenig, wie das Zustandekommen meiner Reise durch das große Los.

»Er heißt Erkki, Erkki Huusarii«, fuhr ich fort, meinen Traummann mittels Taufe in der Realität der Pässe, Visa und Personalausweise verankernd. »Wohnt in Helsinki.«

Ich biss mir auf die Lippe. Falsch. Kleinstadt, weltverborgen in finnischen Wäldern, das wär's gewesen. Landeshauptstadt:

nicht sehr phantasievoll. Doch so spielte nun mal das Leben. Daran ließ sich nichts mehr ändern. Gesagt, getan.

»Und ein süßes kleines Holzhaus hat er auch. An einem See. Mit Sauna und so.«

»Aber da wart ihr ja wohl nicht.« Astrids Stimme, knapp und säuerlich, erinnerte an die Mutter.

»Blödsinn«, tat ich beleidigt. »Ich denke, ihr wollt wissen, wie es war. Dafür müsst ihr doch erst mal wissen, wer das ist!«

»Aber wie heißt er denn nun?« Astrid blieb dran. »Eero oder Erkki oder wie?«

»Beides«, lächelte ich, »Eero ist der Kosename.«

»Also, ihr seid doch nicht den ganzen Tag im Wasser gewesen. Und wenn ihr im Wasser wart...« Anke ließ den Satz träumerisch ins Leere laufen. »Und abends seid ihr sicher spazieren gegangen. Oder tanzen.«

Astrid schnaufte. Wenn man schon in ein kommunistisches Land fuhr, hatte man sich um Land und Leute zu kümmern, die arbeitende Bevölkerung zu studieren, nicht einen finnischen Mann.

Doch Monika konnte es kaum erwarten.

Ich hole aus. In meinem Tagebuch war ich, wenn mir meine Geschichte zu intim wurde, in Präteritum und Konjunktiv geflüchtet, hatte direkte in indirekte Rede gekehrt, Gegenwart in Vergangenheit entrückt, hatte Distanz geschaffen, das Geschehen entschärft. Vor meinem aufmerksamen Publikum musste ich zurück in den Indikativ, Farbe bekennen in der Wirklichkeitsform.

Ja, er hatte mich geküsst: »Kust er mich? Wol tûsentstunt. Seht, wie rôt mir ist der munt«, war in meinem Tagebuch zu lesen und: »Cui labella mordebis?« Sellmer hatte mich diese Zeile übersetzen lassen und sich an meinem verlegenen Stottern geweidet, als ich, gegen besseres Wissen, übersetzt hatte: »Wen willst du mit den Lippen zerbeißen? Vulgo: ermorden.« Nichts da, hatte der Lateinlehrer auf dem Recht von Sprache und Dichtung bestanden und mich genötigt, auszusprechen, was ich auf

Anhieb als richtig erkannt hatte: Cui war Dativ, labella Akkusativ. Klare Sache, die Lippen waren es, die zerbissen wurden. Cui labella mordebis? Wem wirst du die Lippen zerbeißen?

Aber ein Kuss, einfach so, ganz ohne schmückendes Beiwerk? Ohne eine Möglichkeit, mich hier in der Milchbar vor finnischen Lippenbissen, Zungen und Zähnen in Sicherheit zu bringen?

Ins Wildpflaumengebüsch rettete ich mich, im Wildpflaumengebüsch, entschied ich, hat er mich geküsst.

Wir waren barfuß, und vorher riss er einen abgestorbenen Wildpflaumentrieb aus. Der hatte einen dicken Knubben an der Stelle, wo früher die Wurzeln angefangen hatten; die waren schon vermodert. Mit dem Knubben am Ende ...

Monika räusperte sich. Ich faselte weiter. Schwadronierte. Und erfuhr mit Erstaunen, dass in der Tat ein Wort das andere ergab. Dimidium facti, qui coepit habet, hatte ich bei Horaz gelesen. Wer begonnen hat, hat die Hälfte getan. Anfangen ist die Hälfte des Ganzen.

Karst und Ginster, Oliven- und Pflaumenbäume, alles, was der Polyglott hergab, bot ich auf. Seeigel hatten wir gefangen und gegessen, roh und rot aus der stachligen schwarzen Schale, und einmal sogar einen Tintenfisch harpuniert. Neben einer Pergola, umrankt vom Wein, der schon Trauben trug, ließ ich eine Zwiebel keimen, ließ sie blühen und duften. Die Landschaft überwucherte die Leidenschaft.

Interessierte aber nicht.

Die exotische Kulisse, Novi Vinodolski, war im Grunde überflüssig. Ebenso gut hätte ich mich in Schneizlreuth oder Hemmelrath verlieben können. Worauf es ankam, war überall und jederzeit dasselbe. Orte und Epochen waren Verkleidungen, die sich leichthin lösen ließen, darunter trafen sich die immergleichen Sehnsüchte und Gefühle.

Aufpassen musste ich nur, dass ich mich nicht in meiner Welt verlor, mich nicht zu weit von meinen Zuhörerinnen entfernte. Doch zu ähnlich durfte ich ihren Erfahrungen auch nicht sein. Die richtige Spur zwischen Nähe und Distanz, zwischen meinen Erfindungen und ihren Erfahrungen musste ich einhalten, ihre Erwartungen wecken und erfüllen, ihre Sehnsucht wachhalten und stillen in einem. Sie nähren, ohne sie zu sättigen. Das Geheimnis der Liebe. Das Geheimnis der Kunst.

Immer wieder schaute die Bedienung, eine junge Frau, kaum älter als wir, zu uns herüber. Gern hätte ich meine Stimme erhoben, hätte erprobt, ob meine Erfindungen auch sie, eine Fremde, zu fesseln vermochten. Doch meine Zuhörerinnen reckten mir die Köpfe entgegen, bestanden auf Vertraulichkeit, was das Gewicht meiner Offenbarungen zweifellos verstärkte. Verschwörerisch hingen wir über unseren Gläsern, und ich spendierte noch eine Runde, wollte nicht aufhören zu erzählen, wollte nicht heraus aus meiner Welt, in der alles war, wie ich es wollte, alles war wie wahr. Ich bestimmte, was stimmte. Auch wenn ich auf dem Papier weit ausgiebiger und ungestörter als hier vor meinem Publikum Schicksal, Schöpfer, Erfinder sein und in phantastischen Welten schwelgen konnte.

Der wahre Grund für meine geschwätzige Freigebigkeit – immerhin musste ich anderthalb Stundenlöhne für unsere Milchshakes opfern – war ein anderer. Ich genoss, dass mir die drei an den Lippen hingen, dass sie ganz Ohr waren, dass ich sie meiner Stimme unterwerfen konnte, dass sie mir folgten durch den jugoslawischen Karst unter Pflaumenbäume, wo der Hammel briet überm Lauch; dass sie mit mir schwammen, weit hinaus, und sahen, wie uns Eero im Schlauchboot folgte bis hinüber zur Insel Krk; dass sie mit uns den Kolo tanzten und auf der Terrasse standen, im Mondenschein, roter Wein, du allein; dass sie die knappen Andeutungen der dort erfolgten Zärtlichkeiten, noch während ich »küssen« sagte, mit selbstempfangenen oder ersehnten Küssen würzen konnten. Jede Umarmung, die ich aussprach, machte alles möglich, vom Hand-auf-die-Schulter-Legen, übers Lippenzerbeißen bis zum GV, wie wir das nannten; worunter, mutmaßte ich, einzig Monika sich Konkreteres vorstellen konnte als das, was ich aus dem Lexikon wusste.

Ob ich denn auch ein Photo hätte, wollte sie wissen, und in Astrids Gesicht trat noch einmal die lauernde Hoffnung, jetzt möge ich passen. Ich zog mein Portemonnaie hervor, wobei rein zufällig ein Lavex-Tüchlein »Kölnisch Wasser, klassisch elegant« herausfiel, Anke bückte sich danach: »Ah, ›Scharnow-Reisen für die moderne Frau‹.«

»Danke«, sagte ich, »gab es gratis. Haben die im Zug verteilt.«

Das Photo zeigte eine Gestalt im Reitdress, die auf einem ziemlich plumpen Pferd, typisch finnisch, über einen Oxer setzte. Schlank war der Mensch und höchstwahrscheinlich männlich. Mehr war nicht zu erkennen vom Mann meiner Cousine Hanni, Rudi Kürten alias Erkki Huusarii.

Meine Klassenkameradinnen warfen nur einen flüchtigen Blick auf das Bildchen. Der Bus stand schon an der Ampel.

»Er schickt dir ja sicherlich noch welche aus dem Urlaub«, rief mir Anke tröstend hinterher.

Ein paar Tage später konnte ich der Verlockung nicht länger widerstehen: Ich wagte mich zu Buche. Beschleunigte meine Schritte beim Anblick der harrenden Kisten, die nach einem einsamen Sommer in der frühen Herbstsonne glänzten. Streichelte die glattlackierten Kanten wie zum Abschied, Abschied von meinen Erinnerungen an einen, der hier bei den Kisten lebendiger wurde als je in unserer gemeinsamen Wirklichkeit. Fast war mir, jetzt, da ich sicher sein konnte, sicher vor ihm zu sein, ich vermisste ihn. Godehard, das hatte ich von Monika erfahren, war zu einem Forschungssemester nach Guatemala aufgebrochen. Liebkosend fuhr ich über die Buchrückenhügel, die sich eng zusammenpressten, als suchten sie Schutz vor der Zumutung des Kisten-Exils. Ehe ich *Und fänden die Liebe nicht* von Pearl S. Buck herausklauben konnte, ging die Tür auf.

»Endlich«, frohlockte Buche statt einer Begrüßung und zupfte mich am Ärmel ins Ladeninnere, in den vertrauten Geruch von Bohnerwachs, Bücherstaub und Kaffee. Gleich ins Hinterzimmer nötigte er mich, rückte mir den Stuhl zurecht, setzte mir eine Tasse vor: »Wie immer?«
Ich nickte. »Wie immer.«
Er nickte. »Mit viel Milch, ohne Zucker!«
Wir nickten. Schauten einander erleichtert an; wenigstens das hatte sich nicht geändert. Doch die Frage musste kommen. Ich trank den Kaffee in kleinen Schlucken, wartete. Die Frage kam nicht. Stattdessen langte Buche hinter sich ins Regal und schob mir ein Päckchen zu: »Von wem das ist, muss ich Ihnen nicht sagen.« Buches Stimme klang, als hätte ich einen nahen Verwandten verloren. »Er war oft hier und hat auf Sie gewartet. Das hat er mir für Sie dagelassen.«
Das Päckchen war flach, flacher als ein Buch, und gab meinem Fingerdruck knisternd nach. Fragend schaute ich Buche an.
»Keine Ahnung«, sagte der und kniff die Augen zusammen. Er schien noch etwas auf dem Herzen zu haben.
In meinen Fingern knisterte Godehards Seidenpapier. Buche räusperte sich lange und umständlich.
»Eigentlich hätte ich es Ihnen ... Vielleicht wäre es besser gewesen, ich ...« Buche brach ab, schlug sich vor die Stirn: »Nein, warten Sie, sehen Sie selbst! Ich hab das ja damals aufbewahrt. Einen Augenblick nur. Der Ordner ist im Keller.«
Ehe ich der Versuchung, das Päckchen zu öffnen, nachgeben konnte, war Buche zurück. »Sehen Sie selbst«, legte er ein Faltblatt, schwarzumrandet, vor mich hin. Eine Traueranzeige. Ich schlug das Blatt auseinander. Und sah mich. Ein lachendes Mädchengesicht mit dichten schwarzen Haaren, dunklen Augen, sofern das körnige Papier die Schwarz-Weiß-Abtönungen genau genug wiedergab. Ich schrak zurück, ließ das Blatt auf den Tisch fallen, nahm es wieder an mich und tat, was Buche sagte: »Schauen Sie genau hin!«

Ich war das nicht. Aber das Mädchen sah mir ähnlich wie ein Zwilling. Und hatte wunderschöne gerade Zähne.

Buche trat hinter mich und legte mir die Hände auf die Schultern: Gleich als er mich zum ersten Mal gesehen habe, sei ihm die Ähnlichkeit mit Godehards verstorbener Braut aufgefallen. Leukämie – ging alles sehr schnell. Ganz unschuldig sei er, Buche, an Godehards Erscheinen bei den Kisten nicht gewesen. Nach dem Tod des Mädchens habe er Godehard nie wieder lachen sehen – bis er mich getroffen habe. Der Godehard sei doch so ein lieber Mensch. Gar nicht eingebildet. Und wie ernst er sein Studium nehme. Wolle ja auch auf keinen Fall das Erbe der Keuken-Werke antreten, das überlasse er seinem Bruder. Er, Godehard, wolle an der Uni bleiben. Grundlagenforschung. »Ich habe geglaubt, er würde auch Ihnen gefallen«, schloss Buche seine Beichte.

Während Buche sprach, hatte ich das Päckchen zweimal auf den Tisch zurückgelegt, wollte nichts mehr damit zu tun haben. Jedesmal nahm ich es wieder auf. Sauer lag mir der Kaffee im leeren Magen. Drei Jahre älter als ich war stud. phil. Annemarie Weidenkötter gewesen. Nun, da ich ihren Namen las, war die Ähnlichkeit mit der Toten schon nicht mehr so bedrohlich; Name, Daten, Adresse rückten sie von mir ab in ihre eigene Wirklichkeit. Nur ansehen durfte ich sie nicht. Und nicht an Godehard denken. An seinen Mund, seine Hände auf meiner Haut. Mund und Hand hatten einer Toten gegolten. Nicht mir. »Meine kleine Frau.« Nicht mich hatte er damit gemeint, nicht mit mir die Reise nach Rom geplant, nicht mich hatte er angelacht, sondern das Gesicht der Toten durch meines hindurch. Ersatz war ich gewesen, zweite Wahl, Fußballer von der Bank, der ran darf, wenn einer ausfällt.

Aber meinen Namen hatte er doch gesprochen, meinen Namen, Hilla, hatte er gesagt, mir ins Haar geküsst, den Nacken, die Kehle hinauf und hinunter, Hilla. Hildegard Elisabeth Maria Palm, hatte er mich seinen Freunden vorgestellt, unter dem Schutz meiner ganzen langen Heiligennamen. Etwas in meiner Brust knallte gegen die Rippen, schnelle, harte Schläge, wie sie der Vater tat, wenn er im Schuppen Schuhe mit Eisenspitzen versah, knallte wie die eisernen Ringe, die vom Herzen des treuen Heinrich platzten, als sein Herr sich vom Frosch zurück in einen Prinzen verwandelte. Eiserne Reifen ums Herz. Da konnte ich nur lachen. Lass nicht zu, dass einer deine Geschichte schreibt. Godehard hatte meine Geschichte nicht nur schreiben, er hatte sie umschreiben wollen. Zur Geschichte einer anderen. In ein abgetanes Leben hatte ich schlüpfen sollen wie in ein abgetragenes Kleid.

»Ich, ich muss gehen.« Ich schüttelte Buches Hände ab. »Ich muss fort.« Einen Augenblick glaubte ich, der Buchhändler wolle mich gewaltsam zurückhalten, so hart krampften sich seine Finger in meine Schultern. Ich schnappte meine Tasche und stieß die Tür auf.

»Halt, Fräulein Palm.« Buche vertrat mir den Weg, aber er fasste mich nicht mehr an. »Hier, das haben Sie vergessen.«

Hatte ich nicht. Doch ich wagte keinen Widerspruch, wollte nur noch weg und riss dem Mann Godehards Päckchen aus der Hand. Etwas rief er mir noch hinterher, das wie »bald« und »Wiedersehen« klang.

Bertram war nicht zu Hause. Ich schlang mein Essen hinunter, machte, dass ich in meinen Holzstall kam. Wie harmlos war meine Erfindung verliebter Ferientage gegenüber dieser Geschichte. Geschichte? War, was man selbst erlebte, eine Geschichte? So, wie in Büchern? Ja. Ich würde diese Geschichte aufschreiben. Meine Geschichte. Erzählen würde ich sie keinem. Erzählen würde ich weiterhin von Erkki Huusarii.

Ich legte das geheimnisvolle, schmiegsame Päckchen vor mich auf den Tisch. Unter dem dünnen Papier fühlte ich etwas, weicher als Pappe, härter als Tuch. Behutsam, das hatte ich von der Großmutter gelernt, zog ich das Seidenpapier auseinander, faltete es zusammen. Unter dem Papier war – Papier. Xerokopien! Während sich alle Welt noch mit Durchschlägen und Matrizenabzügen quälte, hatte das Keuken-Unternehmen natürlich schon diese neue Technik. Ich kannte das Photo, auf dem eine starkgelockte junge Frau im Hemdblusenkleid – offenbar die Uniform der berufstätigen Frau, dieses Mittelding zwischen hausarbeitlichem Kittel und müßiggängerischem Kleid –, die Rechte fingerspitz auf einen hüfthohen Kasten, die Linke fast zärtlich auf ein kleineres Gehäuse lehnte, dem ein DIN-A4-Blatt entquoll: die Xerokopie. Kannte die Werbung aus meiner Bürozeit. Frau Wachtel hatte das Verfahren, die Xerographie, verächtlich beschnaubt; doch auch Angst lag in der Ablehnung dieses Apparats, der so viel schneller war als die beste Sekretärin. Aber Kaffee kochen, nein, das konnte diese Xerox 914 nicht, hatte sie sich beruhigt.

The Journal of the Society for the Bibliography of Natural History 4, sagte das Deckblatt. *M. E. Jahn: Dr. Beringer and the Würzburg Lügensteine*. Die Seiten 138 bis 146 hatte Godehard kopiert. Wortlos. Grußlos. Die Lügensteine waren wahr. Nicht Godehard hatte sie erfunden. Erfunden hatten sie Jahrhunderte zuvor zwei Wissenschaftler, um einem Dritten ihrer Zunft, Dr. Beringer, einen Denkzettel zu verpassen. Von einem der beiden Betrüger in weichen Stein geschnitten, hatten sie die Gebilde vergraben und wieder ausbuddeln lassen.

Kopfschüttelnd betrachtete ich die Abbildungen: Mond und Sterne, eine lachende Sonne, eine in sich gekrümmte, grinsende Made, zwei Frösche hinter- und übereinander, »love-making« sagte der englische Text. Rund zweitausend solcher »Petrifizierungen« lieferten die Hilfskräfte der beiden Betrüger bei Beringer ab, der sie dafür reichlich entlohnte. Wie sehr geblendet von wissenschaftlichem Ehrgeiz musste er gewesen sein, um derart bereitwillig auf diese absurden Fälschungen hereinzufallen und ihnen eine umfangreiche gelehrte Abhandlung angedeihen zu lassen. Doch nicht Ehrgeiz allein, auch die Phantasie hatte mitgespielt. Beringer hatte gesehen, was er sehen wollte. So, wie Anke, Astrid, Monika bei meiner Ferienerzählung gehört hatten, was sie hören wollten.

»Siehst du, ich lüge nicht«, hatte Godehard mir mit diesen Seiten über die Lügensteine sagen wollen. Du hast mir unrecht getan, als du mir nicht geglaubt hast. Und wirklich: Die guten Erinnerungen hätten womöglich die Oberhand gewonnen, hätte sich über kopulierende Frösche, grinsende Sonnen, eine Spinne im Netz nicht das lachende Gesicht der toten Braut gelegt. Auch Verschweigen war Lügen. Nichtgesagte Worte konnten verlogen wie gesagte Worte sein.

Hatte Godehard gelogen, so wie ich vor Jahren gelogen hatte, als ich die grüne Vase im Kindergarten zerbrochen hatte? Als ich etwas verbergen wollte, was ich wirklich getan hatte? Hatte Godehard gelogen, als er mir den Tod seiner Braut, unsere Ähnlichkeit verschwiegen hatte? Es gab ein Lügen, das Leugnen hieß. Es gab ein Lügen, das Verschweigen hieß. Und es gab ein Lügen, das Erfinden hieß. Eine Erfindung wurde zur Lüge, wenn sie leugnete, erfunden zu sein.

»Sieh dir das an!«, legte ich Bertram am Abend die Abhandlung über die Lügensteine aufs Bett.

»Erzähl«, sagte er nach einem Blick darauf. Konnte sich kaum noch einkriegen beim Anblick der Frösche, der Spinne, der Made. »Klasse Idee«, gluckste er anerkennend.

»Siehs de«, sagte er und gab mir die Blätter zurück, »wie ich gesagt hab: Der Godehard ist ne trübe Tasse, aber nett. Eigentlich schade.«

»Bertram!«

»Ist doch wahr. Was nützt ihm all das viele Geld, wenn er die nicht kriegt, die er gern hätte!«

»Kriegt ja sonst alles.«

»Ach, jetzt stell dich nicht blöd. Tut es dir nicht doch manchmal leid? Mal ehrlich!«

»Ehrlich!« Nun konnte ich mich doch nicht mehr zurückhalten. »Von wegen ehrlich! Wusstest du, dass der Godehard schon mal verlobt war? Aber richtig mit Anzeige und so?«

»Ne. Na und?«

»Wusste ich auch nicht. Bis heute. Und dann ist ihm die Braut gestorben.«

»Mannomann! Dä ärme Kääl!« Auch Bertram fiel gern ins Rheinische, wenn es um Gefühle ging. Man wusste dann nie, war es innig oder ironisch gemeint. Wahrscheinlich beides.

»Jaja«, sagte ich. »Jaja.« Wie viel schwieriger war es doch, eine einzige kränkende Tatsache auszusprechen, als eine lange Geschichte mit vielen Einzelheiten zu erfinden. »Ich seh diesem toten Mädchen ähnlich wie ein Zwilling.«

»Hä?«, machte Bertram. »Woher wills de das wissen?«

»Mannomann«, sagte er noch einmal, nachdem ich von meinem Besuch beim Buchhändler erzählt hatte. Und dann noch einmal: »Dä ärme Kääl!«

»Bertram!« Ich schoss aus den Kissen. »Wer ist hier ne ärme Kääl. Doch wohl ich!«

»Mensch, überleg mal«, auch Bertram riss es hoch. »Da denkt der, es geht weiter, und dann hört es schon wieder auf. Fast so wie zweimal gestorben.«

»Und ich?«, erregte ich mich. »Genau wie du sagst: Der dachte, es geht weiter. Für den. Für mich fing es aber erst an. Und es hätte für uns beide anfangen müssen. War doch von Anfang an verlogen! Ich bin jedenfalls Ich. Und lebendig!«

»Hast ja recht«, räumte Bertram ein. »Aber sei doch nicht so streng. Hätte er dir ja sicher noch gesagt. Er hat sich bestimmt nicht getraut. Ist ja auch sowieso aus.«

»Sich nicht getraut?«, äffte ich. »Glaubst du doch selber nicht.«

»Er hat es aber sicher ernst gemeint«, beharrte Bertram. »Der wollt dich hierode! Ernsthaft! Mit allem Drum und Dran.«

»Aber doch nur, weil die andere tot war! Der war doch in Gedanken noch immer bei der.«

»Ist sowieso egal.« Bertram gähnte und rutschte wieder unter die Decke. »Du wolltest ja schon vorher nichts mehr von ihm wissen. Brauchs de dich jetzt auch nicht aufzuregen. Somnia dulcia, corculum.«

»Nacht«, knurrte ich. Von wegen: süße Träume, Herzchen. Ich lag noch lange wach. Wieso hatte Bertram nicht eingestimmt in meine Verdammung? Hatte er am Ende recht? War Godehard wirklich ne ärme Kääl? Ein belogener Lügner? Einer, der sich selbst mehr belogen hatte als mich?

Das Päckchen kam vierzehn Tage später mit der Post. Absender: Armin Gallus. Nie gehört.

»Mach ald op!*,« drängte die Mutter. »Bertram, hol mal de scharfe Scher von draußen. Dat is ja dat reinste Drahtseil.«

Mit seinem Taschenmesser ratschte Bertram so energisch über die Verpackung, dass ich schon um den Inhalt fürchtete.

»Da«, er brach die Schachtel auseinander, hielt sie mir hin. Drei in Seidenpapier eingewickelte Päckchen. Ich fühlte Hartes.

»Nu mach schon!«, trieb mich die Mutter mit unverhohlener Neugier an; so wie damals, als ich das Necessaire, ein Geschenk zu meiner ersten heiligen Kommunion, vor aller Augen auspacken sollte.

Kaum größer als eine Babyfaust, lag in dem knittrigen Papier ein dunkelgrüner Stein, darauf, gut zu erkennen, ein Buch und ein Schlüssel.

»So wat Schönes.« Die Mutter reckte den Hals. Ergriff das zweite, etwas größere Päckchen. Auf dem rotbraunen Stein saß ein Löwenhaupt.

»Nä!«, freute sich die Mutter. »Bertram kuck dir dat ens an!« Dann, mich beinah übermütig in die Rippen puffend: »Has de den Jodehaad wiederjetroffen?«

Ich wusste nicht, was mich mehr verblüffte: die ungewohnte Heiterkeit der Mutter oder diese merkwürdige Sendung eines Armin Gallus.

Ich schielte nach dem Bruder. Der strich angelegentlich das Papier glatt und kniffte es zusammen, einmal, zweimal, genau auf Kante.

Der dritte Stein, länglich und von einem zarten Rosa mit weißer Äderung, war wie ein Lippenpaar geformt; »amo«, war in die Oberlippe geritzt, »amas«, antwortete die untere.

* Mach schon auf!

»Nä«, entzückte sich die Mutter. »Wat is dat?«

Ich lachte laut auf. Sah mich nach Bertram um. Der hatte schon das Weite gesucht. Ich schenkte der Mutter den Löwenstein und ließ sie in dem Glauben, er komme von Godehard. Neben den Hummelfiguren fand er einen Ehrenplatz hinterm Glas im Wohnzimmerschrank.

»Na, Armin«, begrüßte ich den Bruder abends im Bett. »Wie hast du das denn fertiggekriegt? Hast dich doch hoffentlich nicht in Unkosten gestürzt?«

»Was denkst du!«, gluckste Bertram. »Kunstunterricht. Speckstein. Kostet nicht viel. Und der Kratzer, also unser Kunstlehrer, hat mir die Reste so gegeben. Ist kinderleicht. Ganz weich der Stein. Kanns de mit dem Fingernagel rangehen. Oder einer Stricknadel.«

»Du hast aber wirklich was los! Könntest ja ein richtiges Gewerbe draus machen«, sagte ich bewundernd. »Aber wie kommst du denn ausgerechnet auf Buch und Schlüssel und den Löwen?«

»Hast du doch selbst erzählt, dass du dir in Latein diesen Namen zugelegt hast: Petra Leonis, Stein und Löwe. Und für Petra hab ich die Symbole von Petrus genommen. Das Buch und den Schlüssel.«

»Mensch, Bertram«, seufzte ich. »Dir kann man aber auch nichts erzählen. Schlaf gut, Arminius verus. Amo.«

»Amas, amat, sororcula honesta.«

Unsere Lügensteine logen nicht.

Mein phantastischer Finne hatte die Godehard-Scharte ausgewetzt. Wann ich sie denn mal wieder besuchen käme, fragte Monika. Ruhig auch über Nacht, zum Beispiel nach dem Theater. Die Schule besorgte für die Oberstufe den Bus nach Köln und verbilligte Karten.

Seit dem *Sommernachtstraum* in Düsseldorf, als Sigismund mich der Maternus-Tochter wegen hatte links liegen lassen, war ich nicht mehr im Theater gewesen. In einer Oper noch nie.

Es gab *Lohengrin,* und bis dahin war noch wochenlang Zeit. Also tat ich, was ich vor meiner ersten Fahrt ins Düsseldorfer Schauspielhaus auch getan hatte: Ich kaufte mir ein Reclam-Heft.

Die Geschichte war klar auf den ersten Blick. Seit Kindertagen kannte ich derlei Rettungsaktionen aus meinen Märchenbüchern und hatte für diese Art der Hilfestellung noch nie viel übriggehabt. Elsa, die fürstliche Erbin, wird verdächtigt, ihren Bruder ermordet zu haben. Überraschend taucht ein Schwan auf, verwandelt sich in einen Ritter, hilft ihr gegen ihre Feinde, und heiratet sie. Doch nie soll sie ihn fragen, woher er kommt und wie er heißt. Hätte Elsa irgendetwas getan, wäre sie irgendwie aktiv geworden, etwa, indem sie Prüfungen bestanden hätte, wie Stroh zu Gold spinnen, Linsen verlesen, Betten schütteln oder Gänse hüten, um sich ihren Lohengrin mit Hand oder Verstand zu verdienen, ich wäre auf ihrer Seite gewesen. Bloß einsam in trüben Tagen zu Gott zu flehen, war mir zu wenig. Hilf dir selbst, so hilft dir Gott: Das war meine Devise; wobei ich dem ersten Teil des Satzes mit den Jahren zunehmend größeres Gewicht beimaß. Oder war Rosenbaum auch am Ende ein von »Gott Gesandter« gewesen, mich aus dem Elend von Ablage und Kontokorrent zu erlösen?

Wenn Elsa nun aber schon, ohne einen Finger zu krümmen, ihren Ritter gewonnen und damit ihre Stellung in der Gesellschaft gefestigt hatte, dann hätte sie weiß Gott gut daran getan, auf ihn zu hören und ohne zu fragen, dankbar anzunehmen, was ihr via Schwan in den Schoß gefallen war. Zu beschränkt, ihr Schicksal in die eigene Hand zu nehmen, war sie auch noch zu dumm, den Mund zu halten. Sie war diesen Mann nicht wert.

Tage vergingen, mit Bemühungen um Tangenten und Conditionalis, um Reflexivpronomen, verneinten Wunsch und verneinte Absicht; Aufsatzthemen wie »Glauben Sie, dass Reisen bildet?« oder »Erwägen Sie Vor- und Nachteile des föderalen Systems«. Doch die Lohengrin-Geschichte ging mir nicht aus dem Kopf. Je länger ich darüber nachdachte, desto absurder erschien sie mir; nahm neue Perspektiven an, gestaltete sich um, bis sie sich fast ins Gegenteil verkehrte. Waren Elsa und der königliche Hof vor lauter Verlangen nach einem Retter am Ende verrückt? Bereit, jedem zu verfallen, der sich mit selbstbewusstem Hokuspokus in Szene setzte? Lohengrin ein Blender, der alle blind machte, bis auf zwei: Ortrud und – da diese ihm die Augen öffnete – Telramund, ihr Mann? Waren diese beiden wirklich die Schufte in dem Stück oder die Einzigen mit klarem Kopf? Die Lohengrins Aufschneiderei durchschauten? Hatten sie nicht vollkommen recht, einen dahergelaufenen Fremden nach Name und Herkunft zu fragen? Hieß es nicht: Nomen est omen? Noch der letzte Gastarbeiter aus Apulien oder Kastilien konnte Pass und Arbeitserlaubnis vorweisen. Wer nichts zu verbergen hat, kann auch heraus mit der Sprache. Und wenn der Ritter dann wieder mit demselben Hokuspokus verschwindet wie bei seinem Erscheinen, wer sollte ihm da abkaufen, er sei von Gott gesandt? Kam Lohengrin womöglich nicht aus einem gutem Stall? Vielleicht waren Ortrud und Telramund, Elsas Feinde, nahe dran, seine wahre Herkunft zu decken – da musste der angebliche Retter sie erschlagen. Hatte er am Ende sogar seine Hand bei der Entführung von Elsas Bruder im Spiel gehabt? Denn der taucht plötzlich wieder auf, obwohl er, Lohengrin, vorher behauptet hatte, Ortrud habe ihn getötet.

Eine verwickelte und unangenehme Geschichte. War Lohengrin ein Held oder ein Hochstapler? Elsa ein frommes Mädchen oder eine dumme Nuss? Ortrud eine Hexe oder eine Frau mit Durchblick und gerade deswegen als Hexe verschrien? Oder liebte Elsa ihren Retter wirklich und konnte es nicht ertragen, dass er sich ihr nicht anvertrauen wollte?

Viel Zeit, den Fragen auf den Grund zu gehen, hatte ich nicht. Die Nominalformen des Lateinischen wollten gelernt, Shakespeare's Realism bestimmt werden. Meyer quälte mit

Logarithmus und Exponentialfunktion, und Rebmann wollte wissen – These, Antithese, Synthese: »Hat ein junger Mensch Ihres Alters Anspruch auf einen Hausschlüssel?«

Wichtiger war die Frage: Was ziehe ich zum *Lohengrin*-Abend an? Das kleine Schwarze hing nach dem abrupten Ende meiner Grabpflege nach wie vor im Konjunktiv.

»Immer richtig angezogen«, wusste Frau Dr. Oheim. »Man darf anders denken als seine Zeit, aber man darf sich nicht anders kleiden«, wurde das Kapitel mit einem Zitat von Marie von Ebner-Eschenbach eingeleitet. »Ein Kleid kann noch so geflickt, ein Strumpf gestopft, ein Mantel gewendet sein – das saubere, gepflegte alte Stück steht immer noch über dem vernachlässigten neuen.«

Sauber und ordentlich, da konnte ich mithalten; geflickt und gestopft, da stand ich sogar drüber. Ich hätte das Kleid von Godehard anziehen können. Die Kette mit den bunten Steinen dazu. Zurückschlüpfen in eine abgeworfene Haut. Die Seide rauschte erwartungsvoll, als ich es aus dem Schrank nahm. Und wieder zurückhängte. Mein grünes Samtkleid, das ich zur mittleren Reife und zur »Anerkennung für besondere Leistung« getragen hatte, sollte mich auch in meine erste Oper begleiten.

Der Theaterbus war voll bis auf den letzten Platz. Ich saß neben Monika, umringt von Oberprimanern des Ambach-Gymnasiums, die sich in einem Tonfall unterhielten, der uns offenkundig imponieren sollte. Nicht lockergelassen habe sein Alter, nur ihm zuliebe sei er hier, ließ sich eine Stimme vernehmen, die unzweifelhaft von einem Kaugummi behindert wurde. Sonst von morgens bis abends nur Marschmusik, *Alte Kameraden* und so, aber in diesen *Lohengrin* hätte er ihn fast reingeprügelt.

»Eine von Hitlers Lieblingsopern«, kommentierte ein anderer knapp. »Ist bekannt.«

Ein Pfiff durch die Zähne: »Aha, daher weht der Wind. Da kann er lange warten, bis ich so was gut finde. War wohl die

Oper, die er bei seinem Heimaturlaub von der Front gesehen hat. Ist da als Ostler nach Bayreuth geschickt worden.«

»Mein Vater«, ließ sich jetzt eine dritte Stimme vernehmen, »hat mir genau deswegen verboten, heute Abend mitzufahren. Ich bin also sozusagen inkognito hier. Wie Lohengrin. Haha.«

Auch Astrid war deshalb nicht dabei. Nazioper, hatte ihr Vater befunden und sie zum Gewerkschaftsabend mitgenommen.

Ich konnte mich nicht zurückhalten: »Na hören Sie! Was kann denn der Wagner dafür, dass dem Hitler seine Oper gefallen hat?«

Die vorderen Reihen verdrehten die Köpfe nach der weiblichen Stimme. Monika rutschte ein Stück tiefer in den Sitz und sah zum Fenster hinaus.

»Sehr richtig, gestatten Anklamm, Dirk Anklamm«, krümmte sich mein Busnachbar in eine Verbeugung über den Gang hinweg zu Monika und mir hinüber. »Gar nichts kann der Wagner dafür. Aber«, er rückte von seinem Nachbarn ab und reckte sich uns noch weiter entgegen, »Sie müssen wissen, sein Vater war bei der ...«

Ein Rippenstoß brachte ihn zum Schweigen.

»So ganz unschuldig ist Wagner nicht«, das war jetzt die Stimme Melzers, des Philosophielehrers, »der hat nämlich auch ein ziemlich übles Pamphlet über Juden geschrieben. Das hat Hitler womöglich noch besser gefallen.«

»Und was hat das mit seiner Musik zu tun?«, gab ich, getarnt von der Dunkelheit des Busses, zurück. Meine Stimme hoch und patzig vor Aufregung.

Murmeln. Zustimmend? Ablehnend? Ich duckte mich in meinen Sitz. Ich hatte doch keine Ahnung von Wagners Musik. Alles, was ich von ihm kannte, war dieser eine Text, dieser *Lohengrin*, und der gefiel mir nicht sonderlich. Kein Vergleich mit einem *Wilhelm Tell*, *Don Carlos* oder *Wallenstein*.

»Fräulein Palm«, das war nun wieder Melzer, »das waren doch Sie, Fräulein Palm?«

Ich biss mir auf die Lippen, die Lehrerstimme fuhr fort: »Fräulein Palm hat recht. Im Prinzip jedenfalls. Aber darüber können wir noch nach der Aufführung diskutieren. Ich nehme an, dass Sie alle die Oper zum ersten Mal hören. Und das sollten Sie ganz unvoreingenommen tun.«

Eine Stimme murmelte noch etwas vom Auschwitz-Prozess, der bald beginnen werde. Das sei wichtiger als eine alte Oper. Warnendes Räuspern, wahrscheinlich Melzer, brachte auch ihn zum Schweigen. Verdrossen zündete sich mein Nebenmann noch eine Zigarette an, lehnte sich zurück und schloss die Augen.

Schräg vor ihm schauten Ankes und Armins Hinterköpfe über die Rückenlehne. Hörten sie überhaupt zu? Nicht einmal umgedreht hatten sie sich nach mir.

Anke neben Armin, ihrem Armin, sah auffällig unbeteiligt aus dem Fenster. Mir konnte sie nichts vormachen. Auch Armin nicht, der neben ihr aufragte wie ein Leibgardist. Ich wusste es besser. Nur zu gut kannte ich die süßen, unsichtbaren Verheißungen der Hände, ihr zartes Tasten, starkes Umfangen, das Zupacken der ineinanderverschlungenen Finger, Handinnenflächen, jede Pore ein Versprechen auf mehr, warte nur, später, warte nur, bald. Erst mal zwei Fingerbreit, später eine Handbreit, Beine breit, so bereit waren die Hände im Verborgenen, im Theaterbus, was war schon dabei. Was war schon dabei gewesen. Sigismund war dabei gewesen, bei mir, Hilla Palm, war er gewesen, und vom Händchenhalten, Händchenfalten im Bus zu *Nathan* und *Nashörnern* bis zum Wälzen im Gras am Notstein ein gerader Weg. Und dann: Endstation Sackgasse in einer blonden Hochfrisur; einmal *Sommernachtstraum* und zurück.

Ich tastete nach dem Kreuzchen an meinem Hals: Eero Huusarii hätte so etwas nie getan! Und Godehard? Ich kuschelte mich in meinen Sitz. Ich vermisste nichts.

Kurz vor Mülheim schaute Anke noch gebannter aus dem Fenster, richtete Armin sich auf, und ich wusste, jetzt schoben sie ihre Knie aneinander – Knie und Oberschenkel, die Unterschenkel. Anke würde aus der Sandalette schlüpfen und den Nylonfuß über Armins Fesselsocke im Gesellschaftsschuh schieben, die Wade hinauf, das Schienbein hinunter und wieder hinauf, bis zur Kniekehle höchstens, da wurde dem forschen Fuß von der modischen Röhrenhose Einhalt geboten, aber Armins Hand löste sich aus der Umfingerung, suchte nach Weichem, nach Unerreichtem, Hüftfleisch unterm besten Sonntagskleid, frisch und gebügelt, allzu bereit, Köln-Deutz, wir waren gleich da.

Ein bisschen blass waren beide, als wir ausstiegen, den Kopf zurückgeworfen und mit leicht schwankendem Oberkörper hatten sie Mühe, der Wirklichkeit wieder ins Auge zu blicken: Anke Schuhmacher und Armin Mattes fuhren im Schülerbus nach Köln in die Oper. Anke lächelte ihr bedächtiges Lächeln, als hätte sie gerade eine Gleichung mit x Unbekannten gelöst, und Armins Gesicht hatte den Ausdruck eines genäschigen Katers.

Meinen Platz in der Oper überließ ich Anke, damit die neben Armin sitzen konnte. Wie ich Monika um ihre verführerisch trägen Bewegungen beneidete, mit denen sie sich in ihrem blauschwarz changierenden Seidenkleid durch die Reihen wand. Ich griff nach meinem Silberkreuz, meinem Tanten- und Geliebtenkreuz, und warf Monika einen schmerzlich-tapferen Blick sehnsuchtsvoller Entbehrung zu. Sah noch, wie Anke ihren Unterarm auf Armins Oberschenkel fallen ließ, hörte irgendwo noch ein Bonbonpapier rascheln, dann gingen die Lichter aus, und das Durcheinander der Töne verstummte. Man klatschte. Wieso? Doch nicht, weil das Licht ausging. Aber auch Monika klatschte, sogar Anke und Armin lösten ihre Hände und klatschten, also klatschte ich auch und spähte nach vorn. Das Klatschen verebbte. Stille. Kein Hüsteln, Räuspern, Knistern. Als hielte eine gewaltige Hand uns allen den Mund zu. Zwischen der rechten und der linken Schulter meiner Vorderleute sah ich zwei schwarzgekleidete Arme mit weißer Manschette sich heben. In der Rechten ein Stöckchen, der Taktstock. Ein weißbehaarter Hinterkopf. Der Dirigent. Natürlich. Ihm hatte der Beifall gegolten.

Und dann begann es, nein, es geschah. Ohne Beginn. Wie ein Sprung nicht beginnt, sondern ist, wie eine Verzauberung nicht beginnt, sondern im Geschehen geschieht, geschehen ist. Doch dies war mehr. Diese Töne bezauberten nicht, sie entrückten, machten alles anders, alles neu. Siehe, ich mache alles neu. Hatte ich diesen Schwindel, dieses Erschauern schon einmal gespürt? Diese Hingabe? In der Kirche war das gewesen, zur ersten heiligen Kommunion. Und dann noch mal zur Firmung. Als Honigmüller die Orgel geschlagen, der Chor das Sanctus gehaucht, behauptet, geschmettert und der Bischof das Chrisam-Kreuz auf unsere Stirn gezeichnet hatte: Widersagt ihr dem Teufel? Wir widersagen. Und all seinen Werken? Wir widersagen. War das hier Teufels oder Gottes Werk? Meine erste Oper.

Zu Hause hieß es bei den ersten Tönen einer Oper, eines Konzerts: ausmachen. Nix für usserens. Das hier aber war für mich. Für mich und für alle. Ohne Umweg über den Verstand führten die Töne direkt dorthin, wo die Großmutter den Himmel vermutete. Jedenfalls in eine andere, bessere Welt, nahe der Vollkommenheit; Annäherung daran, wie Gott die Welt gewollt hat. So dicht wie möglich. Wenn die Musik der Seele Nahrung ist.

Fast war ich gestört, als der Vorhang aufging. Doch was da vorn auf der Bühne geschah, machte die Stille vollkommen. Die Bühne lärmte nicht, die Augen liefen den Ohren den Rang nicht ab. Das lichte Halbdunkel, die schlichten Figuren der Sänger öffneten den Raum der Musik. Sie allein bestimmte, was geschah. Diese Musik bedurfte keiner »Aue am Ufer der Schelde bei Antwerpen...«, brauchte im Vordergrund links keine »mächtige alte Eiche«, keinen König Heinrich mit Krone und Purpurmantel, wie es der Dichter Richard Wagner sich vorgestellt hatte. Der Komponist Wagner brauchte nur die Musik. Stimmen und Gebärden. Gebärden, zeichenhaft und beredt, wie die liturgischen Gesten eines Geistlichen.

Wenn der Bass des Heerrufers »Fürsten, Edle, Freie von Brabant!« zum König befahl, der König die »Männer von Brabant« mit einer ebenso machtvollen Stimme begrüßte, lagen Kraft und Herrlichkeit in jedem Ton von Stimme und Orchester. Jeder Schritt, der getan wurde, jede Geste, jede Bewegung der Körper im Dienste der Musik, ja, mir schien, dass Wagner am Ende nicht die Musik zum Text, vielmehr den Text der Musik zugeschrieben hatte.

Musik, das war: Erlösung. Verklärung. Der Sänger *war* Lohengrin. Lohengrin, der Retter. Allein durch die Musik. Die Worte? Ich konnte kaum Wörter verstehen, obwohl ich die Geschichte kannte. Wie nah die hehrsten Worte noch dem Alltag waren und wie himmelsfern diese Musik, die Zufälligkeiten und Einzelheiten nicht gelten ließ, nichts mehr klebte am Stoff, »stets am Stoff klebt unsere Seele«. Nichts bedurfte der Vermittlung. Musik, das nicht Ver-Mittel-bare, das Un-ver-Mittelbare, das Un-Mittelbare, das jeden Mittels bare. Die Substanz des Textes war die Musik. Und die ließ keinen Zweifel am Geschehen.

Ich war nicht mehr bei mir, ich war bei der Sache, der Sache da vorn, der Sache der Musik, in der Sache der Musik, wenn denn die Musik, diese Musik eine Sache war, diese Sache nicht vielmehr ich selbst war, ich selbst die Musik war. Die Musik, meiner Seele Nahrung, die mich löste von mir, mich erlöste, und erlöse uns von dem Übel. Amen. So soll es sein. Auf immer und ewig. Wenn die Musik der Seele Nahrung ist.

In der Pause ging ich sofort in den Waschraum. Schloss mich ein und blieb, bis die Klingel zum zweiten Akt rief. Mir sei nicht gut, antwortete ich auf Monikas beiläufig besorgte Frage. Beseligt nickte sie einem Jungen zu, der sie mit einer knappen Verbeugung in unsere Reihe entließ. »Oberprima«, flüsterte sie mir zu. »Auf der Rückfahrt setzt er sich neben mich.« Ich nickte zerstreut.

Weit nach hinten verdrückte ich mich im Bus, sah stur aus dem Fenster. Gefallen, gefallen, schwirrte es von allen Seiten. Bloß nicht reden müssen! Könnte ich, grübelte ich, jemanden lieben, der mir beides verschweigt, Name und Herkunft? Ist es wirklich ein Glück, das Elsa zerstört? Kann es ein Glück, eine glückliche Liebe ohne Offenheit und Vertrauen überhaupt geben? Hatte Elsa nicht am Ende doch recht mit ihrer Frage, weil sie ihrer Liebe ein Fundament geben wollte? Hatte ich die Geschichte beim ersten Lesen nicht zu sehr mit Kinder- und Märchenaugen gesehen?

»Sie gestatten?« Ehe ich Ja oder Nein sagen konnte, saß Dirk Anklamm neben mir und klopfte eine Zigarette aus der Packung. Seine Hände standen von den Gelenken ab wie Paddel, die warten, ins Wasser getaucht zu werden. Jetzt bloß kein: Wie hat es Ihnen gefallen?

Anklamm inhalierte tief, und da war sie auch schon, die Frage, an mich gerichtet, auf dass ich richte, und ich sagte, was ich mir angewöhnt hatte zu sagen, wenn ich nichts sagen, dieses Nichtssagen aber vertuschen wollte, weil nichts zu sagen auch schon eine Antwort gewesen wäre. Ich sagte, um nichts zu sagen: »Interessant.«

Interessant. Ein Wort für alle Fälle. Allein die Betonung macht die Bedeutung. Innnteressant! Jede Silbe einzeln betont: das klingt nach Begeisterung, geheuchelt, echt, das kommt auf den Grad der Verstellungskunst des Sprechers an; tressant: das genügt gerade der Höflichkeit; interssant, mit Schwerpunkt auf der ersten Silbe, meint wohltemperierte Anteilnahme; interessant in mittlerer Lautstärke, mittlerem Tempo, begleitet von einem abwägenden Wiegen des Kopfes, signalisiert kritische Gewogenheit; interessant mit hochgezogenen Augenbrauen, die letzte Silbe lautlich leicht nach oben gebogen, verrät willentlich das Gegenteil, lähmende Langeweile.

Ich benutzte das Wörtchen so, dass der Fragende in meine Antwort hineindeuten konnte, was ihm beliebte, nur mein wahres Gefühl, mein lauteres Glück, das wollte ich nicht verraten.

Und während mein Nebenmann sich mit bleicher Hand eine Zigarette nach der anderen anzündete und dabei von Elsas Tonarten schwafelte, As-Dur und As-Moll, solange sie bedroht ist, dann, nach Lohengrins Ankunft und Sieg, B-Dur...«

»So, wie der Brautchor«, fiel eine Stimme von vorn ein, »B-Dur für Liebe und Glück.«

So, während Dirk Anklamm vom hellen A-Dur der Gralswelt, vom fis-Moll der Sphäre Ortruds referierte, schäumte in mir die Musik weiter fort, beglückend und süß. Seit meiner ersten Beichte hatte ich mich nicht mehr so rein, so fromm, so voller Liebe zu mir und zu allen gefühlt. Wenn die Musik der Seele Nahrung ist, o heilige Seelenspeise, o Manna Himmelsbrot. Eine von Hitlers Lieblingsopern? Hatte der sich etwa als Lohengrin, als Retter, gesehen?

Monika fand kein Ende, mich mit Dirk Anklamms ritterlichen Aufmerksamkeiten, die ihr nicht entgangen waren, aufzuziehen. »Der ist verliebt in dich«, behauptete sie anerkennend, als wir abends bei ihr in den Betten lagen. »Da macht mir keiner was vor. Überleg es dir: Der ist wenigstens da.« Und er hatte Namen und Wohnsitz. Herkunft.

Dirk Anklamm war der Sohn eines Schulzahnarztes. Das hätte mich warnen müssen. Doch die Aufmerksamkeit eines Oberprimaners vom Ambach-Gymnasium sicherte mir die Achtung der gesamten Klasse, nicht nur die der Mädchen. Zumal ich nicht die geringsten Anstrengungen unternommen hatte. Im Gegenteil. Anklamm war mir lästig. Vor allem, wenn er so unverhohlen zuversichtlich nach der Schule beim Brunnen im Park stand. Tag für Tag fragte er, ob er mir meine Tasche abnehmen dürfe, die ich ihm großzügig überließ. Er trug sie dann bis zur Bushaltestelle, Astrid, die denselben Weg hatte, kaum eines Blickes, geschweige denn eines Wortes würdigend.

Kam der Bus, gab er mir die Tasche mit einer ausladenden Geste wieder zurück, verbeugte sich und platzierte sich beim Papierkorb, von wo aus er mir am längsten nachwinken konnte. Fuhr der Bus los, hielt er die Grußhand mitten in der Bewegung an, als habe er das Zeichen zur Weiterfahrt gegeben.

Was wir miteinander sprachen, schien auch ihm nicht wichtig zu sein. Wichtig war, jedermann sah: Dirk Anklamm brachte ein Mädchen zum Bus. Einmal in der Woche tranken wir zusammen eine Cola in der Milchbar an der Bushaltestelle. Das genügte, damit wir in den Augen der anderen miteinander »gingen«. Mir war das recht. Milchbar und Anklamm erfüllten ihren Zweck. Ich war eine wie alle anderen. Und hatte so meine Ruhe. Mein Alleinunterhalter schirmte mich auf angenehme Art und Weise von wirklichen Gefühlen ab. Ich wollte nicht spielen und erst recht nicht wollte ich nicht-spielen. Fürs eine war mir meine Zeit zu schade, fürs andere mein Herz. Ich wollte keine Liebe. Ich wollte Abitur.

Dann machte Dirk Anklamm den Führerschein, durfte einen roten VW mit Klappverdeck fahren und lud mich zu sich nach Hause ein. Zu seinen Eltern.

Wie ein armer Verwandter, der mitzuhalten versucht, erinnerte Anklamms Haus an die herrschaftliche Wagenstein'sche Variante, vom Keuken'schen Anwesen ganz zu schweigen. Rauputz und schmiedeeiserne Schnörkel vor den Fensterscheiben, die Haustür aus buntem Bleiglas.

Frau Anklamm saß vorm Fernseher, sah kaum auf, als Dirk meinen Namen murmelte, und drückte flüchtig meine Hand. Im Fernsehen streifte eine Herde Rentiere durch eine Schneelandschaft.

»Ich zeige Hilla mein Zimmer«, murmelte Dirk, ergriff meine Hand und zog mich vorbei an einer Kakteensammlung auf einer mehrstöckigen Blumenbank; einem Liegemöbel, das die Großmutter Schäselong genannt hätte, und einem mit allerhand Häkelspitzen bedeckten Klavier, das aussah, als warte es seit undenklichen Zeiten darauf, wieder einmal geöffnet zu werden. Über einen persergemusterten Läufer ging es, auf beigegoldenem Teppichboden, passend zur seidig schimmernden Rupfentapete, quer durchs Zimmer zur Tür. Auslegeware genoppt, schoss es mir durch den Kopf, fünfzehn Mark der Quadratmeter, Extraqualität.

Dirks Zimmer war eine Bibliothek. Lexika und Fachbücher aus allen möglichen Gebieten. Goethes sämtliche Werke in der Hamburger Ausgabe von Trunz standen da. Kommentiert. So wie Schiller, Hölderlin, Kleist. Alle kommentiert. Mit Wanderkarte, würde Rebmann spotten.

Keine Romane. Keine Gedichte. Albert Ducrocq: *Der Mensch im Weltall*, Hans Marquardt: *Die Strahlengefährdung des Menschen durch Atomenergie*, Michael de Ferdinandy: *Tschingis Khan. Steppenvölker erobern Eurasien* lagen auf dem Schreibtisch.

Dirk sah mich erwartungsvoll und ein wenig unsicher an. »Gefällt es dir?«

Schon als Kind habe er den Wunsch gehabt, zu wissen, erzählte er, während er mir eine Cola einschenkte.

»Das Wissen der Welt?«, lächelte ich, eingedenk des Brockhaus im Kölner Schaufenster.

»Ja«, gab Dirk ernsthaft zurück. »Das Wissen der Welt.« Kaum habe er lesen können, sei ihm ein Kinderlexikon geschenkt worden. Da habe er begonnen, alles auswendig zu lernen.

»Das ganze Lexikon?«, entsetzte ich mich.

»Naja, knapp zweihundert Seiten«, räumte Dirk ein. »Für Kinder eben. Aber das muss mein Gedächtnis enorm trainiert haben. Ich behalte einfach alles. Besonders, wenn ich es gelesen habe. Das sitzt in meinem Kopf wie photographiert.«

Dirk übertrieb nicht. Er konnte in seinem Kopf nachschlagen wie in einem Lexikon. Man konnte ihn alles fragen. Reden konnte man mit ihm nicht. Sein Gedächtnis, sein riesiges Faktenwissen auf den unterschiedlichsten Gebieten kam ihm regelrecht dazwischen. Wo andere Menschen im Gespräch einem Gedanken nachgingen, ein Gespräch führten – führen, sich führen lassen, Umwege machen –, wurde Dirk, bevor er noch zu denken anfangen konnte, bevor er versuchen konnte, eine eigene Meinung, einen eigenen Gedanken zu formulieren, von seinem Gedächtnis, seinem Wissen überwältigt. Er musste sein Wissen loswerden. Am liebsten hörte ich zu, wenn er entlegene, ganz und gar unnütze Angelegenheiten aus der Antike hervorkramte, etwa aus dem römischen Literaturleben erzählte: Kein Gastmahl habe es gegeben ohne Vorleser, oftmals eine Qual, wenn einer »mit Nuscheln und Näseln« schon beim dritten Buch war, »und noch immer kam der Nachtisch nicht herein«. Bei öffentlichen Lesungen seien die Dichter von gelangweilten Zuhörern sogar mit Steinen beworfen worden. Selbst Martial, den Dichter, hatte Dirk bei einem unserer ersten Treffen parat, so, wie Peter Bender damals Pflanzen aus seinem Blumenbuch. »Dass dir niemand gern begegnet, / dass, wohin du auch kommst, Flucht einsetzt / und gewaltige Öde um dich herrscht, Ligurinus, / dafür willst du den Grund wissen? Du bist allzu sehr Dichter.«

»Großartig«, hatte ich ihn gelobt und den späteren Bus genommen.

Danach überreichte er mir jedesmal eine Anekdote aus der Antike wie einen Blumenstrauß.

»Cicero«, sagte Dirk. »*De oratore*«, und ich fürchtete schon, er käme mir jetzt mit Latein. Es klopfte. Die Mutter. Kaffeetrinken.

Getragene Musik erfüllte das Wohnzimmer. Im Fernsehen ein Standbild: das Porträt John F. Kennedys, schwarzumrahmt, mit Trauerflor.

Frau Anklamm wirkte unscheinbar und korrekt wie ihr Sohn; das gleiche kurze aschblonde Haar, die blasse Haut, helle Augen, die mich gelangweilt musterten. Warum fühlte ich mich fehlerhaft, schiefgetreten wie ausgelatschte Schuhe? Ob es sich denn angenehm lebe in Dondorf, fragte sie mich, Kapitel zwei im *Einmaleins des guten Tons*: »Wie eröffne ich ein Gespräch?«

Ehe ich antworten konnte, ergriff Dirks Vater Schritt für Schritt den Raum. Dazu gedämpfte Klänge aus dem Fernseher, wo noch immer das im Photolächeln erstarrte Antlitz Kennedys stand.

Fast war Herr Anklamm beim Esstisch angelangt, da machte er einen Bogen, schwenkte nach links zum Fenster, wo ein Aquarium, größer als unsere samstägliche Zinkwanne, einen Alkoven ausfüllte. Hier griff er in eine Silberbüchse und streute mit einem milden, gleichsam segenspendenden waagerechten Schwung, allerlei trockenes Kleingetier, gestoßene Algen und Muschelkalk, so die Erklärung des Sohnes, in das Becken zwischen Wasserpflanzen und Tuff-Felsen, worauf das blaugoldene Fischvolk sich nicht etwa stürzte, sondern, als passe es sich seinem Halter an, gemächlich durch Höhlen, Bögen und andere Schlupflöcher heranschwänzelte und sich glotzäugig, glubschmäulig aus dem Überfluss bediente.

Im Fernseher war das Standbild verschwunden. Archivfilme zeigten Kennedy beim Schwur auf die amerikanische Fahne: »So wahr mir Gott helfe.« Seine Heirat mit Jacqueline Bouvier, den Familienvater beim Segeln. Der Politiker mit de Gaulle, Macmillan, mit Chruschtschow; zum ersten Mal besuchte ein Präsident der USA den Papst in Rom. Mit Bundeskanzler Konrad Adenauer fuhr er in Köln auf dem Domplatz vor, wo ihn das Transparent »Gaude Felix Colonia« begrüßte, Worte, die Sellmer vor Monaten zu einem seiner unwiderstehlichen Vorträge über die Lebendigkeit des Latein hingerissen hatten. Kennedy hatte den Gruß mit »Kölle Alaaf« erwidert, der Großmutter waren die Tränen nur so runtergelaufen.

Und er stand noch einmal in Berlin auf der Straße des 17. Juni, vor dem Brandenburger Tor, das mit roten Tüchern verhängt war, stand am Checkpoint Charlie in der Friedrichstraße an der Mauer mit Stacheldraht und schwer bewaffneten Soldaten, der »Friedensgrenze«, stand auf dem Balkon des Schöneberger Rathauses. Noch einmal läutete die Freiheitsglocke über den Rudolph-Wilde-Platz, noch einmal hörte man das unvergessliche Bekenntnis: »Alle freien Menschen, wo immer sie leben mögen, sind Bürger dieser Stadt Berlin, und deshalb bin ich als freier Mann stolz darauf, sagen zu können: Ich bin ein Berliner.« Der Ton wurde abgedreht.

Und dann stand Dirks Vater vor mir. Und ich traute meinen Augen nicht: Dieser Mann in häuslicher Tweedhose, melierter Strickweste, weißem Hemd mit tiefblauer Plüschfliege, die an einem unterm Hemdkragen verschwindenden Gummiband hing, dieser Dr. med. dent. war mir bekannt. Dieser Schulzahnarzt war *mein* Schulzahnarzt. Der Schulzahnarzt Rhein-Wupper-Kreis, der mir vor Jahren die Zahnspange verordnet hatte.

Gesenkten Hauptes ergriff ich seine Hand, eine weiche, beinah knochenlose Hand, deren linker Zeigefinger sich gleichwohl energisch in die Mundwinkel bohren konnte, um, mal rechts, mal links, das Wangenfleisch vom Kiefer zu zerren.

Kaum öffnete ich die Lippen, um seine mit knarrender Stimme vorgetragene Begrüßung zu erwidern.

Spätestens an dieser Stimme hätte ich ihn überall wiedererkannt, diesen Dr. med. dent. Heribert Anklamm, der mich damals vor der Klasse die Zähne hatte blecken lassen und dazu »Überbiss« geschnarrt hatte, »Überbiss und Schiefstellung Oberkiefer, Engstellung Unterkiefer«. Eine geradezu sadistische Ausgelassenheit hatte der Schulzahnarzt angesichts dieser Unordnung gezeigt, die aus der Welt zu schaffen er auf Erden war.

Es fiel mir nicht schwer, Herrn Anklamm mit geschlossenen Lippen ein reizendes Lächeln vorzuführen, kein Problem, mit kaum geöffnetem Mund recht deutlich zu sprechen. Und so hätte ich die Fragen nach meinem Fortkommen im Aufbaugymnasium, der Qualität der Lehrer und des Lehrstoffs zweifellos in zufriedenstellender Tonqualität beantworten können, wäre der Fragende nicht Dr. med. dent. Schulzahnarzt gewesen. Der schaute den Menschen nicht in die Augen, sondern aufs Gebiss und bat mich nach der dritten Frage, der nach der Qualität des Mathematikunterrichts, doch etwas lauter und deutlicher zu sprechen, den Mund aufzumachen, haha, ich sei doch hier nicht beim Zahnarzt, haha.

Aber da kam mir Dirk zu Hilfe, indem er einen Witz aus der Sammlung des Philogelos, des Lachfreunds, zum Besten gab. Und während Frau Anklamm mit unbewegter Miene den Blick auf Kennedys Leben und Tod gerichtet hielt, rief der Herr des Hauses angeregt: »Da erscheint nun wieder einmal die ganze Antike im hüpfenden Irrlicht des Witzes! Zu Tisch, zu Tisch!« Schlug die weichen Hände zusammen, ein Geräusch, als klatschte die Mutter den Putzlappen gegen den Eimerrand, und drehte den Ton am Fernseher lauter.

Noch einmal Kennedy vor dem Brandenburger Tor, dem Schöneberger Rathaus, wie oft hatten wir in diesen Tagen diese Bilder gesehen, und dann das andere, immer wieder das andere: der Präsident zusammengeschossen im Fond der Limousine, seine Frau über ihn gebeugt; die Bilder seines Mörders oder des Mannes, der sich als sein Mörder bekannte oder dazu ernannte. Und nun die Übertragung des Begräbnisses.

»Was darf ich Ihnen geben?« Frau Anklamm ließ den Tortenheber über einer Platte mit Gebäck kreisen. Ich konnte den Blick vom Sarg unter der Flagge Amerikas nicht lösen, war bei der Trauergemeinde im runden Kuppelbau, »Kapitol«, sagte der Sprecher.

Fern in der Welt wurde der Sarg von Soldaten in den Uniformen der Heeresgattungen auf die Schultern gehoben, gut sichtbar und ganz nah in diesem Wohnzimmer des Schulzahnarztes, wo jetzt ein Törtchen auf meinen Teller fiel, Sahne drauf, während der Mann im Sarg von den Toten auferstand, immer wieder von den Toten auferstand, in bewegten Bildern aus immer fernerer Vergangenheit, Präsident und Vater, ein junger Mann, ein Jüngling, ein Kind, und immer wieder zurück in den Sarg unter die Flagge.

»Ja, Fräulein Palm, nun lassen Sie es sich schmecken. Und erzählen Sie doch mal, wie das so zugeht auf einem Aufbaugymnasium?« Mühelos beherrschte der Zahnarzt die Kunst zu kauen, zu schlucken und dabei zu sprechen, mit vollem Mund, mit schluckendem, beißendem Mund, zuversichtlich, selbstgewiss. Jetzt wurde der Sarg auf der Lafette abgestellt.

»Schmeckt es Ihnen nicht?« Frau Anklamm nagte an einer Makrone, ohne den Blick vom Bildschirm zu wenden.

»Sie sagen ja gar nichts, Fräulein Palm, hier beißt sie doch keiner.« Herr Anklamm drehte den Kopf vom Fernsehbild weg, vom Sarg auf dem vierrädrigen Wagen weg, der verschleierten Frau, den Kindern weg, mir zu drehte sich der Kopf des Schulzahnarztes: »Natürlich! Ich kenne Sie doch! Mittelschule Großenfeld. Ihnen hab ich damals die Zahnspange verordnet. Den Brief an Ihre Eltern geschrieben! Tragen Sie die Spange denn nicht?«

»Aber, Papa«, wagte Dirk, das Wort auf der zweiten Silbe betonend, einzuwerfen.

»Schmeckt es Ihnen nicht?«, wiederholte Frau Anklamm und schob sich ein Mandelhörnchen auf den Teller. »Sie essen ja gar nicht, Fräulein Palm.«

»Verloren«, sagte ich. Zog mit den Lippen langsam ein Kuchenstück von der Gabel in den Mund, vor meinen Augen im Fernsehen die verschleierte Frau, ganz nah, die Kinder an der Hand.

»Na also, es schmeckt doch! Ach, nun sehen Sie mal, die beiden Kleinen mit ihrer Mahmaah, wie süß.«

»Verloren?«, echote der Schulzahnarzt. »Ich weiß doch, was so eine Zahnspange kostet. So etwas verliert man nicht!«

»Verloren«, bestätigte ich und grinste den Mann mit vorgeschobenem Unterkiefer an.

»Verloren!« Der Schulzahnarzt holte Luft.

»Mach mal lauter, Dirk«, rief die Mutter, »die Trommeln, nein, so was Trauriges. Und die schönen Pferde!« Sechs Schimmel zogen die Lafette, sechs Schimmel, nur auf einer Seite beritten. Frau Anklamm nahm einen Schluck Kaffee, »verloren«, sagte ich, und jenseits des Atlantiks stampfte ein Pferd in Großaufnahme, setzte der Trauerzug sich in Bewegung. Trommelwirbel, düster, dumpf, unerbittlich, hinter der Lafette verlorenes Hufeklappern, ein Pferd ohne Reiter, am Sattel ein Säbel, in den Steigbügeln leere Stiefel. »Black

Jack«, sagte der Sprecher, Symbol für einen Soldaten, der alle Schlachten hinter sich hat. Die Trommeln wurden lauter, der Sprecher schwieg.

»Verloren«, wiederholte der Zahnarzt. »Dirk, mach den Ton bitte leiser. Wie kann man so etwas verlieren! Das kostet doch Hunderte...«

»Neunhundert«, bekräftigte ich mit verzweifeltem Trotz.

»Neunhundert deutsche Mark!« Herr Anklamm blies die Backen auf und ließ die Luft geräuschvoll entweichen. Dann, unter anschwellendem Trommelschlag: »Leichtsinniges Ding!«

Dirk fuhr dazwischen: »Da wird ein Staatsmann zu Grabe getragen. Und du redest über Zahnspangen.«

»Dann schalte das Ding ab! Sofort! Was gehen uns die Amerikaner an!«

»Aber Sie essen ja gar nichts, Fräulein Palm, schmeckt es Ihnen nicht bei uns?« Frau Anklamms Stimme erinnerte an kalten Haferschleim.

Niemand hielt mich zurück, als ich behauptete, nach Hause zu müssen. Der Schulzahnarzt wies noch einmal auf die bösen Folgen meines Leichtsinns hin, dann schlug die Tür hinter mir zu, wie man ein Buch zuschlägt nach einem Kapitel, das einen zu sehr bedrängt hat.

Dirk folgte mir. »So ist er«, druckste er. »Über Zähne lässt er nicht mit sich spaßen. Warum schaffst du dir denn keine neue Spange an? Schöne Zähne: Das ist doch was fürs Leben.«

In den kahlen Vorgärten lag nebelschwere Luft. Die Straße übersät mit nassem Laub und abgestorbenen Zweigen. Aus einem der Bungalows klang gedämpft ein Klavier. »*Die Stumme von Portici*«, brachte Dirk die Töne auf Linie, »die Ouvertüre. Von Auber.« Ein kleines Männchen führte seinen Dackel spazieren. Noch ehe wir eingestiegen waren, hatte der Nebel die beiden verschluckt.

»Seltsam, im Nebel zu wandern«, sagte ich leise vor mich hin. Dirk ließ den Motor aufheulen.

»Ja«, sagte er. »Gut, dass wir nicht laufen müssen.«

Ich drehte die Heizung voll auf. Deutsche Gedichte hatte Dirks Gedächtnisspeicher nicht vorrätig.

Zu Hause hing der Duft von Gewitterkräutern in der Küche. Der Vater, die Mutter, die Großmutter, der Bruder hatten gemeinsam mit Julchen und Klärchen die Beisetzung Kennedys gesehen. Die Großmutter und die Nachbarinnen, erzählte Bertram abends im Bett, hätten den schmerzensreichen Rosenkranz gebetet, leise, nachdem der Vater: »Halt de Muul!«, geschrien und den Ton unerträglich laut gedreht habe. Die Großmutter habe geweihte Kräuter verbrannt und die Mutter eine Kerze auf dem Fernseher angemacht. Sehr zufrieden habe die Großmutter vermerkt, dass auch zwei getaufte schwarze Heidenkinder in Uniform den Sarg getragen hätten. »Schließlich war dä Kennedy jo kattolisch.«

Bertrams Frage nach meinem Besuch bei Anklamms wich ich aus: zu müde. Mein Verehrer hatte zwar Name und Adresse, mein Retter war er nicht. Und wozu auch?

Nachts verstrickten mich wirre Bilder in einen unruhigen Schlaf. Das Pferd mit Sattel und Säbel, den leeren Stiefeln, Tortenheber kreisend überm Gebäck unter den Trommelwirbeln des Trauerzugs, meine Zahnspange in der Faust des Vaters, der doch mein Pappa war, trotz allem. Und kein Pahpaah.

Bald nach diesem Besuch gab ich Dirk Anklamm den Laufpass, trat den Vorhaltungen Monikas mit der Darstellung dramatischer Gewissenskämpfe zwischen der Treue zum fernen Geliebten und dem nahen Bewerber entgegen. Malte ihr schlaflose Nächte, Albträume, Herzkrämpfe aus, bis schließlich sie es war, die meinem Verehrer giftige Blicke zuwarf, wenn der sich mir näherte. Ich blieb meinem Finnen treu. Meinem geliebten finnischen Hirngespinst. Mein Doppelleben auf dem Papier weit weniger anstrengend als die Wirklichkeit. So viel befriedigender, etwas Schönes an die Stelle zu schreiben, wo nichts war, als Geschehenes zu beschönigen. Etwas Schönes zu reden, als etwas schönzureden. Einem fernen Papieringenieur hielt ich die Treue, das sprach sich herum, und je mehr davon sprachen, desto wahrer wurde die Geschichte, desto güldener glühte mein Heiligenschein. Sogar Melzer, der Philosophielehrer, schien die zynische Herablassung, mit der er uns behandelte, mir gegenüber einen Hauch zurückzunehmen. Es gab sie also doch, die reine, selbstlose Liebe. Auch wenn er, darin der Mutter nicht unähnlich, wohl orakelte: Das dicke Ende kommt noch. Da durfte er lange warten. Ich hatte mein Liebesleben in der Hand.

Monika konnte zwar wie alle anderen nicht umhin, meine Treue zu dem fernen Geliebten zu bewundern, doch weit lieber hätte sie mich Arm in Arm mit einem ganz normalen Primaner aus Fleisch und Blut gesehen. Wäre ich wenigstens einmal mit ihr auf eine der Feten gegangen! Doch wenn Clas zum Geburtstag den neuausgebauten Partykeller einweihte, und alle fuhren hin, fuhr ich mit dem Fahrrad ums Dorf. »I want to hold your hand«, sangen die Beatles, und ich umklammerte den Lenker fester, trat in die Pedale, als gälte es noch einmal, Sigismund nicht zu verpassen, am Notstein, dem Möhnebusch, am Rhein. »Rote Lippen soll man küssen«, befahl Cliff Richard, und ich rieb die meinen gegeneinander. Bis zum Abitur weder Händchen noch Lippen noch Mond und Sterne. Bis zum Abitur nichts als lernen, wissen, abwarten. In aller Ruhe.

Zu Hause lebte ich wie ein entfernter Verwandter mit Familienanschluss; gemeinsame Sonntagsessen und Kirchenbesuche an Feiertagen. An runden Geburtstagen, gelegentlich auch an Namenstagen von Verwandten, fuhr man nach Großenfeld, Strauberg, Ploons, vor allem aber nach Rüpprich, wo es bei den Tanten und dem falschen Großvater noch immer etwas zu holen gab. Essen, Messe, Besuche hielten die Familie zusammen. Und das Fernsehen. Das vor allem. Wenn in *Kristall* oder im *Echo der Zeit* geklagt wurde, Fernsehen ruiniere das Familienleben, zerstöre Gespräche und Geselligkeit, konnte ich nur den Kopf schütteln. In der Altstraße 2 verlief das umgekehrt. Wann zuvor – vor dem Einzug des Fernsehers – hatte ich jemals abends um acht mit der Familie zusammengesessen?

Sogar die Mutter versäumte die *Tagesschau* nicht. Nirgends sonst wurde ihre Lust an der Katastrophe so zuverlässig bedient, Desaster weltweit, täglich frisch, da kam kein Dorfklatsch mit. Die Flutkatastrophe in Hamburg: Tagelang hatte sie mit dem Frauenverein Spenden für die Opfer gesammelt. Vera Brühne lebenslänglich: für die Frauen im Dorf wochenlanger Genuss; abgelöst erst durch die Scheidung vom Schmitze Billa vun singem Tünn nach drissisch Johr. Für Peter Fechter, den DDR-Grenzer bei einem Fluchtversuch an der Mauer verbluten ließen, bestellte die Großmutter eine Seelenmesse. Und Marilyn Monroes Selbstmord mit Alkohol und Tabletten bestätigte der Mutter wieder einmal: »Dat dicke Äng küt noch.«

Die Grenzen des Dorfes verschoben sich, dehnten sich bis an den Horizont der Grundig-Fernsehtruhe. Schrumpfte die Welt auf Dondorfer Maß? Oder wurden aus Dorfbewohnern auf Knopfdruck Weltbürger? Et küt drop an, hätte der Großvater gesagt.

Statt »Stell dir dat emal vor« hörte man nun immer öfter »Has de dat jesinn?«, und das meinte nicht länger nur Neues aus Dondorf.

Außer sich stürzte die Tante eines Sonntagmorgens noch vor dem Hochamt herein. »Dä Doll hätt acht Stund op dr Ääd jeläje. Am Kopp und am Foßäng ene duude Has! Un von hinge han de Hippe jemeckert!* Un dafür bezahle de Lück och noch Jeld! Hilla, wat säst du dann dozo!«

Bis in die *Tagesschau* hatte es der Düsseldorfer Lehrstuhlinhaber für Monumentale Bildhauerei gebracht, nur Sekunden

---

* Der Verrückte hat acht Stunden auf der Erde gelegen. Am Kopf und am Fußende ein toter Hase! Und von hinten haben die Ziegen gemeckert!

seiner Aktion waren gezeigt worden, genug, um nicht allein die Tante gegen einen Mann aufzubringen, der in Kopf- und Fußbegleitung zweier toter Hasen und Ziegengemecker vom Tonband, acht Stunden seines Lebens auf dem Boden liegend zugebracht hatte.

»Happening«, erklärte ich der Tante. »Ist Kunst.«

»Häppening? Nä, so heißt dä Kääl nit. Un Kunst?«, schnaubte die Tante. »Dat soll Kunst sin? Dat kann isch och! Do murks isch dem Rudi de Schildkröt aff un dem Maria dat Vöjelschen, un dann ab en de Heia, un dat es dann Kunst! Nä! Maria, häs de ne Melissenjeist für misch?«

Wer wollte, konnte lernen. »Hätten Sie's gewusst?«, fragte Heinz Maegerlein; Spielfilm, Geschichte, Malerei, Sagen der Völker, Tierleben. Der Vater ließ keine Sendung aus. Und Grzimek. Sobald der von der *Hörzu* als »bester TV-Hauslehrer« gelobte Zoologe sein Publikum mit »Guten Abend, meine Freunde« begrüßt hatte, wobei ein Schimpanse die Zähne in die Kamera fletschte, war es gefährlich, den Vater zu stören. *Ein Platz für Tiere* von Bernhard Grzimek oder die Filme von Heinz Sielmann: Die Frage, wer der Bessere sei, spaltete die Nation bis in die Verwandtschaft. Der Vater zog den trockenen, professoralen Ton Grzimeks vor, der weniger die Abenteuerlust, denn den Wissensdurst der Zuschauer befriedigte. Mutter und Tante machten sich aus beiden Sendungen nichts, und der Großmutter war die Verbrüderung des Menschen mit den tierischen Verwandten sogar suspekt. Sie ahnte, dass hier ihrem Glauben an die Erschaffung Adams aus Lehm und Gottesatem auf subtile Weise widersprochen wurde. Doch auch sie kam auf ihre Kosten und feierte jede Messe aus den schönsten Kirchen Deutschlands mit. Wer wollte, konnte dabei sein, mit eigenen Augen.

Jack Ruby erschoss vor unseren eigenen Augen Lee Harvey Oswald, den Mörder Kennedys; wir marschierten mit Martin Luther King auf Washington, hörten seine Stimme: »I have a dream.« Ende Oktober warteten Mutter und Großmutter zwei

Wochen lang auf Neuigkeiten vom Grubenunglück in Lengede; ließen den Fernseher auch tagsüber laufen, schalteten immer wieder von ARD zu ZDF, das seit April dazugekommen war, und liefen aufgeregt zwischen Fernseher und Küche hin und her, wenn das Bild »Wir schalten um. Bitte haben Sie Geduld« nicht verschwinden wollte, was manchmal eine halbe Stunde dauern konnte.

Der 1. FC Köln, Tabellenführer und Vorjahresmeister, verpatzte die Meisterschaft; Konrad Adenauer, erster Kanzler der Bundesrepublik, dankte nach vierzehn Amtsjahren ab. Für anderthalb Millionen West-Berliner öffnete sich zum ersten Mal die Mauer. Wir waren dabei.

Und wir waren dabei, als in Frankfurt der größte Schwurgerichtsprozess nach dem Krieg eröffnet wurde. Zweiundzwanzig Männer saßen auf der Anklagebank. Männer, die sich auf dem Bildschirm in nichts von den Anklägern, Staatsanwälten, dem Richter unterschieden. Bessere Herren saßen da, gutsituiert, in Schlips und Kragen. Anständige Berufe. Exportkaufmann, Apotheker, Diplomingenieur, Krankenpfleger. Höhere Angestellte. »Angekommen im Wirtschaftswunder«, kommentierte der Sprecher. Spießbürger mit Gamsbart und Melone. Schon Goethes Faust wusste: Der Teufel weiß sich zu tarnen als Jäger mit rotem Wams und Hahnenfeder am grünen Hut. Ist kinderlieb, der Teufel, wie Höß, der die Jungen und Mädchen, die er mit Phenol zu Tode spritzte, »ganz allerliebst« fand. Und so brav und tapfer, nicht eines von ihnen habe um sein Leben gebettelt. Lässt es sich schmecken, der Teufel, so wie Regierungskriminalrat Ewald Peters. Hatte noch eine Woche, bevor er unter dem Verdacht des Massenmords verhaftet wurde, mit dem Bundeskanzler in Rom getafelt. Und sich nach knapp einer Woche U-Haft dort erhängt. Feige ist der Teufel, so, wie Richard Baer, der sich bei seiner Verhaftung in die Hose machte. Und frech, so, wie der Hamburger Kaufmann Robert Mulka, der den Staatsanwalt Kügler wegen Beleidigung anzeigte, weil der ihn, den SS-Mann, einen »Angehörigen eines uniformierten Mordkommandos« nannte.

Zwei Jahre hatten die Staatsanwälte Joachim Kügler und Georg Friedrich Vogel mit der Spurensuche zugebracht; beauftragt vom hessischen Generalstaatsanwalt Fritz Bauer; ihm hatte man die Dokumente mit Namenslisten von SS-Funktionären zugespielt. Eintausenddreihundert Zeugen wurden vernommen. Achtzig Aktenordner, siebentausend Seiten: die Anklageschrift.

Wer sich informieren wollte, konnte das tun. Vom Wohnzimmersessel aus. *Bleiben die Mörder unter uns?* fragte eine Dokumentation in Anlehnung an Wolfgang Staudtes Spielfilm aus der Nachkriegszeit *Die Mörder sind unter uns*. Fritz Bauer diskutierte mit Studenten über die Verjährung von NS-Verbrechen, schilderte die Entstehung des Auschwitz-Prozesses. *Tagesschau*, *Panorama*, *Report* hielten uns auf dem Laufenden.

Fassungslos saß ich vor dem Fernseher. Wie konnte man das Grauen, das Unvorstellbare, auf die »Sachlage«, wie es hieß, reduzieren? Waren es vier Millionen oder doch »nur« dreieinhalb? Wie viele wurden durch Phenol, wie viele durch Gas getötet? Erschlug man die Gefangenen auch mit der Schaufel? Wie viele konnte man aufhängen, ehe der Galgen zu Bruch ging? Dass das Unmenschliche menschlich ist, ich konnte es nicht begreifen. Dass es Menschen waren und keine Bestien. Noch im Vergleich mit einer Bestie ist die Entschuldung angelegt: Wilde Tiere können nicht anders, der Mensch aber doch. Das Entsetzen war allgemein. Ungeteilt. Geteilt waren die Reaktionen darauf.

»Suum cuique«, schrieb Sellmer an die Tafel. Jedem das Seine. Kannte doch jeder. »Jedem dat Seine, un mir en bissjen mehr!«, schnaufte der Onkel aus Ruppersteg, wenn er sich nach dem Essen den Hosenbund aufknöpfte und den Zigarrenschneider betätigte. Das aber wollte der Lehrer sicher nicht hören, als er fragte, ob und wo wir den Spruch, lateinisch oder deutsch, schon einmal gehört hätten, wartete auch unsere Antworten gar nicht erst ab, holte vielmehr weit aus, bis zu den Griechen.

Auf Platon, der die Worte Sokrates in den Mund gelegt habe, gehe der Grundsatz zurück. Jeder solle das Seine für Gemeinschaft und Staat tun, wie es seinen Fähigkeiten und Möglichkeiten entspreche; alsdann solle er das Seine bekommen, und niemandem solle das Seine genommen werden. Bei Cicero, so Sellmer, nehme der Gedanke dann schon konkreten politischen und rechtlichen Inhalt an. Zum Schlagwort aber habe 534 nach Christus Kaiser Justinian I. die beiden Wörtchen gemacht, als Grundlage seines *Corpus Iuris Civilis*. Fünfundfünfzig Bände umfasse dieses erste zivile Gesetzbuch der Welt, das die bürgerliche Gesetzgebung bis heute beeinflusse. »Ganz zu Beginn heißt es«, Sellmer griff zur Kreide, »Iuris praecepta sunt haec: Honeste vivere, alterum non laedere, suum cuique tribuere. Heißt? Nikolaus Opulentus!«

Und Clas Reich übersetzte: »Die Vorschriften des Rechts sind diese: Ehrenhaft leben, den anderen nicht lädieren, äh, beschädigen, nein: verletzen, jedem das Seine zuteilen oder gewähren.«

»Bene dictum!«, lobte Sellmer. »Die Gebote des Rechts sind diese: ehrenhaft leben, den anderen nicht verletzen, jedem das Seine gewähren. Wobei alterum meint: einer von zweien, also immer mich und den anderen. Fast schon ein Verweis auf den Kant'schen Imperativ, der da lautet? Pius!«

Mehrere Formulierungen dieses Imperativs gebe es, erwiderte der angehende Theologe prompt, dann in einem Ton, als verläse er von der Kanzel, tat er kund, dass das eigene Handeln stets ein Vorbild für alle sein solle.

Astrid, die, kaum dass sie die Worte an der Tafel gelesen hatte, unruhig hin und her gerutscht war, hielt es nicht mehr auf ihrem Stuhl. »Buchenwald!«, rief sie, sprang auf, setzte sich wieder. Bleich, mit zusammengebissenen Zähnen.

Schweigend nahm Sellmer noch einmal die Kreide. »JEDEM DAS SEINE«, schrieb er, griff zum Lineal, zog einen Strich über, einen unter die Lettern, zog zwei Längsstriche rechts und links der Zeile und weiter nach unten, teilte das Rechteck noch einmal mit zwei Längsstrichen, zog durch die Längsstriche Schrägstriche, ein Gitter entstand, Rhombe um Rhombe. Kreide scharrte auf Schiefer, leise klappte das Lineal auf die Tafel, wurde sachte verrückt, ein Schrägstrich und noch einer, an der Tafel ließ sich das Grauen nieder, Sellmer zog die Schultern hoch, als fröre ihn. Wie frostbefallen saßen wir da vor der Zeichnung des Lateinlehrers Dr. Johannes Sellmer, und ich musste die Augen abwenden von diesen dürren Linien, dem harmlosen Gitterwerk, dahinter Qualen, Leiden, Schmerz, der Tod, hin zum Fenster, wo der Regen rieselte, Trost rieselte, du sollst ja nicht weinen, wie eine Musik.

»Buchenwald!« Sellmer stellte das Lineal lauter als nötig in die Ecke, brachte uns aus der Erstarrung zurück in die Klasse. »So ungefähr sah es aus, das Tor zum KZ. Das Mittelstück. Der Kommunist Ernst Thälmann, der Sozialdemokrat Rudolf Breitscheid, der evangelische Pfarrer Paul Schneider, der katholische Priester Otto Neururer, mehr als zweihunderttausend Menschen wurden hinter dieses Tor verschleppt.« Sellmer räusperte sich und sprach mit gewohnter Lehrerstimme weiter: »Nun wissen Sie, woran Sie sind, wenn Ihnen dieses Motto in Zeitung und Fernsehen begegnet. Perverse Nazidemagogie. Auch Worte können verhöhnt und gedemütigt werden wie Menschen.«

Damit entließ er uns in die Pause, die wir ungewöhnlich wortkarg verbrachten. Still, die Köpfe über Bücher und Hefte gesenkt, fand uns in der nächsten Stunde Mathematicus Meyer, der wie gewöhnlich die Tasche aufs Pult polterte und schon im Gruß die Hand nach der Kreide ausstreckte. Ein Blick auf die Tafel, Meyer schrak zurück, die Hand um das Kreidestück gekrampft.

»Wer war das?«, stieß er hervor, tonlos, sein rosiges Gesicht ins Purpurne verfärbt. Und noch einmal: »Wer war das?« Mit fester Stimme jetzt. Drohte er uns?

Clas stand auf und fast gleichzeitig mit ihm Rolf Armbruster; Anke stand auf und Monika; Astrid und ich; Alois und der schöne Armin; alle standen auf, ein einziger Aufstand.

»Setzen!« Meyer griff zum Schwamm, eigenhändig, was noch nie vorgekommen war, Tafelputzen bei Meyer war eine Ehre, die er nur den Besten zukommen ließ. Eigenhändig zum Schwamm griff Meyer, tauchte ihn eigenhändig in den Eimer, den der Hausmeister jeden Morgen frischgefüllt bereitstellte, und wischte Suum cuique und Jedem das Seine, wischte Linien längs und quer und X mal X aus der Welt der Schiefertafel in der Baracke des Wilhelm-von-Humboldt-Gymnasiums. »Dafür haben wir nicht jahrelang draußen geblutet, dass man uns jetzt in der Heimat nach Jahr und Tag hiermit verfolgt. Wir haben genug gelitten. Schluss!«

An diesem Tag rührte Meyer die verdorbene Kreide nicht mehr an und rief auch keinen an die Tafel, als lauerte unterm Schiefer die Vergangenheit, bereit, bei jeder Berührung heraufzubrennen. Diktierte vielmehr mal in mürrischer Langsamkeit, mal in rasendem Tempo eine Aufgabe nach der anderen, wobei es ihm kaum etwas auszumachen schien, ob wir folgen konnten, Hauptsache, wir kamen nicht zum Nachdenken.

Nicht nur der Mathematiklehrer hatte von dieser Vergangenheit genug.

»Wat solle de Lück denke«, empörte sich Tante Berta, die Lück da draußen! Sie war vor wenigen Wochen von einer Busfahrt nach Holland zurückgekommen. »Blütentraum«, hatte die Reise geheißen, und die Tante war von einigen Dondorfern mit dem Kauf exotischer Zwiebeln beauftragt worden. »Mer woren kaum us däm Bus raus«, so die Tante mit bebender Stimme, da seien zwei Kinder, zwei Rotznasen, auf ihren Fahrrädern vorbeigeschossen und hätten gebrüllt: »Nazis eruit!«, und die Fäuste gegen sie geschüttelt. Das aber war erst der Anfang. Die Blumenschau hätten sie ja gebucht, da mussten sie uns reinlassen, so die Tante. Aber kein freundliches Wort, kein nettes Gesicht.

»Nit ens, wie isch für fuffzisch Mark Zwibbele kaufen wollt!« Für fünfzig Mark Tulpenzwiebeln, für Nachbarschaft und Familie, und kein einziges holländisches Lächeln. »Taten so, als hätt isch die Pest. Isch widder raus. Im nächsten Laden: jenau datselbe. Ävver beim dritte Mal, da hab isch dä Schein sofort aus dem Pottmannee jenomme un so nebenbei jezeicht, da han se die verkauft. Jeld rejiert die Welt!«

Dann sei Kaffeezeit gewesen. Auch vorbestellt. Und den Kaffee habe man auch bekommen. »Ävver wat für eine! Da konnte mir die Blöömsche wachsen sehen, so dünn.« Und der Kuchen habe so komisch geschmeckt, angeblich Käsekuchen, extra für die deutsche Gruppe gebacken. Aber gegessen und getrunken habe man alles bis auf den letzten Tropfen und Krümel, war ja schließlich bezahlt. Vor der Weiterfahrt musste man dann noch aufs Klo. Aber da hing vor der abgeschlossenen Tür ein Schild »kaputt«, bei »dames« und »heren«. Und die Wirtin – »Mir hatten ja leider schon im Voraus bezahlt!« –, fauchte die Tante, habe boshaft grinsend danebengestanden. »Mir also raus«, so die Tante, »un in dä Bus un in dat nächste Lokal.« Da aber habe sich die Wirtin, so »en Maschin« – mit aufgeregten Armschwüngen verdoppelte und verdreifachte die Tante ihre eigene Leibesfülle –, die Wirtin also habe sich in die Tür gestellt und gesagt: »Alles bezet hier.« Kein Platz für Deutsche. Ja, habe sie, die Tante gesagt, »mir sind Deutsche, aber aus Dondorf. Nix Auschwitz. Nix Nazis.« Aber da habe ihr die Frau die Tür vor der Nase zugeschlagen. Dabei sei da drin jede Menge Platz gewesen. So gut wie leer. »Un do lässt die sich so en jutes Jeschäft entjehen!« Auch in einem zweiten Lokal wurden die Dondorfer Tulpenpilger abgewiesen: Der Kaffee sei alle. Am liebsten, so die Tante, hätte sie denen die Zwiebeln vor die Füße geschmissen, aber die waren ja schon bezahlt. Also alle wieder ab in den Bus und Richtung Heimat. Bis sie an ein paar Büsche kamen. »Nit ens Wald han die do«, schnaubte die Tante, unter freiem Himmel habe man sich hinhocken müssen in der Kälte, su en Schand! Und zu Haus sei es dann erst richtig losgegangen. »Die hatte us jet en dä Kooche jedonn! Zwei Daach lang bin isch jeloofe! Ävver Tulpe, nä, die kumme mer nit mehr in et Haus.« Letztes Jahr sei doch noch alles ganz friedlich gewesen bei den holländischen Nachbarn. »Isch hab mit dä Verbrescher doch jenauso wenisch mit zu tun wie die Kääsköpp. Wat soll dat janze Jedöns nach all dene Johr?«

Die Frage der Tante echote durch Fernsehen, Radio, die Zeitungen bis in die Klassenarbeit der Unterprima des Humboldt-Gymnasiums.

»Ist es richtig, dass die Deutschen all diese furchtbaren Dinge selbst vor die Öffentlichkeit bringen?«, diktierte Rebmann. Wie immer zielte diese Frage auf den logischen Dreischritt. Nein, es ist falsch, lautete meine These, und ich stellte am Beispiel der Tante die verheerenden Folgen dar. Ließ den Begriff der »Nestbeschmutzung« fallen, der Selbstgeißelung. Malte das Gesicht des hässlichen Deutschen. Und behauptete dann das Gegenteil. Ja, sagte ich, es ist richtig. Richtig, weil man im Ausland nicht vergessen hat, was sich unter SS und Gestapo abgespielt hat. Weil es draußen einen guten Eindruck macht, wenn es die Deutschen selbst sind, die sagen, was war, und heute das Recht wiederherstellen.

Das aber sei nicht das Wichtigste. Wichtiger, als in den Augen der Welt gut dazustehen, sei es, den Teufel beim Namen zu nennen. »Den Teufel kann nur austreiben, wer ihn beim Namen nennt«, schmetterte ich aufs Papier. Die Wahrheit muss ans Licht, egal, wie bitter!

»Wozu sind Worte da?«, hatte Rosenbaum gefragt: »Wörter und Dinge zusammenzubringen, darum geht es. Das ist Wahrheit. Die Vertreibung aus dem Paradies hat Sachen und Namen voneinander getrennt. Wir müssen sie wieder zusammenfügen. Um die Wahrheit geht es im Leben. In jedem kleinen Leben. An jedem Tag. Nur dann kann das Wort etwas ausrichten.«

Immer wieder war im Fernsehen das Eingangstor zum Vernichtungslager zu sehen. In schmiedeeisernem Schwung der zynische Spruch: »Arbeit macht frei.«

Ich musste eine Weile suchen, bis ich ihn wiederfand, den Satz aus dem achten Kapitel des Johannesevangeliums: »Ihr ... werdet die Wahrheit erkennen, und die Wahrheit wird euch freimachen.‹ Hierzu gibt es keine Alternative.« Das war mein Schlusssatz.

»Synthese fehlt«, war dann auch die erste Bemerkung Rebmanns. Sodann: »Zitat fragwürdig. Absicht nicht. Aber: Heiligt der Zweck die Mittel? Zitat mutwillig zurechtgebogen. Kerngedanke akzeptabel.«

Doch ließ er es dabei nicht bewenden. Vielmehr diktierte er der Klasse meine Zitatversion, in einer Zeitung habe er dies gefunden, und im Anschluss daran die Bibelstelle: »Da sagte Jesus zu den Juden, die an ihn glaubten: Wenn ihr bei dem bleibt, was ich euch gesagt habe, seid ihr wahrhaftig meine Jünger und werdet die Wahrheit erkennen, und die Wahrheit wird euch freimachen. Da sagten sie zu ihm: Wir sind nie jemands Knecht gewesen. Wie kannst du denn sagen: Ihr sollt frei werden? Jesus antwortete ihnen: Wahrlich, wahrlich, ich sage euch: Wer Sünde tut, der ist der Sünde Knecht. Der Knecht bleibt nicht für immer im Haus; der Sohn aber bleibt ewig. Wenn euch nun der Sohn freimacht, so seid ihr wirklich frei.«

»Ist es zulässig«, Rebmann legte die Rechte auf die Bibel wie zum Schwur, »mit einem Text so zu verfahren, wie der Verfasser?«

Die Mehrzahl meiner Klassenkameraden konnte in dem lockeren Umgang mit Gottes Wort nichts Böses erkennen. Nur Alois, der Pastor in spe, rebellierte gegen die Säkularisierung, schließlich sei Jesus die Wahrheit, und im Glauben an ihn, nicht in einem Gerichtsverfahren liege die Freiheit.

»Jeder Mensch ist ein Kind Gottes. Richtig? Gott ist die Wahrheit. Richtig? Also sind auch alle Menschen ein Teil dieser Wahrheit«, suchte Rolf aus reiner Lust am Widerspruch den frommen Mitschüler in die Enge zu treiben.

Alois gab sich geschlagen. Rebmann bohrte weiter.

»Alles richtig«, sagte er und zupfte sich die Nase. »Zielt aber etwas an meiner Frage vorbei.« Rebmann sah mich durchdringend an, und plötzlich wusste ich, worauf er hinauswollte.

»Nein«, gab ich zu. »Es ist nicht zulässig, einen Text so umzubiegen, dass er einem in den Kram passt.«

Rebmann unterbrach mich: »Was ist das für ein Deutsch: in den Kram passt!«

Aber ich ließ mich nicht mehr aus dem Konzept bringen: »In den Kram passt«, wiederholte ich, »also, dass er in die Argumentationskette passt, die eigene Meinung unterstreicht. Und das ist nicht nur bei einem Text so. Auch im Leben. Auch in der Geschichte. Da kann man auch nicht einfach weglassen, was nicht in das eigene Bild passt. Oder so zurechtstutzen, bis es passt. Es ist richtig: Ich hab die Wörter genau so stehen lassen, wie sie gedruckt waren, Reihenfolge nicht verändert, nur ein paar Wörter weggelassen dazwischen und die Sätze drumherum. Da hatte ich, was meine Meinung unterstreicht.«

»So wie die Deutschen!«, fuhr Rolf dazwischen.

Verständnisloses Gemurmel der Klasse.

Rebmann räusperte sich. »Soll heißen?« Er sah mich an.

Aber Armbruster war schneller: »Soll heißen«, erklärte er leidenschaftlich, »dass die Deutschen sich aus ihrer Vergangenheit genau das rauspicken, was ihnen in den Kram passt.«

Rebmann räusperte sich wieder, unterbrach ihn aber nicht.

»Fast zwanzig Jahre weiße Weste«, eiferte Rolf, »Wiederaufbau und Wirtschaftswunder. Was sonst noch war, will keiner sehen. Gut, dass das jetzt immer weiter ans Licht kommt. Was spielt da ein Zitat für eine Rolle? Wenn die Fakten stimmen!«

Rebmann winkte ab. Je komplexer ein Ding, ein Ereignis, desto mehr Blicke waren nötig, um es zu erfassen. Augen, die immer wieder zum Hinsehen gezwungen werden mussten.

Da war dieser fette Mittfünfziger, dieser Kaduk. Brutales Gesicht, unsteter Blick, ich hätte nicht in einem Zugabteil mit ihm sitzen mögen. Mit Frau und Kind wohnte er in einem Einfamilienhaus direkt neben dem Lager. So ein guter Familienvater sei er gewesen, sagte seine Frau, und wenn die Schornsteine qualmten, habe sie geglaubt, es werde Brot gebacken, es seien ja so viele gewesen, in den Baracken. Die hätten doch alle versorgt werden müssen. In den vergangenen Jahrzehnten, jammerte der gelernte Metzger, habe er doch gezeigt, er wolle nur in Frieden leben, sei als Krankenpfleger beliebt gewesen bei seinen Patienten.»Papa Kaduk«, hätten sie ihn genannt.»Papa Kaduk!‹ Das sagt doch alles! Ich bin schon ganz fertig! Ich kann das nicht länger ertragen!«, winselte der Angeklagte. Kollegen von der Krankenstation sagten für den »netten Kollegen« aus. Seine Opfer hingegen beschrieben diesen »Papa Kaduk« als »Schrecken von Auschwitz«, ständig betrunken, ein Sadist, der wahllos Häftlinge zusammenprügelte oder erschoss. Oder dieser Mulka: »Seit vier Jahren bin ich herzkrank«, soll er gesagt haben. »Bisher ging ich stets ehrlich durchs Leben. Aber jetzt sollen mir durch solche Schweinereien noch die letzten Tage versaut werden«, so der Kaufmann aus Hamburg, der als Lageradjutant das Zyklon B von Dessau nach Auschwitz transportiert hatte, nichtsahnend, versteht sich.

Von Bösartigkeit könne doch keine Rede sein, führte der Verteidiger des Karosserieschreiners Klehr an, der als Sanitäter über fünfhundert Menschen mit Phenol zu Tode gespritzt hatte. Sein Mandant habe doch den Schemel mit dem eigenen Fuß weggestoßen, damit der Häftling den Erstickungstod nicht langsam durch Erdrosseln sterben musste, sondern schnell und schmerzlos, human also. Auch er mit einer lieben Frau und lieben Kindern vor Ort, ganz so, wie der Buchhalter Boger.

Das alles ist geschehen, musste ich mir immer wieder sagen, wenn mir die Szenen aus dem Frankfurter Bürgerhaus Gallus vorkommen wollten wie Ausschnitte aus einem albtraumhaften Theaterstück; Bühne und Tribüne mit Angeklagten und Richtern, Verteidigern und Staatsanwälten, Zeugen, Zuhörern, Presseleuten. Dazu fortwährend dieser ungeheuerliche Text, den kein Regisseur unterbrechen würde, »Aufhören!«, rufen würde, damit das Ganze sich auflösen könnte wie ein Spuk.

Morgens an der Bushaltestelle hing die *Bildzeitung* vorm Kiosk: »Frauen lebend ins Feuer getrieben«, »Hähnchen und Vanilleeis für die Henker«, »In den Gaskammern schrien die Opfer fast 15 Minuten lang«, »Die Folterschaukel von Auschwitz«, »Wie die Raubtiere«. Die Verbrecher: Stars aus der Hölle.

Dass ich etwas mit diesen Unmenschen zu tun haben könnte, ich oder meine Familie, dass ich mich schämen müsste für diese Unmenschen, weil sie Deutsche waren wie wir, wollte mir nicht in den Kopf. Musste man sich denn nicht nur dann schämen, wenn man etwas verschuldet hatte? War ich schuld an diesen Greueln, an den Verbrechen der Nazis?

»Stellen Sie sich vor«, suchte Rebmann zu erklären, »Sie hätten einen Verbrecher, einen Mörder in der Familie, einen Mörder und Betrüger. Muss dann nicht die ganze Familie für den Schaden haften? Fällt die Schande nicht auf die ganze Familie zurück? Sie können sich von diesem schwarzen Schaf distanzieren. Aber er bleibt Ihr Anverwandter. Und Sie werden sich selbst fragen lassen müssen: Wie konnte es dazu kommen? Wo hätte man ihm Einhalt gebieten, ihn auf den rechten Weg weisen müssen? Wo und wann wurden die Weichen für seinen Irrweg gestellt? Versuchen Sie doch einmal, diese Fragen auf die politische Ebene zu übertragen.«

Bei dem schwarzen Schaf hatte ich gleich an Onkel Josef, den Säufer, gedacht und wie die Familie sich überhaupt nicht fragte, warum der armselige Mensch so viel trinke. Im Gegenteil. Suffkopp Jupp erlaubte dem nüchternen Teil der Familie, sich nach Art der Pharisäer selbst zu erhöhen: Ich danke dir, Gott, dass ich nicht bin wie jener.

Ja, bestätigte Rebmann meine Bedenken – natürlich ließ ich dabei den armen Onkel aus dem Spiel –, diesen Eindruck könne man durchaus haben, wenn man die Berichterstattung in Presse und Fernsehen verfolge. Als sei das Nazireich von einer Handvoll Mördern den Deutschen aufgezwungen worden, einzelnen Verbrechern, die ihrer Strafe zugeführt werden müssten, wie jeder andere Verbrecher auch. Wir sollten uns aber einmal überlegen, was vorher wohl geschehen sei, damit diese Schurken sich auf Befehle berufen und ihre Unmenschlichkeit als brave Pflichterfüllung darstellen konnten.

»Aber sie hatten doch diese Befehle«, beharrte Clas.

»Befehle!«, fuhr Astrid ihn an. »Was sind das für Befehle, die einfach nur mörderisch sind!«

Und ich dachte an die Großmutter und ihr schlichtes Bekenntnis: »Man muss Jott mehr jehorschen als den Menschen.«

Zu Hause schlug die Mutter die Hände vors Gesicht. Wollte nichts wissen von Kaduks Bergsteigerstock, mit dem er seine Opfer erdrosselte, von Bogers »Schaukel«, Hofmanns »Sportmachen«, Klehrs tödlichen »medizinischen Heilkünsten«. Was hier geschehen war, hatte nichts mit den täglichen Raub- und Sexualmorden, Naturkatastrophen, Unfällen zu tun. Diese Hölle überstieg die mütterliche Vorstellungskraft. Und nicht nur ihre.

Und dann immer wieder diese Gesichter der Angeklagten: Wie Gesichter von Berühmtheiten prägten sie sich schließlich ein. Dabei war nichts Auffälliges an ihnen. Im Gegenteil: gepflegt, wohlgenährt, bieder. Das war am schlimmsten. Sahen sie nicht aus wie jedermann? Dieses Lächeln, das die Gesichter manchmal so menschlich machte. Es machte aus »Teufeln«, »Bestien«, »Raubtieren« Männer, wie sie mit mir in den Bus stiegen, mir auf der Straße begegneten, im Klassenzimmer vor mir standen. Ich forschte in ihren Gesichtern: Und Sie? Waren Sie dabei? Wo waren Sie? Waren sie nicht allesamt geduldige Zeugen der Verbrechen gewesen? Von Auschwitz hatten die meisten vielleicht nichts gewusst. Aber dass Juden, Kommunisten, Sozialisten abgeholt wurden, verschwanden, das wusste jeder.

Sogar in Dondorf, Altstraße 2. Jeder kannte die Geschichte vom Pastor Böhm, der in Dachau umgekommen war; wusste, dass Beilschlag, heute Postbote, damals SA-Mann, die Dondorfer schikaniert hatte. Lenchen Herz, Jüdin, katholisch getauft wie ihre Eltern und Großeltern, war eine Freundin der Mutter gewesen. Nie hatte ich die Mutter nach Lenchen gefragt.

»Fragen Sie«, gab Rebmann am Ende des Jahres als große Hausarbeit auf – groß, weil wir uns damit bis Ostern, zum Ende des Schuljahres, Zeit lassen konnten –, »fragen Sie Ihre Eltern und Verwandten, fragen Sie alle, die Sie kennen, nach jüdischen Mitbürgern im Dritten Reich, und dokumentieren Sie die Antworten.«

Ich saß mit Mutter und Großmutter nach dem Sonntagsessen noch am Küchentisch. Der Vater hatte ein Gespräch über den gestrigen Fernsehbericht brüsk abgeschnitten. »Wenn de wisse wills, wat isch vun dene halt, lur dir dat Deng an, met dem isch dä Driss aus dä Jauchejrube scheppe!«* Hatte den Stuhl zurückgestoßen und war mit den Worten »Dat waren doch all Verbrescher. Aber usserens hat doch vun Auschwitz nix jewoss. Mir sin doch ken Verbrescher!« in seinem Schuppen verschwunden.

»Dä Papa hat rescht«, sagte die Mutter. »Sojar die do hätt eine verstopp**!« Die Mutter ruckte ihr Kinn vage in Richtung ihrer Mutter, die uns den Rücken zukehrte, Herdringe und Töpfe verschob, mit der langsamen, aber sicheren Kraft einer alten Frau. Die Oma? Bertram, schon auf dem Weg nach draußen, machte die Tür noch einmal zu. Die Oma hatte Juden versteckt?

»Zwei andere waren bei dä Schwestern im Krankenhaus«, knurrte die Großmutter und ließ die Herdringe ineinanderfallen. Kehrte uns den Rücken zu, als hätte sie noch immer etwas zu verbergen. Diesen schmalen, von Alter und Arbeit gekrümmten Rücken in der schwarzen, selbstgestrickten Jacke, die sie sommers wie winters trug, mal über einem schwarzen Baumwollkleid, mal über einem schwarzen Wollkleid, beide von oben bis unten zum Knöpfen. Als ihr einmal beim Anziehen der Kopf partout nicht durchs Halsloch rutschen wollte, hatte sie ihren neuen Sonntagsstaat vom Kragen bis zum Saum aufgeschlitzt. Diesen verschossenen Strickjackenrücken kehrte uns die Großmutter zu, als die Mutter weitersprach: »Die hätt uns all en der Dud schicke künne. Wenn dat dä Beilschlag rusjekresch hätt.«*** Noch nach all den Jahren malte sich Angst und Unverständnis in die Züge der Mutter.

* Wenn du wissen willst, was ich von denen halte, schau dir mal das Ding an, mit dem ich die Scheiße aus der Jauchegrube heraushebe.
** versteckt
*** Die hätten uns alle in den Tod schicken können. Wenn das der Beilschlag rausgekriegt hätte.

»Et Julchen hat et auch jewusst un de Muul jehalte«, murrte es vom Herd. Aber im besten Hochdeutsch, das die Großmutter sonst nur für Kirche und Kirchenmänner hervorholte: »Dä lag do im Jraben an der Jroßenfelder Chaussee, direk am Kirschhof. Half dut jehaue. Sollt isch den da liejen lasse? Hättst du dat jetan? Ja, et is wahr! Isch bin heim und hab dä ärme Kääl mit dem Opa, den konnten sie nit ens mehr beim Volkssturm jebrauchen, met däm Opa hab isch den hierherjeholt, mit der Schubkarr unter en paar Säck. Jesehen hat uns keiner, et war ja in der Verdunkelung un kein Mensch auf der Straß. Schwer war dat, dä Jong auf der Leiter nach oben ze bugsiere. Nur noch Haut un Knoche, aber lang. Eijentlisch ne staatse Jong*.« Die Großmutter nickte ein paarmal der Herdplatte zu. »Nur jut, dat mir dat Schwein schon jeschlachtet hatten, sonst wär dat auch noch dazwischen jekommen.«

Ich konnte den Blick vom Rücken der Großmutter kaum lösen. Mit jedem Satz rebellischer erschien mir dieser Perlmusterstrickrücken, Anna Rüppli mit dem Rücken zu uns, mit dem Rücken zur Welt, so, wie sie damals der Welt den Rücken gekehrt, ihren zähen rechtschaffenen Rücken, und sich dem Jungen im Graben an der Chaussee zugewandt hatte.

»Ävver dann hatte mir den da oben, lag ja noch jenug Stroh, un dann hab isch ihn ja auch versorscht.« Die Großmutter löste ihre Hände von der Herdstange und drehte sich um. Ihr rundes Gesicht glänzte vor Hitze, rot glühten die Bäckchen, die grauen Augen blitzten. Wie eine Legende erzählte das Gesicht der Großmutter, was sie sich im Leben Stückchen für Stückchen aufgebaut hatte. Acht Kinder geboren, davon fünf überlebt. Ein Haus gebaut und Bäume gepflanzt. Die Hungrigen gespeist und die Kranken besucht. Die Trauernden getröstet. Die Nackten bekleidet. Die Durstigen getränkt. Die Fremden beherbergt. Das Gesicht der Großmutter erzählte von Liebe und Respekt. Sie hatte sich ihre Schätze im Himmel auf Erden redlich erworben.

* stattlicher Junge

»Versorsch hab isch den. Bettzeusch un so. Jewaschen und verbunden. Da kam er widder zu sisch. Beim Waschen. Dat tat weh. Se hatten den ordentlisch vermöbelt. Aber isch wusste, wat dä brauchte.«

»Klosterfrau Melissengeist!«, kam es wie aus einem Munde von Bertram und mir.

»Jenau!«, nickte die Großmutter. »Un den brauch isch jetzt auch.« Die Mutter sprang auf, stellte zwei Gläschen auf den Tisch.

»Nu jib auch dä Kenger eins«, drängte die Großmutter. »Den brauche mir jetzt all.« Die Großmutter schnalzte und schenkte sich nach. »Un dä Jong damals, dä brauchte den noch mehr.«

»Aber an misch has de dabei nit jedacht!«, wagte die Mutter, ermutigt vom Geist der Klosterfrauen, noch einmal zu protestieren, und schaute hilfesuchend zum Bruder. »Dat wisst ihr ja jar nit, du auch nit, Hilla, dat ihr eigentlisch en Brüdersche hättet. Isch war da im sechsten Monat. Un dann...«

»Isch wollt dä Mama doch jar nix sagen«, fiel ihr die Großmutter ins Wort. »Aber sie hat ja jemerkt, wie für de Opa, sie und misch dat Essen immer knapper wurde. Un dann hat se misch erwischt, wie isch mit Kartoffele in dä leere Schweinestall bin.«

»Wo war denn dä Papa?«, wollte Bertram wissen.

»Dä war doch beim Volkssturm«, erwiderte die Mutter. »Dat letzte Aufjebot. Dä mit seinem Bein konnt doch nit marschiere. Dä wor jo dann en der Jefangenschaft. Bei de Amis.«

»Und wer war das, da oben im Stall?«, forschte ich. »Das war doch wirklich gefährlich.« Ich schaute die Großmutter an, als hätte ich sie noch nie gesehen.

»Siehs de«, trumpfte die Mutter auf, »dat Hilla sacht auch, dat war viel zu jefährlisch.«

»Jefährlisch, jefährlisch«, äffte die Großmutter. »Un wenn ald! Isch konnt dä Jong doch do nit lieje lasse!« Und dann, sich aufrichtend: »Man muss Jott mehr jehorsche als den Menschen! Un wer dat war? Isch weiß et nit. Einer von de Polen vom Krötz. Dä Pastur, der Böhm, hat auch jesacht, wer dat es, dat spielt keine Roll. Isch möscht nur hoffe, dat der nit dabei war, wie se den alte Krötz dutjehaue hann, de Pole. Aber da war der Jong schon weg. Dä Tadeusz.«

»Jojo«, seufzte die Mutter, noch immer unversöhnt, und faltete die Hände über der Kittelschürze. »Aber dat Käälsche hie«, sie klopfte auf ihren Bauch, »dat war auch weg. Euer Brüdersche.«

»Als wenn do dä Tadeusz wat dafür könnt!« Die Großmutter goss sich mit fester Hand noch einmal ein und blickte vom Wachstuch auf die durchbohrten Füße Jesu am Kreuz des Großvaters über unseren Köpfen. »Dat verdanks de däm Böschtekopp, däm Hitler. Die Bombe kamen von de Amis, rischtisch, aber die Amis kamen wejen däm Verbrescher. Die wäre auch lieber ze Haus jeblibe. Un du sälver«, ging die Großmutter nun zum Gegenangriff über, »has doch bis zum Schluss de Herzens und de Nimmerszeins morjens de Brötschen durch dat Fenster jeschmisse.«

»Was hast du gemacht?«, fragte ich entgeistert.

»Jo, et is wahr«, druckste die Mutter. »Wenn ich morjens die Brötschen ausjefahren hab, hab isch denen ihre Brötschen noch immer jebracht, wenn die schon keine mehr kriejen durften.«

»Jeklaut hat se die!«, triumphierte die Großmutter. »Direk vom Blesch!«

Die Mutter duckte sich und sah mich unsicher an.

»Mama«, sagte ich, wäre gern aufgestanden und hätte die kleine, harte Frau in die Arme genommen, aber das wagte ich nicht, das wagte sie nicht, schon so lange hatten wir beide das nicht getan.

»Mama«, sagte ich, »da muss de disch doch nit für schäme. Das war jut. Das war richtig jut. Mutisch!«

Die Mutter sah mich an. In ihren Zügen Zweifel und, ja, auch ein bisschen Stolz. »Ach wat: Mutisch, et war doch nur wejen dem Lenschen. Dat war doch meine beste Freundin. Un dann, et war ja alles umsonst. Sie haben et abjeholt wie all die anderen.«

Die Mutter schlug die Hände vors Gesicht. »Un dann die Bilder im Fernsehen. Wenn isch mir vorstell ... dat hat doch keiner jewusst. So wat konnt man sisch doch nit vorstelle.«

Zorniges Schluchzen schüttelte den Körper der Mutter, die plötzlich aufsprang, die Faust ballte und unter Tränen hervorstieß: »De Dräckskääls! De Düwele. Ophange soll mer die! Ophange!«

»Jo, Kenk«, die Großmutter legte der Tochter die Hand auf die Schulter, eine Geste, die ich von ihr noch nie gesehen hatte, und stellte die Klosterfrau-Flasche wieder ins Vertiko. »Jut, dat se en paar von denen jetzt an de Hammelbein haben. Un dann ab hinter Schloss und Riejel.«

Die Mutter wischte sich mit einem Zipfel des Kittels übers Gesicht, die Großmutter machte sich wieder am Herd zu schaffen, ließ die Herdringe klirren, läutete den Alltag ein, aus dem uns das Herauferzählen der Vergangenheit so weit entrückt und einander so nah gebracht hatte wie seit Jahren nicht.

Und dann inspizierten Bertram und ich den Jaucheheber, mit dem der Vater alljährlich im März den Inhalt der Senkgrube als Dünger im Garten verteilte. Das Gerät machte einen soliden Eindruck. Es hielt ja auch schon beinah zwanzig Jahre. Der Vater hatte den Schüppenstiel mit einem Stahlhelm verschraubt.

Schon nach wenigen Tagen meldeten Clas und Alois, sie hätten in Familie, Verwandtschaft und Bekanntschaft mit ihren Befragungen begonnen: Niemand habe im Dritten Reich Juden gekannt oder mit ihnen zu tun gehabt.

Rebmann strich über den Stoff seines leeren Jackenärmels und legte einen Finger an die Nase: »Nun, dann wollen wir das Thema der Jahresarbeit erweitern: Fragen Sie einfach danach, wie Ihre Eltern, Großeltern, Verwandten – egal, wen immer Sie fragen wollen, fragen Sie: Wie hast du diese Zeit erlebt? Wie hast du in dieser Zeit gelebt? Erzähl mir von dir! Und bedenken Sie: Sie wollen etwas wissen. Fakten sammeln. Widersprechen

Sie nicht. Versuchen Sie zu sehen, zu hören, zu begreifen wie ein Forscher in einem fremden Land. Oder stellen Sie sich vor, Sie sind so etwas wie ein Tonbandgerät. Ein Zuhörapparat.«

Im Holzstall legte ich eine Namensliste an. Sie wurde immer länger. Einige schied ich von vornherein aus. Sie hielten es mit Tante Berta, die nach ihrer Hollandreise die Bilder im Fernsehen floh, als seien diese schuld wie die Täter. »Schluss domit! Mir han hück anderes em Kopp! Mir han doch domit nix ze dun! Un och nix ze dun jehat! Einmal muss Schluss sein!«

Das hatte ich in der Bahn, im Bus, auf dem Kirchgang, beim Einkaufen mit der Mutter von vielen gehört, und »einmal«, damit meinten sie: jetzt. Nicht wenige beriefen sich auf Gott als den obersten Richter. Ich war dabei, als Friedel in der Apotheke Emser Pastillen verlangte und das Gespräch über den besten Hustensaft unversehens zu einer Auseinandersetzung über KZ-Versuche an kranken Menschen gekippt war. »Lasst de Toten ihre Toten bejraben«, hatte sich die Apothekersfrau brüsk abgewandt, und Friedel war ohne Pastillen gegangen. Andere, wie die Nachbarinnen Julchen und Klärchen, hatten in Piepers Laden ein ums andere Mal versichert: »Jonge, Jong, do künnt isch jet verzälle!«, kniffen aber die Lippen zusammen, als ich zwischen einem Viertel Edamer und einem halben Pfund Butter zu fragen wagte, was sie denn erzählen könnten, und senkten das Kinn auf die Brust.

Ganz oben auf meiner Liste blieb Friedel; sie war verreist. Warum sollte ich derweil nicht meinen alten Lehrer Mohren besuchen? Wer einem kleinen Mädchen nicht das Lesen aus einem Stein verwehrt hatte, der würde sich auch meiner Bitte nicht verschließen, die zwölf verhängnisvollen Jahre zu entziffern.

Nach dem Hochamt passte ich ihn vor der Kirchentür ab. Die Malaria hatte seine Haut pergamentdünn getrocknet, graugelb verfärbt. Doch seine Wangenknochen röteten sich, und die Augen glänzten auf, als ich bat, ihn besuchen zu dürfen.

Noch am selben Tag ging ich zu ihm. Nicht als Forscher und schon gar nicht als Tonbandgerät. Die kleine Hildegard trabte da mit ihrem Buchstein dem Haus des Lehrers entgegen, daneben Hilla mit ihrem Poesiealbum und Mohrens Eintrag eines Gedichts von Wackernagel: *Geduld bringt Rosen.*

Mohren, seit Jahren verwitwet, hatte den Kaffeetisch gedeckt, die Thermoskanne gab gurgelnde Laute von sich. Umständlich legte mir der Lehrer ein Stück Kuchen auf den Teller, goss Tee ein und sah mich prüfend an.

»Nun, was hast du auf dem Herzen? So ganz freiwillig bist du doch sicher nicht zu deinem alten Lehrer gekommen.«

»Wir«, druckste ich, »also, in der Schule. Also: Wir sollen uns umhören bei denen, die dabei waren, wie es damals war. Im Dritten Reich. Bei Hitler.« Die letzten Worte stieß ich hervor wie etwas Unanständiges. Am liebsten wäre ich davongerannt.

Mohren setzte die Tasse klirrend auf den Untersteller ab. »In der Schule?«, wiederholte er ungläubig.

»Ja«, bekräftigte ich, die Autorität des Gymnasiallehrers im Rücken, »für eine Jahresarbeit in Deutsch. Forschen und aufschreiben.«

Mohren tat ein Stück Zucker in die Tasse und noch eines. »Wenn dein Lehrer da nur ja keinen Ärger kriegt.« Mohren trank. Nein, er schlürfte, und ich war froh, etwas so Ungehöriges von einer Respektsperson zu vernehmen.

»Also«, Mohren setzte sich gerade, so, wie sich Rosenbaum damals aufgerichtet hatte, als er mir meinen spiritus verde austrieb. »Was willst du wissen?«

Ja, was wollte ich eigentlich wissen? Was Mohren damals getan hatte? Wo er gewesen war?

Mohren kam mir zuvor. »Hildegard«, sagte er, »ich weiß, wie wichtig dir die Wörter waren und sind, das Sprechen, die Sprache, Lesen und Schreiben. Und recht hast du: Die Sprache ist die größte aller menschlichen Erfindungen. Wörter sind die Wurzel aller Zivilisation, aller Wissenschaft, aller hohen Ziele – und zugleich der dumpfe Boden allen Aberglaubens, aller Dummheit und Teufelei; der ganzen trostlosen Kette von Verbrechen im Namen von Gott, König, Vaterland, Partei und Ideologie. Ja, man kann die Wörter missbrauchen wie Menschen, sie zum gefährlichen Werkzeug für Kriegshetzer, Tyrannen, Verleumder und Verführer machen. Manche sagen ja, ohne dieses billige Radio, diesen ›Volksempfänger‹, wäre Hitler nie so weit gekommen. Und darum will ich dir, ehe ich etwas von mir erzähle, etwas von den Wörtern im Dritten Reich erzählen. Wörter wurden nämlich im Dritten Reich verfolgt wie Menschen.«

Ich war erleichtert; empfand mich nicht länger als Eindringling in ein privates Leben. Wörter gingen alle an.

»Da gab es«, fuhr Mohren fort, »einmal Wörter, die direkt verboten wurden, zum Beispiel das Abhören feindlicher Radiosender. Bücher wurden verboten. Und schließlich verbrannt, du hast davon gehört.

Ich studierte damals in Köln, Philosophie und Geschichte, wollte Studienrat werden, aber nach dem Krieg wurden Lehrer gebraucht, also Volksschule. In Köln studiert, bei Ernst Bertram. Er war sicher kein Nazi, so, wie sein Bonner Kollege Hans Naumann, der die Bücher eigenhändig ins Feuer warf. Bertrams Verhalten war typisch für die Haltung der gesamten Universität, diese Mischung zwischen Mitmachen und Widerstand. Einerseits gelang es ihm, die Verbrennung der Werke seiner Freunde Friedrich Gundolf und Thomas Mann zu verhindern. Bertram war sogar der Taufpate von Manns Tochter Elisabeth. Andererseits verfasste er so klägliche Verse wie, warte, ich hab sie noch im Ohr: ›Verwerft, was euch verwirrt, / Verfemt, was euch verführt! Was reinen Willens nicht wuchs, / In die Flammen mit, was euch bedroht.‹ Vom Professor selbst am Scheiterhaufen vorgetragen. Durchgeführt wurde das Ganze ja von den Studentenverbänden; dem ›Nationalsozialistischen Deutschen Studentenbund‹ und der ›Deutschen Studentenschaft‹. Die vor allem wollten beweisen, dass sie mit den Nazis gleichziehen konnten.

Ich weiß bis heute nicht, warum die furchtbare Sache in Köln erst eine Woche später als an den anderen Unis stattfand. Angeblich wegen Regen. Der die in Bonn aber nicht hinderte. Ach, Hildegard.«
Der alte Lehrer putzte sich umständlich die Nase. Ich sah auf meinen Kuchen.
»Sämtliche Lehrveranstaltungen aller Fakultäten waren ausgefallen. Und Bertram erwartete, dass seine Studenten teilnahmen. Auf dem Platz vor der alten Universität in der Claudiusstraße waren alle versammelt: stramme Nazis und Leute aus der Politik, Rektor, Senat, Professoren und Studiendirektoren im Karree um den Scheiterhaufen. Gegenüber am Kriegerdenkmal SA und studentische Korps, dahinter wir, die Studenten und Zuschauer. Die Bücher lagen schon da. Sogar die Kriminalpolizei hatte Buchhandlungen und Leihbüchereien gefilzt. Reden wurden gehalten, der deutsche Geist beschworen. Und dann die Sprüche! Die sogenannten Feuersprüche. Keinen Deut besser als die ›Zwölf Thesen wider den undeutschen Geist‹. Hielt sich Bertram ja sehr zugute, dass die in Köln nicht verlesen wurden: ›Unser gefährlichster Widersacher ist der Jude und der, der ihm hörig ist.‹ Und Ähnliches.«
Mohren schloss die Augen. »Das Feuer brannte schon. Die Bücher lagen schon da. Ein paar Sprüche hab ich noch im Ohr, so ungefähr. ›Erster Rufer!‹, schreit einer vom ›Deutschen Studentenbund‹. Ein schmächtiger Mensch tritt vor, ein SA-Mann gibt ihm Bücher. ›Gegen Klassenkampf und Materialismus, für Volksgemeinschaft und idealistische Lebenshaltung. Ich übergebe der Flamme die Schriften von Marx und Kautsky‹, kreischt der Schmächtige. *Die Fahne hoch!* spielt eine Kapelle. Eine studentische Abordnung marschiert einmal um den lodernden Haufen herum. ›Nächster Rufer!‹ ›Gegen Dekadenz und moralischen Verfall, für Zucht und Sitte in Familie und Staat. Ich übergebe der Flamme die Werke von Heinrich Mann, Ernst Glaeser und Erich Kästner.‹ Das war Kurt aus dem Mittelhochdeutsch-Seminar! Und weiter: ›Gegen seelenzerfressende Überschätzung des

Trieblebens, für den Adel der menschlichen Seele! Sigmund Freud!‹ Dann: ›Gegen dünkelhafte Verhunzung der deutschen Sprache, für Pflege des kostbarsten Gutes unseres Volkes! Ich übergebe der Flamme die Werke von Alfred Kerr.‹ ›Sechster Rufer!‹ ›Gegen Frechheit und Anmaßung, für Achtung und Ehrfurcht vor dem unsterblichen deutschen Volksgeist! Verschlinge, Flamme, auch die Schriften der Tucholsky und Ossietzky!‹«

Mohren sprach leise und bestimmt, überdeutlich akzentuierend, als läse er die Sätze widerwillig ab. Sackte zusammen wie unter einer immer schwereren Last. Verbarg sein Gesicht in den Händen. Ich musste wegschauen. Konnte den Anblick dieses erschütterten Mannes, meines alten Lehrers, nicht ertragen, so wenig, wie der wohl damals den Anblick der flammenden Bücher und der verbissen triumphierenden Kommilitonen hatte ertragen können. Ertragen müssen?

Mohren richtete sich auf. »Professor Bertram äußerte später, es sei diese ›unvermeidliche Kundgebung jetzt würdig verlaufen‹. Ja, Hildegard, du schaust so entsetzt, ich war dabei, wenn auch nur als Zuschauer.« Die Stimme Mohrens war zu einem kaum hörbaren heiseren Flüstern geworden.

Wir schwiegen. Die Standuhr schlug vier. Und wenn er nicht mitgegangen wäre, dachte ich? Oder sich einfach verdrückt hätte? Einfach?

»Aber das war ja nur das eine«, fuhr Mohren fort. »Das Öffentliche. Da veranstalteten die Nazis ein unerträgliches Getöse. Da wurde die Bevölkerung mit einer Flut von Wörtern überschwemmt, da pflasterte man die Menschen mit Parolen zu, um sie zu begeistern und andere Meinungen im Lärm der Wörter zu ersticken. Neben diesem Wortschwall wurde höchstens das Schweigen geduldet. Weißt du«, Mohren machte eine Pause und suchte meinen Blick, »der Nazistaat hatte Angst vor dem Wort. Dem freien Wort. Wie jede Diktatur. Das freie Wort. So groß war ihre Angst, dass sie es ›heimtückisch‹ nannten und ›zersetzend‹. Angst, das freie Wort könnte ihre Allmacht als Schein entzaubern, also musste es zum Verbrechen erklärt werden. Die Furcht der Machthaber vor der Wahrheit durfte nicht sichtbar, nicht hörbar werden. Und daher musste denen Angst gemacht werden, vor denen man selbst Angst hatte: Den eigenen ›Volksgenossen‹.« Mohren sprach die Anführungszeichen durch einen Lippenfurz hörbar mit. »Wörter konnten zu Delikten gemacht werden. Die Bevölkerung musste Angst kriegen vor dem freien Wort. Jaja, ein Mann wie Goebbels wusste Bescheid. Wer die Herrschaft über das Wort hat, hat die Herrschaft über die Menschen. Die Furcht vor dem freien Wort war ein Eckpfeiler des Nazistaates. Natürlich jeder Diktatur. Um eine vollständige Kontrolle des Sprechens und Denkens ging es ihnen. Und so wurde den Menschen Angst gemacht vor den Worten. Der Einzelne lernte, sein Sprechen zu kontrollieren, seine eigenen Wörter. Aber er musste auch Angst haben vor den Worten anderer, die seine Worte, seine Bemerkungen eventuell meldeten. Angst vor den eigenen Worten und den Worten anderer: So wurden die deutschen ›Volksgenossen‹ diszipliniert. Dass nun Wörter auch im privaten Leben gefährlich werden konnten, das war noch schlimmer als das öffentliche Wortgetöse.« Mohren war wieder leise geworden. »Den Presseverboten folgte nämlich schon im März '33 eine Notverordnung, die sogenannte Heimtücke-Verordnung, die immer weiter ausgedehnt wurde, bis aus der Verordnung ein Gesetz wurde. Kannst du dir vorstellen«, Mohrens Stimme war nun kaum noch hörbar, ich musste ihm fast von den Lippen lesen, »dass jede spontane Äußerung, auch wenn man nur mal seinem Ärger Luft machte oder über einen Nazi spöttelte, bestraft wurde? ›Miesmacher‹, ›Nörgler‹, ›Abweichler‹ hieß das. Später, im Krieg, konnte so was sogar als Unterstützung des Feindes, als ›Wehrkraftzersetzung‹, mit dem Tode bestraft werden.«

Mohren schwieg. Ich fixierte den Napfkuchen auf meinem Teller, den Abdruck der Zähne von meinem ersten und einzigen Biss. Immer wieder hatte ich mir in den letzten Wochen die Frage gestellt, wie mutig denn ich gewesen wäre in dieser Zeit. Meinen Sokrates wieder hervorgeholt. Furchtlos das freie

Wort. Gern hätte ich mich mit Widerstandskraft geadelt; ich wagte es nicht. Nur für eines glaubte ich, die Hand ins Feuer legen zu können: Jemanden verraten, einfach so, das hätte ich nicht getan. Nicht einmal Frau Wachtel, die Wagenstein? Sigismund? Den Schulzahnarzt? Nein, entschied ich, nicht einmal die. Was mochte in den Männern und Frauen vorgegangen sein, die Arbeitskameraden, Nachbarn, Bekannte, ja, Familienmitglieder denunzierten?

Als hätte er meinen Gedankengang erraten, nahm Mohren den Faden wieder auf: »Warum? Ja, warum? Sie hatten immer ihren Grund. Rache. Geltungssucht. Politik war selten im Spiel. Aber eines wussten sie alle: Dass sie anderen schadeten, und das wollten sie auch. Sie mussten ja noch nicht einmal dazu stehen. Anonyme Anzeige genügte.«

Wieder verbarg Mohren sein Gesicht in den Händen, fuhr sich durchs Haar, rückte sich gerade und blickte auf die Wand über dem Sofa, als läse er dort ab. »Da war dieser kleine, freche Kerl im Seminar, der sich im Karneval gern mal als Tünnes verkleidete. Hilfskraft bei Philosophen-Krause, so nannten wir den Professor. Kein Parteimitglied, aber eine Kapazität auf seinem Gebiet. Seinen Nazikollegen ein Dorn im Auge. Und die Stellen als Hilfskraft waren bei uns Studenten begehrt. Der kleine Freche hatte ein loses Maul, das wusste jeder. Auch, dass er sich den Mund nicht verbieten ließ. Das ging gut, bis die Deutschen in Holland einmarschierten. ›Da machen die jetzt die Schleusen auf, und alle ersaufen‹, war sein Kommentar. Das genügte. Mitten im Seminar zu Aristoteles' Ästhetik holten sie ihn ab, ganz so, wie auf den Photos sahen sie aus, mit Ledermänteln und Schlapphüten, und er kam nicht wieder. Wer ihn verpfiffen hat, kam nie raus. Aber seine Stelle kriegte ein Braunhemd.«

Mohren streckte die Hand nach der Tasse aus, tastete nach dem Henkel. Er zitterte.

»Ich«, stotterte ich, »ich glaube, ich sollte jetzt besser gehen. Ich kann ja ein andermal wiederkommen.«

»Ja, Hildegard, das glaube ich auch. Für heute ist es genug. Für heute? Ihr wisst ja gar nicht, wie froh ihr sein könnt, mit all dem, mit der ganzen Zeit, nichts zu tun gehabt zu haben.« Mohren erhob sich schwer, trat an ein schmales Bücherregal, zog ein Buch heraus. »Hier, das kannst du in Ruhe studieren. Du wunderst dich, dass ich nicht mehr Bücher habe? Mehr brauche ich nicht. Aber die hier stehen, sind mir wichtig. Wenn du mit deiner Arbeit fertig bist, bringst du mir das Buch zurück.«

Mohren legte seinen Arm um meine Schulter, fast schien mir, er stützte sich auf mich. Ich war froh, als die Tür hinter mir ins Schloss fiel. Mohren hatte recht: Was hatte ich mit all dem zu schaffen?

Ich warf einen flüchtigen Blick auf das Buch. Victor Klemperer: *LTI*. Was hatte das schon wieder zu bedeuten? Schlug das Buch auf, las das Motto: »Sprache ist mehr als Blut.« Franz Rosenzweig. Ein Satz, der ins Blut geht. Rosenzweig, ein jüdischer Name, dachte ich, und dann: Halt, was ist das – ein jüdischer Name? War Heine ein jüdischer Name? Wassermann? Zweig? Luxemburg? Mendelssohn? Was war jüdisch an einem Wort? An einem Menschen?

Bis Friedel zurück war, verstrichen ein paar Tage. Es fiel mir schwer, das Buch mit dem geheimnisvollen Titel *LTI* nicht anzurühren, so, wie es Rebmann uns empfohlen, beinah befohlen hatte. »Was *ihr* herauskriegt, will ich wissen, eure Erfahrung ist wichtig. Den eigenen Augen und Ohren, dem eigenen Kopf vertrauen!« Bücher über diese Zeit bekämen wir noch oft genug zu lesen. Anders, wenn wir auf Drucksachen aus dieser Zeit stießen. Die wären dann als Zeitzeugen zu betrachten, beinah wie Menschen. »Allerdings«, hatte er hinzugefügt, den leeren Ärmel geschüttelt und die Nase gerieben, »Bücher lernen nichts dazu. Genauso wichtig wie das, was eure Gesprächspartner über die Nazizeit berichten, ist, wie sie das tun.«

Nichts hatte sich verändert unter dem schrägen Dach, dasselbe karge Zimmer, dieselben Drucke an der Wand, keine Blumen, einzig der Mahagonischrank zeugte von vergangenem Wohlstand. Wie vor Jahren, als sie hier das Lexikon aufgebaut hatte, war der Kaffeetisch für zwei gedeckt.

»Ich kann mir schon denken, was du vorhast«, ersparte mir Friedel nach einer herzlichen Begrüßung jede Erklärung. »Die Spatzen pfeifen es ja von den Dächern.« Ihr Gesicht, dem leichte Hängebäckchen einen dauerhaft traurigen Ausdruck verliehen, verzog sich zum vertrauten schiefen Lächeln. »In Maders Laden gibt es kein anderes Thema mehr. Die Alma tut sich gewaltig dicke mit deinem Besuch. Am liebsten würde die ein Schild neben die Hüte ins Fenster stellen: Alma Mader – Zeitzeugin erster Klasse, oder so.« Friedel fuhr sich mit der Hand durch ihr graues Kraushaar, eine vertraute Geste. »Wie bist du denn ausgerechnet auf die verfallen? Schokolama hieß die damals, durch und durch braun.« Friedel schnaufte. Ihre kleine dürre Gestalt in der schlappen blauen Trainingshose und der leicht vergilbten Bluse voller Verachtung.

»Naja«, druckste ich, »eher Zufall. Weil du nicht da warst. Hast du den auch wieder selbst gebacken?«, nickte ich anerkennend über meinem Kuchenstück.

»Daran erinnerst du dich?«, gab Friedel mit gerührtem Spott zurück. »Tja, wenn alle so ein gutes Gedächtnis hätten! Nein, diesmal kommt der Kuchen von Haase. Beim letzten Mal hatten wir ja etwas zu feiern. Und diesmal? Ach, Hildegard, was sich euer Lehrer dabei wohl gedacht hat! Und die Alma! Die hat doch bestimmt nichts dazugelernt. Bei dem Vater! Der war einer von den Schlimmsten hier im Dorf. Nicht so direkt und brutal wie der Beilschlag, mehr so hintenrum. Mit Knüppeln und Steinen hat der sich die Finger nicht dreckig gemacht. Aber mit Tinte. Und mit dem Mund. Der konnte reden! Der Beilschlag hat sich dann auch nach '45 immer auf den berufen wollen, alles Anweisung von oben. Der Brief vom Blumenfeld hat ihn vorm Schlimmsten bewahrt. Ein typischer 131er!«

Friedel stand auf, kramte in einer Schublade, der nächsten. »Zu gut versteckt«, murmelte sie. »Aha!« Mit einer Packung

Senoussi kam sie wieder. »Ich hab es mir fast abgewöhnt, verstteck die Dinger sogar vor mir selbst. Aber jetzt brauch ich eine. Mir platzt noch immer der Kragen, wenn ich dran denke.«
»Was, äh«, stotterte ich, »ist ein 131er?«
»131er? Richtig. Woher sollst du das wissen. Also. Bei dieser Entnazifizierung, hat dir die Mader sicher von erzählt, gab es Hauptschuldige, Belastete, Minderbelastete, Mitläufer und Entlastete. 133 Fragen mussten die in einem Fragebogen ausfüllen. *Der Fragebogen*. Ernst von Salomon. Schon gelesen?« Ich schüttelte den Kopf. »Was glaubst du, was da nach dem Krieg los war! Wenn alle erst mal mitgemacht haben, ist es am Ende keiner gewesen. Kennt man ja. Jeder wollte einen Persilschein haben, für die Kategorie V: ›Entlastet‹. Persil – weißer geht's nicht. Dafür ließen die Amis Ausschüsse bilden. Unbelastete, die nichts mit den Nazis zu tun hatten, saßen da drin. Kaum einer wollte da rein. So scheel, wie die angesehen wurden! Fast so, wie vorher die Spitzel von den Nazis. Die hatten ja auch überhaupt kein schlechtes Gewissen, nicht einmal nach '45, wenn sie erfuhren, was sie ihren Opfern angetan hatten. Sie hatten doch nur ihre Pflicht erfüllt und ihr Gewissen beim Führer abgegeben. Und der hatte ja immer recht!«

Wie Friedel die Worte ausspuckte! Wie sie »Gewissen« und »Führer« ins Gegenteil verkehrte!

»Waren das 131er?«, warf ich ein.

»Nein«, wehrte Friedel ab. »Also: Die in den Ausschüssen mussten sich von den alten Nazis ganz schön was anhören. Als ›Nestbeschmutzer‹ wurden sie beschimpft, als ›Vaterlandsverräter‹. Dieselben Leute konnten dieselben Wörter weiter benutzen. Nur die Macht, einzusperren und zu töten, hatten sie verloren. So, und nun komme ich zu deiner Frage: 131er. Artikel 131 des Grundgesetzes. Danach mussten alle Beamten und Angestellten, die nicht als ›hauptschuldig‹ oder ›belastet‹ eingestuft waren, wieder eingestellt werden. Verabschiedet wurde der Artikel mit den Stimmen aller Parteien, sogar mit denen der Kommunisten, die damals noch nicht verboten waren.

Ohne eine Gegenstimme. Du kannst dir nicht vorstellen, wie dreist die alten Nazis wieder auftraten. Wenn deren alte Posten schon besetzt waren, gebärdeten sie sich wie die Märtyrer. Allen voran Mader. Der hatte nämlich nicht nur einen Brief von den Blumenfelds. Der konnte sogar einen Brief beibringen, von einem, den er ins KZ gebracht hatte. Den roten Köbes, Jakob Kucks, kennst du doch, den alten Sozi.«

Ich nickte. Das Original mit der zerhauenen Nase kannte in Dondorf jeder.

»Den hat der Mader nach Möhlerath gebracht. Gestapo. Wie den Pastor Böhm. Hitler hielt mal wieder eine Rede, und auch der Köbes stand da vorm Rathaus. Man konnte den Lautsprechern ja nicht entkommen. Und wehe, man ging weiter, als hörte man nichts. Da konnten sie dich gleich kassieren. Also, der stand da mit einem Kollegen, und der frotzelt: ›Na, Köbes, bis de jitz auch en lecker Schokolädschen dursch un dursch?‹ ›Nä‹, sagte der Köbes, ›en Biffstecksche: außen braun und innen rot.‹ Das meldete der Mader nach Möhlerath. Geholt haben sie beide, aber den Jakob haben sie wegen seiner Vorgeschichte behalten. Außerdem lag da noch eine anonyme Anzeige vor, Herr Jakob Kucks habe auf der Post den Deutschen Gruß, ›Heil Hitler!‹, mit ›Drei Liter!‹ beantwortet. Und was macht der Kucks nach '45? Der stellt dem Ortsgruppenleiter Mader einen 1a-Persilschein aus, vor allem, was dessen Haltung zu den Juden betraf. Obwohl der dazu aufgewiegelt hatte, den Blumenfelds die Fenster einzuschmeißen und den Herzens die Wohnung zu verwüsten. Und jetzt hat der Köbes in der Kolonie einen Schrebergarten.

Ach, Hildegard, oder Hilla, hörst du ja lieber. Tja, wenn alles so einfach wäre. Umbenannt hatte man schnell alles wieder. Die Schlageter-Straße hieß wieder Schulstraße, die Adolf-Hitler-Straße wieder Dorfstraße. Die Gustloffstraße war wieder der Marienweg. Und die Hermann-Göring-Straße wieder die Großenfelder Chaussee. Und Holland wurde von der Westmark und Österreich von der Ostmark befreit, so hießen die damals wirklich, und deutsche Mädchen durften wieder Lea oder Sara heißen. Das war bei den Nazis verboten.«

Friedel steckte sich eine zweite Zigarette an und wedelte den Dunst beiseite. »Sie schmecken mir nicht mehr, aber ich brauch sie noch.« Friedel sog den Rauch in die Lungen, hustete, lief rot an, machte die Zigarette aus. »Es geht nicht mehr so richtig.« Sie wischte Rauch und Tränen aus den Augenwinkeln.

»Aber«, wagte ich nun zögernd einzugreifen, »was hast du denn in der Zeit erlebt? Warst du auch im BDM? Vielleicht mit der Alma?«

»Ich.« Sagte Friedel, ohne Frage- oder Ausrufezeichen. Ich. So, wie man Stuhl sagt oder Tisch. Griff nach einer neuen Zigarette, hielt sie zwischen Daumen, Zeige- und Mittelfinger in der Schwebe und legte sie auf den Teller neben den kaum berührten Kuchen. Ich. Friedel fuhr sich über die Stirn, schaute in ihre Hand, als könne sie dort einen Zugang finden zum Friedel-Ich im Dritten Reich.

»Ja«, begann sie stockend, »im BDM war ich auch. Aber in der Großenfelder Gruppe. Ich ging da auf die Mittelschule, wie du. Mein Vater war ja, bis der Grütering kam, noch Bürgermeister. Da musste ich da rein, besonders, weil mein Vater nicht in die Partei gehen wollte. Und auch nicht gegangen ist. Das weißt du ja. Aber«, Friedel lachte auf, »da fällt mir ein: Weißt du, wie der BDM, dieser Bund Deutscher Mädel, damals verspottet wurde? Die Mader hat dir doch sicher viel von ›Rein bleiben und reif werden‹ und so erzählt. Von wegen. BDM, das hieß: ›Bald Deutsche Mutter‹; ›Bubi drück mich‹; ›Bedarfsartikel Deutscher Männer‹; ›Brauch Deutsche Mädel‹. Und wenn eine Straße kaputt war, hieß die ›BDM-Straße‹ – Loch an Loch. Naja. Aber im Ernst. Der BDM, das war nichts für mich. Nichts als Zwang. Viele empfanden das wohl als Geborgenheit, als Halt. Hier konnte man sich wichtig fühlen, kompetent, Einfluss haben. Ich hab mich gedrückt, wo ich konnte. Alles war ja bei denen organisiert und durchgeplant. Sogar das Sprechen. Wenn ich noch an die Sprechchöre denke. Gibt's so was heute überhaupt noch? Damals machte mir dieses Gebell regelrecht Angst. Und der Quatsch!«

Wieder brach Friedel ab. Der alte Bücherschrank knarrte. Bedächtig trank ich einen Schluck, stellte die Tasse umständlich ab.

»Aber die hatten doch so einen Zulauf«, wandte ich schüchtern ein. »Für die Partei gab es sogar einen Eintrittsstopp, so viele wollten da rein.«

»Zulauf?«, höhnte Friedel. »Wie denn auch nicht, wenn alles gleichgeschaltet wurde. Gleichgeschaltet! Ein Lieblingswort von denen. Man sieht direkt den Finger auf dem Knopf und – klick! – nimmt alles die gleiche Haltung an und setzt sich in eine Bewegung. Lieblingswörter sind verräterisch. Wem sag ich das. ›Fanatisch‹ zum Beispiel. Das passte zu ihrem Getöse, ihrem Gebrüll. Je aussichtsloser es im Krieg wurde, desto häufiger hörte man dieses Wort. Bekenntnis: fanatisch, Gelöbnis: fanatisch, der Glaube an den Endsieg: fanatisch, und nach dem 20. Juli '44 die Treue zum Führer: alles fanatisch. Heute klingt ›fanatisch‹ wieder abschätzig. Sogar Wörter können sich bekehren. Naja, bekehrt werden.«

Lewis Carroll, den wir gerade im Englischunterricht lasen, fiel mir ein: »›Wenn *ich* ein Wort gebrauche‹, sagte da Humpty Dumpty in recht hochmütigem Ton, ›dann heißt es genau das, was ich für richtig halte – nicht mehr und nicht weniger.‹ ›Es fragt sich nur‹, sagte Alice, ›ob man Wörter einfach etwas anderes heißen lassen *kann*.‹ ›Es fragt sich nur‹, sagte Humpty Dumpty, ›wer der Stärkere ist, weiter nichts.‹«

»Genau so!«, nickte Friedel und fuhr fort: »Schlimm war, wie die versuchten, mit der Sprache der Religion die Sehnsucht nach mehr als dieser Welt für sich umzubiegen. Einiges kennst du sicher schon. Die ›Vorsehung‹ war ja immer im Spiel. Aber auch das ›Tausendjährige‹ oder das ›Dritte Reich‹ riefen Vorstellungen von Ewigkeit und Himmelreich wach. Die braune Bewegung hatte ihre ›Märtyrer‹, ihre ›Blutzeugen‹, ihren ›Orden des Deutschen Blutes‹. Braunau, Hitlers Geburtsstadt, wurde zum ›Wallfahrtsort der deutschen Jugend‹ erklärt, Hitler wurde der ›Heiland‹, der ›Erlöser‹, der Deutschland die ›Auferstehung‹ brachte. Weihnachten, am ›Fest der deutschen Seele‹, wurde ›die Neugeburt des Lichts‹ gefeiert, der Jude Jesus verdrängt. *Germanen-Bibel* hieß eine Anthologie von der *Edda* bis Ina Seidel, und das ›Evangelium des deutschen Volkes‹ hieß: *Mein Kampf*. Der Krieg war ›heilig‹. Zumindest bei Teilen der evangelischen Kirche sind die Nazis mit dieser Sprache der religiösen Ergriffenheit weit gekommen. Die Katholiken waren da widerstandsfähiger.« Friedel hatte die gestohlenen Wörter auf eine gequetscht verschnupfte Art ausgesprochen, die sie aufgeblasen und falsch erscheinen ließ.

»Ja«, bestätigte ich, »die Oma kann sich über das viele ›heilig‹ von denen noch heute aufregen. ›Heilisch, heilisch, mir han sälver Hellije jenuch! Un mir sin nit arisch, mir sin kattolisch‹« Die blieb ihrem lieben Gott treu.«

»Ja, Hilla, die Treue. Auf Treu und Glauben. Auch zwei schöne alte Wörter.« Friedels kleine dünne Gestalt sackte noch ein bisschen mehr zusammen. Ihre traurigen grauen Augen wirkten verletzt. »Weißt du, worüber ich mir immer wieder den Kopf zerbreche: Keiner aus meiner Familie, keiner in der Schule hielt es für möglich. Und ich, damals kaum so alt wie du heute, natürlich auch nicht. Wir Deutschen waren doch ein Kulturvolk. Christen. Mit Nächstenliebe, Barmherzigkeit. Die Aufklärung nannte das Humanität. Übrigens ein Wort, das bei den Nazis verpönt war. Sie machten sich darüber lustig. Der Erste Weltkrieg gerade fünfzehn Jahre vorbei. Wir hätten es doch alle besser wissen müssen. Völlig unmöglich schien uns, dass es noch einmal eine Judenverfolgung geben könnte. Im 20. Jahrhundert! Wie im Mittelalter. Und dann wollten die Nazis ihre Pest auch noch modern erscheinen lassen. Es gab kein Entrinnen. Früher konnten sich die Juden wenigstens taufen lassen. So, wie unsere Herzens. Rasse! Diese lächerlichen Vögel da oben! Einer ›reinrassiger‹ als der andere! Du kannst es dir nicht vorstellen, welche Blüten das trieb!«

Doch. Ich kannte ein Beispiel aus den Erzählungen der Mutter. Lenchen hatte ihren Kater zu ihr gebracht, ihren Murr, als Juden keine Haustiere mehr haben durften, und in die Altstraße 2 war dann auch *Das deutsche Katzenwesen* geschickt worden, die *Fachzeitschrift des Reichsverbandes für das Deutsche Katzenwesen*.

»Wir verachteten sie«, fuhr Friedel fort. »Und doch: Wenn sie durch die Dorfstraße zogen, den Schinderturm, am alten Rathaus vorbei, in die Anlagen zur Freilichtbühne, das machte Eindruck. Und Angst. Wenn es ging, bin ich in eine andere Straße ausgewichen oder im Haus geblieben. Die da marschierten, kannte man ja, und man kannte sie auch wieder nicht. Unheimlich, wie Uniform und Marschtritt den Nachbarn verändern. Sie marschierten und sangen noch, als Stalingrad fiel und Mussolini stürzte und die Amerikaner schon in Remagen über den Rhein setzten.«

Und die es gehört hatten? Nichts getan?

»Als sie erst einmal marschierten, war es zu spät.« Friedels Stimme klang hart, kühl, beinah feindselig. »Man duckte sich weg. Alles andere war tödlich. Weiß man ja.«

Wieder hätte ich gern gefragt: Und du, Friedel Mertens, was hast du getan? Sie hatte viel erzählt, ich hatte viel erfahren. Aber wo war Friedel, wer war Friedel gewesen in dieser Zeit? Vielleicht, ging es mir durch den Kopf, ist das auch eine Möglichkeit, sich diese Zeit fernzuhalten: Nicht über sich nachzudenken, sondern über die Zeit. Sich als Betrachter zu sehen, nicht als Mitspieler. Aber ich ahnte auch, dass ich kein Recht hatte, mehr zu fordern, als man mir zu geben bereit war. Ich hatte das Recht zu fragen, nicht zu verhören. Keine Urteile fällen, hatte Rebmann gesagt.

Die Wohnungstür fiel ins Schloss, Schritte im Flur. Friedels Mann kam von der Arbeit, müde, erschöpft. Er saß in der Dondorfer Sparkasse hinter einem der beiden Schalter und ließ acht Stunden täglich Geldscheine und Münzen durch die Finger gleiten, Unsummen mussten das sein, dachte ich und hätte ihn gern gefragt, ob er wisse, wie viel Geld er Tag für

Tag auszahle und ob er sich noch nie vorgestellt hätte, mit der Kasse einfach mal auf und davon zu gehen. Doch dazu wäre der hagere Mann – gleichsam nur durch seinen Anzug zusammengehalten, darunter einen dicken Pullover überm Hemd mit Krawatte – wohl kaum imstande gewesen. Horst Mertens, vor dem Krieg Student der Mathematik, mit dem letzten Transport aus russischer Kriegsgefangenschaft zurück, hatte nicht wieder Fuß gefasst und sich mit der Sparkasse zufriedengegeben. Wenn Zufriedenheit bedeutet, nichts mehr zu wünschen, war Horst Mertens ein zufriedener Mensch. Er begrüßte mich ohne ein Zeichen von Überraschung mit einem stillen freundlichen Nicken und ließ uns gleich wieder allein. Die Klospülung ging, ein Wasserhahn wurde aufgedreht. Friedel und ich erhoben uns fast gleichzeitig.

»Wenn du noch Fragen hast«, Friedel unterbrach sich, »natürlich hast du noch Fragen! Als ob ich keine mehr hätte! Als ob es *die* Antwort gäbe. Also: jederzeit. Mit und ohne Fragen. Auf bald. Hier für dich.«

Das Buch hatte ich schon: *LTI* von Victor Klemperer. Wir gaben einander die Hand.

»Und vergiss das Lenchen nicht«, rief Friedel mir auf der Treppe nach. »Deine Familie weiß Bescheid.«

Vieles hatte ich in den vergangenen Wochen gelernt: Dass jeder nur die Antwort gibt, nur die Geschichte erzählt, die er geben will, die er erzählen kann. Über das Traurigste, das, was ihnen am nächsten ging, sprachen die Menschen zuletzt oder gar nicht. Wenn es um Lenchen ging, verstummte man in der Familie. Die Mutter nie ohne Tränen in den Augen. Was würde ich von ihr erfahren? Von der Großmutter? Die Erinnerung quälte sie. Hatte die Apothekerin nicht recht mit ihrem »Lasst die Toten ihre Toten begraben«? Die Tante mit ihrem »Schluss jetzt!«? Warum ließ mir die unvollendete Geschichte von Lenchen keine Ruhe?

Wann immer es möglich war, lenkte ich in den nächsten Wochen das Thema auf Helene Herz und ihre Familie. Nicht nur zu Hause. Vorsichtig forschte ich Tante und Cousinen aus, die Nachbarn und füllte ein Heft ums andere.

Ein, zwei Monate waren vergangen, als die Klasse wieder einmal auf Rebmann warten musste. Sehr genau mit der Pünktlichkeit nahm er es nie, doch nach einer Viertelstunde machte Clas sich auf ins Lehrerzimmer. Wenig später kam er mit dem Vermissten zurück. Rebmann war blass, Schweißperlen auf der Stirn, obwohl es draußen nasskalt und grau war. Er, meist in Cordhose, kariertem Hemd und Tweedjackett, trug heute zwar die übliche dunkelrote Strickkrawatte, doch dazu ein weißes Hemd und eine doppelreihig geknöpfte dunkle Jacke, die an eine Uniform erinnerte. Unser Begrüßungsgemurmel kaum erwidernd, ließ er die Aktentasche aufschnappen, nahm einen Brief heraus, »Setzen!«, kommandierte er knapp. Er, der sonst nie das Bitte vergaß und das höfliche Sie.

»Dieser Brief«, Rebmanns Stimme klang dünn und blechern, »ist an den Direktor dieser Schule geschickt worden. Mit der Aufforderung, ihn an mich weiterzuleiten. Herr Dr. Sartorius«, Rebmann schien den Namen des Direktors wie unangenehme Essensreste auszuspucken, »Herr Dr. Sartorius«, wiederholte er, keinen Zweifel an seiner Verachtung lassend, »hat mir gestern und heute Morgen noch einmal verboten, Ihnen diesen Brief zur Kenntnis zu bringen.« Wie aufgebracht Rebmann sein musste! Niemals sonst hätte er Floskeln wie »zur Kenntnis bringen« benutzt, »vorlesen genügt«, hätte er an den Rand geschrieben. »Das habe ich abgelehnt«, fuhr Rebmann fort. »Hören Sie selbst!« Rebmann schlug den Brief auseinander, Maschinenschrift auf einer DIN-A4-Seite, räusperte sich. »Kein Briefkopf. Kein Datum. ›Sehr geehrter Herr Dr. Sartorius! Mit wachsender Empörung habe ich in den vergangenen Wochen das Betragen meines Sohnes‹«, Rebmann schaute auf, umher, sah niemanden an, »kein Name – ›zur Kenntnis nehmen müssen. Nicht nur ich und meine Frau, auch die gesamte Verwandtschaft, Freunde und Bekannte werden in geradezu inquisitorischer Manier mit Fragen nach unserem Verhalten im Dritten Reich belästigt. Auf Nachfrage wurde mir gesagt, dies geschehe auf Anweisung des Deutschlehrers, eines Herrn Dr. Rebmann, und sei Materialsammlung für eine Jahresarbeit zum Thema Nazizeit. Ich halte das Vorgehen dieses *Pädagogen*‹«, Rebmann unterbrach erneut, »›Pädagoge‹ in Anführungszeichen – ›für unverantwortliche Brunnenvergiftung, Aufstachelung zu unerträglicher Schnüffelei und Nestbeschmutzung, Unterminierung der elterlichen Autorität in geradezu bösartiger Weise. Mein Sohn, bis dato ein leicht lenkbares Kind, ist seither wie verwandelt: aufsässig, hartnäckig, besserwisserisch. Es kann nicht das Ziel verantwortungsvoller Pädagogik sein, junge Menschen zum Widerstand gegen Eltern und Familie und damit gegen Staat und Vaterland zu erziehen. Ich fordere Sie daher mit aller Nachdrücklichkeit auf, den Umtrieben dieses sauberen Herrn Lehrers Einhalt zu gebieten. Verachtungsvoll: ein besorgter Vater und Staatsbürger‹.«

Rebmann ließ das Papier angeekelt aufs Pult fallen: »Kein Name. Natürlich nicht, kennen wir doch.« Glättete es, faltete es mit seiner einen Hand zusammen. Öffnete die Aktenmappe und kramte einen Plastikbeutel, Aufdruck: »Kenner kaufen Keuken-Kakao«, heraus. Fuhr hinein, zog etwas hervor, das wie eine Brosche aussah, und steckte das Ding ans Revers seiner dunkelblauen Jacke. Es war ein kurzes breites Kreuz, in der Mitte ein Hakenkreuz, an einem roten Ripsband mit schwarz-weißem Rand. Rolf, Armin und Clas schnauften anerkennend, »EK I«, murmelte Alois ehrfürchtig. Noch zweimal griff Rebmann in die Tüte, holte Orden heraus und steckte sie an. Dann schob er sich das Papier zwischen die Lippen, wie Kohlhaas, schoss es mir durch den Kopf, doch Rebmann verschlang nichts, vielmehr bissen sich seine Zähne in die Kante des Briefes, den er mit seiner einen Hand zerriss, einmal mitten durch, dann noch einmal zubiss, riss, und noch einmal. Nestelte die Orden vom Revers und hinein in die Tüte vom Keuken-Kakao, fegte die Schnipsel vom Pult, hinein zu den Orden. »Die Jahresarbeit wird nicht benotet«, sagte er. »Sie selbst können entscheiden, ob Sie weitermachen wollen, schreiben wollen oder nicht.«

Der Brief spornte uns an. Alle gaben eine Arbeit ab. Viele Geschichten hatte man auch mir erzählt; aber nur eine schrieb ich auf. Die konnte zu Ende geschrieben werden. Die Geschichte hinter der Geschichte noch lange nicht. Sie war noch lange nicht vergangen.

Wann ist etwas vergangen? Auschwitz war vergangen. Fast zwanzig Jahre. Wirklich *erst* zwanzig Jahre? Oder doch *schon* zwanzig Jahre? Länger, als ich auf der Welt war.

Immer wieder hatte ich gehört und gelesen, die Vorgänge in Auschwitz seien ein Rückfall in finsteres Mittelalter. Doch dass sie Menschen gequält hätten wie im Mittelalter, hätte jeder der Angeklagten von sich gewiesen.

Im letzten Jahr der Realschule hatten wir auf unserer Klassenreise zu den Altären Riemenschneiders auch das Foltermuseum in Rothenburg besucht, hatten Knieschrauben, Hand- und Fußeisen, gedornte Halskrausen, die Eiserne Jungfrau, Streckbank und Judaswiege, den Befragungsstuhl und die ausführlichen Beschreibungen ihrer Anwendungsweisen mit pennälerhaften Witzeleien von uns ferngehalten. Graue Vorzeit, hatten wir uns wohlig gegruselt, und mit unseren schlauen fünfzehn Jahren auf unsere barbarischen Vorfahren geschaut wie Erwachsene auf ungezogene Kinder. Mit diesem Gefühl historischer Nachsicht, der Nachsicht, die die Zeit verleiht.

Wir verließen das Museum in dem überlegenen Gefühl, dass so etwas nie wieder geschehen könnte, und der Englischlehrer hatte jedem eine fränkische Bratwurst spendiert.

Wann also war etwas vergangen, vorbei?

Wenn es unpersönlich geworden ist, wenn es kein Leid und keine Freude mehr bereiten kann, weder einem Volk noch einer Person? Wenn sich die Vergangenheit sozusagen vornehm und ermattet zurücklehnt, in einer sachlich gewordenen Vollendung, durch eine luftleere Schicht getrennt vom Leben der gegenwärtigen Menschen?

In einem Dorf am Rhein nannte ich den Aufsatz und stellte ein Zitat von Goethe voran: »Willst du dir ein hübsch Leben zimmern, / Musst ums Vergangene dich nicht kümmern.« Ich konnte kein Ende finden. Lenchen Herz, et Häze Lensche, wuchs mir ans Herz, schlug dort Wurzeln, erblühte, als hätte nicht die Mutter, vielmehr ich selbst mit ihr auf der Schulbank gesessen, hätte das lustige Mädchen bewundert, wäre mit ihr älter und erwachsen geworden. Lenchen – mit Leib und Seele war ich dabei, als sie den großen, blonden Heinz heiratete, der zuerst bei den Nazis mitmachte, später, da er nicht von Lenchen lassen wollte, an die Ostfront geschickt wurde. Fiel. War dabei, als Dondorfer Hände zum Hitlergruß hochflogen, der katholische Frauenverein sich spaltete, weil man Lenchens Mutter ausschloss. War Zeuge, als Beilschlag, der auch den Pastor Böhm hatte abholen lassen, die Handvoll jüdischer Dondorfer, darunter auch Lenchens Eltern, aus dem »Judenhaus« abtransportieren ließ. Lenchen war da schon mit zwei Koffern und unbekanntem Ziel aus Dondorf verschwunden. Ein Paar elegante weiße Handschuhe habe sie ihr, meiner Mutter, zur Hochzeit geschenkt, schrieb ich. Seite um Seite füllte ich, Heft um Heft, als müsse ich beides gleichzeitig tun: die furchtbaren Jahre heraufbeschwören und mir von der Seele schreiben. Von Lenchen, ließ ich die Mutter erzählen, kam nach dem Krieg eine Karte. Mit Wolkenkratzern und einer Riesenfrau, die Fackel hoch überm strahlenbekränzten Kopf, auf der Rückseite nur die drei Worte: »Euer Häze Lensche.«

Rebmann bat mich, nachdem er uns die Arbeiten zurückgegeben hatte, in der Pause zu sich. Er sah noch immer blass aus, bedrückt, wirkte verschlossen, in sich gekehrt, wie verschnürt. Seine Rechte presste die Blätter meiner Jahresarbeit auf das braune Holz des Lehrerpults. »Ja, so könnte das gewesen sein, in Dondorf am Rhein. Als wären Sie dabei gewesen. Gut zugehört. Gut aufgeschrieben. Auch, wenn Ihre Phantasie wohl ein paarmal mit Ihnen durchgegangen ist.« Rebmann sah mich durchdringend an. »Die Postkarte möchte ich sehen«, sagte er leise; hörte ich richtig, wenn ich glaubte, dass seine Stimme ein wenig zitterte? »Und die Handschuhe. Wenn's beliebt«, fügte er lauter und mit traurigem Spott hinzu.

Die sollte er zu Gesicht kriegen. In Cellophan verpackt lagen sie im Kleiderschrank auf dem Speicher. Wirklich hatte Lenchen sie der Mutter zur Hochzeit geschenkt. Ich sollte sie zur Verlobung kriegen.

Eine Postkarte gab es nicht.

Lenchens Flucht hatte ich erfunden. Helene Sara Schmitz, geborene Herz, war bei denen gewesen, die mit allen anderen verschwunden waren, in jener Nacht. Das war es, was die Mutter erzählt hatte. Ich wollte Lenchen retten. Wenigstens in eine Geschichte, in eine Postkarte aus New York.

Auf das Zitat kam Rebmann noch einmal zurück. »Goethe: *Lebensregel*«, schrieb er an die Tafel. »Willst du dir ein hübsch Leben zimmern, / Musst dich ums Vergangene nicht kümmern.« Und eröffnete die Diskussion mit einem langgezogenen: »Nun?«

Ich meldete mich: »Es holpert.«

»Wie bitte?«

»Es holpert. Goethe hätte besser daran getan, in der zweiten Zeile das ›dich‹ hinters ›Vergangene‹ zu rücken.«

So hatte ich den Dichter zitiert, so war mir der Spruch im Gedächtnis geblieben. »›Musst ums Vergangene dich nicht kümmern.‹ Das wäre dann rhythmisch einwandfrei gewesen und hätte auch optisch das ›dich‹, also den Menschen, hinter das Vergangene gerückt, das Vergangene wäre also das dem Menschen Vorangegangene. Das hätte optisch und logisch zum Ausdruck gebracht, dass das Vergangene dem Menschen vorausgeht, der Mensch seiner Vergangenheit naturgemäß folgen muss.«

»So«, kommentierte Rebmann und wedelte den Goethe-Band durch die Luft, als wollte er sich Kühlung zufächeln. »So,

Goethe hätte also, wie Sie sich ausdrücken, ›besser daran getan‹; rhythmisch nicht ganz einwandfrei, der Klassiker der Deutschen. Dazu kann ich nur sagen: Ein Lump sind Sie wahrlich nicht, Fräulein Palm.« Rebmann legte das Buch aufs Pult zurück. »So sagt es doch der Meister selbst: Nur die Lumpe sind bescheiden. Fräulein Palm ist kein Lump. Also...«

Rebmann ließ seine Augen über unsere Köpfe wandern. Sein Blick blieb an Rolf Armbruster hängen, der gelangweilt an die Tafel stierte, wo auf grüngrauem Untergrund noch die Kreidereste schlecht abgewischter Logarithmen schimmerten. »Was meinen Sie, Armbruster, wer hat recht: der Geheimrat Johann Wolfgang von Goethe oder Fräulein Hildegard Palm?« Mit gleichmäßig freundlicher Lehrerstimme brachte Rebmann die Lebensregel zu Gehör, das »dich« mal vor, mal hinter dem »Vergangenen«.

»Vom Standpunkt der Aussage«, Rolf kniff die Augen zusammen, »befinden sich die Sätze in einem vollkommenen Gleichgewicht. Die Aussagen sind deckungsgleich. Goethe ist gleich Palm und vice versa.«

»Wie a Quadrat plus b Quadrat gleich c Quadrat«, spottete Rebmann. »Wer ist anderer Meinung? Nun, Fräulein Schuhmacher?«

Anke löste ihren Blick von Armins Haartolle. »Goethe, äh, Goethe«, stotterte sie, »Goethe wird sich wohl etwas dabei gedacht haben.«

Rebmann hatte währenddessen den Zweizeiler in beiden Versionen an die Tafel geschrieben.

»Willst du dir ein hübsch Leben zimmern,
 Musst dich ums Vergangene nicht kümmern.«

»Willst du dir ein hübsch Leben zimmern,
 Musst ums Vergangene dich nicht kümmern.«

»Natürlich«, sagte ich, »kann man die Sache auch so sehen. Das ›dich‹ bei Goethe schleppt die Vergangenheit hinter sich her. Bei mir geht die Vergangenheit dem Du voran, ist das Du vom

Vergangenen geleitet, vorbestimmt. So oder so: Frei vom Vergangenen ist das Du in keinem Fall.«

Doch das wollte Clas nicht gelten lassen: »In Hillas Version«, sagte er, »ist das Du aber offen für die Zukunft, das Kommende.«

»Und bei Goethe«, wandte Alois ein, »hat es die Zukunft vor sich. Man kann das ›dich‹ auch noch weiter verschieben, das ›dich‹ hinter das ›nicht‹.«

Rebmann sah auf die Uhr. »Und nun sag ich Ihnen noch, wie es bei Goethe richtig heißt: ›Willst du dir ein hübsch Leben zimmern, / Musst dich um's Vergangne nicht bekümmern.‹ Nun, Fräulein Palm?«

Ich biss mir auf die Lippe. Ein e zu viel und ein be zu wenig, und schon hatte ich den Klassiker ins Stolpern gebracht. Doch wenigstens wusste ich, wie's weiterging: »Das Wenigste muss dich verdrießen; / Musst stets die Gegenwart genießen, / Besonders keinen Menschen hassen / Und die Zukunft Gott überlassen.«

»Genau so«, nickte Rebmann. »Das Zitat ist richtig. Und die ›Lebensregel‹? Die auch? Was meinen Sie?«

Es gongte zur Pause.

»Augenblick«, Rebmann schlug seinen Goethe-Band noch einmal auf. »Hier, noch etwas zum Mitschreiben und Diskutieren, vom selben Dichter: ›Es gibt kein Vergangenes, das man zurücksehnen dürfte; es gibt nur ein ewig Neues, das sich aus den erweiterten Elementen des Vergangenen gestaltet, und die echte Sehnsucht muss stets produktiv sein, ein neues Bessres zu erschaffen.‹«

Die Anhörung der Zeugen nahm kein Ende. Mehr als dreihundertfünfzig Opfer standen zweiundzwanzig Angeklagten gegenüber, die kaum Gefühle zeigten, von Reue ganz zu schweigen. Sie hatten entweder nichts »davon gewusst« oder nur nach den Vorschriften gehandelt, Befehle ausgeführt.

»Hoffentlisch kriejen se, wat se verdient han«, verkündete der Vater beim Sonntagsessen und strich sich mit gestreckter Handkante über den Hals. »Rübe ab, alle zweiundzwanzig. Jibet ja leider nit. Aber wenigstens lebenslänglisch.« Und die Familie nickte in seltener Eintracht, sogar die Großmutter.

Doch das »lebenslänglich« sei gar nicht so einfach, sagten die Experten. Das deutsche Strafrecht, wie jedes Strafrecht der Zivilisation, erklärten sie, kenne nur Einzelverschulden. Es gehe zurück auf das deutsche Reichsstrafgesetzbuch von 1871, das nur die Tat des Einzelnen ahndet. Verbrechen gegen die Menschlichkeit und organisierter Massenmord wie in Auschwitz und anderen Konzentrationslagern sei damit nicht beizukommen. Nur ein Nachweis der Einzelschuld zähle. Und überdies: Totschlag könne nach achtzehn, Mord nach zwanzig Jahren nicht mehr angeklagt und bestraft werden. Verjährung.

In der Altstraße waren wir uns einig: Mord bleibt Mord. Strafe muss Strafe bleiben. Keine Verjährung. Die Tante kam kaum noch zu uns.

Dagegen brachte die Großmutter den Ohm bei seinem nächsten Besuch, nachdem der sich an Kassler, Sauerkraut und Kartoffelbrei gelabt und einen wohlwollenden Blick auf meinen züchtig die Knie verhüllenden Rock geworfen hatte, sichtlich in Erklärungsnot. Er war hinfällig geworden; der ehemalige Afrika-Missionar verließ das Kloster in Hünfeld nur noch selten für einen Besuch bei seiner Schwester. Ob es nicht Gott wohlgefällig sei, um ein Lebenslänglich für alle zu beten, fragte sie den priesterlichen Bruder mit fester Stimme. Den Kopf bedenklich von einer Seite zur anderen wiegend, ließ der sich eine zweite Portion vom Pfirsichkompott schmecken und erging sich in Ausschweifungen über Gottes Gnade und Gerechtigkeit, denen der Mensch nicht vorzugreifen habe. »Mein ist die Rache, spricht der Herr. Mein ist die Rache«, wiederholte er, froh, sich auf bibelfesten Boden gerettet zu haben. Der Mensch solle Gott nicht in den Arm fallen, auch nicht im Gebet. Reiche Gott die irdische Strafe nicht aus, ergänze er sie nach göttlichem Ratschluss im Himmel. Ewige Hölle.

»Und wenn sie im letzten Augenblick bereuen?«, fragte Bertram, der verdrossen beobachtete, wie die Priesterhand zum dritten Mal die Kelle in die Pfirsichschüssel senkte, nachdem die Großmutter unsere Dessertteller schon beim Abwasch aufgestapelt hatte. Für so einen Klehr, dem man vierhundertfünfundsiebzig Morde nachgewiesen habe, sei doch lebenslänglich viel zu gnädig.

Wie recht Bertram hatte. Dieser Unmensch, der vom »Abspritzen« der Kinder gesprochen hatte, als spritze er Rosen gegen Mehltau. Wenn so einer nun mit dem letzten Atemzug bereue, käme der in den Himmel?

»Fegefeuer!«, rief der Ohm triumphierend und schob seinen Kompottteller von sich. »Wenn«, er machte eine Pause und wies mit gestrecktem Zeigefinger auf das Kruzifix über der Eckbank, wo zu seinen Ehren das Öllämpchen brannte. »Fegefeuer!«, wiederholte er schelmisch, »wenn«, er zog den Finger zurück, »wenn sie katholisch sind!«

Ungläubig starrten wir den Geistlichen an.

»Jawohl«, bekräftigte der. »Evangelische haben kein Fegefeuer. Die kommen direkt in die Hölle.« Aufgeräumt klopfte sich der Ohm den Bauch, als wäre das der Ort, wo die armen Sünder schmorten.

»Oder in den Himmel!«, wandten Bertram und ich wie aus einem Munde ein.

»Vun dänne Dräckskääls kütt kenner en de Himmel!« Die Mutter hatte vor Erregung ihr Hochdeutsch vergessen, um das sie sich in der Gegenwart des Kirchenmannes sonst bemühte.

»Gottes Wege sind unerforschlich«, lächelte milde der Ohm. »Bedenken wir immer: Es waren die Juden, die Christus ans Kreuz genagelt haben.«

»Un Jesus? Dä war doch sälver ne Jud!«, ließ sich nun der Vater vernehmen, der sonst, wenn der Ohm am Tisch saß, stets nach dem letzten Bissen die Flucht ergriff.

»Jawohl«, sagte ich. »›Denn das Heil kommt von den Juden!‹ Als der Pastor Böhm so gepredigt hat, haben sie den nach Dachau gebracht. Stimmt doch, Oma?«

Die Großmutter nickte und sah ihren Bruder unsicher und verärgert an. Zum ersten Mal im Leben ließ sein geistlicher Beistand sie im Stich. Was war das für ein Gott, der zuließ, dass Figuren wie Beilschlag und die aus dem Fernsehen, wie all die Verbrecher, die damals frei schalten und walten konnten, davonkamen? Ein Gott, der womöglich nicht einmal mehr im Himmel für Gerechtigkeit sorgte? Gnade walten lassen statt Recht! Die Großmutter zwinkerte mir zu. Ich hielt den Mund. Ihr bisher unerschütterlicher Glaube an die Urteilskraft des brüderlichen Dieners Gottes war ernsthaft erschüttert worden. Die Großmutter würde für »lebenslänglich« beten. Wenn nicht für Schlimmeres. Und ich mit ihr.

Rebmann hatte uns geholfen, die Augen aufzumachen, und wir blieben verwirrt zwischen dem, was wir über gestern erfahren – oder auch nicht erfahren – hatten, und dieser vergesslichen Gegenwart. Die gewann bald wieder Oberhand, und mit ihr überdeckten neue, hellere Bilder das Grauen.

Zwei jungen Männern gelang in einem Segelflugzeug die Flucht aus der Zone; Cassius Clay wurde Boxweltmeister im Schwergewicht; der 1. FC Köln zum zweiten Mal Deutscher Meister; ein Ferienbus überschlug sich, fünf Tote; in Möhlerath brannte die Hefefabrik. Das Unglück schrumpfte wieder auf menschliches Maß. Die Gegenwart überwältigte die Vergangenheit. Der Alltag musste bestanden werden. Die zwölf Jahre Nazideutschland würden noch lange nicht vergehen. Sie blieben Teil unseres Lebens wie eine gefährliche Unterströmung im stillen See. Aber die Gegenwart nahm uns in den Griff.

»Wusstest du«, fragte ich Bertram in einem unserer abendlichen Gespräche, »dass die Juden kleine Steine auf die Gräber ihrer Lieben legen?«

»Keine Ahnung.«

»Rebmann sagt, die Steine symbolisierten Bruchstücke des zerstörten Tempels in Jerusalem, also eine Art bildliche Wiedervereinigung mit der Heimat. Vielleicht aber, das sagt er auch, stammt der Brauch aus der Zeit, da man die Toten in der Wüste begrub; Schutz vor wilden Tieren.«

»Oder«, sagte Bertram, »sie bedeuten einfach nur, dass man an sie denkt.«

In Dondorf hatte ein Supermarkt aufgemacht. Endlich konnte auch die Dondorferin mit der Zeit gehen. Die Mutter drängte mich, sie zu begleiten, als führe sie mir ihr Eigentum vor: »Bei Mini ist der Kunde König. Selbstbedienung ist ja so praktisch.« Man hatte den Eindruck, hervorragend bedient zu werden, obwohl man selbst es war, der sich bediente. Oder gerade deshalb? »Die machen sojar Musick do. Dä janze Tag!«

Der Mutter stand der stabile, hochrädrige Drahtwagen gut. Selbstbewusst steuerte sie die metallisch klappernde Karre durch die Gänge, hatte allen Grund, sich in den spiegelnden Säulen zufrieden zu mustern: eine adrette kleine Frau im Einkaufsstaat, den Kittel abgelegt; Pantoffeln, mit denen sie mal eben zu Piepers Laden springen konnte, gegen schicke Halbschuhe vertauscht. Zu Mini ging man in Rock und Bluse, Weste drüber, das wirkte »angezogen«, oder im Kostümchen vom vorvorigen Jahr. Nicht ganz so schick wie in die Kirche, aber immerhin. Noch konnte das Einkaufen den Kirchgang nicht ersetzen; aber sehen und gesehen werden: Das galt auch hier. Der Gang zum Friedhof hatte schon Konkurrenz bekommen.

Heute trug die Mutter ein beigebraunes Hahnentrittkostüm mit hellblauer Bluse. Nach Fräulein Kaasens Tod war die Kleiderversorgung der Mutter vorübergehend in einen Engpass geraten, bis Monikas Mutter, nur wenig kräftiger als meine, Abhilfe schaffte. Was im Dorf einiges Erstaunen hervorrief, hatte man doch bislang jeden Wechsel der Kleidungsstücke von einem Körper auf den anderen genau verfolgen können. Zudem hatte Monikas Mutter es nicht nötig, im Quelle-Katalog oder bei C & A nach Sonderangeboten zu suchen. Sie kaufte in Köln auf der Hohe Straße bei Poensgen und elégance, in Läden, die Boutique hießen. Die Erscheinung der Mutter nahm dadurch eine Wendung, die einige Dondorferinnen fast neidisch machte. Sie trug die Kleider mit trotzigem Genuss.

Leise Musik setzte ein, und die Mutter schien sich in den Schultern zu dehnen, leichtfüßig schwenkte sie vorbei an den spiegelnden Kühltruhen mit Fett und Fleisch, Fisch und Filet; an Dosensäulen mit Milch von glücklichen Kühen, Käsetürmen und Würstchen in Plastikfolie; Burgen von Rotwein und Weißwein und Mumm: »Folg den Linien Deiner Hand, trink MM, zeig Sektverstand« und »Henkell – für des Lebens schönste Stunden«. Krippen mit Möhren, Tomaten, Salaten, Gemüse in allen Farben und Arten; Kerzen, Kosmetik, Konfekt. »Sag Ja zum Meer – sag Ja zu Sel.«

Wie verloren die Dose Hering in Tomatensoße in dem geräumigen Gittergestell auf Rädern aussah. Die Mutter legte noch eine dazu. Und eine Flasche Hohes C.

»Maria«, Frau Hings, den Einkaufswagen hochbeladen, trat uns in den Weg, griff eine Dose aus dem Regal und hielt sie uns entgegen. »Has de dat schon mal probiert?«

»Pilzrago-ut«, entzifferte die Mutter. »Nä, dä Josäff mag keine Pilze.«

»Dann musse sisch dran jewöhne. Pilze«, deklamierte Frau Hings, »sind dat Fleisch des Waldes.«

»Aber dat hier.« Die Mutter zeigte auf eine Dose Leipziger Allerlei. »Mit Sparjelstücke.«

Ein Blick in den Einkaufswagen gab Auskunft über den Lebensstandard einer Familie, einer Person. Sozusagen aus den Regalen griff man seine soziale Stellung und fuhr sie anschließend vor aller Augen spazieren, führte vor, was man sich leisten konnte, mit Spargel oder ohne. Die Artikel aus den Regalen ließen erkennen, auf welcher Sprosse des Wirtschaftswunders man angekommen war.

Die Mutter hob ein Komtess-Hähnchen aus der Kühltruhe, käsig blaugefroren in Plastik, wog das harte, blasse Tierchen in der Hand: »Dat muss dä Schäng nit mi köppe.˚ Aber sieben Mark, nä!«
Die Mutter legte das Hähnchen zurück ins Eis. Frau Hings nahm eins mit. »Jeht so fix«, sagte sie, »macht kein Arbeit, keine Dreck und immer janz weisch.«

Am Kaffeeständer wurde die Mutter schwach. »Aktion!«, lachte eine silbrig ondulierte Dame, die ihr Mündchen einer dampfenden Tasse entgegenspitzte. Die Mutter legte zwei Päckchen in den Wagen, ging vorbei an einem Ständer mit »Alles Gute für ihr Kind«, vorbei an Gerber Kinderkost und Deo Fix und Kitekat. Ging zurück und stellte ein Paket Würzige Hochlandmischung wieder auf den Stapel. Griff nach einer Dose Nivea Creme. Ihre schwielige Hand mit den rissigen Nägeln sprach dem Rüschenrand der blauen Organzabluse, die aus dem Ärmel des Kostüms herausschaute, Hohn.

»Nivea«, sagte ich, »auch Lateinisch. Heißt ›die Weiße‹. Gibt schöne weiße Haut.«

»Nivea«, die Mutter zog die Bluse über ihre Hände. »Hatten die denn schon Nivea?«

Frau Hings stand vor uns an der Kasse. Ihre Karre randvoll. Die Mutter machte noch einmal kehrt und kam mit einer Dose Leipziger Allerlei zurück.

»Ohne Spargel?«, tadelte Frau Hings zwischen zwei Handgriffen, mit denen sie die Ware ablegte. Sogar mit Salzstangen, Erdnüssen, Kröver Nacktarsch und Liebfrauenmilch hatte sie sich eingedeckt.

»Jibt et wat zu feiern?«, fragte die Mutter.

»Ach wat«, antwortete Frau Hings beiläufig, »die knabbern mir abends beim Fernsehen. Heut abend jibet doch wieder *Die Familie Hesselbach*!« Frau Hings verdrehte die Augen.

Die Kassiererin, keine aus dem Dorf, sah kaum auf. Langte mechanisch, ganz so, wie ich es von Maternus gewohnt war,

˚Das muss der Hans nicht mehr köpfen.

nach den heranströmenden Gegenständen, schaute, tippte den Preis ein, und weg, schauen, tippen und weg, bis die Karre leer war und der Stauraum hinter der Kasse überquoll.

»Sechsundfünfzig achtzig«, erklärte die Kassiererin, die ganze Autorität des Unternehmens im Rücken.

Die Mutter zuckte zusammen. »Sechsundfünfzig achtzig«, wiederholte sie flüsternd, den Silben nachschmeckend wie einer selten genossenen Speise. »Dat ist bald so viel, wie dä Papp freitags nach Haus bringt.«

Frau Hings war noch lange nicht fertig, den Warenberg in Einkaufstasche und Netz zu verstauen, als ihr die Kassiererin ein zweites Mal den Betrag, mahnend und mit einiger Ungeduld, zurief. Schließlich waren Tasche und Netz gefüllt, doch Knabberkram, Käse und eine Dose geschälte Tomaten lagen noch immer unverpackt da.

»Napoli.« Frau Hings hob die Dose an die Nase, schnupperte, als genösse sie den sommerlichen Duft. »Da waren mir vorijes Jahr, dä Jupp un isch.«

»Eine Tüte, fünf Pfennig!«, tippte die Kassiererin gleichmütig ein, unbeeindruckt von Hings'schen Reisezielen. Und noch einmal, diesmal mit unüberhörbarer Mahnung: »Macht sechsundfünfzig achtzig und fünf Pfennige. Macht sechsundfünfzig fünfundachtzig.«

Frau Hings versorgte die letzte abgestempelte Trophäe in der Plastiktüte und holte ihr Portemonnaie aus der reißverschlussgesicherten Vorderklappe ihrer Einkaufstasche. Kramte, zog zwei Zwanzig-Mark-Scheine und einiges Silbergeld heraus und reichte es der Kassiererin. Sah die Frau in ihrem blauen geschäftsmäßigen Kittel, der ihr, anders als ein gemusterter Haushaltskittel, zweifellos Autorität verlieh, unsicher an.

»Hier, mehr hab isch nit bei mir.« Wie zum Beweis riss Frau Hings ihr Portemonnaie auseinander, stülpte die Münztasche nach außen, kippte die Börse nach unten und schüttelte sie. »Könnt ihr dä Rest anschreiben? Isch komm morjen widder vorbei.«

Die Kassiererin zog den Blick aus der offenstehenden Kasse, sah Frau Hings fassungslos an, als habe die ihr ein sittenwidriges Angebot gemacht.

»Anschreiben?«, wiederholte sie und warf den Kopf mit den kurzgeschnittenen schwarzen Haaren zurück. »Nix anschreiben. Bezahlen.« Der italienische Akzent war unverkennbar. »Bar bezahlen«, wiederholte die Frau freundlich, aber bestimmt unter wiederholtem Nicken.

Hinter uns hatte sich eine Schlange gebildet. Hälse wurden gereckt. Warum ging das da vorne an der Kasse nicht weiter?

»Isch hab aber doch nit mehr bei mir.« Frau Hings' Stimme hatte einen weinerlich bettelnden Tonfall angenommen.

»Dann Sachen zurück ins Regal.« Die Kassiererin blieb ruhig, höflich, fest.

»Maria«, wandte sich Frau Hings an die Mutter. »Könnt ihr mir helfen?«

Die Mutter schüttelte den Kopf. »Nä, beim besten Willen nit. Isch bin froh, wenn isch dat hier bezahle kann.« Die Mutter wies auf ihren bescheidenen Einkauf. Ihre Augen funkelten. Da hatte sie was zum Erzählen!

»Ävver«, Frau Hings fiel vor Aufregung, Scham und Ärger ins Platt, »die Kanake künne us doch nit verzälle, wat mir ze dun han!«

Die Mutter zuckte die Schultern im Hahnentrittkostüm. »Die tun nur ihre Pflischt!«

Die Kassiererin griff nach einer Klingel, schwang die Schelle wie zu einer Bescherung. Die beiden Zwanziger und das Kleingeld als Beweisstücke vor der nun wieder geschlossenen Kasse, die höhnisch den Betrag 56,85 anzeigte.

Das Murmeln der Frauen war verstummt. Alle versammelten sich um die Kasse. »La Paloma ohe«, klang es besänftigend aus den Lautsprechern, »einmal muss es vorbei sein.«

Ein kurzbeiniger, untersetzter Mann im weißen Kittel drängte sich an Einkaufswagen und Frauenkörpern vorbei nach vorn.

»Was ist hier los?« Vier Silben, so ausgesprochen, dass gleich klar war: keiner aus Dondorf, kalte Heimat, Ostpreußen, Schlesien. Gemächlich ließ er seine kleinen runden Augen im roten, pausbackigen Gesicht von der Kasse über die Geldscheine zu Frau Hings und zurück wandern.

»Doch kein Falschgeld?«, versuchte er zu scherzen; aber zum Lächeln war keiner der beiden Frauen zumute.

»Nä, nix falsch«, die Frau an der Kasse nickte noch eifriger.

»Aber nix genug.«

»Ja«, gab Frau Hings zu. »Dat da«, sie wies auf ihre Barschaft, die unter den Blicken des Mannes noch weiter zu schmelzen schien, »ist alles. Mehr hab isch nit bei mir. Aber ihr könnt et doch anschreiben.«

»Meine Dame, meine Dame«, dienerte der Mann.

Frau Hings, meine Dame, geschmeichelt, wagte den Kopf wieder ein Stückchen höher zu tragen. An den Wäschemann erinnerte mich der Weißkittel, an seine unterwürfige Liebenswürdigkeit, seine höfliche Geschäftigkeit.

»Meine Dame, meine Dame!« Der Mann machte eine Pause, aber er hob die Hände auf eine Art, die mir keinen Zweifel ließ, dass jetzt ein »Leider, leider« kommen musste. Herzliches Bedauern. Unabänderliches Faktum. »Wir haben unsere Vorschriften.« Der Mann verzog das Gesicht, dass es aussah, als habe er gerade seine Frau begraben oder seinen besten Freund. Tiefbetrübt versuchte er, Frau Hings in die Augen zu schauen, aber die hatte die Augen niedergeschlagen, Kopf auf der Brust, stand sie vor der Respektsperson wie ein ertapptes Schulmädchen. Murmelte noch einmal: »Isch komm doch morjen widder.«

»Da sind Sie uns herzlich willkommen. Aber für«, der Mann griff nach den Münzen, zählte sie, runzelte die Stirn, »für vierzehn Mark zweiundsechzig müssen Sie die Waren wieder zurücktragen.«

»Däm dit isch doch dä Driss vör de Föß knalle«, hörte ich die Mutter hinter mir knurren. Ich drehte mich um. Nur die tanzenden Pünktchen im Grün ihrer Augen verrieten sie.

Frau Hings aber packte den Inhalt einer Plastiktüte wieder aus. Es reichte nicht. Dann noch die Flasche Kröver Nacktarsch, die für die *Hesselbachs* vorgesehen war. Und noch Nüsse, Salzstangen und die Seife Fa. Zurücktragen tat das der Mann im Kittel. Ganz Kavalier. Die Plastiktüte musste Frau Hings bezahlen. Gebrauchte Ware wurde nicht zurückgenommen.

Die Mutter hatte den Zwischenfall genossen, da konnte mir ihre perfekt geheuchelte Anteilnahme nichts vormachen. Auch ich musste eine gewisse Schadenfreude zugeben. Betriebsrat Jupp Hings würde am heutigen Fernsehabend einige Einbußen seiner Gemütlichkeit hinnehmen müssen.

Ungemach erwartete allerdings auch die Mutter. Es kam auf uns zu mit jedem Schritt, der uns der Altstraße 2 näher brachte. Und näher an Piepers Laden. Wir mussten an diesem Laden vorbei. An Piepers Laden, meines Patenonkels Laden, Schützenkönigs und Kirchenvorstands Laden vorbei mussten wir, es führt kein andrer Weg nach Hause. Vorbei am Kolonialwarenhändler Johann Pieper, wo die Butter vom Ballen abgehackt und in Pergament geschlagen wurde; die Wurst per Hand vom Kringel geschnitten; der Schinken – »Wie dick darf et denn sein?« –, der Käselaib unters Messer der Schneidemaschine geschoben wurde, und die Kante gab's gratis dazu. Aus der Tonne die grünen Heringe freitags, Gurken und Sauerkraut das ganze Jahr. Vorbei an diesem Laden vom alten Schlag, wo man anschreiben lassen konnte, bis die nächste Lohntüte kam. Dort vorbei mussten wir mit den Tüten der Konkurrenz. Plastikkonkurrenz. Die neue Zeit.

»Komm, mir nehmen die Tasch zwischen uns«, befahl die Mutter listig, und ich rückte der Tasche so nah, dass sie mal der Mutter, mal mir tadelnd an die Beine schlug, als wir uns steifen Schrittes an Piepers Laden vorbeistahlen.

»Hier!« Triumphierend stellte die Mutter zu Hause den Plastikbecher mit saurer Sahne neben den Käse, »reißfest verpackt«. »Dafür bezahl isch dem Pieper dat Doppelte. Un der Holländer kost bei dem auch viel mehr.«

»Ist aber dafür auch geschnitten!«, suchte ich ein Wort für den einzelhandelnden Patenonkel einzulegen. Aber die Mutter ließ sich nicht beirren: »Dafür wird dä schneller drüsch*, un schneiden kann isch jetzt, wie isch will. Un wenn isch nit will, kauf isch im Mini-Markt Scheibletten.«

»Aber das ›Nimm mich mit‹-Heftchen kriegst du da nicht!«, spielte ich meinen letzten Trumpf aus.

»Da kauf ich freitags beim Pieper dä Fisch un noch paar andere Sache, dann müsse die mir dat jeben.«

Die neue Zeit war nicht mehr aufzuhalten vom alten Schlag.

Ostern erhielt ich meinen zweiten Bildband: Paul Gauguin. Mit guten Noten in allen übrigen Fächern hatte ich die schwache Matheleistung ausgleichen können.

Astrid Kowalski war kurz vor der Versetzung abgegangen, mit einem glänzenden Zeugnis, alle Noten eine Stufe höhergesetzt. Ihr Vater war mit der Hand in die Fräse gekommen, Teilinvalide. Die Mutter noch einmal schwanger. Astrid wechselte zurück in den Arbeiterstand als Industriekaufmannsgehilfenlehrling in der Fabrik, wo ihr Vater nach seiner Genesung an der Pforte saß.

Selbst Buche besuchte ich nur noch selten. Ich hatte nur noch eins im Kopf: bis zum Herbstzeugnis, dem letzten vor dem Abitur, eine bessere Mathematiknote. Studienstiftung statt Honnefer Modell. »Anerkennung für besondere Leistung statt Almosen. Rolf, der die Mathematik so liebte wie ich meine Dichter, ließ nichts unversucht, mir auf die Sprünge zu helfen. Mit nachsichtiger Geduld und viel Phantasie übersetzte er mir das abstrakte Pensum in einen quasi vormathematischen Kosmos von Bildern. Zwar verspürte ich weiterhin Abscheu und

* trocken

Ohnmacht vor den tückischen Zeichen, tat aber mein Bestes, ihnen über Eselsbrücken näherzukommen. Und ich probierte eine Methode, von der ich in Sellmers Unterricht gehört hatte: Cicero erzählt die Geschichte des Dichters Simonides und des thessalischen Fürsten Skopas. Als dieser ein Festmahl veranstaltete, trug Simonides ein Gedicht vor, das der Fürst zu seinen Ehren bestellt hatte. Zu Skopas' Ärger bestanden die Verse aber zu zwei Dritteln aus einem Loblied auf die Zwillinge Castor und Pollux. Der geizige Skopas wollte dem Dichter deswegen nur ein Drittel des versprochenen Honorars zahlen – den Rest solle er sich doch bei den Zwillingen holen! Kaum hatte Skopas das gesagt, erfuhr Simonides, zwei junge Männer wollten ihn sprechen. Simonides ging hinaus, das Dach des Palastes stürzte ein und begrub Skopas und seine Gäste. Die Leichen so zerschmettert, dass man niemanden mehr erkennen konnte. Doch Simonides erinnerte sich, wo die Freunde gesessen hatten, und konnte so allen ihre Toten zeigen.

Aus dieser Erfahrung entwickelte er eine Methode: Durch die planmäßige Anordnung von Bildern, der Verbindung von loci und imagines, von Orten und Bildern, sollte man sich bestimmte Orte und das, was man dort abgelegt hatte, einprägen. Einprägen, einstanzen in die Gehirnmasse wie ein Prägestempel in das glühende Gold, so versuchte auch ich, meine mathematische Währung zu vermehren, Formeln und ihre Verbindungen, Regeln ihrer Anwendung, Aufgaben und ihre Lösungsmöglichkeiten im Gedächtnis anzuhäufen wie einen geordneten Vorrat. Wie Eingemachtes im Keller, gut etikettiert auf den Regalen, verstaute ich dieses Wissen im Kopf. Auf Verlangen zu öffnen. Simonides und Rolf: Ihre ausgeklügelten Eselsbrücken halfen, dass ich bei Meyerlein immer seltener danebengriff, nicht mehr Apfelmus fasste, wenn Rote Bete verlangt wurde, Birnenkompott statt saure Gurken. Immerhin, den Unterschied zwischen Obst und Gemüse schien ich begriffen zu haben.

Bis zu den Sommerferien hatte ich es geschafft: In Mathematik konnte ich im Herbstzeugnis mit einer Drei rechnen.

Verreisen? Nein, seufzte ich. Mein finnischer Freund käme zu Besuch, wisse nur noch nicht, wann; ich könne nicht weg.

Auch mein Platz bei Maternus war mir wieder sicher. Man hatte mich sogar gefragt, ob ich es nicht vorzöge, »Bürotätigkeiten auszuüben«; aber da bleckte Fräulein Wachtel ihre Raucherzähne über der Ablage, und ich zog in höflichen Redewendungen das Fließband vor.

Eine Woche hatte ich dort schon abgesessen, als ich mich entschloss, Monika und Anke nachzugeben und mit ihnen das Sommerfest der katholischen Jugend in Großenfeld zu besuchen, das in weitem Umkreis und nicht nur bei frommen Gemütern berühmt war. Schlafen könne ich, wenn es spät würde, bei ihr, bei Monika. Schließlich, da nicht nur der Großenfelder Kaplan, sondern auch Geistliche aus den umliegenden Gemeinden mit dabei waren, drängte mich sogar die Großmutter ens us dem Stall erus, weg von de Bööscher. Und die Mutter warnte: »Wenn de so weitermachs, wirs de noch en ahl Juffer* wie die von nebenan.«

Sollte ich es noch mal mit dem Godehard-Kleid versuchen? Doch wie vor meinem Opernabend streifte ich mit dem Kleid auch sein Bild von mir über, »meine kleine Frau« erstand da im Spiegel, in Seidenetui und Bolero, und ich zerrte das Kleid vom Leib wie ein verhextes Brennnesselhemd. Hilla Palm würde ihr eigenes Kleid anziehen, ein Kleid, das Hilde aus einer Bluse und einem lila Rock mit schwarzen Punkten von Cousine Hanni geschickt zusammengeschneidert hatte, dazu die weißen Pumps mit »damenhafter Absatzhöhe« aus dem Quelle-Katalog, weiß auch die Handtasche und ein mit goldener Litze ausgehfähig gemachtes Bettjäckchen Marias, falls es kühl werden sollte. Mein Silberkreuz umzulegen wagte ich nicht. Wer mich aus Kindertagen kannte, mochte sich erinnern, dass dieses Angebinde von der Patentante und mitnichten von einem finnischen Geliebten stammte. Verlegt, erklärte ich kurz angebunden der

---

* alte Jungfer

Mutter, die mir daraufhin ihr eigenes Kommunionskreuz, gold mit ein paar Granatsteinen, umhängte, nicht ohne vielfältige Ermahnungen, diese Kostbarkeit unbeschädigt wieder mit nach Hause zu bringen.

Der Sommer war heiß und trocken. Im Vorgarten hatte der Vater eine bunte Mischung ausgestreut, lauter Einjährige, die viel Wasser brauchten. Wie klein er aussah, wenn er die Gießkanne in die Regentonne tauchte.

Ich spürte die Kraft meiner Schritte, die mich forttrug, freudig, gespannt, besonders auf die alten Klassenkameraden aus der Realschule. Karola und Christel saßen schon in der Straßenbahn, wir begrüßten uns ein wenig zu höflich, musterten uns mit großen Blicken – Bist du das wirklich, das kleine Mädchen, das immer sein Turnzeug vergaß? Das im Handarbeiten keine gerade Naht hinkriegte? –, doch dann löste sich unsere Befangenheit in ein »Weißt du noch?« nach dem anderen auf. Am Holtschlösschen stieg Frankie ein, an seiner Seite ein rundliches Mädchen, das er uns besitzerstolz als seine Verlobte vorstellte; am liebsten hätte er sie Männchen machen lassen. Karola stieß mir verstohlen in die Rippen, und nun war sie wieder da, unsere alte Vertrautheit, waren wir wieder die kichernden Mädchen, die Jungens doof fanden und ihnen heimlich hinterhergluckstren.

»Weißt du noch?«, Christel schlug die Hände vors Gesicht und lugte mit gespieltem Entsetzen zwischen den Fingern in den Wald, den Krawatter Busch, die Bahn fuhr dicht an den Bäumen entlang.

Weißt du noch? Es war eine Mutprobe gewesen, am Holtschlösschen auszusteigen, so weit wie möglich in den Wald hineinzulaufen und dort irgendwo gut sichtbar ein Zeichen zu hinterlassen, einen Beweis: Ich war hier, den die nächste Abenteurerin dann bestätigen, womöglich übertrumpfen musste. Irgendwann verstauchte sich Christel dabei den Knöchel. Die Eltern hatten getobt, und uns war das Spiel verleidet.

Kichernd machten wir uns auf unseren alten Schulweg, gefolgt von Frankie, der darauf achtete mit seiner goldigen Blonden hinter uns zu bleiben. Vor dem dritten Haus auf der linken Seite der Akazienallee reichten die Bäume bis in den ersten Stock, dorthin, wo vor Jahren ein Baby unseren Schwärmereien für Gustav Geffken, Deutsch- und Musiklehrer, ein Ende gemacht hatte. Karola raffte den Rock ihres blassgelben Organzakleides hoch und knickste, Christel platzte heraus, wir knicksten und hopsten und gackerten, dass Frankie sich an den Kopf tippte und sein Mädchen an uns vorbeizog. Schon hatte Christel von weitem eine Gestalt erkannt, Maria, hierher, winkte sie, als könne Maria auf schnurgerader Straße in die Irre gehen. Auch sie war damals dabei gewesen, kannte das »Weißt du noch«-Spiel, ging wie wir kichernd und prustend in die Knie und begann, während sie mir schmachtend in die Augen sah, zu singen: »Sie wohnte im weißen Haus am Möör – und war die Tochter vom Gouvernöör.« »Und keine der vielen Orchideen«, piepsten wir nun alle vier, »war auf der Insel so schön! Wie ...« Maria, die sich dirigierenderweise vor uns aufgebaut hatte, winkte ab, breitete die Arme aus, dass das enge Oberteil in den Brokatnähten krachte, und holte das Letzte aus uns heraus: »Wie Roooosalie, wie Rohosalieh!«, heulten wir, und wir waren wieder zwölf, und in dem Haus wohnte unsere Liebe, wohnte unser schöner glattschwarzhaariger Gustav, und wir brachten ihm nach wochenlangem Üben im Stadtpark ein Ständchen mit Tanzbegleitung.

Ein Fenster des angesungenen Hauses flog auf. »... liäh«, verklang es aus Christels Mund in einem Bogen nach unten, ehe auch sie den Mund zuklappte. Eine grauhaarige Frau streckte den Kopf heraus, legte die Hand hinters Ohr und beugte uns die lauschende Gesichtshälfte entgegen. »Habt ihr wat jerufen?«, bellte sie mit der Stimme der Schwerhörigen. Ausgelassen winkten wir ihr zu und machten uns davon.

Weißt du noch, weißt du noch? Wie der Lehrer uns damals, ahnungslos, dass er damit unsere entflammten Gefühle tief verletzte, nicht nur eine Frau, sondern auch einen Säugling als die Seinigen vorgestellt hatte. »Aber der Kuchen hat doch geschmeckt«, schloss Karola die Geschichte ab. »Nur dem Edda nit«, konnte sich Christel nicht verkneifen. »Die war rischtisch verknallt in den. Aber jetzt erzählt doch mal, wat ihr so macht. Mir sind doch keine alten Frauen, die sich nur ahle Kamelle verzälle.«

Weißt du noch? Und: Was machst du so? Wie ein Kehrreim wanden sich die beiden Fragen durch den Abend. Ging es um die Arbeit, war nicht viel zu erzählen. Entweder man hatte wie Christel schon die Gesellenprüfung als Schneiderin bestanden und wartete jetzt auf die Zulassung zur Modefachschule in Düsseldorf, oder man stand wie Karola und Maria kurz vorm Ende der Lehrzeit im Büro. »Und hiermit?«, wagte ich schließlich zu fragen und klopfte mir aufs Herz. »Alles gesund«, kicherte Christel. Maria nickte versonnen. Karola knurrte: »Dräckskääls.«

Noch ehe ich das Märchen von meinem finnischen Freund auftischen konnte, kam die Stadthalle in Sicht. Vor Jahren, so Cousine Hanni, habe man das Cäcilienfest noch im November und im Pfarrsälchen gefeiert, wegen des Andrangs dann in größere Räume umziehen müssen, erst in einen Saal und jetzt in die Stadthalle, die kriege die Kirche von der Stadt um Jotteslohn.

Die Straße zur Stadthalle, in einem kleinen Park gelegen, schmückten Fahnen. Einträchtig nebeneinander hing, was des Kaisers und was Gottes war; die niederrheinische Welle, das wilde Pferd, die Lippische Rose auf den grün-weiß-roten Farben Nordrhein-Westfalens; der Anker in den Pranken des blaugekrönten doppelschwänzigen Bergischen Löwen. Dazwischen immer wieder Kirchenfahnen, grün-weiß, gelb-weiß; die Fahne mit dem schwarzen Balkenkreuz im silbernen Feld auf dem Doppelkreuz des Erzbistums Köln, die Fahne der katholischen Pfadfinder. In schmalen Rabatten dufteten Tagetes, Katzenminze und Heliotrop, dazwischen Buchsbaumkugeln und hochstämmige Rosen; vor der Halle warteten Pechfackeln im Kies auf die Dämmerung. Türen und Fenster des langgestreckten Gebäudes standen weit offen, Brausepulver, die Band, war schon von weitem zu hören. Auf der hölzernen Tanzfläche vor der Halle nur wenige Paare. Zu heiß. Zu früh.

Für Ehemalige hatte man Tische reserviert, und es gab mir einen Stich, dass ich nicht mehr dazugerechnet oder einfach vergessen worden war. Doch nachdem wir uns schließlich durch das Gedränge im Inneren des Hauses geschoben hatten, wurde ich so herzlich begrüßt wie die anderen.

Sie waren alle gekommen, und es war jedesmal, als käme jemand von einer Weltreise, wenn aus dem Menschenquirl ein bekanntes Gesicht auftauchte, das mit Hallo und Armeschwenken an den richtigen Tisch dirigiert wurde. Alle Mädchen trugen neue Kleider, oder wenigstens solche, die aussahen wie neu. So wie meines.

Doris, in ihrem Jäckchenkleid aus meerblauem Seidenkrepp, das schmale Kleid von zwei dünnen Trägern gehalten, stach sogar Monika aus. Etwas verloren stand sie da in ihrem rotseidenen Ballkleid mit schwarzen Rüschen, und ich bat sie an unseren Tisch, wo sie eine silberne Zigarettenspitze aus ihrer mit blinkenden Schnallen bestückten Handtasche zog und sich alle Mühe gab, ihre etwas zu dünnen Lippen zu einem sinnlichen Schmollmund zu verziehen.

Sie war nicht die Einzige, die heute Abend mit einer ungewöhnlichen Aufmachung verblüffte. Maria trug ihr hellblondes Haar hoch aufgetürmt wie eine Portion Zuckerwatte, was ihr eine erhabene Haltung abverlangte; so, wie Lore, die ihr braunes Haar als kippliges Vogelnest spazieren führte; oder wie Edda, die ihre rosinenfarbenen Löckchen zu Sahnekringeln gehäuft hatte.

Doris war noch schöner geworden. Dazu brauchte sie weder kunstvolle Posen noch Frisuren.

»Allein?«, fragte ich, und sie nickte, und wir gingen nach draußen, beinah wie in alten Zeiten, wenn wir uns, abseits von den anderen, Geheimnisse anvertraut hatten.

»Wirklich allein?«, wiederholte ich meine Frage, und Doris schob ihre Hand unter meinen Arm, als wolle sie sagen: Du bist doch bei mir.

Eine Gruppe Jungen schlenderte auf uns zu, Doris sah mich fragend an. »Aus meiner Klasse«, murmelte ich. »Vom Humboldt.«

Clas überstrahlte alle mit seinen hellen stoppligen Haaren, die ihn noch ein paar Zentimeter größer machten.

»Wen haben wir denn da?«, feixte er, und mit einer vollendeten Verbeugung vor Doris: »Clas Reich. Darf ich bitten?«

Doris ließ meinen Arm wie aufs Stichwort fahren, und ohne sich noch einmal umzusehen, ging sie mit Clas der Musik entgegen, während mich Rolf in ein Gespräch über die zu vermutenden Urteile im Auschwitz-Prozess verwickelte.

In den letzten Stunden vor den Sommerferien hatte Rebmann uns klarzumachen versucht, dass die Justiz gar keine Wahl habe, als nach den Regeln des Strafrechts vorzugehen, das eben nur den Einzelnen bestrafen könne, und das nur, wenn dessen Schuld nachgewiesen sei. Im Rahmen der Gesetze. Und in dubio pro reo, hatte Rolf zynisch angemerkt. Und Clas war im gleichen Tonfall fortgefahren, man könne froh sein, am Ende nicht nur Unschuldige vorgeladen zu haben. Nicht einmal eingestehen wollten die Teufel, die sich gern als »arme Teufel« darstellten, ihre Greueltaten. Nichts gewusst, nichts getan. Keine Täter. Schlimmstenfalls Gehilfen. Nichts als Gehilfen.

Mir hatte der zunehmende Rummel um die Angeklagten nie gefallen. Wo blieb Lenchen? Wo blieben die Opfer? Wo der Pastor Böhm und alle anderen, die sich widersetzt hatten? Müsste man nicht, hatte ich gefragt, gleichzeitig auch all die Menschen kennenlernen, die damals Nein gesagt haben, nicht mitgemacht haben, dagegen waren, wie auch immer. Eine Art Prozess, in dem es am Ende Dank und Ehre gäbe. Keine Urteile, sondern Auszeichnungen. Einen Prozess wie eine Siegerehrung. Und dass man nach solchen mutigen Menschen genau so forschen sollte wie nach den Verbrechern.

Alois war sofort begeistert gewesen: »Und die Zeitungen sollten sie auf den Titelseiten und das Fernsehen in der *Tagesschau* zeigen!«

Untermauert hatte ich meinen Vorschlag mit Rebmanns Goethe-Zitat, und die Klasse hatte einen »Protest-Prozess« entworfen. Unterschiedliche Punktzahlen wurden für jeden Akt des Widerstandes festgelegt, und der mit den meisten Punkten sollte Bundespräsident werden – wenn er denn noch lebte! Finanzieren müsste das Ganze der Feigling, der den miesen Brief gegen Rebmann geschrieben hatte. Bis heute kannten wir seinen Namen nicht. Der Vater von Clas oder Alois oder Rolf? Die hatten besonders oft von Auseinandersetzungen mit ihren Vätern erzählt.

»Hallo«, winkte Monika uns aus dem Gewühl zu. »Hör mal!« Ihre Zigarettenspitze hatte sie weggesteckt, in dieser Umgebung verfehlte sie ihre Wirkung. Sie zog einen jungen Mann hinter sich her, dicke Brille, aber kräftig und braungebrannt. Monika murmelte seinen Namen und nahm mich beiseite. »Kann später werden heute Abend«, flüsterte sie, »besser, du nimmst die Bahn.«

»Na klar«, grinste ich verständnisvoll, nickte Rolf zu und drängte ihn weiter. »Schöne Maid«, spielte die Band, »hast du heut für mich Zeit«, und die Tänzer jubelten »Oja, oja, o!«, ein Gespräch über Auschwitz so fehl am Platz wie vor Zeiten die Makronen zu Kennedys Begräbnis beim Schulzahnarzt.

In der Halle auf langen Tischen Schüsseln mit Kartoffel- und Eiersalat, Frikadellen und Brötchen; dazu Bier und Wein, Limo und Cola. Erdbeer- und Pfirsichbowle. Ein Softeis-Automat. Rolf quetschte mir eine Portion auf ein Hörnchen, und ich grub meine Zunge in die kalte nachgiebige Masse und dachte an die Zunge von der Fischbrötchenkirmes, an Doris' Zunge, an Sigismunds Zunge, Godehards Zunge, war froh, mit keiner mehr etwas zu tun zu haben, nicht die Spur von Sehnsucht nach einer Zunge, die der meinen in meinem Mund ihren Platz würde streitig machen. Ich ließ meine Zunge über die Zähne gleiten, schiefe Zähne, aber gesund, und die meinen allein. Meine Zunge, meine Zähne gingen keinen etwas an. Ich ging keinen etwas an. Unabhängig, stolz und frei.

Einen Anflug von Sehnsucht spürte ich nur einmal. Christiane war glücklich. Sie war verlobt, würde noch in diesem Jahr heiraten, und ich glaubte, ein Bäuchlein unterm Glockenrock zu sehen. Ihr Hans war sechs Jahre älter als sie und bewohnte allein mit seinem Vater ein eigenes Haus in Dodenrath.

An der Bushaltestelle, erzählte Christiane, hätten sie sich kennengelernt. Geregnet habe es, was das Zeug hielt. Da habe ein Auto gehalten. Hans' Auto. Sie habe ihn ja schon vom Sehen gekannt, vom Schalter. Und auf mein verständnisloses Stutzen fügte sie hinzu, er arbeite da, bei der Post. »Ich hab ihm leid getan, hat er später gestanden«, sagte Christiane, »so allein im Regen.«

Gegen halb elf holte er sie ab, ein schlanker Mann mit dunklem Haar und blasser Haut, der mich herzlich grüßte, als seien wir alte Bekannte. Auch er nahm noch ein paar Lose für die Tombola.

Anfangs verkauften nur ein paar Messdiener, später, da der Absatz allzu schleppend lief, zogen auch Pastor und Kaplan der Großenfelder Martinsgemeinde mit den Bastkörbchen umher. Der Erlös für einen guten Zweck, Misereor, die Mission in Afrika. Fast alle Papierchen zeigten nur die sieben Todsünden oder die sieben guten Werke.

»Dreimal Geiz, einmal Wollust, zweimal Durstige tränken, einmal Kranke pflegen, einmal Gefangene besuchen«, seufzte Christiane. Nur Zahlen zwischen eins und einhundert verhießen Gewinne. Anfangs lagen die Gegenstände unter einer Decke, dann, als der Verkauf trotz geistlichen Beistandes zu erliegen drohte, lüftete man das Geheimnis, und der Hauptgewinn tat prompt seine Wirkung: ein Tonbandgerät, ein tragbares, wie es erst seit kurzem auf dem Markt war. Das sprach sich herum und trieb sogar die Verliebten aus Gebüsch und Wiesen. Selbst Clas griff zu: »Wollust«, grinste er, »Völlerei, die Hungrigen speisen, die Nackten bekleiden«, las er kopfschüttelnd und steckte zufrieden drei Ziffern in die Tasche. Offensichtlich waren die Verkäufer nach dem Motto »Die Letzten werden die Ersten sein«, vorgegangen, denn wirklich malte sich mit vorrückender Stunde immer öfter Zufriedenheit auf den Gesichtern der Käufer, und so versuchte ich es auch noch einmal und fischte neben »die Trauernden trösten« noch eine Sieben aus dem Körbchen des Kaplans.

Gegen halb elf sollte die Verlosung anfangen, niemand durfte die letzten Busse und Bahnen verpassen, die um Mitternacht fuhren. Im Laufe des Abends hatten die Tische sich geleert. Draußen tauchten Fackeln den Park und die ausgelassen tanzende oder züchtig flanierende katholische Landjugend in fürstliches Licht. Wer weitergehen wollte, ging aus ihrem flackernden Schein ins abendliche Zwielicht, dorthin, wo hinterm Park das Wildgehege begann.

Zur Verlosung kamen alle mit ihren Treffern wieder in den Saal, und nicht nur die; neugierig, wer das Tonbandgerät schließlich mitnehmen durfte, waren die meisten. Brausepulver spielte einen Tusch, und Rolf hörte endlich auf, mir die Verrücktheit der Quantenmechanik am Beispiel von Schrödingers Katze auseinanderzusetzen, völlig vergeblich, wie er wohl wusste, doch er hatte sich an der Vorstellung dieses gleichzeitig toten und lebendigen Tiers nun einmal festgebissen.

Alle fünfhundert Lose seien verkauft, jubelte der Kaplan, schwenkte einen Zylinder: »Und hier«, er reckte sich und den Zylinder noch höher, »hier halte ich das Glück in der Hand. In Gottes Hand!« Ein weiterer Tusch. Der Kaplan senkte die mit Losen gefüllte Kopfbedeckung, hielt sie dem Nächstbesten in der Runde auffordernd hin: Es war Maria, die ihre zerzauste Turmfrisur dem Glück zuneigte, zugriff, dem Kaplan hinhielt, der, einen schlappen blau-weißen Wasserball vom Gabentisch ergreifend, »vierzehn«, von dem Zettelchen ablas, die Zahl wie einen Segen in die Halle schmetternd. Ein pummeliges Mädchen im rot-weißen Pünktchenkleid nahm das labbrige Ding ohne Begeisterung entgegen, und auch die nächsten Gewinne riefen wenig Beifall hervor. Doch der Kaplan wusste es spannend zu machen. Während einer von uns in den Zylinder griff, wählte er ein Ding vom Tisch; viele Bücher waren darunter, ich liebäugelte mit *Schön sein – schön bleiben*; ein Buch, das ich niemals kaufen, aber gerne haben würde, zweiunddreißigste Auflage hatte ich gelesen, gut vierhunderttausend Frauen und Mädchen wussten, wie man schön ist und bleibt, wussten »welche ausschlaggebende Rolle das äußere Erscheinungsbild und die Sicherheit des Auftretens im Leben einer Frau spielten. Fast immer entscheiden gerade sie über beruflichen Erfolg und gesellschaftliche Stellung, also ist es für viele Frauen geradezu eine Existenzgrundfrage, über sich und die tausenderlei kleinen Kniffe Bescheid zu wissen, die die Mitmenschen bezaubern und ihren Weg zu einem freundlicheren, ja, glücklicheren Leben ebnen. Ihren eigenen wohlverwahrenden Schatz reizender Geheimnisse will Ihnen das vorliegende Buch in einer Reihe von Erfahrungen und kleinen Tipps bereichern.« Könnte jedenfalls nicht schaden.

Das Buch gelangte aber in die Hände eines pickligen Stoppelkopfs, der sich mit seinen Kumpanen kichernd darüber hermachte. Ich behielt das Buch im Auge, und als die Jungs es schließlich liegen ließen, schob ich es in meine Tasche.

Inzwischen hatte sich der Tombolatisch bis auf ein paar Plüschtiere, eine LP und das Tonbandgerät geleert. Rolf griff in den Zylinder, der Kaplan nach hinten. »Sieben«, rief er, und ich bekam ein weißes Kaninchen in die Hände gedrückt. Ich schmeichelte das Tierchen Doris unter die Nase. Sie nahm es kaum wahr, lehnte selbstvergessen an Clas, der, zumindest für diesen Abend, ihren Robert in den Schatten stellte. Und dann klemmte sich dieser gottlose Bengel auch noch den Hauptgewinn der katholischen Landjugend unter den Arm. Zog mit Doris und Tonband unter Tusch und Marsch aus der Halle, das Fest ging weiter, die Stimmung stieg, ich folgte dem glücklichen Paar, selig hing Doris, die mir mit der ringlosen Linken übermütig zuwinkte, am Arm von Clas, der, wenn er zuvor gestrahlt hatte, nun loderte. Ich sah ihnen nach, wie sie durch das Spalier der Pechfackeln schritten und Richtung Wildgehege verschwanden.

Maria, Christel und Karola riefen und winkten; sie wollten gehen, die letzte Bahn.

»Wartet«, rief ich. »Noch schnell mal ›für Damen‹. Ich komm gleich.«

Ich trocknete mir eben die Hände, als Anke hereinstürzte, außer sich. Armin, brachte ich aus der Schluchzenden heraus, Armin war weg. Und nicht allein. Eine alte Flamme von seiner Lehrstelle habe er wiedergetroffen. »Sogar vorgestellt hat er sie mir«, wimmerte Anke. »Das Biest. Der Schuft.«

Es stimmte. Ich hatte Armin mit einer dünnen, langbeinigen Person tanzen sehen, und später hatten sie Kartoffelsalat und Frikadellen gegessen.

»Was ist denn schon dabei«, suchte ich Anke zu trösten, »Tanzen und Frikadellen.«

»Aber er ist weg, verschwunden.«

Ich schaute auf die Uhr: »Du, ich muss.«

Anke umklammerte mich: »Geh nicht weg, bitte!«

Ich machte mich los: »Komm, ich bring dich zum Bus, wir haben ein Stück weit ja denselben Weg.«

Maria, Christel und Karola waren schon fort. Ich musste mich beeilen.

»Schau, die Sterne«, sagte ich zu Anke, die nur Augen hatte für die Paare, die sich auf den Bänken umschlangen. »Die Sterne. Sind sie nicht wunderschön?«

Folgsam suchte Anke sekundenlang den Himmel ab, ehe sie wieder in den Park starrte, als könne sie ihren Armin aus der Dunkelheit ins Licht saugen. Dass er, Armin, sie so oft sein Sternchen, »mein Stern«, genannt habe, »mein Licht in der Finsternis«, brachte sie kaum hörbar heraus. Das könne doch nicht alles gelogen sein.

»Nein«, tröstete ich wider besseres Wissen. »Bestimmt nicht.«

Endlich kam Ankes Bus, und sie ließ meine Hand los, putzte sich die Nase und stieg ein.

Ich drückte das weiße Kaninchen an meine Brust und verdoppelte meine Schritte, spürte die Kraft meiner Füße, die

Leichtigkeit in Waden und Schenkeln, Kopf hoch und höher, keine Liebe, kein Kummer, nur Abitur, zwei Leistungsbände auf dem Regal im Holzstall, dazu *Schön sein – schön bleiben* in der Tasche, und dann gingen die Schranken für den D-Zug Köln–Düsseldorf herunter, und ich konnte nicht mehr durchschlüpfen. Und die letzte Bahn fuhr ohne mich.

Die Haltestelle lag direkt an der Straße nach Dondorf. Es war nichts Ungewöhnliches, dass Autos hielten und zum Mitfahren einluden. Oft kamen die Fahrer, seltener Fahrerinnen, sogar von dort; ein-, zweimal hatte mich ein unbekanntes Pärchen mitgenommen. Nie wäre ich in einen Wagen gestiegen, in dem ein fremder Mann allein saß. Zu Hause durfte davon ohnehin niemand wissen. Streng verboten.

Ich stand noch keine fünf Minuten an der Haltestelle, da bremste schon ein Auto neben mir, ein kleiner Laster, wie ihn Peter Bender fuhr. Das Fenster wurde heruntergekurbelt. Die Fahrerin streckte den Kopf aus dem Fenster und winkte. Ich ging auf sie zu, auf das treppenförmig gestufte, stumpfblonde Haar. Peter auf dem Beifahrersitz. Ob er mich auch erkannt hatte? Die Scheibe wurde wieder hochgekurbelt, Gas gegeben. Weg.

Doch ich musste nicht einmal die Hand heben, als das nächste Auto hielt. Düsseldorfer Nummer. Hell, eckig, so, wie das Auto von Lukas, dem Diakon. Der Fahrer, wie er ein Mann in den frühen Zwanzigern, adretter Haarschnitt, Anzug und Krawatte. Langes Gesicht, zurückweichendes Kinn, ein schmaler kräftigroter Mund wie ein Schlänglein unter der Nase. Fragte, wohin es denn gehen solle, feinstes Hochdeutsch, eine dünne Silberbrille. Nicht zu erkennen die Augen hinter dem spiegelnden Glas. Auf dem Beifahrersitz eine Frau.

»Dondorf«, sagte ich und trat dicht heran, wollte wissen, ob der Mann auch nüchtern sei. Er roch sauber, wie gebadet, aus seinem kurzgeschnittenen Haar, das ihm wie eine borstige Türmatte über der Stirn lag, stieg frischherber Duft.

»Genau auf der Strecke«, sagte er aufgeräumt. Sein Atem rein wie seine Aussprache. Er stieg aus, sehr groß war er nicht, und öffnete mir die Tür, so, wie Godehard, Lukas und Dirk. Ich rutschte auf den Rücksitz. Die Frau neben dem Fahrer, älter als ich, älter als der Mann, trug eine rote Lederjacke, das spröde rötliche Haar zu einem Pferdeschwanz zusammengebunden, ihre nackten Beine, schlanke, weißschimmernde Beine in roten, hochhackigen Schuhen, weit von sich gestreckt. Meinen Gruß erwiderte sie kaum, wandte sich vielmehr knurrig an den Fahrer: »Jetzt fahren Sie aber mal los! Mir wolle doch heut noch nach Möhlerath!« Ein seltsames Paar, schoss es mir durch den Kopf. Oder gar keines?

Der Mann lehnte sich zurück und hielt mir eine Zigarettenpackung hin. Die Hand über der Kopfstütze war tadellos gepflegt, die Manschette scharf gebügelt.

»Bedienen Sie sich, mein Fräulein.« Ich schüttelte den Kopf. »Aber Sie haben doch nichts dagegen, wenn ich mir eine anstecke?« Nicht einmal Dirk Anklamm hatte das jemals gefragt. »Bitte sehr«, hielt er der Frau auf dem Nebensitz die Packung entgegen und ließ mit einer kleinen Verbeugung sein Feuerzeug klicken, ein goldenes, jedenfalls keins von den billigen Plastikdingern. Er stellte sich als Harald Meyer vor, mit E-Ypsilon, was die Frau auf dem Nebensitz mit einem Grunzen quittierte, und blies den Rauch durch das offene Fenster in die warme Sommernacht. Wie rücksichtsvoll.

Der Mann stellte das Radio an: »Junge Leute brauchen Liebe, ohne Liebe kann doch keiner leben. Nicht erst heute ist das so, das war so schon vor hundert Jahren«, warf die Zigarette aus dem Fenster und legte einen Arm über die Rückenlehne der Frau, murmelte, als er ihrem Nacken zu nahe kam: »Pardon«, nahm den Arm zurück und beugte sich zu ihr hinüber. »Mandolinen und Mondschein, in der südlichen Nacht.«

»Eine herrliche Nacht!« Herr Meyer schlug sachte auf das Lenkrad. »Finden Sie nicht auch?«

»Jo, et es wärm«, erwiderte die Frau und machte eine fächelnde Handbewegung. Sie wandte sich zu mir um und verzog den Mund zu einem Lächeln. Ich lächelte verlegen zurück. »Mit siebzehn hat man noch Träume, da wachsen noch alle Bäume in den Himmel der Liebe.« Selbst für meinen Geschmack, ich hasse Raserei, hätte der Mann ruhig etwas mehr Gas geben können. Sehr viel später als die letzte Bahn durfte ich zu Hause nicht ankommen. Ein Riesentheater hatte es gegeben, als ich einmal per Anhalter nach Hause gefahren war.

Wir waren schon fast hinter dem Krawatter Busch, als zwei winkende Gestalten aus der Dunkelheit auftauchten. Sanft trat der Fahrer auf die Bremse, wirklich, er war ein umsichtiger Fahrer.

»Nit schon widder«, murrte die Frau auf dem Beifahrersitz. »Mir sind doch voll.«

Der Mann knurrte und blickte mich über die Schulter an. Seine Augen hinter der Brille waren ohne jeden Ausdruck. »Was meinen Sie? Können wir ein bisschen zusammenrücken?« Doch die beiden Gestalten hatten die Türen rechts und links schon aufgerissen und mich in die Mitte genommen. »Warum strahlen heut Nacht die Sterne so hell, die Luft ist so mild, mein Herz schlägt so schnell.« Ich roch es, noch ehe sie sich breitmachten, eine Wolke billigen Fusels drängte sich mit ihnen in das Auto, da half auch das offene Fenster nicht. Herr Meyer drehte das Radio lauter. »Ich sag dir's: Nur weil du bei mir bist«, schwärmte eine dunkle Männerstimme.

»Hören Sie, Herr Meyer«, sagte ich. »Glauben Sie wirklich...« Weiter kam ich nicht.

»Schnauze«, knurrte der zu meiner Linken, von dem ich nichts als feiste Oberschenkel in Cordhosen erkennen konnte, Schenkel, die er spreizte, gegen die meinen presste. »Warum find ich die Welt so schön wie noch nie?«, sang es aus dem Autoradio.

»Wolln doch mal sehen, ob wir nicht ein bisschen Spaß haben können, heute Nacht«, ergänzte der zu meiner Rechten, fett, in schwarzen Hosen, sein rotes Hemd spannte.

»Uns beiden erklingt die Glücksmelodie...«, versprach der Sänger.
»Herr Meyer!«, rief ich. »Hören Sie denn nicht! Tun Sie doch was!«
Herr Meyer tat auch was, bog von der Straße auf einen Waldweg, mitten hinein in den Krawatter Busch. »Nur weil du zärtlich mich küsst.« Der Wagen ruckelte auf dem unebenen Boden, Hände griffen nach meinen Brüsten, zwischen die Beine, ich schrie, ich strampelte, schlug um mich, der Rechte ließ von mir ab, packte von hinten die Frau auf dem Vordersitz, als die gerade die Tür aufreißen wollte, verdrehte ihr die Arme hinter die Lehne, die Frau schrie, ich schrie, »Hilfe«, schrien wir, in den Wald, aus dem Wagen, aber der Wagen, der rollt, »Warum strahlen heut Nacht die Sterne so hell?«, das Auto stand still. »Die Luft ist so mild, mein Herz schlägt so schnell.« Glattes, rundes Glas, ein Flaschenhals zwängte sich mir zwischen die Lippen, schlug an die Zähne, eine Hand hielt mir die Nase zu, es war das Letzte, was ich sah, die gepflegte Hand, die reine Manschette. Und die Augen sah ich, jetzt ohne Brille, blass, blutdurchschossen, gehetzt. Ich schluckte und spie, rang nach Luft, »Vorsicht, das Kleid«, hörte ich die vornehme Stimme, etwas zwang sich mir auf die Nase, ich spürte, wie ich erschlaffte, Hände auf mir überall, mein Mund weit offen, ich schluckte nicht mehr, der Alkohol rann die Kehle hinunter, »Nää«, hörte ich den Schrei der Frau, so hatte der Großvater geschrien, bevor ihn der Krebs aus dem Leben fraß, dann hörte, dann sah ich nichts mehr. Ich schmeckte, roch und fühlte nichts mehr.

Ein Vogel schrie, und ich spürte einen kühlen Luftzug an meinen Füßen, die Beine hinauf, Schoß und Bauch, ich schauderte, aber begriff nichts. Mein Körper so schwer, der Kopf, die Hände, die Arme, Beine, der Leib, ein Block, der sich nicht bewegen wollte. Im grünen Zwielicht des Morgens sah ich mich von oben wie aus weiter Ferne auf einer Wiese liegen, ein weißer gekrümmter Rücken, sah mich wie eine Erfindung, eine Inszenierung, wäre gern in diese Erfindung versunken, Ich-Erfindung, die man zuklappen und wegstellen kann wie ein Buch. Und musste doch wieder zu mir kommen. Ich bewegte die Zehen, die Füße, die Beine, fühlte Gras, Nässe, fühlte mich liegen auf grünem Gras, fühlte, was mich umgab, wie durch eine feuchte, schwere Decke. Mein Körper eine pelzige Empfindung bis unter die Haarwurzeln. Ich fuhr mit den Händen am Körper entlang, ja, ich war noch da, gedankenlos, empfindungslos. Dann aber knallte es in mein Hirn. Ich war ja nackt! Alles war wieder da, wirre Bilder zuckten durch meinen Kopf, das Auto, die Männer, die Frau, die Flasche, der Lappen. Und Gesichter, Gesichter wie in Träumen, grausige Unbestimmtheit, bleich und geschlechtslos, blasse, schielende Augen. Nackt. Ich krümmte mich unter diesen Blicken zusammen und wusste doch, ich musste sie öffnen, die eigenen Augen öffnen. Die Gesichter verblassten und heraus blühten Glockenblumen, büschelweise tiefes Blau aus dem grünen Gras. Die Blumen waren wirklich da. Ich war allein. Auf einer morgendämmrigen Lichtung im Wald. Weinen befahl ich mir, jetzt musste ich doch weinen, doch statt der Tränen krampfte sich Lachgerassel in mir zusammen, platzte aus mir eine Lachlawine, es lachte mich tot, aber ich lebte ja, ich war ja noch da. Und dann kam der Schluckauf, erst sachte, dann immer erbarmungsloser, grausam, tyrannisch; ich hielt die Luft an, schluckte, der Schluckauf war stärker, schleuderte den Fusel hoch, aus dem Magen, die Kehle hinauf ins grüne Gras, Schluckauf und Fusel, aber Tränen, Tränen kamen nicht. Ich tastete nach meinem Hals. Das Kreuz der Mutter hing noch da.

Die Sonne stieg höher, warf schräge Strahlen zwischen die Baumstämme, das Erbrochene roch scharf und säuerlich, ich kroch ein Stück weiter. Da lag mein Kleid. Zusammengefaltet lag es bei den Goldruten, die ein Morgenwind bestrich. Daneben auf Marias Bettjäckchen das weiße Kaninchen starrte mich mit Augen aus Glas und langen gestickten Zähnen an. In den Pfoten eine Packung Papiertaschentücher. Ich riss ein Tuch aus der Packung, schleuderte das Tier in die Büsche, stopfte mir das Tuch in den Mund, nichts half gegen diesen Schluckauf, der meinen Körper zusammentrat.

Es wurde heller, wärmer, ein klarer Tag brach an, Sonnenaufgang mit satten purpur und rosa Schattierungen. Mir graute, die Kleider zu berühren, die Kleider von gestern; mit den Kleidern wäre ich wieder in der Wirklichkeit, sie machten mich zu einem Teil der wirklichen Welt, in der mich Menschen fragen würden: Wo bist du gewesen? Was hast du gemacht?

Nimm ein Taschentuch, befahl ich mir, nein, nicht in den Mund, zwischen die Beine damit, nein, nicht zwischen die Knie, höher hinauf, du verstehst mich doch längst, noch höher. Die Hand gehorchte mir nicht. War, das Tuch über die glatte Haut der Unterschenkel, der Knie voranschiebend, an klebrig Feuchtes geraten, an Dunkles, nicht Geheuerliches. Die Hand stockte. Weiter, befahl ich, nahm die Linke zu Hilfe, führte die Rechte weiter die Schenkel hinauf, bis das Papier den Spalt zwischen den Schenkeln berührte. Lange hielt ich die Hände, das Papier, dort fest, ohne zu pressen, einfach liegen lassen wollte ich es, was nicht leicht war, da sich Schenkelmündung, Hände und Papier mit jedem Schluckauf ineinanderdrängten. Ich warf das zerknüllte Tuch weit von mir, hielt mir Augen und Ohren zu, krümmte mich zusammen. Das Gesicht zwischen den Knien, ließ mich ein fremder, feindlicher Geruch auffahren, ein Geruch, wie ich ihn von dem seifigen, ölverschmierten Drillich des Vaters kannte, der von Samstagabend bis Montagmorgen in einer Zinkbütte eingeweicht wurde. Stieg er zwischen meinen Beinen auf, drang er aus meinem Leib hervor? Ich schauderte zusammen, der Schluckauf knallte meine Stirn auf die Kniescheibe, noch mal und noch mal, wollte etwas fühlen, etwas Wirkliches, Bekanntes, wollte Schmerzen spüren, die ich kannte, Schmerzen, für die ich einen Namen hatte, alles wollte ich spüren, nur nicht diese Fremdheit in mir.

Doch immer mehr Buchstabenfolgen fanden zurück in meinen Kopf, unsinnig leere Schoten, Letternreihen, die wie Wörter aussahen, sinnlose Bündel, Buchstabenwirbel. Einige blieben stehen, formten sich und gewannen Bedeutung, die leeren Hülsen füllten sich, aus Buchstabenknäueln wurden Wörter, und mit den Wörtern kam die Panik.

Die Dinge beim Namen nennen. Das durfte nicht sein. Immer wieder stieß das eine Wort nach oben, von der Schenkelmündung den Leib hinauf in die Kehle, ich stieß es zurück. Andere Wörter gewannen den Kampf. Seife war das erste Wort, das mir ins Bewusstsein drang, Seife für den Geschmack in meinem Mund, Seife, dachte ich, was hat die im Mund zu suchen, Seife ist Sauberkeit, Reinheit, weiß wie Schnee, Nivea-weiß, wie neugeboren.

Ich musste zurück in mein altes Geleis, musste Ordnung schaffen, das Grauen schwächen, den Verstand nach Kräften nähren. Sieben, dachte ich, meine Glückszahl ist sieben, siebenmal hintereinander musst du schlucken, siebenmal hintereinander husten, dich räuspern, siebenmal, siebenmal hätte ich alles getan, nur um fernzuhalten, wozu dieses fein gefaltete, weiche, fusselfreie Papier gut sein sollte. Die Sonne ist aufgegangen, ich sagte mir das vor, als läse ich aus einem Schulbuch: Vögel singen, die Sonne geht auf, die Wiese ist im Wald. Was hatte ich damit zu tun? Vögel singen, Rehlein springen, die Silben rannten sich in meinem Kopf fest, wiederholten sich, kreisten leiernd wie ein ausgedientes Grammophon.

GegrüßetseistduMariavollderGnadederHerristmitdir... Nichts anderes durfte mir in den Kopf kommen, ich verkroch mich hinter die Wörter des Gebets, verschanzte mich hinter sinnlos geleierten Silben, hinter Schluckauf und Krämpfen. Von Schluckauf und Schmerzen geschüttelt, mein Gehirn ins GegrüßetseistduMaria verkrallt, rieb ich mich mit den Papiertüchern trocken, dort, wo es noch ein paarmal nachsickerte, wenn ich glaubte, es geschafft zu haben. Unter dem Kleid meine Handtasche. Ihre scharfen Metallecken hatten mir nichts genutzt, ich umklammerte die Kanten, bis sie mir tief in die Handflächen schnitten. Der Schmerz tat mir wohl. Ich öffnete die Tasche, nichts fehlte. Meine Monatskarte für die Straßenbahn zeigte das Photo eines Mädchens mit einem dicken Zopf über der rechten Schulter. Gezeichnet: Hildegard Palm. Ich betrachtete das Photo und suchte zu begreifen: Das war ich. Ich gestern. Was hatte Ich-gestern mit Ich-heute noch gemein? Unter der Handtasche Unterhemd, Unterhose, BH. Daneben die Schuhe. *Schön sein – schön bleiben.* Alles da. Unversehrt. Steh auf, befahl ich mir, zieh dich an, befahl ich mir. Geh! Ich schleppte mich neben meinem Körper her, schleppte meinen Körper wie einen schweren Koffer neben mir her, schwitzte, schluckaufte, die Beine lose und locker, als stapfte ich durch tiefen Sand. Das Grün der Bäume, grell und scharf im frühen Licht, starr wie gefärbtes Papier, der Pfahl der Haltestelle, das Gasthausschild an dem grauglänzenden Haus stürzten auf mich ein, schwer legten sich die Gegenstände um mich herum, schlossen mich in immer engere Kreise ein, blindlings stolperte ich vorwärts, bis mir der würgende Ring aus dem Leib in die Kehle stieg, mich in die Knie zwang, vornüberwarf und Fusel und Schleim noch einmal aus mir herausbrach.

Holtschlösschen war die nächste Haltestelle. Ich zeigte meine Schülerkarte.

»So früh schon im Wald gewesen?«, scherzte der Schaffner. »Jetzt aber ab nach Hause. Ist ja auch bald Zeit zum Essen.«

Ich antwortete mit einem Schluckauf.

»Prosit!«, quittierte der Schaffner, und die Fahrgäste grinsten. Niemand schien mich zu kennen, keiner nahm Notiz von mir, bis auf eine dicke Frau, die mich mit tückischen Blicken musterte.

Ich sah an mir herunter: der weite lila Tellerrock mit den schwarzen Samtpunkten, unzerknittert, unbefleckt. Versuchte mein Gesicht im Fensterglas der Bahn festzuhalten, zu hell, nur ein paar verwischte bunte Schatten waren auszumachen. Draußen die Welt, in grelle Farben gebannt, ruckte vorwärts wie in einer Diaschau, vom Schluckauf in immer neue Ausschnitte zerhackt. Das ist doch lustig, sagte ich mir, das ist doch zum

Lachen, komisch ist das. Schwarz ragten die Bagger an der Kiesgrube in den heißen Himmel, ein junges Paar machte sich auf einer Luftmatratze zu schaffen. In der Baumschule der Gärtnerei Bender waren die Robinien ein gutes Stück gewachsen, seit Peter mir hier die Treibhäuser gezeigt hatte. Sein kleiner Laster stand vorm Haus. Das Milchgeschäft hatte vor wenigen Monaten geschlossen. Dort wurden nun Zeitungen und Zigaretten verkauft. Milch gab es jetzt in Tüten vom Mini-Markt, Salz gab es im Mini-Markt, Zucker gab es im Mini-Markt, Hering in Tomatensoße gab es im Mini-Markt, Kekse, Linsen, Mehl ... Alle guten Dinge mit guten Namen gab es im Mini-Markt. Gute Wörter, nahrhafte Wörter. Wörter für die Lichtung im Wald gab es im Mini-Markt nicht.

Der Schluckauf ergriff Besitz von mir, und ich überließ mich nur gar zu gern seiner Gewalt. Einen Schluckauf haben, das war nichts Schlimmes, das hatte doch jeder schon mal gehabt. Ich hatte den Schluckauf, was war schon dabei. Ich hatte die letzte Bahn verpasst, hatte bei Monika geschlafen, das war schon vorgekommen, und nun hatte ich den Schluckauf, einen mächtigen Schluckauf, davon geht die Welt nicht unter, was war schon dabei. Luftanhalten würde die Mutter sagen, JelobtseiJesusChristus würde die Großmutter mit Klosterfrau Melissengeist und Kamillentee kommen, und der Vater würde knurren: Kumm nächs Mol fröher heim. Gut, dass Bertram mit den Pfadfindern im Zeltlager war. Als custos, Aufseher, wie er mir, amo, amas, amat, stolz berichtet hatte.

Die Glocken der Georgskirche taten drei Schläge, zeigten die Wandlung an. Im Nachbarhaus standen die Fenster weit offen; die Nachbarinnen sangen. Das taten Julchen und Klärchen jeden Sonntag. Klärchen mit ihrem brüchigen Sopran, Julchen mit einem tapferen Alt, der weit eher aus den Furchen ihrer schweren Brüste zu steigen schien, denn aus ihrer Kehle. Sie sangen *Meerstern, ich dich grüße* – »Sag mir, was ist ein Meerstern, ein Meerstern – o Maria hilf, Mutter Gottes, süße, o Maria hilf, Maria hilf uns all in diesem Jammertal«, so sangen die Schwestern in sonntäglicher Friedfertigkeit, gleich würden sie *Es dunkelt schon in der Heide singen*, und ich schlich durch den Garten zur Hintertür und ins Haus, in den Geruch von gebräunten Zwiebeln und scharf angebratenem Fleisch. Ich hielt den Magen mit einem Schluckauf nieder. Über der Eckbank in der Küche hing Jesus am Kreuz, schaute vorbei am Öllämpchen zu seinen Füßen auf das gelbbraun gekringelte Wachstuch, dem Schüsseln und Teller tiefe kreisförmige Spuren eingedrückt hatten.

Die Flurtür zur Küche flog auf. Die Mutter. Mit hängenden Armen sah sie mich missmutig an. »Nu sach bloß mal, wo de wars. Mir mache uns doch Sorje, Kenk. Wars de beim Monika?« Wenn die Mutter mich Kenk nannte, hatte sie sich wirklich um mich gesorgt.

»Ich« – Schluckauf – »ich hab die letzte Bahn verpasst.« Schluckauf – »Beim Monika war ich« – Schluckauf. »Und einen Durst hab ich!« Ich hielt das Gesicht unter den Wasserhahn, bog den Kopf tief in den Nacken, spülte den Mund aus, immer wieder, spülte und spuckte, schluckte und spuckte, schluckte, spülte und spuckte, bis ich endlich in vollen Zügen trank.

»Ich soll dich auch schön von Frau Blumenthal grüßen. Sie hat auch wieder neue Sachen für dich. Und jetzt schaff ich es noch ins Hochamt.«

Das versöhnte die Mutter vollends mit mir. »Kenk«, sagte sie noch einmal, »willst du denn nit wat essen, du has doch et Hicksen«, aber ich war schon auf der Treppe, riss mir das Kleid herunter, fuhr in einen Cordrock, eine weite Bluse und rannte aus dem Haus.

Vom Kirchturm begann es zu bimmeln, hoch und schnell und hell, meine Scham und Schuld hinausgeläutet über die Dächer von Dondorf und weit darüber hinaus, in die Ohren der Frommen, die wie ich, das Gebetbuch unterm Arm, den Glocken entgegeneilten, o Herr, ich bin nicht würdig, dass du eingehst unter mein Dach.

Ich machte kehrt, machte einen großen Bogen um die Dorfstraße mit ihren Kirchgängern, rannte, vom Schluckauf besessen, durch verlassene Nebenstraßen, die Vorgärten entlang, wo die Hitze in den Beeten stand, dass die Rosen sich an den Rändern kräuselten, rannte vorbei am verwilderten Park der Burg, die Bohnengärten entlang, rannte durch die Felder, durch Kohl- und Porreegeruch an den Rhein, dem Notstein entgegen. Wirre Gebete, vom Schluckauf zerhackt, Vaterunser und GegrüßetseistduMaria, einmal, zweimal, siebenmal, nur nicht denken, nur keine Wörter hereinlassen, die zur Lichtung führen, zudecken, zudecken, Wörter drauf, wie Erde auf einen Sarg, zuschaufeln mit Vaterunser und GegrüßetseistduMaria, weiche, warme, wohlige Wörter, heilige Wörter, einfache Wörter, alle Wörter der Welt, nur keine Wörter, die zu der Lichtung drängen, in mich dringen, nur zudecken, Wörter, die zudecken, zudecken, bis sie die anderen ersticken, die auf die Lichtung zerren, was ist eine Lichtung, was ist dort geschehen? Keine Wörter gibt es dafür, keine Münder, keine Ohren für die Wörter, die auf die Lichtung hetzen, Wörter, mein Schutz und Schirm, O Herr, ich bin nicht würdig, dass du eingehst unter mein Dach, aber sprich nur ein Wort, so wird meine Seele gesund, einmal, zweimal, siebenmal, o Herr, nein keine Herren, nie wieder Herren, o Herr, ich bin nicht würdig, nie wieder Herren, ein harter Schluckauf warf mich vornüber, ließ mich stolpern, da, die Großvaterweide, ich kroch hinein, tief hinein unter die Zweige, biss in einen der Äste und schüttelte ihn mit den Zähnen, Zähne, die krumm geblieben waren ohne die Spange, zerquetscht in den Händen des Vaters vor einem, drei, vor hundert Jahren, nun mussten doch endlich die Tränen kommen, der Schluckauf löste mir die Kiefer, riss mich hoch, trieb mich voran, nein, nicht hier an der Großvaterweide, weiter, nicht hier, hier nicht, nur weiter, bis sie kommen würden, die Tränen. Tränen, in Tränen zerfließen, einfach zerfließen, sich auflösen, keine Menschenseele weit und breit, keine Vögel, keine Kähne, träge spülten sich die Wellen meinen Füßen entgegen, Füße, die immer noch die Schuhe von gestern trugen, weiße Schuhe, reine Schuhe, ein wenig vom Sand verfärbt, den würde man abspülen können. Abspülen, dachte ich, sich einfach abspülen von der Welt wie Sand von den Schuhen, Sand aus den Steinen.

Ich nahm einen Stein in die Hand. Dunkelgrau, gezackt, ein Wutstein. Ich sah ihn lange an. Er hatte kein Gesicht. Kein lebendiges und kein totes. Die Steine selbst waren tot.

Ich ließ den Rock fallen, zerrte den Schlüpfer herunter und stellte mich breitbeinig in den Strom, gegen den Strom, lud ihn ein, den Rhein, Vater Rhein, Vater, vergib ihnen, Vater unser, durch meine Schuld, durch meine Schuld, durch meine übergroße Schuld; schuld, schuld, schuld, war ich allein, schuld, dass ich Anke an ihren Bus gebracht, die Trauernden trösten, schuld, mich nicht früher auf den Weg gemacht, schuld, die Bahn verpasst, den fremden Fahrer angelacht zu haben. Schuld, schuld, schuld. Hilla: schmutzig, sündig, selberschuld.

Vom Kirchturm schlugen die Glocken zur Wandlung, aus Brot und Wein der Leib des Herrn, der Sünde Lohn, Gottes Thron, der Schluckauf trieb mich wieder ans Ufer. Scharf gruben sich die Steine in die nackten Sohlen, ich machte mich schwer, bohrte die Füße abwechselnd zwischen die Kanten der Kiesel, genoss den schneidenden Schmerz und tastete an meine Brust, wo mein steinernes Herz nicht aufhörte zu schlagen.

Ich hockte mich in den Schotter, es stieg heiß aus den Steinen, fest schlang ich die Arme um die Beine, biss mir bis aufs Blut in die brackig schmeckenden Knie. Bei der Großvaterweide überließ ich mich der Mittagssonne, ließ mir die Sonne auf den Bauch brennen wie eine Kasteiung, öffnete die Beine weit, stellte die Knie hoch, hob mein Geschlecht in die Sonne, ausbrennen sollte die Sonne, was geblieben war durch meine Schuld, durch meine Schuld, durch meine übergroße Schuld, auslöschen sollte die stechende Sonne, schwarz verbrennen, verkohlen, zu Staub sollst du werden, aus Staub geboren, Staub fressen, selberschuld. Der Schluckauf jagte mich hoch, ich zog die Unterhose wieder an.

Pünktlich zum Mittagessen saß ich am Tisch, schaute auf meinen Teller, schaute auf Rindsrouladen mit Rotkohl. »Un dat bei der Hitz«, knurrte der Vater und fuhr mit dem Messer ins gerollte Fleisch, dass Speck und Gurkenscheiben herausquollen, die Mutter schielte geduckt zu ihm hinüber, vom Schluckauf gestoßen, klirrten mir Messer und Gabel aufs Porzellan, das Fleisch zu verletzen war mir nicht möglich, und die Großmutter lamentierte: »Dä Papst es am Hickse jestorwe.«

Sie rückte dann aber doch ihren Melissengeist raus, allerdings erst nach dem Griespudding, den der Vater, »Bä!«, zurückschob, dass der Himbeersaft aufs Wachstuch schwappte, worauf die Mutter, »Josäff!«, nach dem Putzlappen sprang und der Vater die Küchentür hinter sich zuschlug.

Ein Zuckerstück nach dem anderen mit immer höheren Dosen des Klostergeistes bekam ich zu kauen, langsam, gründlich, nach dem zehnten Stück rebellierte mein Magen. »Et is doch nur Verschwendung«, brach die Großmutter die Prozedur beleidigt ab, »do hölp nur noch bäde«, und zog sich mit ihrem Rosenkranz zurück. Der Vater, nach einem Blick auf meine überm Waschbecken würgende Gestalt, trat mir seinen Platz auf dem Sofa im Wohnzimmer ab, wo die Mutter mir und meinem Schluckauf mit Wärmflasche und Kamillentee ein Bett machte. Ich stellte den Kinderfunk ein – Eduard Marks erzählte *Das kalte Herz* –, klammerte mich an seine Wörter gegen die meinen, »Schatzhauser im grünen Tannenwald«, versuchte zu schlafen, der Schluckauf ließ es nicht zu, »lässt dich nur Sonntagskindern sehn«.

Nachmittags kam Tante Berta und mit ihr so viel mitreißendes Leben, Lebenskraft, dass sie fast zu mir durchgedrungen wäre. »Et mööt ens widder räne«*, riss sie sich die Bluse auf. »Die Tomate verschrumpele am Strooch.«

Ihr Blick fiel auf mich, zusammengekauert unter einer Decke. Die Tante kniff die Augen zusammen und strich sich über die Oberlippe, mit dem leichten Schnurrbart, dessen längere Haare

---

* Es müsste wieder mal regnen.

an den Seiten bebten, wenn sie sich erregte. Verschränkte die Arme über der Brust und sah mich prüfend an. Sie war die Erste, die fragte: »Wat has de dann jedonn? Wo kütt dat Hickse dann her? Has de wat Schleschtes jetrunke?«

Ja, hätte ich am liebsten geschrien, aber da war die Flasche an meinem Mund, der Flaschenhals in meinem Hals, der Fusel, die Kotze, und ich biss die Lippen zusammen, die mir der Schluckauf zu einem Wehlaut auseinanderriss, dass die Tante zusammenzuckte und sich entrüstet umsah, als stünde der Unhold hinter ihr.

Was wir denn dagegen gemacht hätten, wollte sie wissen, und ich zählte ihr, von immer neuem Hicksen unterbrochen, unsere Hausmittel auf.

»Wenn dat bes hück Owend[*] nit weg is, muss der Mickel her«, stellte sie missbilligend ihre Diagnose. »Dä Papst es am Hickse jestorve. Tut dir wat weh?«

Ich schüttelte den Kopf. Was tat mir weh? Mein Ich tat mir weh. Selberschuld tat mir weh. Mein altes Ich war etwas, das im Sterben lag, Ich hatte einen neuen Namen, Ich hieß Opfer und das Opfer Selberschuld. Dass die Rippen mir wehtaten, dass ich etwas spürte, was alle Menschen hatten, Rippen und Schluckauf, dieser Schmerz tat mir wohl; ich konnte ihn benennen, die Wörter zulassen. Ich brauchte ihn.

Am Abend war der Schluckauf noch da, aber Mickel nicht zu Hause, erst am nächsten Morgen würde er von einem Besuch im Hunsrück wiederkommen. Die Großmutter lief ins Krankenhaus, wo sie morgens kartoffelschälen ging, holte Schwester Mavilia, eine zarte Person, von den Jahren gebückt. Sie hatte mir als Säugling das Leben gerettet, den fieberheißen Leib mit den verklebten Lungen ins eisige Wasser getaucht und zum Luftschnappen und Weiteratmen gebracht. Frisch und unerschrocken sah sie mich aus ihren altersblassen Augen an und bat Mutter und Großmutter, sie mit mir allein zu lassen.

[*] bis heute Abend

»Wat soll dat dann«, murrte die Mutter, wagte aber nicht zu widersprechen.

Aus dem weiten Ärmel ihrer Kutte schlüpfte Mavilias knöcherne, trockene Hand in die meine, lag da zutraulich, still, kleiner Vogel, Vogelbein. Mit der anderen strich sie mir über die Stirn, lang und sanft, dass ich den Kopf zur Seite werfen musste, weg von dem milden Kamilleduft, diesen feinen Tuschestrichen, dieser kühlen Wärme. Es tat ja so wohl, diese Sachtheit auf meiner Stirn, dieser schüchterne Trost, Labsal, Erlösung, lösest endlich auch einmal meine Seele ganz, ich stieß die Hände von mir. Aus meiner Hand stieß ich Mavilias Hand und von meiner Stirn. Ich durfte sie nicht dulden. Nie wieder durfte ich Hände an mir dulden.

»Willst du mir etwas erzählen, Kind?«, fragte Mavilia. Ein Schluckauf ließ meinen Kopf verneinend zucken.

»War es so schlimm?« Die Schwester hielt die Arme über dem Kreuz auf ihrer Brust verschränkt, beide Hände tief in den Ärmeln verborgen. Ihr freundliches Gesicht beugte sich mir bekümmert entgegen.

Fast hätte ich genickt, vielleicht bewegte ich sogar schon den Kopf von oben nach unten, vielleicht hätten sich sogar die Wörter eingefunden, Wörter für die Lichtung, aber da setzte Mavilia zu einem GegrüßetseistduMaria an und forderte mich auf, mitzusprechen. Ich leierte mit, leierte ihrer Stimme schluckaufhinkend hinterher, sinnleere Silben, wie ich sie seit Stunden benutzte. Mavilia brach ab.

»Gott kannst du alles anvertrauen«, sagte sie. Meine Antwort war ein rülpsendes Röhren, ich wandte mich von ihr ab. »Er versteht dich auch ohne Worte: Er ist für dich da, auch wenn du nicht für ihn da bist.«

Hätte ich Wörter gehabt, Wörter für die Lichtung, hätte ich sie ihr entgegengeschrien, entgegengeheult, was sollte ich anfangen mit einem Gott ohne Worte, Gott ohne Worte war Gott ohne Schutz, er hatte mich alleingelassen, allein ohne Schutz, ohne Worte, allein mit Scham und Schuld, GegrüßetseistduMaria.

»Der Teufel«, sagte sie und zog eine kleine Flasche aus den Falten ihres Gewandes, »hat viele Gesichter. Wenn wir ihm begegnen, erkennen wir es manchmal nicht sogleich. Ihn zu besiegen, hilft uns nur Gott.«

Und ob ich ihn erkannt habe, wollte ich schreien, hat einen feinen Haarschnitt, der Teufel, feine Manschetten und feines Hochdeutsch. Stattdessen blökte der Schluckauf aus tiefem Rachen der Schwester ins feine Gesicht.

»Trink das, dann kannst du schlafen. Du weißt, wo du mich finden kannst. Und Gott ist überall für dich da.«

Draußen klapperte Geschirr. Mavilia sog hörbar den Atem ein. »Ich werde für dich beten, Hildegard.«

An der Tür stieß sie fast mit der Mutter zusammen. »Ihre Tochter braucht Ruhe«, sagte die Schwester. »Der Schluckauf hat sie schon sehr geschwächt. Ein heißes Bad würde ihr guttun.«

»Wärm bade tun mir nur am Samstag«, erwiderte die Mutter barsch. »Kann et dann morjen nom Maternus jonn?«

»Auf keinen Fall«, befahl Mavilia. »Nicht in diesem Zustand.«

Ich schickte ihr noch einen Schluckauf hinterher. Schleppte mich schon am frühen Abend vom Sofa ins Bett, leerte dort das Fläschchen in einem Zug und wartete auf die Erlösung. Vom Schluckauf. Die Wörter für die Lichtung waren mir gleichgültig geworden. Mein Kopf war leer. Der Schluckauf hatte ihn vom Denken, von dem Verlangen nach Wörtern leergefegt. Die Leere war mir recht. Ich wollte nur noch Ruhe für meinen Körper.

Doch dann kam der Vater und sagte, er wisse alles, und die Mutter sagte, sie habe alles dem Vater gesagt. Schande hätte ich über mich und die ganze Familie gebracht, und ich solle mir ja nicht einfallen lassen, die Sache irgendwem zu stecken. Ich erwiderte, dass ich keine Sekunde länger hierbleiben wolle, aber da war der Vater schon über mir, ich versuchte, mich loszureißen, aber er hielt mich gepackt, und die Mutter stand hinter dem Vater, hielt ihn wie zur Verstärkung um die Taille geklammert und schrie: »Hau drop!« Er sah mich an mit Augen voller Hass, ich riss, zerrte, wollte weg von diesen Augen, diesen Händen, dieser Schande, »Schande«, schrien jetzt Vater und Mutter aus einem Munde, und der Vater schlug zu. Ich schlug zurück. »Dräckskääl«, schrie ich, und er schrie: »Schamm disch!«, und drosch auf mich ein, und ich schlug zurück mit aller Kraft. Jeden Schlag gab ich ihm zurück. Ich hatte Angst, er würde mich umbringen; aber ich wusste, gäbe ich auf, würde ich anfangen zu weinen, und er hätte recht und die Lichtung hätte recht, »Dräckskääl«, schrie ich, und dann spürte ich eine zweite Hand, eine Hand auf meiner Schulter: »Wat schreis de dann so?« Das Gesicht der Mutter über mir. »Werd wach! Wat schreis de dann so nach dem Bertram? Du wecks jo dat janze Huus!«

»Schlaf weiter«, ich griff nach der Hand der Mutter, die sie mir unwillkürlich entzog. »Nur der Schluckauf. Nix Schlimmes.«

Lange lag ich wach. Ließ einen endlosen Regen toter Steine auf mich herabfallen, bis ich unten lag auf dem Grunde des Rheins, gewiegt und aufgelöst in seiner Strömung.

Jahrelang hatte ich Mickels Praxis in der Villa aus den zwanziger Jahren nicht mehr betreten. Auf der Kommode im Flur standen Gladiolen; es roch nach blondem Tabak, ein gepflegter, vertrauenerweckender Geruch. Das Wartezimmer war karg, ein paar Stühle, ein kleiner Tisch, doch Mickels Arbeitsraum sah einem gutbürgerlichen Wohnzimmer ähnlicher als einer Ordination. An den Wänden Bilder, nachgedunkelte Landschaften und zwei fürsorglich unter Glas gerahmte Portraitphotos bärtiger Männer; die grün-verblichene Seidentapete und düstere Holzmöbel gaben dem Raum etwas Feierliches. Die Sessel vor und hinter dem Schreibtisch flößten mit ihren breiten Lehnen, kräftigen Beinen und fülligem Plüschbezug Vertrauen ein. So, wie der Doktor selbst, der mir, seit er dem Großvater den Totenschein ausgestellt hatte, kaum verändert schien. Nur der kleine Schnurrbart, der seinem runden Gesicht einen Anflug gutmütiger Clownerie gab, war ein wenig grau geworden, das Haar dünner. Doch noch immer spürte man allein bei seinem Anblick etwas von der Gesundheit, die er zu geben wünschte, und, wenn dies nicht möglich war, den Trost, den er für jeden Schmerz, auch den letzten und größten, bereithielt. Es tat schon wohl, seine gescheite, gütige Stimme zu hören, die lindernd wunde Stellen zu umspülen schien. Kinder konnte diese Stimme geradezu betören, wenn er sich dem Ort ihrer Schmerzen näherte und sie mit täppischem Brummen oder aufgeregtem Summen in eine Bären- oder Käferwelt lenkte. Für solche Tröstungen war ich längst zu alt. Doch »Wo tut's denn weh?« fragte mich Mickel auch heute, als wäre ich noch das kleine Mädchen mit Windpocken und Mumps. Ich brauchte nicht zu antworten. Das tat mein Schluckauf.

»Seit wann?«, wollte der Doktor wissen.

Sehr nah war diese Frage an den Wörtern für die Lichtung, nah an der Quelle meiner ungeweinten Tränen, aber auch er war schon weiter, ehe ich eines der Wörter zulassen konnte, heraufholen konnte in meinem Kopf und erst recht in meinem Mund.

»Zu viel gegessen?«
»Ja«, sagte ich.
»Zu viel getrunken?«
»Ja«, sagte ich.

Lächelnd drohte mir der Arzt mit dem Finger: »Bisschen zu viel gefeiert was? Naja, aber aufgepasst, bis zum Abitur ist es ja nur noch ein Weilchen. Doch wenn's weiter nichts ist«, Mickel machte sich in seinem Arzneischrank zu schaffen. »Nein, hier hab ich's nicht, warte einen Augenblick.«

Mickel ging hinaus, und ich nahm eine Zeitschrift vom Schreibtisch des Doktors, sie fiel von selbst auseinander, und ich ließ das Heft mit einem Schluckauf fallen, stieß es mit dem Fuß zwischen die geschnitzten Löwentatzen weit unter die Eichenplatte. In dem *Wissenschaftlich-praktischen Ratgeber für den Allgemeinmediziner* steckte eine Postkarte, nein, mehrere Karten waren es, doch mir genügte dieses eine Photo, ein Photo, wie es mir Sigismund bei unseren letzten Beisammensein hatte aufdrängen wollen: ein Paar, nackt, gut ausgeleuchtet.

Mickel kam mit einem braunen Fläschchen zurück, und ich schleuderte ihm einen Schluckauf entgegen, als führen tausend Säue aus meinem Leib.

»Das hier hilft bestimmt.« Die Stimme des Arztes klang beruhigend, zuversichtlich. »Jetzt gibt es erst mal zehn Tropfen, dann jede Stunde noch mal zehn. Heute Abend ist alles überstanden.«

Mickel sah zu, wie ich gehorsam das Glas leerte und legte mir die Hand auf die Schulter. Mein Schluckauf ruckte sie weg.

»Na, der Ernst des Lebens hat ja noch etwas Zeit. Genieß die Jugendjahre, Hildegard. Ja, die schöne Jugendzeit, die kommt nicht wieder.« Den letzten Satz hatte der Arzt fast gesungen, ein voller Bass, heiser vor Sehnsucht.

Ich brauchte Luft, stieß sauer auf, herauf durch den Schluckauf, warf mich, den Schluckauf übertreibend, zur Seite, um die Hand, die mir der Mann entgegenstreckte, nicht ergreifen zu müssen.

»Heute Abend ist alles vergessen«, rief der Doktor mir noch einmal hinterher.

Ich hatte große Lust, die Vase mit den Gladiolen von ihrem Sockel herunterzuwischen, nur so, aus Versehen, ah, das splitternde Geräusch der Scherben auf den schwarz-weißen Fliesen!

Wieder ging ich an den Rhein, ans Wasser. Es war heiß wie gestern, der Himmel ein ewiges Tintenblau, darunter die flatternden Schatten der Möwen, bevor sich die Vögel träge der Strömung anvertrauten. Nur lange genug liegen bleiben musste ich, bis die Sonne jeden Gedanken aus dem Kopf gesogen hatte. Hart und trocken werden wollte ich, ausgebrannt, die Nacht auf der Lichtung im kalten Schmelztiegel der Sonne verdunstet, verraucht. Lange lag ich so. Drehte mich auf den Bauch, und die Sonne schloss sich wie eine glühende Decke über meinem

Rücken. Der Wellenschlag, mal weich und regelmäßig, dann wieder aufbrausend, unstet, erregt vom Bug eines Schiffes, drang gefiltert durch Myriaden Teilchen von Staub und Luft an mein Ohr. Der Himmel, als ich mich wieder umdrehte, weiter weg denn je.

Bei Maternus packten die Frauen jetzt ihre Brote aus, erzählten vom Wochenende, den Kerlen, mir brach der Schweiß aus. Ich sprang auf, schüttelte den Sand aus den Kleidern. Ziellos strich ich am Ufer entlang. Gestern hatte ich kaum bemerkt, wie weit sich das Wasser von den Kieseln zurückgezogen hatte, der Schlamm war gedörrt, in zahllose Placken gesprungen. An einer der Kribben hatte sich ein totes Schaf verfangen, die Vorderhufe zwischen die Steine verkeilt. Es sah mager und schutzlos aus mit seinem nass angeklebten Fell. Grausam gelassen wiegten die Wellen sein Hinterteil. Um die offenen Augen hatten sich schwarze Fliegen versammelt, dicht wie eine Augenklappe. Über Nase und Schnauze spannte die Hitze die Haut, glänzend glasiert. Der Kadaver verströmte einen süßlich-stechenden Geruch. Ich rannte, als könnte der Geruch nach mir greifen. Mickels Flasche fiel aus meinem Beutel, ich trank einen Schluck in den Schluckauf hinein, rannte schluckauftorkelnd weiter zur Großvaterweide und grub mein Gesicht in die kühlen Zweige.

War ich eingeschlafen? Etwas Rotes schimmerte durch den Laubmantel. Die Zweige schlugen auseinander. Ein kleines Mädchen stand da, die Wangen rotglühend vor Entdeckerlust wie sein Röckchen.

»Hast du Hühnchen gegessen?«, fragte es zutraulich und kroch zu mir unter den Strauch.

»Hühnchen, wieso?«, schluckste ich.

»Weil du so gackerst«, kicherte die Kleine.

»Gackern?«, wiederholte ich dümmlich. »Bist du denn ganz allein hier? Wo ist denn deine Mama?«

»Die ist im Himmel.« Ein Schatten flog über das leicht gebräunte Gesichtchen. »Die kommt nicht wieder.«

»Weil es im Himmel so schön ist«, versuchte ich zu trösten.

»Schöner als bei mir?«, fragte das Mädchen weinerlich, mit einer Spur von Empörung.

»Nein, sicher nicht«, musste ich beipflichten. »Bist du ganz allein hier?«

»Ja.« Die Kleine sah sich verstohlen um.

»Niiickiii!« Kam die Stimme von oben, vom Damm?

»Wer ruft denn da?«

»Der Opa.«

Das Mädchen streckte seine Hand nach der meinen aus, und ich ergriff sie, ohne nachzudenken, sie lag warm und weich in meiner und hielt mich fest.

»Lauf!«, sagte ich. »Lass den Opa nicht warten.«

Langsam zog sich die kleine Hand aus meiner zurück. »Tschöhöö!«, verklang die Kinderstimme im Sausen der Pappeln, im Schilf.

Ich überließ mich dem Wind. Seiner fühllosen Liebkosung vermochte ich mich ohne Furcht zu ergeben, seiner kühlen, milden Hand, die nach meinem Herzen tastete. Ja, ich war noch da.

Ich, Hildegard Palm, hatte mit dieser Hildegard Selberschuld nichts zu schaffen. Wovon man nicht laut spricht, das ist nicht wahr. Lingua sequitur esse, hatte ich gelernt. Die Sprache folgt dem Sein. Nein! Niemals würde ich davon sprechen, niemals das Wort, die Wörter für das auf der Lichtung in den Mund nehmen oder weißes Papier damit bedrecken, beflecken, diese Wörter gehörten nicht in die Welt, so wenig wie die Nacht von Samstag auf Sonntag in die Zeit gehörte. Esse sequitur linguam. Ohne Wörter kein Samstag, kein Sonntag, ohne Wörter kein Geschehen. Es ist der Geist, der sich den Körper baut. Niemals würde ich zulassen, dass das Fleisch Wort würde. Das Wort ersticken mit vielen anderen, mit schönen, harmlosen, greulich abscheulichen Wörtern, nur nicht mit denen für das, was mir auf der Lichtung widerfahren war. Schlimmer als das Geschehene war, dass es ans Licht käme, dass ich es nicht für mich behalten könnte, dass man es mir, und sei dieses »man« auch nur ein Stück Papier und ein Stift, entlocken könnte.

Noch am selben Tag versenkte ich alles, was ich in jener Nacht getragen hatte, im Rhein. Grau, glatt, ohne Gesicht legte ich einen Stein nach dem anderen auf das lila Kleid mit schwarzen Punkten, bis es aussah, als breiteten die Steine die Arme aus. In den Tellerrock schob ich Schlüpfer, Hemd, BH, die weißen Pumps. Holte noch mehr Steine und warf einen nach dem anderen in die Mitte des Rocks, der bei jedem Wurf erzitterte und tiefer in den Sand kroch. Zog den Matchbeutel auf, legte Buchstein und Lachstein, die Schutzengelsteine vor mich hin. Blanke weiße Steine, darauf mit feinem Pinsel ihre goldbronzenen Namen: Aniana, Mohren, Kreuzkamp, Rosenbaum. Und packte sie wieder ein. Es war nicht ihre Schuld. Steine und Stoff band ich zusammen und schleuderte das Bündel von der Kribbe bei der Großvaterweide in den Strom. Tränen aber, Tränen wollten nicht kommen. Nur Steine im Hals und im Herzen.

Ich sah mich im Holzschuppen um. Das Mädchen hier liebte offenbar billige Bücher. Sonderausgaben. Aus zweiter Hand. Taschenbücher. Reclam-Hefte. Mit diesen Büchern war sie dabei, sich eine Person zu erschaffen, mich, Hilla Palm. Eine Person, zu der ich aufsehen konnte, der ich ähnlich sein wollte, werden wollte wie sie. Die Nacht auf der Lichtung hatte mir diese Welt und dieses Ich zerstört.
Meine alten Freunde und Lehrer waren mir zu unsicher geworden. Ich las kaum in diesen Tagen. Vor allem keine Gedichte. Sie waren gefährlich. Jedes ihrer Worte konnte mich anspringen mit brennender Gewalt. Gedichte vermochten die Eiskruste zu schmelzen, meine Mauer um die Wörter für das auf der Lichtung zu durchdringen. Ich wusste: Traf mich nur das »Zauberwort«, nicht zu singen anheben würde die Welt, schreien würde sie, lauthals herausschreien, mein Elend, meine Schande, meine Scham. Lesen war gefährlich. Nie konnte ich

sicher sein, dass die Wörter meiner Not nicht zu nahe kamen, dass mir nicht das »Zauberwort« begegnete, das meine Kapsel aufsprengen würde. Die Axt für das gefrorene Meer in uns. Ich wollte nicht mehr wissen, wer ich war. Wollte nichts mehr über mich erfahren. Weil kein Buch mir sagen konnte, wer ich war, nach der Nacht auf der Lichtung. Kein Buch mir sagen *sollte*, wer das war: Hilla Selberschuld.

Nach der Nacht auf der Lichtung räumte ich alle beiseite, die mir zu nahe kommen konnten. Ich schämte mich vor ihnen. Verschmähte das Sakrament des Lesens, wie die sieben anderen. Ich verstieß die Bücher aus meinem Leben, wie ich aus dem Leben verstoßen war. Lesen war der lebendigste Teil meines Lebens gewesen; wo ich eins mit mir war, mit mir und der Wirklichkeit, die ich erlas. Nichts mehr davon!

Auf den Speicher mit ihnen, den süßen Versen vom Lieben und Vergehen, Willkomm und Abschied, verlassenen Mägdelein, zerbrochenen Ringlein, kaputten Herzen.

Ab in die Kiste mit all dem Sprengstoff, weg mit Rilke und Mörike, Eichendorff, Trakl und Hofmannsthal. Dem jungen Goethe, dem Heine der frühen Lieder. Noch ihre Schatten hätte ich mir am liebsten ausgerissen, mit dem Skalpell aus meinem Gehirn geschnitten. Sie verstanden es – und wie! –, ihre Worte in mein Herz zu schnellen, bevor der Verstand ihrer gewahr werden und die so süß getarnten Giftpfeile abprallen lassen konnte.

Ich verbot den Dichtern den Mund. Einzig Schiller blieb. Und ein Häuflein Reclam-Heftchen wie der trotzige Trupp einer versprengten Armee. Nur, was ich durch meinen Verstand filtern und durch die Notbremse Ironie stoppen konnte. Abgeklärt wie eine Krankenbrühe erreichten die Dichter mich, keines ihrer Worte drang mir ins Herz.

Rückhaltlos vertraute ich nur noch den Kadern der Lexika, Peters Pflanzenbuch, Godehards Buch von den Steinen. Sie gewährten Zuflucht in sicher gefügten Sätzen. Ihnen konnte ich mich arglos überlassen. »Der Mantel der Erde ist hauptsächlich aus Gesteinen aufgebaut, die in einem ewigen Kreislauf miteinander verbunden sind. In Sedimentgesteinen sind meist Fossilien eingebettet. Fossilien sind die Spuren oder Überreste verstorbener Organismen vergangener Zeiten...«

Wie Baldrian besänftigten solche Sätze mein Gemüt, Tatsachen, die mich niemals überwältigen könnten. Kein Spalt zwischen Wort und Ding, durch den sich Gefühle hätten drängen können. Nur das kühle Auge des Verfassers.

Bei Maternus hatte es sich schon herumgesprochen: Dat Hilla hätt dat Hicksen.

»Jo, bissjen blass bis de ja noch«, nahm mich Lore Frings gleich unter ihre Fittiche, als ich am nächsten Morgen meine Sachen ins Spind hängte, und zu den Frauen gewandt: »Dat es keine Quatsch, dä Papst...«

»...es am Hickse jestorwe«, ergänzten die Frauen den Satz im Chor und lachten.

In den vergangenen Jahren hatte ich hier einiges gehört, was nicht in meinen Büchern stand. Jedenfalls nicht so. Doch was immer auch die Frauen erzählten, ich hatte es nicht anders für wahr genommen als die Geschichten aus meinen Büchern. Ihre Wirklichkeit, die der Frauen und ihrer Geschichten, ging mich nichts an. Jetzt war das anders. Jetzt war ich eine von ihnen.

So, wie sie heute in der Mittagspause die Köpfe zusammensteckten, wusste ich gleich, dass es wieder einmal um Männer ging, die nicht so wollten, wie sie sollten. Dräckskääls. Seit wir den Prokuristen in die Flucht geschlagen hatten, nahmen die Frauen mir gegenüber kein Blatt mehr vor den Mund. Heute ging es um Erika, die wegen einer Bauchfellentzündung krankgeschrieben war.

»Von wejen Bauchfellentzündung«, höhnte Anita. »Da war wat janz anderes im Bauch.« Sie hatte es nötig! Vor drei Jahren hatte man sie hier halbtot aus einer Blutlache gezogen.

»Sie machen et aber auch all falsch«, dozierte Traudchen Kradepohl. Bis zum Tod Doktor Zehnders aus Strauberg hatte sie dessen Praxis geputzt und galt daher in medizinischen Fragen als Kapazität. »Mit ner Stricknadel. Nä, nä, dat muss doch zu ner Blutverjiftung führen.« Traudchen sprach Dondorfer Platt, doch sobald es um die Wissenschaft ging, verstärkte sie ihre Autorität durch Hochdeutsch, so rein, wie die Zunge es hergab.

»Un wat häls de von Seife?« Elsbeth war nun auch schon seit Jahren hier beschäftigt. Ihr aschiges Haar, vom häufigen Blondieren brüchig, stand wie Krepppapier um ihr rosiges Gesicht.

»Seife?« Traudchen wiegte bedächtig den Kopf. Sie war schon hoch in den Fünfzigern, bekam Witwenrente, langweilte sich aber zu Hause und ging allmorgendlich zum Pillenpacken wie andere Gassi mit dem Hündchen. »Ihr seid meine liebste Familie«, sagte sie gern, und so behandelte sie die Frauen auch. Kein Montag verging ohne ein ordentliches Stück Selbstgebackenes von Traudchen, und am Monatsende, wenn der Abschlag den Wochenlohn aufbesserte, gab sie im Café Haase einen aus.

»Seife? Wat meins de mit Seife?«

»Na, wat wohl. Waschen sischer nit! Trinken! Seife trinken, mein isch.« Elsbeths rosige Wangen verfärbten sich ins Purpurne.

»Seife? Igitt!«, rief Anita, zerrte den Schinken von ihrem Brot und würgte ihn unzerkaut hinunter. »Da weiß isch ja noch wat Besseres!«

»Jo, wie vor Johre, wie mir disch unger dä Dür rusjetrocke* han«, fuhr ihr Lore über den Mund, und Anita zog den Kopf ein. Sie war seit zwei Jahren verheiratet, hatte aber noch keinen Nachwuchs. Erst wenn sie ein Kind in die Welt gesetzt habe, so ihr Mann, Kollege meines Vaters in der Kettenfabrik, dürfe sie zu Hause bleiben. »Isch tu, wat isch kann, und der Ejon auch«, so Anita, »aber et klappt nit.«

* rausgezogen

»Seife trinken? Nä«, entschied Traudchen, »viel zu jefährlich. Allerdings ...«

Traudchen liebte Pausen. Liebte es, wenn die Frauen an ihren Lippen hingen wie dem Pastor auf der Kanzel.

»Allerdings, wat dann allerdings?«, drängte Margot. Seit die Kürschnerei in Erpenbach dichtgemacht hatte, saß auch sie bei Maternus am Band, kam aber immer mit Lippenstift zur Arbeit und trug auffällig elegante Schuhe. Jedenfalls bis zum Spind. Da hielt sie ihre Latschen parat.

»Naja, et kann helfen«, gab Traudchen zu. »Aber besser ist doch heiß baden. So heiß, wie et die Haut verträscht. Un dann Persil rein, eine janze Packung. Dat der Schaum auch rischtisch dursch un dursch jeht.«

»En janze Packung? Is dat nötisch? Wat en Verschwendung! Do krisch isch jo sechsmol met jewäsche«, ging es aufgeregt durcheinander.

»Eine janze Packung!« Traudchen blieb hart. »Dat muss sisch doch lösen da drin! So wie dä Dräck aus dä Kleider.« Sie kicherte verhalten.

»Lösen tut sisch dat am besten mit Rizinusöl.« Das war Marga Schweppes, lebenslustig, noch keine dreißig.

»Dat sieht man!«, höhnten die Frauen. Marga erwartete das vierte Kind. »Dä muss mesch nur ankucke«, pflegte sie entschuldigend zu sagen.

»Rizinusöl! Dat jeht am falsche Loch eraus!« Die Frauen kreischten.

»Ach wat!«, schaltete sich Maria Posomierski ein. Sie hielt sich meist aus allem heraus, was auch mit dem seltsamen Tod ihres Mannes zu tun hatte. Immer wieder musste sie erzählen, wie ein Auto »dat Scheusal« buchstäblich von ihrer Seite gerissen hatte, was von den Frauen als ausgleichende Gerechtigkeit begrüßt wurde, und ihnen jedesmal aufs neue eine eigentümliche Genugtuung verschaffte. Alle wandten sich Maria zu, die ihre Lippen über die Zähne nach innen zog und die Augen zusammenkniff, als prüfe sie uns auf Vertrauenswürdigkeit. Sie lebte jetzt in einer

Onkelehe, wie man das nannte, mit einem Arbeitskollegen ihres Verstorbenen, wegen der Rente. Kinderlos.

»Ach wat!«, wiederholte sie. »Dat Beste is ein Motorrad.«

Jetzt war auch Traudchen mit ihrem Doktorlatein am Ende.

»Mach schon«, drängte Lore, »die Pause ist jleisch vorbei. So wat ze wisse, könne mir doch all jebrauche.« Sie warf mir einen schnellen entschuldigenden Seitenblick zu.

»Also drauf auf dat Motorrad und dann über Stock un Stein. Dat darf sisch nit drin festsetzen! Je pucklijer, desto besser! Isch weiß, wovon isch rede!« Maria Posomierski strich sich übern Kittel, von der wohlgerundeten Brust übern flachen Bauch bis zu den Oberschenkeln. Mit neidischen Blicken folgten die Frauen der Bewegung. Fast alle hatten ein paar Kilo zu viel, aber dat Maria, auch nit mehr die Jüngste, hatte ein Fijürschen, dat musste man ihm lassen!

Lore erhob sich. »Komm Hilla, dat reischt! Ja, hier bei uns lerns de wirklisch wat für et Leben. Nu, komm, dat is wirklisch nix für disch.«

»Ävver früh jenuch, sonst is et zu spät«, fügte Maria noch hinzu, dann heulte die Sirene und schickte uns mit diesem rätselhaften Schlusssatz zurück ans Fließband.

In den nächsten Tagen war ich vom Fahrrad kaum noch runterzukriegen. Wie vor Jahren, als ich vor der Pappenfabrik in den Alkohol geflohen war, raste ich nach der Arbeit einfach drauflos, raus aus dem Dorf, weg von dem glatten Asphalt, vorbei an Karrenbroichs Hof, durch zerfetzte Kuhfladen, trocken gedörrt wie surrealistische Plastiken. Glühende Luft krümmte das reglose Laub, Staub stieg wie Dampf aus den Feldwegen und überzog das verdorrende Buschwerk mit stumpfem Grau. Auf dem Damm schaute ich nach Nicki aus, ihrem roten Röckchen im grünen Gras.

Schon nach kurzer Zeit wäre ich am liebsten abgestiegen, jeder Knochen verlangte nach Ruhe, nach weichem Sand, einem ruhigen Blick unter die hohe blaue Himmelsschale.

Hilla Selberschuld ließ das nicht zu. Hilla Selberschuld drohte mit Wörtern für die Lichtung, so, dass ich mit Meersternichdichgrüße doppelt schnell in die Pedale trat. Todmüde kroch ich abends ins Bett, froh und traurig zugleich, dass Bertram noch weg war. Ich schloss die Augen, Nickis Bild stieg auf, lebendiger Trost.

Von Monika kam eine Karte: »Did you get your last tram?« Englisch fanden wir chic. »Everything o.k.«, schrieb ich zurück. Sehr weit entfernt fühlte ich mich von dem, was mein Leben vor der Lichtung ausgemacht hatte, vom Cäcilienfest der katholischen Jugend, von Kirmes und Cola in der Eisdiele, dem Rumstehen an Ecken, dem Kichern und Aufgeregttun. Selbst in der Erinnerung daran konnte ich mich nicht mehr wiederfinden.

Ob ich mich erkältet hätte, fragten die Frauen bei Maternus, wenn ich alle Stunden zur Toilette rannte.

»Dat Mädschen is aus dem Lot, isch weiß aber nit waröm«, hörte ich Lore im Gespräch mit Traudchen. »Dat Hilla hat doch alles jeschafft. Und jetz auch noch auf die höhere Schul. Ob et Liebeskummer hat? Man sieht et jo nie met nem Jong.«

Sobald ich dazukam, priesen sie den Kaffee im Sonderangebot bei Mini.

Samstagabend weichte die Mutter den Drillich des Vaters im kochend heißen Wasser ein und machte sich mit Gießkanne und Harke auf zum Friedhof. Ich zog Rock und Unterhose aus und tauchte, die Beine über der Wanne gespreizt, den Unterleib in die Lauge, einmal, zweimal, siebenmal, bis ich die Hitze aushalten konnte, auch die Beine in die glitschige Brühe zog und mich mit zusammengebissenen Zähnen zu den ölverdreckten Blaumännern in die Schmierseife hockte. Feuerrot brannte mein Bauch, flammte die Haut bis zu den Knien, die weiß zwischen Ober- und Unterschenkel aus dem glühenden Fleisch herausragten. Blutrot die Haut, sonst nichts.

Warten machte mich mürbe, porös, durchlässig für Angst, Verzweiflung, Verstörung. Immer sah ich sie beide auf mich zukommen: Erlösung, Verwerfung. Lebte in zwei Zeiten, noch hier und schon drüben, und dazwischen: Niemandsland, Niezeitsland. Das Warten.

Im Tageslicht warteten die Dinge mit mir, nahmen mir einen Teil des Wartens ab, mein wandernder Blick konnte die Last auf die Dinge verteilen. Alltag nahm mich in Anspruch, die Pillen bei Maternus, die Geschichten der Frauen, der Missmut der Mutter – »Du bringst disch noch um mit dem Fahrrad!« – lenkten mich ab, auf den holprigen Feldwegen musste ich achtgeben.

Nicht so des Nachts. Mit jedem Atemzug drückte das Dunkel mich tiefer ins Warten, tiefer in die Angst. Warten: die Mutter der Angst. Vom Warten ausgelaugt, verspürte ich von Tag zu Tag stärker den Drang, laut zu schreien, alles hinwegzufegen, die Hitze, die Sonne, die Weiden am Rhein, die Dächer von den Häusern und die Wörter von den Seiten der Bücher, leer und wüst sollte die Erde sein, wie vor allem Anbeginn.

Konnte Rosenbaums Brief für mich noch gelten? »Du bist Deine Geschichte. Lass nicht zu, dass andere Deine Geschichte schreiben.« Schöne Sprüche?

Als mich früh am Morgen Krämpfe weckten, war ich zu erschöpft für Freude und Triumph. Lautlos schlüpfte ich aus dem Bett, schnallte mir eine Binde am Taillengummi fest, zog mich an und schlich aus dem Haus, rannte durch die menschenleeren Straßen zum Rhein. Die Kirchturmuhr schlug fünf. Die Luft, noch blass und kühl und ein wenig feucht, kräuselte die Haut, ein leichter, feuchter Flaum, o flaumenleichte Zeit der ersten Frühe. Doch es würde wieder heiß werden. In den Auen hing der Tau wie Schweißperlen an den Gräsern. Grillen und Vögel zirpten und tirilierten, quirlten ihre Stimmen wild durcheinander, als wollten sie alles Wichtige noch vor der Hitze erledigen.

»Du jehst noch ens en de Binsen«, pflegte die Großmutter zu sagen, wenn sie mir kundtat, dass ich unausweichlich ins Verderben steuern würde. Schon von weitem sah ich sie beieinanderstehen, graues Grün, die fahlbraunen Wedel gebogen von einer leichten Brise aus dem Westen. Ich dachte an den Großvater, der uns Flöten geschnitzt und die Sprache des Schilfs gelehrt hatte, diese luftige Zwiesprache zwischen Binsen und Wind. Nein, ich war nicht in die Binsen gegangen.

Ich ließ mich zwischen die dürren Stecken auf die hartgetrocknete Erde fallen und wartete. Wartete auf Tränen, Erlösung, die doch jetzt aus mir herausbrechen mussten wie im Frühjahr die Knospen aus den Zweigen. Oder Regen, in jedem Roman wäre jetzt ein erquickender Regen vom Himmel herabgefallen, hätte mich reingewaschen, die Seele gelöst, endlich auch einmal meine Seele ganz, aber hier badete ich nur in Schweiß, war ich nichts als Krampf und Schweiß. Sich in Tränen auflösen, das sagt sich so dahin. Die Tränen, die meine Angst hätten wegschwemmen können, meine Scham, meine Schuld, meine Schuld, meine übergroße Schuld: Die Tränen kamen nicht. Scham und Schuld blieben in mir stecken. Eingekapselt in gefrorene Tränen. Ich trug sie zurück durch die Straßen, die sich allmählich belebten, Arbeiter kamen von der Nachtschicht zurück, andere machten sich zur Frühschicht auf. Ich trug meine Kapsel zurück nach Hause, wo ich log, ich sei in der Morgenmesse gewesen. Trug sie ans Fließband zu Maternus und wieder zurück in die Altstraße 2. Mit der Kapsel würde ich leben können wie Onkel Mätes mit seiner Kriegsverletzung, einem Granatsplitter, der wanderte, wie er sich ausdrückte, von der Hüfte durch den Körper, wer weiß, wohin. Nur nicht ins Herz.

Abends schlich ich mich vor den dreiteiligen Spiegel im Schlafzimmer der Eltern. Hier hatte ich in Godehards Kleid gestanden, einen Fuß vor dem anderen, Hand in die Hüfte, meine Prinzessin, meine kleine Frau. Auf dem Doppelbett die rostrote Steppdecke, in der Luft der vertraute muffige Geruch zu selten gewaschener Körper. In meinem Rücken über den Paradekissen im Goldrahmen Gottvater auf seinem Thron, keine Miene verziehend hinter seinem dichten weißen Bart. Ich starrte mich an, bis sich der Umriss meines Gesichts vernebelte, und mir war, als unterschiebe sich ihm ein zweites, blutig zerschlagen. Ehe es vollends auftauchen konnte, kniff ich die Augen zusammen, riss sie weit auf, vertrieb das Gespenst mit ein paar Lidschlägen und betrachtete meinen Körper, nackt bis auf die Binde am Taillengummi, wie man einen Gegenstand mustert, bevor man sich für oder gegen seinen Kauf entscheidet.

Fürs Menschenauge war die Kapsel unsichtbar. Wovon man nicht laut spricht, das ist nicht da. Ich sehe was, was du nicht siehst. Niemals sehen wirst. Das Warten war vorüber, die Angst vorbei. Die Scham blieb. Die Schuld. Die Wörter für die Lichtung steckten in mir wie eine Kugel im Muskelfleisch; ein Fremdkörper, eingekapselt im gesunden Gewebe. Nur dafür, dass die Kapsel verknöcherte, musste ich noch sorgen.

Schon immer war ich gern allein gewesen. Einsamkeit war Freiheit. Meine Freiheit hieß Einsamkeit. Jetzt wurde dieser Zustand unerlässlich. Öfter noch als vor der Lichtung ging ich den anderen aus dem Weg. In den Ferien war das nicht schwer.

Kam ich von Maternus heim, schlang ich ein Brot hinunter und machte mich mit dem Fahrrad davon. An den Rhein, in die Wiesen, die Weiden, nur zur Großvaterweide fuhr ich nicht. Auch den Notstein vermied ich; dort könnte mir Sigismund auf seinem grünen Fahrrad entgegenfahren, könnten Hilla und Sigismund liegen, im Gras. Weg von allem, was war, wollte ich, dorthin, wo es kein Bild von mir gab, keine Erinnerungen, und so fuhr ich den schmalen Fußweg dicht am Rhein entlang, der nach Strauberg und weiter zum Anleger führte, einer Fähre, nahe einem Auwäldchen, meist zu nass für Spaziergänger. Hier war ich noch nie gewesen, hier war mir alles neu. Siehe, ich mache alles neu. Alles neu machen würde ich, Hilla Selberschuld verschwinden lassen. Verschwinden – doch nicht wie vormals Hilla Palm in den Büchern, den Welten, die es schon gab und wo man nie wusste, wohin sie einen führten. Ich wollte sichergehen. Hatte ich mir nicht schon einmal erschrieben, was ich brauchte? Eine Ferienreise, einen finnischen Freund? Nun würde ich, Hilla Palm, mir eine ganze Welt erschaffen, Welten nach meinen Bedürfnissen, allein mir untertan, zugetan, allein mir erreichbar. Eine Welt der Milde, der Schönheit, der Selbstvergessenheit. Aufgehen wollte ich im Selbst einer Petra Leonis, in ihrer Welt mich verströmen, in die Wörter-Dinge, verschwinden in ihren Molekülen, Atomen, sie beseelen mit meinem Atem, Leben einhauchen, bis ich atemlos versinken würde in ihnen allen. Ohne zu lügen würde ich, könnte ich so von Grund auf glücklich sein, anders sein, mir ein Leben zuschreiben, das saß wie angeboren.

So bezog ich mit meiner Kladde – ich war seit den Heften *Schöne Wörter, schöne Sätze* den Karos treu geblieben – eine Mulde im Sand inmitten eines Erlengebüschs.

»*Beati dies – Schöne Tage*«, schrieb ich aufs Deckblatt. Und darunter: »Tagebuch von Petra Leonis.« Vom Meer schrieb ich, das ich nie gesehen hatte, tauchte ab in das Meer meiner Bilder, schwang mich auf in den Himmel meiner Wörter, goldenstaubig, mag sein, Katzengold, goldfarben gewiss, bunt belichtet und gefiltert, reiste dort herum zwischen Möwen und Heringsschwärmen, weißen Wolkenfischen und Jumbojets, durch immer neue Kraft und Herrlichkeit, und meines Reiches wird kein Ende sein.

»Meer«, schrieb ich und schmeckte das Salz auf der Haut, schrieb »Sand« und spürte ihn rau zwischen meinen Zehen. Ich konnte die Wörter fühlen, wie Berührungen, denen ich in der Wirklichkeit auswich. »Warm«, schrieb ich, und meine Haut erlebte die Wohligkeit angenehmer Temperaturen, »Blütenduft«, schrieb ich, und meine Nase schwelgte in Düften, ich hörte, sah, schmeckte, fühlte und roch, was immer ich schrieb.

Davon trug mich der Rhythmus, davon und immer weiter ins Meer, wie die Strömung des Rheins, der Rhythmus der Wörterfolge, irgendwann wichtiger als die Wörter selbst, das Strömende,

Bewegende, Tragende, die Strömung unter der Strömung, die den Wörtern ihre Bedeutung zuschliff, bis sie rund und glatt und hart wurden wie jahrmillionenalte Kiesel. Rhythmus war Zukunft und die Zukunft ein Meer. Immer weiter schwamm ich hinaus, ohne Furcht, ohne Angst, ohne Erschöpfung, bis zu meiner Insel, die ich Samtsee nannte. Schrieb von Bambushütten, von Palmen, dem Strand, offen, leer, voller endloser Möglichkeiten. Schrieb von Muscheln und Vögeln, Bilder fern von Raum und Zeit, Bilder gespeist von Eindrücken Gauguin'scher Gemälde aus meinem Buch für besondere Leistungen und von Erzählungen Somerset Maughams, wo Männer den Lava-Lava tragen und die Mynah-Vögel in den Kokospalmen am Ufer einer Koralleninsel kreischen. Alles war mir vertraut, im Innersten verwandt. In diesem lauteren Paradies gab es keine Sorgen, kein Leid. Unerreichbar dem Bösen, dem Trug, der Täuschung, dem Verrat. Unerreichbar. Ich hörte das Wasser, hörte den Gesang der Fische und Nixen, den Gesang des Windes und der Wellen, sah den Sonnenuntergang über dem Meer und ahnte das Glück. Das Meer, das Meer, was war das Meer? Ein Wort unendlicher Wörter voll, unerschöpfliches All pha Beet, alles verzehrend, alles vermehrend, zerfließend, ergießend, beladen und gesunken, den Winden erlegen, den Winden ergeben, dem Mond, ruhig und still, grün an den Uferrändern, rosa und lila, golden, kupfern und blau, sieghaftes Blau und dunkel zur Tiefe hin, wo ich hinabstieg, in einen Garten hinab zur kleinen Meerjungfrau, vor ihrem Sündenfall der Liebe, ohne Herz, aber mit einer betörenden Stimme. So wollte ich leben, herzlos und unberührbar, aus grünem Glas, aber meine Stimme perlmutterglänzend und betörend.

In dieses Meer tauchte ich, Hilla Palm, ein, wann immer es nottat, mich reinzuwaschen von der Wirklichkeit.

Wörter waren nicht länger ein Schlüssel zur Welt, sie waren Amulette, boten Schutz vor den Zumutungen der Wirklichkeit. Doch allein den Wörtern auf meinem Papier, den von mir geschriebenen, war zu trauen.

Hier, und nur hier, war alles, wie es schien zu sein, eine große offene Welt, und die Welt ein Garten, in dem der Böse das Schlechte vergaß und der Gute seine Tugend genoss. Ich, Petra Leonis, ging von Hütte zu Hütte mit einem Gefühl wachsender Besänftigung, wachsenden Vertrauens. Anfangs waren die Hütten, die Strände, war alles menschenleer. Aber das war nicht traurig. Nur ruhig. Still. Die geschriebenen Dinge waren meine Freunde. Ich bewegte mich unter Freunden. Alles war mir zugetan, bis zum letzten Sandkorn, dem dünnen Vogelschrei, dem orchideenduftenden Wind. Große, langgestreckte, von einem südlichen Himmel überwölbte Sätze geleiteten mich durch eine heile Welt in ein nie verdämmerndes Licht. Und wenn es denn einmal dunkel wurde, dann so, dass dieses Dunkel mein Herz warm umhüllte. Drängten sich Bilder oder gar Wörter für die Lichtung herauf, wand ich meine Wörter, die erlaubten Wörter, zu besonders prächtigen Girlanden, ließ den Wind in endlosen Schleifen fächeln, die Gardenien in tausend Adjektiven duften, Kolibris durch blaue Zeilen schwirren, färbte die Morgendämmerung rosa, lila und grau, ließ die Milchstraße flirren, den Vollmond, Halb- und Sichelmond in kunstvollen Brechungen auf den Wellen schimmern, bis ich übersatt war vor so viel papierener Harmonie.

Tag für Tag schrieb ich die andere ins Buch, schrieb das Tagebuch einer anderen. Hilla Palm schrieb sich um in Petra Leonis; Petra Leonis umschrieb, umschlang Hilla Palm. Hilla Palm wuchs eine zweite Haut. Wörterhaut. Löwenhaut.

In diesen *Beati Dies,* den *Schönen Tagen,* warf ich die Last meines wirklichen Lebens ab und übte mich in der Kunst, die Dinge so zu sehen, wie sie nicht sind.

Als Bertram zurückkam, war mir das Pendeln zwischen Hilla Palm und Petra Leonis schon zur zweiten Natur geworden. Seine große Schwester würde ich nie mehr sein können. Auch die war in der Nacht auf der Lichtung gestorben. Doch *wie* seine große Schwester sein, das konnte ich nun wieder. Alles konnte ich sein: wie. Wie eine Lebendige, wie eine Tochter, wie eine Oberprimanerin. Und wie eine Schwester auch. Zwischen mir und der Wirklichkeit stand dieses Wie, dieses So-sein, So-tun-als-ob. Als ob: Das stand zwischen mir und der Wirklichkeit wie eine gläserne Wand. Eine Wand, die schützte und schied.

»Amo, amas, amat«, grüßte ich Bertram, der braungebrannt und kräftig von den Pfadfindern zurückkam. Grüßte ihn wie früher, nachlässig, kumpelhaft, und freute mich an seinem offenen Gesicht, das ernster und erwachsener geworden war. Freute mich an seinen verrückten Geschichten aus dem Zeltlager, den Skizzen, die er für mich gemacht hatte: der dicke Kaplan beim Waldlauf, beim Handstand, zwei Nonnen beim Sackhüpfen; freute mich an seinem Lachen. Einstimmen konnte ich nicht. Aber ich bleckte die Zähne und stieß eine Rotte von A-Lauten aus der Kehle. Bertram fasste mich scharf ins Auge, doch noch ehe er etwas sagen konnte, ließ ich mein falsches Gackern in Husten übergehen und hielt aus, dass er mir den Rücken klopfte. Sogar seine Hand anfassen konnte ich, die er mir, grinsend, zur Faust geballt, entgegenstreckte: »Mach mal auf!« Ich wusste, er erwartete ein Spiel, dass ich eine Acht schlüge über der Faust oder eine Spirale, dazu ein Abrakadabra oder Ähnliches murmeln würde: Ich konnte es nicht. Doch Bertram, zu begierig auf mein Gesicht, ließ die Faust beim ersten Antippen aufspringen. In seiner Handfläche ein geritzter Stein. Ein Lügenstein?

Ich zuckte die Achseln. »Hatten wir doch schon.«

»Hilla, was ist los mit dir? Nu kuck doch mal genau hin!« Bertram drückte mir den Stein in die Hand, er fühlte sich warm und rau, fast lebendig an.

»Warte, gib noch mal her.« Bertram nahm den Stein, spuckte drauf und wischte ihn am Hosenbein ab. Grauglänzend zeigte sich ein Blütenblatt auf einem nassen schwarzen Ast.

»Bertram!« Ich führte den Stein an die Wange, trat nah an den Bruder heran, lehnte meinen Kopf an seine Schulter, dass er mein Gesicht nicht sehen konnte. Der Stein rief mich an, wie schöne und wahre Worte eines Gedichts.

»Schön, nicht?«, freute sich Bertram.

»Wunderschön«, bestätigte ich. Der Stein war wieder ein Stein und konnte mir nichts mehr anhaben; so, wie Wörter uns nichts zu sagen haben, wenn wir uns nichts sagen lassen.

»Wo hast du den denn her?«

»Gefunden!« Bertram war noch immer stolz auf diesen Glücksgriff. Bei Holzmaden, nicht weit vom Zeltplatz, habe er diese Versteinerung entdeckt. Fossil nenne man das. Von: fossilis – ausgegraben. Und ein Blütenblatt sei das auch nicht, eher eine Fischschuppe. Vor etwa zweihundert Millionen Jahren habe dort noch das Meer gerauscht, die Küste etwa zweihundert Kilometer von Regensburg entfernt. Wie gern hörte ich diesem Miteinander von vertrauter Stimme und verlässlichen Tatsachen zu. Jurafossilien, Schmelzschuppenfische, Belemniten, Ammoniten, die Versteinerungen der Schwäbischen Alb umkreisten meine Kapsel wie Jupitermonde.

Doch am Abend war ich nun immer als Erste im Bett und gab vor, zu schlafen oder zu müde zu sein für unsere Abendstunden, für ein verschwiegenes Wort. Aber von Zeit zu Zeit fuhr ich mir mit dem Schuppenstein über die Stirn, suchte Trost bei einem Petrefakt.

Sachliche Gespräche taten mir gut. Der Schulalltag tat mir gut. Die Schule war fester Halt, klare Richtung. Ich funktionierte, aber ich lebte nicht. Gewöhnte mir an, einen kleinen runden Spiegel bei mir zu haben. Den zog ich heraus, wenn ich nichts mehr fühlte, damit er mir zeigte: Ja, ich war noch da. Nichts von niemandem zu sehen. Ich war rein. Ganz. Und war froh, wie leicht sich alle täuschen ließen.

Rebmann bemerkte meine Veränderung zuerst: an meiner Gleichgültigkeit, ja, Abneigung gegenüber Gedichten. Im

Gedicht, so Rebmann, begegneten wir einer Sprache, die tief und lebendig in unserem Unterbewusstsein wirke. Mir hätte er das nicht erklären müssen. Dichtung bilde Muster aus diesen verborgenen Bedeutungen, ebenso wie aus den sicht- und hörbaren. Die verborgenen aber seien die stärkeren, meinte er; sie entzögen sich dem Intellekt, den Filtern der Sachlichkeit und könnten uns aus unseren Vernunft-Verstecken scheuchen mit geradezu physischer Wucht. Zwischen den Zeilen, hinter den Wörtern lesen. Daher sei jedes Gedicht eine Aufforderung an den Leser: Lies dich selbst. Gedichte: Poetische Verwandte des Orakels von Delphi. Erkenne dich selbst.

Genau das aber musste ich vermeiden, selbst um den Preis, Rebmann zu enttäuschen. Im Unterricht kam er gut ohne Poesie zurecht. Rebmann liebte Gedichte zu sehr, als dass er sie pädagogischen Dehn- und Streckübungen ausgesetzt hätte. Aber dass ich kein Interesse mehr zeigte an den Gedichten von Ingeborg Bachmann, Günter Eich oder Hilde Domin, die er mir nach den Sommerferien mitbrachte, ließ ihn bekümmert den Kopf schütteln. Bislang hatte ich nach jedem neuen Gedichtband gegriffen, vieles abgeschrieben und in den Pausen mit dem Lehrer erörtert. Jetzt warf ich kaum einen Blick auf das, was mir vor der Lichtung einsame Freuden versprochen hätte, murmelte nur »keine Zeit« und ließ Bücher und Lehrer links liegen. Auf dem Weg zum Bus fiel mir ein, dass ich die Bücher wenigstens hätte mitnehmen können, so tun als ob. Doch nicht einmal mehr anrühren mochte ich diese Sprengsätze.

Monika bemerkte meine Einsilbigkeit nicht; sie war frisch verliebt. Anke nahm mich gleich beiseite, verdrehte die Augen in Richtung Armin und vertraute mir an, nichts, aber auch gar nichts sei an dem Abend in Großenfeld geschehen, irgendetwas Schlechtes habe er, ihr Armin, gegessen oder getrunken, jedenfalls keine Spur von einer alten Flamme, die obendrein von ihrem Verlobten abgeholt worden sei. Was ging mich das an? Nie mehr konnte ich den blonden Klassenkameraden ansehen, ohne dass es mir buchstäblich hochkam, das Auto, die Flasche, die Hand, die Lichtung.

Meinem Finnen machte ich den Garaus. Erkki Huusarii fuhr mit seinem Motorrad an einen Baum. Nicht gelitten. Anke und Monika ergriffen im Beileid meine Hand, die ich ihnen, wie in Tränen, naseputzend entzog. Sie behandelten mich als eine Art Witwe und zeigten für meinen Rückzug, den sie meiner Trauer zuschrieben, elegisches Verständnis. Astrid hätte sicher gefragt, woher ich das denn wisse, wenn er doch tot sei; und ich griff vorbeugend noch einen Freund aus der Luft, dem habe er sich anvertraut, mein ferner Liebster. Auch alle meine Briefe habe der mir zurückgeschickt. Genau wie Jacques de Malet, seufzte Monika, die gerade Maupassants Novellen verschlang.

Doris lud mich zu ihrer Verlobung ein. Ich sagte ab. Karola, Christel und Maria schrieben Postkarten. Ich warf sie zum Altpapier der Großmutter fürs Feuermachen. Ich ging im Dunkeln nicht mehr aus dem Haus. Ich fuhr nicht mehr im Theaterbus nach Köln. Musik war schlimmer als Gedichte. Worte waren nie, selbst nicht in der Dichtung, ohne Bedeutung, auch Wörter im Zustand der Poesie zwangen dem Verstand Anhaltspunkte auf. Hinter den eigenartigen Fügungen der Wortbilder lag immer der Verstand auf der Lauer und damit die Möglichkeit des Abstands, der Ironie. Musik macht diese Barriere durchlässig; jede Tonfolge, jede Kadenz konnte meine Kapsel sprengen.

Und ich musste mich vor fremden Umgebungen hüten.

Einmal noch besuchte ich Monika. Doch schon, als ich im Wohnzimmer ihre Mutter begrüßen wollte, vermochte ich kaum der gehässigen Veränderung standzuhalten, mit der mich das Zimmer, das mir zwar nicht vertraut, doch auch nicht gänzlich unbekannt war, überfiel. Der Teppich, dessen Prächtigkeit mich immer entzückt hatte, glühte in tiefen tückischen Farben, besonders Rot und Grün strotzten prahlerisch und hoben sich drohend voneinander ab, fielen auseinander wie Wasser und Öl, als seien sie von so verschiedener Materie, dass ich kaum wagte, sie zu betreten. Die Kanten der Anrichte stachen hart wie geschliffen in die zurückweichende Luft, die Messingleuchter an den Wänden richteten ihr blinkendes Metall gegen mich, aus den Falten der Gardinen floss rotes Blut in grünes Gras, und die Zierteller auf ihren Gestellen bedrängten mich mit ihrer wohlgeordneten harmlosen Biederkeit und zwangen mich in dieses allzu gut bekannte, qualvoll gemischte Gefühl von Schuld und Scham.

Monikas Mutter hatte sich mir zugewandt; ihr Parfüm, zuvor stets bewundernd genossen, verschlug mir den Atem. Ich bemühte mich, ihr zuzuhören, sah ihre Lippen sich runden, sich schließen, doch der Ton war wie abgestellt. Dann, plötzlich, so laut, dass ich mir fast die Ohren zuhalten musste, hörte ich: »Schon das dritte Opfer«, hörte ich, »auf dem Nachhauseweg«, schrie es aus Monikas Mutter. »Gut, dass ihr da seid.« Tot, tot, tot und nackt wie die beiden anderen, die hätten aber Glück gehabt, lebten noch. Die Stimme war wieder zu ertragen, dafür schien das Gesicht der Frau in Einzelteile zu zerfallen, ein Kinn, eine Nase, ein roter, roter Mund, der ein Opfer formte, das dritte Opfer, tot, tot, tot und Glück gehabt, und ich war wieder auf der Lichtung und schwebte über mir, hoch oben und sah auf mich im grünen Gras herab.

»Termin vergessen«, schluckte ich, »ich muss weg«, und verabschiedete mich schnell, fast unhöflich, machte kehrt, bloß weg von diesem tot, tot, tot und Glück gehabt.

Als das ruhige Herbstwetter umschlug, vertauschte ich das Erlengebüsch wieder mit meinem Stall. Gehalten von den Gesteinsformationen im Neolithikum, der *Ästhetischen Erziehung*, dem Punischen Krieg und den Diktaten des Ablativs, verankert in den Gesetzen des Alltags einer Oberprimanerin und getragen von der kargen, aber zuverlässigen brüderlichen Zuneigung, fand ich schließlich den Mut, meine Samtseeinsel immer weiter und kühner zu bevölkern. Wagte zuletzt sogar, erfundene Personen mit denen aus Fleisch und Blut zu kreuzen, indem ich die wirklichen so lange verklärte, bis sie mit meinen untadeligen Papierfiguren wetteifern konnten.

Nirgends war ich so frei und geborgen wie vor dem Papier, das ich mir untertan machte. Ich konnte alles tun, also konnte man mir nichts tun. Hier war ich allmächtig. Nur übermütig werden durfte ich nicht.

Es war an einem der ersten Abende im Oktober, verführerisch lind und lau wie im Frühling, da wär mir der Großvater fast unter den Händen lebendig geworden. An Tagen wie diesen hatte er die Luft zwischen den Fingern gerieben: War sie schon dick genug zum Säen, dünn genug zum Ernten? So sehnsuchtsvoll drängten sich die Wörter aufs Papier für diesen Fritz Rüppli in seinen ausgebeulten Manchesterhosen, der speckig glänzenden Anzugsjacke, dem kragenlosen Hemd, dass ich nicht mehr nur die Wörter fühlte, sondern den Großvater selbst. Vornübergebeugt über eine seiner Burger Stumpen, die er sich, mit dem Rücken zum Wind, hinterm Haus in den Bohnenstangen, wo ihn die Großmutter nicht sehen konnte, anzuzünden versuchte, wollte er aus den Wörtern heraus. Richtete sich auf von seiner Zigarre und sah mich mit seinen grauen Augen aus dem karierten Papier meines Schreibhefts so abgründig an, dass ich das Blatt herausriss und zerknüllte, ehe ich »Hand« schreiben konnte, womit er nach der meinen zu greifen drohte. Noch ein Wort weiter, und ich hätte den Großvater in die geheimen Kammern meiner Seele geschrieben, dorthin, wo er die Kapsel gefunden und mit einem Strahl seines Blicks gesprengt hätte. Das durfte nicht sein. Es gab kein Vertrauen. Nicht einmal auf meinen Heftseiten.

Ich verkroch mich weiterhin in meiner papierenen Existenz, blieb Petra Leonis, Betrachterin. Schrieb das Erleben den anderen zu und kostete deren Abenteuer aus wie ein Forscher die Kreuz- und Quersprünge seiner Versuchstiere, wenn ich sie von einer Glückseligkeit in die andere trieb. Ich lebte im Schreiben. Hatte ich, Petra Leonis, einem meiner Geschöpfe ein neues Glück angepasst, kehrte ich erschöpft, gesättigt und beseligt aus den Wörtern zurück, als hätte ich es selbst und wirklich erlebt.

Dennoch spürte ich das wirkliche Leben immer wieder wie einen frischen Luftzug. Nicht, wenn es laut und lärmig auf mich einstürzte. Bei den Kranken fand ich es, den Versehrten. Wie ich. Bei denen, die überlebt hatten. Wie ich. Die trotzdem lebten. Dennoch. Obwohl. Wie ich vielleicht auch wieder einmal, irgendwann. Wie Maria.

Seit meiner Nacht auf der Lichtung fühlte ich mich ihr näher als jedem anderen Menschen. Zwei Invaliden. In-validus, un-wert. Maria, ein Opfer wie ich. Und eine Kämpferin. Maria lebte mit einem ausgeschnittenen Krebs. Ich mit einer verkapselten Nacht. Wir beide nahmen die Opferrolle nicht an.

Seit dem Fehlschlag mit dem geweihten Wasser, für das ihre Mutter eigens eine Pilgerreise nach Lourdes gemacht hatte, hielt Maria nicht mehr viel von Wundern. Wenn sie nicht aufgab, sich nicht aufgab, dann wohl auch, um all denen ein Schnippchen zu schlagen, die sie aufgegeben hatten. Wo kein Wunder ist, ist kein Weg, keine Rettung, war die Meinung der Dondorferinnen gewesen. Maria zeigte Willen. Kinder mit nem Willen kriejen wat auf de Brillen. Nicht so Maria.

Eines Tages setzte sie ihre schwarze Pagenkopfperücke auf, schnürte ihre Brüste vor die Brust, vertauschte die graublaue Rüschenbluse gegen einen feuerroten Pulli und fuhr nach Düsseldorf.

»Bloß nit mehr nach Köln«, sagte sie. »Zu viel Dom mit Weihrauch.«

In Düsseldorf, verriet sie mir, gehe sie meist in ein Café auf der Kö, vorher, im Kaufhof, lasse sie sich an einem der Kosmetikstände kostenlos schminken. »Die machen disch zurescht, du erkennst disch sälver nit widder.«

»Hier, kuck mal.« Maria zog einen Photostreifen aus dem Portemonnaie, vier Photos im Passbildformat. »Die hab isch am Bahnhof im Photofix gemacht«, sagte sie. »Wenn isch nach Haus fahr, jeh isch vorher auf dat Bahnhofsklo und wasch mir alles ab. Isch weiß ja, du sachs keinem wat.«

Die Photos zeigten eine stark geschminkte junge Frau, die unter ihrem dicken schwarzen Pony ein verführerisches Lächeln versuchte. Nur zwei steile Furchen, scharf zwischen dunkel gezeichnete Brauen gegraben, verrieten eine leidvolle Zeit. Sogar eine Arbeit hatte Maria wieder angenommen. Dreimal in der Woche half sie halbtags bei Kränzjen im Laden aus, wenn die zum Frisör ging. Stoffe verkaufen.
»Dreimal in der Woch zum Frisör!«, kicherte Maria. »Dat jlaubt dat doch selber nit! Wenn dat wiederkommt, sieht et schlimmer aus als vorher! Do is doch ne Kääl em Spiel. Ne Kääl!« Keiner hochdeutschen Silbe würdigte Maria die andere Hälfte der Menschheit. »Warte mir mal ab! Isch bin mit de Kääls fädisch!« Wir waren Komplizen.

Ein paarmal half ich sogar dem Vater im Garten. Er schaute kaum auf, wenn ich mich neben ihn hockte, nie so nah, dass unsere Arme sich hätten streifen können. Manchmal folgte uns ein schwarzglänzendes Amselhähnchen, den Schnabel unermüdlich ins lockere Erdreich bohrend, nach Würmern, Raupen und Larven. Aus den Sträuchern schmetterten seine Genossen, Elstern zeterten aus der Kiefer vom Nachbarn, auf ihrem torkelnden Flug zur Gärtnerei krächzten Krähen auf uns hinunter, aber die wunderlichsten Laute kamen vom Vater, der neben mir die Pflanzen bemurmelte, zu Porree und Kappes hinabflüsterte; mit seiner rauen ungeübten Stimme, die aus dem gewohnten Schweigen hervorbrach, wie vor Jahren, als wir nach Köln gefahren waren, mir bei C&A die erste Jeans gekauft, Russisch Ei und Kotelett gegessen hatten im Kaufhof.
Nie redete der Vater mit mir, sah nicht einmal zu mir herüber, und ich wagte es nie, meine Augen von seinen erdschwarzen Händen zu lösen. Wenn ich mich streckte und ins Haus ging, warf ich einen letzten Blick auf seinen runden Rücken, den ergrauenden Hinterkopf über dem verschlissenen Blaumann, den ich mir, die Augen ein wenig zusammenkneifend, zu einem südlichen Weltmeer zurechtblinzelte. Doch der Blaumann blieb ein Blaumann,

so wirklich wie Marias Krebs, wie die Nacht auf der Lichtung, der Schuppenstein von der Schwäbischen Alb. Nicht träumen. Wollen. Tun. In deiner Brust sind deines Schicksals Sterne. Ja. Trotz alledem. So konnte ich weiterleben. Trotzig. Trotzig leben: gegen einen Widerstand, dass etwas nicht so ist, wie es sein sollte. Nie mehr sein würde. Nichts mehr war, wie es sein sollte, und doch: Ich wollte weiter. Obwohl, trotzdem, dennoch: meine Leitwörter. Das Abitur. Das Studium. Bibliothekarin. Die Welt im Buch zurückerobern, und darin ich, mit lebenslänglichem Wohnrecht. Aber den Weg musste ich auf Bleisohlen zurücklegen. Alles Leichte, Frohe, Freie dahin. Statt Lernlust und Wissensdurst Pauken, Einprägen. War ich vor der Nacht auf der Lichtung weit offen gewesen für alles, was Leben und Bücher für mich bereithielten, neugierig, begierig zu nehmen, was mir guttat, was mir zustand, zog ich mich nun in mich zurück, verknotete und verschnürte mich um meine Kapsel herum wie die Großmutter ihre Dosen verschnürte, um und um umwunden.

Ich hielt aus, ich hielt durch. Nur, dass ich mich nirgends ganz dabei, nirgends ganz anwesend fühlte. Stand immer mit einem Fuß in einem anderen Leben. Dem auf dem Papier. In der Samtsee. Ich hatte Sehnsucht nach meinen Kinderaugen und begann zu ahnen, was das heißt: vorbei. Nie wieder. Vorbei.

Vor den Sommerferien hatte ich mir Hoffnung auf eine mindestens ausreichende Note in Mathematik und damit auf ein Stipendium der Studienstiftung machen können.

Doch die Eselsbrücken hielten nur, solange ich sie mit Rolfs Hilfe instand hielt. Mit einem männlichen Wesen, und wenn es ein Klassenkamerad war, allein in einem Raum zu sitzen, und wenn es sein Zimmer unterm Dach in seinem Elternhaus war, sich gemeinsam über ein Buch zu beugen, und wenn es das

Mathematikbuch war, dazu der Umstand, dass ich im Dunkeln würde nach Hause fahren müssen: Das kam nach der Nacht auf der Lichtung nicht mehr infrage.

Es dauerte nicht lange, und Meyerlein sprach – nachdem ich an der Tafel wieder einmal neben die Brücke getappt und in den Abgrund der Ahnungslosigkeit gestürzt war – mit ungewohnt leiser und bekümmerter Stimme: »Zu faul. Wie schade. Einfach zu faul. Setzen.«

Er hatte ja recht. Ich war faul. Außen rot und fest, aber innen verdorben wie ein madiger Apfel, raus damit aus dem Korb der Guten. Madig, aasig, ungenießbar. Ich starrte Meyerlein an und unterdrückte einen Schluckauf.

Nach der Stunde bat Meyer Rolf zu sich, und danach kam Rolf zu mir und bat, ja, er flehte mich an, die Nachhilfe fortzusetzen.

Ich ließ ihn stehen, oder ließ er mich stehen? In der Klasse war ich nun endgültig die, die man stehen ließ, links liegen ließ, und zu Hause war es genauso. Mir war es recht. Doch dann wurden die Tage kürzer, und ich musste morgens im Dunkeln aus dem Haus und kam nachmittags oft erst im Dunkeln zurück. Wohin gehen die Bäume und die Häuser und die Blumen?, hatte ich als Kind den Großvater gefragt, wenn die Dinge von der Dunkelheit verschluckt wurden. Sie kuschelen sisch zusammen un schlafen, jenauso wie du, hatte er geantwortet, und morjens macht die Sonn se wieder wach.

Mir verkehrte das Dunkel die Welt zum Spuk. Unversehens saß ich in einem Bus voller Gespenster, verzerrten sich die harmlosen, belanglosen Gesichter männlicher Fahrgäste in gutgekämmte Fratzen, Angst, wie ich sie seit dem Erwachen auf der Lichtung nicht mehr gespürt hatte, konnte jählings über mich herfallen, die Dunkelheit machte alles Vertraute fremd, überzog alle Erscheinungen, alles Sichtbare, Menschen und Dinge, mit Grauen. Der Kampf dagegen kostete Kraft.

Statt Gedichte lernte ich die Lebensläufe toter Dichter auswendig, als ginge damit etwas von ihrer Unantastbarkeit auf mich über. Ihr Schicksal war groß. Ihr Schicksal war besiegelt. Im Vergangenen fühlte ich mich sicher: im Leben toter Menschen in einer toten Sprache, in der Welt der Cäsaren und Prätorianer, der Kaiser und Tribune. Zog am liebsten in alte, längst geschlagene Schlachten, blutig und grausam, unverrückbar gesiegt und besiegt, die Welt unabänderlich in Sieger und Besiegte geteilt. Sinnlose Siege. Sinnlose Triumphe. Nichts ragte in die Gegenwart. Nicht in meine Zeit und nicht in das Leben meiner Zeitgenossen.

Bis ich an jenem Morgen einen Absatz aus dem *Zweiten Punischen Krieg* des Titus Livius übersetzen sollte, der die Lage nach der Schlacht bei Cannae beschrieb: »Es lagen so viele Tausende Römer da, Fußvolk und Reiterei durcheinander, wie jeden der Zufall in der Schlacht oder auf der Flucht zueinandergesellt hatte. Manche suchten blutbedeckt mitten in dem Leichenfelde aufzustehen. Sie waren, da die Morgenkälte ihre Wunden zusammenzog, aus der Ohnmacht erwacht und wurden nun von den Feinden niedergeschlagen. Einige, denen die Oberschenkel und Kniekehlen durchgehauen waren, fand man noch lebend vor; sie entblößten ihren Nacken und ihren Hals und forderten dazu auf, auch ihr restliches Blut zu vergießen. Auch fand man einige, die ihren Kopf in die aufgewühlte Erde gesteckt hatten; sie hatten sich selbst Löcher gemacht, um ihren Mund mit Erde zu überschütten und sich so selbst zu ersticken. Besonders lenkte aber aller Augen auf sich ein Numider, der unter einem über ihm liegenden toten Römer hervorgezogen wurde; er selbst lebte noch. Nase und Ohren...«

Mir blieb die Luft weg. Über das blutgetränkte Land schob sich eine grüne Wiese, da lag ich und lebte noch, scharfe Witterung, lechzend nach Blut, die Meute im hellen Pkw, Kennzeichen D, Nase und Ohren waren ihnen zerfetzt, fest verschnürt zwischen Gras und Glockenblumen, die Arme an den Rumpf gezurrt, die Beine locker, lose, offen. Ledermänner ohne Gesicht, ohne Augen, ziehen mit Krallenfingern Gedärm und Eierstöcke aus den Bäuchen...

»Aber Fräulein Palm!« Sellmer rüttelte mich. »Was reden Sie? Was ist los mit Ihnen?« Ich rutschte bewusstlos vom Stuhl.

Wieder erwachend, fühlte ich Weiches, Kratziges im Gesicht, es rumpelte unter mir. Das Rauschen von Reifen auf Asphalt. Ich schrie. »Hilfe!«, schrie ich, wie ich damals geschrien haben mochte oder gern geschrien hätte: »Hilfe!« Bäumte mich auf, packte den Fahrer von hinten bei den Schultern. Der Wagen bremste. Ich flog vornüber. Ich lag auf dem Rücksitz eines Autos.

»Fräulein Palm, was ist mit Ihnen los?« Sellmer wandte sich um. »Ich fahre Sie nach Hause. Es ist wohl alles ein bisschen viel für Sie. Sie brauchen Ruhe. Und einen Arzt.« Ich atmete durch und lotste uns in die Altstraße 2.

»Sitzen bleiben!«, befahl der Lehrer, lief ums Auto herum, machte die Tür auf, umfasste meinen Oberkörper und zog mich heraus, hob mich hoch und in seine Arme, vor seine Brust, mühelos leicht, als wäre ich noch ein kleines Kind. So lag ich da in den Armen des Oberstudienrats Dr. Johannes Sellmer, die erste wirkliche Berührung seit der Hand des kleinen Mädchens in meiner, der Hand Mavilias auf meiner Stirn, der Brust des Bruders an meiner. Hielt die Luft an, nun mussten sie doch kommen, der Schluckauf, der Krampf. Aus den Kleidern des Lehrers roch es nach Tabak, ein Geruch, der an den Großvater erinnerte, den Großvater im guten Anzug mit Sonntagszigarre.

Die Panik verebbte, ich bekam wieder Luft, Sellmer drückte die Klingel, mein Herz raste gegen die Rippen, gegen die meinen und die des Lehrers, der immer wieder den Finger löste und senkte, immer länger den Knopf gedrückt hielt. Endlich Schritte, die Tür ging auf. Die Mutter schrie. Ich verbarg mein Gesicht an der Brust des Lehrers, spürte durch den Wollstoff seines Jacketts an meiner Wange den Schlag seines Herzens. Und hatte keine Angst.

»Kenk!«, rief die Mutter außer sich. »Wat soll dat dann? Wer seid Ihr denn?«

»Können wir nicht hereinkommen?« Sellmer schob die Mutter zur Seite. »Ihrer Tochter geht es nicht gut. Wo kann sie liegen?«

»Wie, däm jeht et nit jut? Hat et widder dat Hicksen? Dä Schluckauf?«

»Nein, Frau Palm, Ihre Tochter braucht Ruhe und einen Arzt. Aber zunächst einmal muss ich sie absetzen.«

Nein, hätte ich am liebsten geschrien. Festhalten. Bitte festhalten. Ich drängte mich dem Lehrer in die Arme.

»Ja, dann kommt mal rein.« Die Mutter machte die Tür zum Wohnzimmer auf. »Aber et is kalt. Wärm machen tun mir hier nur sonntags.«

»Aber eine Decke werden Sie doch haben.« Sellmer sah sich suchend um, tat die wenigen Schritte zum Sofa, ließ mich niedergleiten, löste sanft, aber bestimmt meine verkrampften Hände von seinem Nacken und kreuzte sie über meiner Brust wie auf den Sarkophagen alter Römergräber. Seit dem Tag nach der Nacht auf der Lichtung hatte ich dieses Sofa nicht mehr berührt. Sellmer richtete sich auf und heftete seine Augen auf den Wandbehang hinter mir, hinter dem Sofa.

Wir hatten derer zwei. Einen für Wenn-Besuch-kommt, vom Kaufhof aus Köln; er zeigte einen Rehbock, der über einen Waldbach setzt, kleinwüchsigere Artgenossen in seinem Gefolge. Auch bei Godehards Besuch hatte diese Szene das Heim geschmückt. Heute hing der andere da, der übliche, aus den Beständen des seligen Fräulein Kaasen; darauf ein weißer Hirsch mit einer brennenden Kerze in der Gabelung des Geweihs. Der Behang, insbesondere das weißgewirkte Tier, schimmerte in einem matten Seidenglanz, was dem Gebilde etwas Kostbares gab. Doch das Ganze war nicht sehr groß und vor allem zerschlissen; an manchen Stellen stach sogar der Stramin durch, so, dass die Mutter nicht nur den Spott von Verwandten und Nachbarn über das Dargestellte – »ne Hirsch met Kääze« – hatte ertragen müssen, sondern auch die Häme über dessen stofflichen Zustand: »ne Fetze.« Schließlich war sie von einem Einkauf aus Köln mit dem flinken Bock auf grobgewirkter Massenware zurückgekommen. Um diesen zu schonen – ein Wort, das in der Altstraße für Gegenstände aller Art gern bemüht wurde, um sie stets »wie neu« zu zeigen –, hängte man ihn nur bei Bedarf, das heißt kurz vor dem Besuch zu beeindruckender Personen, über den zerschlissenen Kerzenhirsch. Zwischen Mutter und Großmutter kam es darüber immer wieder zum Streit: »Dat heilige Dier zu verstoppe! Dat is Sünde!«, so die Großmutter. Und die Mutter fauchte zurück: »Der is nit heilisch! Der is schäbbisch!«

Nun aber heftete eine Respektsperson, ein Oberstudienrat für Latein und Geschichte, seinen Blick ausgerechnet auf dä Lumpe.

»Mir haben noch einen«, stotterte die Mutter, »isch kann ihn holen.«

»Wirklich? Noch einen? Dieser hier ist... Da haben Sie aber ein besonders schönes Stück. Diamantkarobindung... Diese Technik trifft man heute nur noch ganz selten an.«

»Dä is doch janz kapott«, maulte die Mutter, »hier.« Sie schob den Wandschrank unterm Fenster auf, schwang den zweiten Behang über den Couchtisch und sah Sellmer beifallheischend an. Der aber würdigte das Serienstück keines Blickes, schüttelte den Kopf und beugte sich über das Sofa, über mich auf dem Sofa, und fuhr mit den Fingerspitzen über den Hirschleib. So sollte er stehen bleiben, eine Höhle für mich bildend mit seinem zum Bogen gespannten Körper, eine Höhle von seinen Schuhsohlen bis zu dem kleinen Sticktier an der Wand. Einen Dämmerschein, in der es nach Großvater roch, Tabak und trockener alter Männerhaut.

»Wir sind doch Prätorianer«, sagte er halblaut in die dämmrige Höhle, und, als ich ihn verständnislos ansah, richtete er sich auf und wiederholte den Satz lauter und mit Nachdruck: »Praetoriani sumus.«

»Wat seid ihr?«, fuhr die Mutter dazwischen.

Aber Sellmer schüttelte nur ungeduldig den Kopf. »Hast du kein eigenes Zimmer? Wo machst du denn deine Hausaufgaben?«

Hörte ich recht? Sellmer duzte mich, nahm mich in die Obhut der Sprache, bot mir Schutz, Geborgenheit.

Ich schüttelte den Kopf. Es genügte, dieses Wohnzimmer mit Sellmers Augen zu sehen, diese reinliche, schlecht gelüftete Dürftigkeit. Mein Holzstall ging ihn nichts an.

»Jo«, mischte die Mutter sich ein, froh, den Mann aus dem Zimmer zu kriegen. »Die Schularbeiten macht dat Hilla im Stall. Da sitzt et auch von morjens bis abends.«

»Im Stall?«, wiederholte Sellmer. »Und wo ist der?«

»Zeisch isch Eusch.« Die Mutter strich den Kittel über den Hüften glatt. »Kommen Se.«

»Ich bin gleich zurück.« Sellmer zog seinen Mantel aus und legte ihn über mich, eine rauchige Hülle, was die Mutter veranlasste, die Treppe hoch und mit einer Decke wieder herunterzuspringen, den Mantel wegzureißen, dem Mann in die Hand zu drücken und mich unter der Decke festzustecken. Rund um mich herum steckte sie die Decke fest, als könnte ich ihr entspringen. Hiergeblieben!, sagte jeder Handgriff.

Ich ließ die Augen zufallen, hörte, wie die Tür hinter den beiden zuklinkte. Müde, so müde. Vom Schrank herab tickte die Uhr, die einstmals das blaue Stöckchen verborgen hatte, von draußen das Keckern einer Elster, aufkreischend, dann ins Lachen übergehend die Stimme einer Frau, Julchen, die Nachbarin, und ich wünschte, das ungleiche Paar aus dem Holzstall käme nie mehr wieder, und ich könnte hier liegen bleiben für immer, schweigend, allein, namenlos werden, ohne mich werden, mich verlieren, jemand ohne Sinn, niemand oder jemand gleich null.

»Lassen Sie Ihre Tochter doch ruhen«, hörte ich die Stimme Sellmers von weit her, aber da fühlte ich schon die Hand der Mutter an der Schulter: »Der Herr Lehrer will jehen«, rüttelte sie mich zurecht. Sellmer beugte sich über mich, seine schwarzglänzenden Haare fielen ihm in die Stirn, die mir so nah war, dass ich den herben, leicht öligen Geruch der Strähnen wahrnahm. In seinen Augen ein Ausdruck, wie er mir lange nicht mehr begegnet war. Anianas Augen hatten mich so angeblickt, als ich die grüne Vase hatte fallen lassen, Kreuzkamp, mit dem schwarzen Fritz in der Hand, und schließlich Rosenbaum, nachdem er mir meinen spiritus verde ausgetrieben hatte. Und der Großvater. Er hatte mich immer so angeschaut, dass ich mich gar nicht anders fühlen konnte als ganz und richtig. Gewollt, so, wie ich war. Ich schreckte zurück vor diesem Blick, vergrub den Kopf in die Sofaecke. Verboten. Ein solcher Blick für mich für immer verboten. Ein Blick, der die Kapsel sprengen könnte. Die Tränen hervorlocken könnte, die Wörter. Das Wort.

»Ihre Tochter braucht Ruhe«, sagte Sellmer noch einmal. »Und einen Arzt. Sie haben doch einen Hausarzt?«

»Sischer dat«, erwiderte die Mutter beleidigt.

»Bitte lassen Sie mich wissen, was der Arzt sagt.« Sellmer schon im Mantel an der Tür, seine Augen hatten wieder den gewohnten Blick, Berufsblick, Lehrerblick, und ich konnte ihn wieder ansehen.

»Sie hören von mir, Fräulein Palm.« Sellmer nickte mir zu, und wie ich ihm vorher dankbar gewesen war für das Du, war ich nun froh, dass er zum Sie zurückkehrte, von mir abrückte, von mir auf dem Sofa unter der Wolldecke, die, von meinem Körper erwärmt, einen immer stärker werdenden Geruch nach Kampfer und Naphthalin verströmte. Und auch Mut machte mir dieses Sie, stellte es doch das festgefügte Lehrer-Schüler-Verhältnis wieder her, die Regeln, die Ordnung, die Anforderung, eine Ordnung jenseits der Regeln in der Altstraße 2, eine Ordnung, die mich über Mich-auf-dem-Sofa, Mich-im-Holzstall, über Hilla Palm und Hilla Selberschuld hinaustrug.

»Nicht vergessen: Praetorianae sumus. Sehen Sie zu, dass Sie schnell wieder auf die Beine kommen. Wir warten auf Sie, discipula Petra Leonis.«

Mickel kam und konnte nichts feststellen, der Blutdruck zu niedrig, keine Sorge; dat Kenk hatte sich überanstrengt. Übersetzt ins Lauffeuerdeutsch des Dorfes hieß das: Dat Weet vom Rüpplis Maria hätt es met de Nerve! Dat kütt dovon, dat kütt dovon! Erst de Meddelscholl. Dann noch Abitur! Und dat Äng vum Leed? Et hätt et met de Nerve.

Met de Nerve. Das hieß: in einem Topf mit Walburga, auf dem Sprung nach Jeckes bei de Jecke. Fehlte nur noch, dass ich den Mond anheulte oder schaurige Lieder grölte wie die arme Bürgermeistersfrau.

Lebertran und ein Blutdruckmittel brachten derlei Mutmaßungen zum Schweigen. Ich machte meine Kniebeugen, um, so Mickel, das Blut in Wallung zu bringen, die Großmutter traktierte mich mit klosterfraumelissengeistgetränktem Würfelzucker, und die Mutter beschleunigte meine Anstrengungen zu einer schnellen Genesung, indem sie mir jeden Morgen vorrechnete, was die Kohlen für das zusätzliche Heizen des Wohnzimmers kosteten. Überhaupt: das Heizen. Empört hatte sie vom Besuch Sellmers im Holzstall berichtet, wie der an der Stalltür gestanden sei, ungläubig in das Gelass gestarrt und gesagt habe: »›Da braucht dat Mädschen doch wenigstens einen Ofen!‹ Ävver isch hab nur jesacht: ›Un wer soll dat bezahle?‹ Wenn et em ze kalt is, jeht et in de Kösch.«

Nicht erzählt hatte sie, dass der Vater mir vor Jahren ein Öfchen hineingestellt hatte und ich fast an Kohlenmonoxidvergiftung gestorben wäre. Daraufhin war der Ofen auf dem Wagen des Altmetallsammlers gelandet. Der Vater hatte mir seinen ausrangierten Wintermantel, die Großmutter eines ihrer Katzenfelle abgetreten.

Solange ich lag, ging es mir gut. Stand ich auf, konnte es geschehen, dass ich, ohne ein Signal, ohne Herzrasen, Atemnot oder auch nur ein flaues Gefühl im Magen, bewusstlos zusammensackte. Schonen müsse ich mich, sagte Mickel, schonen, wie das gute Service, das Sonntagskleid, den Wandbehang. Wie neu.

»So jut möt isch et auch mal haben!«, murrte die Mutter, als spielte ich ihr einen üblen Streich. »Hierode solls de. Da brauchs de disch nit mehr ze schonen.« Ich war ihr im Weg, so, wie dem Vater, dessen Ruheplatz ich einnahm. Wie gern hätte ich ihm das Sofa im Wohnzimmer überlassen, das dann allerdings wieder kalt sein würde. Wie gern wäre ich auferstanden, aufgestanden, nimm dein Bett und wandle, ab in Bahn und Bus; Sinus und Cosinus sogar waren besser als die Miene der Mutter, ihre vorwurfsvollen Blicke, mit denen sie meine Bücher musterte: *Lingua Latina – Lateinisches Übungsbuch. Dämonen oder Retter? Eine kurze Geschichte der Diktatur seit 600 v. Chr.*

Nur schwer hielt die Mutter meinen Anblick auf dem Sofa aus. »Kernjesund bis de«, verdrossen stopfte sie noch ein Holzscheit durch die Ofentür, »kütt alles von de Bööscher.« Sie glaubte mir nicht. Nicht einmal Mickel. »Isch hab beim Mini die Eier verjessen. Jeh, hol mal Eier bei dem Pieper. Sind ja nur en paar Meter. Da komms de auch mal an die frische Luft! Un zwei Bratheringe kanns de auch noch mitbringe.«

Zehn Eier, zwei Bratheringe, ich war die Einzige im Laden, wurde von Veronika zügig, aber mit reservierter Freundlichkeit bedient, längst wusste man um die Treulosigkeit der Kundin aus der Altstraße 2.

Auf der Treppe wäre ich fast mit Julchen zusammengestoßen, die mich, »Isch denk du bis krank?«, argwöhnisch musterte.

»Geht schon wieder«, sagte ich, wollte mich vorbeidrücken an ihrer flauschig ausladenden Wintermantelbrust und krachte ihr vor die Füße.

Auf dem Sofa kam ich wieder zu mir. Über mir das Gesicht der Mutter, so besorgt, grämlich, beinah feindselig, dass ich gleich die Augen wieder schloss. Ich hatte sie blamiert. Julchen würde es in Windeseile herumerzählen: Wat es bei dä Palms los! Schicken en dutkrankes Kind op de Straß!

»De Eier kapott, alle zehn. De Hering Matsch. Un dä Mantel muss in dat Benzinbad«, resümierte die Mutter. Aber ich hatte meine Ruhe. Ich hatte den Beweis geliefert: Dat Kenk markiert nit. Ich stellte mich nicht an.

In den nächsten Wochen lieferte der Postbote dienstags und freitags Umschläge mit Hausaufgaben ab, die ich, oft gemeinsam mit Bertram, erledigte. Wir saßen uns an den Kopfenden des schmalen Couchtisches gegenüber – Murmeln verboten! – und genossen den Luxus des geheizten Wohnzimmers. Nie verwendete ich mehr Zeit auf »Die Privilegien der Päpste«, um meine Zwei in Geschichte zu zementieren oder um über den Gebrauch des reflexiven Possessivpronomens im Lateinischen zu grübeln wie in diesen Wochen vor den Weihnachtsferien. Nur wenn es ans Schreiben, ans wirkliche Schreiben ging, wollte mir in Bertrams Anwesenheit nichts einfallen. Für Rebmann musste Bertram weichen.

»Prädikat: ›besonders wertvoll.‹ Welche Forderungen stellen Sie an einen Film, der mit dieser Auszeichnung (der Öffentlichkeit) empfohlen wird?«, fragte Rebmann in der ersten Woche. »Welche bürgerliche Tugend schätzen Sie höher: Disziplin oder Zivilcourage?«, wollte er in der zweiten Woche wissen. Und über die Weihnachtsfeiertage bescherte er seiner Oberprima die Qual der Wahl: »Abwesende, Politik und Religion sind keine Gesprächsthemen für eine gebildete Frau – Beurteilen Sie diese häufig vertretene Einstellung«, lautete das erste Thema. Das zweite: »Vaticanum II. Welchen Einfluss haben die Neuerungen auf das Leben in der Gemeinde?«

Gattinnen wie die des Direktors Wagenstein oder des Schulzahnarztes mit ein paar Bissigkeiten in den Papierkorb der Geschichte zu feuern, war verlockend. Doch halt! Waren das denn »gebildete Frauen«? Gab es »die Bildung« mal in weiblicher, mal in männlicher Variante? Wie Damen- und Herrenmäntel? Oder Unterwäsche? Wie unterschied sich die »gebildete Frau« vom »gebildeten Mann«? Worin unterschied sich weibliche von männlicher Bildung? Was war das überhaupt: Bildung? Was sagte mein Lexikon dazu? »... Die harmonische Entfaltung aller Anlagen des Menschen aber ist nur durch ästhetische Bildung zu erreichen, da diese ... durch Veredelung und Verfeinerung der gesamten Gefühlsweise die Einseitigkeiten der einzelnen Bildungsrichtungen aufhebt.« Ästhetische Bildung als die Krone der Bildung? Als einziger Weg der »harmonischen Entfaltung aller Anlagen des Menschen« – sollte ich mich darauf einlassen? War so ein altes Lexikon nicht längst überholt? Wozu alle Bildung, alle »Veredelung und Verfeinerung der gesamten Gefühlsweise«, wenn es Menschen gab wie jene, denen gerade in Frankfurt der Prozess gemacht wurde? Die im KZ junge Frauen zuerst Mozart spielen ließen und sie dann ins Gas schickten?

Das zweite Thema jedoch war mir vertraut. Und wie. Die heilige Messe auf Deutsch, Pastor und Kaplan mit dem Gesicht zur Gemeinde: Vaticanum II. auf dem Dorfe.

Es war kurz nach den Sommerferien gewesen, an einem der ersten Schultage, wenige Wochen nach der Nacht auf der Lichtung. Auch mit Rebmann hatten wir die Umbrüche des Zweiten Vatikanischen Konzils diskutiert. Latein oder Deutsch, der Pastor am Altar von vorn oder hinten – was ging mich das nach jener Nacht noch an? Ich kam damals aus der Schule nach Hause und hörte schon von weitem die Stimme der Tante, schrill vor Empörung. Wollte mich in den Holzstall drücken, aber die Tante stürzte aus der Küchentür: »Hilla«, rief sie mit sich überschlagender Stimme. »Mir haben auf disch jewartet! Wat sachs du denn dazu? Du erzählst uns doch immer, dat mir all Lateinisch spresche un wie wischtisch dat Lateinische is.«

»Nu lass dat Hilla sisch doch erst mal dä Mantel ausziehe«, suchte Hanni die Mutter zu beschwichtigen. »Komm, Hilla, setzt disch bei uns.« Hanni rückte auf der Eckbank zur Seite.

»Un dä knallrote Kopp! Dat is doch noch viel schlemmer! Dä hätt wohl ald widder ze viel esu!«* Die Mutter führte mit gekrümmter Hand ein unsichtbares Gläschen zum Mund und kippte den Kopf nach hinten. »Man möt däm doch nit dauernd en et Jeseesch lure**! Do kann sisch usserens doch nit mehr op Jott konzentriere.«

---

* Der hat wohl schon wieder zu viel so.
** ins Gesicht schauen

»Do häs de räät!«, pflichtete die Tante ihr bei. »Von hinten sahen die jo all noch janz manierlich aus. Man sah ja nur de Rücken. Da war et fast ejal, wer da vorne stand. Die Rücken waren immer schön. Die Jewänder. Dat Jotteslamm mit dem Kreuz. Oder dä jrüne Palmbaum auf der weißen Seide. Mir wusste ja auch oft, wer dat jestickt hatte. Weiß de noch, dat herrlische Jesulein auf der Weltkugel?« Die Tante war ins Schwärmen geraten, die Frauen nickten versonnen.

»Un jetzt dä rote Kopp un dä dicke Bauch!«, fauchte die Mutter. »Un die fresche Jesichter von de Blagen.«

»Blagen?«, wiederholte ich dümmlich.

»Jajo, de Messdiener. Kucken einem fresch in et Jesischt. Jestern noch in fremde Prummebööm*, zappzerapp, wie beim Julsche neweran, un am Sonndach dun se, als wör nix jewese.«

»Naja«, erklärte ich, »es soll eine Gemeinschaft sein zwischen dem Priester und der Gemeinde. Das soll zeigen, dass man zusammengehört.«

»Un wie dä kallt«, fuhr die Tante fort. »Su künne mir dat auch, wat, Hilla? Dofür hätt dä doch nit studiert!«

Seit unserem lateinischen Nachmittag hatte ich die Tante für diese Sprache gewonnen. »Weiß de noch mehr, wo dat Lateinische drin steckt?«, hatte sie gebohrt, als uns partout keine neuen Wörter auf -at mehr einfallen wollten. »Alles, wo vorne super steht«, hatte ich gesagte, »Superbenzin ...«

»Supermarkt«, fiel die Tante ein, »Supermän. Un wat heiß dat: super?«

»Obendrauf«, sagte ich. »Das Höchste. Kannst du im Grunde überall davorsetzen, wenn dir etwas gefällt.«

Die Tante feixte. »Maria, has de noch en Tässjen Superkaffe mit Supermelsch un Superzucker. Für dein Superschwester.«

Besonders im katholischen Frauenverein prahlte die Tante, wie man im Dorf halb spöttisch, halb anerkennend erzählte, oft und gern mit ihren Kenntnissen. Zusammensetzungen mit ante,

---

* Pflaumenbäume

per und pro waren mit der Zeit noch dazugekommen; immerhin war sie die Tochter der Großmutter, und es mochte ihrem rebellischen Sinn gefallen, dass das Lateinische sie in die Nähe des Pastors rückte, dem die Großmutter mit einem Knicks begegnete. Und das sollte jetzt nichts mehr wert sein!

Dass die Tante meine Unterstützung suchte, machte klar: Sie brauchte starke Kräfte in ihrem Feldzug gegen Kreuzkamp, Kardinal und Papst.

Doch noch ehe ich ihr den Gefallen tun konnte, den gemütlichen lateinischen Singsang, in dem der Pastor gleichermaßen von Christi Geburt bis zum Jüngsten Gericht das Wort Gottes verkündete, zu verteidigen, kam mir Hanni zuvor.

»Jetzt könne mer doch wenigstens mal verstehen, wat die da vorne nuschele. All dä Hokuspokus. Isch denk, mir sind all Kinder Jottes. Dann solle die och su spresche, dat mer se versteht.«

»Ävver dat Lateinische is doch su schön«, sagte die Tante mit ungewöhnlich kleinlauter Stimme und sah mich hilfesuchend an. »Un wischtisch für alle anderen Sprachen. Rischtisch?«

Ihr so schnöde zu antworten wie in der Schule, brachte ich nicht übers Herz. Dort hatte ich schlichtweg behauptet, mir sei es schnuppe – Deutsch, Latein, Jesus habe sowieso Aramäisch gesprochen, wenn es eine Sprache Gottes gäbe, dann also diese. Das kleine Mädchen, das Latein einmal für die Sprache Gottes gehalten hatte, war tot. Was ging es Hilla Selberschuld an, dass der Stellvertreter Gottes auf Erden die Sprache seines Vorgesetzten einfach abschaffte?

Nicht nur die Augen der Tante, die Blicke aller waren auf mich gerichtet. Die Frauen wahrhaft erschüttert. Offenbar hatte Kreuzkamp die Neuerungen nur höchst unzulänglich erläutert; womöglich gefielen sie ihm selber nicht. Die Frauen brauchten Trost und Ermutigung. Was konnte ich ihnen schon sagen, die ich von Gott verlassen war in allen Sprachen, verlassen vom Gott meiner Kindertage, vom Gott der Kerzen, Fahnen und Prozessionen, vom Gott meiner Schulzeit, vor Gott der mittleren Reife, der Obersekunda, Unterprima, sogar in der Zeit mit Sigismund, des grünen Geistes und op dr Papp war Gott noch bei mir gewesen, hatte ich ihn noch gehört, wenn auch aus weiter Ferne, kaum verständlich, keine Wörter mehr, nur die Stimme, nur noch *dass*, nicht mehr *was* Gott sprach, war gewiss gewesen – doch vernommen hatte ich ihn, war, gleichgültig oder bockig, doch sein Kind geblieben –, bis zu jener Nacht. Schluckauf die einzige Antwort auf meine zahllosen Gegrüßetseistdu-Maria. Vielleicht hätte ich mich lieber ins Vaterunser flüchten sollen, direkt zu Gott, ohne den Umweg über eine Hilfskraft, Dienstmädchen Maria. Ich musste lächeln.

»Wat jibet denn da ze jrinse?«, empörte sich die Tante. Auch die Mutter sah mich erwartungsvoll an. Ich wusste, wie gern sie »Tantum ergo sacramentum« heraussang, ihre Stimme »mea culpa, mea culpa, mea maxima culpa« frei und zuversichtlich wie nie unterm Klingeln der Messdienerglöckchen. Hörte Kreuzkamps unerschütterliches »Dominus vobiscum« vom Altar, wenn er sich mit flatternd ausgebreiteten Armen der Gemeinde zuwandte; ihr tapferes »et cum spiritu tuo«, was mir als Kind wie ein Stoß in eine Fanfare oder Trompete geklungen hatte. Sah die Hand des Pastors das Kreuzzeichen schlagen, den Manipel siegreich wehen: »Ite missa est«, und die Stimme der Mutter froh und geborgen im Chor der Stimmen aller: »Deo gratias.« Vorbei.

Schon als kleines Mädchen hatte ich mir gern vorgestellt, wie überall auf der Welt fromme Münder ein »Deo gratias« formten, reuige Sünder ihr »mea culpa« murmelten, und »ego te absolvo« den ganzen Erdkreis reinwusch, von Sünden rein. Hatte mir vorgestellt, wie glücklich die von meinem Silberpapier getauften Heidenkinder das »Sanctus« sängen, »Hosianna« und »Kyrie eleison«, »Credo in unum Deum« von Sansibar bis Dondorf, Altstraße 2.

Vorbei.

Ich musste der Tante recht geben. Gott die Sprache Gottes zu nehmen: Das war ein Unglück. Mehr noch: Den Kindern Gottes die Sprache ihres Vaters zu nehmen, die Sprache, die ihnen allen gemeinsam gewesen war, von Grönland bis Südafrika, kam mir hier unterm Laubsägekreuz des Großvaters in der Küche, wo wir vor dem Fernseher auf den Knien gelegen hatten, als der Papst in der Sprache Gottes urbi et orbi den Segen spendete, dieser angebliche Fortschritt kam mir vor, als hätten die Stellvertreter Gottes auf Erden uns, die Kinder Gottes, beraubt und enterbt.

Aber war denn wirklich alles verloren?

»Soviel ich weiß«, sagte ich und machte eine bedeutungsvolle Pause. »Soviel ich weiß, kann die Messe auch noch auf Latein gefeiert werden. Vielleicht muss man da mal mit dem Kreuzkamp reden. Und mit dem Neuen, dem Kaplan, dem Vogel.«

»Dä Vogel, nie em Läwe mät da dat op Lating.« Ereiferte sich die Tante. »Dä hätt jo direk am nächste Tach ne Tisch rangeschleef, Deschdooch drop, un hätt jesät, dat wör dä neue Altar. Un weiß de wat?« Die Tante schüttelte sich, als hielte man ihr einen stinkenden Fisch unter die Nase. »Weiß de wat dä am Sonndach jesät hätt? Wie dä die Messe anjefangen hätt? ›Tach zesamme‹, hätt dä jesät. Tach zesamme! Met däm Rücken zum Kreuz. Dä driht dem leewe Jott dä Rögge zo.*«

»Tach zesamme?«, wiederholte ich perplex. Das war allerdings ein starkes Stück. Ich sah die Mutter an. Die sah in den Schoß, als hätte sie etwas ausgefressen, als hätte sie es verbrochen, dieses Tach zesamme, und sie wurde sogar etwas rot.

Hanni blies die Backen auf. »Waröm dann nit?«, gab sie trotzig zurück. »Waröm soll dä dann nit jröße? Un überhaupt: Latein oder Hochdeutsch. Ob de jetzt ›Pater noster‹ sachst oder ›Vater unser‹: Wenn dä liebe Jott disch verstehen will, dann versteht der disch sojar op Platt.«

Auch Hanni musste ich recht geben. Was spielte es für eine Rolle, ob Kreuzkamp die Gläubigen ins Auge fasste oder den

---

* Der dreht dem lieben Gott den Rücken zu.

Altar, Pater noster betete oder Vater unser: Ohne einen Platz im Herzen der Menschen war Gott im höchsten Dom und im reinsten Latein heimatlos, ein Niemand. Ich verstand die lingua Dei, die Sprache Gottes, Gott verstand ich nicht mehr.

»Das sind nur so Übertreibungen. Am Anfang«, hatte ich zu schlichten versucht. »Das spielt sich schon noch ein. Wir haben ja jetzt auch ein Wörtchen mehr mitzureden als vorher.« Und für die Tante noch hinzugefügt: »Jetzt kannst du auch mal vorn am Altar stehen und eine Lesung abhalten.«

»Wat? Och dat noch!«, entrüstete sie sich. »Dat solle die unger sesch usmache. Es doch klor, wer sesch do als widder opspellt*.«

»Jo«, sekundierte die Mutter. Dass sogar sie der Schwester zustimmte, unterstrich ihren Abscheu. »Dat es widder jet für die do owwe! Isch seh se schon do stonn, em Pelzjäcksche un Hötsche!«

»Waröm soll dä liebe Jott denn keine Spaß an nem neue Kostümsche vor dem Altar haben?«, stichelte Hanni. »Wat Hilla?«

»Jo, dä Vogel!«, giftete die Tante. »Dä lööf jo jitz sujar em Hemd eröm!«

»Waröm dann nit?«, gab Hanni mutwillig zurück. »Immer dat schwazze Zeusch un dat steife Kräjelsche. Hä es doch ne staatse Kääl!«, lenkte dann aber nach einem Blick auf die sich ins Pupurne verfärbende Mutter ein. »Jut, dat die Oma dat nit mehr mitkrischt.«

Tatsächlich hatte ich die Großmutter kaum eimal in der Pfarrkirche gesehen. Die Messe feierte sie werktags wie sonntags im Kapellchen, wo Pater Alerich, wenn er das Konzil überhaupt zur Kenntnis nahm, nichts davon in seinem Reich umsetzte. Er blieb, so, wie der Bruder und die beiden anderen Messdiener, bei seinem routiniert genuschelten Latein und wandte den Nonnen und der Großmutter auch weiterhin den Rücken zu und Gott sein Gesicht.

* aufspielt

»Lecko mio«, kicherte Hanni, »wenn die mal widder en de Kirsch kommt. Die denk doch jlatt, da hausen de Heiden, met däm Altar verkehrt erum. Un die Hostie kriejen wir nit mehr in de Mund, da müsse mir jetzt die Hand für aufhalten.« So, Hanni legte die Hände ineinander, dass sie eine Schale bildeten.

Die drei Frauen schüttelten den Kopf.

»Ja, wisst ihr denn auch warum?«, fragte ich, froh, doch noch ein paar Lesefrüchte beisteuern zu können. »Ganz früher«, begann ich, wann war das ganz früher? Keine Ahnung, schon vergessen, »also, bei den ersten Christen gab es nur die Handkommunion. Die geweihte Hostie, den Leib Christi, in die Hand. Jesus hat seine Apostel beim letzten Abendmahl ja auch nicht gefüttert.«

Die Tante räusperte sich, Hanni unterdrückte ein Grinsen.

»Aber dann«, fuhr ich fort, »wurde immer mehr Schindluder mit den Hostien getrieben.«

»Schindluder?«, fiel mir die Mutter ins Wort. »Schindluder?«

Es war nicht klar, ob sie das Wort nicht verstand oder die Sache, um die es ging.

»Ja, Schindluder«, sagte ich, »Hexerei. Hexer und Hexen, sagt man, trugen die Hostien nach Hause, um sie dort für ihre schwarzen Künste zu gebrauchen.«

»Wie dat dann?«, unterbrach die Tante begierig.

»Die Hostien wurden zerstoßen oder aufgeweicht und in Zaubertränke gemixt.«

»Um Jotteswillen!« Die Mutter schlug die Hände über dem Kopf zusammen.

»Und deshalb hat man auf dem Konzil von Triest, das war so im 5. Jahrhundert nach Christi, die Mundkommunion beschlossen.«

»Und jetzt wieder retour«, kommentierte Hanni, »zurück zum Abendmahl.«

»Richtig«, bestätigte ich. »Nicht alles ist so neu. Manches Neue ist eigentlich das ganz Alte.«

Die Frauen schwiegen.

»Aber singen«, die Stimme der Mutter klang verzagt, »singen«, sie schaute mich an, als hätte ich das letzte Wort in der Sache, »singen tun mir doch wie früher?«

»Ja, sischer dat«, sagte ich, fügte zur Bekräftigung sogar ein »Mama« dazu. »Jesungen wird sogar noch mehr.«

Wie aufs Stichwort klang es in diesem Augenblick aus dem Nachbarhaus »Meerstern, ich dich grüße«, das war Julchens Alt, »oho Maharihiaha hilf«, tremolierte Klärchen, und ich sah, dass die Mutter am liebsten mitgesungen hätte: Maria hilf uns all in diesem Jammertal. Stattdessen lächelte sie, nein, sie grinste mich fast ein bisschen frech an: »Die machen et rischtisch. Notfalls singen mir zu Hause. Dafür brauche mir kein Kirsch«.

»Rischtisch, Tante«, pflichtete Hanni ihr bei. »Hier muss et sitzen, hier, wat, Hilla? Hier jehört der hin, der da oben!« Aufmunternd nickte die Cousine dem Leichnam am Großvaterkreuz zu und streichelte ihre Brust, als kraule sie den lieben Gott darin wie ein kleines Kätzchen.

»Un wofür zahle mir dann noch Kirschensteuer?«, knurrte die Tante, »wenn mir auch alles selbs könne. Dann könne mir ja auch direk ze heim bliewe un bruche kein Kirsch mehr und keine Pastur!«

Weihnachten war der »Tisch« wieder weg. So einfach ist das mit den Dingen, dachte ich, der alte Zustand wiederhergestellt. »Sanctus« und »Credo« rauschten von der Empore, »Gloria in excelsis Deo« mit Orgel und Chor, pange, lingua, singe, Zunge, Kreuzkamp ließ den Manipel flattern und sang »Deo gratias«. Weihte Brot und Wein, und fides, der Glaube, schuf Corpus Christi, den Leib Christi, daraus, und die Gemeinde sang in seinen weihnachtlich bestickten Rücken die schönen alten Lieder auf Deutsch.

Ostern aber hatte der »Tisch« gesiegt. Die Frömmigkeit der Tante und aller, die fühlten wie sie, erlitt einen schweren Schlag. Weihnachten war der Altar zwar noch einmal genutzt worden, aber nur als Provisorium. Zu forsch hatte Kaplan Vogel den »Tisch« umkreist, zu weit ausgeholt bei seinen priesterlichen

Aktionen auf dem schmalen Streifen zwischen Tisch, Altar und Stufen. Vor den Augen der Gemeinde hatte dieser Engpass den Kaplan zu Fall gebracht, ins Straucheln und runter die Treppe bis an die Kommunionbank. Die Tante und ihresgleichen hatten darin einen Fingerzeig Gottes gesehen. Aber die neue Zeit war von Fingerzeigen nicht mehr aufzuhalten.

Mit der österlichen Auferstehung verschwand der Altar in der Versenkung; er hatte ausgedient. Als Ding blieb er stehen, schön und nutzlos, ein Kunstwerk, wie der Anfang eines Märchens: Es war einmal.

Doch was ging es mich überhaupt noch an, wo der Altar stand? Ob der Pastor mir den Rücken zukehrte? Ob er Latein sprach oder Deutsch oder Kisuaheli? Nicht ich hatte Gott, Gott hatte mir den Rücken zugekehrt. O Herr, ich bin nicht würdig, dass du eingehst unter mein Dach. So weit, so wahr. Aber sprich nur ein Wort, so wird meine Seele gesund. Ein Wort? Welches Wort? Das Wort von der Lichtung. Das Wort in der Kapsel. Das verbotene Wort. Ich hatte mir den Mund verboten, und ich hatte Gott den Mund verboten. Mein Haus verboten. Ich war für Gott verboten und Gott für mich. Ich hatte mich mir und allen verboten.

Die Neuerungen des Vaticanum II: für mich kein Thema für einen Schulaufsatz. Ich machte es mir leicht und speiste Rebmann mit seitenlangen Spitzfindigkeiten über »die gebildete Frau« ab.

Es war so weit. Die Reifeprüfungen standen bevor.

Rebmann ließ uns wählen zwischen den Themen:

»Skizzieren Sie die Situation, in der Iphigenie das *Parzenlied* spricht, deuten Sie es und zeigen Sie, dass es den eigentlichen Mittelpunkt des Goethe'schen Schauspiels darstellt.«

Oder:

»Nehmen Sie Stellung zu folgendem Satz: ›Wenn Macht den Menschen zum Hochmut führt, erinnert ihn die Dichtung an seine Grenzen.‹ John F. Kennedy vor Studenten des Amherst College in Massachusetts.«

Oder:

»Ihr amerikanischer Briefpartner bittet Sie um Stellungnahme zu einer Äußerung von Erich Fromm, der in der amerikanischen Massenillustrierten *LOOK* Folgendes geschrieben hat: ›Die deutsche Jugend ist völlig bildungslos, amoralisch und ohne Glauben. Ungeführt und bar jeglicher Motive ist sie den Verlockungen der Hysterie und der Absurdität ausgesetzt. Sie empfindet keinerlei Loyalität, weder gegenüber sich selbst noch gegenüber der Gesellschaft. Sie ist wahrhaft nihilistisch. Wir werden einst von ihr hören, und es werden keine guten Nachrichten sein.‹ Was würden Sie ihm antworten?«

Wer auch immer dieser Erich Fromm war: Diese Frechheiten würde ich ihm heimzahlen. Sah ich einmal von meinen empörten Ergüssen auf, fand ich alle Köpfe über die mit dem Schulstempel markierten Blätter gebeugt; keiner, der heute in den ziehenden Wolken vorm Fenster Zuflucht, Zeichen und Geistesblitze suchte, und ich war nicht die Einzige, die sich bei Rebmann frisches Papier holte. Sogar Bögen nachstempeln musste er. Die ganze Klasse, erzählte uns Rebmann später, habe dieses Thema gewählt. Wir waren schon von der Schule abgegangen, als im *Steinbock*, der Schülerzeitung, die kräftigsten Passagen einzelner Aufsätze abgedruckt wurden. Sogar der *Riesdorfer Anzeiger* brachte unter der Überschrift: *Unsere Jugend – Unsere Stärke* einen Artikel über den ersten Abiturjahrgang des Aufbaugymnasiums mit Zitaten.

Zwei Tage nach Rebmann diktierte Sellmer in seiner kurzen, kargen Art den Text für die Übersetzung aus dem Lateinischen; beiläufiger noch als gewöhnlich, so, dass man mehr noch als sonst die Ohren spitzen musste, aber mit gewohnt überdeutlicher Artikulation nahezu jeden Buchstabens. Eine absurde

Geschichte aus dem 15. Jahrhundert, die manchen aufs Glatteis führte. Es ging um Schiffe auf dem Rhein, und es brannte. Ich vertraute der Grammatik, ließ den Rhein und nicht die Schiffe in Flammen stehen. Und lag richtig.

Mit Deutsch und Latein war die erste Prüfungswoche zu Ende. Sonntags im Holzstall hielt ich den Kopf über Formelsammlungen, als könnte ich sie inhalieren. Montags lag die gelbgraue, fettig glänzende DIN-A4-Matrize, blaulila gezeichnet, auf unseren Plätzen. Lag das Unheil vor mir.

»Jedes Spiel ein Treffer!«, war die hämische Überschrift. Und so ging es weiter. »Auf einem Schulfest wird ein Glücksrad aufgestellt, wobei die zu gewinnenden Preise mit den entsprechenden Wahrscheinlichkeiten aus der Darstellung zu ersehen sind. Stellen Sie die Wahrscheinlichkeitstabelle und ein Histogramm für die Wahrscheinlichkeitsfunktion beim einmaligen Drehen des Glücksrads dar!«

Zwei weitere Zettel boten Alternativen, die ich ebenso wenig begriff. Um Rotgrünblindheit ging es, acht Prozent aller europäischen Männer litten angeblich daran, und man wollte wissen, wie viele Frauen rotgrünblind sind, wenn die Krankheit x-chromosomal vererbt wird. Woher sollte ich das wissen? Woher sollte ich wissen, wie viele der achtunddreißig Schüler und drei Schülerinnen der Abiturklassen vom Ambach und Humboldt rotgrünblind sein könnten? Und vererben könnten wir das auch noch. So ähnlich gab's das Gleiche noch mal mit taubstumm.

Niederschmetternd war das! Schlimmer, als alles, was Meyer uns je zuvor an Geschichten aufgetischt hatte. Glücksspiel! Rotgrünblind! Taubstumm! Und dann diese Anbiederung an das gewöhnliche Leben. Glücksrad und Schulfest. Das Fest der katholischen Landjugend. Die Tombola, das weiße Kaninchen. Ich griff zum nächsten Zettel. Irgendwas mit Straßenbau.

»Ist Ihnen nicht gut?«, fragte Meyer. »Denken Sie doch an die letzte Hausarbeit. Alles eine Sache der Wahrscheinlichkeit.«

Ich wusste, das durfte er nicht, er baute mir eine Eselsbrücke. Aber was war das: die letzte Hausarbeit, die letzte Chance, die letzte Straßenbahn war weg. Sollte man doch vom Ort A am Festland eine geradlinige Straßenverbindung zu einem Ort D auf einer vorgelagerten Insel bauen, sollte man doch eine Brücke bauen zwischen B und C, wenn's nicht anders ging. Was hatte ich damit zu schaffen? Woher sollte ich wissen, wie hoch die voraussichtlichen Baukosten sind, wenn man für einen Kilometer Straße fünfunddreißig Millionen und für einen Kilometer Brücke zweihundertzwanzig Millionen veranschlagt?

Ich wusste es nicht.

Blieb die letzte Aufgabe, die auf Heucheleien von Lebensnähe verzichtete. Eine Formel, wie sie dastand, hatte ich im Kopf. Irgendwo eingeprägt in einen weichen Hirnlappen. Wenigstens ungefähr.

Zu ungefähr. Es genügte nicht. Also: mündliche Prüfung. Rebmann hatte mich schriftlich aufgefordert, im Kleid, jedenfalls im Rock, zur Prüfung zu erscheinen. Anweisung von ganz oben, sagte er, als er mir das Papier weiterreichte. Sah mich an und hob die Hände, und einen Augenblick lang glaubte ich, er wolle sie mir auf den Kopf legen.

Wieder nähte mir Hilde aus zwei Kleidern Hannis ein neues. Rot-schwarzer Pepitawollstoff fürs Oberteil, schwarzer Samt für Ärmel und Rock. Sehr zum Ärger Hildes, die auf ihre Verwandlung zweier alter in ein neues Kleid stolz war, mit Recht, wie ich zugeben musste, sehr zu ihrem Ärger bestand ich auf einer Rocklänge weit unterm Knie, was ihre Bemühungen um jeglichen Pli, wie sie es nannte, zunichtemachte.

»Amo, amas, amat«, stupste mich Bertram an der Haustür zum Abschied in die Rippen und stutzte entgeistert: »Hast du denn keine anderen Schuhe?«

Doch, hatte ich, wenn ich auch seit der Lichtung nur noch derbe Schnürschuhe trug, was unter den schlabbrigen Hosen auch nicht weiter auffiel. Heute aber trug ich – der Rock war mir noch immer zu kurz erschienen – meine Gummistiefel, am Abend vorher mit Spucke und Wichse auf Lack poliert, und so stapfte ich an diesem letzten Montag im April aus dem Haus und vor die Prüfungskommission im kleinen Festsaal des Ambach-Gymnasiums.

Wer zur Nachprüfung musste, trug das Stigma potentiellen Versagens. Auch Oberprimaner vom Ambach-Gymnasium saßen hier, in Anzügen, Krawatten, machten faule Witze und beäugten meine Stiefel.

Sellmer holte mich ab. »Praetorianae sumus«, flüsterte er mir auf der Treppe zu, bevor er seinen Platz bei den Lehrern wieder einnahm. Da saßen sie, das gesamte Kollegium, die meisten kannte ich nur vom Sehen. Festtäglich gekleidet wie ihre Prüflinge. Mit bebenden Wangen nickte mir Meyerlein aus der ersten Reihe so heftig zu, als wolle er jedwede Falle verscheuchen. Rebmann hielt seinen rechten Arm in einem spitzen Winkel vor der Brust wie die Amerikaner bei ihrer Hymne. Neben ihm ein Mann, den ich noch nie gesehen hatte. Oberschulrat Dr. Arwed Hohenlocher, so stand es unter dem Schreiben, das mir einen Rock zu tragen befohlen hatte. Von diesem ältlichen, hageren Mann, der vom Direktor mit ausgesuchter Liebenswürdigkeit behandelt wurde, ging eine machtvolle, unbestechliche, kalte Gerechtigkeit aus, die nicht nur meine Hände feucht werden ließ, sondern offenbar auch das Lehrerkollegium in den Stand von Prüflingen versetzte. Lehrer und Schüler in einer, des Oberschulrats Hand, seinem Urteil ausgeliefert, seinen blauen Augen in Goldrandfassung, seinem kühlen blaugoldenen Blick.

Die Formel stand an der Tafel. Sie kam mir bekannt vor. Das beruhigte mich ein wenig, wenn ich auch wusste, dass ich im Bestreben, das Übel an der Wurzel zu packen, raus damit und weg damit, nur allzu gern zusammenzwang, was nicht zusammengehörte. Diese aber hatte ich in meinem Kopfregal mit der deutlichen Aufschrift »Integral« parat. Die Formel stand an der Tafel und ich davor, und mir schoss durch den Kopf, wie man das wohl rechnen müsse, mein Kleid, war das nun aus zwei alten Kleidern ein neues Kleid oder ein doppelt altes? Und dass ein Kleid vom Leid nur ein Buchstabe trennte. Ich suchte Meyerleins Blick, der jedoch neigte seinen Kopf zur Seite und dem Oberschulrat zu; nickte, so gut es sein kaum vorhandener Hals zuließ, er sah widerwillig, beinah verzweifelt aus, und der Oberschulrat hörte zu tuscheln auf und erhob sich. Meyers erhitztes Gesicht verfärbte sich auf Nase und Wangenknochen ins Violette.

Eine Formel murmelnd trat der Oberschulrat auf mich zu, ließ mir nicht einmal Zeit zu denken, dass er sich nach meinem *Einmaleins* zunächst einmal hätte vorstellen müssen, vielmehr schoss er seine Frage gleich ab. »Wie erklären Sie sich diese Oberfläche einer Kugelhaube?«

Dr. Arwed Hohenlocher hatte ein langes, zerknittertes Gesicht mit einem zurückweichenden Kinn und einem Mund, der sich in ständiger übelwollender Bewegung zu einem O zusammenzog. Noch eine Spur gediegener als das Kollegium war er gekleidet, und seine Aussprache stellte selbst Rebmanns Mundgymnastik bei den Sprechübungen in den Schatten. Allerfeinstes Hochdeutsch, das sich seinem gedrechselten Äußeren bis in Brille und Haarschnitt anpasste. Er roch wie vor Jahren der Prokurist; ich glaubte, seine laue Hand im Nacken zu fühlen.

»Nun, wie erklären Sie sich dieses Mäntelchen?«, drängte der Oberschulrat scherzhaft, und jetzt nahm ich noch einen anderen Geruch wahr, den die Pomade nur unvollkommen überdeckte. Juchten, Pinie und Moschus lagen wie eine Glasur über dem Körper des Prüfers, eine dünne Glasur mit feinen Sprüngen, durch die es bitterstreng aufstieg, ranzig und roh, wie es vor Jahren aus der Haut des Vaters getrieben war, bevor er nach seinem Gürtel gegriffen hatte.

»Bitte, Fräulein Palm.« Seine Hand, die mir die Kreide reichte, war tadellos gepflegt, eine im Gegensatz zu der dürren Gestalt eher fleischige Hand, auf der sich blassblaue Adern durchdrückten und helle Härchen über ersten Altersflecken schimmerten. Die Manschette scharf gebügelt, Manschettenknöpfe, Tigerauge, silbern gefasst. Gleich würde der Wagen halten, zwei Gestalten würden einsteigen, mich packen, die Lippen, die Knie auseinanderzwingen, ich versuchte, in meinen Speicher zu flüchten, zum Vorrat meiner Formeln, Regeln und Gesetze.

»Schreiben Sie«, fuhr die Stimme des Oberschulrats fort, wie der Wagen fortgefahren war, immer weiter fort, meine Hand an der Tafel, die Kreide zittrig gegen die Schiefer klappernd, der Wagen von der Straße abbiegend, hinein in den Wald.

»Ts, ts, ts«, hörte ich die Zunge des Oberschulrats in meinem Rücken, ts, ts, ts, als hätte er kleine Peitschen unter der Zunge.

Schließlich stand die zweite Formel da, aber ich war weit weg, ich, Hilla Selberschuld, war bei den schwankenden Goldruten, war im grünen Gras, im roten Gras, und was von mir hier vor der Tafel stand, musste kämpfen, überhaupt stehen zu bleiben, auf den Beinen zu bleiben, so zu tun, als löse es eine Mathematikaufgabe, eine Reifeprüfungsaufgabe an der Tafel im kleinen Festsaal vor den Augen des Oberschulrats, nur jetzt nicht umfallen, die Kreide fest in der Hand und an die Tafel, so was hatte ich doch schon mal gesehen, so was hatte ich doch im Kopf, so ein Vx = phi durch 3 mal h hoch 2 mal (3r-h), das konnte doch, oder Vx = phi mal 3 durch h hoch 2 mal (3r-h) oder so ähnlich, und so oder so ähnlich kratzte ich es an die Tafel.

Der Oberschulrat bedankte sich, zupfte seine Manschetten aus dem Ärmel, bis sie weiß und hart herausragten, und stauchte sie wieder zurück. Meyer schaute zu Boden, und ich stapfte auf heiß und feucht geschwollenen Füßen zur Tür.

Dann saß ich, Hilla Selberschuld, im Holzstall und las abwechselnd in Godehards Steinebuch und im Mathematikbuch, versuchte, Formeln in Steine zu verwandeln, als Hilla Palm durch die Tür hereinkam im lila Kleid mit Tellerrock und schwarzen Punkten, Nylonstrümpfen und Pumps, so hübsch und sauber sah sie aus, und ich, Hilla Selberschuld, saß da im schlampigen Pulli und sagte: Hilla, wie siehst du so schön aus. Wir haben uns so lange nicht gesehen. Seit der Nacht auf der Lichtung ist so viel Zeit vergangen.

Aber die alte Hilla sah mich nur scheu und sehnsüchtig an, und ich wusste nicht, was ich weiter sagen sollte. Ich wollte auf keinen Fall, dass sie ging, also lud ich sie ein, mit mir in das Steinebuch zu schauen. Doch sie schloss die Augen, schüttelte den Kopf, rang die Hände und begann leise zu wimmern oder zu flüstern. Ich konnte nicht verstehen, was die alte Hilla, die schöne Hilla, mir sagen wollte, doch ich holte sie in den Stall hinein und drückte sie an mich. Bitte, Hilla, bleib, du gehörst zu mir, lass mich nicht allein. Aber sie zog sich langsam aus meiner Umarmung, vielmehr schmolz sie in meinen Armen zu nichts, und ich hielt nur meinen Pulli umklammert und weinte im Traum auf die kratzige Wolle.

Doch mein Gesicht war trocken, als Bertram mich rüttelte und fragte, was mir denn fehle, ich hätte gewinselt wie vor Jahren unsere Katze unter der Bahn.

Zahlen waren mir, so weit ich zurückdenken konnte, nur als Ausdruck des Mangels, der Not und des Streits begegnet. Zu Hause rechnete man mit dem Pfennig. Dem Pfennig, der fehlte. Um den Pfennig, der fehlte, wurde gefeilscht. Freitags zählte der Vater der Mutter den Inhalt der Lohntüte auf den Tisch; das Geld wurde eingeteilt, und es war immer zu wenig. Nicht ein Mal, Meyerlein hatte das mit resigniertem Spott festgestellt, hätte ich mich in all seinen Stunden nach unten verrechnet, in die geringere Summe. Immer hatte mein Ergebnis die korrekte Lösung um Etliches überboten. Es half nichts. Mein Notendurchschnitt im Abiturzeugnis wurde durch die Mathematik so verunstaltet, dass es für die Studienstiftung nicht reichte. Die verhassten Zahlen und ihre hinterhältigen Kombattanten, die ganze Bagage der entarteten Buchstaben, hielten mich bei de ärme Lück. Beim Honnefer Modell. Dem Nachweis der Bedürftigkeit.

Rebmann steckte mir bei der Abiturfeier eine Karte zu. Ich wusste, er hielt nicht viel von den Romantikern. Und doch. »Novalis« stand da, in Rebmanns nachlässiger Handschrift:

»Wenn nicht mehr Zahlen und Figuren
Sind Schlüssel aller Kreaturen.
Wenn die so singen, oder küssen,
Mehr als die Tiefgelehrten wissen,
Wenn sich die Welt ins freie Leben
Und in die Welt wird zurückgegeben,
Wenn dann sich wieder Licht und Schatten
Zu echter Klarheit wieder gatten,
Und man in Märchen und Gedichten
Erkennt die ew'gen Weltgeschichten,
Dann fliegt vor Einem geheimen Wort
Das ganze verkehrte Wesen fort.«

Das »geheime Wort«? Novalis hatte gut reden.

Die meisten waren mit ihren Eltern da. Bei mir zu Hause wusste nur Bertram Bescheid. Ich war allein und froh, von allen wegzukommen. Verstohlen schaute ich mich auf dem Schulhof um. Hier hatte Godehard einmal gestanden. Mein erster Bildband. Meine kleine Frau.

Ich klemmte mein Reifezeugnis unter den Arm und ging schneller. Seit der Nacht auf der Lichtung war ich nicht mehr bei Buche gewesen. Wenigstens verabschieden wollte ich mich von ihm.

Schon von weitem kam mir irgendetwas anders vor. Die Kisten. Was war mir den Kisten geschehen? Nur bei Regenwetter ließ Buche sie im Laden. Heute schien die Sonne, mildes Aprilwetter, Kistenwetter. Ich schaute auf die Uhr, Godehard-Uhr, aber Buche schloss den Laden nicht über Mittag, oder doch, vielleicht war das neu, und er schloss den Laden nun über Mittag; wird doch nicht krank sein, der Buche, dass er den Laden über Mittag schließt, die letzten Meter zum Buchladen legte ich fast im Laufschritt zurück.

Das kleine schwarze Metallschild mit der gelben Eule, kaum größer als eine Hausnummer, winkte mir wie eh und je entgegen. »Buch Bücher Buche«, das Spruchband war weg, und was darunter gelegen hatte, Neuerscheinungen, Antiquarisches, Gesamtausgaben, alles weg. Dafür lag da »Was Frauen schöner macht«, »Badefreuden mit Triumph«, »Weibliches Geheimnis«, so die Plakate zwischen Büstenhaltern, Nachthemden, Strumpfgürteln, Bikinis. Die staubige Dämmerung des Bücherraums mit den hohen, dunklen Holzregalen war weißem Schleiflack und rosa-goldenen Leisten unter gleißenden Glühbirnen gewichen. Ein Auto bremste, fuhr weiter, eine Krähe flatterte auf, ließ sich auf dem Eulenschild nieder. Sie sei nur die Verkäuferin, sagte das Mädchen im Laden auf meine Frage gelangweilt; einen Herrn Buche kenne sie nicht. Von Büchern hier wisse sie nichts.

Zu spät. Vorbei.

Obwohl noch früh im Jahr, war es heiß wie im Sommer der Lichtung. Hochwasser hatte den Rhein anschwellen lassen, ein träger Wasserdrache wälzte sich in die Kurve an der Rhenania.

Nah bei der Großvaterweide stand ich und hielt einen Stein umklammert. Ein Buchstein, ein Wutstein? Er ließ sich nicht durchschauen. Mit einer trotzigen Bewegung warf ich den Kiesel von mir, gerade so weit, dass er im seichten Wasser aufschlug. Mein Platz in der Wirklichkeit war sicher. Morgen würde ich mit dem Bus am Holtschlösschen vorbei nach Großenfeld fahren, Endstation. Was war schon dabei am helllichten Tag, und weiter mit dem Zug. Köln-Hauptbahnhof. Nichts Besonderes würde das von nun an sein, tagtäglich würde ich, stud. phil. Hilla Palm, in den Zug steigen, die Bahn: Universität.

Der Wind blies warm aus dem Westen, vom anderen Ufer herüber, bauschte die Weiden auf, schwang sie wie Reifröcke adliger Damen. Sie hätten in meinen *Schönen Tagen* gut zu den Palmen gepasst.

Ich schlüpfte aus der Sandale, stocherte barfuß zwischen den Steinen, krallte ein längliches Oval mit den Zehen und ließ es mit einem Hüpfer in meine Hand fallen, das hatte ich mir bei meinen langen Spaziergängen beigebracht.

Monika hatte das Kunststück ein paarmal kichernd bewundert, doch seit der Lichtung war sie nicht mehr bei mir gewesen. Auf dem Cäcilienfest hatte sie sich verliebt, Psychologiestudent; sie würde ihm nach Freiburg folgen, sich verloben. Verloben würden sich auch Erika und Helga, beide hatten ihre Lehren abgeschlossen, waren Einzelhandelskaufmannsgehilfin und Friseurin, das alles erzählte mir die Mutter in einem Tonfall, als berichte sie einer Niete vom großen Los. Helga ging mit Emil, er war Dreher. Peter Benders Hochzeit trieb ihr die Tränen in die Augen.

Ich wog den Stein in der Hand. Kein Gesicht stieg auf, kein gutes, kein böses, kein geliebtes, kein verhasstes. Was mochte mich morgen in der Albertus-Magnus-Universität in Köln erwarten? Albertus Magnus, ich hatte es nachgeschlagen, Dominikaner, Aristoteles-Kenner, vor allem aber bewandert in der Botanik, der Physik und Mechanik, ein Doctor universalis, auch der Alchemie nicht abhold, mitunter sogar der Zauberei verdächtigt. Mohren fiel mir ein. Die verbrannten Bücher.

Eine Mundharmonika ließ mich zusammenfahren. »Alles neu macht der Mai.« Der Bruder hatte sich unbemerkt herangemacht. Er war stämmig geworden seit dem letzten Jahr und einen Kopf größer als ich.

»Amo, amas, amat! Suchst du noch immer den lapis philosophorum? Den Stein der Weisen?«

»Und du? Habt ihr denn heute kein Training? Ich meine, ich hätt den Manni auf dem Platz gesehen, der stand schon im Tor, als ich vorbeikam.«

Eine Weile hatte Bertram Korbball gespielt, Fußball, das sei doch nichts für einen Obersekundaner vom Möllerather Schlossgymnasium, hatte sein Sportlehrer gemeint. Jetzt machte er wieder den Libero in der Dondorfer Jugendmannschaft.

»Doch«, druckste Bertram. Und dann: »Has de denn gar keine Angst?«

»Angst? Wovor denn? Ich geh doch schon immer allein hierher.« Hatte er wieder einen Stein für mich?

Bertram wandte sich ab.

»Ich«, er zögerte, »ich wollt nur mal sehen, wie es dir geht. Wegen morgen. Da gehst du doch ganz allein hin. Wirklich keine Angst?«

»Na, hör mal«, versuchte ich noch einmal, einer Antwort auszuweichen. »Wovor denn? Vor dem Käppes?« Käppes war der Schaffner, der seinen Unmut über »dat Hondeläwe«, damit meinte er seine missratene Ehe, gern an den Fahrschülern ausließ.

»Ach, Hilla.« Der Bruder schwieg. Und dann platzte er heraus: »Has de denn gar keine Freundin mehr? Die Monika ist schon lang nicht mehr gekommen. Und du warst auch nicht mehr bei der zu Haus.«

»Ja, weißt du, ja, also, die Monika ist ja auch schon bald verlobt.«

Der Bruder stutzte: »Aber das ist doch kein Grund ...«

»Ja, und dann haben wir uns ja auch immer in der Schule gesehen.«

»Das ist doch wirklich was anderes«, wandte Bertram ungeduldig ein. »Und Jungen siehst du auch keine mehr. Seit dem Godehard. Der von dem Schulzahnarzt zählt ja wohl nicht.« Der Bruder stieß das Vorderrad ein paarmal zwischen den Sand, dass die Körner stoben. »Hat der dir denn überhaupt noch mal geschrieben, seit der weg ist?«

»Nö«, sagte ich kurz angebunden.

»Und lesen tust du auch immer nur dasselbe. Immer nur dieses Blumenbuch. Steine. Und die alten Römer.«

»Bertram!« Ich musste ein nervöses Lachen zurückhalten. »Abends bin ich zu müde für etwas anderes.«

»Warst du sonst doch auch nicht«, gab der Bruder unsicher zurück. »Frag ich mich nur, warum du dann Germanistik studierst. Da muss de doch mindestens wieder so viel lesen wie früher.«

»Was denn sonst«, gab ich unwirsch zurück. »Da hab ich die besten Noten. Und Geschichte und Latein.« Dass ich mir schon das Richtige aussuchen würde, nicht gerade Gedichte und Dramen um Liebe und Tod, fügte ich im Kopf hinzu. Lesen ohne zu fühlen, einfach Wörter fressen, Wissen anhäufen, hatte ich seit der Lichtung längst begonnen.

»Und dann«, wieder rammte Bertram den Vorderreifen in den Sand, »lässt dich der Kreuzkamp fragen, warum er dich nicht mehr in der Kirche sieht. Und zum Beichten bist du auch schon lange nicht mehr gekommen, sagt der.«

Wie hätte ich auch. Was hätte ich denn sagen sollen? Im Beichtspiegel gab es dafür kein Wort. Durch meine Schuld, durch meine Schuld, durch meine übergroße Schuld. Hatte ich gesündigt? Konnte ein Opfer sündigen? Ich wollte kein Opfer sein. Lieber in der Sünde leben, der Schuld, als in der Niederlage, der Erniedrigung, in der Demütigung. Dennoch: Wie damals in der Zeit mit Sigismund war ich nach Strauberg gefahren, in die kleine Kirche am Rhein, wo mich niemand kannte. Doch als ich an der Reihe war, die Knie schon gebeugt hinter dem lilasamtenen Vorhang, war mir aus dem Beichtstuhl die Verdammnis entgegengeschlagen – und ich war auf und davon gesprungen.

Ich warf den Kopf in den Nacken. »Beichten?« Ich versuchte, meiner dünnen Stimme einen wegwerfenden Klang zu geben. »Was soll ich denn schon beichten? Passiert doch nix.«

Bertram hielt sein Rad wieder lässig mit einer Hand in der Mitte des Lenkers und setzte die Mundharmonika an, und mir war, als ginge der Großvater neben mir her und führte das Lied die altersdünnen Lippen entlang. Der Bruder schien erleichtert, seine Mission beendet zu haben, fuhr die Tonleitern hinauf und hinunter, und dann legte er los: »It's been a hard day's night« kam es von Großvaters Mundharmonika, die so oft *Maria zu lieben* oder *Meerstern, ich dich grüße* herausgeblasen hatte und jetzt »and I've been working like a dohohog«. Der Bruder schnappte nach den Tönen, hastete die Lippen über den Metallsteg, als könne er diesem handgroßen Metallstück weit mehr entlocken als ein paar Lieder. Ich blieb stehen. Bertram nahm die Harmonika vom Mund. Wie still es war. Nur der Wind in den Weiden, im Schilf, auf den Wellen ganz sacht. Bertram steckte die Mundharmonika zurück in die Hosentasche. Ich sah ihn ungeduldig an. Doch der Bruder hielt den Kopf gesenkt und machte keine Anstalten, aufzusteigen. Legte meine Hand auf die Lenkstange und die seine darüber.

»Du musst keine Angst haben«, sagte er und schloss meine Hand um den kühlen Stahl, ehe ich sie wegziehen konnte. »Denk an den Opa. Weißt du noch, wie er uns hier aus den Buchsteinen vorgelesen hat?«

Bertram blieb stehen, lehnte sein Rad an die Großvaterweide.

»Hier«, er bückte sich, hob einen Stein auf und wischte ihn am Hosenbein blank. »Lapides librorum boni sunt. Buchsteine sind gut. Lapides quoque furoris sunt. Wutsteine auch. Et lapides ridentes. Und Lachsteine. Obwohl du ja gar nicht mehr so viel lachst wie früher. Eigentlich lachst du ja überhaupt nicht mehr. Fast so wie die Mama und der Papa. Aber das«, Bertram öffnete die Hand, »das hier ist noch was Besseres: hier.« Bertram ließ den Stein ein paarmal in den Handflächen hüpfen. »Vide! Lapidem optandi. Das hier ist ein Wunschstein.«

Ich sah den Bruder aus den Augenwinkeln an. Buchstein, Wutstein, Lachstein, Wunschstein – das war doch was für kleine Kinder. Daran änderte auch Latein nichts.

»Bei mir hat das schon oft geholfen«, sagte Bertram ernsthaft nickend, »du musst nur daran glauben.«

Ich nahm dem Bruder den Stein aus der Hand. »Vielleicht sollte ich ihn lapis voluntatis, Willstein, taufen«.

»Wunschstein, Willstein, sag, was du willst, was zählt, ist der Glaube. Fides, fidei, femininum. Lapis fidei. Steht doch schon in der Bibel: ›Surge, vade, quia fides tua te salvum fecit.‹«

Ich seufzte: »›Steh auf und geh. Dein Glaube hat dich gesund gemacht.‹ Wenn's so einfach wär.«

Bertram hielt meine Hand wieder fest. Mit dem Stein in der einen, den Bruder an der anderen Hand ging ich näher ans Wasser. Dein Glaube hat dich gesund gemacht. Ein Schleppkahn, rostgefleckt und kohleschwer, tutete, Wellen schwappten, wir sprangen beiseite und ließen uns los. In einem großen Bogen musste die Fähre, die Piwipp, ausweichen, die wenigen Passagiere klammerten sich an die Reling.

»Komm«, sagte ich und steckte den Stein in die Hosentasche, »nimm das Fahrrad mit, beeil dich. Wir fahren rüber.«

»Rüber? Wo, rüber?«

»Ja, mit der Piwipp. Rüber. Nun komm schon.«

Ich tastete nach dem Stein und den Münzen, die ich vom Kauf meiner Monatskarte übrigbehalten hatte. Zwei Fünfzigpfennigstücke und eine Mark.

Fischers Pitter, der Fährmann, schmunzelte: »Ihr seid doch de Kinder vom Rüpplis Maria, ihr seid ja wohl noch keine vierzehn, da zahlt ihr halb.«

Aber das Abenteuer war ganz und groß, und ich wusste nicht, was ich mehr genoss: einfach Geld auszugeben, für etwas, das nicht nützlich war, bloßes Vergnügen, also Verschwendung, also Verbotenes, oder dass ich allein war mit dem Bruder auf der Piwipp, im Strom, auf dem Rücken von Vater Rhein, glitzernd über Millionen von Wünschen, Wunschsteinen, Willsteinen, sinnvoll alles, als hielte man die Wirklichkeit wie ein Blatt Papier übers Feuer, ins Licht, Wörter in unsichtbarer Tinte treten hervor, und sichtbar wird die geheime Schrift und ihr Sinn. Lapis fidei. Ich umklammerte die Reling, schon einmal hatte ich dieses Schwanken gefühlt, dieses Behagen einer schaukelnden Hängematte, damals, als ich mit dem Vater im Kaufhof Russisch Ei gegessen und Bier getrunken hatte, jeder ein ganzes für sich allein. Wie auf hoher See war das gewesen, zweimal weg von Dondorf und nie wieder zurück.

»Träumst du?« Bertram gab mir einen liebevollen Rippenstoß.

Ja, ich war noch da, und was ich sah und hörte, gefiel mir. Fischers Pitter zog die Leine, es bimmelte, Krähen flatterten aus dem Ufergras am Anleger in die Pappeln, die Fähre schlingerte dem Steg entgegen, Möwen schwärmten hinter uns her. Auf der Terrassenmauer, die zum Strom hin steil abfiel, saß eine schwarzweiße Katze in der Sonne. Als das Boot anlegte, blieb sie sitzen, zusammengeknäult, und sah uns regungslos an aus ihren schmalen senkrechten Katzenpupillen, geschlitzte Linsen, zwei scharf gewetzte Krallen im Kopf, die noch vor dem tödlichen Sprung den Feind zerfetzen.

Der Wirt von Haus Piwipp hatte schon ein paar Stühle herausgestellt; noch lehnten sie zugeklappt an den grünlackierten Tischen. Vor dem weißgestrichenen Gasthof kreiselten erste Mückenschwärme in den abgeblühten Forsythien, Tische und Kies waren vom seidenleichten Gewöll der Pappelsamen bedeckt.

»Was meinst du, Bertram? Wie wär's mit ner Cola?«

»Im Ernst?«, fragte er und pfiff durch die Zähne, normalerweise für die Leistung des Torwarts bei gehaltenem Elfer reserviert.

Ich war schon auf einen der Tische zugesteuert, Bertram stellte sein Fahrrad in den Ständer. Wann war ich zuletzt mit dem Bruder in einem Lokal gewesen? Allein, ohne Eltern, Onkel oder Tanten? Im Café Haase musste das gewesen sein, wo wir ganze Nachmittage an einer Cola genuckelt hatten, vor dem Fernseher und den Olympischen Spielen; ich in ständiger Erwartung von Sigismund.

Die Luft war klar; mühelos konnte man auf die Seite gegenüber sehen, den Kiesstrand am anderen Ufer, die Schnur der Pappeln, die Großvaterweide, das Schilf und den gewundenen Pfad hinauf auf den Damm. Dahinter schimmerten das Dach der Reithalle und die blühenden Obstbäume in den Kämpen, und auf dem Kirchberg streiften Sonnenstrahlen den Wetterhahn überm Turm.

So manche da drüben hatte ich schon verlassen, so viele, die ich noch verlassen würde. Ich tastete nach der Hand des Bruders. Eine leichte Brise strich durch die Sträucher, fuhr uns durchs Haar. Ich fröstelte.

»Ist dir kalt?«, fragte Bertram. Ich schüttelte den Kopf und schob den Strohhalm tiefer in die Cola.

»Aber du hast kalte Hände.«

»Hab ich doch immer.«

»Denk an morgen«, sagte Bertram. »Da musst du fit sein. Ich wink schon mal der Fähre.«

»Mach das.« Ich legte die Mark auf den Tisch und folgte ihm.

In den Büschen am Ufer hatten sich die Spatzen schon lärmend für die Nacht versammelt. Die Katze war weg.

»Du, hör mal«, sagte Bertram. Ein Vogel sang, eine kurze Folge harmonischer Doppelnoten, sich beständig wiederholend wie eine Endlosschleife, Möbius-Schleife, höher und höher aufsteigend und in einem abrupten Schnörkel endend. Über dem Wasser stießen die Möwen Schreie aus, die wie ein Abschiedsgruß klangen.

»Omnia bona sunt. Alles ist gut«, hörte ich mich plötzlich sagen. Ich horchte den Wörtern nach, als hätte eine andere sie gesprochen. Sie sollten recht behalten. Dafür würde ich alles tun.

Ich fasste nach dem Stein in meiner Hosentasche, dem Willstein. Und bog mir noch einmal Goethe zurecht: Es gibt kein Vergangenes, das man zurückfürchten dürfte, es gibt nur ein ewig Neues, das sich aus den überwundenen bösen Elementen des Vergangenen gestaltet, und die echte Sehnsucht muss stets produktiv sein, ein neues Bessres zu schaffen.

»Lommer jonn«, sagte Bertram, griff in die Luft, rieb sie zwischen den Fingern und lachte mich an: »Eamus!«

Sie standen am Gartentor und sahen mir nach. Sogar der Vater. Die Mutter im Kittel, die Großmutter ohne Schürze, ließen die Arme hängen und sahen geradeaus, als würden sie photographiert. Ich drehte mich noch einmal um, der Bruder hob den Arm, ließ ihn mitten in der Bewegung sinken. Der Vater wandte sich ab, stieg aufs Fahrrad und fuhr an mir vorbei zur Fabrik. Wie klein er aussah, schmächtig, verbraucht; abgetragen wie seine Anzugjacke über dem Blaumann. War das der Mann, vor dem ich einmal gezittert hatte? Einen Augenblick lang glaubte ich, die Straßenbahn hinter mir in die Kurve kreischen zu hören, aber die fuhr ja nicht mehr. War durch Busse ersetzt worden, der letzte Wagen nach Bremerhaven verkauft, ans Meer, und mir war, als hätte sich mit der Bahn auch die Lichtung ein Stück weiter aus meinem Leben entfernt.

Ich rannte los, mein erster Tag an der Uni, der nächste Zug wäre zu spät. Vorbei an Piepers Eck rannte ich, wo Veronika den Platz vor der alten Linde fegte und mir »Alles Jute« nachrief, vorbei am Gänsemännchenbrunnen, der zwischen frischgepflanzten Begonien im Buchsbaumrondell plätscherte. Schüler fuhren erst später, nur ein paar Frauen und Männer, wohl auf dem Weg zur Großenfelder Tubenfabrik, stiegen mit verschlafenen Gesichtern neben mir ein und zeigten gleichgültig ihre Dauerkarten, die der Fahrer ebenso teilnahmslos übersah. Aus den müden Augen einer Frau, mager, graue Fäden im kurzgeschnittenen Haar, schien mich Maria anzusehen.

Im Zug fand ich einen Platz am Fenster, und mir war, als flögen alle, die mir am Törchen nachgewunken hatten, von mir weg, mit jeder Umdrehung der Räder, jedem Rumpeln der Achsen ein Stück weiter, davon flog mein Ich aus dem Holzstall hinterm Hühnerstall, mein Ich von der Lichtung, alle flogen von mir davon, hinein in die Felder von Ruppersteg, die Wiesen von Düpprig, die Schrebergärten, der Stadtpark von Riesdorf, dahinter das Aufbaugymnasium. Alles schien klarer als je zuvor, die Rinde der mageren Bäume in stärkeres Licht getaucht, selbst das Sonnenlicht kräftiger als gewöhnlich. Auf den Feldern stand noch das Wasser, Krähen pickten in der Saat. Alles schien mir ein Glück: wie das dunkle Wasser die Felder versilberte und die Wolken sich darin spiegelten, Vögel, die sich in den Wasserwolken badeten, und dass ich jetzt, genau im richtigen Moment mit meinen Augen vorbeifuhr.

Der Morgen war noch kühl, und ich wickelte mich enger in meinen Popelinmantel, von Cousine Hanni, die, kaum dass sie ihn gekauft hatte, schwanger geworden war. Der Mantel wie neu. Zu groß, doch das war mir gerade recht.

Erst in Langenhusen riss ein älterer Mann die Abteiltür auf, keuchte einen Gruß, hängte japsend seinen Mantel an den Haken, klappte rechts und links die Armlehnen der Sitze hoch, ließ sein ganzes Gewicht mir gegenüber auf nahezu alle drei Polster krachen und knatterte eine Zeitung auseinander. Zuerst merkte ich nichts, meine schlabbrigen Hosen neu und noch steif von Appretur. Doch dann ließ er seine Beine immer weiter auseinanderfallen, bis bei jedem Ruckeln des Waggons sein Knie das meine berührte. Ich drückte mich in meine Fensterecke, das Knie schien zu folgen. Ich sprang auf, stieß dem Kerl meine Aktentasche vor die Zeitung und war draußen.

Im Abteil daneben döste ein Ehepaar in mittleren Jahren. Behutsam schob ich mich durch die Tür. Die Frau lächelte mich schlaftrunken an, ohne den Kopf von der Schulter des Mannes zu lösen. Ich machte mich in meiner Ecke klein.

Der Zug fuhr über die Deutzer Brücke, Kaiser Wilhelm zu Pferde, auf dem Helm eine Taube; ich grüßte den Dom, die Schiffe, Ausflugsdampfer und Lastkähne, legte die Hand auf mein aufgeregtes Herz und schwor mir, allezeit »Würde und Ansehen der akademischen Gemeinschaft innerhalb und außerhalb der Hochschule zu wahren«, so, wie es das Faltblatt zur Immatrikulation von mir verlangte.

Meine Aktentasche war heute nicht schwer. Die Mutter hatte mir Brote eingepackt, als ginge ich zur Schule; dabei konnte ich mir beim Studentenwerk Karten für den Mensa-Freitisch abholen. Mit den Broten trug ich ein Ringheft und das Vorlesungsverzeichnis. Auf blassgelbem Papier das orangefarbene Siegel: die Heiligen Drei Könige, einer, kniend, reichte dem Jesuskind auf dem Schoß der Mutter Gold, Weihrauch und Myrrhe.

Ich hatte mich in dieses Buch vertieft wie vor Jahren in den Schott. Es war nicht wichtig, was ich las, oder ob ich, was ich las, begriff; der Klang der Verheißung war es, der mich beglückte wie damals die Silben der fremden Sprache Gottes. Wie das Lexikon von Friedel mir das Wissen der Welt versprach, wenn auch nur bis 1893, so lockte das Verzeichnis mit Offenbarungen unumstößlicher Erkenntnisse, der WISSENSCHAFT. Groß und fettgedruckt stand das Wort in meinem Inneren. Darunter, bescheidener: Germanistik. Einführungen.

Einführen würde man mich in das Universum des Geistes. Ins Gotische würde ich eingeführt werden, Althochdeutsch und Mittelhochdeutsch im Munde führen. Wolframs *Parzival* kennenlernen und den *Engelhard* Konrads von Würzburg, den *Ackermann aus Böhmen* und *Meier Helmbrecht.* Walther von der Vogelweide, Neidhart von Reuental, Moriz von Craûn und Gottfried von Straßburg würde ich in ihrer Sprache Rede und Antwort stehen. Einführen würde man mich in die Interpretation von Prosa, die Interpretation von Lyrik, die Interpretation von Dramen, jeweils zwei Stunden, jeweils sauber getrennt. Lesen war nicht mehr Lesen allein, Lesen genügte Lesen nicht mehr, Lesen war explizieren, reflektieren, definieren, interpretieren und bedurfte der Einführung durch Professoren, Assistenten, akademische Räte.

Erst nach einem gehörigen Quantum ordentlicher »Einführungen« war man zur »Übung« herangereift. Übungen, so weit die Dichtung reichte. Übungen zum jungen Goethe und zum mittleren, zum jungen Schiller und zum alten; Thomas Mann, Gottfried Keller, E.T.A. Hoffmann verlangten nach Übungen; die Lyrik des Barock, der Romantik, der Neuzeit von Heine bis zur Moderne – alle wollten geübt sein, nicht minder als das

Erzählwerk Raabes, die Dramatik Hauptmanns, die Lyrik Trakls und des Frühexpressionismus. Der späte Novalis, der frühe Hölderlin, der mittlere Lessing, die Sprache der Bibel, der Mystiker, Romantiker, Pragmatiker, Dogmatiker, Optiker.

Wer gut übte, durfte vorrücken zur Betrachtung. Betrachtet wurde wie geübt: die Bildlichkeit des frühen Brecht, das Adjektiv im Minnesang, der Zeilensprung bei Hölderlin, in Goethes *Faust* der Selbstgenuss, das stumme Sein in Kafkas *Schloss* und Trakls »Dornenbogen«.

Hatte stud. phil. genügend geübt und betrachtet, wurde er für mündig befunden, sich »Problemen« zu stellen. Probleme, so weit die Weisheit reichte. Insbesondere in der Philosophie, notwendige Basis, so die Studienberatung, für mein Germanistikstudium. Metaphysik und Metaphysikkritik, Hermeneutik, Logik, Ethik, jeglicher Ismus, ob Ideal-, Material-, Nominal-, Rational-, warf Probleme auf. Die ganze Welt musste eingeführt, geübt, betrachtet werden, hatte Probleme, machte oder schaffte welche.

Mit »Hölderlin«, schlicht »Hölderlin«, ohne Einführung, ohne Übung, Betrachtung, Problem, würde ich heute von elf bis dreizehn Uhr in der Aula meine akademische Laufbahn beginnen.

Aber zuerst noch etwas tun, was ich noch nie getan hatte. Eine Zeitung kaufen. Einfach so. Eine Tageszeitung. Gab es etwas Luxuriöseres als diese bedruckten Blätter? Gültig nur für den Tag, ja, die Stunde. Der Verbrecher, im Druck noch auf der Flucht, im Augenblick des Lesens vielleicht schon gefangen. Das vermisste Kind aufgetaucht oder tot. Schwarz auf weiß und doch schon nur noch war, gewesen; dauernder Schwebezustand zwischen nicht gelogen und doch nicht wahr; die Vergänglichkeit der Fakten, etwas wissen wollen, was morgen schon wieder anders sein kann. Eine Zeitung also, zu nichts nutze als für den heutigen Tag. Inbegriff des Vergessendürfens, Vergessenmüssens, Platz machen für die nächste Ausgabe, Leugnung der Dauer, Dauer allein im Wechsel.

»Zeitungen gibt's viele – doch nur einen *Kölner Stadt-Anzeiger*«, ermutigte mich die Werbung in der Bahnhofshalle. Vergeblich forschte ich nach Anerkennung in den Zügen der Frau an der Kasse, als ich ihr das Blatt zuschob und meine drei Groschen dazu. Die drehte die Kurbel und würdigte mich keines Blickes.

Auf dem Platz vor dem Bahnhof lagen noch Stapel von Bauholz, Balken, Latten und Gerüststangen, dazwischen pickten wie immer die Tauben, aber die hölzerne Treppe zum Dom konnte schon benutzt werden. Der U-Bahnbau auf der Straße darunter war in vollem Gange. Bis in die Römerzeit hatte man sich zurückgebuddelt; in der Fußgängerhalle beim Andreaskloster lockten Stelltafeln zur Besichtigung der Funde, die man gemacht hatte, wie immer, wenn man in der Kölner Altstadt etwas tiefer schürfte, besonders dort, wo einmal römische Villen standen. Diesmal waren es Sandalenreste und eine komplette Ledersohle, ein Matronenstein und eine Goldbandglasscherbe, Säulenbruchstücke und Kapitelle.

Das Stampfen der Rammen und Planierraupen verdarb mir die Lust, gleich einen Blick in die Zeitung zu werfen. Und so tat ich, was getan werden musste, sobald man Kölner Boden betrat: eine Kerze anzünden im Dom. Die Zeitung unterm Arm, Aktentasche in der Hand nahm ich die Stufen, die noch nach frischem Holz und Terpentin rochen. In den steinernen Zierrat des Doms hatten Schwalben ihre Nester geklebt, von der Reibekuchenbude roch es nach zwiebeligem Kartoffelteig und heißem Öl. Doch vom Rhein wehte frischer Wind um die hohen Mauern, fuhr mir ins Haar wie eine übermütige Hand.

Zum ersten Mal stieß ich selbst das Portal auf, folgte niemandem, und niemand folgte mir, doch im Duft von Kerzen und Weihrauch meinte ich die Gerüche von Vater und Mutter zu wittern, dem Bruder, der Tante. Hier hatte ich für Marias Erlösung vom Brustkrebs gefleht, um eine Vier in Mathematik, um Sigismunds Treue. Nichts war erhört worden. Beten war wie Lottospielen: Wer nicht spielt, kann nicht gewinnen, wer nicht betet, kann nicht erhört werden. Aber: ein Glücksspiel. Ausgang ungewiss. Bittet, so wird euch gegeben. Gegeben, ja. Nur was? Gott war einer von denen, die wegschauten, wenn es darauf ankam. Ich machte aus meiner Verachtung keinen Hehl. Vater unser, da konnte ich doch nur lachen, und auch aus diesem bösen Gelächter machte ich kein Geheimnis. Lachte Gott ins gottväterliche Gesicht und schleuderte ihm entgegen, dass ich seinen Namen heilige, sein Reich kommen und sein Wille geschehen möge. Na klar, würde sein Wille geschehen, wozu darum beten. Aber ich dachte nicht daran, meinen Schuldigern zu vergeben und verbat mir von diesem Herrn da oben, mir meine Schuld zu vergeben. Schuld! Ich wollte kein Opfer sein. Jesus hatte gewollt, was ihm geschah. Da musste er auch die Konsequenzen tragen. Und sowieso: alles in der Gewissheit der Auferstehung – nach drei Tagen. Mir war die Lichtung zugefügt worden. Hier lag der ganze Unterschied. Gott, der Allmächtige?

Unschlüssig, zaudernd schlug jemand auf der Orgel ein paar Töne an.

Die Japaner ließen ihre Kameras sinken und schoben sich in die Kirchenbänke, Frauen stellten die Einkaufstaschen ab, hoben ihre Köpfe und blinzelten über den Altar hinweg dem ewigen Licht und den ersten Tönen entgegen. Ich umklammerte meine Zeitung und floh. Keine Kerze.

Eine Straßenbahn ließ ich vorbeifahren, dann noch eine; nur mit Mühe hätte ich mich hineinzwängen können. Die dritte Bahn musste ich nehmen.

Ruhig atmen!, befahl ich mir, schob Zeitung und Aktentasche zwischen mich und meine Nächsten, fühlte mich von Hintern und Bäuchen bedrängt; versuchte, aus dem Fenster zu schauen. »Täglich einen Underberg und du fühlst dich wohl«, riet ein Schild über den Köpfen. »Man sollte viel mehr Noris trinken« und »Frauengold schafft Wohlbehagen, wohlgemerkt – an allen Tagen« versperrten den Blick. Unverständlich nuschelnd rief der Schaffner die Haltestellen aus; als bis auf ein paar Frauen alle ausstiegen, tat ich das auch.

Die Aula war voll wie die Straßenbahn. Ich rollte Hannis Mantel zusammen. Da stand ich nun in meiner neuen Hose, der frischgestärkten Bluse unter der Cordweste und wusste nicht weiter. Verlegen ließ ich den *Kölner Stadt-Anzeiger* in der Aktentasche verschwinden; hier wirkte er gewöhnlich. Stopfte den Mantel dazu. Hinter mir drängelte es, murrte, schob sich an mir vorbei oder setzte sich einfach auf die Stufen der Treppe, die hinauf ins Halbrund des Auditoriums führte. Ich tat, was die anderen taten. Saß, die Aktentasche auf den angezogenen Knien, schräg vorm Pult, sah, wie jeder einen Block, ein Ringheft bereithielt; ich wollte meines herausholen, hatte aber aus Versehen die *Schönen Tage* eingesteckt. Drehte das Heft herum, würde von hinten nach vorne mitschreiben. Ein kraushaariges Mädchen hockte sich neben mich, sagte »Tach« und bot mir Pfefferminzpastillen an, von denen es sich eine Handvoll in den Mund warf.

Ein Gong. Das Gemurmel schwoll an, ebbte ab, zwei junge Männer, einer mit Aktendeckel unterm Arm, steuerten auf das Pult zu, ihnen folgte ein älterer Herr, dann noch drei jüngere Männer. Der Ältere blieb hinter dem Pult stehen, die fünf anderen setzten sich in die erste Reihe, direkt vors Pult, wo diese Plätze frei geblieben waren. Alle fünf trugen die gleiche Frisur; verschiedene Brauntöne platt auf den Kopf geklebt, glatt wie lackiert.

Eine Stimmung wie vor einem festlichen Ereignis verbreitete sich, jedermann hier hielt diese Stunden für bedeutsam und war froh, dabei zu sein. Die Spannung stieg, als der Mann mit dem Aktendeckel sich noch einmal erhob, aufrecht und bescheiden ans Pult schritt, wobei der Professor ein wenig zur Seite trat, dem jungen Mann Platz machend, der ohne Aktendeckel wieder zurückkam. Das alles unter einem Geräusch wie Hagelschlag auf trockenem Holz; Knöchel klopften auf die Bänke, Füße trampelten und scharrten. Ich hatte das einmal in dem Film *Die Feuerzangenbowle* gesehen und wunderte mich, dass das noch immer so ging.

»Das ist er«, flüsterte das Mädchen neben mir, wobei ihr Gesicht zu schimmern begann wie das der Großmutter, wenn sie dem Herrn Pastor begegnete. Tatsächlich stand der Professor hinter dem Pult wie der Pastor vorm Altar oder auf der Kanzel: Standbild der Verheißung, Diener des Geistes, Bruder der Diener Gottes. Wo blieben Kerzen, Weihrauch und Orgelspiel? Zuhörer waren wir und Zuschauer, und der Raum vibrierte in der Erwartung des Worts. Doch damit ließ der Professor auf sich warten. Hinter dem Pult, das ihn bis zur Brusthöhe verbarg, kam eine Hand hervor, eine weiße, fleischige Hand, die ein Buch hoch über die hellhäutig funkelnde Kopfwölbung streckte, schüttelte und wieder versenkte. Gespannte Stille, alle Blicke auf des Professors Brustkorb geheftet, bis die Hand, die Schreibhand, die Buchhand, wieder zum Vorschein kam. Diese Hand legte der Professor nun mit gespreizten Fingern links neben den Aufschlag seines bratenfarbenen Sakkos, wie um zu zeigen, dass er aller Buchweisheit zum Trotz das Herz auf dem rechten Fleck habe, ruckte den Oberkörper nach vorn und stieß dabei die Hand von der Brust ab und in die Höh, wo die gespreizten Finger Griffe taten, als gälte es, dort das Gute, Schöne und Wahre zu fangen, das hier in der Luft lag. Zu fangen und zu bergen, denn schon ballte sich die Hand mit ihrer Beute zur Faust, die nun das Gute, Schöne und Wahre triumphierend schwenkte wie vorher das Buch, eine gute und schöne, schöne und wahre, wenngleich unsichtbare Beute, die dann allmählich im Bewusstsein des sicheren Besitzes hinter dem Pultaufsatz in Verwahr genommen wurde.

Die Stille dröhnte.

Schön war das, dem Professor zuzusehen, wie er die Faust im stummen Einverständnis mit der Wissenschaft, der Geisteswissenschaft, der Philologie bedächtig und schweigend hin- und herbewegte, wie er die Kunst der Pause zelebrierte, blinzelnd hinter den Brillengläsern, die nun leicht beschlugen, so, dass die weiße Fleischhand nach dem goldenen Bügel griff, die Brille abnahm, einen Augenblick glaubte ich seinem stumpfen, hilflos schweifenden Blick zu begegnen, ehe er, die Augen zusammengekniffen, nach dem Taschentuch tastete, die Gläser, eines nach dem anderen, behauchte und umständlich putzte, wobei er die Augen geschlossen hielt, wenngleich nicht länger zusammengekniffen. Aus seinen Zügen löste sich die Spannung, die gerunzelte Stirn, seine Augen und Lippen glätteten sich, schön sah er aus, der nicht sehr große, nicht mehr junge, dickliche Mann da hinter dem Pult, Sinnbild dessen, was er gleich verkündigen würde, schön, in Erwartung all des Guten, Schönen und Wahren, das er uns vor Augen führen würde, das schon in seiner Mundhöhle auf den Absprung durch Zähne, Zunge und Lippen lauerte, sich im Sprachzentrum seines Hirns bereithielt; nur die Brille musste er wieder aufsetzen und ein ganz gewöhnlicher Professor werden.

Erneutes Blinzeln, miteins saß die Brille wieder auf der Nase, mittlere Nase eines Mannes mittleren Alters, der sich nun mit der Zunge über die Unterlippe fuhr, die er vorschob und zu einem triumphierenden, stolzen, beinah wilden Ausdruck formte. Keineswegs gewundert hätte es mich, wären aus seinem Mund nun die ersten Sätze des Alten Testaments gesprungen.

Tränen pressten mir die Kehle zusammen. Doch Tränen, o nein, sollten mir diesen Augenblick nicht verwischen, nicht einen einzigen Blick auf die Welt sollten sie mir nach der Lichtung je wieder trüben, verwaschen, verwischen. Ich, Hilla Palm, saß in der Aula der Albertus-Magnus-Universität zu Füßen einer Koryphäe seiner Zunft, die auch die meine sein würde. Ich, Hilla Palm, würde diesen stolzen Triumph, diesen glücklichen Ernst, diese Früchte der Wissenschaft in mich hineinnehmen können, stunden-tage-wochenlang, und einmal, das schwor ich mir, würde ich selbst da vorne stehen, hinter dem Pult, und vom Guten, Schönen und Wahren künden. Mit dem Schönsten, Wahrsten und Besten der Welt würde ich mich auseinandersetzen, dafür sorgen, dass es blieb, wie wir es von den Ahnen empfangen hatten – und meinen Teil dazutun.

Meine Nachbarin war dem Vorspiel am Pult mit derselben Aufmerksamkeit gefolgt wie ich. Reglos saßen wir, sparten unsere Kräfte für das, was da kommen sollte, stauten unsere Energie dem gelehrten Wort entgegen.

Hüsteln. Scharren. Es kam von einem der fünf Begleiter des Professors aus der ersten Reihe. Keiner, der nicht zusammenschrak. Das Mädchen neben mir nahm Haltung an, rückte sich, so gut das in dieser Kauerstellung ging, gerade. Sie hielt ihr Ringheft auf den Knien wie die Frauen in der Kirche das Gebetbuch; schlug es auf und fuhr mit der Hand über die leere Seite, als gebe sie ihr den letzten Schliff für ihre wahre Bestimmung.

»Polla ta deina kouden an/thropou deinoteron pelei«, donnerte es vom Pult. Ohne Einführung, Übung, Betrachtung, Problem legte der Professor los.

Lateinisch war das nicht. Hebräisch vielleicht, wie damals bei Rosenbaum. Aha, Sophokles, ließ der Professor beiläufig verlauten, Griechisch also. Ich beeilte mich, den Namen zu notieren, geboren, gestorben, doch längst schon war der Professor weiter, die Stimme allem voran, was an meine Ohren gelangte, vom Verstand ganz zu schweigen, Lichtjahre lagen zwischen den Wörterschällen vom Professorenpult und meinen Ohren, in wirren Unfug verwandelten sich die Wörter auf diesem Weg, verdrehten sich wie bunte Papierschlangen in der Luft oder lösten sich in ihre Bestandteile auf, Buchstaben wie Konfettiwirbel. Dabei war doch jedes Wort, das den Weg in Gehirn und Sprachlappen schaffte, durchaus normal und jedem Verstehen zugetan. Die »Bekundung« zum Beispiel ist doch klar, was das heißt, die »Substanz«, na sicher, »machtvoll und dichterisch die Substanz«, warum nicht, »die Bekundung einer machtvollen dichterischen Substanz«, sagte der Professor auf jeden Fall, ich notierte es in *Schöne Tage*, auf der letzten Seite, verkehrt herum. Aber wohin mit der Substanz, längst schon weiter war der Professor, »die äußere Gleichheit im Stoff ist keinesfalls vonnöten«, sagte der Professor, »Brautkuss«, drang an mein Ohr, aber nicht weiter, »Himmelsbezug immanent ist«, »sicher und sachgemäß«, »überpersönliche Stilkräfte«.

Ich schielte zur Nachbarin. Selbstvergessen ruhte der Kugelschreiber in ihrer Hand auf dem weißen Ringbuchblatt. Den Mund gespitzt, die Wangen eingezogen, als genösse sie Süßes, so, wie die Großmutter süßes Latein genoss im Kapellchen im Angesicht Gottes. In ihren Zügen glückseliges Einverständnis mit dem Unverständnis. Nicht so ich. In meinen Schläfen begann ein Klopfen, wurde stärker und heftiger, die Wörter forderten Einlass. »Rondel der Zeilen«, »eines Verses Kreisbewegung«, »Verflechtungen zierlich ausgestattet«, »Prämisse«, »Konklusion«, »gibt die Biographie die Auskunft«, »rhythmische Zäsuren«: Mühelos konnte ich jede Silbe vernehmen, die Wörter drangen an meine Ohren wie an die der übrigen Hörer auch, einzelne Wörter schlugen sich in mein Verstehen durch, gierig notierte ich sie in mein Heft, aber einen Satz, Sätze gar, fing ich nicht; sie wollten sich einfach nicht einstellen, stellen lassen.

Wieder sah ich zur Nachbarin. Die hielt nun eine Hand vor den Mund und schien den Redner mit allen Sinnen, vor allem aber mit weit aufgerissenen Augen in sich hineinsaugen zu wollen, ihm zu folgen auf Gedeih und Verderb bei seinem Sturz durch den Silbenfluss, der sich über uns ergoss, überschwemmte, überspülte. Dabei ging er von einer gleichförmigen Teilnahmslosigkeit, mit der er die Sätze aus seinem Mund entließ, unvermittelt zu abgehackten Satzteilen über, willkürlichen Unterbrechungen und Lautstärken, die Pausen zwischen den Wortblöcken mit einem Aufstampfen des mir zugewandten Unterschenkels bekräftigend.

Selbst der Professor schien seinen Sätzen nicht zu trauen. Losgelöst von jeder Aussage, wie mir schien, begleitete er sein Sprechen mal mit einem Nicken, mal mit einem Schütteln des Kopfes, wobei seine Wangen jedesmal in Bewegung gerieten, mitunter gar, wenn er vom Bejahen abrupt ins Verneinen überging, ins Schleudern, ins Schlackern, das ihn durchschüttelte bis in die Fußspitzen; warf er dazu seinen Unterschenkel hoch, blitzte zwischen Sockenrand und Hosensaum blankes, blasses Wadenfleisch auf.

Vielleicht, dachte ich, verstehe ich besser, wenn ich ihn nicht ansehe, diesen Mund, diese Quelle der Silbenflut, Bilsenhut, Filsenbrut, und fixierte einen Punkt über der Tür, durch die der Unbegreifliche hereingekommen war. Da, wo der dunkelbraune Querbalken mit dem Längsbalken zusammenstieß, machte ich die Augen fest und lächelte die Fuge zuversichtlich an. Es half nichts. Gehör- und Gehirnwindungen wollten sich nicht verbinden. Mein Lächeln erstarb, und das Blut rauschte in meinen Ohren, überrauschte die Wörter, die Gestalt hinter dem Pult verschwamm vor meinen Augen, eine langgezogene milchige Silhouette, gespenstisch, Sensenmann, schoss es mir durch den Kopf, und wie ich sie hatte rollen lassen, die Köpfe zwischen Dondorf und Großenfeld. Wieder stiegen Tränen auf. Ich hielt sie zurück.

Aber ich gab nicht auf. Blieb sitzen. Versuchte zuzuhören mit geschlossenen Augen, was Schwindel, beinah Panik auslöste, Flucht. Ich spürte, wie sich Feuchtigkeit zwischen den Schulterblättern sammelte, ein feines Rinnsal den Rücken hinunter wie vor Jahren, als ich mir auf dem Speicher mit Drostes Ballade vom *Knaben im Moor* das schöne Sprechen beigebracht hatte. Doch im Sonnenstaub dieses Sommertages war ich selbst es gewesen, die das Wort hatte, hier war ich zum Ausharren gezwungen, musste die Wörter über mich ergehen lassen.

Erlösung brachte mir schließlich der Kartenständer schräg hinter dem Pult, genauer, die Karte, die dort noch von einer der früheren Vorlesungen hing. Käfer waren dort in eine optisch ansprechende, sicher auch vernünftige Ordnung gebracht. Das größte Exemplar, sinnreich »Goliath« genannt, wie ich unschwer entziffern konnte, machte die Mitte aus, schräg links hockte der langarmige Pinselkäfer, rechts ein grünes Ding mit lateinischen Silben, die ich nicht zusammenkriegte; Gemeiner Totengräber, Schwarzer Kolbenwasserkäfer, Dreihorn, Langarmbock, Maiwurm und Großer Eichenbock prägte ich mir ein, bis der Gong den Mann am Pult zum Innehalten brachte. Nicht sogleich, o nein. »Der pathetische Held ist unbedingt«, drang es an mein

Ohr. Ein ganzer Satz! Ich schnappte danach wie ein Spatz im Winter nach Krusten. »In alldem bezeugt das Pathos seine vorwärtstreibende Kraft«, schmetterte der Professor und beteuerte: »In der Versöhnung beruhigen sich der Dichter und sein Publikum«, notierte ich mit zaghafter Befriedigung in meine *Schönen Tage*.

»Halis apopauesthe nyn. Lasset nun ab, es ist genug. Die Leere des Pathos ist aufgefüllt.« Der Professor und seine Zuhörer waren am Ziel. Ite missa est. Ein letztes Schleudern des Unterschenkels, die fünf in der ersten Reihe sprangen auf, formierten sich zur Eskorte, nahmen den Professor in die Mitte. Nachhallendes Trommeln und Klopfen begleitete ihren Auszug, ich traktierte meine *Schönen Tage*, meine Nachbarin klatschte ihr Ringheft, als paniere sie ein Kotelett. Erst als nur noch die Rücken der Adlati zu sehen waren, erhob sich Gemurmel, andächtig wie in der Kirche, wenn der Pastor in die Sakristei entwichen war.

Behende schlüpfte meine Nachbarin davon, ich rappelte mich auf, wollte nur noch weg, raus aus diesem Saal, rannte die Gänge entlang, harter, glatter Steinboden unter den Sohlen, bis ich einen Luftzug spürte, der Hinterausgang, die Wiesen. Lehnte mich an einen Baum, seinen schmalen Stamm, ließ mich hinabgleiten und schloss die Augen. Unter den Lidern krabbelten die Käfer von der Karte hinterm Pult, in den Ohren echote »Hendiadyoin« und »Onomatopoeie« bis endlich Krähengeschrei »Myrmidonen«, »Polydora«, »Anakoluth« und »Priamos« aus meinem Kopf verscheuchte. In der Kastanie über mir hackten zwei Krähen nach einer Elster, die das Pärchen in immer neuen Sturzflügen aus seinem Nest zu verjagen suchte. Die Wiese war bunt von Menschen, die allein oder in Gruppen lagerten. Vor mir zwei Verliebte, der Junge kitzelte das Mädchen, scheinbar in ein Buch vertieft, mit einem Grashalm im Ohr und im Nacken, bis es mit gespieltem Widerwillen das Buch zuklappte, sich von dem Jungen hochziehen ließ und Hand in Hand mit ihm davonschlenderte.

Ich sog den Duft der Wiese tief in die Lungen, von weitem die Essensgerüche der Mensa, hielt den Atem an, schluckte und schluckte, wozu jetzt noch Schluckauf? Was hatte ich erwartet? Dass ich hier in den Armen der alma mater, der nährenden, segenspendenden Mutter, die Absolution von der Lichtung erfahren würde, dass mir Schuld und Scham genommen, dass ich mich meinen geliebten Dichtern wieder nähern könnte wie vor dieser Nacht? Froh musste ich sein, dass der Professor die Dichterworte eingekapselt hatte, sichergestellt im Mausoleum der Wissenschaft, sicher- und kaltgestellt in Konstruktionen und Funktionen, in Emblemen und Systemen, Prämissen und Konklusionen. Von Germanistik dieser Art hatte ich nichts zu befürchten.

Ich war mir im Klaren, mit mir im Reinen. Ich wollte Wissen. Dieses Wissen. Wissen, das mich nicht betraf, mich nicht traf. Das Wissen der Welt gegen das Wissen um die Lichtung. In der Wissenschaft würde mir die Lichtung nirgends begegnen. Hier war ich sicher. Solange ich mich abseits hielt. Fern von den frohen Menschen im Gras, äußerlich eine von ihnen, doch durch die Lichtung auf immer von ihnen geschieden. Ich ließ den Blick noch einmal über das Gewimmel auf der Wiese kreisen. Könnte meine Brote auspacken oder in der Mensa meinen Freitisch probieren. Das Eichendorff-Proseminar begann erst um drei. Ich machte mich auf den Weg zum Essen. Kreischend kam die Straßenbahn Richtung Bahnhof an der Haltestelle zum Stehen. Ich rannte bei Rot über die Straße und stieg ein.

Auf dem Domplatz hatte sich eine Menschenmenge versammelt. Ich schlängelte mich nach vorn. Ein Mann, sehr bleich, aber kräftig gebaut, in Trikot, Badehose und Turnschuhen, stemmte schwere Gewichte über seinen Kopf, seine Muskeln traten hervor, sein Körper schweißglitzernd. Als er fertig war, ging ein kleiner Mann durch die Reihen und sammelte. Der Große lehnte am Laternenmast und atmete schwer. Er sah sehr einsam aus dort, allein und fast nackt. Er schaute nichts und niemanden an, schien die Zuschauer gar nicht zu bemerken.

Zwei Männer aus der Menge machten sich daran, den Mann über und über mit starken Seilen zu verschnüren, bis er weder Hände noch Füße rühren konnte. Einen Augenblick verharrte er bewegungslos. Dann schloss er seine Augen und begann, sich gegen die Seile zu dehnen. Schweiß perlte von seiner Stirn, blau und dick quollen die Halsadern unter der Haut. Langsam, kaum sichtbar zuerst, dann kräftiger, zuckte er mit den Schultern. Die Seile schnitten rote Striemen in das bloße Fleisch. Einen verzweifelten Moment lang schien mir, er würde es niemals fertigbringen, sich zu befreien, doch dann hielt er inne, spannte sich, drehte sich scharf und befreite einen Arm. Der Rest ein Kinderspiel.

»Als Nächstes macht der dat mit Ketten«, sagte jemand.

Wirklich wurde der Mann mit Ketten umwunden, schweres Eisen, wie vor den Scheunentoren auf dem Hof des falschen Großvaters.

Seinen ganzen Körper einsetzend, rutschte der Mann plötzlich aus und fiel, ein brutales Geräusch von Eisen auf Stein. Lag da, vor unseren Füßen, starr wie eine kaputte Puppe.

»Dä is fädisch«, sagte die Frau neben mir. »Dä kütt nit mehr hoch.«

Doch der Mann auf dem Pflaster begann sich zu winden, zu krümmen. Flatterte auf seinem durchgebogenen, straff gespannten Rücken wie ein Fisch auf dem Trockenen. Rollte sich auf den Bauch, und nun konnte ich das Blut auf seinen Lippen sehen und die fanatische Konzentration in seinen glasigen Augen. Fühlte meinen eigenen Körper sich spannen im Rhythmus seines Kampfes gegen die Ketten und kämpfte mit. Zuerst kam ein Arm frei, dann, langsam, langsam, der andere, schließlich, sich aufsetzend, wand er seine geschundenen Beine aus dem Eisen. Während sein Kompagnon wieder den Hut herumreichte, saß er da, schaute auf seine Beine, lächelte ein bisschen. Stand auf und ging.

Noch immer saß der Bettler beim Stand, wo ich vor wenigen Stunden meine Zeitung gekauft hatte. Noch immer lag sein Hund reglos neben ihm und schlief mit weggestreckten Beinen. Der Mann hatte sein Hosenbein hochgekrempelt und zeigte ein offenes Bein, eine schwärende Wunde, flammendrot, an den Rändern eitriggelbe Krusten. Daneben eine schmuddelige Kappe, zwei Groschen drin.

Vom Rhein wehte die Musik eines Leierkastens herüber, unregelmäßig gekurbelt, zwei, drei Takte des Refrains, »wenn isch so an ming Heimat denke«, Pause, dann ein paar sich überstürzende Töne, denen ein langgezogenes »isch möösch ze Foß noh Kölle jonn« folgte, wieder von neuem »noh Kölle jonn«, kurzatmig, zusammenbrechend, immer wieder beginnend, die Stimme des Professors in meinen Ohren verband sich mit den auf- und abschwellenden Tönen, stieg auf und versank immer wieder im Refrain, »noh Kölle jonn!«.

Eine ärmlich gekleidete alte Frau stocherte in einem Papierkorb, dann in einem zweiten; ich ließ die Aktentasche aufschnappen: »Bitte sehr«, sagte ich. »Ganz neu. Von heute.« Die Frau wich einen Schritt zurück, raffte ihre sackförmige Tasche an sich und fauchte etwas Unverständliches. »Von heute«, wiederholte ich und hielt ihr den *Kölner Stadt-Anzeiger* weiter entgegen. Die Alte zog den Sack bis unters Kinn und knurrte, den Blick verächtlich auf die Zeitung gerichtet: »Wat soll isch dann do mit? Isch söök Fläsche!« Dann in einem Tonfall äußerster Verachtung: »Papier!«

Auf der Treppe zum Bahnsteig kam mir eine Frau, umtanzt von einem grauen, frisch getrimmten Pudel, entgegen. Selbst das Hündchen schien meiner zu spotten, wandte sich, kaum dass es mich eines Schnüffelns gewürdigt hatte, von mir ab. Oben reckte eine schwitzende schwarzgekleidete Pilgerin ein Pappschild hoch: »Reisende nach Lourdes hier sammeln.«

Ich war noh Kölle gegangen. Und nun? Was ist ein Frühlingsnachmittag, wenn dat Kenk vun nem Prolete nach der ersten Vorlesung seines Lebens im Zug sitzt, einem Nahverkehrszug, dem Zug nach Hause, nach »jlöv jo nit, dat de jet Besseres bes«.

Geschlagen war ich, ja. Besiegt, nein. Ich ließ die Satzbrocken in meinem Kopf wie Stoßgebete kreisen: Der pathetische Held ist unbedingt, isch möösch ze Foß noh Kölle jonn, in alldem bezeugt das Pathos seine vorwärtstreibende Kraft. Wenn isch so an ming Heimat denke. Polla ta deina.

In den Abteilen staute sich abgestandene Luft. Die Menschen hielten die Augen halb geschlossen und überließen sich mit offenstehenden Mündern und auseinanderfallenden Knien dem Rütteln des Zuges. Von Zeit zu Zeit gab sich einer von ihnen der Wonne des Gähnens hin, eines bis zum Würgen ausgedehnten Gähnens. In der Ecke beim Fenster saß ein dicker Mann in Anzug und Weste, die Krawatte kaum gelockert, schnarchend, zusammenhanglose Botschaften aus dem Inneren des Schlafes in das gleichförmige Rattern der Räder. Durch die machtvollen, auf- und abschwellenden Synkopen der Rachenlaute die Stimme des Professors, die »Bekundung einer machtvollen dichterischen Substanz«. Ich hielt mein Gesicht in die Sonne, schloss die Augen, kniff sie zusammen, bis rotglühende Kringel hinter den Lidern zu kreisen begannen, ich kreiste mit ihnen, weg von pathetischen Helden, in Ketten und ohne, Bettlerbeinen, dem Dom ze Kölle. Doch gerettet fühlte ich mich erst, als sich die Bustür nach Dondorf für mich öffnete und der Fahrer, einer von denen, die schon die Straßenbahn bedient hatten, mich mit »Tach, Heldejaad. Has de es schon jeschafft?« begrüßte und mir einen Drops anbot. Er schmeckte nach Schaffneruniform.

Der Vater war schon aus der Fabrik zurück; sein Fahrrad lehnte am Zaun, er würde noch einmal aufbrechen, in den Garten des Prinzipals. Ich reckte mein Kinn und öffnete das Tor.

Die Küchentür stand offen, die Stimme der Tante erreichte mich schon beim Holzstall, undeutlich, dann ein Aufschrei der

Mutter: »Nä, dat kann doch nit wohr sinn!« Und die Großmutter, deren Stimme brüchig zu werden begann, steuerte ein entrüstetes »Jesusmaria!« bei.

Ich drückte mich am Schuppen entlang, wo der Vater in den Werkzeugen kramte, und blieb an der Treppe zur Küche stehen.

»Un die Täsch!«, so die Stimme der Tante, »wor widder do!«
»Nä!«, die Mutter.
»JelobtseiJesusChristus«, die Großmutter.
Pause. Dreimal Plopp auf die Wachstuchdecke, drei Tassen wurden abgestellt. Untertassen hatte ich mit meinen Maßnahmen zur Veredelung der Sitten nicht durchsetzen können. Untertassen standen noch immer auf einer Stufe mit Spargelköpfen: Nix für usserens.
»Jo!«, das war wieder die Tante. »Die Täsch wor do.«
Pause. Räuspern. »Ävver leer!«
»Nä sujet!«, die Mutter.
»Dä Düwel«, die Großmutter.
»Jitz verzäll ävver ens vun Anfang an!« Die Stimme der Mutter kribbelig vor Erwartung.

Aber die Tante hatte wie alle Erzähler der Welt alle Zeit der Welt. Ihrer Sache gewiss, der Bedeutung der Sache gewiss, hub die Tante an, nicht anders als homerische Rhapsoden mochten begonnen haben: Sage mir, Muse, die Taten des vielgewanderten Mannes, / Welcher so weit geirrt nach des heiligen Troja Zerstörung. / So auch rief die Tante zu Zeugen all die Besucher des Kirchhofs, / die sich gemeinsam mit ihr bei Gräbern und Tasche befunden. / Sage hiervon auch uns ein weniges, Tochter Kronions, / Berta Labkasen, Tochter der Anna Rüppli und des seligen Fritz.

Die Stimme der Tante vertrieb die des Professors endgültig aus meinem Kopf. Diese Stimme war eins mit dem, was sie verkündete, verdoppelte das Gemeinte, unterstrich es, brachte das Abstrakte, das Vorgestellte, sinnlich zum Ausdruck, gab den Wörtern die Dinge zurück, die Täsch war eine Tasche, *die* Tasche der Taschen, und was damit nun geschehen würde, ließ die Tante über den Umweg unserer Ohren vor unseren Augen ablaufen, machte das in den Wörtern abstrakt gewordene Geschehen, den Sinn, wieder zu einem sinnlichen Vorgang, verständlich und nachfühlbar für jeden Zuhörer. Die Stimme der Tante eins mit sich und dem Geschehen, dem Geschehenen in der Welt. Der Welt in dr Täsch in dr Kösch, Altstraße 2.

Die Tante sprach vom Leben. Der Professor von Büchern über Bücher, was wiederum ein Buch ergeben würde, wobei sich das Leben immer weiter aus den Büchern zurückziehen würde, verdünnen würde. Ich machte es mir im Schatten der Hauswand auf der untersten Treppenstufe bequem.

Eine Busreise, so die Tante, habe Minchen Dücker bezahlen wollen. Aha, Minna Dücker war die Besitzerin der Tasche, ich kannte die kleine quirlige Person, die bis zu ihrer Rente in der Bäckerei Haase bedient hatte. Welche Busreise? Die Busreise nach Holland, ergänzte die Tante. Das habe ihr Minchen auf dem Friedhof erzählt. Ja, aber warum war Minchen auf dem Friedhof? Sie habe sich einen Weg sparen wollen, zuerst auf den Friedhof, Blumen gießen auf dem Grab von Willem – auch ihren Mann hatte ich gekannt, Fahrer bei der Brauerei –, und dann zu Bötsch, bezahlen. Von den Bauformen des Erzählens, von überpersönlichen Stilkräften und rhythmischen Zäsuren hatte die Tante offenkundig keine Ahnung, ziemlich wirr ging sie ihre Sache an, doch von Mutter und Großmutter kamen keine Nachfragen; auch bei allem Durcheinander war klar, was passiert war. Minchen hatte, »wie dusent Mal!«, so die Tante, die Gießkanne hinter dem Wacholder auf Wilhelms Grab hervorgeholt und die Tasche dort stehen lassen, »wie dusent Mal vorher!« »Dusent Mal!« Das würde die Tante durch eine weit ausholende Geste noch verdoppeln.

Ich sah die Tasche vor mir. Ein schäbiges Lederstück, braun gefleckt, von der Einkaufs- zur Friedhofstasche degradiert, in der nun auch Blumentöpfe und Setzlinge transportiert wurden.

Hinterm Wacholder also stand diese Tasche, während Minchen mit der Gießkanne zur Zapfstelle bei der Leichenhalle ging. Die Halle sei leer gewesen, so die Tante, die jetzt in Fahrt war, eins folgte aufs andere, consecutio temporum perfekt befolgt, schlechte Zeiten für dä Böcker – der Leichenbestatter hatte auch für den Großvater den Sarg geliefert –, seit drei Wochen keine Toten, für sie bequem, da gab es nicht so viel zu putzen, daher habe sie auch Zeit gehabt, mit Minchen jet zu verzälle. »Et war ja so jlöcklisch, ens erus ze kumme. Et wor jo noch nie wigger wie Bensbersch. Un en Enkelsche is jo jitz och ald do!*«

Die Tante fuhr noch eine Weile fort, Minchens Glück in kräftigen Farben auszumalen, eine Abschweifung nur auf den ersten Blick, de facto jedoch ein probates Mittel, die Fallhöhe in die Misere raffiniert zu steigern, bis ein Stuhl zurückgeschoben wurde und unsichere Schritte – das war die Großmutter – sich in Richtung der Toilette entfernten. Man darf es eben nicht übertreiben mit dem Aufbau der Spannung.

»Dat wöt immer schlimmer«, hörte ich die gedämpfte Stimme der Mutter, und die Tante darauf: »Dat kann noch schlimmer wäde. Dann muss de Mamm en Botz met Windele** krieje.«

Abschweifung, Nebenschauplatz, Zukunftsverweis.

»Du leewe Jott«, seufzte die Mutter. »Still. Se küтт!«

Erneutes Stühlerücken. Dann wieder die Tante: »Isch mach et kurz. Dat Minsche maat de Kann voll und jeht zeröck an dat Jraw. Un wat meent ihr? Die Täsch wor fott! Die Tasche war weg! Räts ne Wacholder, links ne Wacholder, dozwesche dä Jrabstein. Ken Täsch. Keine Tasche!«

»Wie dä Blitz«, so die Tante, die sich, die Bedeutung ihrer Worte durch gelegentliches Hochdeutsch unterstreichend, auf dem Stuhl zurechtzurücken schien, das Krachen des alten Möbels drang bis zu mir durch; wie der Blitz sei Minchen wieder zu ihr gelaufen, »met nem Kopp wie en Tomat. ›De Täsch, ming Täsch!‹«, habe sie geschrien, und: »Fott! Fott!« Weg sei die

---

* Und ein Enkelchen ist ja jetzt auch schon da.
** Hose mit Windeln

Tasche gewesen, und den ganzen Kirchhof hätten sie abgesucht, nit nur mir zwei, alle auf dem Friedhof hätten ja das Geschrei gehört. Dat Schmitze Billa und dat Pütz Mariesche, dat Fringse Lore und dem Jüpp sing Frau, wie hesch se noch? De Frau vom Apotheker, nä, nit die vum Künnig, die vum Wirsing. Gewissenhafter als die Tante die Spürnasen auf dem Dondorfer Friedhof hat nie ein Rhapsode die Helden hehrer Taten aufgezählt. Alle, eine nach der andern, hätten sie Grabstein und Wacholder unter die Lupe genommen, und das nicht nur auf Wilhelm Dückers Grab, »öwwer dä janze Kerschhof sin mer jekroche, vom juten Hirten auf dem Pastorengrab bis zu de Russenjräber, hinter jede Stein und Busch. De Täsch wor fott!«

De Täsch wor fott! Der pathetische Held ist unbedingt. Die Sätze der Tante, ihr kräftiges Platt: das Leben selbst. Die Bekundung einer machtvollen dichterischen Substanz. Die gelehrte Sprache des Professors erinnerte an aufgespießte Schmetterlinge.

Große Aufregung, so die Tante, natürlich, was sonst. Wo war die Tasche? Ja, doch mehr noch brachte alle die Frage in Wallung: Wer hatte die Tasche? Wer hatte sie – »jeklaut hätt kenner jesät. Mer sachten alle: mitjenomme. Und dat fromme Liesjen Bormacher meinte sojar noch, vielleischt aus Versehen. Oder: Bloß stickum verstopp.[*] Jong, ävver däm han mer Zunder jejowwe. Als wenn ener en Täsch verstecke dit.« Die Tante lachte, oder ächzte sie? Froh klangen die kehligen Laute, die an mein Ohr drangen, nicht.

Also hätten sie sich doch schließlich fragen müssen: Wer war der Dieb? Hatte jemand eine verdächtige Person gesehen? Allgemeines Kopfschütteln. Zunächst jedenfalls. Doch dann hätten alle angefangen, sich gegenseitig zu mustern.

»Also, wie dat Schmitze Billa mesch do anjelurt hätt«, empörte sich die Tante noch im Nachhinein. »Direkt unverschämt hätt dat jefragt, ob mer schon en de Leischenhalle nachjelurt han! Jong! Däm han isch et ävver jejävve! En däm singe Lade ben

---

[*] Bloß heimlich versteckt.

isch zeletzt jewese! Dat süht mesch in singe Lade nie widder!«
Entrüstetes Schnaufen bis zu meinem Lauscherposten.
  Pause.
  Kaffee plätscherte in eine Tasse. Kaffee, mit einem Geruch nach schwarzer Schuhwichse. Ich fühlte die Brühe auf der Zunge: dünn und süß und bitter, mit einem langen Nachgeschmack, der an Herrenschokolade erinnerte.
  »Dat hätt et nüdig!«, bekräftigte die Mutter die Worte der Schwester. »Dat met singe Kääls!«
  »Jo«, sagte die Tante. »Ävver von uns konnt et ja auch keiner sein.« Und dann hatte plötzlich doch jeder einen jesehen. Die Frau Apotheker zuerst. Bei den Russengräbern sei ihr einer aufgefallen. Klein und schwarz, so was sehe man sonst nur im Zirkus. Und dat Pütz Mariesche hatte eine dicke Frau mit Kinderwagen ausgemacht. Viel zu alt für ein Kind, aber in so einem Wagen viel Platz für eine Tasche. Jede der Frauen, so die Tante, habe irgendetwas an den Haaren herbeigezogen. »Kokolores! Isch han nix jesinn!«
  Schließlich seien die Frauen nach Hause gegangen, alle Mann hoch Richtung Ausgang und das Minchen statt zum Bötsch zur Polizei. Sie selbst habe noch mal in die Leichenhalle zurückgemusst: »Isch war noch bei de Finster.«
  Die Tante unterbrach sich, ein Schlag aufs Wachstuch. »Kennt ihr den? Treffen sisch zwei Putzfrauen an ihrer Arbeitsstell. Sacht die eine: ›Isch mach jetzt Diät.‹ Sacht die andere: ›Un isch de Finster.‹«
  »Berta!« Die empörte Stimme der Mutter. »Mach nit so en Jedöns. Spann us nit op de Folter!«
  Ein Stuhl ächzte. Die Tante fuhr fort. Lange habe sie aber nicht mehr gebraucht, höchstens eine halbe Stunde. Auf dem Heimweg sei sie noch einmal an Minchens Grab vorbeigegangen und …
  »Da war die Täsch!«, schnitt ihr die Mutter das Wort ab.
  »Wat du nit sachst! Verzällst du oder isch?«, die Stimme der Tante. Höchst unwillig.

Pause. Der pathetische Held ist unbedingt. Vor meinen Augen das nackte Beinstück des Professors, das zurückgepfiffene Gesicht der Mutter.

»Also«, fuhr die Tante fort. Hinter dem Wacholder wie immer. Sie direkt darauf zu. Da habe die Tasche gestanden. Braun und schäbig. Und leer.

Befriedigtes Seufzen von Mutter und Großmutter. In der Versöhnung beruhigen sich der Dichter und sein Publikum.

»Noch en Tässjen, Berta?« Offenbar wollte die Mutter ihren Vorwitz wiedergutmachen.

»Noch nit!«, gab die Tante zurück. »Jetzt kommt dat Dollste! Isch mit dä Täsch op de Polizei. Do war aber nit dä Firnebursch. Do war einer, den isch noch nie jesinn han. Sät dä för mesch: ›Und Sie sind sicher, dass die Tasche leer war?‹ Isch han jar nit jemerkt, wo der drauf raus wollte. ›Sischer dat, sach isch: Die Tasch war leer.‹ Und der darauf: ›Und woher wissen Sie das mit der Jeldbörse?‹ Jeldbörse!« Die Tante lachte bitter. »Isch zu dem: ›Dat Pottmanee war doch weg. Mit der janzen Rente. Einhundertzweiundvierzig Mark!‹ ›Ja, und woher wissen Sie, dass eins drin war? Und woher kennen Sie den Betrag so genau?‹ Da hat et mir langsam jedämmert!« Ein Faustschlag auf das Wachstuch, als platsche ein großes Tier ins Wasser. Der pathetische Held ist unbedingt. »Dä Kääl hat misch! Misch! In Verdacht!«

Pause. Schweigen.

»Berta!«, die Mutter. Blankes, lustvolles Entsetzen.

»Jesusmaria!« Die Stimme der Großmutter kippte.

»So!« Ich sah geradezu, wie die Tante sich aufrichtete, zurechtrückte und nach der Tasse griff. »Jetzt wisst ihr Bescheid. Isch bin sofort hierher. Er sachte noch, isch soll misch bereithalten. Et wird ermittelt.«

Von der Tante konnte man lernen, was Erzählen ist. Diese Mischung aus scharfer Beobachtung und dem täglichen Berichten der Ereignisse und Begebenheiten des Tages, vulgo Dorfklatsch, war die Basis aller Erzählkunst. Der vertraute Alltag wird zur Geheimnisgeschichte, wenn der Erzähler dem Alltag sein Geheimnis entlockt. Das Geheimnis in den Alltag zu locken: ein Verfahren, das Brecht, wie ich später lernte, Verfremdung nennt. Das Bekannte so erzählen, als wäre es das Unergründlichste, Aufregendste der Welt. Wie kommt es, dass Julchen, sonst die Gewissenhaftigkeit in Person, schon zum zweiten Mal den Pflaumenkuchen hat anbrennen lassen? Warum brauchte der Briefträger bei Specks Kätchen gestern eine Dreiviertelstunde, um ein Paket abzugeben? Mit dem er auch wieder rauskam? Fragen, aus denen sich, angereichert durch Kommentare, Stellungnahmen, Widersprüche, die Geschichten entspannen. Wer schwieg, wurde aufgefordert wie in der Schule: »Nu sach doch auch mal wat!«

Ich löste mich von meiner Treppe und stapfte lauter als nötig die Stufen zur Küchentür hoch.
Aufgeschreckt sahen die Frauen mir entgegen, tauschten Blicke aus, Blicke der Komplizenschaft, die mich ausschlossen. Verstummten und sahen vor sich hin. Verlegen wie vor einer Respektsperson.
»Tach zusammen«, sagte ich.
»Wat komms de denn schon so früh?« Unwille über mein plötzliches Erscheinen stand der Mutter auf die Stirn geschrieben.
»Tach«, sagte die Tante, in einem Tonfall, den sie früher für Berichte über Marias Krankheit gebraucht hatte.
Die Großmutter holte eine Tasse aus dem Schrank und klopfte neben sich auf die Bank. »Setz disch. Et is warm.«
Mutter und Tante schwiegen.
»Tässjen Kaffe?«, fragte die Großmutter.
»In der Kann is nix mehr drin!«, sagte die Mutter.
»Danke, Oma«, sagte ich. »Nur Wasser.« Ich ging zum Spülstein und hielt den Mund unters fließende Wasser, ließ es über Gesicht und Nacken laufen, während die Großmutter knurrend, »mer kann et ihm ävver och nit rescht mache«, die Tasse wieder wegräumte und ihre beiden Töchter hartnäckig schwiegen.

Ich nahm meine Aktentasche, bloß weg in den Holzstall.

»Un wat mäs de jitz, Berta?«, fragte die Mutter mit einem Gesichtsausdruck, wie sie ihn annahm, wenn Francis Durbridges Halstuchmörder wieder eine weitere Kehle zugedrückt hatte, und goss sich und der Schwester reichlich aus der leeren Kaffeekanne nach.

»Wat soll isch mache?«, gab die Tante zurück. »Affwade.* Isch hab ein reines Jewissen.«

»Tante«, drehte ich mich noch einmal um und setzte die Aktentasche ab. »Reines Gewissen ist nicht genug. Du hast doch auch ein Alibi.«

»Wat soll isch han?«, fuhr die Tante auf. »En Alippi? Wat es dat dann?«

»Ein Aalibie!«, korrigierte die Mutter stolz und fernseh-kriminalistisch geschult. »Dat is, dat is, wenn andere dabei waren, wenn du et nit warst.«

»Ja, isch war et doch auch nit!«

»Stimmt«, sagte ich, »aber das musst du beweisen. Das Minchen ist dein Alibi.«

»Wieso dat denn? Dat stand doch die janze Zick bei mir.«

»Eben drum. Alibi ist nämlich Latein und heißt anderswo. Das meint, dass du nicht da warst, als das Verbrechen begangen wurde.«

»Verbreschen?«, fauchte die Tante.

»Naja«, sagte ich, »der Diebstahl. Da warst du mit dem Minchen zusammen.«

»Ahso«, die Tante schlug sich vor die Stirn. »Isch muss nit sage, wer et war; nur klarmache, dat isch et nit war. Dat ich aliebih war. Woanders.«

»Genau«, sagte ich und nahm meine Aktentasche wieder auf. »Und das Minchen ist dein Zeuge, dass du woanders warst.«

»Maria«, die Stimme der Tante nahm ihren selbstbewussten Ausdruck wieder an. »Nu jib dem Kind doch e Tässje Kaffe.«

---

* Abwarten.

»Mingetwäje«, erwiderte die Mutter gereizt, und die Großmutter holte die Tasse wieder aus dem Schrank. Aber jetzt war die Kanne wirklich leer.

Die Tante hatte es eilig, der Polizei ihr Anderswo, Minchen Dückers' Adresse, mitzuteilen, und ich sah zu, dass ich in meinen Stall kam. Flüchtig dachte ich, gern hätte ich mich von der Mutter umarmen lassen oder wenigstens eine der drei Frauen berührt, wie man etwas berührt, um zu sehen, ob es auch wirklich da ist, das Gegenüber oder man selbst, aber ein taubes Klingen im Ohr warnte mich wie eine Drohung. Hinter mir die Stimme der Mutter, schrill und säuerlich.

Ich klemmte den *Kölner Stadt-Anzeiger* untern Arm und machte mich auf an den Rhein. Gleich würde sich mir das Weltgeschehen offenbaren, der Mensch als Krone der Schöpfung im Hier und Heute, weltweit und aktuell. Von den rotkariert gedeckten Tischen vor dem Gasthaus beim Kirchberg tönte das Brummen tiefer Männerstimmen herüber wie aus einem Bienenstock.

Durch die Wiesen ging mein Weg in die Felder, in der Ferne begrenzt vom lichtumflimmerten Damm, ich atmete tief, atmete die Weite, nahm die Offenheit hinterm Damm in langen Zügen vorweg, füllte die Lungen mit dem vertrauten, sonnenscharfen Geruch von spätem Porree und frühen Rüben und fühlte, wie der Druck von Trübsal und Zaghaftigkeit sich Schritt für Schritt verflüchtigte. Allein beim Anblick von Wiesen und Schilf, Pappeln und Weiden wurde mir zumute wie einem heimwehkranken Kind, das nach Hause zurückkehrt. Ein Kind dieser Luft und dieser Erde in dieser unscheinbaren Ebene. Wie eine Pflanze, die zum Gedeihen nur die eine Luft und nur die eine Erde braucht. Hier war keine Tante, die von einer verlorenen

Tasche sprach wie von einem verlorenen Krieg. Kein Professor, der die Weisheit aus Büchern küsste. Hier sprachen Weiden, Gras und Schilf, erzählten mir die Pappeln mit tausend Frühlingszungen ihre Geschichten. Ihre Zungen gegen die des Professors, der Tante, der Bücher behielten die Oberhand, und die Möwen mit ihrem aufsässigen Geschrei vertrieben die letzten kleinmütigen Grübeleien.

Und dann sah ich ihn endlich, den Rhein, träge, graublau, schimmernd vorbei an Schilf und Weiden und Kieselstrand in die Kurve an der Rhenania strömend, und mein Herz füllte sich mit Mut und Zuversicht.

Ich stapfte durch die Kiesel zu der Kribbe, wo sich im letzten Sommer das tote Schaf verfangen hatte. Keine Spur mehr zu sehen, natürlich nicht; keine Spur mehr zu sehen an mir, natürlich nicht. Viel Wasser war den Rhein hintergeflossen. Der Bootsanleger und das Gasthaus Piwipp von gegenüber, wo ich gestern mit dem Bruder eine Cola verprasst hatte, spiegelten sich in einem Netz von Sonnenkringeln wie eine verschlüsselte Nachricht.

Ein Lastkahn mit holländischer Flagge, vier Kähne im Schlepptau, glitt stromabwärts, hatte Kohle geladen und Holz. Die Schiffersfrau, der ein weißer Spitz um die Beine fuhr, schrubbte das Deck. Ich wartete, bis die gischtige Spur hinter dem Zug der Kähne im Rhein verschwunden war, im Wasser nur noch der Abglanz des Himmels und des weißen, rotgedeckten Gasthauses.

Über die Steine der Kribbe balancierte ich hinaus in den Strom, hockte mich auf einen der Quader und rollte die Zeitung auseinander. *Kölner Stadt-Anzeiger. Kölnische Zeitung. Unabhängig. Seit 1802. Überparteilich.*

Entgegen fiel mir ein DIN-A4-großes Blatt, viermal gefaltet, beidseitig farbig bedruckt. Schwarz brauste mir der Befehl frontal entgegen: »Gewinnen Sie das Goldene«, dann goldfarben: »Persil«, und wieder schwarz: »Paket.« In diesen Zeichen wurde wahrlich das Wort zum Ding, zum goldenen Persil-Paket auf grünem, weichem Samtkissen mit Kordel. Darauf erhabene goldene Lettern: »Persil 65«, und darunter klein: »die vollkommene Wäschepflege.« Links ein strahlendes Weib mit gen Himmel gestrecktem Arm, die Hand, nein, nicht zur Faust geballt, wer wird denn eine Faust ballen, wo es sie gibt, die vollkommene Wäschepflege, da wird die goldene Unendlichkeit gekitzelt, herausgekitzelt wird im grünen Stempelkreis die Verheißung, verbrieft und versiegelt in feurigem Rot: »Wert 10 000 DM.« Die gewaltige Summe hatte mich so abgelenkt, dass ich die letzte Zeile auf dem Goldpaket, eingebettet ins grüne Moos, fast übersehen hätte: »für alle Waschverfahren.« Urbi et orbi.

Das goldene Persil-Paket! Zehntausend Demark. Ich dachte an den Lottogewinn, knapp dreitausend Mark hatte es damals gegeben, und was hatten wir uns dafür alles leisten können! Ein neues Dach, einen Fernseher, das Plumpsklo kam weg. Für eine Waschmaschine, Trommelmaschine, eine Automat, womöglich eine Hoover wie bei Julchen und Klärchen von nebenan, hatte es nicht mehr gereicht.

Ich faltete das Papier auseinander. Noch einmal der Befehl: »Gewinnen Sie!« Ja klar. Aber wie? »Sagen Sie uns, was Sie besonders an Persil 65 schätzen. Für Ihre Antwort gibt es Gold. Viel Gold. Pures Gold.«

Im Kleingedruckten nahm sich das Ganze leider bescheidener aus. Das Goldpaket gab es, doch nur eins. Alles übrige Gold hatte sich schon in vollautomatische Waschmaschinen, Persil-Tragepackungen, Bügelautomaten, Nähmaschinen, Wäschetrockner und »alles, was zur Aussteuer gehört, Handtücher, Bettwäsche, Tischwäsche, Badetücher« verflüchtigt.

Ich klappte das Faltblatt auf. Wer nicht wagt, der nicht gewinnt. In Grün und Rot und reclamheftgroß noch einmal der Markenname. Eine Blondine, die ihre Wange an ein weißes Flauschtuch schmiegte, als hätte sie Zahnweh, eine Vermutung, die ihr verzücktes Lächeln allerdings Lügen strafte. Warum hätte man auch eine Frau mit Zahnschmerzen ablichten sollen? Vielleicht, weil die herrliche Weichheit des Frotteetuchs den schmerzenden Zahn besiegt, wie das weiche Wasser den harten Stein? Ich rief mich zur Ordnung. Hier ging es nicht um Kalendersprüche, hier ging es um »Das Goldpaket«. Damit auch ich so strahlen würde wie die unter der Blonden abgebildete Brünette. Ihr dunkles Kurzhaar, von einem Band streng aus der Stirn gehalten, im offenbaren Gegensatz zum koketten Gelock der Blonden, ihr dunkles seriöses Haar ganz ernsthaftes Bestreben im Umgang mit Schmutzwäsche. Nichts mehr vom Flirt mit dem Frotteetuch, ade, ihr lockenden Augen. Die Brünette hausarbeitete. Lächelnd, natürlich lächelnd, sogar perlweiße Zähne zeigend – Chlorodont? –, die Augen gesenkt auf das Wesentliche: ein riesiges weißes Tuch, das mühelos, natürlich leicht aus ihren Händen in den Wäschekorb floss. Aufwärts oder hinab? Das war bei dieser zauberischen Luftigkeit nicht zu sagen, die Gesetze der Schwerkraft galten nicht mehr, wo eine Trommelwaschmaschine das Regiment führte. Dorthin schickte der Photograph das Lächeln der Brünetten und aller Augen, die ihrem Lächeln folgten. So war denn das wahre Ziel, die eigentliche Bestimmung des weißen Tuches nicht der Wäschekorb, dem ohnehin nur ein schmaler weidenfahler Rand zugebilligt wurde, sondern Die Automat, die mit Wäschestück und Frau eine Dreieinigkeit bildete. Hinauf also – bezog man Die Automat in das Bild mit ein – floss das Wäschestück, hinauf aus den Strapazen der Reinigung, in die Arme der Frau. Die Arme zum Himmel, unser tägliches Waschpulver gib uns heute. Breite, blau-weiße Querstreifen formten mit den Längsstreifen auf der linken Brust des Kleides ein Kreuz. Weder Hände noch Unterleib der Beschenkten waren zu sehen, das Tuch reichte weit über den Ellenbogen, hier wurde nicht zugepackt, hier wurde empfangen. Oder geboren? Die Trommelwaschmaschine entließ das herrliche Weiß aus ihrer dunklen Höhle ins Helle, die Helligkeit einer fleckenlosen Geburt.

Waschkraft und Pflege, der völlig neue Schaum. Der Beginn einer wunderbaren Freundschaft: das perfekte Dreiecksverhältnis zwischen Frau, Wäsche und Automat – und das über allem thronende Waschpulver gab dazu seinen Segen. Ich faltete das Blatt zusammen.

Endlich, sehr klein gedruckt, fand ich die Aufgabe, das Tor zum Tausender: Drei von sechs betörenden Eigenschaften des Waschmittels sollten angekreuzt werden: Wie man mit Persil 65 wasche: a) in der Trommelwaschmaschine (Automat), b) der Bottichwaschmaschine, c) im Kessel. Letzteres tat die Mutter noch immer. Was soll's, ich brachte mein Kreuz auf den neuesten Stand: Trommelwaschmaschine, na klar. Kritisch wurde es bei der zweiten Frage. Erinnerte der Duft von Persil an a) Lavendel oder b) Flieder? Erlösung brachte die Klammer, die versprach, dass die Teilnahme an der Verlosung nicht von der Beantwortung dieser Frage abhänge. Blieb noch die Antwort, welches »augenblickliche Waschmittel« man gebrauche. Persil 65, was sonst.

Dann aber kam die wirkliche Hürde. Der gültige Fragebogen musste Namen und Adresse eines Einzelhandelskaufmanns tragen. Pieper würde ich eintragen müssen, auch wenn die dann unweigerlich von meinem Goldregen erfahren würden. Sollten sie. Ich würde die Postkarte – ausreichend frankiert – heute noch absenden.

Das zügellose Geschrei einer Möwenmeute riss mich aus meinen Betrachtungen, was alles ich mit dem Goldpaket bewerkstelligen könnte. Ein Zimmer für mich allein. In Köln. Eine Automat für die Mutter. Ein Fünfgang-Fahrrad für den Bruder. Ein leichter Stoffkoffer für die Großmutter auf der Wallfahrt nach Kevelaer. Eine Dauerleuchte für Großvaters Grab. Ein zweites Vögelchen für Maria. Eine Kreissäge für den Vater. Ein Füllhorn des Glücks würde ich ausgießen über die Meinen und mich. Ich, dat dolle Döppe.

Die Vögel strichen hinter einem Motorboot her, am Heck eine Frau, die schwungvoll irgendwas in die Luft warf. Die Sonne brannte, und das Glitzern der Wellen blendete. Ich hielt mir die Zeitung dicht vor die Augen: »Absage de Gaulles an

Erhard und Adenauer«, las ich. Darunter klein: »Europa-Konferenz nicht vor Einigung über Verteidigungspolitik.«

Daneben: »China droht wieder mit Truppen für Vietnam.« Ein Photo zeigte: »Hula-Tanz für deutsche Matrosen.« Schulschiff Deutschland war in Hawaii vor Anker gegangen. Naja. Daneben SED-Chef Ulbricht. »Einhundertsechsundzwanzig Tote seit dem Bau der Mauer.« »UdSSR-Bürger sollen besser leben.« »Zone forderte Auslieferung eines Flüchtlings.« »Gedenkfeier für Juden im Warschauer Ghetto.«

Die Überschriften enthielten bequem die Botschaft. War es überhaupt nötig, die Artikel noch zu lesen? Buchtitel waren meist nichtssagend, banal; je bedeutender ein Buch, desto beiläufiger der Titel. Krimis und Western hatten die Provokation nötig, Werke der Weltliteratur nie. *Faust. Hamlet. Wallenstein. Wilhelm Tell. Anna Karenina. Madame Bovary. Effi Briest.* Es waren die Dichter, die den Namen einen Namen machten. Um als Name in der Zeitung zu erscheinen, musste man sich zuvor einen gemacht haben, berühmt sein wie Politiker, Sportler, Künstler, berüchtigt wie Rosemarie Nitribitt oder Vera Brühne, Mörder wie Karl Denke und Fritz Haarmann, Verbrecher wie die von Auschwitz.

»Politik« auf den ersten Seiten hatte wenig zu bieten, was man nicht am Abend vorher schon in der *Tagesschau* als Neuigkeit hätte erfahren können. Bis auf das Kleingedruckte, etwa die Meldung unten links, aus Fulda: »Deutsche Bischöfe warnen vor Mischehe.« Ein »pflichtgemäßer Auftrag der Kirchen« sei es, »sich gegen eine Ehe zu wenden, in der die volle Gemeinschaft des Glaubens nicht eine gemeinsame Basis« sei. Ich ließ die Zeitung sinken. Sah mich mit Ferdi im Wartehäuschen bei der Straßenbahn, wo wir auf Hanni gewartet hatten, und ich mit Lessing, Mörike, der Droste sein Herz von Hanni weg und mir zu hatte kehren wollen. Ferdi, dä Evangelische. Zu der Hochzeit mit Hanni war es nie gekommen. Ferdi war verunglückt. Gottesurteil, so die Großmutter. Und auf dem evangelischen Friedhof begraben.

Oder hier: »Ausbildungsbeihilfe jetzt beantragen.« Je vierzig Mark gab es jetzt monatlich für Bertram und mich, Besucher einer »höheren Schule oder Hochschule«. Ich riss die Seite heraus und steckte sie in die Tasche.

In einem Sturzflug ließ sich ein Marienkäfer auf der »Hochschule« nieder. Ich streckte ihm meine Fingerkuppen hin, genoss das Kribbeln der winzigen Füße, ihre Liebkosung, arglos, wie das Streicheln von Blättern und Gräsern.

Der Wirtschaft war eine Doppelseite zugebilligt. Unter der vielversprechenden Überschrift »Börsenphantasie« Wörter aus einer anderen Welt: Industrie-Anleihen und Wandel-Obl. Auslandswerte und NE-Metalle, Investment-Zertifikate, Normwerte, Tagesindex, Devisenkassamarkt, dazu mysteriöse Zahlen, paarweise durch einen Längsstrich getrennt, mal höher, mal niedriger bis auf zwei Stellen hinter dem Komma. Geld-Brief – was sollte das heißen?

Ich rückte mich auf meinem Stein zurecht. Uwe Seeler noch immer verletzt. Emmerich von Borussia Dortmund verschießt einen Elfer. Die Fußballseite würde ich Bertram geben. Selbst spielte er immer weniger, aber im Fernsehen ließ er kaum ein Treffen aus, und ich schaute gern mit. Auch der Vater hatte ein paarmal dabeigesessen, zog aber Dressur- und Springreiten vor.

Ich blätterte weiter: »Kultur.« »Jerusalem ehrte einen, der Deutsch spricht. Max Frisch durchbrach ein ungeschriebenes Gesetz.« Nun ja, Frisch war Schweizer. »Alle Sprachen der Welt«, so der israelische Korrespondent, würden in Jerusalem »bei offiziellen Empfängen gesprochen, ausgenommen die deutsche. Jetzt zum ersten Male in der Geschichte der Heiligen Stadt (westlicher Teil) wurde dieses ungeschriebene, doch eifersüchtig bewachte Gesetz durchbrochen. ... Das Eis scheint gebrochen zu sein, und nun wird man auch deutsche Opern im Urtext im Radio hören – der Kampf für und gegen Richard Wagner wird nun nicht mehr auf rein nationaler, sondern auf sachlich-musikalischer Basis weitergehen.«

Ich ließ die Zeitung sinken. Die Vernehmung der Zeugen im Auschwitz-Prozess war abgeschlossen. Das Urteil wurde im August erwartet. Wie lange würde es dauern, bis Deutsch wieder eine Sprache war, die geliebt werden konnte, ohne Wenn und Aber? Es war zwar die Sprache von Goebbels und Heydrich, Himmler und Hitler gewesen. Aber auch die von Walther von der Vogelweide, Gryphius und Goethe, Schiller, Hölderlin und Heine, der Droste. Und die Sprache derer, die ihren Kampf gegen die Nazis mit dem Leben bezahlt hatten.

Ein Dampfer tutete von weit her, kam näher, Gischt spritzte, ich raffte die Zeitung zusammen, zog mich hinter einen Quader zurück und reckte den Hals. Auf dem weißen Rumpf des Schiffs in goldenen Buchstaben »St. Goar«. Rauchgekräusel überm Schornstein und den Luken der Kajüte. Der Dampfer schnitt eine breite Schneise, die sich in einem fort glättete und wieder neu aufschäumte, und mir schien, es hafte diesem Schiff auf dem breiten stillen Strom, der den Sand aus der Stadt meines ersten Studientages mit sich führte, eine durch nichts verlorene, durch nichts verlierbare Klarheit an. Eine Klarheit, die nichts jemals hatte trüben können und die durch nichts jemals zu trüben sein würde, nicht durch pathetische Helden und gemischte Ehen, durch Persil-Pakete nicht und nicht durch geklaute Portemonnaies – selbst nicht durch die Nacht auf der Lichtung.

Bis zur Kurve bei der Rhenania verfolgte ich den Dampfer, dort, das wusste ich, würde er drehen. Sein weißer, glitzernder Gischtbogen grub sich in den Fluss, und ich dachte an die unzähligen Schaumspuren, die alle möglichen Schiffe auf allen möglichen Breitengraden in die Meere der Welt gefurcht hatten, spurlose Spuren.

Nie war mir das Flüchtige und gleichzeitig Unverrückbare einer Schiffsspur, das Bodenlose und Verlässliche des Wassers so bewusst geworden wie heute, mit all dem gedruckten Durcheinander aus dem Wirrwarr der Welt in der Hand, dem Wortschwall von Tante und Professor in den Ohren. Flut des Wassers, Flut der Stimmen, das Fließende, Unaufhörliche des

Wassers, der Stimmen, der Zeit und das Bestreben der Zeitung, Zeit zu bezeugen, festzuhalten in groß- und kleingedrucktem Nebeneinander.

Ich nahm mir die zweite Abteilung des *Stadt-Anzeigers* vor: »Quer durch Köln.« Darunter ein großes Photo, halbe Seite. »Noch sechzehn Meter Luft. Zoobrücke erstmals von oben gesehen.« Im Juni, so der Bericht, solle die Brücke ganz geschlossen sein. Dann hätte ich mein erstes Semester fast geschafft.

Das Übrige war Klatsch. Stadtklatsch. In der Schildergasse wurden Platten für die Fußgängerzone verlegt, es gab ein »Brautpaar der Woche« und einen »roten Hahn auf dem Dach«. Das alles hätte die Tante auch erzählen können. Sogar auf Kölsch. In »Gedanke öm dr nöhkste Sondag« ging es um den weißen Sonntag, die Kinderkummelijon. Nie hatte ich die Sprache meiner Kindheit gedruckt gesehen. Fremd, beinah unheimlich sahen die vertrauten Laute als Buchstaben, als geschriebene Wörter aus. Ich hatte Mühe, in der Niherş die Näherin, im Kunsäät ein Konzert, im Pattühm einen Patenonkel zu erkennen. Erst als ich die Wörter in den Mund nahm, den Artikel laut las, nickten mir die abenteuerlichen Gesellen wieder zu. Auch diese Seite nahm ich heraus. Die Tante würde sich wundern.

»Für die Frau« war eine ganze Seite reserviert. Mal sehen, ob für die Mutter etwas dabei war. »Frauenarbeit nicht normal«, so die Hauptüberschrift. »Mütter sollen zu Hause bleiben.« Und zu Hause? Arbeiten Frauen da nicht? Was tat die Mutter denn den ganzen Tag? War Hausarbeit keine »Frauenarbeit«? Jedenfalls keine, die eine »Repräsentativumfrage« des Meinungsforschungsinstituts IFAS interessierte. Zweiundsiebzig Prozent aller Frauen, so das Ergebnis, »halten es nicht für normal, wenn Frauen in Büros und Fabriken arbeiten. Die Frauen gehören ihrer Meinung nach in den Haushalt, besonders, wenn sie verheiratet sind und Kinder haben. ... Männer urteilen noch ablehnender als Frauen. 75 Prozent aller verheirateten Männer sind dagegen, dass Frauen einem Beruf nachgehen.« Wunderte mich nicht. Hanni war heilfroh gewesen, von dr Wääw, der Weberei, wegzukommen. Verheiratete Frauen wollten nicht, sie mussten arbeiten gehen. Untrüglicher offenbarer Makel: Der Mann brachte nicht genug nach Haus.

Empört las ich den zweiten Beitrag: »Ohrfeigen statt Samthandschuhe.« Nicht lange »fackeln«, empfahl der Schreiber, eine »gehörige Tracht Prügel« gehöre zur »breiten Gefühlsskala« einer guten Mutter. Ich zerknüllte das Blatt, streckte mich, kickte einen Stein von den Kribben ins Wasser.

Ich sah auf die Uhr, Godehards Uhr. Nur noch selten dachte ich an ihn, wenn ich auf den Ziffernkreis an meinem Handgelenk blickte. Die Uhr ein Gegenstand, dessen Geschichte sich immer weiter verflüchtigte. Gebrauchsgegenstand.

Gut eine Stunde war ich nun schon mit der Zeitung beschäftigt. Seitenweise Werbung: »Pack dä Köbes in den Kühlschrank«; Kleinanzeigen: Ankauf, Verkauf, vom Kinderklavier übern Zimmerspringbrunnen bis zur deutschen Dogge. Mietgesuche, Angebote. Möblierte Zimmer. Auch diese Seite würde ich aufheben.

Vorwärts also mit »Reisen und Wandern«. »An Daum sich binden – Wohlbefinden!«, »Ihr Herz wird jung – durch Ausspannung!« »Reisen – Erleben – Vorwärtsstreben«. Der Hauptartikel: »Handfestes Frühstück spart eine Mahlzeit.« Holland versuchte bei deutschen Touristen mit kleinen Preisen und großen Portionen verlorenes Terrain wiedergutzumachen, besonders mit den »Eethuisjes«, Esshäuschen, wo es »unerhört üppig belegte, daunenweiche Weißbrötchen gibt«. Ob das die Tante mit de Käsköpp versöhnen könnte? Kokolores, nix wie heuchele, würde sie höhnen.

Blieb die letzte Seite: »Panorama.« Fettgedruckt, ins Auge springend: »Damenbesuch soll erlaubt werden. Studenten gehen gegen Wirtinnen vor. Tübinger AStA strebt Musterprozess an.« »Die Sittlichkeit, auf die viele Zimmerwirtinnen bedacht sind, wird von den zur Untermiete wohnenden Studenten als sittenwidrig angesehen.« Daher solle aus den Mietverträgen der

Passus »Damenbesuch nicht erlaubt« gestrichen werden. Einverstanden, so der Sprecher des AStA, seien die Studenten mit einer zeitlichen Begrenzung. Zapfenstreich: zweiundzwanzig Uhr. Luxusprobleme, die mich kaltließen. Nicht aber das eine Wort: »Studenten.« Hier, als ich das Wort in der Zeitung las, begriff ich mit einem Mal die ganze ungeheuerliche Tatsache: Ich war eine Studentin. Studentin: nicht länger ein Wort wie Baum oder Strauch oder Küchentisch. Vielmehr ein Wort, das zu mir gehörte wie mein Name. Dat Kenk vun nem Prolete war eine Studentin. Ein Wort wie Abitur, ein Wort aus dem Jenseits der Vorstellungen, die die Altstraße 2 mir mitgegeben hatte. Ich hatte mir das Wort aus dem Jenseits geholt, vom Himmel gerissen, war auf den Baum gestiegen, der in den Himmel wächst, jedenfalls ein Stück weit, und nun würde ich hineinwachsen in das Wort, das neue Wort, bis es reif war, und ich es würde abstreifen können und nach einem nächsten greifen. Studienrätin? Bibliothekarin? Doch dieser Gedanke durchkreuzte mich nur flüchtig. Die Freude über mein neues Sein in diesem neuen Wort war mir genug. Was war noch alles möglich? Alles war möglich. Alles Mögliche.

Ich war durch. Die Welt von Köln aus gesehen an meinem ersten Studientag, zusammengetragen auf zweiunddreißig Zeitungsseiten. Für die Mutter war nichts dabei. Nichts so interessant wie ein »Nimm mich mit«-Heftchen, gratis jede Woche in Piepers Laden mit so praktischen Ratschlägen wie: »Vermengen Sie Zucker mit Petroleum. Streuen Sie dies an den befallenen Stellen aus, und zünden Sie es an. Das überlebt keine Ameise.« Rudis Rasen aber auch nicht. Die Tante hatte den Bewuchs mit dieser Mischung bis in die Wurzeln ruiniert.

Ich strich über das bedruckte Blatt. So ganz anders war dieses Wissen als das des Professors. Seine Wissenschaft wollte Dauer, Zusammenhang, Unumstößlichkeit. Die Zeitung servierte stückweise, tagweise Happen. Gültig nur für den Augenblick. Das war das Geheimnis der Zeitung: ihre Zeit, jeden Tag neu.

Wollte man im Dorf klarmachen, dass nichts Bestand hat, sagte man: Dat jeht doch alles dä Rhing eraff.* Pantha rhei. Dä Rhing eraff würde ich die Zeitung heute am ersten Studientag schicken und sehen, was davon übrigblieb.

So, wie ich es vom Großvater gelernt hatte, kniffte ich ein Blatt nach dem anderen vom Spitzhut zum Schiffchen. Dä Rhing eraff würde es für de Gaulle, Erhard und Adenauer gehen, Deutsche und Franzosen in einem Boot. Ins Wasser mit den »Abschussbasen für sowjetische Flugabwehrraketen in Hanoi«, der »Schlemmerfahrt durchs Frankenland«, der »Spessart-Autobahn«. Doppelseitige, einseitige, halbseitige Schiffchen, fast den ganzen *Kölner Stadt-Anzeiger* vom ersten Studientag faltete ich zusammen und schickte »Politik« und »Blick in die Zeit«, »Für die Frau« und »Kultur«, »Quer durch Köln« und »Panorama« dä Rhing eraff.

So vertieft war ich in Kniffen, Falzen, Falten, Zusammenklappen, Pressen und Auseinanderziehen, dass ich den Bruder erst bemerkte, als er schon auf den Steinen der Kribbe stand.

»Bertram, du schon wieder? Amo!«

»Amamus! Ich wollt nur mal fragen, wie es denn so war. Die Mama sagt, du bist einfach weg, ohne was zu essen. Hier, von der Oma. Für dich.«

Bertram streckte mir ein knisterndes Päckchen und einen Apfel entgegen. »Ist schon bisschen schrumpelig, aber so sind die jetzt alle. Ist ja schon bald Sommer.«

Heißhungrig wickelte ich das Pergamentpapier auseinander und biss abwechselnd in die Graubrotschnitte, aus der eine dünne Käsescheibe heraushing, und den Apfel. »Das Papier sollst du wieder mitbringen«, sagte Bertram.

»Na klar.«

»Was machst du denn hier?«, entgeistert starrte der Bruder auf die Falterflotte, die ich um mich herum versammelt und mit Steinchen vorm Wegfliegen beschwert hatte.

»Hier, das hab ich für dich aufgehoben.«

---

* den Rhein hinunter

»Uwe Seeler... Emmerich... Weiß ich doch längst alles«, Bertram zuckte die Achseln. »War doch gestern schon im Fernsehen.«

»Aber hier das Photo. Kannst du ausschneiden.«

»Also, weißt du! Ich bin doch kein kleines Kind. Bildchen ausschneiden! Und überhaupt, wo hast du denn den *Kölner Stadt-Anzeiger* her?«

»Gekauft«, sagte ich kurz.

»Gekauft?«, echote der Bruder.

»Ja.«

»Warum das denn?«

Ja, warum eigentlich? Ich wusste es selbst nicht mehr. Erwachsen, sehr erwachsen war ich mir vorgekommen, als ich die drei Groschen auf die Theke gezählt hatte. Was hatte die Zeitung, was das Fernsehen nicht hatte? Ich konnte sie aufheben. Lesen, wann ich wollte. Nachlesen. Anzeigen studieren. Das Kleingedruckte. Neuigkeiten aus der Nachbarschaft. Und »Das Goldpaket« gewinnen. Das gab es im Fernsehen nicht.

»Has de im Lotto gewonnen?« Der Bruder ließ nicht locker.

Ich tastete nach der Karte für mein Gold-Persil in der Hosentasche.

»Noch nicht«, antwortete ich geheimnisvoll. »Na dann!«

Vorsichtig ließ ich den SED-Chef zu Wasser, er hielt sich gut, wie er mit dem Kopf nach unten bis über die Augen im Wasser auf scharfgeknifftem Papier unverdrossen weiter lächelnd stromabwärts schwamm. Alle Doppeltgefalteten steuerten zielstrebig geradeaus, die Einseitigen legten sich schnell quer, kreiselten träge und hilflos dahin, einige schnüffelten sich im Gefolge der Wellen zurück ans Ufer und verkeilten sich zwischen den Kieseln. Wir fischten sie heraus und schubsten sie wieder in die Strömung.

Seeler, Netzer, Overath faltete Bertram zusammen. »So«, sagte er, »das passt besser«, und schickte den Flieger übern Rhein, wo er in torkelnden Schleifen niederging. Leichter als meine derben Gebilde, ging sein Luftschiff als Erstes unter.

Schweigend sahen wir zu, wie die Schiffchen eine Weile Wasser und Wellen trotzten und sich dann eins nach dem anderen vollsogen, und ich wusste, auch Bertram dachte an den Großvater, wie er uns das Falten beigebracht hatte, aus dem Hütchen ein Schiffchen und wieder zurück. Eine Flotte, den Rhein hinunter, nach Rotterdam und ins Meer. Jedesmal waren wir mitgeschwommen auf der Stimme des Großvaters, der uns die Welt aus Wörtern schuf, unsere Reiselust stillte mit Bildern im Kopf. Hatten wir denn damals nicht gesehen, wie bald sich diese Bezwinger der Meere geschlagen geben mussten, wie trügerisch die schmeichelnden Wellen diese arglosen Papierchen, ausgesetzt von meiner allmächtigen Hand, weg von dem hellen Wasserspiegel am Rand, weg von den glitzernden Kieseln lockten und in die Tiefe sogen? Hatten wir das nie gesehen? Wie hatte der Großvater es geschafft, uns glauben zu machen, die Schiffe kämen bis Rotterdam?

»Und da hat uns der Opa immer erzählt, die Schiffe schwämmen als U-Boote weiter, wenn wir sie nicht mehr sehen, unter Wasser!«, sagte Bertram.

»Sie waren ja auch aus Pergamentpapier. Die gingen nicht so schnell unter«, ergänzte ich.

»Und manchmal sogar aus Silberpapier!«

Bertram kniff die Augen zusammen und spähte aufs Wasser, als könnte er in dem splittrigen Silber der Wellen den Heidenkinderschatz der Großmutter entdecken. Doch wo nun ein Schiffchen nach dem anderen zu durchtränktem Zeitungspapier wurde, waren nur Möwen zu sehen, die im Sturzflug auf die dunkelgrauen Knäuel herabstießen und sie mit ihren Schnäbeln zerfetzten.

»Warum bist du denn schon so früh wieder hier?«, fragte Bertram.

»Ausgefallen«, sagte ich, wunderte mich, wie glatt mir die Lüge über die Lippen kam. »Ausgefallen.« Was sollte ich sonst sagen? »Der pathetische Held ist unbedingt«, murmelte ich.

»He?«

»Ach, Bertram, ich hab einfach kein Wort von dem verstanden, was der Professor gesagt hat. Und auf einmal saß ich in der Straßenbahn zum Bahnhof.«

»Aber du fährst doch morgen wieder hin?«

»Was denkst denn du!«

»Trotzdem...« Bertram stockte, druckste herum. »Also: Wie du dich anziehst! So, so...«

»Ja, wie denn?« Ich schaute an mir herunter: schlottrige Hosen, darüber eine zu weite Bluse.

»Also«, platzte der Bruder heraus: »Wie en ahle Möhn!˙ Früher hast du dich doch ganz anders angezogen.«

»Na, hör mal, hast du denn nix anderes im Kopf?« Verlegen, gerührt rettete ich mich in einen forschen Tonfall. »Die Kleider muss ich doch schonen.«

»Kleider?«, echote Bertram. »Du hast doch gar keine mehr.«

»Zu teuer«, beschied ich ihn kurz. »Von der Post kommt ja auch nichts mehr.«

»So kriegst du aber doch nie einen Freund!« Die Stimme des Bruders klang aufrichtig besorgt. Nicht so, wie die der Mutter, die mir meine Blusen nach jeder Wäsche verachtungsvoll präsentierte: »Wenn de weiter so rumläufst, kriechs de nie ene Mann!«

»Freund«, giftete ich, »Freund! Komm mir doch nicht mit so nem Kokolores! Du redest ja schon wie die Mama!«

Ich hob einen Stein auf und warf ihn der sinkenden Flotte hinterher. Daneben. Kurz darauf gingen alle im Strudel der nächsten Kribbe unter.

Abends nahm ich mein Ringheft mit ins Bett.

»Schau mal«, zeigte ich Bertram meine spärlichen Einträge. »Hier: Weißt du, was das heißt? Du kannst doch Griechisch.«

»Polla ta dei na kou den an thro po...?«, buchstabierte Bertram. »Hast du eine Klaue.«

˙ Wie eine alte verbitterte Jungfer.

»Ja, oder so ähnlich. Hab doch gesagt, ich hab nix verstanden.«

»Hast Glück«, sagte Bertram. »Hatten wir gerade. Ein ganz berühmter Spruch. Sophokles. *Antigone*. ›Viel Gewaltiges gibt es auf Erden, aber nichts ist gewaltiger als der Mensch.‹ ›Polla‹ kann in zwei Richtungen gedeutet werden, kann ›wunderbar‹ meinen oder ›furchterregend‹, denn die Griechen …«

Ich schlüpfte zurück in mein Bett. Wie ich diese kleinen Vorträge des Bruders liebte!

Überhaupt keine Lust, in den Bus zu steigen, in den Zug zu steigen, der Wissenschaft entgegen, hatte ich am nächsten Morgen. Schon aufzustehen musste ich mich zwingen, Mutter und Großmutter ins Gesicht zu sehen und so zu tun, als könne ich es gar nicht erwarten, fortzukommen von der Kaffeetasse auf dem Wachstuchtisch, dem Marmeladenbrötchen unter Öllämpchen und Kruzifix. In den Holzstall wäre ich am liebsten gegangen, zu den Blumen und Steinen und ihren Geschichten, oder an den Rhein, den allwissenden Schweiger. Lieber sogar als in Bus und Zug hätte ich meinen Weg zu Maternus genommen, mich ans Fließband gesetzt, den Kopf vom Körper getrennt und den Tag verträumt. Nein, ich hatte keine Lust, aus dem Haus zu gehen; keine Lust, der Mutter, die sich immer vernehmlicher die Nase putzte und immer unverhohlener auf die Küchenuhr sah, aus den Augen zu kommen. Ich hatte Angst. Und durfte mir das nicht eingestehen. Nicht einmal denken durfte ich das Wort für diesen Klumpen im Magen, der sich mit jedem Blick der Mutter verstärkte; anwuchs, je näher ich dem Gedanken an DAS STUDIUM rückte, diesem Gewirr aus Professorenwort, Bohnerwachs-, und Essensgerüchen, diesem Ansturm der Altersgenossen, die alle wussten, was sie hier zu suchen hatten. Hatte ich wirklich erst gestern Triumphgefühle ausgekostet beim Anblick des Wortes Student? Unter den Augen der Mutter, der Großmutter, mit Blick auf das Vertiko, den gerahmten Antonius und die gestickte Bordüre über dem Herd »An Gottes Segen ist alles gelegen« kam mir das vor, als hätte ich gestern nicht nur das Wort, sondern auch das Gefühl und die Person, die dieses Gefühl hatte, nur gelesen.

»Kenk, et wird Zeit. Dä Bus wartet nit.« Fast besorgt klang die Stimme der Mutter, aber auch Ungeduld schwang mit. Sobald ich aus dem Haus war, würde sie das kleine Radio einschalten, das seit ein paar Monaten unter dem Kruzifix stand, und Radio Luxemburg hören. Eine von vier Millionen, die sich morgens vom *Fröhlichen Wecker* in Stimmung bringen ließen.

»Gibs de dem Kenk denn nix ze esse mit?« Die Großmutter ließ die Herdringe knallen. »Dat kütt doch erst nachmittags heim.«

Die Mutter schnaufte.

»Nä, Oma«, sagte ich. »Isch hab doch Freitisch.«

»Wat es dat dann?«

»Da jibet dat Esse umsonst«, knurrte die Mutter, »wie bei dä Fürsorje.«

»Nä!« Die Herdringe klirrten lauter. »Hammer dat dann nüdisch?«

Ich schnappte meine Tasche. Jetzt war ich froh, als die Tür hinter mir zufiel. Aber meine Füße, die rechtsherum an den Rhein wollten, musste ich zur Bushaltestelle zwingen.

Und zwingen musste ich mich auch weiterhin. Nichts mehr beflügelte mich. Ja, ich war eine Studentin. Hatte es so gewollt. Aber ich hatte nicht gewusst, was ich gewollt hatte. Der Schuh war zu groß. Der Baum zu hoch. Und was das Schlimmste war: Niemand würde sich darum kümmern, ob ich aufstieg oder abstürzte; niemandem in Aula oder Hörsaal würde auffallen, ob Hildegard Palm aus Dondorf, Altstraße 2, wirklich ihre Vorlesungen und Seminare besuchte oder sich in einem Kaufhaus zwischen Sonderangeboten und Krabbeltischen herumdrückte, bis die rechte Zeit für den Zug nach Hause gekommen war. Und zu Hause? Niemand würde fragen: Wie war der Tag? Wie ist es dir ergangen? Niemand hatte je so gefragt. Nur Bertram. Doch dem würde ich mit meiner Angst keine Angst machen. Meine Angst nicht mit-teilen. Ich, die große Schwester. Das Vorbild. Ich musste es allein schaffen.

Also zwang ich mich aus dem Bus in den Zug, aus dem Zug in die Straßenbahn. Haltestelle Universität.

Ich hatte am Morgen die Kleider gewechselt, meine zweite Hose und eine frische Bluse angezogen, »un usserens muss dat wäsche«, hatte die Mutter geknurrt. Sie hatte recht; aber die Kleider vom Vortag schienen mir getränkt von meiner Flucht. Sogar neue Unterwäsche trug ich. Nur die Schuhe waren die von gestern, ich hatte sie mir nach dem Abitur als Belohnung geleistet. Halbhohe helle Cowboystiefel, die ich mit ähnlicher Andacht pflegte wie die Großmutter ihren Hausaltar, trugen mich Eichendorffs *Marmorbild* und der Lyrik des jungen Goethe entgegen.

Hörsaal 18, ähnlich gebaut wie die Aula, nur gedrängter, fasste etwa zweihundert Zuhörer. Die steil ansteigenden Sitzreihen waren schon dicht belegt. Ich suchte einen Platz so weit vorn wie möglich, und als der mit N.N. Angekündigte erschien, wurde mir klar, warum fast ausschließlich weibliche Wissensdurstige die erste Reihe besetzten.

N.N. war ein mittelgroßer, schlanker Mann von etwa dreißig Jahren; das dunkle gewellte Haar länger als einer akademischen Karriere förderlich, und, was noch ungewöhnlicher war, der Hemdkragen offen, was seinen Hals dünn und schutzlos aussehen ließ. Bräunliche Hautfarbe, ins Gelbliche spielend, fein gerötete Wangen; braune Augen, strahlend wie die eines Kindes in der Gewissheit seines Geschenkes. Eine Verkörperung von Schönheit und Glück, als sei er den Seiten einer romantischen Novelle entstiegen und nur, um kein Aufsehen zu erregen, in einen Straßenanzug der sechziger Jahre geschlüpft.

Ja, er war schön, der Herr N.N. Solange er nicht den Mund auftat. Wie konnte er es wagen, meine geliebte Sprache, meinen Eichendorff, mit seinem ungenierten Schwäbisch derart zu entstellen? Dazu hatte ich nicht Nachmittage lang meine kölsche Zunge dressiert, damit mir hier ein angehender Professor der Germanistik mit derartigen Verzerrungen kam. Ich sah mich um. Niemand schien Anstoß zu nehmen an diesem fleischgewordenen Widerspruch, der, auf der äußersten Kante seines Katheders wippend, einen frisch gespitzten Bleistift in die Luft bohrte, als bohre er sich in die Gedichte und diese in unseren Kopf. Der behäbige Tonfall und die resoluten Gesten standen in ebenso schroffem Gegensatz wie die noble Gestalt zu der ungehobelten Sprache.

In N.N.s Mund verformte sich die poetische Prosa zur Spöttelei; zugegeben, unbeabsichtigt, doch das machte die Sache nicht besser. Also konzentrierte ich mich auf N.N.s Erscheinung, genoss seine ausgreifenden Gesten, mit denen er ganze Ballen von Luft umfing, sie an die Brust nahm, als erwärme er sie mit seinem Blut, um sodann die Arme mit geöffneten Händen zu beiden Seiten in die Höhe zu werfen, Wissen und Wissenslust wie Leckereien unters Volk verschleudernd bis in die letzte Reihe. Kamelle. Ein Eindruck unerschöpflicher Fülle. Dann wieder ließ er die Hände gewölbt und nach oben gekehrt wie Waagschalen auf- und niedersinken, als verleihe er den Worten ein schwankendes Gewicht, so, dass ich neugierig wurde und die Ohren wieder dem Sinn der Laute öffnete. N.N. war von der Deklamation zur Interpretation übergegangen und begleitete mit diesen Gesten die Argumente für und wider die Auslegung einer Textstelle, dergestalt andeutend, dass er seines Urteils nicht sicher war. Oder wollte er uns durch vorgespielte Unsicherheit zu einem eigenen Urteil verlocken? Das gelang ihm. Es gelang ihm, mich vergessen zu machen, dass er die Dichtung, ihre Sprache, mit seiner Aussprache befleckte. Sogar dankbar musste ich ihm für diesen Makel sein: Hätte ich einem angemessenen Vortrag dieser herzzerreißenden Verse, der Gefahr einer

Stimme, einschmeichelnd schön und verführerisch wie der Mund, aus dem sie kam, überhaupt standgehalten? Hätte nicht vielmehr ein Schluckauf mich aus dem Saale getrieben, Hörsaal 18, schon in der ersten Stunde, schon bei den ersten Zeilen? Es war dieser Gegensatz, das Unvollkommene, der Makel, der mich hielt. Und zur Dichtung zurückführte. Wenigstens teilweise.

N.N. lehrte mich das wissenschaftliche Lesen. Lesen, ohne Angst zu haben, dass Dichtung die Kapsel sprengen, mich dort erreichen könnte, wo es wehtat. Ein gefahrloses Lesen, das im Kopf stecken blieb. So, als besuche man seinen Liebsten im Gefängnis hinter einer kugelsicheren Glaswand. Man kann ihn sehen, mit ihm reden – über einiges jedenfalls, Belangloses, nie über das Wesentliche: die Befreiung –, aber berühren, riechen, schmecken darf man ihn nicht, einander nicht.

Als hätte man einen Necker-Würfel gekippt, war ein Gedicht, ein Roman plötzlich nicht mehr ein Wunder wie eine Blume, ein Baum. Es war gemacht. Wurzeln, Äste, Maserung sichtbar. Der Zauber abgestreift. Die Blüte seziert. Ähnlich wie damals auf der Pappenfabrik, als die Bücher nicht mehr zu mir redeten, stumm blieben unter spiritus verde. Ich traute mich wieder, mit meinen liebsten Büchern zu sprechen, und sie sprachen auch wieder zu mir, meine Bücher, aber ganz anders als zuvor. Sie bezauberten mich nicht mehr. Waren nicht mehr Erlösung, Offenbarung, Ansporn, Genuss. Sie waren Arbeit und Mühe. Siehst du, wie ich gemacht bin, fragten sie, drängten mir ihr Gerüst auf, ihr Skelett. Nicht mehr reden sollte ich mit ihnen, nachdenken über mich und die Welt. Sezieren sollte ich sie. Und daran Gefallen finden.

Der Trick war einfach. In der Philologie mutierte ein Buch zur »Quelle«. Damit war die Verbindung zum Gefühl zuverlässig gekappt.

Um ein Buch, pardon, eine Quelle zu studieren, bedurfte es der wissenschaftlichen Anleitung. Quellenforschung. Quellen flossen historisch und kritisch, flossen in Gesamtausgaben. War ein Dichter wirklich etwas wert, wurde sein Buch zur

Quelle für Quellen; sein Werk nicht länger schlicht von ihm, vom Dichter, verfasst und vom Verleger verlegt. Herausgegeben vom Herausgeber wurde sein Werk sanktioniert, heiliggesprochen wie biblisches Wort. Es war dann eine Edition. Eine Quellenquelle. War der Dichter mit seinem Werk in den Augen des Quellenwissenschaftlers nicht ganz zu Rande gekommen, machte der sich darüber her und nannte das Ergebnis eine Bearbeitung.

Unabdingbare Begleiter der Quellen waren die Fußnoten. Ohne Fußnoten keine Geisteswissenschaft. Was für Gott das Gebet der Gläubigen, war der Philologie die Fußnote der Philologen. An ihren Fußnoten sollt ihr sie erkennen.

Schafften Gedicht, Erzählung, Drama, Komödie, Tragödie, Roman es nicht, im Auge des wissenschaftlichen Betrachters zur Quelle zu mutieren, schluckte sie »Der Text«. Wie Wasser jeder Art in einen Ozean mündete, endete, was Buchstaben aufwies, im Text. Vor »Dem Text« waren alle gleich. Wie vor Gott. Im Anfang war das Wort und Gott war »Der Text«. Aus Wahrheit und Schönheit, diesen beiden Töchtern des Worts, Text machen: das war – Philologie.

Und der Sinn? Durfte wenigstens nach dem noch gefragt werden? Ja. Aber man musste Belege für ihn finden. Und konnte man das? So gut und so schlecht, wie man Gott belegen kann. Wie sollte ich einen Sinn, den das Kunstwerk allein für mich hatte, mit Textstellen belegen? »Was sagt das Buch mir?«, hatte Rebmann uns zum ganz eigenen Umgang mit der Literatur ermutigt. Nun holte mich die vertrackte Frage »Was will uns der Dichter damit sagen?« mit akademischer Entschiedenheit und im professoralen Fachjargon unerbittlich ein.

Nicht, um das Geheimnis eines Textes zu feiern, ging es, nicht darum, den »göttlichen Funken« zu spüren, den ein Buch in uns entzünden kann, sondern um die Beschaffenheit des Brennholzes und wie es am besten zu spleißen sei. Ich trieb der Dichtung die Seele aus, bis sie mir nichts mehr anhaben konnte.

Es war mir recht. Der Ersatz hochwillkommen. Ich las über. So, wie man Kochbücher liest über die Zubereitung von Essen, las ich Bücher über die Zubereitung von Dichtung und vergaß darüber, nein, nicht zu essen, zu lesen, dazu wurde man ja durch den Küchenmeister Professor gezwungen, aber mich zu nähren und zu genießen verlernte ich. Das Besteck wichtiger als das Essen, die Zutaten wichtiger als das Gericht; als säße man bei einem köstlichen Mahl und müsste bei jedem Bissen über Bestandteile und Zubereitungsweise Rapport erteilen. Wissen über Dichtung ersetzte die Erfahrung mit der Dichtung. Ich stopfte mich mit Wissen voll. Vielfraß, Allesfresser. So, wie ich vor der Nacht auf der Lichtung die Dichter verschlungen hatte, verschlang ich jetzt die Bücher der Dichterdeuter. Umgab mich mit Wissen, Wissen als Panzer gegen das Fühlen. Wissenschaft machte mich zu Verstand.

Vor dem Abend auf der Lichtung war ich, was immer ich las, Leserin meiner selbst gewesen. Immer schwang die Frage mit: Was sagt das Buch mir? Und mitunter war mir das Gesagte so nah, oder eine Metapher sprach so vertraut aus meinem Herzen, als hätte ich dieses Buch, dieses Gedicht selbst geschrieben.

Nun wurde ich zum Leser des anderen. Aus Liebe wurde Achtung, Respekt. Mit der Hochachtung wuchs die Distanz. Bücher waren nicht mehr dazu da, mich gut und glücklich zu machen, sondern gelehrt. Je mehr ich über Dichter und Werke erfuhr, desto ferner rückten sie mir. Das Buch, mein Gegen und Über. Nicht die Bücher redeten zu mir. Ich redete über Bücher. Nicht sich selbst näherkommen, sondern dem Buch. Nicht über sich nachdenken, sondern über die Bücher. Ein Buch ist ein Buch ist ein Buch. Philologie: Das war Reden in Büchern über Bücher, die sich mit Büchern befassten. So weit entfernt von meinem Leben wie möglich. Dem Leben aus dem Weg gehen. Ich hatte wieder einen Zufluchtsort gefunden: die Wissenschaft, ihr Streben nach folgenloser Eindeutigkeit. Ich hatte wieder etwas, woran ich glauben konnte, nicht Gottes, aber doch des Geistes Wort, nicht die Kirche wollte ich hören, sondern die

Wissenschaft, des Geistes Wissenschaft. Hier gab es keine Sätze mehr, die sangen, melodisch schillerten, Wörter, die sich drehen und wenden ließen wie Steinchen im Kaleidoskop. Dichtung war dazu da, um ihr das Geheimnis zu entreißen. Texte waren dazu da, um ihr Programm aufzuspüren, Gesetzmäßigkeiten, Regeln und Ordnungen, Funktion und Struktur. Und über allem schlug der hermeneutische Zirkel seinen Heiligen-Geist-Schein, kein noch so kleines unscheinbares Silblein konnte sich seinem allwissenden Blick entziehen, einfügen musste es sich ins große Ganze, wollte es nicht ausgestoßen werden, unwerter Minderling, hinaus aus dem Reich der Seligen, Ordnungsseligen, ins vor-metrische, vor-strukturelle Chaos. Ins Nichts. Anzukämpfen gegen dieses Nichts: Das war Geisteswissenschaft.

Gehorsam wie früher dem lieben Gott folgte ich ihren Geboten. Erstes und oberstes Gebot: Du sollst nicht lieben. Zweites Gebot: Du sollst keine anderen Götter neben mir haben. Drittes: Du sollst das Wichtige vom Unwichtigen trennen. Das Kluge vom Dummen. Viertes: Du sollst Quellen und Texte ehren, auf dass sie dir ewig neue Interpretationen gewähren.

Mein Ringbuch füllte sich mit Notizen, die jetzt Exzerpte hießen. Das Ausgewählte. Verba ex orationibus. Nomina ex tabulis. Die Guten ins Töpfchen, die Schlechten ins Kröpfchen. Exzerpte: die adlige Verwandtschaft der Notizen. Vergaß man beim Exzerpieren auch nur ein Komma, ein i-Tüpfelchen, degenerierte das Exzerpt zur Notiz. Nur Buchstabentreue erhob das Exzerpt in den Adelsstand des Zitats. Ein falsches Wort, und die Quelle war verschmutzt, unbrauchbar. Verschmutzte Quellen zu zitieren war schlimm. Nur eines war noch schlimmer: in Büchern, die einem nicht gehörten, zu unterstreichen oder an den Rändern zu kommentieren. Dafür war das Ringbuch da.

Und dann war mein Ringbuch weg. Ich merkte es erst am Abend, einem Freitagabend, als ich im Holzstall meine Tasche auspackte. Wo ich es liegen gelassen hatte, wusste ich gleich. Im Eichendorff-Seminar. Im Seminar des N.N., des nomen nominandum, der sich als Dr. Konrad Knabe herausgestellt hatte. Nirgends sonst schrieb ich so begeistert mit und fühlte mich zu ausschweifenden Kommentaren herausgefordert. Auf dem Papier. Nur für mich. Hätte ich nur nicht in stolzen Druckbuchstaben meinen vollen stud. phil. Namen auf den Deckel gemalt!

Mein erster Weg am Montagmorgen führte ins Germanistische Seminar. Das Ringbuch war da. Nichts fehlte. Nichts deutete daraufhin, dass jemand darin geblättert hatte.

Im nächsten Eichendorff-Seminar am Ende der Woche warf ich einen Blick in die Gesichter meiner Nachbarinnen. Doch wenn eine von ihnen das Heft abgegeben hatte, maßen sie der Sache keine Bedeutung bei. Zudem wussten sie nicht, wie ich hieß.

Da rief Knabe, gleich nachdem unser Knöcheltrommeln verebbt war, meinen Namen. Nie zuvor hatte er einen der Anwesenden direkt angesprochen. Suchend kreiste sein Blick über unsere Köpfe. Einfach wegducken? Doch dann siegten Neugier, Eitelkeit, Ehrgeiz – oder am Ende doch nur Gehorsam, jedenfalls hob ich wie in der Schule den Finger und sagte: »Hier!« Was ich, noch ehe ich den Mund wieder schließen konnte, bereute. Die bange Silbe versetzte sämtliche Köpfe im Hörsaal 18 in die Richtung dieses zaghaften präkonsonantischen Anlaut-Hs mit Langvokal.

»Nun, Fräulein Palm«, Knabes Stimme hatte ihren dozierenden Tonfall verloren, das Schwäbische ließ seine Anrede gemütlich, privat, fast nebenher erscheinen, als habe er mich gerade in der Mensa oder auf der Straße getroffen. »In der letzten Sitzung habe ich gesagt, dass das Auftreten derselben Figuren, Motive, Szenerien nicht aus der Notwendigkeit der Geschehensführung zu erklären ist, sondern nur als die Anwendung allgemein gebräuchlicher Topoi anzusehen ist. Sie sind da anderer Meinung?«

Das war unerhört! Professoren und erst recht nicht ihre Assistenten fragten je nach einer Meinung. Schon gar nicht in einem Proseminar. Sie fragten nach Fakten. Ihre Aufrufe waren Rufe nach Wissen: Welche Strophenform liegt hier vor? Was ist ein Hysteron-Proteron? Was ein Hendiadyoin? Und nun wurde mir nicht nur eine Meinung, eine Gegenmeinung wurde mir unterstellt!

Murmeln, Flüstern im Raum. Knabe hatte sich bemüht, die Frage so beiläufig wie möglich klingen zu lassen; seine dunklen Augen blickten aufmunternd auf mich herab.

»Schauen Sie doch mal in Ihrem Ringbuch nach!« Knabes Lächeln wurde noch breiter. Vorwitzig, scheinbar anteilnehmend, beugte sich meine Nachbarin zu mir herüber.

Das also war es. Knabe hatte mein Ringbuch gefunden, zumindest darin gelesen. Und dabei festgestellt, dass dicke Balken und Kreuze einzelne Sätze seiner Vorträge hervorhoben; daneben Bemerkungen der Art: »Ich bin anderer Meinung.« Oder »Nein!« oder »Prüfen! Knabe beachtet Zusammenhang nicht. Dagegen Stellung nehmen. Bedeutung der Dämmerung nicht beachtet. Stimmt nur bedingt.«

»Nun, Fräulein Palm, wir warten!« Wieder begleitete schwirrendes Gemurmel Knabes Worte, diesmal drängender. Ich war zu meiner ersten akademischen Äußerung gerufen. Einem Widerspruch wider Willen. War ich doch hier, um zu lernen, Wissen anzuhäufen, mich zu rüsten. Welcher Teufel hatte mich geritten, meine Ansichten nicht nur in Form von Doppelstrichen und Andreaskreuzen auszudrücken, sondern wortwörtlich? Allerdings: Nur für mich! In meinen Notizen. Anderer Meinung zu sein als der Professor oder auch nur der Oberassistent: Niemals hätte ich das laut geäußert. Nicht einmal im Kreis der Kommilitonen, wenn mich denn jemand gefragt hätte. Ich fühlte mich ertappt. Ne eijene Kopp. Kinder mit nem Willen kriejen wat auf de Brillen. Ich machte den Mund auf, doch gleichzeitig schlugen die Zähne aufeinander, meine Meinung, mein Widerwort knurrte in mir wie Hunde im Zwinger. Meine Nachbarin, eben noch wie in Freundschaft mir zugeneigt, zog sich zurück. Das Gemurmel verebbte.

Knabe räusperte sich. »Tut mir leid, Fräulein Palm, wenn ich Sie mit meiner Frage überfallen habe. Eine Meinung zu haben, ist auch im Hörsaal nicht verboten. Nur begründen können muss man sie.« Knabe machte eine Pause. »Fahren wir fort. Ich komme nun zur Funktion der Verseinlagen als Kompositionselemente. Dem dargestellten Geschehen wird durch die Lieder ein komprimierender Schlussakzent aufgesetzt...«

Knabes Stimme hatte wieder ihre professorale Distanziertheit angenommen, Gesicht und Stimme wieder von dieser Welt. Erleichtert sah ich, wie sein Zeigefinger gegen sein Kinn klopfte, und spürte, wie meine Kiefer sich langsam lockerten, der Krampf der Kinnbacken nachließ, sich die Hände vom Plastikeinband lösten. Ich drückte die Mine aus dem Kopf des Kugelschreiber und notierte: »Neben thematischer Verbindung und der Akzentuierung des Geschehensberichtes tritt die Funktion psychologischer Wirkung auf die Figuren auf, die deren Handlungsweise beeinflusst und lenkt...« Mein Stift folgte der Stimme, die Studentin dem Professor in spe, willenlos, meinungslos. So sollte es sein. Die Ordnung war wiederhergestellt. Ein Schluckauf ließ meine Hand noch einmal entgleisen. Knabe blickte gleichgültig zu mir hinüber; auch er war wieder da, wo Ordnung herrschte, im Reich des hermeneutischen Zirkels, wo jedes Ding seinen Ort hat, seine Bestimmung und der Deutung harrte.

Zu Hause fing ich ein zweites Ringbuch an, in dem ich die Aufzeichnungen eines jeden Tages nach Herzenslust kommentierte, widerlegte, bestritt. Ungehemmt, spitzfindig, hämisch, bisweilen zänkisch. In den Texten der Dichter suchte ich die Konstruktion, den Aufbau; in den Texten der Professoren den Konstruktionsfehler, den Zusammenbruch.

Knabe legte ich drei handgeschriebene Seiten ins Fach: Warum ich anderer Meinung bin. War ich auch lautlos, sprachlos war ich nicht, das sollte er wissen.

Mit trockenen Tagen und Nächten und der höher wandernden Sonne ging der Frühling in den Sommer über. Ich hatte die Welt gegen die Universitätsbibliothek getauscht. Saß, las, versank. Nicht viel anders als im Holzstall.

In der Universitätsbibliothek hatte nichts mit mir zu tun. Ich war für nichts verantwortlich, außer für eine bestimmte Ansammlung von Büchern, Apparat genannt, der ein gewisses Heimischsein herstellte, indem er mich Tag für Tag auf denselben Platz an einem schmalen Holztisch zwang. Lebenszeichen wie Räuspern, wenn es das Maß eines kurzen trockenen Kehlesäuberns überschritt, leises Kichern oder Flüstern wurden mit scharfem Zischen erstickt. Bestenfalls nickte man sich zu, ohne einander zu sehen, zu kennen oder kennenlernen zu wollen.

Leben war Lesen in freiwillig geteilter Einsamkeit. Der Körper in die Augen konzentriert oder in die Hand mit dem Stift. Jenseits der hölzernen Regale, der cellophanschimmernden, mit Signaturen und Ziffern stigmatisierten Buchrücken fixierten die Pupillen erdenferne Orte in dieser unermesslichen Galaxis des Geistes. Auf den Brettern herrschte eine aufgeräumte, unverrückbare Ordnung. Der ganze Raum und jeder, der sich hier sorgsam bewegte, wirkte geordnet, war sich seiner sicher. Die Heerschar der Bücher strahlte eine Gewissheit aus, die es so sonst nirgends gab. Mich hinter ihnen zu verschanzen: Weiter weg konnte ich mich von der Wirklichkeit nicht entfernen.

Auch Unterstreichungen und Randnotizen in den Büchern beeinträchtigten diese Weltabgewandtheit nicht. Im Gegenteil. Zwar unterließ ich es, selbst welche zu machen, doch diesen heimlichen Dialog zwischen Verfasser und einem fremden Leser zu belauschen, erregte mich mitunter so sehr, dass ich kaum widerstehen konnte, mich als Dritte einzumischen, den Kommentar zum Kommentar zu kommentieren.

Hüten musste ich mich vor allem, was mit Wissenschaft nichts zu tun hatte: eine Ansichtskarte von Bielefeld zum Beispiel, unterzeichnet von sechzehn Personen in »Erinnerung an die

Familienfürsorge«, grüßte Herrn Martin Ochs in Hubbelrath, Bachgässchen 5. Aus den *Metamorphosen eines Schlafliedes* fiel die Karte und wiegte mich im Entziffern von sieben Männer- und neun Frauennamen weit hinaus aus der »allegorischen Motivkopplung, in der Zeichen und Bezeichnung zur Deckung streben« und tief hinein in die Bielefelder Familienfürsorge und das Wohlergehen des Martin Ochs.

Eine Quittung für den Kauf eines Hutes bei Rosenkranz auf der Hohe Straße steckte in den *Grundformen der Säkularisation* und versetzte mich zurück in das kleine Mädchen, die kleine Hildegard, die, im dreifach umgesäumten Mantel der Cousine, mit der Tante bei C&A für die Beerdigung des Großvaters einen Hut gekauft hatte, schwarzer Samttopf mit Tüllschleier, den die Tante wegen der Hitze aber doch nicht getragen hatte.

Und dann dieser vergilbte Zettel, halb postkartengroß, »Meldeschein der P-« konnte man lesen, darunter klein: »für die polizei-«, offenbar ein Anmeldeschein für die Übernachtung in einem Hotel in deutscher und russischer Sprache. Auf der Rückseite in Sütterlin: »Liebe Lieselotte! Habe bis 1/2 10 im Regen auf Dich gewartet, war auch im –«, das Wort konnte ich nicht lesen, »habe Dich nicht gesehen. Was machst Du heute Nachmittag, und wo warst Du bei dem Regen?! Herbert.«

Der Stift in meiner Hand stockte, die Hand hielt sich fest an der »Frage nach dem Kunstcharakter des Gedichtes als Gestalt und Gegenstand«. Mit der vollen Wucht des wirklichen Lebens spülte dieses Zettelchen, dieser Schnappschuss des Lebens, die blutarme gelehrte Mühsal um zentrale Prämissen, dogmatische Endlichkeit und den Traum vom ultimativen Kommentar aus meinem Kopf und die Sehnsucht nach Sehnsucht ins Herz, die Sehnsucht nach allem, was es gratis gab und für alle, das Leben draußen vor der Tür, außerhalb meiner Hirnverschalung. Wie ein Schlag traf mich der Zettel, dieser Splitter aus einem fremden wirklichen Leben. Zwei Namen nur, der eines Mannes und der einer Frau, er wartete im Regen auf sie, hatte sie sogar im – verflixt, warum konnte ich dieses Wort nicht lesen? Ich rätselte, tüftelte, es war wie im Traum, wenn man die lebenswichtige Botschaft nicht entschlüsseln kann, so saß ich vor dem Zettel, dem Wort, von dem mit Gewissheit nur der letzte Buchstabe, ein ß, feststand, -schloß könnte es heißen oder -schluß. Zwei Namen, ein wartender Mann, Regen. Ein unleserliches Wort. Das war alles. Ein Text ohne mich. Das Leben ohne mich. Vor einem Text wie diesem war ich wehrlos.

Hatte ich gestöhnt? »Ist Ihnen nicht gut?«, flüsterte mein Lesenachbar und brachte mich wieder zu mir. Das Buch war mir verleidet, ich entfernte es aus meinem Apparat und entschied mich für einen frühen Zug nach Hause.

Noch auf dem Weg zum Bahnhof ließen mich Herbert und Lieselotte nicht los. Warum, ja, warum hatte Lieselotte Herbert im Regen warten lassen? So viel wichtiger war mir das als die literarhistorischen Aspekte von Parzivals Schweigen, die Bauformen geistlicher Dramen des späten Mittelalters. Ob es doch nicht so weit her war mit meiner Berufung zur Jüngerin der Wissenschaft?

Aber es gab, besonders wenn ich die Philosophen las, auch diesen kalten Jubel im Kopf, als höbe sich das Begreifen leicht und frei wie in einem Ballon aus der Hirnschale hinaus; das Wissen stieg mir in den Kopf wie ein leichter Wein, die Wörter waren DAS WORT, die Sätze, Fittiche, schwangen mich über weite Ebenen hoch ins Gebirge der reinen Vernunft. Mit leichter Hand und klarem Verstand balancierte ich das Universum, jonglierte ich Himmel und Erde. Je abstrakter die Sätze, desto unbegrenzter ihre Fähigkeit, mich aus der Gegenwart zu lösen, hineinzutragen in eine Sphäre außerhalb von Raum und Zeit, wo die Gedanken wirklich frei waren, frei von den Bedingungen der Körperwelt, und ich berauschte mich an Einsichten, durch nichts bedingt, immer und überall gültig, wie sie mich glauben machten. Gedanken, gut und wahr wie Dichtung. Dann schienen sie mir auch schön. So, wie ich es bei Rebmann und bei Sokrates gelernt hatte.

Ermüdet musste ich irgendwann von den Betäubungen ablassen und erneut so tun, als wäre ich da, ein Ich da, eine Hilla Palm, die hören, sehen, riechen, schmecken konnte, fühlen womöglich.

Jede Fahrt von Köln nach Dondorf machte aus der Studentin wieder dat Kenk vun nem Prolete. Näherte ich mich der Altstraße 2, wechselte ich die Sprache. Nicht nur die Aussprache machte ich der meiner Familie wieder ähnlich. Sagte isch und misch und dat und wat, sobald sich die Küchentür hinter mir schloss; nur auf den Singsang verzichtete ich. Versuchte Nähe. Auch die Einstellung zum Sprechen selbst war in der Altstraße 2 eine andere als in meinem Kölner Leben. Sprechen war Schreien, besonders in der Erregung. Das Sprechen selbst schien diese Erregung zu erzeugen. Also wechselte ich nicht nur die Aussprache, auch die Lautstärke änderte ich.

Nur mit dem Bruder glaubte ich, meine Stimme aufrichtig zu gebrauchen, zu gebrauchen, wie sie wirklich war. Aber wie war sie denn wirklich wahr? Zu welcher Stimme gehörte ich? Wo gehörte ich hin?

Dondorfer Küche und Kölner Unibibliothek gingen tollkühne Allianzen ein. Trat ich durch die Küchentür, wies *das ausdruckshafte Sprechen noch immer ganz auf das Personsein des Menschen zurück,* während die Tante ihre schweißige Hand auf das Wachstuch klatschte, *um allein von der inneren Selbstgewissheit aus alle objektiven Ordnungen zu bewältigen.*

Die Tassen klirrten.

»Berta!«, schrie die Großmutter. »Pass ob dat Melschkännsche op! Du brängs jo alles durschenander!«

»Wo komms de denn her?«, fragte die Mutter geistesabwesend – *Was ist der Mensch? Woher kommen wir? Wohin gehen wir?* – und spingste in den Korb, den die Tante neben sich abgestellt hatte. *Wo uns eine eigenständige Formenwelt begegnet, stehen wir in der Gegenwart des lebendig Menschlichen.*

Die Tante war vom Friedhof gekommen und hatte eine gesprungene Vase, eine Harke und ein Säckchen Zwiebeln bei sich.

»Wo has de denn die Zwibbele her?« Die Mutter streckte die Hand aus, um die Knollen auf ihre Festigkeit zu prüfen. *Alles beginnt mit einer Untersuchung dessen, was die Sprache leistet, und kommt damit zu Einsichten, die weit über die Grenzen der Aufklärung hinaus wirken und umstürzend wirken.*
»Pass doch op! Du kipps dä Korv jo öm!«
Die Mutter zuckte zurück und kniff die Lippen zusammen. *Ohne Sprache hat der Mensch keine Vernunft und ohne Vernunft keine Sprache. Denken und Sprache ringen ständig miteinander.*
»Die Zwibbele han isch vun dem Krapps Mariesche. Dat wees nit mi, wohin domet. Ich kann jern wat hierlasse.« *Bei den praktischen Bemühungen kann von mancherlei Seite Hilfe kommen. Doch es ist gut, sich gegenüber den Selbstdeutungen der Verfasser mit einigem Misstrauen zu wappnen.*
»Nä, wat soll isch denn mit so viel Zwibbele. Die hammer sälver em Jade.« Die Mutter schürzte verächtlich die Lippen. »Wofür brauchste denn so viel Zwibbele?« *Das Motiv ist das Schema einer konkreten Situation; das Thema ist abstrakt und bezeichnet als Begriff den ideellen Bereich, dem sich das Werk zuordnen lässt.*
»Ja hürens, die reinijen doch dat Blut!« Die Tante zog den Korb ein Stück näher zu sich, als wolle man ihr die kostbare Medizin entwenden. *Es kommt darauf an, ungedachte Dinge zu denken und ungesagte Worte zu sprechen.*
»Jo, un dann stinks de wie die Ruppersteger Tant«, parierte die Mutter und hielt sich kichernd die Nase zu. *Oftmals legen sich mehrere Erlebnisschichten übereinander. Zwei Gestaltungen desselben Motivs, doch die Unterschiede springen in die Augen.*
»Auch wenn de Fieber has, helfen de Zwibbele. Unger de Föß muss man se binde«, steuerte nun auch die Großmutter ihre Erfahrung bei. *Die Frage nach der Gegenständlichkeit lenkt zweckmäßig auf die andere: was denn eigentlich erlebt wird.*
Die Stimmen aus der Dondorfer Küche und die Stimmen aus den Hörsälen der Albertus-Magnus-Universität: Zweiklang ohne Melodie.

Weder in der Altstraße noch im Hörsaal fühlte ich mich »normal«. Saß ich am Tisch mit den Eltern, skandierte mein Kopf: Ich sitze am Tisch mit den Eltern. Schon hebt der Vater die Gabel zum Munde. Die Mutter schneidet das Fleisch, und die Großmutter rührt das Kompott. Trommelte ich mit den Knöcheln Beifall auf die Bank in der Aula, murmelte es in mir: Jetzt trommele ich auf die Bank in der Aula Beifall, trommele mit dem Knöchel des mittleren Fingers der Linken, trommle wie alle trommeln, trommele weiter, bis keiner mehr trommelt, ich trommle und trommle, trommelte ich mit den Knöcheln Beifall auf die Bank vor mir, während ich die Einkerbungen studierte, »carpe diem« – nutze den Tag, stand da, viele Stifte hatten dem Nachdruck verliehen. Einer hatte ergänzt: »Et respice consequentiam« – und bedenke die Konsequenzen.

Ich war Beobachterin und Mitspielerin zugleich; Agierende und Achtgebende in einer Person. Nichts verstand sich, nichts verstand ich von selbst. Nicht einmal die Routine. Schlimmer: gerade die nicht. Dankbar war ich, wenn etwas Außergewöhnliches geschah, das auch die anderen aus ihren Gewohnheiten riss; dann fühlte ich mich ihnen näher. So, als gegenüber in der Gärtnerei bei Schönenbachs eines der drei Treibhäuser brannte, kurz bevor das herrschaftliche Wohnhaus mit seinen Geheimnissen einem Hochhaus weichen musste; Wohnungen für vierhundert Menschen statt Komposthaufen, Setzlingen, Geranien und Grabgebinden.

Liebte ich deswegen Rituale, die von vornherein für alle Teilnehmer die Rollen festlegten, bis in die Sprache hinein? War ich deswegen als Kind so gern in die Kirche, vor allem in die Messe, gegangen, weil ich dort nicht allein war und alles für alle schon vor-geschrieben? War auch das Teil meiner Liebe zu Büchern, dass dort von Anbeginn alles schon Vor-Schrift war? Dass ich dort, unabhängig von jedwedem Inhalt, eine Struktur fand, die meinem Leben fehlte?

Auch in der Schule hatte es feste Abläufe gegeben, ein Regelwerk, in das ich mich einfügen musste, und was mir fremd war, konnte ich den anderen abgucken. An der Uni war ich außerhalb der Seminarstunden mir selbst überlassen. Besonders die Pausen zwischen den Seminaren und Vorlesungen, zu kurz für die Bibliothek, galt es zu bestehen. Ich hatte Angst vor Begegnungen. Vor allem und jedem.

Schon wenn mich Mitstudenten ansprachen, und sei es nur, um eine Uhrzeit zu erfahren, wies ich sie so schroff zurück, dass es zu einem Gespräch gar nicht kommen konnte. Einmal tippte mir einer aus dem Eichendorff-Seminar von hinten auf die Schulter. Ein dünner Junge mit einem gutmütig-käsigen Gesicht hielt mir unsicher lächelnd ein Papier entgegen, sagte, das sei aus meinem Ringbuch gefallen. »Darf ich Sie zu einer Cola einladen?«, las ich und wollte lächeln, mich bedanken, ja, wollte ich sagen, ja, eine Cola, warum keine Cola trinken, so, wie alle anderen, so, wie damals mit Dirk und davor mit Godehard oder mit Bertram, eine Cola trinken, einfach so, ohne Schluckauf. Danke, wollte ich sagen, ja, gern. An den Worten würgend stand ich vor dem Jungen, der mich entgeistert anstarrte, die Hand ausstreckte, wohl um mir auf den Rücken zu klopfen; ich rannte weg.

Keine Zeit, beschied ich das Mädchen, das im Gotisch-Seminar neben mir saß. Ich hielt ihr den Platz frei, weil es manchmal, wie sie sagte, schwierig sei, in diesem Gewühl einen Parkplatz zu finden; sie komme aus Marienburg. Ob ich zum Essen mitginge, wollte sie wissen, sie kenne da ein nettes Lokal in der Nähe, das Zeug in der Mensa sei ja zum Vergiften. Mich von ihr einladen lassen? Niemals. Keine Zeit. Schon gegessen. Ich muss weg. Zum Armsein ohne Angst fehlte mir das Selbstbewusstsein. Das lag verloren auf der Lichtung im Krawatter Busch.

Auch im Romantik-Seminar saß sie oft neben mir, die Schöne aus Marienburg, groß und schlank, blondes, schulterlanges Haar, bis in die Spitzen voller Selbstgefühl, ein paar Sommersprossen auf dem schmalen Nasenrücken, selbst im Winter sah sie aus, als käme sie gerade vom Tennis. Im hellrosa Kaschmirpulli, der mehr kostete als ein Monat Honnefer Modell, saß sie neben mir in der ersten Reihe und gab auf die Fragen des Oberassistenten mit leiser, lispelnder Stimme Antworten, die den gesetzten Mann in Verlegenheit bringen sollten und das Auditorium zum Lachen. Ich glaubte, sie zu verachten, zu hassen. Bis ich bemerkte, dass ich im Kopf ihre Sätze wiederholte und weiterführte, ihre Gesten nachahmte und ihr Lispeln.

Für fünfzig Pfennig kaufte ich im Kaufhof einen Klappspiegel zum Aufstellen, zog ihn, wenn ich nach Dondorf zurückkam, unter den Büchern im Holzstall hervor und vergewisserte mich meiner Gesichtszüge. Übte das herablassend hochmütige Lächeln der blonden Kommilitonin, dieses langsame Zufallen, Senken der Lider bei hochgezogenen Brauen und unverwandtem Blick in die Augen des Gegenübers. Machte Augen und Lippen schmal; legte ihnen Verachtung auf wie Make-up.

Bis ich merkte, dass ich nicht nur sein wollte *wie* sie, die anderen. Ich wollte sie sein. Ich verachtete sie nicht. Ich beneidete sie. Diese Sicherheit. Diese Überlegenheit einer ganz und gar selbstgewissen Lebensordnung. Jeder von ihnen war überzeugt von seiner eigenen Bedeutung. Sie gehörten hierher. Schufen um sich herum eine Atmosphäre der Unantastbarkeit. Sie hatten ihren Platz, den ich mir erst erobern musste. Sie waren da. Ich drang ein. Sprechen, essen und trinken, gehen und stehen wie die anderen konnte ich mir beibringen. Doch diese Selbstsicherheit, dieses Selbstvertrauen, die selbstverständliche Lässigkeit und beiläufige Lebensgewissheit, die waren nicht zu lernen.

Ging ich nach Hause, fremd und zu nichts und niemandem gehörig, war mir, als sei ich gar nicht wirklich oder lebendig vorhanden, sondern nur im Kopf dessen, der jeweils an mich dachte, mich er-dachte. In Dondorf war ich für Vater, Mutter, Großmutter dat Studierte. In Köln für Professor, Assistenten, Kommilitonen Studienanfängerin N.N. Immer versuchte ich zu sein, wie ich dachte, die anderen sähen mich.

Hätte ich es mit Menschen zu tun gehabt wie in der Schule und vormals in der Familie, als der Vater noch den Gürtel aus der Schlaufe gezogen und die Mutter »Josäff!« geschrien hatte, bevor das Leder aufs Fleisch traf, ich hätte mich wehren können, Streit anfangen, die Uhr von der Kirmes zerschmeißen, egal. Etwas Wirkliches wäre das gewesen, wenn auch noch so unerträglich, ein bestimmter Mensch, der mir etwas Wirkliches zufügte, dem ich etwas Handfestes hätte zufügen können. Ich aber fühlte mich gefangen in einem Geflecht unpersönlicher Umstände, einem Regelwerk, das alle zu kennen und zu respektieren schienen, in dem alle ihren Platz hatten, nur ich nicht. Ich war zu kämpfen gewohnt; jetzt wusste ich nicht mehr, wogegen. Und nicht mehr, wofür.

Ich setzte mich in meinen Stall und tat nichts. Sah auf meine gefalteten Hände und sagte mir: »Ich bin da.« Saß da und murmelte: »Hier bin ich.« Eine Tatsache, von der nichts abgeleitet werden konnte. »Hier bin ich«, in endloser Wiederholung, bis mich ein Gefühl innerer Betäubung von mir erlöste.

Abends war ich froh, wieder einen Tag überstanden zu haben, sank ins Bett, täuschte Schlaf vor und wartete auf den Bruder. Wann immer Bertram es brauchte, fand er Zuflucht in der Unschuldswelt des Schlafes, in die er wie ein Kind leicht und sanft hinüberglitt. Ich schloss die Augen und klammerte mich an seine Atemzüge, ahmte sie nach und wartete auf das weite, leere, freie Land des Schlafes.

Immer stärker fühlte ich meine Einsamkeit, meine Fremdheit als körperliche Erschöpfung. Die Empfindung der Unwirklichkeit, einer verschwommenen Wahrnehmung erzeugte in mir einen Schwindel, dem schließlich auch mein Körper nachgab.

Mit Blaulicht und Sirene brachte mich der Malteser Hilfsdienst in der letzten Woche des Semesters nach Hause. An der Großenfelder Bushaltestelle hatten sie mich aufgelesen. »Umgefallen. Aus heiterem Himmel«, wie die Fahrgäste aufgeregt versicherten.

»Das Hin- und Herfahren wird dem Mädchen zu viel«, entschied Mickel. Hin und Her. Damit kam er der Wahrheit sehr nah. »Das junge Fräulein braucht ein Zimmer in Köln.«

Das aber gab es nicht auf Rezept.

Sonntags beim Mittagessen kamen der Vater, die Mutter, die Großmutter, der Bruder und ich dem Bild einer Familie am nächsten. Wir waren beim Nachtisch, als ich mit Mickels Diagnose herausrückte. Bertram hatte mich endlich dazu ermutigt.

»Ich will nen Kauhauboii als Mann«, plärrte es aus dem Radio in die sprachlose Runde. Der Vater senkte den Kopf noch tiefer über das Apfelkompott. Die Großmutter ließ den Löffel fallen und bückte sich nicht danach.

Die Mutter machte ein Geräusch, als verletze etwas sie in der Kehle. »En Wohnung en Kölle? Un wer soll dat bezahle?«

Die Mutter sah den Vater an wie früher, wenn sie ihm von einer Missetat berichtet hatte. Diesen Blick, der die Stellung des Vaters als Familienoberhaupt ohne Wenn und Aber anerkannte, zeigte die Mutter nur noch selten.

Der Vater war nicht mehr der Alte. Immer rücksichtsloser klapperte ihn die Großmutter morgens, bevor sie um fünf zur Messe im Kapellchen aufbrach, mit den Herdringen aus dem Schlaf, und die Scheiben, die ihm die Mutter sonntags vom Braten schnitt, wurden dünner. Er, der früher den Fisch aus der Dose, Hering in Tomatenmark, ganz für sich allein bekommen hatte, während wir den Soßenrest im Kartoffelbrei verrührten, beschwerte sich nicht, schien es kaum zu bemerken. Die Schwäche des Vaters stärkte die beiden Frauen. Ich hatte daran keine Freude.

»Für Auswärtsstudierende gibt es siebzig Mark mehr. Zum Wohnen.« Auch ich sah den Vater an. Der fixierte das Kofferradio unterm Kruzifix.

»Chinchin, chinchin, chinchin chilu, ich finde das Glück und die Liiebe dazu«, tirilierte eine Frauenstimme.

»Mach doch ens ener dat Radio us«, brummte der Vater.

Bevor der Vater zu kränkeln anfing, hatte die Mutter, sobald er hereinkam, das Radio abgedreht, nachdem er einmal so heftig die Aus-Taste gedrückt hatte, dass der kleine Apparat beinah vom Brettchen gekippt wäre.

Jetzt zuckte sie nur die Schultern und blieb sitzen. Ich sprang auf und schaltete ab.

»Alleen en Kölle! Sone Jroßstadt: Dat es Sodom und Jomorrha«, räsonierte die Großmutter.

»Aber dat Hilla is doch vernünftig genug!« Sogar Bertram war sitzen geblieben. So wie ich, stürzte er meist nach dem letzten Happen davon. Um zwei war Anpfiff.

»Und dann«, ich spürte Bertrams Fuß auf meinem, »wohnt doch da auch der Kardinal!«

Der Vater warf den Löffel in die Kompottschale und stemmte sich mit beiden Händen von der Tischplatte hoch.

»Josäff!«, empörte sich die Mutter, und der Vater ließ sich auf den Stuhl zurückfallen. »Nun sach doch auch mal wat!«

Wie oft hatte ich diesen Satz in meiner Kindheit gehört. Ängstlich, verärgert, empört, meist eine Mischung, in der die Angst den Ton angab. Die war nun ganz aus der Stimme der Mutter verschwunden.

Der Vater schob den Stuhl zurück und knurrte, ohne einen der Anwesenden eines Blickes zu würdigen: »Waröm soll dat Kenk nit no Kölle trecke? Wenn et dat bezahle kann. Los mesch en Ruh. Isch ben möd.«

Früher wäre den Worten des Vaters geducktes Schweigen gefolgt. Heute, noch bevor er die Tür hinter sich ins Schloss gedrückt hatte, leise, behutsam – früher hatte er keinen Raum verlassen, ohne die Tür zu knallen –, brach in seltener Einheit aus Mutter und Großmutter entrüsteter Protest.

»Wat es denn met däm los?« Die Großmutter hielt es nicht länger am Tisch. Melissengeist war fällig. Doppelte Portion. »Dä kritt jet vun mir ze hüre!«

»Mach dat Radio widder an!«, maulte die Mutter und stapelte die Kompottschalen auf. »Jäv mer dinge Teller. Alleen en Kölle. Nä, nä, wenn de ne Jong wärst. Ävver so als Mädsche. Nä, sach isch.«

»Mama«, sagte ich, »ich bin neunzehn, im nächsten Semester zwanzig.«

»Semester, Semester«, äffte die Mutter, »meins de, dat macht desch vernünftijer? Nä!« Die Mutter klatschte die Hand aufs Wachstuch, wie sonst nur die Tante. »Mit mingem Willen nit!« Und noch einmal auf Hochdeutsch: »Mit meinem Willen nischt!«

Das war unerhört! Noch nie dagewesen. Die Mutter widersprach dem Vater.

Ich suchte Bertrams Blick; der hatte es jetzt eilig. »Ich muss«, sagte er und zwinkerte mir zu. »Amo, amas, amat. Denk an die drei Könige.«

»Jo, maat nur all, dat ihr fottkütt!« Die Stimme der Mutter hatte ihren weinerlich vorwurfsvollen Ton wiedergefunden. »Mir künne jo he de Dräcksärbeed mache. Vom Läse, Lesen, wöd mer nit satt. Dat merk der ens! Un du«, sie packte den Bruder beim Arm. »Du bes öm acht widder he!«

Es klopfte. Ich schrak zusammen. Mein Holzstall war tabu. Niemand, nicht einmal Bertram durfte mich hier stören.

Es klopfte. Draußen stand der Vater in Mantel und Hut. Auf seinem Gesicht ein Ausdruck, den ich an ihm kannte, wenn ihm der Prinzipal mit schnarrender Stimme und abgehackten Bewegungen auseinandersetzte, wie er den Garten gestaltet zu sehen wünschte. Und nun nahm der Vater auch noch den Hut vom Kopf und drehte ihn unbeholfen in den Händen, ein paar Zentimeter nach rechts, ein paar Zentimeter nach links.

»Du?«, sagte ich. »Was is?«

So nah beieinander hatten wir lange nicht gestanden. Ich in meinem Stall, meinem Refugium, im Schutz meines Trostgestells; der Vater draußen. Für zwei war in meiner Zuflucht kein Platz.

»Has de Zeit?«, fragte der Vater. Seine Hände hielten den Hut jetzt still, und die Narbe auf seiner Wange war hochrot und zuckte bis unters Auge.

»Ist was?«, sagte ich noch einmal. »Klar hab ich Zeit.«

Ich wollte nicht, dass der Vater vor mir stand wie vor dem Prinzipal. So hatte der Wäschemann vor den Frauen gestanden, wenn er die Entscheidung erwartete für oder gegen das teurere Korsett, die Bettwäsche, Biber einfach uni oder doppelt mit Muster floral. Beinah unheimlich war mir dieser Vater.

»Komms de jitz? Oder nit?« Der Vater setzte den Hut auf. Ich war froh, die bekannte barsche Ungeduld in seiner Stimme wiederzufinden. »Mach fix, die do drinne brauche uns nit ze sehe.« Der Vater fasste mich beim Arm. Ich zuckte zurück. Wir sahen uns an wie ertappt.

»Isch jeh schon mal vor.« Der Vater wandte mir den Rücken zu. Ich schaute in den Klappspiegel und fuhr mir mit dem Kamm durchs Haar.

Seit unserer Fahrt nach Köln war ich mit dem Vater nicht mehr allein gewesen. Damals in Köln, das war in der Fremde gewesen, im Niemandsland, Wunderland, wo wir aus unseren gewohnten Rollen hatten herausschlüpfen können, uns ein stückweit neu erfinden, zueinander hatten finden können. In Dondorf mit dem Vater in ein Geschäft zu gehen: undenkbar. In ein Wirtshaus erst recht nicht. Und durch die Straßen?

An Piepers Eck holte ich ihn ein. Unschlüssig schaute er nach rechts, nach links. Ich ahnte, was er überlegte. Sollten wir links durch die belebte Dorfstraße gehen oder rechts am Friedhof vorbei, wo uns kaum einer sehen würde. Wohin es ging, war klar: an den Rhein.

»Komm«, sagte ich und wandte mich nach links.

Mitten durchs Dorf ging ich neben dem Vater, sah, wie sich meine Füße in den schmuddeligen Turnschuhen neben seinen bewegten. Sein linker Fuß in einem hohen orthopädischen Stiefel. Sein rechter im blankgewienerten Halbschuh. Das ließ sich die Mutter nicht nehmen. Ich gehe neben dem Vater, sagte es in meinem Kopf. Hilla Palm geht neben Josef Palm die Dorfstraße entlang, an der Post vorbei, am Krankenhaus vorbei, durch das Tor vom Schinderturm, ich registrierte die quadratischen Platten, mit denen die Bürgersteige gerade neu belegt worden waren; die dünnen Kastanien, mit Gurten an Holzpflöcken befestigt, wie die Zucht so die Frucht, hier und da ein Hundehaufen. Ein klarer warmer Tag, der Himmel blau und rein wie frische Wäsche. Die Straße sonntagsstill und mittagsleer.

Der Vater stumm wie ich. Sein Bein in dem plumpen Schuh schlug bei jedem Schritt zur Seite aus wie ein störrisches Pferd, so, dass ich immer weiter nach links rückte, bis ich mich dicht an die Fensterscheibe von Alma Maders Hutladen drücken musste, wollte ich nicht Gefahr laufen, den Vater zu berühren.

Der Vater trat neben mich. »Seit wann interessierst de disch für Hüte?« Seine Stimme klang rau, beinah erstickt, als unterdrücke er, was in der Kehle schon auf die Zunge drängte. Hätte er am liebsten so wie ich gesagt: Weißt du noch? Weißt du noch, wie wir einmal vor einem ganz anderen Schaufenster standen, auf der Hohe Straße in Köln? Das Wissen der Welt in zwölf Bänden.

»Nä, Papa, wat soll isch denn mit nem Hut.« Ich versuchte lustig zu klingen, unbefangen – was für ein Wort! –, und musste doch hören, dass meine Stimme heiser war wie die seine. Zu sonderbar schien mir dieses Sichverstehen und Verständigen, jenseits der gesprochenen Worte, ich ahnte, dass ich mich hätte geborgen fühlen können, wenn... Wenn nicht so vieles vorher geschehen wäre, das erst ausgesprochen werden musste. Da war der Geruch von Tabak, von Schweiß, von Mann. Ich rückte vom Vater ab und wechselte auf die rechte Seite. Hier konnte ich beliebig zur Straße ausweichen.

Noch war uns niemand begegnet. So kurz nach den schweren Sonntagsessen räumten die Frauen die Küche auf, und die Männer erlaubten sich mit gelockertem Hosenbund ein Nickerchen auf der Couch.

Doch an Süß' Eisdiele standen die Leute bis hinaus zur Tür, auch Trappmanns Tring wartete auf die Sahne für ihre Glasschüssel, in deren geschliffenen Sternen sich die Sonnenstrahlen fingen.

»Na, ihr zwei«, die Frau hatte uns gesehen, schwenkte die Schüssel zur Begrüßung hoch überm Kopf und trat aus der Schlange auf uns zu. »So janz allein? Wo is denn dat Maria?

Dat is doch nit krank? Et is doch nix passiert? Wo wollt ihr denn hin?« Forschend sah sie sich nach allen Seiten um.

Nein, passiert sei gar nichts, beruhigte ich die aufgeregte Frau, die sich daraufhin wieder in die Schlange reihte.

Gar nichts war passiert, außer der Ungeheuerlichkeit, dass ich an einem frühen Sonntagnachmittag mit dem Vater durchs Dorf ging. Spazieren. Allein.

Ein paar Häuser weiter bückte ich mich, tat so, als bände ich einen Schnürriemen und spähte durch die Beine nach Frau Trappmann, die uns noch immer hinterherstarrte.

»Die ahle Zausel«, hörte ich den Vater knurren. »Wat meins de, trinke mir einen hier beim Schäng. Dann hätt die Möhn noch mie ze kamelle.«

»Du meinst, hier rein?« Wie angewurzelt blieb ich vorm Pückler stehen.

»Waröm dann nit?« Ungelenk setzte der Vater den orthopädischen Schuh auf die erste Stufe. Aus dem Wirtshaus drang Gelächter, Männerstimmen, nicht mehr nüchtern, wer jetzt noch hier saß, hatte kein Zuhause, war von niemandem zu sonntäglichem Mittagessen erwartet worden, würde auch von keinem erwartet werden, bis zum nächsten Morgen an der Stechuhr.

»Da rein?«, wiederholte ich in den Rücken des Vaters. »Nä!«

Der Vater zog den Fuß zurück, drehte sich um, sah, wie es seine Gewohnheit war, an mir vorbei und knurrte: »Na, dann nit.« Seine Gestalt, die der kühne Entschluss, einen trinken zu gehen, gestrafft hatte, nahm wieder ihr erschöpftes Aussehen an.

Wortlos gingen wir weiter, ließen die Anlagen, den Reitstall hinter uns, vorbei an Porreefeldern, Rüben und Kohl, die Auen in einer blauen Wolke von Hitzedunst. Ermattet lagen ein paar Kühe im Schatten der Weiden und Hings' Ziegenbock, wie eh und je vorm Marienkapellchen angepflockt, meckerte uns entgegen. Als Kind hatte ich das Tier für den Teufel gehalten, und im Traum suchte es mich heim und nahm mich auf die Hörner.

Die Böschung hinauf ging es, auf den Damm, wo ich mich losgerissen hatte von der Hand des Großvaters, vorangestürmt war und wieder an sein Hosenbein. Ich sehnte mich zurück nach dem kleinen Mädchen im hellgrauen Selbstgestrickten, nach seiner Welt, wo alles an seinem Platz war und die Plätze bekannt, wo alles hinauslief auf das Dach überm Kopf in der Altstraße 2.

Den Damm hinauf kamen wir nur langsam voran. Der Vater blieb stehen, presste beide Hände auf die Brust. Er atmete schwer und ließ sich auf die nächste Bank fallen. Seinen linken Fuß schob er, wie es seine Gewohnheit war, nach hinten, aus den Augen.

Ich setzte mich ans andere Ende der Bank; die Mutter hätte noch gut zwischen uns gepasst. Überm Rhein beschrieb ein Kunstflieger den Himmel mit Schleifen, Schnörkeln und verrutschten Kreisen.

»Kanns de dat auch lesen?«, fragte der Vater und deutete auf die unsteten Zeichen, die im Wind überm Wasser rasch verwischten.

»Ja«, buchstabierte ich gespielt mühsam, »da steht: ›Warum ist es am Rhein so schön.‹«

»›Weil die Mädschen so lustisch un die Burschen so durstisch‹«, fiel der Vater ein, als gäbe ein eifriger Schüler dem Lehrer die einzig richtige Antwort auf seine Frage. Aber lachen konnte ich nicht. Was hatte der Vater vor?

Er räusperte sich. Unwillkürlich rutschte ich noch ein Stück weiter, ans Bankende, während er seine Hand ausstreckte, als wolle er nach mir greifen.

Das Flugzeug am Himmel war verschwunden, die Schrift verblasst.

»Et es wärm«, sagte der Vater und zerrte seine Krawatte vom Hals. Er hatte sie nach dem Kirchgang zum Mittagessen abgelegt und für unseren Spaziergang wieder umgebunden. Ich hatte die Hitze kaum gespürt; jetzt fand ich die Glut, die aus den Wiesen stieg, die Mückenschwärme in den Weiden unerträglich.

Der Vater kramte in seiner Hosentasche und zog eine grüngoldene, flache, rechteckige Blechschachtel hervor. »Wills de auch?«

»Lieber nit.« Die schwarzen Perlen, immer weich, verklumpt, waren mir seit Kindertagen verhasst. Nie hatte der Vater zum Stöckchen gegriffen, ohne sich vorher eine dieser Perlen zuzustecken.

»Isch war ja noch klein; da is minge Vatter – jestorven. Du weiß ja, wie. Da war isch elf.« Wie immer klang die Stimme des Vaters, als hole er die Wörter von weit her aus sich heraus, als mache ihm jede Silbe Mühe. Doch anders als sonst, wenn er den Mund nur so weit wie nötig öffnete, sprach er mit fester, lauter Stimme.

Ich sah den Vater von der Seite an. Dieser Strich, diese verneinende Linie seiner Lippen, vor der ich mich so gefürchtet hatte: All die Sätze, die sie zurückgehalten hatten, all die Worte, die er nie hatte finden können hinter diesem Strich.

»Un dann hat die Mamm widder jeheiratet. Wejen dem Hof. Du kennst jo den Ahl.«

Der Ahl, der falsche Vater des Vaters, der falsche Großvater; dem ich den schwarzen Fritz verdankte und *Lindenwirtin, du junge* auf dem Akkordeon zu seinem Geburtstag. Fünf-Mark-Stücke oder einen Schein in das abschiedsgedrückte schöne Händchen. Mehr kannte ich nicht von däm Ahl. Aber der Vater.

»Do sollt isch vun dr Scholl. Arbeede op dem Hof. Do bin isch weg. Ab in die Eifel. Nach der Tant.«

Der Vater machte eine Pause. Von der Eifeler Tante war immer einmal wieder die Rede gewesen. Sie war unverheiratet und bewohnte mit einer Freundin ein kleines Haus mit einem großen Garten, der die beiden mit allem versorgte, was sie zum Leben brauchten. Haus und Garten gehörten der Freundin, die wohl auch ein bisschen Geld hatte. Zu Gesicht gekriegt hatte ich die beiden Frauen nie, nur eine Postkarte war irgendwann gekommen, »Capri«, hatte ich buchstabiert und gestaunt über so viel Blau aus Himmel und Wasser.

»Jo, do war isch bei der Tant. Un bei der andere Frau. Die Tant war ja da nit allein.«

Wieder machte der Vater eine Pause. Nicht nur die Wörter, auch die Bilder vor den Wörtern suchten sich mühsam ihren Weg ins Gedächtnis.

»Aber dat andere, dat Edith, dat hatte Muckis.«

Der Vater klopfte seinen Oberarm. »Die schmiss dä Laden. Jehörte ihr ja auch alles. Ließ sie aber nie merken. Isch hab für se beide Tante jesacht.«

Der Vater sprach nun schneller, flüssiger, wie einer, der nach einiger Übung Freude am Gelingen einer Sache findet.

»Die hat mit dä Mamm jesproche un die met däm Ahl.«

Das Gesicht des Vaters verfinsterte sich. Noch nach so langer Zeit glaubte ich, Hass in seiner Stimme zu hören. »Extra nach Rüpprich sin die jefahre. Un dä Ahl hätt jo auch Ja jesacht. En Muul weniger. Un isch jing ja auch schon widder en de Scholl. En Prüm.«

Der Vater lächelte. Ja, wirklich, seine Mundwinkel bogen sich nach oben. Er reckte den Hals vor und blinzelte in die Sonne, über den Strom, folgte seinem Fluss in eine andere Zeit, Kinderzeit.

Ich schaute weg, als hätte ich eine unanständige Blöße entdeckt. Dieses Lächeln war nicht für mich bestimmt. Es ging mich nichts an. Ich wollte nicht, dass mich ein Lächeln des Vaters, ein lächelnder Vater anging.

Die Sirene der Rhenania zeigte das Ende der Frühschicht an. Das Lächeln verschwand vom Gesicht des Vaters. Die Mundwinkel sanken herab; seine Narbe zuckte.

»Dat jing so bis in dä Herbst. Da stand auf einmal dä Ahl vor dä Tür. Ohne die Mamm. Ävver met dem Dücker. Dä Dräcksau.«

Der Vater vergrub sein Gesicht in den Händen. Nun sprach er nur noch für sich. Edith habe auf der Leiter gestanden in einem Blaumann, so wie die seinen. Die Tant und er hätten unterm Baum die Äpfel aufgelesen oder aufgefangen und in einen Korb gelegt. Damals habe er nicht begriffen, was der Dücker, das Arschloch, gewollt habe. Er war der Rektor der Schule und ehrenamtlich als Küster tätig. Er habe ja auch nur stumm dabeigestanden, als der Ahl auf die Leiter zugestürzt sei, sie gerüttelt habe, dass Edith sich an einem der Äste festklammern und schließlich, als es ihm gelungen war, die Leiter wegzuziehen, ohne dass Dücker es hätte verhindern wollen, die Tant es hätte verhindern können, den Ast loslassen und springen musste, ihr massiger Körper dem fetten Dücker direkt vor die Füße. Dieser aber sei stumm geblieben und habe den Ahl schreien lassen von Weiberwirtschaft, kein Umgang für Kinder und erst recht nicht für einen Jungen.

»Einfach metjenomme han die misch. Einfach metjenomme.«

Einen Meter neben mir saß der Vater. Was will uns der Dichter damit sagen? Was der Vater mir sagte, ich wollte es nicht verstehen. Einen Meter neben mir saß ein Mann, der ein Junge war, drückte sein Gesicht in die kaputt gearbeiteten Hände, und durch seinen Körper ging das Schluchzen des Kindes. Ich konnte den Jambus vom Trochäus unterscheiden, im hermeneutischen Zirkel wurde noch das Komma an seinen Ort und seine Stelle abkommandiert. Ich hatte die Dichtung im Griff, seitdem sie mich nichts mehr anging. Was will uns der Dichter damit sagen? Kein Problem. Hölderlin, Benn, Gryphius, Sartre – ich bin meine Freiheit –, ich hatte sie alle im Griff von Funktion, Struktur und Formgeschichte. Die Geschichte des Vaters wollte ich nicht verstehen.

»Einfach metjenomme«, stöhnte der Vater und löste die Hände vom Gesicht. Seine verstörten Züge verstörten mich, verwirrten mein Bild von einem Vater, der, wenn er seine alltägliche mürrisch versteinerte Miene ablegte, in Ärger ausbrach oder Wut. Den ich nie hatte lachen hören, weder laut und dröhnend, schenkelklopfend, wie Männer lachen, die gewohnt sind, dem Leben breit zu begegnen, frei heraus, ein Platzregen knallender Lachlaute aus wohlgepflegten, wohlgefüllten Bäuchen. Noch krampfhaft bellend, als fürchteten sie, die ungewohnten Töne herauszulassen aus ihren von Ängsten verschnürten, eng gewordenen Brustkörben, selbst dieses widerwillige, einem herzhaften Lachen nur sehr entfernt verwandte Geräusch, hatte ich nie, nicht ein Mal aus dem Mund des Vaters vernommen.

Doch sosehr ich mich auch auf den Wind in den Pappeln konzentrierte, mich abwandte und einen Geißbock studierte; kurz angepflockt stieß er, immer wieder vergeblich, nach einem struppigen Hund, der ihn in wilden Sprüngen umbellte. Sosehr ich auch alles tat, den Mann neben mir aus der Wirklichkeit meiner Wahrnehmung zu schaffen, ich musste dieses ohnmächtige Gefühl, das von der Magengrube flau in die Kehle stieg und sich dort dehnte, bis es mir die Luft nahm, dem Mann auf der Bank zuschreiben, dem Mann, der mein Vater war. Ich wollte den wehrlosen, schwachen so wenig wie den jähzornigen, starken Vater. Dieser war mir am Ende noch lieber als der hier neben mir auf der Bank.

Einfach mitjenomme habe ihn der Ahl, mit Dückers Hilfe. Freiwillig sei er nicht mitgegangen, o nein, das könne ich mir ja denken. Die Stimme des Vaters gewann ihre Festigkeit zurück, als nähme noch einmal der kleine Josef, der verzweifelt um sich schlagende, schreiende, tretende Junge, von ihm Besitz.

Die Tant habe sogar mit der Polizei gedroht, aber der Dücker habe bloß dreckig gelacht und gesagt, denen werde er erzählen, was hier los sei. Zwei Weiber und nie ein Mann im Haus oder im Garten. Da seien die Frauen einander in die Arme gefallen, und das sei das Letzte gewesen, was er von ihnen gesehen habe. Nicht einmal seine Schulsachen, die Bücher habe er mitnehmen dürfen. Weggeschleppt hätten sie ihn, so, wie er unter dem Baum stand.

»Em Stall bruchs de ken Bööscher«, habe der Ahl geknurrt. Die habe ihm die Tant aber nachgeschickt mitsamt den Kleidern, die sie ja alle neu für ihn angeschafft hatte. Zweimal sei noch ein Paket von ihr für ihn gekommen. Jedesmal habe der Ahl ihn das Paket auspacken lassen. Im zweiten sei ein Buch gewesen. Sven Hedin: *Meine erste Reise.*

Der Ahl habe dabeigestanden, wie er es aufgeschlagen und begierig die Photos angesehen habe. Dann habe er ihn beim Genick gepackt und sei mit ihm zum Misthaufen hinter den Ställen gegangen. Dort habe er, der kleine Josef, das Buch auf den Mist werfen müssen. Zunächst habe er geglaubt, alles sei noch zu retten; wenn der Ahl erst einmal weg wäre, würde er das Buch wieder holen. »Ävver dat woss dä och«, der Vater knirschte mit den Zähnen, ein vertrautes Geräusch, mit dem er den Sticheleien der Großmutter begegnete, wenn die ihm vorhielt, dass unser Häuschen schließlich ihr gehöre.

»Dat wusste der auch«, knirschte der Vater, »un isch musste dat Booch in dem Mist verjrawe.«

»Nä!«

Nachts sei er aber trotzdem zu dem Haufen geschlichen und habe den Mist durchwühlt. Nackt. Das Unterzeug – »Schlafanzüje oder Nachthemde kannte mir nit« – habe er natürlich ausgezogen. Gewühlt habe er, bis die Hähne krähten. Da habe er sich in der Tränke gewaschen, mit Unterhemd und Unterhose abgetrocknet und sei ins Haus zurück. Wo ihn der falsche Vater erwartete. Mit dem Ochsenziemer.

Ich war der Geschichte des Vaters gefolgt, sagte mir: Der Vater erzählt eine Geschichte. Wollte nicht noch mehr wissen von ihm, seinem Leiden, wollte es nicht zu einem Teil von mir machen, was der Sohn eines Mannes, der sich die Kehle durchgeschnitten hatte, sich selbst abgestochen hatte wie ein Schwein, mir erzählte. Ich wollte das doch alles gar nicht wissen! Wo war die Form dessen, was er sagte, ich brauchte die Form, wo waren Hysteron-Proteron und Hendiadyoin, das Buch im Mist vergraben, Anakoluth, Katachrese und Paradoxon, der nackte Junge im Misthaufen wühlend. Ochsenziemer. Ochsenziemer. Ochsenziemer. Das war doch nur ein Wort. Ein Wort wie jedes andere. Ochsenziemer: Das war ein Wort aus dem 19. Jahrhundert, kein schönes Wort, nicht so flink und elegant wie Gerte oder kess und listig wie Peitschenknall. Ochsenziemer: Was hatte das mit dem kleinen Jungen zu tun, der mein Vater war, Ochsenziemer, das war doch ein viel zu schweres Wort für den schmalen Körper eines Elfjährigen. Bei Jeremias Gotthelf zu lesen für störrisches Rindvieh oder bei Dostojewski, wenn Leibeigenen die Freiheit herausgeprügelt wurde. Im Lexikon würde ich nachschlagen, wo es herkam. Ochsenziemer, ein widerwärtiges Wort, wann immer Mensch oder Tier zur Raison gebracht werden musste. Aber doch nur auf dem Papier!

»Desch bräng esch zur Räsong!«, habe der Ahl, der falsche Vater, geschrien.

Und er, der kleine Josef, habe die Zähne zusammengebissen, bis er den Mund habe aufreißen müssen zu einem einzigen Schrei, der das ganze Haus, die Mutter, die Schwestern und Brüder, Knechte und Mägde aus den Betten gejagt und zu ihm getrieben habe. Er habe dagelegen. Vom Ahl, das habe ihm Schwester Christine später erzählt, keine Spur. Nur der Ochsenziemer. Blutiggeschlagen.

Wochenlang sei er, Josef, nicht mehr hochgekommen.

»Ungerstang disch, dä Dokter ze holle«, habe der Ahl gebrüllt und den Ochsenziemer gegen die Mutter geschwungen. Aber Christine hatte er es nicht verboten. Als der Ahl wie jeden Samstag auf den Markt gefahren war, hatte sie den Arzt aus Großenfeld geholt. Trotzdem habe es fast ein halbes Jahr gedauert, ehe er, Josef, wieder mit anpacken konnte. »En de Scholl ben isch nit mehr jejangen.« Und ein halbes Schwein habe es gekostet, den Doktor von einer Anzeige abzubringen, hatte ihm die Schwester später erzählt.

»Jo«, sagte der Vater, »et Christinsche. Et hat dann früh jeheiratet, nach Ronningen, un dann is et im Kriesch umjekommen. Phosphor. So klein verkohlt.«

Der Vater umfasste mit den Händen ein luftiges Rechteck von der Größe einer Zigarrenschachtel.

Ich hätte gern mehr von Christine gehört, hätte von jeder Person der Welt gern mehr gehört, wenn der Vater doch endlich aufhören würde, von sich zu erzählen.

Als hätte er meine Gedanken erraten, schüttelte er sich und richtete sich auf. »Verzäll!«, schnitt er sich selbst das Wort ab. »Ävver Bööscher? Nä! Driss!«

»Bööscher! Nä!«, hatte mich der Vater vor den Lexika im Kölner Schaufenster abgewiesen. Verstohlen sah ich ihn an. Seine Züge verschlossen wie gewöhnlich, als habe er nie eine Reise in das Herz des kleinen Josef gemacht, den kleinen Josef nie zur Sprache gebracht. Mit-geteilt. Mit mir geteilt. Ich brauchte Zeit, meinen Teil an mich zu nehmen, sollten die Worte des Vaters sich nicht für immer in gelehrter Rhetorik verpuppen. Irgendwann würden sie schlüpfen, schmetterlingsleicht, so, wie meine Kapsel aufbrechen würde für das verbotene Wort, und unser beider Schmerz würde sich in Liebe verwandeln, in einer Welt, in der wir gemeinsam essen und trinken, Feste feiern und Pläne schmieden würden. Irgendwann…

»Lommer jonn«, sagte der Vater und erhob sich, wie es seine Art war, indem er zuerst mit dem geraden Fuß Halt suchte, dann den ungelenken unter der Bank hervorzog und danebenstellte.

Doch er machte sich nicht auf den Heimweg, schlug die entgegengesetzte Richtung ein, weg von den Sonntagsspaziergängern, die hier nach ihrem Mittagsschlaf bald in hellen Scharen auftauchen würden. Zum Notstein? Bis dorthin würde er es mit seinem zu kurzen Bein kaum schaffen. Und Bänke gab es auf dem Weg dorthin nicht.

»Siehs de die Bööm do?« Der Vater deutete auf ein Erlenwäldchen nahe einer Gruppe von Kopfweiden, die fast kreisförmig um einen Sandplatz nahe am Ufer standen. »Do jommer hin.«

Der Pfad schlängelte sich die Böschung hinunter; der Vater ging voran, ging leicht, beinah flink, sein linker plumpbeschuhter Fuß schien fast übermütig zur Seite auszuschlagen. Konnte ich meinen Ohren trauen? War es wirklich der Mann vor mir, war es sein Mund, der die Luft ausströmen ließ, dass Pfeiftöne an mein Ohr drangen, fest, gradaus und melodisch? Zwischen

Möwengeschrei und Grillengezirp, dem Wind in den Pappeln, hinein ins klappernde Schilf pfiff der Vater: »Gehn Sie mit der Konjunktur, gehen Sie mit auf dieser Tour. Geld, das ist auf dieser Welt, der einz'ge Kitt, der hält, wenn man davon genügend hat.«

Mit wiegendem Oberkörper und schlingerndem Fuß ging der Vater voran; blieb noch einmal stehen und brach einen Zweig aus einer Weide. Schwang das Stöckchen überm Kopf im Takt seines Pfeifens, lustig wippte die Weidengerte überm Hut. »Wem Gott will rechte Gunst erweisen«, pfiff der Vater, und ich hätte ihm gern etwas vom Taugenichts erzählt, vom Taugenichts und dem, der ihn erschaffen hatte, der mir seit einem Semester vertrauter war als der Vater. Hätte ihm gern erzählt, so, wie ich Mutter und Tante von ihren Lateinkenntnissen überzeugt hatte, dass er eines der berühmtesten Gedichte der deutschen Romantik auswendig wusste. Leise sang ich die Verse vor mich hin, und der Vater nahm seinen Hut ab und setzte ihn dem Stöckchen auf, das Hütchen wippte und drehte sich im Wind.

Ich war froh, dem Vater nicht ins Gesicht sehen zu müssen. Sein Rücken im hellen Sommermantel, sein braungebrannter Hals, das mit Wasser glattgekämmte, noch dunkle Haar am Hinterkopf – das war genug.

Wie viel Mühe er sich gab, sogar im Sommer mit Hut, Frisur und Schweinslederhandschuhen den Vorstellungen der Mutter und ihrer Verwandtschaft von einem respektierlichen Aussehen nahezukommen. Sonne fiel schräg auf sein Haar, dass die Spitzen glänzten wie graues Metall; wie die Drahtballen, die er Tag für Tag durch die Maschinen schleuste.

Noch immer war der Pfad zu eng, um nebeneinander gehen zu können. Der Vater ließ das Stöckchen sinken, setzte den Hut wieder auf und schob ihn weit in den Nacken, wie der Wäschemann, wenn er der Altstraße 2 seinen zufriedenen Rücken kehrte. Auch der Rücken des Vaters sah leichter und aufrechter aus als werktags, wenn er im Blaumann sein Fahrrad durchs

Tor schob. Ob er lächelte? Nicht dieses unnatürliche gehorsame Lächeln, wenn er mit dem Prinzipal sprach, dieses Lächeln, das mich so traurig machte und wütend. Auf den Mann, der dem Vater das falsche Lächeln abnötigte, und auf den, der sich nötigen ließ. Es tat mir weh, dieses Lächeln, und gleichzeitig spürte ich den Wunsch, mich dafür zu rächen.

Der Vater hatte aufgehört zu pfeifen, und ich floh wieder in meinen Kopf, zerlegte meine Wirklichkeit in Subjekt, Prädikat, Objekt, ordnete den Vorgang, dass ich hinter dem Vater am Rhein entlang durch die Wiesen auf ein Gebüsch zustapfte, in grammatische Regelmäßigkeiten, ein Regelwerk von Füßen, von Wörtern, in dem nur der schlackernde linke Fuß des Vaters irritierte.

Ich gehe hinter dem Vater her, sagte mein Kopf, oder sagte ich es zu meinem Kopf? Wenn Möwen kreischten, machte ich einen Satz mit »Möwen« und »kreischen«, wenn der Wind die Erlen bewegte, denen wir nun immer näher kamen, sagte ich mir: »Der Wind bewegt die Erlen.« Keine Vergleiche, keine Metaphern. Keine Bilder. Nichts, was Gefühle heraufbeschwören könnte. Ich hielt mich an die Fakten. Die Wörter für die Fakten. Die hielten mich hinter dem Rücken des Vaters, Wörter und Fakten vereint gegen Einfälle, Gedanken, Gefühle.

Der Vater hatte das Stöckchen in die linke Hand genommen und schlug damit bei jedem Schritt gegen das kurze Bein, als wolle er es zur Eile treiben. Etwas blitzte auf an seiner Hand, von der alles Schrubben die schwarzen Spuren der Maschinenschmiere nicht hatte entfernen können. Es war der Siegelring, den er sonst nur trug, wenn die Mutter ihr Hütchen mit Schleier aufsetzte. Seinen Siegelring und seinen Schirm, einen schwarzen Stockschirm im Seidenfutteral, pflegte er zu Festlichkeiten mitzunehmen. Er schwang ihn dann, wie er es wohl beim Prinzipal, der ihm den Schirm vermacht hatte, gesehen hatte. Aufgespannt wurde der Schirm nie. Den Ring hatte ich zuletzt bei Hannis Hochzeit an seinem Finger gesehen. Ein Silberring mit den Initialen seines Namens.

Vom Pfad, der ans Rheinufer führte, bog der Vater ab und marschierte geradewegs übers Gras dem Erlenwäldchen entgegen. Ein paar Krähen flogen auf; der Vater sah hoch, blieb mit dem schweren Schuh in einem Maulwurfshügel hängen, stolperte. Ich tat, als hätte ich sein Schwanken nicht bemerkt. Der Wind bauschte seinen Mantel, den er aufgeknöpft hatte; ich wich den flatternden Stoffbahnen aus.

Zielstrebig ging der Vater ein paar Meter am Rand des Erlenwäldchens entlang, schlug sich dann mit einer raschen Bewegung seitwärts in den Sand, ins Gebüsch und steuerte auf einen Baumstamm zu, den Wind und Alter gebrochen hatten. Umständlich kramte er ein Taschentuch heraus, sein weißes Sonntagstaschentuch, knallte es auseinander, wie vor Jahren der Großvater seine blau- oder rotkarierten, breitete es über das dickste Stück des Stammes, streifte mich mit einem kurzen Blick und setzte sich neben das Tuch. Seine beringte Hand klopfte einladend neben sich, ein feines hartes Geräusch, als dringe ein Specht ins Holz. Klopfte noch einmal, diesmal mit der Faust, ehe ich mich am anderen Ende des Stammes zu ihm setzte, das weiße Taschentuch zwischen uns.

Der Vater sah geradeaus. Ich sah geradeaus. Vielleicht trafen sich unsere Blicke weit draußen auf dem Rhein in den schwarz-rot-goldenen Streifen der Flagge eines Schleppkahns, fuhren wir mit den Augen an Deck gemeinsam nach Duisburg oder nach Rotterdam ans Meer. Vielleicht aber kamen sie auch erst hoch oben in der Wolke zusammen, die über den Pappeln am anderen Ufer hing. Der Vater kratzte sich im Nacken, dann am Hals. Er nahm den Hut ab.

In der kühlen Abgeschiedenheit des Erlenwäldchens saßen wir und schwiegen, hörten nichts als das Rascheln der Blätter in den Wipfeln, ein fernes nervöses Säuseln, und die sirrende Stille der Grillen, der Mücken, Musik eines heißen Sommertages.

»Waröm«, ließ er sich schließlich vernehmen, als habe er endlich genug Wörter für einen Satz in der Kehle zusammengebracht: »Waröm ziehs de dir denn nit mal wat Nettes an?«

Verdattert schaute ich an mir herunter.
»Mir haben doch so schöne Sache in Köln jekauft.«
»Die sind mir doch längs ze klein.«
Ich löste den Blick von dem Schleppkahn und heftete ihn auf das Taschentuch. Daneben die Hand des Vaters. Der Ring. Meine Augen machten an der Grenze des Tuches Halt.
»Has de denn nix Besseres?«
Ich schwieg.
»Aber wenn de jetzt nach Köln jehst. So kanns de doch do nit rumlaufe.«
»Ich denk, da wird nix draus. Ihr seid doch all dagegen.«
»Wer sacht dat?« Die Hand des Vaters neben dem weißen Tuch ballte sich zur Faust.
»Ja, ihr! Du, die Mama, die Oma. Sicher auch die Tante.«
»Die Mama, die Oma, die Tante«, äffte der Vater. »Un isch? Isch han nit Nä jesäät, vorhin am Desch! Loss die doch kalle.«
Unversehens war der Vater wieder ins Platt gefallen. Die Narbe zuckte.
»Du tricks* noh Kölle!« Der Vater bellte den Satz wie einen Befehl.
Ich schrak zusammen, nur der Klang seiner Stimme, der gewohnte schroffe Ton erreichte mich, nicht der Inhalt.
»Hörs de nit? Du ziehst nach Kölle«, wiederholte der Vater gelassen und straffte sich, richtete sich auf, dass der Stamm ins Schwanken geriet.
Ich klammerte mich mit beiden Händen fest.
»Waröm sachs de denn nix?« Der Vater drehte mir seinen Oberkörper zu und schaute über das weiße Taschentuch zu mir herüber. Ich blickte zwischen meine Füße, meine schmuddeligen Turnschuhe und dachte: Der Vater sagt, du ziehst nach Köln. Er zieht nach Köln, sie zieht nach Köln. Ich nicht.
Er wandte sich von mir ab. »Dir kann mer et ävver och nit rät mache«, knurrte er, und diesmal fielen Klang und Sinn zusammen.

* ziehst

»Jo, un wer soll dat bezahle?«

Verblüfft horchte ich der Frage nach, angewidert vom grämlichen Tonfall meiner eigenen Stimme und den Wörtern, die sie da aneinanderreihte.

»Du sprischs jo wie de Mamm«, sagte der Vater. »Isch denk, du wills do hin.«

»Ja«, gab ich zu. Jetzt, da die Möglichkeit zur Wahrscheinlichkeit wurde, dehnte sich ein Gefühl des Unbehagens in mir aus, als hätte ich großmütig ein Versprechen gegeben, etwas zu beweisen, zu leisten, das meine Kräfte überstieg.

»Also«, der Vater stand auf, tat einen Schritt zur Seite auf mich zu und setzte sich wieder, zur einen Hälfte auf das weiße Taschentuch. »Die Eifeler Tant is tot...« Der Vater machte eine Pause.

Die Tant is tot, die Tant is tot, sang es in meinem Kopf. Bloß nicht noch mehr Kindergeschichten.

»Sach aber nix dä Mamm.«

»Dat weiß die Mama doch auch«, gab ich zurück und ließ die Füße hin und her pendeln.

»Dat ja.« Die Stimme des Vaters hatte einen geheimnisvoll listigen Klang angenommen.

»Ävver vun dem Sparbooch weiß se nix.« Ein krächzendes Geräusch aus der Kehle des Vaters schreckte mich auf, ein Keuchen, einem widerwilligen Kichern nicht unähnlich.

»Na, wat jlaubs de? Wie viel is et?« Im unbestimmten Schatten der Bäume beugte sich der Vater weit über das weiße Taschentuch hinaus zu mir herüber.

Ich zuckte die Achseln.

»Nu rat doch mal!«, beharrte der Vater.

Ich wollte kein Spielverderber sein. »Tausend Mark?« Was ging mich das Sparbuch der Eifeler Tant an.

Versonnen blickte der Vater auf den Rhein. Oder sah er in den Himmel? Beinah verklärt sah er aus, so, wie der junge Kaplan, wenn der die Hostie hob am Altar.

»Tausend? Nä! Jenau viertausendneunhundertundachtzig Mark und fuffzig Penne waren da drauf.«

Na und, dachte ich.

»Un die jehören mir!«

»Nä!« Unwillkürlich rückte ich näher, bis an den Rand des weißen Taschentuchs.

Umständlich erklärte der Vater, wie ihn die Stattliche, die Freundin der Tant, auf deren Beerdigung beiseitegenommen habe. Die Tant hatte ihre kleine Rente nicht gebraucht und regelmäßig aufs Sparbuch eingezahlt. Sie, die Freundin, brauche dieses Geld nicht. Die Tant habe oft und gut von ihm gesprochen. Sicher sei es in ihrem Sinne, wenn sie, Edith, ihm das Angesparte aushändige.

»Et wor hinter denen ihrem Hühnerstall«, der Vater hielt die Augen geschlossen, wieder war er in einer anderen Welt. »Die Diersche waren aufgeresscht. Do oben waren Habischte in de Luft. Die hatten do unten schon aufjeräumt. Da macht die Frau die Handtasch auf un zieht en Kuwehr eraus. En dick braun Kuwehr, so jroß.«

Der Vater umriss ein schulheftgroßes Rechteck. »Un su deck.« Zwischen Daumen und Zeigefinger der Linken eine stumpenbreite Luft.

»Isch dän Umschlag en de Anzugstasch, innen bei dä Invalidenausweis.« Der Vater klopfte sich an die Brust und stampfte den dicken Fuß in den Sand; die feinen Körner stoben auf und bedeckten das dunkle Leder mit grauem Glitzer.

»Davon weiß die Mamm nix.« Aus den Augen des Vaters leuchtete unverhohlener Triumph. Ich hatte aufgehört, seine Worte in ihre grammatikalischen Bestandteile zu zerlegen und hörte wirklich zu. Hörte zu, gespannt wie in der Aula, wenn der Professor Hölderlins letzte Gedichte auf Wahnsinnsspuren untersuchte.

»Un tausend davon kriechs du. Wenn de noh Kölle tricks. Du ziehst nach Köln!«

Der Vater strich die Länge lang über seine Krawatte, als striegele er ein treues Pferd nach scharfem Ritt zur Belohnung.

Ich rückte von dem weißen Taschentuch ab. Auch mit diesem Vater wusste ich nichts anzufangen. Er war mir fremd, beinah so unheimlich wie der kleine Josef im Mist. Der Vater war doch einer, gegen den ich kämpfen musste. Der mich bestenfalls übersah. Nur einmal, damals in Köln, war es anders gewesen. Aber gesprochen hatte der Vater auch dort kaum mit mir. Nie hatte ich ihn so lange reden hören wie heute. Tausend Mark wollte er mir geben. Einfach so? Was wollte er dafür von mir?

»Dann müsse mir nit schon widder eine Antrag stelle.« Wieder wirbelte ein Fußtritt des Vaters Sand auf, er trat ein paarmal nach und schüttelte das Bein, bis die Körner von Schuh und Hosenbein herabrieselten.

»Un wat Neues zum Anziehe kaufe mir dir auch noch.«

Der Vater stand auf, streifte das Taschentuch von dem Erlenstamm, stampfte ein paarmal auf der Stelle, Sand knirschte unter seinen Sohlen, und wandte sich zum Gehen.

Auf dem Pfad blieb er noch einmal stehen und suchte meinen Blick. Im Blätterflirren der Bäume sah sein sonnengesprenkeltes Gesicht dünn und verloren aus. Ein ganzes Semester lang hatte ich geübt, den Blicken meiner Gesprächspartner nicht auszuweichen. Die Lider nicht zu senken, vielmehr so lange es mir beliebte, mein Gegenüber anzusehen, ohne diesem zu gestatten, in meinen Augen zu lesen.

Der Vater wandte sich ab: »Erzähl nix dä Mamm.« Er wirkte wieder alt und niedergeschlagen, die Narbe zuckte.

»Weißt du denn, warum dat Schilf niemals still ist?«, brach es aus mir heraus. Die Binsen hatten schon violette Rispen entfaltet, große lockere Ähren, die der Wind so seidenweich zärtlich bewegte, dass ich wegschauen musste.

»Nä«, knurrte der Vater und zischte das Weidenstöckchen ans Hosenbein.

»Früher gab es einen König, Midas hieß der. Der hatte Eselsohren. Das durfte aber keiner wissen. Doch der Barbier, der den König jeden Morgen rasieren kam, wusste dat natürlich. Eines Tages musste er dat Geheimnis einfach mal aussprechen. Da ging er hin und grub ein Loch in die Erde und flüsterte alles rein. In dat Loch. Dann konnt er leicht wieder den Mund halten.

Aus dem Loch wuchs dann dat Schilf und dat flüstert Tag und Nacht von den Eselsohren vom König.«

»Un dat jlaubs du?«, knurrte der Vater. »Steht dat in deine Bööscher?« Und nach einer Pause: »Lerns de dat op dr Universität? Es dat dann nötisch, dat mer dat weiß?«

»Nä«, sagte ich, »aber schön. Oder?« Ich konnte ja selbst nicht sagen, warum sich diese seltsame Geschichte aus mir herausgesponnen hatte. Als wollte der Wind mir zur Hilfe kommen, fuhr er noch einmal in den Verbund aus Schilf und Rohrkolben und stieß Binsen und Rispen in einem hellen hochtönenden Sausen zusammen.

»Hörs de?«, fragte ich.

»Et es wärm.« Der Vater zog das weiße Taschentuch hervor und wischte sich Stirn und Nacken. Aber den Hut nahm er nicht ab.

Still legten wir den Weg auf den Damm zurück, wo wir kurz zuvor noch so übermütig gepfiffen hatten.

An der Böschung blieb der Vater stehen. »Lauf schon vor«, sagte er, trat zur Seite und machte eine auffordernde Handbewegung. »Du bis schneller. Dat hier«, er legte die Hand aufs Herz, »macht nit mehr so rischtisch mit.«

Froh, dem Dankesagen zu entkommen, rannte ich los, sah mich nicht einmal um, bis ich atemlos auf dem Damm stand.

Mit seinem schwerfüßigen, unsteten Gang kam der Vater bergauf nur langsam voran. Er sah verbraucht aus, was nicht nur an dem zu langen Mantel lag, den der Wind auseinanderwehte. Seit ich zurückdenken konnte, trug er im Sommer diesen Mantel. Matt, müde, kleiner geworden schien der Vater, wie er mit hängenden Schultern zu mir heraufstapfte, den Kopf, wie es seine Gewohnheit war, nach unten und zur Seite gebeugt.

Ich rieb mir das Bild des Vaters aus den Augen, öffnete sie und sah über ihn hinweg.

Zurück nahmen wir den Umweg durch die Kämpen, an Kirchberg, Burg und am Friedhof vorbei, wo wir kaum jemandem begegneten.

Erst als uns der Wind den Duft der Linde vor Piepers Laden entgegentrug, brach der Vater das Schweigen. »Die Linde«, sagte er, »ist der einzije Baum, der erst im Juni blüht. Alle anderen sind damit im April oder Mai schon fertisch. Dat de aber auch nix dä Mama sachst.«

»Bestimmt nit.«

»Un auch dem Bertram nit.« Der Vater warf das lustige Stöckchen, das er auf dem ganzen Weg mit sich getragen hatte, in den Rinnstein.

Die Mutter stand am Gartentor und winkte. Winkte Trappmanns Tring hinterher, die uns feixend entgegenradelte.

»Isch wollt mal nach dem Maria sehen«, sagte sie, vom Rad abspringend, »isch hab mir Sorjen jemacht. Eusch zwei so allein auf der Straße.«

Ohne die Frau eines Blickes zu würdigen, war der Vater weitergegangen. Schadenfroh lachte ich ihr ins Gesicht und folgte ihm.

»De Muul opzedunn han die wall nit nüdisch«, schimpfte sie hinter uns her, ehe sie sich auf den Sattel wuchtete.

Die Mutter trug ihren Sonntagskittel, rosa mit grün-weißen Margeriten, ihr Gesicht gerötet wie das der Freundin.

»Wat soll dat dann? Hatt ihr se noch all?« Die Mutter zog ein gekränktes Gesicht und fuchtelte mit den Armen. Die Tür stand offen; »Wenn die Cowboys träumen«, plärrte Radio Luxemburg aus dem Hausflur.

»Jitz kütt ihr sofort erin! Wat solle de Lück sagen. Aleen am Sonndach durch et Dörp!« Ohne eine Antwort abzuwarten, drehte die Mutter uns den Rücken zu, warf das Gartentor vor uns ins Schloss und verschwand im Haus. Der Vater legte die Hand auf die Klinke. Der Siegelring war verschwunden. Der Vater blieb stehen.

»Kuck mal«, der Vater streifte die lila Klematis neben der Haustür wie mit einer flüchtigen Liebkosung. Dicht beim Wurzelstock trieb aus den Ranken eine schneeweiße Blüte. Alle anderen lila, bis auf die eine weiße. Aber aus einem Strauch.

»Josäff! Hilla!« Die Mutter stand wieder in der Haustür.
»Isch treck misch jitz öm«, sagte der Vater. Kurz darauf ging er in Arbeitskleidern in seinen Schuppen zu seinen Werkzeugen. Ich saß schon in meinem Stall. Bei den Büchern.

Im Lexikon fand ich: »Ochsenziemer. Substantiv, männlich, ›Klopfpeitsche‹. 17. Jahrhundert. Der Ochsenziemer besteht aus der getrockneten Rute des Stiers. Der zweite Bestandteil ist mittelhochdeutsch zem, zim, zemmel, zimer und zahlreiche andere. Der Zusammenhang des Wortes mit Ziemer erklärt sich durch die Entlehnung aus französisch cimier, das 1. ›Schwanz‹ bedeutet, dann 2. durch Übertragung ›männliches Glied‹.«

Schluckaufgeschüttelt vergrub ich mein Gesicht in den Händen.

Während das unregelmäßige Hämmern im Stall nebenan zunahm, suchte ich Trost bei den *Sommerblumen*, schlug das Buch auf, zufällig, irgendwo. Es fiel beim Odermennig auseinander. Wie lange war das her, dass mir Peter von dieser Pflanze erzählt hatte. Agrimonia eupatoria, hilfreich gegen Leberkrankheiten, Krebs und giftigen Tierbiss. Wo war die Pflanze gegen die Kapsel in mir, gegen die Wand, die mich von den Menschen, der Wirklichkeit trennte? Gegen die Faust, die mir das Wort in der Kehle zurückschlug, wenn ich sie schon in der Mundhöhle spürte, diese zwei Silben: Dan-ke! Wo wuchs das Kräutlein, Galium verum, das mir zum Gesunden helfen würde, wie es das Großvaterbuch versprach? Wenn ich es unter mein Kopfkissen legen würde, wie schon zu Zeiten des heiligen Bonifatius, und dazu beten: »Heil sei dir, du heilig Kraut! / Hilf uns zum Gesunden, / Auf dem Ölberg wurdest du / Allererst gefunden. / Du bist gut für manches Weh, / Heilest manche Wunden, / Bei der Jungfrau heil'gem Strauß / Lasse uns gesunden.«

Gesunden, dass ich den Vater würde an der Schulter fassen können und Danke sagen, ihm in die Augen sehen können und ihm meine öffnen. In die Augen sehen, ohne die meinen so zu verhärten, dass er in meinen Augen mehr finden könnte als sein Spiegelbild.

Tags darauf hängte ich hinterm Haus mit der Mutter Wäsche auf. Genüsslich sog ich den Grasgeruch und den Duft frischgewaschener Baumwolle ein.

Ächzend bückte sich die Mutter über den Korb, angelte nach einem Handtuch und stemmte sich die Faust ins Kreuz.

»Lass dat doch. Du musst dich doch nit bücken. Ich geb dir die doch hoch.«

Ich spießte die Wäscheklammer auf das Betttuch an der Leine und sprang hinzu.

»Hier has de et doch jut«, zischelte die Mutter, zwischen den Zähnen zwei Wäscheklammern, die sie sich eine nach der anderen in die Hand spuckte und alsdann flink und präzise auf Laken und Leine steckte.

»Hier brauchs de doch für nix ne Finger krumm zu mache«, fuhr sie deutlicher, aber immer noch mit gedämpfter Stimme fort. »Wo bis de denn widder mit deinen Jedanken?« Der Ellenbogen der Mutter in meinen Rippen, ich fuhr zusammen. »Wie lang brauchs de denn noch für dat Tischtuch?« Die Mutter ruckte mir das Wäschestück aus den Händen. »Nun jeh schon widder in deine Stall. Du häs ja doch nix em Kopp wie de Bööscher.«

Seit mich der Vater so unverhofft zur Mitwisserin seines Geheimnisses gemacht hatte, fühlte ich der Mutter gegenüber ein merkwürdiges Unbehagen, als hätte ich ihr ein Unrecht getan; ein Gefühl, das mich weich und bereitwillig machte.

Schweigend bückte ich mich nach dem nächsten Laken, reichte es der Mutter, die es mit der Rechten über die Leine schwang, während sie die Linke aufhielt für die Klammer, raus aus den Zähnen und drauf auf die Leine, und wieder spucken und Klammer und Leine, ein Griff in den Klammerbeutel, der der Mutter vorm Bauch hing, drei Klammern zwischen die Zähne, ich reichte das nächste Stück, einen Bettbezug; wir packten ihn an den Enden, streckten ihn über Eck, rechts, links und gerade; schwangen ihn auf die Leine, und die Mutter schnappte die Klammern auf die Schnur; wortlos arbeiteten wir Hand in Hand; den großen Wäscheteilen folgten Hosen und Hemden,

Taschentücher zuletzt. Mit jedem Griff verschwand die Mühe ein bisschen weiter aus der Arbeit, wandelte sich Arbeit in Spiel. Wir brachten die Stücke zum Fliegen. Sogar die Mutter fand Gefallen an der Zauberei aus dem Korb auf die Leine; ihre Züge entspannt, übermütig fast, die Klammern zwischen den Lippen wie mutwillige Fühler vorgestreckt. Anmutig, beinah tänzerisch bewegte sie sich, flog auf Zehenspitzen zum Korb und zurück, streckte sich, dehnte sich, pflückte Hemdchen und Hosen von meinen Händen wie luftigen Schaum, ein seidiges Nichts, das sich schwerelos auf die Leine schwang, wo es des lustigen Zugriffs zweier Holzstäbchen harrte, begierig erbebte, ehe die Klammern aus den Zähnen der Mutter die Schnur, je länger wir unser Spiel mit ihr trieben, in immer schwerfälligeres Schaukeln versetzte. Ganz anders sah die Mutter aus hier im eigenen Garten bei der Arbeit für sich und die Familie, nicht, wie auf der Krankenkasse, wo sie dem Dreck anderer Leute hinterherputzte.

Dann war der Wäschekorb leer. Und als die Mutter sich leichthin aus der Hüfte heraus mir zuwandte, die Rechte überm Kopf an einen Hosenboden auf der Leine geklammert, die Linke nach dem nächsten Wäscheteil ausgestreckt, stand ich mit leeren Händen da.

»Fädisch?« Die Mutter spuckte die letzten Klammern in den Beutel, band den schlaffen Tuchsack ab und warf ihn in den Korb. Sie klang enttäuscht.

Ich klaubte eine Klammer aus dem Gras und warf sie zu den anderen. Die Mutter hielt einen Moment inne, ließ die Augen über die Leine schweifen, dann bückte sie sich ächzend wie am Anfang nach dem Korb, wollte ihn vor die Brust heben; aber ich griff ihn beim Henkel an einer Seite, so, dass sie am anderen Ende zugreifen musste, und wir hoben den Korb gemeinsam hoch, trugen ihn in den Waschstall, schwangen ihn ein wenig hin und her, ließen die willmütige Leichtigkeit auspendeln. Als wir den Korb am Murpott absetzten, war das Spiel vorbei.

»Du häs doch en Uhr an«, sagte die Mutter. »Wie spät dann? Isch muss mesch beeilen. Wat koch isch hück bloß? Dä Papp kütt jlisch heem.«

»Un die Oma?«, fragte ich verdutzt. »Kocht die dann nit?«

»Die is beim Zahnarzt«, gab die Mutter brummig Auskunft. »Dat Jebiss sitzt nit rischtisch.«

»Aber wir haben doch noch von jestern«, versuchte ich zu ermuntern.

»Jo, jo. Ävver die Ääpel müsse jeschält wäde, un dä Salat aus dem Jarten jeholt und jewäsche und jemacht werden, und Zupp is auch zu wenisch und auch nit jenuch Fleisch.« Die widerwillige Aufzählung machte jeden einzelnen Handgriff zur unzumutbaren Mühe.

»Dann essen wir eben nur Kartoffeln mit Soße«, schlug ich vor. »Un den Salat mach ich.«

»Du? Wat fällt dir ein? Dat is Frauenarbeit. Jeh du bei deine Bööscher.«

»Bis zum Maternus has de doch noch ne Woch Zeit«, sagte die Mutter. »Warum besuchs de nit mal dat Maria. Dat has de doch seit de nach Kölle fährst, nit mehr jesehen.«

Die Mutter nickte der Möhre, die sie mit einem Küchenmesser bearbeitete, aufmunternd zu, schaute kurz zu mir herüber, schob die Unter- über die Oberlippe und konzentrierte sich mit energischem Schaben wieder aufs Gemüse.

»Hier«, sie reichte mir eine Tüte, »die kanns de der Tante mitnehmen. So viele Möhren könne mir nit esse. Wenn isch hier fertisch bin, komm isch nach. Der neue Katalog ist da.«

»Is jut, Mama.« Ich klemmte die Tüte auf den Gepäckständer, überlegte sekundenlang sogar, der Mutter, die in der Küchentür stand, zuzuwinken, ließ es aber bleiben. Zu ungewohnt und übertrieben.

Die Hitze war sengend; ein Geruch nach heißem Metall hing in der Luft, am Horizont zogen Gewitterwolken auf. Dondorf war Stadt geworden. Der verträumte »gepflegte Ort am Rhein«, wie es auf dem Poststempel hieß, war aufgewacht und streckte sich in alle Richtungen. Jetzt, da ich dem Ort den Rücken kehren wollte, sprangen mir die Veränderungen der letzten Jahre geradezu ins Auge.

Vorbei am Rathaus radelte ich und am Gänsemännchenbrunnen; Blumenbeete und Rasen hatten dem Busbahnhof weichen müssen. Eine breite Straße verlief, wo einst am schmalen Pfad Disteln gewachsen waren, mit denen Mitschülerinnen auf dem Nachhauseweg meine Kniekehlen gequält hatten. Dort gab es nun, was eine Stadt so alles braucht: eine Sparkasse, eine größere Post, mehrstöckige Wohnhäuser. Ein Geschäft für Teppichböden. Eine zweite Apotheke. Den Mini-Markt.

Vorbei an der neuen evangelischen Volksschule fuhr ich, die auf Gemüsegärten neben der katholischen Schule gebaut worden war. Das helle luftige Gebäude mit den großen Fenstern ließ den roten Backsteinbau ernst und streng erscheinen, Sinnbild einer Pädagogik vergangener Zeit.

Junge Ebereschen, zum aufrechten Wuchs noch von starken Seilen an Pfähle geschnürt, trennten die Bürgersteige von der Fahrbahn. Ersetzt worden waren auch die alten Laternen, Glühbirnen in Porzellanschalen an dicken schwarzen Kabeln, die sich hohe Holzmasten hinaufwanden. Neonleuchten bogen sich mit modernem Schwung zwischen den Eschen über den Gehweg bis weit in die Straße.

Kurz vor der Kolonie, wo ich vor Jahren Sigismunds erleuchtete Fenster angeschmachtet hatte, bog ich rechts ab in die Straße zu Maria.

Noch keine fünf Jahre war es her, dass Rudi hier gebaut hatte. Erst sparsam doppelstöckig, das Obergeschoss für die Eltern Hannis. Inzwischen hatte er angebaut, ein Doppelhaus: eine Hälfte für sich und Hanni, die andere für die Schwiegereltern. Damals hatte man ihn insgeheim belächelt – sich so einfach in die Wildnis, zwischen Brach- und Ackerland zu setzen. Jetzt lag das Haus in einer Reihe ähnlicher Bauten, die in ihren Vorgärten steckten wie in Blumentöpfen. Der Schotter war asphaltiert und verbreitert, die Bürgersteige gepflastert worden, und die Vorgärten kehrten das Innere der Häuser gleichsam nach außen mit ihrer aufgeräumten Akkuratesse, ihrem gleichförmigen, pflegeleichten Inventar, als stammte jeder Strauch, jede Staude, jedes Rasenstück, jeder Zwerg, jedes Teichlein, jedes Windmühlchen von ein und demselben Lieferanten.

Alle Fenster standen offen, Liedfetzen wehten mir hinterher, verbanden sich zu ein und derselben Melodie von Hausnummer 3 bis Nummer 9, dann machte schepperndes Gerassel der kecken Mädchenstimme mit dem drolligen Akzent ein Ende. Ein Mähdrescher quälte sich die leicht ansteigende Straße hinauf, wo der Asphalt in Schotter, der Schotter in Sand und Kies, in bröckligen Feldweg überging. Bis an den Krawatter Busch lagen die Äcker, die noch nicht als Bauland ausgewiesen waren, bleich und verschwommen in der Sonne. Dunkle Abgaswolken ausstoßend, schwankte und stampfte das haushohe Fahrzeug an mir vorüber, bog dann rechts in die Roggenfelder, die in der staubigen Hitze erstickten.

Helle und dumpfere Schläge, mal auf Holz, mal auf Metall, klangen vom Rohbau der katholischen Kirche herüber. Mit den Einwohnern Dondorfs war die Zahl der Katholiken gewachsen, auch durch die Flüchtlinge. Müppen nannte sie nach fast zwanzig Jahren keiner mehr. An manchen Sonntagen, besonders Ostern und Weihnachten, gab es in der Georgskirche kaum noch Stehplätze.

Dem schmucklosen Rechteck des Neubaus war ein kompakt gemauertes Quadrat vorangestellt, eine Kreuzung aus Schornstein und Hungerturm, Platz für die Glocken.

»Zeerst machten se dat Lating fott un den Altar verkehrt eröm, un jitz solle mir in nem Kohstall bäde!«, ereiferten sich nicht nur die Mutter und Tante Berta. Allen voran die Großmutter sah in der strengen Form nichts als Lieblosigkeit und Verrohung,

Symbol für den Zustand der Kirche und scheute sich nicht, bei jedem Gewitter um göttlichen Beistand zu beten, der mit Blitz und Feuer zwischen die Sparren fahren würde. Dabei wusste sie noch nicht einmal, dass in diesem Gotteshaus der Altar, von Anbeginn der Gemeinde zugewandt, festgemauert war. Gott aber schien das Werk zu gefallen; Richtfest in zwei Wochen, das Dach noch vor der Winterpause gedeckt.

Sah man nur auf den Vorgarten, vermittelte das Doppelhaus, in dem Tante Berta, Onkel Schäng und Maria in der einen, Hanni und Rudi in der anderen Hälfte wohnten, den Eindruck vollkommener Symmetrie: zwei gleich große Rechtecke, umgeben von gestutztem Wacholder, Flieder und zwei Rasenflächen, in deren Mitte kleine Teiche, zweimal zwei angelnde Zwerge.
Die Haushälften aber hatten mit den Abmessungen der Gartenstücke nichts zu schaffen. Zwar führte auf beiden Seiten des Gebäudes je ein Weg zur Haustür, doch war die rechte, die Hälfte von Hanni und Rudi, doppelt so groß wie die der Tante. Dies stellte schon nach außen die Verhältnisse klar, mochten sich die Zwerge noch so sehr bemühen, ihr Lächeln freundlich zu vereinen.

Maria am Fenster schützte ihre Augen mit einer Hand vor der Sonne und schwenkte die andere so träge, als winke sie einen von weit her zu sich hin.
»Kommst du bei misch, Hilla, oder bei die Mama? Komm doch erst mal rauf!« Maria machte das Fenster zu, zog die Vorhänge zusammen.
Ich stellte mein Fahrrad ab. Die Plastikschnüre, von allmählich verwitternden Zwergen inzwischen im vierten Jahr unbeirrt in den gipsernen Händen gehalten, zitterten im Wind, der das Wasser der Angelpfütze ein wenig kräuselte.
Die schmalere Haushälfte war genau auf die Bedürfnisse von Onkel und Tante zugeschnitten: eine geräumige Küche unten, daneben ein Wohnzimmer. Oben ein Schlafzimmer und ein klei-

nes Zimmer. Nach der Auflösung ihrer Verlobung hatte Maria sich den größeren Raum eingerichtet, die Eltern schliefen in der Kammer. Dusche und WC hatte Rudi der kranken Schwägerin nachträglich einbauen lassen.

Maria wartete an der Treppe, lupfte das Vorderteil ihrer Bluse von der Haut weg. »Der Katalog is da!«, schwenkte sie mir das schwere Ding entgegen. »Dat Hanni backt schon Kuchen!«

Kam ein neuer Katalog, breitete sich bei den Frauen eine Stimmung aus wie vor Zeiten, wenn sich der leibhaftige Wäschemann ankündigte. Jetzt kam der Wäschemann per Katalog. Per Selbstbedienung. Mindestens genauso verführerisch. Wenn auch anders. Was vom Wäschemann fehlte, die schmeichlerische Verwandlung der Hausfrauen in begehrenswerte Weiber, ersetzte der Katalog mit einem verlockenden Überangebot an Waren und der unbeschränkten Möglichkeit des Zugriffs, des unbeobachteten Zugriffs. Preise, kleingedruckt am Ende der Größentabelle, konnte man erst einmal übersehen.

»Aber der hat Zeit.« Maria legte den Katalog beiseite. »Setz disch erst mal und erzähl. Mir haben uns ja lang nit mehr jesehen.«

»Da is ja auch dat Hänsjen«, sagte ich ausweichend und trat an das Bauer. Was sollte ich Maria erzählen? Der pathetische Held ist unbedingt? Wählt der Dichter die epische Gangart, so wird uns seine Erzählung fesseln? Die Funktionen des Liedes im *Marmorbild*?

»Ja, dat Hänsje«, sagte Maria. »Dat is jetzt schon dat dritte. Un isch finde, jedesmal werden die Diersche schöner. Un singen kann der! So komm, sing doch mal!« Hänschen aber tat ihr den Gefallen nicht, hüpfte nur hin und her zwischen Stange, Napf und Käfigboden.

»Lässt du ihn denn nicht mehr fliegen? Weißt du noch, wie der eine immer in deine Haare fliegen wollte?«

Maria kicherte. Sogar über ihre Perücke, die wir nie anders als »Haare« nannten, konnte sie längst lachen. Ihr eigenes Haar war wieder gewachsen, allerdings in einem aschigen Grau und unregelmäßigen, wenn auch dichten Büscheln. Von Zeit zu Zeit fuhr sie sich mit allen zehn Fingern durch die kurzen Strähnen und zupfte ein wenig an den Spitzen, als wolle sie sich vergewissern, dass alles noch dran war.

»Neue Vorhänge, Maria?«, nickte ich zum Fenster. »Die sind aber schön!«

»Ja«, sagte Maria glücklich. »Un die Jarnitur hab isch vom Hanni. Die haben schon wieder wat Neues. Un die Sessel hier«, deklamierte die Cousine wie auf der Bühne, »jeben jedem Raum Frische und Lebendigkeit.« Sie lachte: »So sagen sie doch immer im Fernsehen. Un die Vorhänge passen doch so jut dazu. War en Schnäppsche.«

Hinter den cognacfarbenen Sesseln bauschte sich das noppige Gewebe beiger Stores. Maria ließ die Hand zwischen die Stofffalten gleiten. »Man will doch auch einfach mal wat Schönes haben. Kuck mal hier, dat Bild, auch neu.« Maria schob den Vorhang ein wenig zur Seite. Ein ovales Holzbrett mit künstlich rußgedunkeltem Rindenrand, darauf hellgelbe, grüne und blaue Kleckse und Streifen, Sand, Meer und Palmen andeutend.

»Hawaih«, erklärte sie. »Escht Öl. Nix wie Strand un Meer un Himmel un e paar Palme.« Maria kicherte. »Weiß de noch, dä Clemens Wilmenrod mit seinem Toast Hawaih?«

»Un die Tante«, ergänzte ich, »mit ihrer Marrokaner-Kirsche?«

»Schad, dat et den nit mehr jibt. Wie der jeden Freitag in nem Viertelstündschen en janzes Essen kochen konnte! ›Liebe Freunde in Lucull!‹, hat er ja immer anjefangen. Un alles mit dem ›Schnellbrater Heinzelkoch‹! Un Kirschen, Erdbeeren, Himbeeren, alles in Rum.« Maria schüttelte sich.

Es klingelte. »Pst«, Maria legte den Finger an die Lippen. »Da komme se.«

Dann, mich mit einem schnellen Blick von Kopf bis Fuß musternd und mir den Katalog zuschiebend: »En bisschen netter könntest du disch wirklisch anziehen. Schad, dat dir meine

Sachen alle zu jroß sind. Komm, mir suchen dir jetzt mal wat aus. Kuck schon mal rein, isch mach uns mal ne Kaffee.«

Es klingelte noch einmal.

»Offen«, hörte ich Maria aus der Küche, dann die Stimmen der Mutter, der Tante und von Cousine Hanni.

»Jeht schon mal nach oben, dat Hilla is auch da.«

»Wat will dat dann he«, hörte ich die Stimme der Tante auf der Treppe. »Seit wann liest dat dann im Quelle-Katalog und nit in seine Bööscher?«

»Ja, Hilla! Schön, dat de disch mal wieder blicken lässt!« Hanni war als Erste oben und stellte ihr Backblech, duftend nach Äpfeln, Zimt und Rosinen, ab. Maria deckte den Tisch, Hanni schnitt den Kuchen an, die Mutter streckte Hänsjen ihre Finger zum Knabbern in den Käfig, quietschte, als der zuhackte. Alle redeten durcheinander. Die Tante verlangte den Katalog.

»Nun esst und trinkt doch erst mal«, sagte Maria.

»Has de denn auch en bissjen Milsch?«, fragte die Mutter, und Hanni sang: »Nichts jeht über Bärenmarke, Bärenmarke zum Kaffee.«

»Oder Jlücksklee«, ergänzte die Mutter. »Milsch von jlücklischen Kühen.«

»Hier die Milsch. Un der Zucker.« Maria reichte beides herüber.

»Zucker zaubert«, steuerte die Tante ihre Kenntnisse moderner Werbung bei.

»Ja«, lachte Hanni. »Speck auf die Rippen. Jedes Pfündschen jeht durchs Mündschen.«

Wie aufs Stichwort gab die Tante noch einen Extralöffel in die Tasse und hob den Kuchenteller an die Brust.

Schweigend genossen wir die ersten Bissen, bis Maria nicht länger an sich halten konnte: »Is et denn wahr, Hilla, isch hab ja noch jar keine Zeit jehabt zu fragen: Wills de wirklisch nach Köln ziehen?« Aus Marias Stimme klang Ablehnung, fast Geringschätzung, ein Tonfall, den sie sonst nur für Aussagen über Kääls bereithielt.

»Blödsinn«, schnitt ihr die Mutter das Wort ab. »Wer soll dat dann bezahle?«

Rudi hatte unbemerkt den Raum betreten, brachte den Geruch von Rasierwasser und Pferden mit. »Wer soll das bezahlen«, flötete er, die Worte der Mutter aufgreifend; alle kannten den Text, »wer hat so viel Geld, wer hat so viel Pinkepinke, wer hat das bestellt?«

»Jo, du häs jut flöte«, maulte die Mutter, wieder waren ein paar seiner Äcker als Bauland ausgewiesen worden.

»Komm, Rudi, für disch is auch noch en Stückschen da.« Maria klopfte neben sich aufs Sofa und rückte ein Stück näher an mich heran. Ich rutschte dichter an die Lehne.

»Nä, isch muss weiter«, sagte Rudi, »aber macht doch mal en bisschen Musick.« Rudi machte sich am Radio zu schaffen, das er der Schwägerin vor kurzem geschenkt hatte. »Is doch nit wie bei ärme Lück«, schwadronierte er. »Mir haben ja jetzt wat Neues. Hie-fie für Menschen mit Wohn- und Lebenskultur. Hie-fie – un dat Zimmer wird zum Konzertsaal. Wat Hilla? Dat wär doch auch wat für disch? Mozart, Beethoven und alles hie-fie.«

»Hai-fie«, knurrte ich. »Hai-fie heißt das.«

Rudi ließ sich nicht beirren. »Is doch ejal, wie et heißt. Et klingt jewaltisch. Wie escht.«

»Ja, un waröm heißt et hai-fie?«, forschte Hanni.

»Ist ne Abkürzung auf Englisch«, sagte ich.

»Dat et Englisch is, künne mer us denke«, mischte die Tante sich ein. »Is jo alles Englisch, wat heut modern is. Ävver wat soll et dann heißen?«

»Hai fideliti«, sagte ich, »das heißt: hohe Treue.«

»Hohe Treue? Hohe Treue?«, grübelte Rudi der Übersetzung nach. »Rischtisch. Hohe Treue. Wie escht. Dat Zimmer wird zum Konzertsaal. Jenau wie die dat in der Reklame sagen.«

Zur Tante gewandt, fügte ich hinzu: »Und fidelity, was Treue heißt, das haben die von den Römern. Fidelitas heißt: die Treue.«

»Do han die auch su viel Wööd us dem Lating wie mir?« Die Tante war sofort dabei, auch, um dem Prahlen des Schwiegersohns etwas entgegenzusetzen, und wenn es nur brotloses Wissen war. »Dat is jo super!« Und an Rudi gewandt: »Dat is auch Latein un meint: obendrauf, darüber.«

»Obendrauf, darüber«, äffte Rudi. »Isch weiß, wat super is. Ob wat super is oder nit, dat entscheide isch! Ob de weeß, dat dat von dinge Römer kütt, da kanns de dir nix für koofe.«

Aber die Tante ließ nicht locker. »Un fidel«, sagte sie. »Wenn mir sagen, mir sin fidel, kütt dat och von de Römer?«

»Super, Tante«, sagte ich anerkennend. »Da hast du recht. Fidel hieß bei den Römern treu. Wörter können ihre Bedeutungen verändern, so, wie Menschen sich verändern im Lauf des Lebens. Aber meist kann man die ursprüngliche Bedeutung noch erkennen. So wie das Gesicht vom Enkelchen im Gesicht von Oma und Opa. Wer fidel ist, der ist sich auch selbst treu.«

»Un sterben?«, fragte die Mutter begierig. »Wenn die Wörter alt werden können, können se auch sterben?«

»Und ob«, sagte ich. »Wir haben vor tausend Jahren ganz anders gesprochen als heute. Da...«

Rudi hatte Radio Luxemburg gefunden, drehte auf, zog Hanni vom Stuhl hoch und machte mit ihr ein paar Tanzschritte durchs Zimmer.

Einfach die Bücher weglegen, die Wissenschaft, einfach wegspazieren von stud. phil., und der pathetische Held ist unbedingt, in die Arme eines Rudi oder Hansi oder Toni. In Katalogen blättern und in Rezeptheften, Windeln wechseln und Hemden bügeln, mich zurechtmachen, zurechtlegen, pflegen und hegen, ein Kind und noch eines mit Peter oder Heribert. Godehard. Meine kleine Frau. Beneidete ich Hanni? Um die kleine Wölbung unterm Sommerrock, ihre braungebrannten Beine, die den sicheren Schritten Rudis folgten? Um ihren sicheren Platz im Leben? Ganz so, wie die blonde Kommilitonin? Beide waren zufrieden, da, wo sie waren. So, wie sie waren.

Ich hatte wählen können. Die Cousinen nicht. Wählen können, ablehnen und annehmen können. Das war Freiheit. Die Freiheit der Entscheidung. Und damit auch Verzicht. Ich hatte gewählt.

»Taxi nach Texas zu Bill«, hürdenflink hüpfte Martin Lauers Stimme über einen Ton nach dem anderen.

»Ich muss noch mal auf die Weide. Viel Vergnügen, die Damen!« Rudi ließ Hanni los und verschwand so plötzlich, wie er gekommen war.

»Wer soll das bezahlen«, pfiff es von der Treppe zu uns herauf, »wer hat so viel Geld?« Dann schlug die Haustür zu.

»Dämlack«, knurrte die Tante hinter ihm her, zog die Lippen über die Zähne und ließ sie knallend auseinanderplatzen. »Schluss jetzt.« Sie schob den Kuchenteller zurück. »Hanni räum ab. Mach dat Radio aus. Mir müsse uns konzentriere.«

Ein Gefühl der Erwartung wehte über den Tisch, während die Tochter folgsam die Teller wegtrug. Wie sie so dasaßen, in ihren Ausgehblusen und Ausgehröcken und die hausfrisierten Köpfe zusammensteckten, hätte ich es nicht über die Lippen gebracht: Ich will nach Köln ziehen. Es wäre mir vorgekommen wie Verrat.

»Hier bei uns is et doch auch schön«, sagte Maria, als hätte sie meine Gedanken erraten, und Hänsjen bekräftigte ihre Worte mit einem kunstvollen Triller.

Unterwäsche zuerst. So war es beim Wäschemann gewesen. Unterhosen und Unterhemden für Sie und Ihn. Dann die Kittel. Als Krönung die Nachthemden. Und alle zwei Jahre für die Tante ein Korsett. Damals. Der Katalog bot weitaus mehr. Doch die Reihenfolge hatte Bestand.

»Damen, Damen«, die Tante fuhr mit dem Zeigefinger das Inhaltsverzeichnis entlang. Eine große rote Hand mit dicken blauen Adern, immer feucht und glänzend, als käme sie gerade aus dem Putzeimer.

»Hier«, die Tante bohrte die Fingerkuppe ins Papier, klappte den Katalog zu, schob den Finger zwischen die Seiten und schnellte sie auseinander. »Modische Neuheit!«, triumphierte sie. »Helanca Schlankform Schlüpfer!« Die Tante schürzte anerkennend die Lippen, stürzte sich in ihre Trikotagenlitanei wie der Pastor ins Halleluja, schlüpfte in eine Unterhose nach der anderen und wieder hinaus, es flutschte nur so durch Angora, Perlon und Velours mit echtem Drall und ohne. Und dann gab es Unterhosen, die hießen slip.

»Slip, slip, slip«, die Tante schnalzte verächtlich mit der Zunge. »Et is un bliev en Ungerbotz.«

»Eine Unterhose!« Die Mutter warf einen raschen Blick in meine Richtung.

»En Ungerbotz«, wiederholte die Tante ungehalten. »Dat Hilla wird jo wohl noch wesse, wat en Ungerbotz es!«

»Schlüpfer«, suchte Hanni zu vermitteln.

»Jo, dat sinn isch, dat dat ene Schlüpfer es«, ereiferte sich die Tante. »Ävver wat soll dat englische Zeusch? Nit nur, dat se im Radio alle naselang englische Lieder spelle. Jitz dun se dat Englische auch noch in dä Katalog!«

»Muss de doch zujeben«, Hanni hatte Feuer gefangen, »is doch janz was anderes um dä Bauch erum, so ne slip. Ne Unter-ho-se macht jenau viermal so dick!«

»So wat wär beim Wäschemann nit passiert!« Die Tante hob die Stimme. »Wolle mir doch mal kucken, ob mir noch mehr Englisches finden! Un von de Römer kütt dä slip bestemp nit!«

»Vielleicht hatten die ne slippus?« Hanni zwinkerte mir zu. Ich zuckte die Achseln. Hoffentlich fragte die Tante jetzt nicht nach antiker Unterwäsche. Trugen Römer Unterhosen? Keine Ahnung. Bertram vielleicht.

Doch die Tante hatte ihre Lust auf Latein fürs Erste verloren und stob mit nassgelecktem Finger durch die Seiten auf der Jagd nach englischen Wörtern.

»Hier: Girl Mode. Gierl! Dat soll wohl e Wiew sin. Ein Mädsche. Un hier, wat soll dat?« Die Stimme der Tante wurde schriller: »Sub-tehn-gierlmode! Hilla, wat soll dat?«

»Sabtiehn görl mode«, deklamierte ich.

»Wieso saptiehn? Hier steht subtehn und hier steht Gierl und nicht Göhrl«, fiel mir die Tante ins Wort.

»Das ist Englisch«, sagte ich im höchsten Hochdeutsch. »Die sprechen anders, als sie schreiben.«

»Jonge, Jong, da lob isch mir widder de Römer. Die kalle wie mir!«, entrüstete sich die Tante.

»Ävver, Berta, dat wisse mir doch«, beifallheischend sah die Mutter mich, verächtlich die Schwester an. »Dörbritsch«, sagte die Mutter. »Der schreibt sisch ja auch janz anders. Durbritge oder so ähnlich heißt der auf Deutsch. Rischtisch?« Die Mutter blickte siegessicher in die Runde. Von der Art und Weise, wie Francis Durbridge ihr die Schlechtigkeit der Welt im Fernsehen vor Augen führte, war sie seit *Das Halstuch* hellauf begeistert. »So sind se, die Männer, so sind se«, hatte sie hervorgestoßen und den Vater angesehen, als ziehe der gleich einen Strumpf zwecks Erdrosselung aus der Hosentasche. Ich hatte ihr damals den Namen des Autors vorgesprochen, und sie hatte auf meine Belehrung ähnlich wie die Tante reagiert. Ähnlich wie ich vor Jahren, als mir das Fräulein Funke mit pin und pig, kind und mind das Universum der englischen Lautung erschlossen hatte. Auch ich hatte diese Willkür als Zumutung empfunden und mich empört wie die Frauen hier an Marias Kaffeetisch.

Die Tante war nun nicht mehr zu halten. »Hier, die schöne Kleider! Un wie heißen die? Ladi lieke! Oder is dat auch schon widder nit rischtisch?«

»Nä«, sagte ich. »Dat heißt Lädi laik.«

»Lädi laik!« Die Tante klatschte auf den Katalog, dass die Damen in ihren eleganten Couplets aufflatterten. »Se bliewe jo doch bei Jröße fünfzisch, lädi laik. Un wat heißt dat?«, fragte sie mit einer Stimme, als erkundige sie sich nach dem Preis einer Ware, argwöhnend, dass der zu hoch für sie sei.

»Damenhaft«, sagte ich und musterte die dicklichen Frauen in ihren, wie es hieß, »figurumschmeichelnden« Kleidungsstücken.

Angesteckt von der Schwester wollte nun auch die Mutter ihren Spürsinn unter Beweis stellen. »Mach uns doch noch ene

Kaffe, Berta«, sagte sie schlau und zog den Katalog an sich, während die Tante nach unten in die Küche ging.

»Hier«, die Mutter bohrte den Finger unter das Wort: »Summertiehme. Summer? Meint dat Sommer? Sieht ja janz danach aus!« Junge Mädchen, die nackten Füße im Sand vergraben, mit dünnen Zöpfchen oder Pferdeschwänzen, die Röcke der rosa, blauen oder großblumig gemusterten Kleider zwei Handbreit überm Knie.

»Taim«, seufzte ich. »Nicht tiehme. Taim. Und das heißt Zeit. Und nicht summer, sondern ssammer.«

Die Frauen saßen stumm. Hänsjen tat seinen Zwitscher dazu. Draußen klapperte die Tante mit den Schranktüren, und ich dachte an eine Englischstunde: »ghos« hatte da an der Tafel gestanden und sollte fish bedeuten: gh wie f aus cough, o wie i aus women, s wie sh aus sugar. Ghos: zu lesen als fish. So was konnte auch nur einem bissigen Dichter einfallen, George Bernard Shaw.

»Aber so Litzen, die sin und bleiben doch schön«, wies die Mutter verträumt auf ein Dirndl, »Traunstein«, mit »reichem Besatz«. »Litzen. Dat haben die Engländer doch nit. Oder?«

Hanni zog den Katalog an sich. »Nu jib mal her. Der Rudi braucht ne neue Mantel. Warm co-ats«, las sie vor. »Dat soll wohl warme Mäntel heißen. Wat anderes zeigen die ja hier nit. Aber warum schreiben die dann nit warme Mäntel? Warm co ats ...« Hanni lauschte den Silben hinterher.

»Worm couz«, versuchte ich mich den Dondorfer Ohren anzunähern.

»Worm couz«, echote Hanni.

»Worm couz«, bestätigte ich.

»Worm couz«, probierte die Mutter, und schließlich nahm auch Maria ihre ersten englischen Wörter in den Mund: »Worm couz.«

»Worm couz«, Hanni erhob ihre Stimme aus dem Gemurmel. »Dat hört sich wirklich anders an wie warme Mäntel. Irgendwie nit so steif, nit so nach Opa. Irgendwie zehn Jahre jünger hört sich dat an: worm couz. Aber Sommerzeit – dat is doch jenauso schön wie ssammertaim. Un bei görl bin isch mir nit so sicher. Wat meins du, Hilla?«

»Kokolores!« Die Tante stellte den frischgebrühten Kaffee auf den Tisch. »Wat solle mer dann mit dem Driss? Erst war dat Platt nit mi jut jenuch. Un jitz kütt och noch et Huhdüksch, dat Hochdeutsch, dran! Nit mit ussereinem!«

Die Tante warf mir einen giftigen Blick zu, als hätte ich eigenhändig all die girls, ladies und gentlemen in jeans und slips, in Trachtenlook und warm coats gesteckt.

Hanni aber gefiel das Spiel. »Wat sajen die dann für Kaffe?«, zwinkerte sie mir zu, während die Tante einschenkte.

»Koffi«, erwiderte ich.

»Na siehs de, is doch janz einfach«, sagte sie. »Aber schreiben? Wie schreiben die dat?«

»Fast so wie wir«, sagte ich und buchstabierte. »Dafür aber fast alles klein. Auch die Dingwörter. Nur ›ich‹ schreiben die immer groß.«

»Na also, ist doch wirklich nit so schwer, auf Englisch. Wenn die nur nit su verröck schreiben täten. Da hilft dat Kleinschreiben auch nit viel«, maulte Hanni. »Un ›ich‹ immer jroß? Die han et wohl nüdisch!«

»Hier wird jitz op Deutsch Kaffe jetrunken«, die Stimme der Tante vertrug keinen Widerspruch: »Mer kalle un mir drinke, wie us de Schnüss jewaaße es, un wäm dat nit pass ...«

»Mama«, fiel ihr Hanni ins Wort, »nu näm et nit eso ernst. Is doch super, wenn du jitz bei ›lädilaik‹ nachkucken kannst un nit mehr bei ›für die starke Dame‹. Da bis de direkt ein paar Pfund schlanker.«

Die Tante schnaufte.

»Auch, wenn de davon kein Jramm abnimmst«, stichelte die Mutter.

»Und wisst ihr auch, wie man das nennt? Wenn da steht ›lady like‹ und nicht ›für die dicke Frau‹? Euphemismus nennt man das, kommt aus dem Griechischen und heißt schönreden, beschönigen. Also ...«

»Heldejaad!«, fuhr die Tante mich an. Heldejaad, nicht Hilla. »Nit auch noch de Jrieschen! Wie die kalle, weiß ich von dene aus de Baracke. ›Nix spreschen Deutsch.‹ Do solle se doch doheim bliewe!«

»Mama«, wies Hanni die Tante zurecht. »Lass dat Hilla doch. Is doch schön, wat et alles weiß! Isch find dat lustisch. Ne jute Trick. En schönes Wort für ne fiese Sache.«

»Ja«, nickte ich dankbar und begeistert. »Kuckt doch mal in den Katalog. Da gibt et kein ›billig‹ und kein ›teuer‹. Was billig ist, heißt ›preiswert‹ und ›günstig‹, und statt ›teuer‹ steht da ›hochwertig, anspruchsvoll, exklusiv‹.«

»Un immer klitzekleinjedruckt am Ende, wat es kostet«, ergänzte Maria.

»Jenau!« Auch die Mutter wollte gegen die Tante mithalten.

»Is doch wahr«, lenkte die Tante ein. »Wat Hänsje? Du bis un bleibs doch en Vöjelschen!« Und der Vogel schien zu wissen, wer jeden Morgen seinen Napf füllte, und jubilierte.

Die Tante nahm sich den Katalog wieder vor. »Wo waren mir denn bei? Bei de Unterhosen.«

»Slips«, murmelte Hanni.

»Wollen mer doch mal kucken, wie dat bei de Männer heißt!« Die Tante blätterte, die Seiten flogen, flatterten, rissen ein, dann falteten sie sich vor uns auseinander: die Herren in Unterhosen. Mit entschlossenen Mienen, seitlich geballten Fäusten die einen, die Arme vor der bloßen Brust gekreuzt die anderen, sahen sie an uns vorbei in eine Zukunft, die anzupacken und zu bestehen sie, selbst derart spärlich bekleidet, keine Zweifel aufkommen ließen.

»Futter-Unterwäsche«, las die Tante vor. »Erprobte, dicht gewirkte, strapazierfähige Baumwolldecke mit wollig warmem Futter, reichlich im Schritt und gut verarbeitet. Innenseite mit dickem Henkelplüsch, tadellose Verarbeitung, äußerst strapazierfähig. Für hohe Ansprüche.«

»Äußerst strapazierfähig«, kicherte Hanni. »Wofür dat denn?«

»Für hohe Ansprüche!«, gluckste Maria. »Hörs de doch!«

Die Tante tat, als habe sie nichts gehört. »Ävver hier!« Sie schlug dem Mann auf dem Photo zwischen die Beine. »Herrenslip mit Deckverschluss! Und hier!«, wieder ein Schlag, »noch ne Slip! Doppelripp! Formbeständig. Mit Deckschlitz!« Hanni lachte laut heraus; Maria prustete hinter vorgehaltener Hand.

»Un so wat für minge Schäng!«, krakeelte die Tante. »Ne Doppelrippslip met Deckschlitz! Wenn ich dem saje, dat sing Unterhos jitz slip heißt, mät dä sesch en de Botz! So. Un jetzt kucke mir mal bei die Korsetts. Hier! ›Wunderflock Elastik Schlüpfer.‹«

Die Frauen verstummten.

»›Leib- und Gesäßpartie sind vollkommen beflockt‹«, so die Tante gewichtig, »›die Beflockung hält Leib und Gesäß zurück und verbessert so die Figur erheblich bei größter Bequemlichkeit.‹«

»Beflockung?«, foppte Hanni. »Wat soll dat denn sein? Und warum soll denn dat Jesäß zurückgehalten werden? Isch jlaub, die so wat schreiben, sind selber beflockt!«

Ich prostete Hanni mit der Kaffeetasse zu.

Die Tante kniff den Mund zusammen, bis er klein und hart aussah. Sie machte ernst: »Maria«, sagte sie, »schreib auf: Nummer fünfzehn, Größe einhundertvier. Hüftgürtel mit dreifach verstärkter Magenpatte, zweiundvierzig Zentimeter hoher Rückenschnürung, elastische Einsätze aus Elastinova-Gummi um Taille, Schenkelpartie und Schritt. Das reich garnierte Vorderteil ist gefüttert und mit Kombinationsspirale sowie fester Feder versehen. Seitlich Hakenverschluss. Farbe: lachs. Kostet misch dreiundzwanzig Mark neunzig.«

»Mein Hüfthalter bringt misch um.« Die Mutter strich sich über die schlanken Schenkel.

»Da jehs de am besten in Deckung, wenn die Mama die anhat.« Hanni grinste mich an. Und zu ihrer Mutter: »Bis de sischer, dat dat Ding nit scharf schießt?«

»Scharf schießen? Wat soll dä Kokolores?«, giftete die Tante. »›Aller Chic fängt bei den Miedern an.‹ Steht hier.«

»Un ne Magenpatte«, Hanni stupste mich in die Rippen, »so wat jibet doch ja nit auf Englisch, wat, Hilla?«

»Nu lass die Mama doch in Ruh«, wies Maria die Schwester zurecht. »Mir haben noch viel zu tuen. Kuck mal hier, die Nachthemden.«

»Nä, wart mal«, schaltete sich die Mutter ein. »Isch schenk dä Oma zu Weihnachten ne Garnitur. Hier kuck mal.«

»Ha«, stieß Hanni hervor. »Jarnitur heißt jetzt set. Is ja wohl auch Englisch, wat, Hilla?«

»Richtig«, sagte ich, »to sit, set, set. Sitzen, saß, gesessen.«

»Un wat hat dat mit ner Jarnitur zu tun?«, fragte die Mutter misstrauisch.

»Ja, die Wäsch muss doch sitzen«, wagte Maria eine Interpretation.

»Dann müsste et aber sit heißen, wat Hilla?«, hakte die Mutter nach.

»Naja, set meint: Es passt zusammen«, sagte ich zögernd.

»Et passt zusammen«, trumpfte die Tante auf, »wie bei Sofa und Sessel. Da sagen wir ja auch nit set. Also: Ich bestell ne Jarnitur. Dann sajen wir auch weiter Jarnitur. Wat, Maria?«

»Aber hier: Dat ist für die Oma noch besser. ›Helix – das moderne Katzenfell‹«, las die Mutter.

»Du jlaubst doch nit, dat die Oma dat Katzenfell wegtut«, fuhr die Tante dazwischen. »Dat hätt die doch ald seit isch denke kann. Die trick doch jitz nit ene Spenzer an.«

Zeitweilig trug die Großmutter im Winter sogar drei Katzenfelle: Ein beinah weißes mit nur ein paar schwarzen Flecken um die Schulter, ein graues vor dem Bauch, ein rotes um die Nierengegend. »Fussisch wärmt am besten«, kommentierte sie diese Verteilung.

Stimmt, dachte ich, auch mich in meinem Holzstall.

»Ach wat«, sagte die Mutter, »auch die Oma muss mit der Zeit jehn. Die kriescht von mir eine Spenzer. Un wenn sie den nit will, zieh isch dä an. Zarte Spitze am Halsausschnitt, jut anliegend.« Raffiniert von der Mutter.

Maria notierte den Spenzer und schlug die Nachthemden auf.

Mutter und Tante zeigten an der endlosen Parade wenig Interesse. Nachthemden gab es Weihnachten. Musste man sich selbst eines kaufen, wusste ganz Dondorf, was das bedeutete: Krankenhaus.

Doch Hanni und Maria steckten die Köpfe zusammen über vierundsechzig Nachthemden gegen elf Schlafanzüge.

Die Frauen waren still geworden. Erschöpft saßen sie vor dem überwältigenden Angebot und wischten sich die Stirn.

»Keine Müdischkeit vortäuschen«, kommandierte die Tante. »Ihr wisst doch: ›Eine Entdeckungsreise im Quelle-Katalog lohnt sich.‹«

»Jo, aber auch auf Reisen muss man mal ein Päuschen machen«, sagte Hanni. »Noch ein Tässje?«

Die Frauen brauchten Stärkung. Die Diskussion um die typgerechte Kittelschürze stand bevor. In Nachbarschaft und Familie ließen einzig die Großmutter Kittel kalt. Sie bestand auf ihrer umfänglichen Schürze. Werktags grau-blau kariert, sonntags hellblau, hohlsaumverziert; einzig dem Ohm trug sie in einer weißen Halbschürze auf.

»Aha«, Hanni zog den Katalog zu sich heran. »Hier sind sie: ›Kleidsame Mode für Haus und Beruf. So angezogen macht die Hausarbeit noch mal so viel Spaß!‹«

Ich sah Hanni über die Schulter. Kittel, so weit die Seiten trugen, ›für moderne Hausfrauen‹, wurde Blatt für Blatt versichert.

Gut, dass der Wäschemann sich dieser Konkurrenz nie stellen musste. Diese Schwemme »ansprechender Druckmuster«, Blumen, Ranken, Schlingen, Schäfchen, Äffchen, Pferdchen, Mickymäuse, hätte selbst einen Schwadlapp* wie ihn hinweggespült.

Keine der gedruckten Frauen war über dreißig, eher um die zwanzig, und alle lächelten hocherhobenen Hauptes in die

---

* Quatschkopf

Kamera, als sei Hausarbeit im Müßiggang die selbstverständlichste Haltung der Welt. Ausnahmslos steckte eine Hand in der Kitteltasche, mal die rechte, mal die linke, wobei der Daumen kokett über den Kitteltaschenrand hinausragte oder locker abgespreizt schräg nach unten hinaushing, diskret dorthin weisend, wo die Frau gemacht, wie Gott sie schuf, jenseits von Kittelkleid, Wickelschürze, Hängerform und Kasack.

Eisig rein ragte in die ausgelassene Versammlung einzig eine einsame Frau in weißem Kittel. Gestraft mit einer dicken schwarzrandigen Brille, warnende Abschreckung vor den entstellenden Folgen akademischer Plackerei.

»Und am Ende nimms de dann doch wieder die Wickelschürze, passend für jede Fijur«, spottete Hanni.

»Dat jlaubs du«, konterte die Tante, »die Kittel jibet all bis Größe vierundfünfzig. So, Maria, schreib auf: ›schlankmachende Prinzessform.‹ Sogar bis Größe sechzig. Da passt hier noch wat rein.« Die Tante klopfte sich den Bauch.

»Aber fünf Mark teurer. Täts de abnehmen, könns de doppelt sparen.«

»Nun macht mal Pause.« Maria zog eine Zeitschrift heran. Die neue *Frau und Mutter*. »Jetzt könntest du«, wandte sie sich an die Schwester, »dä Ferdi sojar heiraten, auch wenn der nit katholisch jeworden wär.«

»Un en Ei vom Konsum.« Hanni zuckte die Schultern.

Aber die Mutter fragte interessiert: »Seit wann dat denn?«

»Dat hat der Papst verkündet«, verkündete Maria im Bewusstsein ihres Anteils an päpstlicher Autorität. »Katholiken werden deswejen nit mehr aus der Kirsch jeschmissen.«

»Jonge, Jong«, sagte die Mutter, »wenn dat die Oma hürt.«

»Un dat Hilla«, Maria nickte mir zu, »darf bald alle Bööscher lese. Der, wie hier steht, ›Index‹ soll abjeschafft werde.«

»Index?«, wiederholte die Tante.

»Index«, sagte ich, »haben auch die Römer schon gesagt. Ganz genau so. Index, das ist ein Verzeichnis. Für alle möglichen Sachen. Hier meint es: verbotene Bücher.«

»Ja«, stimmte Maria zu. »Eine Liste. Hier steht: vierhundertzweiundneunzig Bücher sind da drauf.«
»Un warum?«, forschte die Tante.
»Sischer Schweinkram«, kicherte Hanni. »Dat sechste Gebot. Vor dem Film *Die Sünderin* hat der Kreuzkamp doch damals auch von der Kanzel eraff jewarnt. Und dann sind mer doch jrad reinjegangen. Sonst hätt uns dat doch jar nit interessiert.«
»Und gegen *Schweigen* haben sie auch gepredigt. Besonders in Bayern«, sagte ich, sah aber an den verständnislosen Blicken der Frauen, dass sie mit Ingmar Bergmans Film nichts anzufangen wussten.
»Wat solle die alte Kamelle. Dä Ferdi is doch längs e Engelsche im Himmel. Mir sind doch hier noch nit fertisch.« Die Tante spießte den Zeigefinger in einen türkis-kanariengelben Kittelrumpf.
»Oder in de Höll!«, konnte sich Maria zu ergänzen nicht verkneifen.
»Un isch hab noch mal Jlück jehabt«, Hanni klopfte ihr Bäuchlein. »Ävver su mansch einer muss jetzt nit mehr so oft in de Cascade-Schuppen.« Hanni blies die Backen auf. Nun war ich es, die keine Ahnung hatte.
»Kenns de doch«, kicherte Maria: »Cascade, dat Waschpulver. ›Zwingt Grau raus und Weiß rein.‹ Cascade-Schuppen is ene Beichtstuhl.«
»Kokolores!«, schnitt die Tante ihr das Wort ab. »Wat wolle mir denn noch ankucke? Hier, lurens!« Die Stimme der Tante schwankte zwischen Empörung und Belustigung. »Lauter ›Hosen für die Dame‹. Sojar janze Anzüje!«
»Lass dat ja nit die Oma sehen!«
»Ja«, lachte Hanni. »Wenn die Frauen in Männerkleidern jehen, is dat Ende der Welt nahe! Wisst ihr noch, wie dat Hilla immer die lange Botz ausziehen musste, wenn der Ohm kam? Weiß de dat noch Hilla?«
Und ob ich das noch wusste! Aus dem letzten Quelle-Katalog hatte die Großmutter die Seiten mit den Mädchenhosen

herausgetrennt und verbrannt. Dieses neue Exemplar musste man vor ihr in Sicherheit bringen.

Zwar kamen auf fast siebzig Kittel nur fünf Hosenanzüge, doch diese »Frauen in Männerkleidern« waren ernstzunehmen. Sie brauchten keine Miniröcke und Negligés, um mit den »Waffen der Frau« nach Art listiger Sklaven Scheinsiege zu erringen. Die Eroberung von Sakko und Hose kündigte das Zeitalter der Ernsthaftigkeit an. Der Ebenbürtigkeit. Diese Frauen waren bereit und entschlossen, sich weit mehr anzueignen als ein Kleidungsstück. Diese kleine Minderheit war eine radikale.

Die Beine bequem auseinandergestellt, fassten sie Fuß, eine wagte sogar einen Ausfallschritt wie beim Fechten. Nicht eine Hand verschwand in einer der Taschen. Frauenhände griffen energisch die Jacke über der Weste zusammen oder baumelten neben den Hosen, jederzeit zum Zugriff bereit. Posen, von denen der sieben »Gentlemen« im »International style« nicht zu unterscheiden. Die Großmutter hatte recht. Für einige Herren der Schöpfung, auch wenn noch allein sie es waren, die Zeitung und Zigarette halten durften, dämmerte in der Tat das Ende ihrer Welt herauf.

»Pass ja auf, wenn du so eine Anzug anziehst«, warnte Maria. »In Hamburg, in die Bar vom Atlantic Hotel, lassen se disch nur im Rock rein.«

»Rischtisch so!«, pflichtete die Tante bei. »Die Fischköpp wisse noch, wat sisch jehürt. Mir bliewe bei de Röck. Maria, kuck mal, die schöne Unterröcke.«

»Wenn dat hier vorbei ist«, Hanni klopfte liebevoll ihren Bauch, »kauf ich mir auch ne Hose. Is doch viel bequemer, besonders zum Radfahren.«

»Nit unter meinem Dach!«, knurrte die Tante. »Als verheiratete Frau! Und Mutter!«

»Unter deinem Dach nit, aber unter meinem!«, lachte Hanni unbekümmert.

»Wat aff, wat dä Rudi dazu sacht«, wandte die Mutter ein.

»Dä hätt mir ja nix zu sajen!«

Mutter und Tante seufzten und blickten einander vielsagend an.

»Un jetzt, komm neben misch Hilla, kucken mir mal nach wat Schönes!« Die Tante nahm wieder in der Mitte des Sofas Platz, drängte Maria in die Ecke und klopfte einladend neben sich. »Schlag mal auf, Seite hundertsiebzig!«

Mit freudig geröteten Wangen musterte sie einige sonderbar pelzige Gebilde, ähnlich denen, die die Tante aus Ruppersteg bei meiner Kommunion getragen hatte. Damals eine Rarität, waren sie bis in den Quelle-Katalog vorgedrungen.

»Schwarze und weiße Nerzkugeln, kombiniert mit weißer Lederschleife«, las die Tante, das Fettgedruckte mit anschwellender Stimme betonend: »Ein aparter Anstecker, zwei Mark fünfundneunzig. Oder hier: kugelförmige echte Nerzrosette mit Perle. Noch zwanzig Penne billiger.«

»Hermelin-Gesteck«, fuhr Maria fort, »mit drei echten Hermelinschweifen als Rosette gearbeitet und mit Similisteinen, vier Mark fünfundsiebzig. Wat is dat: Similisteine?«

»So wat Ähnliches wie Diamanten«, sagte Hanni.

»Aber falsch!«, konnte ich mir nicht verkneifen.

»Falsch?« Die Tante hielt den Katalog vor die Augen. »Blinken tun se aber wie eschte!«

»Tja«, sagte ich. »Ist ja auch Latein. Similis, das heißt ähnlich.«

»Na, siehs de«, triumphierte die Tante. »Ähnlich! Dat is doch besser wie falsch! ›Ein dekorativer Ansteckschmuck!‹«, triumphierte sie in Vorfreude auf das Gesicht der Ruppersteger Verwandten beim nächsten Familienfest.

»Un mir zwei«, Hanni blinzelte mir zu, »mir nehmen die hier und teilen die uns. Anstecktierchen«, las Hanni. »Weißes Mäuschen, echt Hermelin und apartes Burundiki-Mäuschen. Zwei Stück im Cellophankästchen. Nur zwei Mark fünfundneunzig. Du weißt doch bestimmt, wat Maus auf Englisch heißt.«

»Maus«, sagte ich.

»Ja, siehs de«, foppte Hanni ihre Mutter, »is doch janz einfach.«

»Aber schreiben tun die Engländer die Maus doch bestimmt wieder anders«, seufzte die Mutter.

»Ja«, sagte ich, »mo-use.«

Ziemlich lebendig schauten die Tierchen aus. Huschten heraus aus dem Katalog und sprangen mit ihren stecknadelkopfgroßen Glasaugen mir an den Kragen, mir, in der ersten Reihe bei Knabe, huschten in seine weit ausholenden Sätze, hinein in die Idee des Lyrischen Ich und nagten am hermeneutischen Zirkel.

»Hilla«, die Tante gab mir einen Rippenstoß. »Un wat heißt Maus auf Lateinisch? Deine Römer kannten doch sischer auch schon en Mus.«

»Mus«, sagte ich.

»Die woren ja auch lang jenuch en Kölle«, nickte die Tante zufrieden.

»Richtig«, gab ich zurück. »Die Römer waren lange genug in Colonia.«

»Schluss jitz!«, fuhr die Mutter dazwischen, »mir müsse jehen.« Köln war ein Stichwort, das ihr nicht gefiel. Und mir auch nicht. Nirgends hatte ich mich in den vergangenen Monaten so wohl gefühlt wie heute bei Maria. Dabei sein und doch bei sich sein. Etwas von sich geben, das angenommen wird, und wenn es eine Handvoll Wörter sind. Colonia, Kölle, Köln: Ich war doch in Dondorf zu Hause. Und wollte am liebsten weg sein und blieb doch am liebsten hier.

Bis zum Arbeitsanfang bei Maternus verbrachte ich die Tage am Rhein. Es war der erste Sommer seit der Nacht auf der Lichtung. Gegen Erinnerungen hatte ich mich mit Büchern aus der Unibibliothek versorgt: Professoren über Dichter, Gelehrsamkeit über Phantasie. Hier aber, wo die Pappeln dazwischenredeten und das Schilf, die Wellen, hier war es nicht leicht, auf den geraden Zeilen der Philologie zu bleiben.

Die Sonne stand tief, und die Sonne stand hoch, der Strom strahlte blauschwarz und silbern und golden – wie sollte ich da die Augen zwingen in immer neue Anordnungen von sechsundzwanzig Buchstaben, wie sollte ich da begreifen, was sie in sich begriffen, wenn aus den Steinen ein Duft aufstieg wie von abertausendjähriger Wärme, zitternd das Licht durch das Weidenlaub über die Buchseiten fiel, über Jakob Böhmes Natursprachenlehre *De signatura rerum*, die ich aus der Unibibliothek mitgenommen hatte: »Jedes Wort formet sich von seiner Kraft, was die Kraft tut oder leidet«, las ich. »Das Wort Mer ist erstlich die strenge Herbigkeit; denn im Wort auf der Zunge verstehest du es, dass es aus der Herbigkeit knarret, und du verstehest auch, wie der bittere Stachel darinnen sei. Denn das Wort Mer ist herb und zitternd.«

Im Verbinden der Dinge mit Wörtern nach meinen eigenen Regeln bestand ich diese Sommertage. Wörter auf die Zunge zu legen, sie zu schmecken, ihnen nachzuschmecken, sie den Dingen anzuschmiegen nach meinem Gesetz, das ließ meiner Sinnlichkeit freien Lauf, ohne mein Gefühl zu berühren. Unter der Zungenwurzel hielt ich die Wörter, wo die Blume des Mundes aufging und jedes Ding im Wort sich selbst offenbarte. So konnte ich träumend forschen, ohne zu fühlen, ein Feinschmecker von Klang und Laut, Form ohne Inhalt. Ich brauchte dazu keine Geschichten, keine Erfindungen mehr wie im Jahr zuvor, keinen Samtseestrand und keine *Schönen Tage*. Ich brauchte Nichts. Das war Alles. Wörter, wie wir sie kennen, pressen die Dinge in Form, trennen sie voneinander wie durch einen Axthieb. *Meine* Wörter brachten die Dinge wieder zusammen, ließen sie ineinanderfließen wie in der Zeit vor allen Namen.

Geschwindes Licht machte die Wellen zu Kieseln, die Kiesel zu Wellen, Kieselregen, Wellengekräusel, Kieselgekräusel, Wellenregen. Ich richtete den Blick auf den Lichtfluss in den Pappeln und ließ mir den Baum über die Lippen fließen, Pappel, mein Baum, rheinische Zeder, grün-weiß gemalt, von unten, von oben. Baum auf der Zunge, dein Verzäll mit dem Wind, dein Gesell. In mich hinein wuchs der Baum, Äste und Zweige, der Stamm zum Rumpf, die Beine das Wurzelwerk, und so stand ich, der Baum, bis das Licht aus den Blättern sich langsam zurückzog, aus mir herauszog, den Baum zurückzog, die Wurzeln zuerst, bis ich zuletzt wieder sah aus meinen eigenen Augen. Dort war der Baum, hier war ich, bis zur nächsten Reise von einem ins andere. Die andere Welt, die Welt der Wörter, war auch diese Welt, die Welt der Dinge. Wie die Wellen am Rhein konnt die eine nicht ohne die andere sein.

Die Wörter, gelöst aus ihrem Alltagssinn, verloren ihre Erinnerung. Das war Erlösung. Wiesen und Kiesel, der Himmel, der Strom, die summende Stille: reine Linderung. Nichts war mehr notwendig wie die Silbe im Text; keine Funktionen, keine Strukturen. Keine Not zu wenden, wo alles richtig war.

Die Welt lag vor mir, ein unbeschriebenes Blatt, ich ritzte meine Zeichen hinein, Welle auf Welle, Stein auf Stein, Blatt für Blatt am Baum für Baum; ein unendliches Benennen, Beriechen, Beschmecken, Einverleiben, Verdauen, Aushauchen und wieder aufs Neue. Das Sichtbare feiern – die Bäume, die Wolken, Wasser, Steine, den Rhein; die Weiden, die Kribben, Kies und Sand – und am Ende alles in Luft auflösen, Wörter, Luft; Wörter, Atem, Atemluft. Luft zum Atmen. Keine Alltagswörter mehr, die sich dazwischendrängten, zwischen mich in jedem Augenblick eines Sommernachmittags, wenn der Rhein mich in die Arme nahm und ich mit ihm und in ihm floss durch den Bogen an der Rhenania und weiter bis Rotterdam, wenn die Sonne mir die Brust hob und senkte und mich zu sich heraufzog, und mein Haar erglühte unter ihrem Biss, wenn endlich auch *meine* Wörter gänzlich aus den Dingen verschwanden und alles Getrennte wieder in eins floss und ich, eine winzige Menschenkleinigkeit ohne Namen, mich darin verlor, musste ich froh sein, wenn irgendwann Krähenlaute aus den Pappeln auf mich herabfielen, Dampfertuten ins Ohr sprang, eine Mücke zustach und ich zurückkehren konnte in die Trennwelt der Wörter, der Dinge, der Menschen. Der Erinnerung.

Fuhr ich abends im großen Bogen ums Dorf nach Hause, flimmerten die Wörter auf der Zunge, prickelten wie die Gischt in den Kribben, wenn ein Schleppkahn in voller Fahrt rheinaufwärts stampfte. Noch wenn ich das Fahrrad durchs Gartentor schob und der Mutter zuwinkte, die sich schon auf einen Abend mit Robert Lembke freute, spürte ich die Silben in der Herzgegend pochen.

Es war schön, nach einem Tag der ängstelosen Versunkenheit neben der Mutter zu sitzen. Wenn Lembke die Sparschweine schüttelte und fragte: »Welches Schweinderl hätten S' denn gern?«, gluckste sie vor Vergnügen, und wenn Guido, der Ratefuchs, die Dame Annette und der schlaue Hans Sachs versuchten, den nur mit einem Handzeichen – der typischen Handbewegung – angedeuteten Beruf des Gastes zu erforschen, klatschte sie in die Hände, wenn einer aus der Runde danebenriet und ein Fünf-Mark-Stück in den Schweinebauch klapperte.

In dem Hin und Her von richtig und falsch, wie es da vor unseren Augen heiter ablief, ging die Mutter genauso auf wie ich im Kurzschluss mit den Ding-Wörtern. Hier konnte sie sich selbst vergessen; nicht nur den Alltag, die ständigen Sorgen ums Auskommen, die Zwistigkeiten mit der Nachbarschaft, der Großmutter, dem Mann. Sich selbst vergessen hieß, die Angst zu vergessen, den Kleinmut, der ihr Leben durchtränkte. Die Falle der Freudlosigkeit, die immer wieder zuschnappte, außer Kraft gesetzt vom fröhlichen Ritual eines Ratespiels. Das Gesicht der Mutter gesammelt, versunken, beinah entrückt, wie in der Kirche beim »O Haupt voll Blut und Wunden« oder »Tag des Zornes, Tag der Zähren«.

In den Bann gezogen werden. Spielt es eine Rolle, wodurch die triviale Wirklichkeit zu glitzern beginnt und uns aus unserem gewohnten Rahmen verrückt? Ob durch meine mystischen Versenkungen oder *Was bin ich?* und *Kommissar Maigret* der

Mutter; ob vom *Blauen Bock*, einer Sendung, die die Tante, oder von Reitturnieren – Hans Günter Winkler auf Halla –, die der Vater liebte? Ob die Erlösung, die Lösung aus dem Alltag, dem Alltags-Ich von den Wörtern oder den Bildern, dem Buch oder dem Fernsehen kam? Von Faust und Tell oder von Maigret und Heinz Sielmann? Hölderlin oder Onkel Lou? Richard Wagner oder Freddy Quinn? Wo war denn für das eigene Herz der Unterschied?

Die letzte Woche vor Maternus verstrich, ohne dass wieder jemand von Köln gesprochen hätte. Traf ich den Bruder, schien mir, er schaute mich unschlüssig an und ging seiner Wege.

Es war am Samstag, die Mutter auf dem Friedhof, der Vater im Garten des Prinzipals, Bertram irgendwo unterwegs, als die Großmutter mich am Gartentor beim Gepäckständer meines Fahrrads zurückhielt. »Isch hab mit dir ze reden, Heldejaad.«

Wie lange hatte ich diesen Namen nicht mehr von ihr gehört. Seit ich Hilla durchgesetzt hatte, war ich für die Großmutter »du« oder »Hürens«[*]. Das feierliche »Hildegard« brachte all die Kämpfe um Hilla, diese freiwillige Verstümmelung meines Namens, silbenschnell zurück.

»Lass dat Rad stehn. Isch hab dir wat ze sagen. Komm, setze mer uns.« Zwei Tassen – mit Untertassen! – Mohnschnecken, frisch und für jeden eine ganze, auf dem Küchentisch. Unter dem Großvaterkreuz flackerte das Flämmchen zur Ehre Jesu. Das Öl ging dem Ende entgegen. Um drei würde die Großmutter die Flamme pünktlich zur Sterbestunde des Gottessohnes löschen.

»Tässje Kaffe?«, fragte die Großmutter und goss auch schon ein. Tässje Kaffe, wie sie sonst nur die Tante fragte, wenn noch etwas übriggeblieben war. Dieser Kaffee war frisch aufgebrüht, sein Duft schwarz und stark.

»Kommt Besuch?«, fragte ich.

[*] Hör mal

»Nä«, die alte Frau sah mich listig an. Ihre Bäckchen pulsten rot. »Aber isch war zu Besuch.«

Ich schwieg. Erforschte mein Gewissen. War mir keiner Schuld bewusst.

»Isch war beim Herrn Pastor.« Neue Pause. Also doch irgendetwas mit Schuld und Sühne, Reue und Buße.

»Isch hab dem dat erzählt, dat du nach Kölle ziehe willst.«

Ich schob die Tasse von mir und legte die Mohnschnecke, ohne einen Bissen zu nehmen, zurück. Spürte, wie sich mein Rücken in zornigem Widerstand versteifte. Von allerhöchster Stelle also hatte sich die Großmutter die Sündhaftigkeit dieser Absicht bescheinigen lassen. Was hatte Kreuzkamp mit der Wahl meines Wohnorts zu tun? Und warum das Ganze mit Kaffee und Kuchen?

»Ja«, sagte die Großmutter und biss herzhaft zu, hielt den Bissen im Mund, trank und weichte Kuchen und Kaffee genüsslich zusammen, ehe sie gluckernd schluckte.

»Isch hab dem alles erzählt. Un auch, dat isch dajejen bin. Und wie! Und die Mamm un dä Papp auch. En Mädsche, noch nit einundzwanzisch, alleen en der Stadt. Un dann dat Jeld. Dat hab isch däm alles verzällt. Und weiß de, wa dä jesacht hat?«

Eine kuriose Mischung widerstreitender Gefühle malte sich auf dem Gesicht der Großmutter. Immer noch sah sie verwirrt, verlegen, ergeben aus wie eine, die ihren eigenen Ohren nicht traut.

Zögernd griff ich zur Tasse, führte sie zum Mund; zu heiß, ich goss ein wenig Milch hinein.

»Dä hätt jesacht, dat wär vernünftisch. Dat Hin un Her, dat wär ze viel. Un jetzt kommt dat Beste. Nu ess doch, die Schnecke schmecke dir doch sonst immer.«

Gehorsam knabberte ich ein Stück aus dem Gebäck, kaute schluckte, verschluckte mich, als die Großmutter fortfuhr: »Un dä hat auch schon ne Wohnung für disch!«

Wie die Augen der Großmutter funkelten, in der Gewissheit dem Vater mit der Autorität des Pastors im Rücken eins auswischen zu können: »Jetzt müsse mir nur noch überlejen, wie mir dat dem Papp beibringe!«

»Ja, und wo? Wo soll ich wohnen?« Ich fühlte den klammernden Druck aus meinem Rückgrat weichen, fühlte mich weich werden, weich und warm und froh.

In Köln war gerade ein Wohnheim für katholische Studentinnen fertig geworden. Noch Zimmer frei. Kreuzkamp hatte mich schon angemeldet. Von Geld war noch keine Rede gewesen, dafür werde man einen Antrag einreichen.

»Sach aber noch nix dem Papp un dä Mamm. Isch sach dat denen morjen nach dem Mittagessen.«

»Oma«, sagte ich und griff nach ihrer Hand, die krumm und klein neben der Tasse auf dem Wachstuch lag. Einen Augenblick lang war mir, als zuckte sie zurück. Hatte ich, nach der Zeit, als sie mir die Hände zum Gebet gefaltet hatte, jemals die Hände der Großmutter berührt?

Die Hand der Großmutter war schwielig, rissig, aber warm und lebendig, voll von all dem vielen, das sie ein Leben lang gehandhabt hatten. Windeln und Kartoffelschalen, Weihwasser und Gebetbuch, unzählige Kochtöpfe, Nachttöpfe, Briketts, zentnerweise Äpfel und Birnen, den Rücken des Großvaters, mehr sicher nicht, in der Umarmung. Die Hände der Großmutter waren wie alte Wörter, die außer Gebrauch geraten. Wörter wie Sommerfrische, Gesinde, Trottoir, Kredenz, honett. Meine Hand schien sich mit dem Leben der Großmutter zu füllen, ich hielt ein Stück ihres Lebens in meiner Hand.

»Und weiß de, wie et heißt, dat Heim?«

Langsam zog die Großmutter ihre Hand unter der meinen fort, fuhr in die Schürze, holte ein Taschentuch heraus, rotweiß kariert, das Großvatertaschentuch, und schnaubte sich geräuschvoll und umständlich die Nase.

»Heldejaad-Kollesch heißt dat Heim!« Die Großmutter setzte den Namen in die Welt wie einen allerletzten Triumph, als dolmetschte sie eine Offenbarung des Allerhöchsten.

»Heldejaad von Bingen«, fuhr die Großmutter fort, »kommt ja auch vom Rhing. Un studiert war die auch.«

Die Lebensgeschichte der Hildegard von Bingen hatte mir der Ohm zur ersten heiligen Kommunion geschenkt. Ich hatte sie verschlungen und mir geschworen, zu werden wie sie: Ein Licht der Welt sein wollte ich, Jesus im Herzen und auf den Lippen und alles in Wahrheit würdig und recht. Weit hinaus in die Welt. Sursum corda. Erhebet die Herzen!

Nach der Nacht auf der Lichtung hatte ich das Buch mit einem zweiten, auch vom Ohm, zur Firmung, ein Werk der Autorin selbst, auf den Speicher gepackt. Was scherte mich damals eine studierte Nonne? Ich war mit Sigismund, *Michael Kohlhaas* und Sartres *Ekel* beschäftigt. Nun konnte ich es kaum erwarten, an die Kiste zu kommen.

»Un dann ziehs de dir auch widder mal wat Nettes an! En so einer Hos lassen die disch da nit rein!«

Energisch steckte die Großmutter das Taschentuch wieder in die Schürze. »Aber vielleischt has de rescht. Wer studiert, braucht keine Mann.«

»Oma!«

»Is doch wahr. Die im Kloster wisse jar nit, wie jut sie et haben.«

»Aber du hast doch den Opa gehabt!«, erwiderte ich verblüfft. »Der war doch so lieb!«

»Ja, Heldejaad. Un fünf Kinder. Eijentlisch acht. Ävver fünf am Leben. Un keins davon auf de schiefe Bahn. Der liebe Jott hat et wohl esu jewollt. Aber du ... Noch e Tässje Kaffe?«

Ich schob der Großmutter meine Tasse zu.

»Weiß de, Heldejaad ...«, die Großmutter schaute an mir vorbei auf das Großvaterkreuz, »du kennst disch doch aus in dr Bibel. Dat Evanjelium von Martha un Maria. Wat jlaubst du, wie misch dat all die Johr jeärjert hat. Dat Martha schuftet, dat der Jesus wat ze esse un ze drinke krischt, un sing Schwester, dat Maria, sitzt auf der faule Haut, sitzt einfach bei dem Jesus un hürt dem zo. Un do sacht der doch wahrhaftisch: Martha,

Martha, du machst dir viele Sorjen und Mühen. Aber nur eines ist nötisch. Maria hat dat Bessere jewählt, dat soll ihr nit jenommen werden. Jonge, Jong, wie misch dat all die Johr jefuchs hat. Aber jetzt fang isch an, et zo bejreifen.«

Die Großmutter senkte den Blick vom Kreuz zu mir herab, und ich schaute zu ihm hinauf, zum Gekreuzigten, dem gequälten Körper auf kunstvollem Schnitzwerk, als käme mir von dort die Erklärung für diese andere Großmutter. Nicht nur im Vater, auch in der Großmutter steckte ein alter ego, wie Sellmer sagen würde, ein anderes Ich. Wie viele Seiten hat ein jedes Ding, hatten wir als Kinder den Großvater gefragt. So viele, wie wir Blicke für sie haben, war seine Antwort gewesen. Und bei Menschen war das nicht anders. Im Guten und im Bösen.

Schweigend aßen wir unsere Mohnschnecken. Schraken zusammen, als die Mutter hereinstürzte und wie versteinert stehen blieb: »Wat es dann hie los? Wat tut ihr denn hier?«

»Tschö, Oma«, machte ich mich davon, die entrüstete Stimme der Mutter hinter mir her. Aber die Augen der Großmutter in meinem Rücken gaben mir einen kleinen Stups: Lommer jonn!

Zwischen Rilkes *Gesammelten Gedichten* aus der Reihe »Bücher der Neunzehn«, zwischen Pearl S. Bucks *Die gute Erde* und Hölderlins *Hyperion*, Novalis' *Hymnen an die Nacht*, *Des Knaben Wunderhorn* und den Märchen der Brüder Grimm, meinem ersten eigenen Buch; aus all den Büchern, die ich nach der Nacht auf der Lichtung in eine Kiste auf den Speicher gepackt hatte, wühlte ich es hervor: das Buch des Ohm zu meiner Firmung. Zwischen *Maler Nolten* und *Heinrich von Ofterdingen*, den *Elixieren des Teufels,* den *Dämonen* und *Effi Briest*, den Märchen von Wilhelm Hauff und Hans Christian Andersen lag es. Aber wie sah es aus! Jemand hatte dieses Buch in rotes Pergamentpapier eingeschlagen, die Ecken, die Kanten geknifft, die Ränder millimetergenau gleich breit: die Großmutter. Ihr bestes Papier. Ich streichelte die glatte, sonnenwarme Hülle, wie ich gern die Großmutter gestreichelt hätte, streichelte die papierene Fürsorge, gleich, ob sie nun dem Buch galt, der Gabe des Ohm, oder mir. Durch den roten Schleier schimmerte es schwarz glänzend und rotgolden beschriftet. Hildegard von Bingen: *Wisse die Wege. Scivias.*

Unter dem Schutzumschlag orangerotes Leinen, darauf in Gold geprägt ein Rahmen, ein Fenster, aus dem sich, von einem Lichtstrahl geführt, ein Wesen schwang, dem zu beiden Seiten des Kopfes und unterm Kinn Flügel wuchsen.

Ich las den Klappentext und schüttelte ein ums andere Mal den Kopf. Was hatte der Ohm sich dabei gedacht, einer Dreizehnjährigen die *Scivias*, »geistiggeschaute Bilder nach dem Originaltext des illuminierten Rupertsberger-Kodex«, zum Lesen zu geben. Nicht einmal die Bilder hatten mich damals interessiert.

Ich schlug das Buch aufs Geratewohl auf. »Schreibe, was du siehst und hörst!« Direkt auf die Kapsel prallte der Satz, wie die Worte der Dichter, ohne den Filter des Verstandes, die Einwände der Ironie, die Zermahlmühle des Spotts, die Kalkulation der Vernunft. Der Satz ein Keil.

Als hätte ich ins Feuer gefasst, schleuderte ich das Buch zu den anderen zurück, sprang die Treppe hinunter, aus dem Haus, aufs Rad, an den Rhein.

Irgendwo am Ufer warf ich das Rad unter eine Weide und rannte los. »Schreibe, was du siehst und hörst!« Ich rannte und schrie, schrie, was ich sah, schrie dem Rhein seinen Namen ins Gesicht und nannte ihn bei Wasser und Wellen, peitschte die Weide mit ihren Silben, trat das Gras mit breitem a untern Fuß, heulte den Himmel an und die Sonne, die Kiesel, den Sand im Schuh; schrie und rannte, schrie, was ich sah und hörte, bis mir Hören und Sehen verging und ich mich keuchend, atemlos beim Erlenwäldchen wiederfand, wo mich der Vater auf sein Sonntagstaschentuch eingeladen hatte. »Schreibe, was du siehst und hörst!« War es nicht genug, zu sehen, zu hören: von nun an? Was mich umgab, mir entgegenkam, hier und jetzt? Stand nicht schon in der Bibel: Lasst die Toten ihre Toten begraben?

So weit schien der Gang mit dem Vater vom heutigen Tage entfernt. Ich starrte auf den Baumstamm, als könnte ich es wieder zurückschauen, das weiße Tuch und den Mann daneben, den Vater und mich, und wie ich näherrücken würde, ganz nah, auf das Tuch und über das Tuch hinweg, bis mein Blusenärmel seinen Mantelärmel berühren würde.

»Hilla!« Ein Junge in kurzen Hosen und kariertem Hemd kam, mühsam rechts und links von sich ein Fahrrad bugsierend, näher. Der Bruder. Ein ums andere Mal meinen Namen rufend, spähte er nach mir umher.

»Hier bin ich.« Ich sprang auf und lief ihm entgegen, wollte nicht, dass Bertram diesen Platz entdeckte, als könne der Baumstumpf mich und den Vater verraten.

»Was machst du denn hier?« Die Stimme des Bruders klang ärgerlich und besorgt. »Ich hab dein Fahrrad gefunden und du warst weg. Ist es wegen Köln?«

Wie er so dastand zwischen unseren Rädern, die Beine in den sandigen Pfad gestemmt, die Augen auf die Klingel mit dem jesusbewehrten Christophorus gerichtet, was ging mich da meine Kapsel an, die Nacht auf der Lichtung und die Wörter dafür, was Hildegard von Bingen und ihre Provokationen?

»Isch möösch ze Foß noh Kölle jonn! Jehs de met?« Ich ergriff mein Fahrrad. »Danke, Bertram. Du hast recht. Ich bin wirklich ganz schön durcheinander. Was hältst du denn davon?«

Bertram, der schon in die Pedale stieg, sprang noch einmal ab und legte seine Hand auf meine Lenkstange. »Ich find es schade, wenn du weggehst.« Bertram hatte den Stimmbruch hinter sich. Wenn er aufgeregt war, schlug die Stimme gelegentlich noch in hohe Töne um. »Schade. Ja. Aber für dich sicher besser. Nicht nur wegen der Fahrerei.«

»Jo, Jong«, sagte ich im breitesten Kölsch. »Jo, do mös de rät han! Do küs de mesch och ens besöke.«

Bertram grinste. »Amo, amas, amat! Denk an dä Willsteen«, schubste er mich sanft beiseite, »lass mich mal vorbei.« Schwang sich auf sein Fahrrad, und ich rief ihm mein »amamus, amatis, amant« in das Schrillen seiner Christophorusklingel hinterher.

»Kuck mal unter deine Pflanzenbüscher, wenn de nach Haus kommst.«

Der Vater wartete vorm Nebeneingang der Kirche auf mich. Heute hatte ich im Hochamt sogar das Schlusslied mitgesungen. Gott behielt mich anscheinend doch noch im Auge.

»Da liescht wat für disch.« Der Vater musterte mich, als prüfe er mit einem schnellen Blick über den Zaun Baumblüte oder Ernteaussichten in fremden Gärten und wandte sich ohne ein weiteres Wort ab; ging davon mit seinem schwerem Fuß, dem Rhein entgegen. Ich rannte nach Hause, stürzte in den Holzstall, und da lag es tatsächlich unter *Welcher Stein ist das?*. Das Sparbuch der Kreissparkasse Dondorf. Hildegard Palm. Einzahlung: 1000,- DM.

Vor der Nacht auf der Lichtung, was wäre mir nicht alles eingefallen zu kaufen mit diesem Geld. Doch nicht nur die Lichtung hatte mir die Lust an Dingen, die den Körper schmücken, verdorben. Nun, da mir das Sparbuch die Möglichkeit gab, Geld in Gewünschtes zu verwandeln, merkte ich, dass die Möglichkeit der Erfüllung einer Erfüllung selbst schon sehr nahekam. Ich sehnte mich nicht mehr. Die Gewissheit der Erfüllbarkeit löschte die Sehnsucht und – fast – sogar das Begehren.

Das Mittagessen verlief in gewohnter Schweigsamkeit. Jeder war mit seinen Gedanken beschäftigt. Die Großmutter warf dem Vater giftige Blicke zu, die der nicht zu bemerken schien. Die Mutter versuchte, ein Gespräch mit dem Bruder anzufangen, und ich hoffte auf ein Zeichen vom Vater. Vergeblich. Ich fühlte mich wie ein Doppelagent. Im Teller schwammen Buchstabennudeln. D-a-n-k-e hätte ich gern zusammengefischt.

Schließlich, beim Birnenkompott mit extra viel Zimt, wie es der Vater liebte, rückte die Großmutter mit der Neuigkeit heraus. Schickte Kreuzkamp vor, rief Mickel zur Verstärkung an und hätte sich wohl nicht gescheut, Gott selbst als Makler einer Studentenbude in Köln zu reklamieren. Während ich freudige Überraschung heuchelte, knurrte der Vater nur: »Von mir us!«, schlürfte den Saft aus dem Schälchen, schob den Stuhl zurück und machte die Tür hinter sich zu. Der Bruder gab mir einen ermunternden Rippenstoß und die Mutter, seit dem Nachmittag bei Maria ahnend, dass Protest vergeblich sei, begnügte sich mit einem ergebenen Ein- und Ausatmen.

Im Holzstall zog ich zwei DIN-A4-Bögen hervor, versah den einen mit waagerechten Linien und schob ihn unter den zweiten. Schrieb Ort und Datum und malte in schönster Schrift »Sehr geehrter Herr Bürgermeister«. Direkt über die lochgemusterten Schuhe, malte ich den Sehr geehrten Herrn Bürgermeister und dachte: Blödmann. »Hiermit bitte ich Sie«, schrieb ich und dachte: Leck mich. Schrieb von meiner begabten Tochter und der Vorsorge des Pastors für ein wohlanständiges Haus, schrieb, wie vor Jahren Stüssgens Franz, der den Brief für mein Schulgeld aufgesetzt hatte. Unterzeichnete, den kindlich ungelenken Schriftzug des Vaters auf meinen Schulzeugnissen vor Augen: Hochachtungsvoll Josef Palm.

Wie viel leichter es ist zu bitten, wenn man schon etwas hat. Fast ein Spiel. Als Adresse gab ich das Hildegard-Kolleg an.

Der Antrag wurde bewilligt. Zwanzig Mark zusätzlich. Und ich sagte: Danke. Kalt bis ins Herz.

Wenig hatte sich bei Maternus verändert. Die Halle war frisch gestrichen, lindgrün, wir trugen nun lindgrüne Kittel am lindgrünen Band. Doch wie anders als sonst steckte ich meine Karte in die Stechuhr, wie mühelos flogen die Pillen in die Schachteln. Und wie anders sah ich die Frauen hier nun an.

Und die Männer. Die erst recht. Ich konnte ihnen wieder ins Gesicht sehen. Zu meiner Kapsel war ein Panzer aus tausend Mark gekommen. Weil ich wollte, saß ich hier, nicht weil ich musste. Auf meinem Sparbuch vier Monatslöhne. Wenn ich wollte, konnte ich aufstehen und gehen. Also konnte ich auch sitzen bleiben und so tun, als müsste ich sitzen bleiben. Ich fühlte mich stark, sicher und frei. Beinah wie vor der Nacht auf der Lichtung. Stöhnten die Frauen über Hitze, Staub, die schlechte Luft, stellte ich mir in allen Einzelheiten mein Sparbuch vor. Jede einzelne Null.

»Man könnt ja meinen, du wärst verliebt«, sagte Lore in der Pause zu mir. »Wie damals in dä Sigismund.«

»Sigismund?«

»Na, jlaubst du denn, mir hätten dat nit jemerkt?«, mischte sich Traudchen ein. »Dä Peter war doch nix für disch.«

»Aber dä Sijismund erst rescht nit!« Lore biss in ihr Brot, als wolle sie den Verurteilten verschlingen.

»Ihr habt beide recht«, lachte ich und nahm einen Schluck Cola, die ich mir heute Morgen zum Erstaunen aller geleistet hatte, sonst trank ich nur Wasser aus der Leitung. Ich hätte mir gern auch an den folgenden Tagen eine gekauft, beschloss aber angesichts der Blicke, mich wieder aus dem Wasserhahn zu bedienen. Wie sehr unterschied sich der freiwillige Verzicht vom erzwungenen.

»Jo, nun sach doch schon«, drängelte Traudchen. »Wer is denn dä Jlöcklische?«

Der Glückliche? *Ich* war die Glückliche. Widerstrebend musste ich mir eingestehen: Geld macht glücklich.

Gern hätte ich mein Glück geteilt, mitgeteilt. Wäre zum Automaten gegangen, hätte gerufen: Eine Cola, eine Limo für alle, und einen Fünfziger nach dem anderen in den Schlitz gesteckt. Doch schon die Blicke auf meine Cola hatten mir gezeigt: Mit Geld ist es wie mit der Liebe – beides hängt man nicht an die große Glocke. Eine verzauberte Prinzessin war ich, äußerlich arm und gebunden wie alle, aber reich und frei. Eintausend

Demark. Und es herrscht der Erde Gott, das Geld. Auch das mein Schiller.

Widerwillig musste ich mir eingestehen, dass die Flucht ins Reich der Phantasie doch immer eine Flucht bleibt. Dass das Reich der Freiheit im Geiste doch immer nur Asyl ist, das nach Heimat begehrt, nach Erdung in der Wirklichkeit. Ich nahm das Wort »glücklich« fürs Geld zurück. Glücklich hatten mich die Dichter gemacht, ihre Worte – vor der Nacht auf der Lichtung. Doch mein Tausender verlieh mir einen Hauch jener Selbstsicherheit, jener Lebensgewissheit, die die Kluft zu der blonden braungebrannten Kommilitonin wenn nicht schloss, so doch verringerte. Und auch hier, im Kreis der Frauen, fühlte ich mich wohler denn je. Meine Nähe zu ihnen war nicht mehr erzwungen, sie war freiwillig.

Freiwillig – das war das Zauberwort. Geld macht freiwillig. Ich tat nichts anderes als früher, aber: Ich tat es, weil ich es wollte. Der Unterschied war gewaltig. Er hieß Geld. Geld, das ich *hatte* und nicht verdienen *musste*. Geldverdienen, beinah ein Spiel.

Das Gefühl, auf Zehenspitzen durch die Fabrik zu schweben, hielt an, bis ich Lore und Traudchen in der Pause überhörte. Ich hatte das Band gleich nach dem Klingelzeichen verlassen, um mir draußen einen Platz im Schatten des Rhododendrons zu sichern.

»Wo bleibt se denn?«, fragte Traudchen zwischen zwei Happen, und ich wollte schon aus meinem Versteck heraus, als ich meinen Namen hörte.

»Dat Hilla«, so Lore, »is ja wirklisch e lecker Mädsche.« Etwas Hartes wurde an die Bank geklopft, splitterte, krachte: Lore aß ein Ei.

»Jo«, stimmte Traudchens fistelnder Sopran zu. »Un jar nit einjebildet.«

Wieder Klopfen auf Holz, Krachen, Splittern. Ein zweites Ei.

»Aber besser anziehe könnt et sisch.« Das war nun wieder Lore, die mich jeden Morgen vorwurfsvoll musterte.

»Dat sind mir dem nit wert.«

Der Lauscher an der Wand, fuhr es mir durch den Kopf, und ich wäre am liebsten durchs Gebüsch gebrochen. Aber es kam noch schlimmer.

»Jo, e lecker Mädsche is et«, führte Lore das Thema zum Kern zurück. »Wenn nur die Zäng nit wäre.«

In die Hochgestimmtheit der letzten Tage traf mich dieser Satz wie ein Schlag auf den Kopf. Kaum hörte ich durch das Rauschen in meinen Ohren die Antwort Traudchens: »Dat Kind kann doch nix dofür. Die Zähn sind doch stark und jesund.«

Und Lore darauf: »Da has de rescht. Ävver kromm und scheef durschenander.«

Die Klingel schrillte.

Füße scharrten. »Mir müsse.«

Die Pause war vorbei. Dahin war auch mein Zehenspitzen-Ballerina-Gefühl. Erbittert tastete meine Zunge die Vorderzähne entlang, unten, wo sie sich drängelten und einander den Platz im Kiefer streitig machten, oben, wo vier Zähne in lächerlicher Drehung gegeneinander standen. Auch mein Tausender würde mir nicht zu jener auftrumpfenden Unbefangenheit, dem zahnstrahligen Charme meiner blonden Kommilitonin verhelfen. Ich war dat Kenk vun nem Prolete. Bis in die Zähne. Freiheit ist nur in dem Reich der Träume, und das Schöne blüht nur im Gesang. Stumpf griffen meine Hände nach Pillen und Röhrchen, ich kam nicht mehr nach, eine Schachtel nach der anderen musste ich unter den Tisch fegen.

Missmutig klaubte ich in der Pause die Einzelteile unterm Fließband hervor und machte weiter, während die anderen an die frische Luft drängten.

Kaum hatte ich mein Brot aus der Dose geholt – es war immer noch die blankpolierte Blechbüchse des Großvaters –, baute sich Lore hinter mir auf: »Du willst et doch nit mache wie die do!« Lore ruckte den Kopf in Richtung von vier Arbeiterinnen, die seit Tagen in den Pausen stur weiterpackten. »Dat hier«, sie wischte Pillen und Schachteln wieder unter den Tisch, »machen mir zusammen nach Feierabend fertisch. Isch helf dir.«

»Die verdammte Wiewer«, schimpfte Lore, kaum dass wir den Frauen den Rücken gekehrt hatten. »Kumme aus Griescheland und mache uns hier dä Akkord kaputt.« Vier Wochen seien die jetzt dabei und noch kein Wort gewechselt. Wie angeklebt säßen sie am Band, ich sähe es ja selbst; nicht mal aufs Klo trauten sie sich, weil sie fünf Pfennig weniger verdienen könnten. Einen Schnitt von hundert Schachteln hätten die Dondorfer Frauen gehabt und jetzt seien es hundertzwanzig, weil die Kanaken gepackt hätten wie die Blöden. »Da haben die da oben den Akkord einfach raufjesetzt.« Lores Stimme wurde schrill. »Mir wollten ja auch streiken, so wie damals, weiß de noch, wie mir dä Luchs rausgebrüllt haben! Und dann die Wespen!«

»Hornissen«, warf ich zwischen den Zähnen ein.

»Rischtisch. Hornissen!«, bestätigte Lore, als füge das dem Sieg den letzten Triumph zu. »Hornissen! Die Diersche sind dem Kääl jo fast in de Muul jekroche!«

Lore lachte ärgerlich. Auch diesmal habe man wieder streiken wollen, den Streik sogar angekündigt, wie sich das gehört. Aber da hätten die da oben ganz kühl gesagt: ›Wer streikt, kann seine Papiere holen. Die Gastarbeiter stehen vor der Tür.‹ In die Putzkolonne wollten sie uns schieben!« Lore biss aufgebracht in ihr Brot, setzte die Seltersflasche an den Mund.

»Und der Betriebsrat?«, wandte ich ein, meine Zähne beinah vergessend, »ihr habt doch jetzt einen Betriebsrat!«

»Betriebsrat?« Lore schnaubte. »Dat isch nit lache! Dä is nur für die Kanake do. Damit macht dä sisch lieb Kind bei denen da oben. Und er sacht, er tut wat für die Unter Unterprilivi…, ah wat: für die Kanake!«

In meiner Tausend-Demark-Euphorie war mir die neue Geschwindigkeit des Bandes nicht aufgefallen. Mit der Zunge an den Zähnen hetzte es mich wie die anderen Frauen auch. Was nutzte mir das Sparbuch. Tausend Demark würden meine Zähne nicht in Reih und Glied kommandieren, ein Fließband weder beschleunigen noch verlangsamen können. Tausend

Mark – das war ungefähr so viel, wie wir Frauen hier gemeinsam an einem halben Tag verdienten. Und was verdiente der, der das Fließband schneller laufen ließ?
»Lööf dat Band ze flöck, wäde mer verröck!«, murmelte ich ein wenig lauter. Lore hatte verstanden und fiel ein. Frau Moll neben ihr stutzte. Sie war damals noch nicht hier gewesen. Doch dann hatte sie begriffen, kicherte und machte sächselnd mit. Auch die Frauen am Band gegenüber griffen das Sprüchlein auf, unser Gemurmel ein fernes Echo unseres Kampfgesangs von damals. Damals, als wir auf die Barrikaden oder doch wenigstens auf unsere Hocker gegangen waren, als wir Pillen hatten Pillen sein lassen und die Schachteln endlos kreisten, bis der Meister das Band abstellte.
Daran dachten heute alle, die dabei gewesen waren, als ein paar geflügelte Tierchen mit uns in den Arbeitskampf gezogen waren. Aber zu handeln wie damals, daran dachte heute niemand. Niemand löste die Hände von Pillen und Packungen. Im Gegenteil. Unsere Hände im Takt unserer Lippenbewegungen griffen fester und fleißiger zu, verbissen stopften wir die Pillen, wohin sie gehörten, kniff und klapp und Schlaufe drauf, lööf dat Band ze flöck, und zack die Pillen hinein ins Röhrchen, die Schachtel, ze flöck, ze flöck, die nächste, die beste, die übernächste, wäde mer verröck. Wurden wir aber nicht. Emsige Bienen wurden wir, keine Spur von Hornissen. Doch plötzlich mischte sich in unsere eintönig murmelnde Litanei ein fremdländisches Stakkato. Die Griechinnen. Es klang wie douleia skata, patrida kali. Die fremden Silben machten Dampf, so ganz anders als der gebildete Donner mit Hölderlin und Sophokles in der Aula der Albertus-Magnus-Universität zu Köln. Ich nahm die Wörter zur Probe in den Mund, hart und sperrig lagen sie auf der Zunge, aber sie schossen scharf, und ich nahm sie zwischen die Zähne: »Douleia skata, patrida kali«, brüllte ich, und Lore war die Erste, die es auch versuchte, und dann folgte eine Frau nach der anderen, bis die ganze Halle heulte, lärmte, dröhnte; wer weiß, was wir da herausschrien, aber diese Silben

ballten die Fäuste, schwangen die Fäuste, rot vor Wut. Nur die Silben. Die Hände blieben im Takt.

Aus dem Augenwinkel sah ich, wie der Meister in seinem Glaskasten zum Telefon griff, gestikulierte, die Tür aufriss, den Hörer kurz raushielt, die Hand zurückzog, als hätte er sich verbrannt, die Tür zuschmetterte, den Hörer auflegte.

Die Hallentür flog auf. Der Mann im Eingang machte eine Handbewegung zur Meisterkabine hin, ein herrisches Abwinken. Das Band stand still. Die Maschine stand still. Unsere Stimmen standen still. Der Mann in der Tür richtete sich auf. Es war der Betriebsrat. Josef Hings, der Mann vom Hingse Billa. Bis vor einem Jahr hatte er noch als Hingse Jüppsche im Lager den Gabelstapler gefahren. Wenn du wüsstest, dass ich weiß, dass deine Frau im Mini-Markt nicht bezahlen konnte!

So viel leichter war es gewesen, damals gegen den Prokuristen anzubrüllen. Anzubrüllen gegen Zweireiher, Krawatte, Uhrkette und Brusttuchzipfel. Der Betriebsrat steckte im Kittel. Wie wir. Er war einer von uns und auch einer von denen da oben. Unterm Kittel trug er ein weißes Hemd, Nyltest, bügelfrei, preiswert. Den Strickschlips gelockert am offenen, innen leicht gelblich verfärbten Kragen.

»Kollejinnen!« Der Betriebsrat griff sich an den Hals, schloss den Kragenknopf, schob den Schlipsknoten hoch und zog ihn an; ruckte Hals und Rumpf in entgegengesetzte Richtungen: Der Knoten saß in der Mitte. Klopfte den Schlips von oben bis unten mit den Fingerspitzen ab. Gespannt und gelassen verfolgten wir jede Geste, weideten uns an der Verlegenheit des Mannes, den die meisten von uns als braven Ehemann und Kirchgänger kannten. Schon hatte er feine, rosarote Schreibtischbäckchen angesetzt, nur das falsche, leutselige Vorgesetztenlächeln konnte er noch nicht nach Belieben auf- und abrufen.

»Kollejinnen!«

Nun muss er sich räuspern, dachte ich, und das tat er auch. Lange und umständlich.

Doch nicht auf den Betriebsrat richteten sich die Blicke der Frauen. Die Frauen sahen auf mich. Sollte ich? Wie damals? Wer streikt, wird entlassen. Ich hatte meinen Tausender. Ich konnte es mir leisten, meinen Platz hier zu verlieren. Die anderen konnten das nicht. Ich konnte die Suppe einbrocken, auslöffeln mussten sie die anderen. Für mich allein den Mund aufzumachen, wäre leicht, ja, eine Lust gewesen. Pure Verlockung. Ich hielt ihn geschlossen. Und biss die schiefen Zähne zusammen.

»Kollejinnen!«

Hier sprach einer unsere Sprache. Wenn wir nur unseren Ohren trauten. Denn was er in unserer Sprache sagte, sprach die Sprache derer da oben. Warnungen. Drohungen. Eine Kündigung wurde als gemütlicher Daktylus, als Kündijung, nicht harmloser. Einer Entlassung nahm das kölsch gerollte L nichts von ihrer Beängstigung. Wörter wie Absatzlage, Tarifvertrag, Ecklohn, Leichtlohn, Produktionsablauf, Werksleitung klangen, als hätten sie sich den dörflich vertrauten Mund gewaltsam unterworfen, ihn erobert, und die Eroberer verfehlten ihre Wirkung nicht. Von Wort zu Wort fremder wurde uns der altbekannte Nachbar, daran änderte der vertrauliche Tonfall nichts. Die fremden Wörter rückten den Mann von uns weg auf die andere Seite. Unter Lohnkosten, Kapitalkosten, Personalkosten schmolz mein Tausender wie Schnee im April. Rendite, Steuern, Sockelbetrag: Die Frauen zogen die Köpfe ein, blickten in den Schoß, auf die Hände, zuckten nach Schachteln und Pillen.

»In einem Boot« Der Betriebsrat ruckte den Schlipsknoten noch ein Stück höher. In einem Boot.

»Frohes Schaffen«, wünschte er uns, und: »Maad et jut!« Im Hinausgehen riss er sich den Schlips herunter und steckte ihn in die Tasche, fuhr sich mit zwei Fingern in den Nacken und zerrte den Kragen vom Hals.

Das Band lief an, das Boot lief aus. Wir stürzten uns auf die Schachteln, wie erlöst. Alles war besser als diese vertraute Stimme mit den fremden Wörtern, jeder Satz ein Vorwurf an jede Einzelne.

Lore reckte als Erste lauschend den Kopf. Sie saß direkt unter dem Lautsprecher, und dann hörten wir alle das Knistern, dann Gitarren und Geigen, und dann sang Nana Mouskouri *Weiße Rosen aus Athen*. Weiße Rosen aus Athen fielen wie kühlende Tropfen in die schwüle, staubige Halle auf unsere Hände, die Pillen, Schachteln, das Fließband. »Sagen dir: Komm recht bald wieder.« O, ja, er würde wiederkommen, Betriebsrat Hings, und er würde neue Wörter zur Verstärkung der alten im Munde führen. Doch jetzt hatten die weißen Rosen das Wort, und wir waren dankbar für dieses Friedensangebot.

Den Athener Blüten folgten *Zwei kleine Italiener*, ein *Cinderella Baby* im *Café Oriental* in *Santo Domingo*, und während die Frauen begeistert mitsangen, wurde ich den Verdacht nicht los, dass durch die Schlagerblume eine subtile Drohung mitschwang: Señoritas, Muchachas, Signorinas, aus Italien, Spanien, Jugoslawien, Griechenland konnten Lieschens und Mariechens jederzeit ersetzen.

Das Tonband lief und lief. Lieferte Töne wie das Band die Pillen. »Die Liebe ist ein seltsames Spiel«, johlten wir, »sie kommt und geht von einem zum andern«, und der Meister drehte, »Mitsou, Mitsou, Mitsou«, eine Runde durch die Halle wie ein sahnesatter Kater, »mein ganzes Glück bist du«, ehe er in seinem Kasten wieder zum Hörer griff.

Die Frauen kannten jedes Lied. »Junge, komm bald wieder«, schickten wir dem Meister hinterher und »Der Platz neben mir gehört dir«, denn: »Mit siebzehn fängt das Leben erst an«. Niemand schaute mehr auf die Uhr. »Schwarzer Kater Stanislaus, Schnurre-Di-Burri-Di-Bum!« schlich »Muhuhunlait, die Nacht ist schön« über die Dächer und miaute nach »Pigalle, Pigalle, das ist die große Mausefalle mitten in Paris«. Wo die »Zuckerpuppe aus der Bauchtanztruppe« die Pillen ins Röhrchen, die Röhrchen in die Schachteln strippte, »Siebentausend Rinder« vom Fließband in die Fingerspitzen wippten, »Juanita Banana« kniffte einmal längs, zweimal quer und rein mit dem Beipackzettel; »Sprich nicht drüber«, rechts herum, links herum, fertig die Packung, »Wir wollen niemals auseinandergehn« und »Speedy Gonzales« zurück aufs Band. Und niemand fragte mehr »Quando, quando, quando?«.

Wir saßen am Band und saßen am Strand, Pillen in der Hand, das Glück in der Hand, in der Pillenpackhalle im Wunderland.

»Auf Matrosen! Ohé!«

Da hielten wir den Mund, hörten einfach nur zu, ließen uns von Hans Albers, seinem Akkordeon und der Sehnsucht forttragen, unsere Herzen gingen an Bord »in die blaue Ferne. Unter mir Meer und über mir Nacht und Sterne«, und Annegret aus Cuxhaven sang für uns alle mit: »Seemanns Braut ist die See, und nur ihr kann er treu sein. Wenn der Sturmwind sein Lied singt, dann winkt mir der Großen Freiheit Glück«, und ich malte mir aus, wie ich mit meinem Tausender um Kap Hoorn und »hoch vom Mastkorb ... zurück darf kein Seemann schaun«.

Schließlich, kurz vor Schichtende trugen milde, melancholische Streicher eine sämige Männerstimme in die Halle: »Weine nicht, wenn der Regen fällt«, und wir packten zu und brüllten »dam dam, dam dam«, bis es auch den Meister nicht länger in seinem Verschlag hielt. »Dam dam, dam dam«, setzte er sich, »es gibt einen, der zu dir hält«, an die Spitze des Bandes, Kopf der Bewegung, »dam dam, dam dam«. Daumen nach oben, bewegte er die Fäuste vor der Brust wie ein Säugling seine Rassel. »Marmor, Stein und Eisen bricht«, Lore ließ die Pillen fallen, Traudchen griff erst gar nicht mehr zu, es hielt uns nicht mehr auf unseren Hockern, »aber unsere Liehiebe nicht!«, grölten wir, krümmten unsere Finger nach innen, Daumen drüber, fünf Finger sind eine Faust. Noch ballten wir sie unterm Tisch in unseren Werkskitteltaschen. Doch am anderen Ende des Bandes wurden die Fäuste nicht versteckt, »dam dam«, schrien die dunklen Frauen da unten, geballte Faust Richtung Hallendecke, und da rissen auch wir die Hände raus aus dem Kittel und Fäuste rein in die Luft. Verzweifelt fuchtelte der Meister Protest, als ahme er das Stampfen der Packmaschine nach. Doch wir hielten die zweite Strophe »Kann ich einmal nicht bei dir sein« mit gereckten Fäusten im Takt durch, »Denk daran, du bist nicht allein. Dam dam.« Der Meister rannte zum Telefon. »Alles, alles geht vorbei«, versicherte die treuherzige Männerstimme aus dem Lautsprecher, geigenverstärkt, »doch wir sind uns treu...«. Das waren nur noch unsere Stimmen, dünne, erschöpfte Frauenstimmen, die nach dem Lautsprecherbass wie letzte Hilferufe versprengter Seelen klangen. Wir ließen die Fäuste sinken. Die Werksirene. Schichtende. Das Band stand still. Zwei Strophen von *Marmor, Stein und Eisen bricht* waren liegen geblieben.

Die Griechinnen saßen schon wieder; unten bei ihnen hatte sich das meiste gesammelt. Aber sie rührten keinen Finger. Wir standen unschlüssig, schauten zur Meisterkabine. Der Mann tat beschäftigt, nahm keine Notiz von uns.

Lore ließ sich auf ihren Sitz fallen. »Schiebt mal rauf!«, winkte sie den Griechinnen zu. Wir setzten uns noch einmal. Spürten die Anstrengung in Händen und Schultern bis in die Fingerspitzen. »Dam dam, dam dam«, summte es in unseren Ohren. »Dam dam«, klopfte eine der Griechinnen auf das starre Band wie auf einen müden Gaul, und wir lachten, und »dam dam« legten wir wieder los. Diesmal trauten wir unseren Stimmen, und als Lore uns alle überstimmte: »Die da oben kriejen uns nischt!«, schoss der Meister aus der Kabine, rasselte mit dem Schlüsselbund und brüllte: »Feierabend!« Doch wir lächelten die dunklen Frauen am unteren Ende des Bandes an, nickten ihnen zu, sie lachten zurück, und wir sangen das Lied bis zur letzten Pille seelenruhig zu Ende: »Alles, alles geht vorbei, doch wir sind uns treu.«

Und das blieben wir auch. Gemeinsam verließen wir die Halle. An diesem Nachmittag bekamen unsere Griechinnen endlich Namen. Heimat. Herkunft.

Vor den Spinden trödelten wir so lange herum, bis wir einiges von ihnen erfahren hatten. Elephteria, die Älteste, eine hakennasige, hochgewachsene Person, die langen schwarzen Haare, schon von silbrigen Fäden durchzogen, straff aus dem Gesicht gebunden, führte das Wort. Sie kam aus Rhodos. Insel des Helios, hätte Rebmann hinzugefügt. Für Elephteria war Rhodos ein Photo, das sie umständlich aus einem abgewetzten Portemonnaie nestelte und in unsere Mitte hielt. Eine alte Frau kreuzte die Hände über der Brust eines etwa vierjährigen Mädchens, ein alter Mann legte sie einem wenig älteren Jungen auf die Schulter. Elephteria schaute das Photo kaum an, ließ es aber keinen Moment aus den Fingern, den Daumen fest aufgedrückt.

Ihr Mann, erfuhren wir, war in einem Sturm auf See ertrunken. Der karge Hof ihrer Eltern zu wenig zum Leben zu viel zum Sterben. Elephteria war jetzt der Mann im Haus, die Person, die für die Kinder sorgen musste. Ich begriff, warum sie das Photo nicht ansah. Das Photo war Vergangenheit und hielt den Gedanken an die Zukunft wach. In der Gegenwart erzeugte es Schmerz.

Anders als für Frauen, die ihren Männern folgen wollten, war es für Elephteria leichter gewesen, eine Arbeitserlaubnis zu bekommen. Paare wurden von den Behörden nicht gern gesehen. Sie könnten an Deutschland zu viel Gefallen finden und bleiben wollen. Deutsche Gesetzgeber, lernte ich von Lore, waren an einem unbegrenzten Aufenthalt nicht interessiert. Sie suchten nur die Arbeitskraft. Kehrten die Menschen zurück, brauchte man ihnen keine Rente zu zahlen, obwohl die Gastarbeiter genauso in Renten- und Krankenkasse einzahlten wie ihre deutschen Kollegen.

»Ihr mich alle einmal besuchen«, sagte Elephteria finster, »dann sehen, wie hier wohnen.«

Sie stellte uns auch die Kolleginnen vor. Nestoria, wenig älter als ich, schüttelte auf die Frage nach ihrem Zuhause nur den Kopf. Elena, Mitte zwanzig, Athenerin, war mit ihrem Mann in Deutschland, ohne Arbeitserlaubnis. Nur zur Probe eingestellt. Elpida, eine ernste Dreißigerin, machte kaum den Mund auf; ihr fehlte ein Vorderzahn. Sie war überglücklich, als wir ihr versicherten, der werde ihr in Deutschland ersetzt. Kostenlos.

»Jetzt sach mir nur noch eins«, Lore fasste Elephteria beim Arm, »was habt ihr, was haben mir denn da vorhin gerufen?«
Elephteria wurde rot. »Ich nix wissen auf Deutsch.«
»Arbeit nix gut, Heimat gut«, übersetzte Elena mit einem beschwörenden Seitenblick auf ihre Landsmänninnen.
Nestoria schaute zu Boden. Ob Elephteria oder Elpida verstanden hatten, war ihrem Nicken nicht zu entnehmen.
»Rescht habt ihr«, sagte Lore. »Et jibt wirklich Besseres als die Scheißarbeit hier. Ab nach Hause. Zu Hause ist es am schönsten.«
Nie zuvor hatten wir diese Halle so beflügelt verlassen. Nicht einmal damals, als wir den Prokuristen in die Flucht geschlagen hatten. Diesmal hatten wir nicht gekämpft. Wir hatten gespielt. Mit denen da oben. Und gewonnen. Vier neue Kolleginnen.
Danach arbeiteten unsere griechischen Kolleginnen in den Pausen nie wieder durch. Der Meister hatte sie in dem Glauben gelassen, sie würden pro Schachtel und nicht nach Stundenlohn bezahlt. »Ob hundert oder hundertfuffzisch so ne Dinger«, erklärte Lore energisch, »dat Jeld bleibt datselbe.«
Bei der nächsten wöchentlichen »Löhnung« verglichen wir vor dem Werkstor unsere Lohnstreifen. Dass man die nicht unter Verschluss hielt wie ein Bankgeheimnis: Das war neu.
Der Meister kapierte. Das Band von jetzt an im Takt der Mehrheit. Wir waren uns einig. Alle gegen einen. So lief das Spiel. Dam. Dam.

Es war ein angenehm warmer Augusttag, die Hundstage vorbei, und der Wind vom Rhein wehte frisch herüber. Lore sah jung aus auf dem Fahrrad, als lasse sie mit jeder Umdrehung der Räder ein paar Arbeitsjahre hinter sich.
Von weitem hätte man die Holzhäuser für Viehställe halten können, wäre nicht der Zaun gewesen, der die langgestreckten

Gebäude umschloss. Die Baracken waren ein beinah verrufener Ort. Seit nicht nur Männer dort untergebracht waren, hatte man zwar einiges verbessert, doch wer hier wohnte, blieb fremd in der Fremde. Etwa hundert Meter vor unserem Ziel gabelte sich der Weg: Frauen rechts, Männer links. Wie zu Kabinen im Freibad.

Hinter Glas thronte am Eingang der Pförtner: »Hausmeister F. Schnittke«, so das Schild auf seinem Schreibtisch. An der Wand unübersehbar die Hausordnung. Ordnung und Sauberkeit.

»Gründlisch läse!«, forderte Meister Schnittke nach einem kurzen Kopfnicken, das als Begrüßung gelten sollte. Dass nicht gespuckt werden dürfe, las ich, keine Zigarettenreste oder Unrat herumliegen dürften, las ich, eigene Einrichtungsgegenstände nur mit Genehmigung des Hausmeisters eingebracht werden dürften, das Anbringen von Bildern und dergleichen nur mit Zustimmung des Hausmeisters zulässig sei, eventueller Besuch von Familienmitgliedern (weiblich) und Betriebsangehörigen (weiblich) der Lagerverwaltung sofort anzuzeigen sei. »Diese müssen das Haus bis spätestens 20:00 Uhr verlassen. Besuche ohne Genehmigung des Hausmeisters dürfen nicht empfangen werden. Männlicher Besuch ist nur im Hausmeisterbüro gestattet.«

Schnittke war ein mächtiger Mann. Und so benahm er sich auch. Fragte kurz angebunden, zu wem wir wollten und dass wir eigentlich den Personalausweis zeigen müssten, aber wir seien ja Deutsche, und »disch kenn ich doch«, ließ er sich sogar zu einem Lächeln für Lore herab. »Na, dann viel Spaß, die drei Mädsche kenn isch. Die Jriesche sin de Beste. Mache am wenigste Dreck un Jedöns.«

Der Hausmeister strich sich ein paar durchschwitzte Strähnen aus der Stirn. Mein Blick blieb unter der Achsel seines dunkelblauen kurzärmeligen Hemdes hängen; der grau auslaufende schweißige Halbmond sah aus wie diese Schaumablagerungen, die entstehen, wenn der Rhein blasig über den Sand spült.

»Ordnung und Sauberkeit«, er wies mit dem Daumen auf die Wand hinter sich, »dat kann mer denen jar nit oft jenuch sagen.

Hier bei de Frauen is et ja nit so schlimm. Aber wat jlauben Sie, wat mer bei dä Kääls ze sinn kritt.«

Ich blickte zu dem Männerlager hinüber. Von hier also war er damals gekommen, mein Mädchenschwarm. Federico in seinem himmelblauen Anzug, den schwarz-weißen Schuhen, der romantischen Locke, im frischen Duft von Pinien und Zitronen. Aus dem Hausmeisterverschlag roch es nach ungewaschener Haut und zu lang getragener Kleidung. Die beigebraune Popelinhose glänzte auf den Oberschenkeln speckig.

»Block drei, Zimmer vier. Dat Nestoria is ja auch en lecker Mädsche. Fahrräder hier abstellen.«

Der Hausmeister wies uns einen Unterstand. »Abschließen braucht ihr nit. Hier kommt nix weg.«

Die Hausordnung funktionierte. Die Wege zwischen den Häusern sauber geharkt, ohne einen Grashalm, keine Papierchen, keine Kippen. Wie auf dem Kirchhof vor Allerheiligen. Die Fenster der Baracken, schmale Klappen unterm Dach, standen offen. Musik aus aller Herren Länder vermischte sich in der Sommerluft.

»Warum sitzen die denn nit draußen?«, fragte Lore. »Platz jenug hätten die doch, wo hier keine Autos fahren.«

»Hast du nicht gelesen?«, gab ich zurück. »Das Heraustragen von Einrichtungsgegenständen aller Art ist verboten. Hausordnung.«

»Ach so, na jut. Jehn mir rein.«

Aus dem zweiten Block kamen uns die Kolleginnen schon entgegen.

»Wenigstens rausgehen dürfen sie«, murrte Lore.

»Ja«, sagte ich »aber nur zu Besuch. Besuch empfangen oder hinausbringen oder sich gegenseitig besuchen. Sonst ist der Aufenthalt im Freien innerhalb des Lagergeländes auch verboten. Hausordnung.«

»Mannomann«, knurrte Lore, ehe wir von Elpida, vor allem aber von Elephteria, so lange laut und ausführlich begrüßt wurden, bis auch aus der letzten Tür die Frauen neugierig zu uns hersahen.

»Euer Hochwohlgeboren«, dröhnte Elephteria und ergriff meine Hand.

»Stets zu Diensten«, brachte Elpida heraus, und Nestoria steuerte »Ergebenste Grüße« bei.

Lore sah mich verdutzt an: »Wollen die uns op dr Arm nehmen? Wo haben die dat dann her?«

Ich lachte: »Nestoria, hör mal. Wo habt ihr das gelernt?«

»Elephteria hat so gesagt. Hat es vom Vater. Von Zettel. Lange her. Ich weiß, ist Quatsch. Aber Elephteria sagt so.« Nestoria zog die Augenbrauen hoch und zuckte die Achseln.

Lore hakte Elephteria unter: »Dann zeigt uns mal, wo ihr wohnt.«

Durch die offene Tür an der Stirnseite der Baracke betraten wir einen engen fensterlosen Flur, Tür an Tür. Eine klinkte Elpida auf. Im Raum Platz für vier schmale Betten; mühelos konnte ein großer Mensch mit ausgestrecktem Arm die Decke erreichen. Wände, Fußboden, Decke aus Holz, ein einziger Resonanzboden. Was immer geschah, hier oder in den Nachbarzimmern, jeden Schritt, jedes Wort, jedes Räuspern musste man hören, kein Entrinnen. Die schmalen Klappfenster zu hoch, um hinauszuschauen. Zwei Betten unter den beiden Luken, zwei neben der Tür. Zu jedem Bett gehörte ein schmaler Spind. Darauf der Koffer, der, laut Hausordnung, abgeschlossen sein musste, »zu allen Tages- und Nachtzeiten«. Das Bett kostete drei Mark pro Nacht. Frisches Bettzeug alle zwei Wochen. Putzen mussten die Frauen selbst. Auch Flur und Küche. Der Hausmeister teilte ein.

Auf dem Regal über den Betten war Platz für persönliche Dinge, alle vom Hausmeister einzeln genehmigt. Stoffpuppen in griechischer Tracht, die Ikone des heiligen Johannes des Täufers, ein Vierfarbdruck der Jungfrau Maria mit Kind. Nur Nestoria hatte auf Erinnerungen verzichtet. Ihr Regal war leer bis auf eine Dose Nivea Creme und ein Wörterbuch.

Bilder an den Wänden: verboten. Klebstoff, Heftzwecken oder gar Nägel beschädigten das Holz.

Lore sah sich suchend um.

»Nix Stuhl, nix Tisch.«

Elephteria hob bedauernd die Hände. »Hier sitzen.« Sie klopfte auf ihr Bett, zog die bestickte Decke weg, darunter lag eine buntgewebte, wie auf den anderen Betten.

Aus den Nebenzimmern sang es spanisch, italienisch mit Gitarren, Geigen, Schlagzeug. Ich folgte Elephteria in die Küche. Die Luft schwer von Gerüchen nach heißem Öl und Gewürzen, fremdartig, bitter, süß und dick, dass man meinte, hineinbeißen zu können. Ein Spülbecken gab es und vier Elektrokocher mit je zwei Platten. Im Schrank darunter Töpfe, Pfannen. Ein schmaler Tisch mit grauer Resopalplatte, Plastikhocker für sechs Personen. Im Wandschrank Teller und Tassen. Eine Schublade fürs Besteck. Hinter Vorhängeschlössern Spinde für die Vorräte.

»Kein Kühlschrank?«, fragte ich.

»Weg«, sagte Elephteria achselzuckend. Sie machte eine Greifbewegung, schob die Hand hinter den Rücken. Weg.

»Klauen?«, sagte ich. Sie nickte. »Du musst Deutsch lernen, Elephteria«, sagte ich. »Dann bist du hier nicht mehr fremd.«

»Was Deutsch?«, wehrte sie ab. »Ich arbeite, dann Geld, dann zurück zu Kinder.«

Elephteria holte ein messingfarbenes Gefäß aus ihrem Wandschränkchen, ähnlich einer Gießkanne mit Deckel, hantierte geschickt mit Kaffeebohnen, Kaffeemühle, goss Wasser ans frisch gemahlene Pulver und brachte die Kanne zum Brodeln. Ich sortierte fünf Schälchen aus einer Pappschachtel aufs Tablett, und Elephteria stellte eine getriebene silberfarbige Zuckerschale dazu. Keine Milch.

Auf den Betten saßen wir und lächelten einander an.

Elephteria griff zum Stickrahmen. Jede Arbeit brachte sie ihrem Ziel näher: nach Hause. Ihre Stickereien schickte sie zum Verkauf nach Griechenland.

Am Fließband in der Fabrik waren wir alle gleich. Zogen die lindgrünen Kittel über die Studentin, die Mutter, über Ehefrau,

Tochter, Griechin oder Deutsche. Egal, ob glücklich, unglücklich, krank, gesund, alt oder jung. Wir waren Arbeitskraft.

Wie lebten unsere griechischen Kolleginnen ohne den Kittel? Kleidung waschen, Briefe schreiben, Frisuren probieren, Musik hören.

Ob sie denn niemals ausgingen?

Sie seien ja erst seit März in Deutschland, und es sei viel zu kalt gewesen zum Spazierengehen. Jetzt im Sommer gingen sie gern an den Rhein. Aber da sei es nicht sicher.

»Alle Männer egal. Alle sagen nur fickofacko.«

Elpida brachte dieses Wort so selbstverständlich hervor, als sagte sie Guten Tag, und Lore verschluckte sich am Kaffee.

»Na kommt, gehn wir. Gemeinsam sind wir stark!« Lore stellte die Tasse zurück, zeigte auf die feinen Pantoffeln. »Andere Schuhe müsst ihr euch aber anziehen!«

Lore in der Mitte gingen Elpida und Elephteria voran, ihre langen roten Röcke schwangen in der Nachmittagssonne. Nestoria in Jeans und gestreiftem Pulli folgte nur zögernd, schien auf Abstand bedacht. Gleich von ihrem ersten Monatslohn habe sie sich diese deutschen Sachen gekauft. Ohne ihren lindgrünen Kittel war mir Nestoria fremd, geheimnisvoll. Was hatte sie, kaum älter als ich, ans Fließband bei Maternus verschlagen? Wie das wohl wäre, wenn ich in einer griechischen Kleinstadt vom Pillenpacken leben müsste?

»An den Rhein?«, fragte ich Nestoria, die achselzuckend nickte.

Wir gingen langsam, und als wir den Uferweg erreichten und die drei Frauen rheinabwärts gehen sahen, schauten wir uns an, lachten und gingen stromauf. Schweigend noch immer, ein gelassenes freundliches Schweigen, neugierig und behutsam zugleich. Weshalb war Nestoria hier? Welche Geschichte ging in Jeans und Streifenpulli neben mir, steckte in dieser unscheinbaren Person mit dem kurzgeschnittenen schwarzen Haar, den klaren Zügen mit der etwas großen Nase und den forschenden grauen Augen?

»Wollen wir uns nicht ein bisschen setzen?«, fragte ich.
Nestoria nickte. »Danke.«
»Danke?«
»Danke, dass du ganze Satz sprichst. Nicht sprichst wie mit Idiot!«

Ich musste lachen. Hatte nie verstanden, warum viele Deutsche alle Grammatik vergessen zu haben scheinen, wenn sie mit Ausländern reden. »Du sprichst aber schon sehr gut! Alle Achtung!«

»Alle Achtung!«, wiederholte Nestoria erfreut. »Ich lerne, viel ich kann. Volkshochschule Düsseldorf. Sag aber nicht den anderen.«

»Warum denn nicht?« Machte Nestoria deswegen bei Maternus den Mund kaum auf?

»Verstehen mich nicht. Denken, ich verrate Heimat.«

»Nestoria, sag doch mal: Warum bist du hier?«

Nestoria seufzte und schwieg. Ich wollte schon sagen, es tue mir leid, wollte aufstehen und gehen, Eis essen, eine Cola trinken, von Maternus erzählen, da richtete Nestoria sich auf.

»Ich kann nicht zurück«, sagte sie leise wie zu sich selbst.

Bei Maternus hatte ich ein paarmal den Namen Lambrakis aus den Unterhaltungen der griechischen Kolleginnen aufgeschnappt. Die Bilder des Politikers waren um die ganze Welt gegangen bis in den Dondorfer Fernseher; den ersten Friedensmarsch hatte er organisiert und, als der verboten wurde, war er allein losmarschiert, geschützt nur durch seine Immunität. Wenig später hatte man ihn mit einem Lastwagen überrollt.

»Lambrakis?«, sagte ich leise.

Nestoria drückte beide Fäuste auf die Oberschenkel, richtete sich noch höher auf. Erzählte, stockend und immer wieder von Tränen unterbrochen, wie sie sich aufgemacht hatte mit anderen jungen Leuten aus ihrer Stadt nach Athen und die Polizei die Menschen auseinandergetrieben hatte, noch bevor sie sich hätten zusammentun können. Kaum weiterreden konnte sie, als sie von seinem Begräbnis erzählte. Doch als ich meinen Arm um sie legen wollte, wies sie mich sanft, aber bestimmt zurück. Auch sie sei damals wie viele andere in die Lambrakis-Jugend eingetreten. Mikis Theodorakis, erster Vorsitzender.

»*Alexis Sorbas*«, sagte ich. »Ein wunderbarer Film. Wunderbare Musik.«

»Ja«, Nestoria lächelte bitter. »Sirtaki, Oliven, Tsatsiki und das weite Meer. Das ist alles. Schön wär's.«

Ich drängte nicht. Jede Erzählung hat ihr eigenes Tempo. Und jeder Erzähler auch.

Mitglieder der Lambrakis-Jugend, fuhr Nestoria fort, hätten keine Aussicht mehr auf eine Anstellung. Nicht einmal als Putzfrau hätte man sie irgendwo genommen. Die Ausbildung im Gesundheitszentrum habe sie ja noch beenden dürfen, aber unter welchen Schikanen. Jedesmal, wenn sie aus ihrem Dorf in die Stadt fuhr, wurden ihre Taschen durchsucht. Oder man zwang sie auf dem Heimweg, aus dem Bus zu steigen, ein Schauspiel für die Fahrgäste; erst mit dem nächsten Bus, zwei Stunden später, durfte sie weiterfahren. Waren die Polizisten besonders gemein, musste sie noch mal raus. Hinter dem Rücken ihrer Eltern habe sie sich in Thessaloniki um eine Zulassung zur Auswanderung beworben. Die sei auch gekommen. Gleichzeitig mit dem Bescheid der bestandenen Prüfung und der Nachricht von der Ermordung eines führenden Mitglieds der Lambrakis-Jugend durch die Polizei. Dennoch habe sie sich noch einmal um eine Stelle im Gesundheitszentrum beworben. Dazu sei nur eines nötig, habe ein Onkel gesagt: Sie müsse Lambrakis abschwören.

»Fragen Sie sich«, so Rebmann damals, bevor er uns auf die Suche nach der braunen Zeit geschickt hatte, »fragen Sie sich, ehe Sie urteilen, immer selbst: Was hätte ich getan?« Hätte ich gehandelt wie das Mädchen neben mir auf der Bank am Rhein?

Die hatte ihrem Onkel den Rücken gekehrt. Nach Thessaloniki sei sie gefahren, so Nestoria, habe ihre Zulassung abgeholt und sich der Gesundheitsprüfung für Auswanderer gestellt.

»Schau!« Nestoria zeigte auf einen Flieger, der den Himmel zeichnete. »Ein Z. So wie damals in Athen. Überall an Mauer: Z. Z, der erste Buchstabe von Zoi. Das heißt: Leben.« Nestorias Miene verdüsterte sich. Ihren Vater habe sie eingeweiht; die Mutter erst, als die den Koffer entdeckt hatte. Fast hätte sie ihr den Segen verweigert, sei ihr dann aber nachgelaufen. Nestoria machte eine Pause, schloss die Augen und legte die Hände über dem Kopf zusammen, als hielte sie den Segen fest.

»Ich bin gekommen, weil ich die Demokratie liebe«, schloss Nestoria mit schwerer Zunge, aber fehlerfreier Grammatik. Es klang wie auswendig gelernt, und doch so, als leihe sie sich diese Worte nur für etwas ganz und gar Eigenes. So, wie man ein Gedicht auswendig lernt und dann spricht, als seien es die eigenen Worte.

»Erst gut Deutsch lernen. Dann ich werde Prüfung in Deutschland nachholen. Gehen wir? Die anderen sind schon Eisdiele.« Nestoria stand auf. »Und: Sag keinem etwas. Und wenn ich Fehler mache, sag du mir. Bitte.«

»Mensch, Nestoria. Ich wünschte, ich könnt so gut Griechisch wie du Deutsch. Aber wir können gern nach Feierabend üben. Und jetzt schaun wir mal nach den andern. Die ›sind schon *in der* Eisdiele‹.« Wie leicht es war, Nestorias Hand zu fassen, mich daran hochzuziehen und sie nicht loszulassen, als wären wir Freundinnen seit jeher.

Spät kam ich zurück. Der Bruder lag schon im Bett. Leise schlüpfte ich in das meine.

»Bertram, schläfst du?«, wisperte ich.

»Fast, hm«, knurrte es zurück.

»Denkst du manchmal daran, dass wir in einer Demokratie leben? Frei?«

»Hä!« Der Bruder fuhr hoch, als hätte ich um Hilfe geschrien, fiel aber gleich wieder zurück und bohrte sich in die Kissen.

»Schlaf weiter«, murmelte ich in seinen Rücken und zog mir die Decke über den Kopf. Vom Bett des Bruders kamen leise Pfeiftöne.

Zu vielen Übungsstunden mit Nestoria kam es nicht. Zusammen mit einer Spanierin aus dem Deutschkurs mietete sie eine kleine Wohnung in Düsseldorf und fand bald als Pflegerin in einem Krankenhaus Arbeit. Sie würde ihre Prüfung zur medizinisch-technischen Assistentin bestehen. Eine weit größere hatte sie schon bestanden.

Sie war neu im Dorf. Alleinstehend, ledig oder sogar geschieden. Jedenfalls: kein Mann im Haus. Zugezogen. Aus Düsseldorf.

In der Kirche hatte ich beobachtet, wie sie die Fingerspitzen gegen die Stirn tippte, die rechte Hand senkte, auf die Brustmitte stippte, eine mächtige Brust, eine feste Burg, einen Bogen zog, am Leib vorbei von der linken zur rechten Schulter, der Gemeinde immer einen Handschlag hinterher.

Eine mächtige Brust, eine feste Burg, mag sein, das war der Grund, weshalb alle zu ihr hinrannten, als gäbe es etwas umsonst. In der Tat gab sie, was man erwartete: Schmerzen, Qualen zum Die-Wände-Hochgehen. Hatte man den Besuch bei ihr überstanden, konnte man mitreden. Berichten, wie von einem Scharmützel oder einer Feldschlacht, je nachdem, was einen zu ihr hingetrieben hatte. Freiwillig streckte sich niemand auf die Kunstledermatte, legte die Oberarme auf die eisigen stählernen, notdürftig mit wachsbleichem Plastik überzogenen Lehnen und verkrampfte die Unterarme, die Hände überm Bauch, während man durch ruckartige Bewegungen des Halses versuchte, die Schnürung des lindgrünen Capes, das den Vorderkörper bis zu den Knien bedeckte, zu lockern. Wer hier lag, war nur noch aufgesperrtes Maul und bis zu zweiunddreißig Zähne. Meist weniger. Oft keine. Keine mehr.

Frau Dr. med. dent. Amanda Kritz war bekannt für Gründlichkeit und Großzügigkeit. Auf einen Zahn mehr oder weniger kam es ihr nicht an, und mit jedem gezogenen Zahn schien ihre Reputation zu wachsen. Vollends gefestigt war ihr Ruf, als Kreuzkamp eines Sonntagmorgens im Hochamt, es war Exandi, der letzte Sonntag vor Pfingsten, wieder hell und klar und mit hörbarem Genuss für ihn und seine Zuhörer das Evangelium, das Wort des lebendigen Gottes, in die Gemeinde schmetterte, unbeeinträchtigt vom Zischen und Speichelregen eines schlecht sitzenden Gebisses. Und wenn Kreuzkamp jetzt den Mund schloss, dann ohne dieses tückische Klacken, das beim Aufsetzen des Oberkiefers auf den Unterkiefer den Träger eines billigen, schlecht angepassten Zahnersatzes verrät. So, wie beim Herrn Kaplan, der, allen Ratschlägen zum Trotz, dem Zahnarzt meiner Kindheit die Treue gehalten hatte. Kreuzkamp hingegen war mit der neuen Zeit und zu Dr. med. dent. Amanda Kritz gegangen, geschieden oder nicht, katholisch oder evangelisch. Die rundum geglückte Gebisssanierung war ein Gewinn für Pastor und Gemeinde und die beste Reklame für alle drei: Pastor, Zahnärztin und Gottes Wort.

Die Messe allerdings gab Frau Dr. med. dent. Kritz bald wieder auf, zu offensichtlich folgte ihr Knien, Sitzen und Stehen nur als Abklatsch derer in den Bänken vor ihr, und den Mund zum Beten und Singen kriegte sie auch nicht auf. Schon begannen die Frauen zu tuscheln, und viel fehlte nicht, ihr wäre der Nutzen aus der Teilnahme am frommen Brauch ins Gegenteil umgeschlagen. Sie merkte es gerade früh genug und blieb weg.

Die Dondorfer blieben ihr treu. Ohne Not, das lag in der Natur der Sache, ging niemand zu ihr. Aber was ist Not? Ich hatte zweiunddreißig mehr oder weniger gesunde Zähne. Molldersen hatte mit zitternder Hand und zackigen Plomben seine Spuren bei mir hinterlassen. Tägliches Zähneputzen, wenn im Winter abends wegen Frost das Wasser abgestellt wurde, gehörte nicht zur Regel der Altstraße 2. Dennoch waren meine Zähne weiß und groß und alle da; doch schräg und schief nahmen sie sich im zu kleinen Kiefer gegenseitig den Platz weg, als spiegele sich die Enge der Altstraße 2 wider in meinem Gebiss.

Ich besaß eintausend Mark. In meiner Hand lag, Schiller, meiner Zähne Sterne. Mit Lektüre für eine lange Wartezeit setzte ich mich vor die Tür des Sprechzimmers der Dr. med. dent. Amanda Kritz. Passend für einen Zahnarztbesuch: Fritz Tschirchs *Geschichte der deutschen Sprache. Band 1. Die Entfaltung der deutschen Sprachgestalt in der Vor- und Frühzeit.* Das erste Kapitel »Die Lautgestalt« machte klar, worum es bei Zahn- und Sprachforschung gleichermaßen ging, wenn auch in umgekehrter Reihenfolge. Um Kehle, Zäpfchen, Gaumen und Zungenbett, zuständig für die Vokale; um Ober- und Unterzähne, Ober- und Unterlippe, die Labiale und Dentale, Lippen- und Zahnlaute, hervorbrachten.

Um die Dentale war es mir im Wartezimmer der Dentistin Kritz zu tun, um ein nicht nur lautlich einwandfreies, sondern auch optisch ansprechendes t, d, ß, s, z; auch für die Nasale m und n waren sie zuständig, meine schiefen Schneidezähne oben.

Doch ich kam nicht weit bei meinen Reflexionen über den Vorteil gradlinig ausgerichteter Vorderzähne im Hinblick auf die Entstehung des indogermanischen Konsonantismus. Die Tür ging auf. Meine Ruh dahin. Eine Frau schleppte zwei Jungen an, beide eine geschwollene Backe haltend, wimmernd, winselnd. Die Mutter mit pädagogisch kaum verbrämter Schadenfreude: »Hättet ihr... Hab ich nicht immer... das habt ihr jetzt davon!«

Worauf ein noch elenderes Jaulen antwortete, bis die Ärztin die Tür aufriss und, mich keines Blickes würdigend, die heulende Truppe zur Behandlung vorzog. Ich versuchte, mich wieder in Gliederung und Herausbildung indogermanischer Konsonanten zu vertiefen, doch aus dem Behandlungsraum drangen Laute, die, das gemeine Sirren des Bohrers übertönend, aus fernen Urzeiten zu stammen schienen, längst bevor sich oberer und unterer Mundraum, Kehle, Zäpfchen, Zunge und Zungenbett in eine sinnvolle Ordnung, Vorbedingung sprachlicher Lautgebung, gefunden hatten. Im Behandlungsraum der Dentistin Kritz tat die Evolution einen gewaltigen Sprung zurück ins

Animalische. Kaum war einer der leidenden Knaben vom Bohrer zu kehligem Stöhnen gedämpft, machte sein Geschwister die Reduktion durch empathisches Geheul wieder wett.

Das Wartezimmer füllte sich. Ich verstaute das Buch in meinem Matchbeutel und begab mich ans Studium meiner Mitmenschen. Noch war niemand da, den ich kannte, dem ich nicht jede beliebige Geschichte andichten konnte, was schwierig wird, sobald Fakten die Phantasie zügeln. Für den Mann, der mir schräg gegenübersaß, erfand ich zu seiner penibel gebügelten Sommerhose eine passende Frau, ätzende Stimme, ätzendes Wesen, alles haarscharf, Rasierklingensauberkeit. Ausdruckslos starrte der so Vermählte auf ein Blumenstillleben, Farbdruck hinter Glas auf der lindgrünen Wand vor ihm – lindgrün wie bei Maternus, wie in den Baracken von Elephteria, Elpida und Nestoria –, und ich dachte, ob denn, um die Gemüter zu beruhigen, in diesem Land alles nur noch hellgrün gestrichen würde.

Nicht einmal zuckte der bügelscharfe Mittvierziger zusammen, wenn sich das Gebrüll im Angstzimmmer satanisch steigerte, während die Frau neben ihm sich die Ohren zupresste und – seltsamerweise, als für Minuten nur das Surren des Bohrers zu hören war – mit: »Das halt ich nicht aus!« aufsprang und der Szene entfloh.

Zwei Frauen am Fenster redeten miteinander leise und gestenreich, und obwohl nichts zu verstehen war, begriff ich, worum es ging: links oben bei der einen, der anderen rechts unten, o, so gemein. Dann kam Frau Hings, normalerweise voller Geschichten und Lust auf Neues, heute nickte sie mir nur kurz und säuerlich zu, hielt sich die Backe und ließ sich mit geschlossenen Augen auf den letzten freien Stuhl fallen. Im Behandlungszimmer war es still geworden. Füßescharren. Die Tür ging auf. Verheult, hochrot die Jungen, die Mutter bleich: »Waat, bes mer daheim sin.«

Ich wollte schon aufspringen, aber die Tür schloss sich noch einmal. Hatte nicht Sigismund mich trotz der schiefen Zähne geküsst? Ja. Trotz. Und dann eine mit makellosem Gebiss mir vorgezogen. Und Godehard? Meine kleine Frau. Auch er: trotz. Warum sonst hätte er mir eine Zahnspange versprochen? Dennoch: Hatten meine Zähne mich jemals gehindert zu lachen, fröhlich zu sein? Bis zur Nacht auf der Lichtung? Aber: Nicht ein Photo gab es, auf dem ich offen lachte oder lächelte. Nicht eines. Genauso, wie es keines vom Vater gab. Er begegnete der Welt mit zusammengebissenen Zähnen. Ich wollte ihr die Zähne zeigen. Gerade Zähne. Ich hatte keine Not. Ich hatte Geld.

Die Tür ging auf, und ehe ich mich's versah, trat med. dent.s kräftiger Fuß den Hebel am Behandlungsstuhl, lag ich hingestreckt, eingekittelt, Lätzchen unterm Kinn auf der Kunstledermatte.

»Aufmachen«, befahl die Frau nach flüchtiger Begrüßung. Einen Zahn nach dem anderen stocherte die Sonde ab, hin und wieder von einem Grunzen begleitet. »Schließen«, befahl die Stimme. Knacken, Krachen, der Stuhl ruckte Tritt für Tritt in die Senkrechte. Die Ärztin ragte vor mir auf: »Wären alle so vernünftig wie Sie, Fräulein Palm, und kämen, bevor es zu spät ist, wir wären bald arbeitslos. Haha. Alles in Ordnung.«

Schon kehrte sie mir, diesem gänzlich uninteressanten Fall, den Rücken und wandte sich zur Tür, der Nächste, bitte, auf den Lippen.

Ich aber blieb sitzen, was die Dentistin, gewohnt an schnelle Fluchten, verblüfft zur Umkehr bewegte.

»Noch was?«, fragte sie stirnrunzelnd. Es war an der Zeit, die Person, der ich mein offenlippiges Lächeln in die Hand legen wollte, endlich genauer zu betrachten.

Als Erstes ihr Busen, sicherlich nur unter einer Kittel-Sonderanfertigung zu bergen. Im Quelle-Katalog würde man dieses Ausmaß schwerlich finden. Diese Brust suggerierte vieles auf einmal: Mütterlichkeit gewiss, Geborgenheit, Schutz. Und auch ein Anflug von Macht lag in ihrer Überfülle; beim Anblick dieser Titanen bekamen die »Waffen einer Frau« einen neuen Sinn, verloren ihre herablassende Putzigkeit und gewannen durchaus etwas von dem, was Waffen eigen ist: Drohung,

Gefährlichkeit, Abwehr, Einschüchterung. Sich mit dieser Frau anzulegen, war nicht ratsam. Aber das hatte ich ja auch nicht vor. Anvertrauen wollte ich mich dieser Person mit dem breiten großflächigen Gesicht, den roten Wangen, blauen Augen unterm burschikosen Haarschnitt. Die Nase spitz, der Mund schmal, fast unsichtbar.

»Gibt's noch was?«, wiederholte sie.

Ich fletschte meine Vorderzähne zu einem äffischen Grinsen.

»Ich hab nicht ewig Zeit.« Die Ärztin ließ eine weiße Korksandale wippen.

»Ja, sehen Sie denn nicht? Meine Zähne!«

»Seh ich. Ja. Wo ist das Problem? Gesunde Zähne. Alle.«

»Aber«, stotterte ich, »krumm!« Es war heraus.

»Seh ich«, erwiderte die Ärztin ungerührt und trat etwas näher. »Ist aber eine Sache für den Kieferorthopäden. Hätte eine Zahnspange gebraucht. Waren wohl als Kind zu faul eine zu tragen. Zu bequem. Und jetzt ist es zu spät.«

Ich spürte, wie mir das Blut ins Gesicht schoss, die Hand des Vaters sich um meine schloss, meine Hand mit der Spange, das Knirschen.

»Kann man da keine Krone machen?«, stieß ich hervor.

»Kann man. Kann man alles. Die beiden vorderen vielleicht? Zahlt aber keine Kasse.«

»Ich hab gespart.« Die Lüge verschaffte mir eine trotzige Befriedigung.

»Na dann«, die Ärztin zuckte die Achseln. »Kostet aber eine Kleinigkeit. Tja, ›des Menschen Wille...‹« Seufzen, Kopfschütteln. »Überlegen Sie sich's noch mal. Die Zähne einzeln betrachtet sind schön, jeder für sich. Und gesund. Aber wenn Sie dabei bleiben... unter dreihundert Mark kommen Sie nicht davon.«

Damit hatte ich nicht gerechnet. Machte den Mund zu. Fuhr mit der Zunge die Zahnkanten entlang. Schluckte. In einer anderen Praxis hätte ich es mir vielleicht noch einmal überlegt. Vor dieser selbstgefälligen Person mochte ich mich nicht

geschlagen geben. Und dann die Magie des Namens: Amanda, die Liebenswürdige. Das musste Spuren hinterlassen, selbst im Gemüt einer Dentistin.
»Hab ich«, quetschte ich hervor.
»Gut«, die Frau wandte sich ab. »Machen Sie draußen bei Fräulein Agnes einen Termin.«
Im Gefühl, das Schwerste hinter mich gebracht zu haben, krabbelte ich aus dem Gestell. Termin: zwei Tage später, morgens um acht.

Niemand, nicht einmal Bertram ahnte, weshalb ich an diesem Donnerstagmorgen in aller Frühe aufs Fahrrad stieg.
Med. dent. Amanda Kritz schloss die Praxis auf, als ich eben mein Rad in den Ständer stellte. Sie roch nach Deo und frischem Kaffee. Kurz darauf trat Agnes Pütz ein, die Sprechstundenhilfe, die sich mit einem weißen Kittel Amt und Befähigung einer med.-dent.-Assistentin überstreifte. Auch Dentistin Kritz hatte es eilig, Dienstkleidung anzulegen, wusch sich die Hände und fragte, mir das lindgrüne Cape um den Hals schnürend: »Mit oder ohne?«
Mit oder ohne? Was hatte das zu bedeuten?
»Mit Betäubung oder ohne«, nahm Fräulein Pütz ihre Assistententätigkeit auf, Triumph lauerte in ihrer sonst so unterwürfigen Stimme.
»Pro Spritze zehn Mark«, ergänzte die Ärztin gleichmütig. »Zwei Spritzen brauchen wir mindestens. Geht aber auch mit einer. Einfach Zähne zusammenbeißen. Haha.«
Zwanzig, womöglich dreißig Mark? Da konnte ich sparen. Ich schüttelte den Kopf: »Bitte nur eine.« Frau Kritz zuckte die Achseln. Zum ersten Mal überkam mich die Ahnung einer Genugtuung, etwas so Unvorstellbares, Unaussprechliches wie die Nacht auf der Lichtung hinter mich gebracht zu haben. Überstanden zu haben. Überlebt. Was konnten mir Bohrer und Feilen, Sonden und Zangen in den Händen einer Dentistin schon anhaben?

Der Stuhl war mir bekannt, der Umhang vertraut, med. dent. hatte ein Gerät aufgesetzt, ähnlich einer Taucher- oder Schweißerbrille. Die Spritze stach zu. Ich musste kurz warten.

Ich hatte keine Schmerzen. Der Schmerz hatte mich. Der Schmerz und ich nicht mehr in Subjekt und Objekt geteilt. Ich war besessen, durchdrungen vom Schmerz. Ich war der Schmerz. Was von mir übrigblieb, sang. Sang im Kopf: Dri Chinisin mit dim Kintribiss, Kintribiss, Kintribiss«, langgezogen wie das Kreischen der Turbine, Kintribiss, sissen if di Strisse ind irzihltin sich wiss. Sonst nichts. Schmerz und Kintribiss. Nicht ich, der Schmerz stak im Kintribiss, da hauste er, da brauste im Kintribiss Kintribiss-Schmerz. Hilla Palm war weg, verschwunden. Hoch oben unter der Decke schwebte mein Ich und sah auf dieses hingestreckte, lätzchenbedeckte Geschöpf hinunter, wie Ich damals auf der Lichtung auf ein nacktes Mädchenbündel hinabgesehen hatte, auf das zusammengekrümmte Ding in den Glockenblumen im grünen Gras. Mein Ich hoch oben, weit weg von dem winselnden Wesen im Stuhl der Dentistin. Wann bringt der Schmerz uns um den Verstand? Uns um? Wenn Verstand und Lebenswille den Fluchtweg verpassen, Flucht aus dem Körper heraus, aus dem Ort des Schmerzes hinein in den Kintribiss. Please, please me, nearer My God to Thee, wie die Letzten auf der Titanic, Stoßgebet, Fluchgebet, Zauberspruch, egal. Starke Silben müssen es sein, starke Scheite hoch aufgerichtet, darauf zu verbrennen den Schmerz. Silben, das Ich vom Körper zu trennen, vom schmerzbesessenen Körper. Mag der Schmerz im Körper rasen, Ich ist in den Silben, und die tragen mich weg, schützen mich, kapseln mich fort. Solange sie stark genug sind. Sie verlieren ihre schützende Kraft, je länger der Schmerz den Körper besitzt, und dann, miteins, bei einer weiteren Drehung der Schraube, beim nächsten Folterschlag, beim kleinsten Abweichen des Bohrers, reißt der Schmerz das flüchtende Ich triumphal in den Körper zurück, lässt ihm keine Wahl als die zwischen Wahnsinn und Tod, vor dem ihn nur gnädige Bewusstlosigkeit rettet.

Von weit her drang eine Stimme an mein Ohr, leichte Schläge auf meine brennenden Wangen, der wahnsinnsverkündende Schmerz hatte einer auf dem Oberkiefer begrenzten Taubheit Platz gemacht. Die Chemie hatte gesiegt.

»Sehen Sie«, die Stimme der Wohltäterin nun deutlich vernehmbar, »mit zwei Spritzen geht es doch besser. Jetzt kommt der Nächste dran, dann sind wir fertig. Für heute.«

Vom Abschleifen des zweiten Zahns spürte ich nicht mehr als einen dumpfen Druck im Kiefer, eine Belästigung, mehr nicht. Der Kintribiss verklang, ich bewegte die eisigen Zehen, die eisigen Finger, ja, ich war noch da und ganz. Eine kalte, nachgiebige Masse auf einer Metallplatte wurde gegen meinen Oberkiefer gedrückt, gehalten, mit einem Ruck entfernt.

Irgendwo im Haus begann einer Klavier zu üben, oder hatte er schon die ganze Zeit gespielt? *Der Kuckuck und der Esel*, den -sel immer einen halben Ton zu tief, ein Kleinkind brüllte, ein zweites, »Ruhe, verdammt noch mal«, eine Männerstimme, ein Moped sprang an, Geräusche, die mir versicherten, wieder in der Welt der kleinen Übel gelandet zu sein. Mein Körper im Krampf verhärtet, das Gehirn in Alarmbereitschaft vor dem nächsten Zugriff. Der ausblieb. Nur noch einmal schrillte Panik hoch, als ich mich aus dem Stuhl rappelte, es wagte, die Zunge an den Ort des Geschehens zu führen und an zwei spitz zugefeilte raue Stümpfe stieß.

Mit wohlwollender Anerkennung erließ mir Dr. med. dent. den Betrag für die zweite Spritze, als Belohnung für die »Tapferkeit vor dem Feind, der Feile, haha«.

Mein »Danke« geriet zu einem feinen Zischen, von Speichelsprühregen begleitet, ähnlich dem, den vor Jahren meine zahnspangenbewehrten Antworten auf die Fragen des Prokuristen auf dr Papp erzeugt hatten.

»Auf Wiederschehen. Wie lange dschen?« Ich deutete auf einen Mund, den aufzumachen ich weniger gewillt war als jemals zuvor.

»Ich werde sehen, dass wir das so schnell wie möglich hinkriegen. Ich ruf Sie an.«

»Kein Tschelefon.«

»Aha. Dann kommen Sie Freitag vorbei. Dann sind sie mit Sicherheit da. Die Neuen. Um acht.«

Agnes Pütz saß wieder an ihrem Empfangstisch. Sie gab sich kaum Mühe, Mitleid zu heucheln. Heute Abend würde es ganz Dondorf wissen: Dat Kenk vum Rüpplis Maria kritt zwei falsche Zäng.

Nach Strauberg fuhr ich; dorthin, wo mich niemand kannte. Zeigte in der Bäckerei auf zwei Milchbrötchen, zahlte und nickte auf Wiedersehen. Radelte den Damm entlang, zurück, hinunter zur Großvaterweide. Argwöhnisch, als könnten sie zuschnappen, tastete ich mit der Zunge nach den Restbeständen. Drückte ich die Zunge vor die unteren Zähne, die unbehelligt in krummer Gesundheit aus der knöchernen Grundlage ragten, oder hielt ich sie in gebührendem Abstand im Oberkiefer fest, konnte ich mir einbilden, es sei nichts geschehen. Doch die Betäubung ließ nach, und öffnete ich den Mund auch nur einen spaltbreit, traf der frische Wind vom Strom auf die Stümpfe, und beißender Schmerz schoss mir Tränen in die Augen.

Meinen Matchbeutel mit Tschirchs Sprachgeschichte unterm Kopf, mein Gesicht halb im Licht, halb im Schatten der Weidenzweige, sog ich den strengen Geruch der sonnendurchglühten Brennnesseln ein, die zwischen Gras und Schilf das Ufer erobert hatten. Blieb liegen, gedankenlos, regungslos, körper- und kopflos, spürte, wie das Sonnenlicht an Umfang zunahm, und rückte weiter in den Schatten, der sich wie einst das kühlende Taschentuch des Großvaters über mein Gesicht legte. Durch den Filter der Weidenblätter herab floss das Licht auf meine Lider, tastete über die Augendeckel und malte mir runde Kreise in tiefen Farben auf die Netzhaut.

Drei Stunden musste ich warten, bis ich meine Brötchen mümmeln durfte. Zittrig riss ich das Gebäck in mundgroße Stücke, bemüht, die Lippen nur beim Ausatmen zu öffnen, schob mir die weichen Bissen weit nach hinten in die Backentaschen, als wären der feilenden Frau nicht nur zwei Vorderzähne zum Opfer gefallen, und versuchte zu vergessen, was ich mir angetan hatte.

Übers Wasser trug der Wind das Tuten der Kähne – ach, wer da mitfahren könnte, weg vom nächsten Besuch bei Dr. med. dent. Amanda Kritz, weg von »Wat häs du denn jedonn«, das mich zu Hause erwarten würde, weg von krummen und geraden Zähnen, weg von Kintribiss und Hilla Selberschuld, weit, weit weg, den Rhein hinunter bis Rotterdam und weiter, wo das Meer den Himmel einholt.

Großmutter und Mutter schlugen die Hände über dem Kopf zusammen: »Woher has de denn dat viele Jeld?«

»Maternus«, antwortete ich kurz.

»Dat schöne Jeld! Für so ene Quatsch! Jitz wore dir och ald de Zäng nit mi jood jenuch.«

»Ne Alpakamantel«, seufzte die Mutter.

»Nach Lurdäs!«, rief die Großmutter, oder nach Fatima könne man für zwei falsche Zähne pilgern, einmal im Leben zu päpstlich geweihter Stätte und nicht immer nur nach Kevelaer. Doch dann besann sie sich einer würdigeren Verwendung und rechnete mir vor, wie vielen Heidenkindern der Betrag zweier Vorderzähne zum heiligen Sakrament der Taufe hätte verhelfen können.

Auch der Vater schüttelte den Kopf, knurrte unverständlich. Ihm verschloss die Erinnerung an die Zahnspange den Mund.

Bertram kam erst spät aus Möhlerath vom Besuch eines Freundes zurück. Wir lagen in den Betten, ich hatte kaum hörbar »Schlaf gut!« genuschelt, da knipste ich das Nachttischlämpchen noch einmal an. Hockte mich Bertram, der sich schon die Decke über die Ohren gezogen hatte, breitbeinig auf die Brust, tippte ihm auf die Stirn und grinste den Auffahrenden mit restlos entblößten Zähnen an.

»Hilla!«, schrie Bertram. »Bist du gestürzt? Mit dem Fahrrad?«

»Denkschte«, zischte ich hocherfreut. Die Überrumpelung war gelungen. »Kuck dschoch mal genau hin.«

Mutwillig hielt ich ihm die Zacken entgegen.

»Da steht ja noch was!«, rief er entgeistert. »Da ist ja noch was übrig. Dann ist es ja nicht so schlimm. Kronen drauf und fertig. So was zahlt die Kasse. Der Toni...« Bertram setzte zu einer seiner Geschichten an; ein Klassenkamerad hatte sich beim Sport einen Vorderzahn ausgeschlagen. »... konnte nix dafür.« Seine Bestürzung bekämpfend, zwang er sich zu einem zweiten, schärferen Blick auf die Stummel und fragte in einem Tonfall, der neben Entsetzen und Mitleid auch Ungläubigkeit ausdrückte: »Oder war das bei dir etwa Selbstverschulden? Dann wird nix gezahlt.«

»Betscham«, zischelte ich, mich wieder in mein Bett zurückziehend, »Schelbschverschuldschen isch gusch«, versuchte ich zu scherzen, »isch war beim Schahnarsch.«

»Nein! Wirklich?«, empörte sich Bertram. »Das muss ja ein Arsch sein!« Kraftausdrücke gebrauchten wir sonst nie. Bertram musste außer sich sein, wenn er meinen aus der Not geborenen Versprecher so bereitwillig aufgriff.

»Bei wem denn?«

»Bei der Kritsch.«

»Mann, Hilla! Der ist doch nicht zu trauen.« Bertram wand sich aus der Bettdecke und kehrte sich mir nun vollends zu. »Die ist doch dafür bekannt, dass sie jedem, den sie auf den Stuhl kriegt, ein Gebiss verpasst. Kannst froh sein, dat de noch jet en der Muul häs.«

»Betscham«, seufzte ich. »Die Schähne waren doch scho krumm. Un dann die Schahnschpange.«

Bertram schwieg. Legte sich zurück, zog die Decke wieder hoch. »War das denn so schlimm?«, fragte er mit dünner trauriger Stimme.

»Hmm.«

»All das Geld«, sagte er und unterdrückte ein Gähnen. »Aber wenn du wieder lachen kannst wie früher. Da hast du doch auch gelacht. Mit den alten Zähnen. Aber«, es war nicht zu überhören, dass es weniger seine Überzeugung, denn seine Absicht war, mir eine Freude zu machen, »aber die neuen sind bestimmt viel schöner!«

Gäbe es, dachte ich, irgendetwas auf der Welt, womit man die Nacht auf der Lichtung aus mir herausfeilen könnte, die Kapsel herausschneiden wie einen Krebs, ich hieße den Schmerz willkommen wie den Erlöser.

Freitagmorgen eilte mir Frau Dr. med. dent. Amanda Kritz händereibend entgegen, als hielte sie eine gelungene Überraschung bereit. Die steckte in einem Kästchen, ähnlich einer Schmuckschatulle. Darin, zwei Ohrringen gleich, meine beiden Vorderzähne in spe. Makellos weiß, dass ich mich würde anstrengen müssen, meine natürlichen Gottesgaben farblich auf dieses Niveau zu bringen. Und groß. Eigentlich riesig.

»Schind schie nischt ein bisschen grosch?«, fispelte ich, ein Gefühl der Enttäuschung, nein, Verzweiflung, in mir niederringend.

»Wie? Was?« Die Dentistin band mir das Lätzchen um – diesmal kein Cape, das konnte man sich sparen – und trat das Pedal, bis ich in einem für sie bequemen Zugriffswinkel lag.

»Sie wollen doch nicht Ihr Leben lang so weiterzischeln, oder?«, fragte sie, unleugbar gekränkt. »Die sind genau richtig. Genau nach Abdruck. Sonst hätten wir alle vier Schneidezähne schleifen müssen. Dafür können wir uns heute die Spritze sparen. Ein Kinderspiel alles.«

Wie aufs Stichwort begann der Klavierschüler wieder mit *Der Kuckuck und der Esel*, kam fehlerfrei durch und ging zu *Alle Vögel sind schon da* über. Wieder und wieder schwirrten »Amsel, Drossel, Fink und Star« aus allen Himmelsrichtungen in die Noten, während Amanda Kritz meine beiden Vorderzähne, einen nach dem anderen, eingipste »und die ganze Vogelschar«

sich in den Tasten tummelte. Bis med. dent. endlich mit einem Metallstäbchen spielerisch gegen jeden der beiden Neulinge trommelte – es klang hohl wie ein Legostein auf dem anderen – und mir befahl: »Schließen.«

Das tat ich unter »Frühling will nun einmarschieren«, und erwartungsfroh hielt mir Amanda Kritz den Spiegel vor, »kommt mit Sang und Schalle«. Ich kriegte den Mund nicht zu. Zwar füllten die Plastiküberzüge in der Breite genau die Lücke, doch sie ragten in der Länge einiges über die Unterzähne hinaus. Hasenbiss. Kaninchenschnute. An den Kunstgebilden ließ sich nichts ändern. Noch einmal musste Natur geopfert werden. Bruchteile von Millimetern nur, wie Amanda Kritz versicherte, doch wieder wurden Bohrer, Feile, Schleifer in Gang gesetzt, und mein Körper erstarrte im Schmerz, längst bevor das rotierende Metallköpfchen die unteren Schneidezähne erreichte.

Wirklich weh tat es nicht, doch mein Gedächtnis hatte noch nicht vergessen, was möglich sein könnte. Die Verkettung: Zahn, Schleifen, Schmerzen, Wahnsinn abrufbar im Gehirn, und es bedurfte nicht einmal des Geräuschs, das der Bohrer verursachte, geschweige denn der Berührung, schon der bloße Anblick des Gerätes genügte, mich Schmerzen spüren zu lassen, als würden sie mir zugefügt. Ähnlich mag es dem einmal Gefolterten beim Anblick der Instrumente, ja, bei deren bloßem Aussprechen ergehen.

»Mund zu«, hieß es wieder und wieder, den reibungslosen Zubiss zu prüfen, und »Mund auf«, senkte sich wieder und wieder das Schleifköpfchen auf einen der vier Vorwitzlinge, um ihn in die Schranken des Kunstzahns zu weisen. Erst nachdem auch an der Hinterseite der Plastikmasse gefeilt worden war, klappten Ober- und Unterkiefer bissfest aufeinander, wurden die Neulinge zementiert, und Amanda Kritz hielt mir ein letztes Mal den Spiegel vor. Ich warf einen flüchtigen Blick hinein. Bei geschlossenem Mund. Und machte, dass ich wegkam.

Im Holzstall holte ich den Spiegel hervor. Machte die Augen zu und lachte mich breitmäulig an. Machte sie auf. Wenn Schönheit im Auge des Betrachters entsteht, so waren diese Zähne schön. Ich wollte gerade Zähne haben. Zwei hatte ich nun. Zwei schöne gerade Schneidezähne.

Wo vorher nichts war, war nun zu viel. Die Zunge musste sich, sollten gebissähnliche Zischlaute vermieden werden, den Eindringlingen anbequemen. Wie vor Jahren auf dem Dachboden, als ich meiner rheinischen Zunge das vorderzähnige L und die satten Zischlaute ausgetrieben hatte, trainierte ich nun den geschmeidigen Muskel erneut, befehligte, bremste, zügelte ihn, bevor er mit leisem Sausen an die Plastikverschalung prallte, bis die süße, südliche Sonne sanft und lispellos im Osten aufstieg und im Westen sank.

Erst dann wagte ich mich ins Haus, in die Küche, wo die Mutter kaum vom Bügelbrett aufsah, als ich, »Kuck mal, Mama«, sie über einen Stapel frischer Wäsche anlächelte.

»Wat jibet denn da ze jrinse«, sagte sie und griff nach einem Kittel, dessen Affen und Giraffen schon gewaltig Farbe gelassen hatten. »Isch hätt mir besser noch ne Kittel bestellt beim Maria.«

Auch sonst schien im Dorf kaum jemand Notiz zu nehmen von meiner neuen Schönheit, die ich grinsend und beifallheischend erst in der Bäckerei Haase, Süß' Eisdiele und am Büdchen zur Schau stellte. Sogar in Wirsings Apotheke, wo ich breitmäulig nach Seuxaprein, Ceiphaxein, Kreitapein fragte, frei erfunden, damit ich nicht Gefahr lief, sie kaufen zu müssen.

Erst die Tante, der ich auf der Suche nach Publikum am Leichenhäuschen begegnete, blieb an meinem festgefrorenen Grinsen hängen: »Jonge, Jong, du häs dir aber heut schön die Zähn jeputzt.«

Das klappte mir den Mund wieder zu. Waren die schneeweißen Rechtecke womöglich eine Fehlinvestition?

Zu Hause lag ein Brief für mich, den die Mutter mir wortlos zuschob. Absender: Henkel Werke. Das Preisrätsel, ich hatte es fast vergessen. Das goldene Persil-Paket. Zehntausend Mark.

Im Holzstall riss ich den Umschlag auf. Eine Karte: »Sie haben gewonnen. Das goldene Persil-Paket.« So stand es auf der Vorderseite. Erhabene Goldprägung. Rechts unten: »Bitte wenden!« Das tat ich und las: »Abzuholen bei Johann Pieper. Rathausmarkt.« Bei Johann Pieper? Ich rannte los.

»Ja, Hilla, du auch!«, lachte Veronika. »Du bist heute schon die achte oder neunte. Ich wusste jar nit, dat du bei so wat auch mittust.«

Veronika wies neben das Heringsfass in der Ecke, wo eine stattliche Waschpulverpyramide aufgetürmt war. Verlegen händigte ich ihr die Karte aus und schnappte mein Paket.

»Ja, nun lach doch auch mal«, mischte sich nun Helga, Veronikas Schwester, ein. »Is doch bares Jeld. Son Paket reischt mindestens für fünfzisch Wäschen.«

Jetzt oder nie! Ich umarmte mein Gold-Persil und fletschte die Zähne.

»Nein, kuck mal, wie schön dat Heldejaad lachen kann.« Die alte Frau Pieper hatte ihren Laden durch die Hintertür betreten. »Da jeht ja förmlich die Sonne auf. Dat sind Zähne. Weiß, weißer jeht's nischt.«

Dankbar fletschte ich Frau Pieper noch einmal an und machte mich davon.

»Kuck mal, Mama. Für dich.« Ich stellte das Paket neben den Wäschekorb.

»Wo has de dat denn her?«

»Gewonnen«, sagte ich. »Für disch. Da!« Ich nahm das Paket noch einmal auf, drückte es der Mutter in die Arme und lächelte sie an.

»Nun, zeisch mal«, sagte sie versöhnlich.

Bereitwillig öffnete ich den Mund.

»Hätt et wehjetan?«, fragte sie, die Augen zusammenkneifend.

»Überhaupt nicht!« Ich machte den Mund endgültig zu und schwor mir, in Zukunft so zu tun, als wären die großen weißen Plastikschneidezähne eine Gabe Gottes. Im Hildegard-Kolleg würde ich sie lächelnd zur Bewährung stellen.

Unsere Nachbarin, die alte Frau Schönenbach, war gestorben. Der Sohn hatte den Betrieb in kurzer Zeit heruntergewirtschaftet. Zuerst hatte er den behinderten Bruder in einem Heim untergebracht, dann die alte Hanna entlassen müssen, und schließlich war seine Frau mit den Kindern wieder zu ihren Eltern gezogen. Dem großen vornehmen Haus waren die Bewohner ausgegangen, wie einem Menschen die Luft. Der Betrieb musste verkauft werden.

Die Obstbäume wurden gefällt, die Schafe verschenkt, Hühner und Gänse geschlachtet, gegessen. Die Treibhäuser wüste Trümmerberge aus geborstenen Steinen, Glassplittern, verbogenen, rostigen Eisenstangen. Bulldozer waren dabei, die Komposthaufen abzutragen.

Die Mutter verfolgte das Treiben auf dem Nachbargrundstück mit Befriedigung und konnte vom Fortschritt des Abbruchs nicht genug kriegen.

Nur die beiden Katzen ließen sich weder verkaufen noch verschenken noch vertreiben. Der unglückliche Erbe hatte sie in eine bescheidene Wohnung nach Strauberg mitgenommen. Nach Abzug der Hypothek war nicht viel vom Verkauf des Hauses übriggeblieben. Er suchte Arbeit in verschiedenen Gärtnereien, aber niemand wollte ihn. Sogar die Katzen kehrten ihm den Rücken, strichen nach einigen Tagen wieder ums Gärtnerhaus, und hätte die Mutter sie nicht ein paar Tage in unseren Schuppen gesperrt, der erboste Verfolger hätte ihnen die Hälse umgedreht.

Den Futternapf der Mutter akzeptierten sie, strolchten in ihrer gewohnten Umgebung umher, störten niemanden, fraßen wenig, legten nur von Zeit zu Zeit, wenn ihre Mägen nichts mehr fassen konnten, eine Maus auf die Küchentreppe. Seltener einen Vogel, was die Mutter dann am Wert ihrer Barmherzigkeit lautstark zweifeln ließ, worauf die Großmutter schadenfroh mit der gottgewollten Natur der Tierwelt konterte.

Doch erst, als die Mutter merkte, dass es der Großmutter zuwider war, wenn ihr die samtigen Geschöpfe um die Beine strichen, ihr miauend einen Guss Milch abzuschmeicheln versuchten, erst, als sie die Großmutter bei einem unwirschen Zur-Seite-Schieben des Peterchens erwischte, erst da, argwöhnte ich, schloss sie die Tiere ins Herz und stellte sie unter ihren persönlichen Schutz. In Peter und Paul, Namen, die die Katzen schon mitbrachten, fand die Mutter zwei Geschöpfe, die ihr untertan waren. Sie konnte für sie sorgen – aber sie konnte es auch lassen.

Es war ein heißer Tag, Ende September. »Su en Sünd un Schand«, knurrte die Großmutter. »Mir sin doch nit mehr im Kriesch!«, und brach noch früher als gewöhnlich zum Kartoffelschälen ins Krankenhaus auf.

Ein Großkonzern hatte die Gärtnerei gekauft. In den Feldern am Möhnebusch sollte ein Versuchsgut entstehen, auf dem Gelände der Gärtnerei ein Hochhaus. Fünfzehn Stockwerke, nur durch die eine schmale Straße von unserem Häuschen getrennt.

Der Bagger rollte heran, bog von der Asphaltstraße ab und schwankte durch den Schutt der Stallungen und Treibhäuser, die schon Tage zuvor von Spitzhacken niedergemacht worden waren, Schönenbachs Haus entgegen. Roter Backstein, Fenster und Türen von helleren Steinen eingefasst, schlichter Schmuck, sichtbar nur im Winter. Jetzt stand das Haus im Sommerkleid, vorn bis unters Dach von Bougainvillea umrankt, die Seiten deckte wilder Wein in vollem Laub, das sich hier und da schon in frühes Rot verfärbte.

Ohne seine Gardinen und Vorhänge sah das Haus wie geblendet aus. Als hätte man ihm mit dem Entfernen von Spitzen und Damast, vor allem aber der prachtvollen Pflanzen in ihren golden schimmernden Gefäßen das Augenlicht geraubt.

Gestern hatte ich am Abend ein letztes Mal vor dem Blumenfenster gestanden, ein gläserner Alkoven bis hoch in den ersten Stock. Früher hatten Kirchgänger sonntags sogar einen Umweg in Kauf genommen, um die exotischen Gewächse zu bestaunen, deren Blütenpracht durch immer neue bunte Vögel und allerlei Kleingetier märchenhaft verrätselt wurde. Die Flora war echt, die Fauna zweifellos ausgestopft. Was auch für die heimische Tierwelt galt. Das Eichhörnchen saß wider alle Natur neben der Orchidee, der Dompfaff auf dem Kaktus, die Feldmaus im Granatapfelbaum. Oft hatten auch wir vor dem Fenster mit dem Großvater haltgemacht auf unserem Heimweg vom Rhein, und er hatte erzählt, was er von den Pflanzen und Tieren wusste. Nur selten stimmte das mit dem Biologiebuch überein. Die Fledermaus, so der Großvater, habe im Schlaf ihr r und l und ein e verloren. Kunststück, wenn sie mit dem Kopf nach unten schlief. Gesucht habe sie danach, Tag und Nacht, aber nur das l wiedergefunden und in der Eile an die falsche Stelle gesetzt. Und was war dann aus ihr geworden? Eine Feldmaus! Und die Fledermäuse können seither wegen der beiden Buchstabenlöcher nur noch torkelnd fliegen und trauen sich nur des Nachts heraus, weil sie sich schämen.

Trostlos sah das Fenster aus ohne seine Schätze. Wer weiß wo waren die Pflanzen geblieben. Die ausgestopften Tiere lagen eines Morgens im Schutt. Bertram hatte einige gerettet. Unter meinem Tisch im Holzstall hielten sich ein Iltis, ein Marder, ein Kakadu auf. Drinnen würde die Mutter diesen Driss nicht dulden.

Ich hatte den Anblick des leeren Fensters nicht lange ertragen. Um die schwarze, spiegelnde Höhlung rankten sich die abgeblühten Rispen der Bougainvillea, die gefiederten Äste setzten schon zu neuen Trieben an, Leben arglos und voller

Zuversicht. Dieses menschenfreundliche Haus, diese Gärten, Wege, Beete, Treibhäuser, würden einfach dem Erdboden gleichgemacht werden, zubetoniert bis hoch in den Himmel. Seit der Nacht auf der Lichtung war ich nun zum zweiten Mal froh, dass der Großvater nicht mehr da war.

Dirigiert von zwei Arbeitern, war der Bagger nach einigem Hin und Her in Stellung gegangen. Wo sonst die Schaufel saß, um Erde, Sand, Kies von einer Stelle zur anderen zu befördern, hing an einem Stahlseil eine doppelt mannskopfgroße, schwarzgraue Kugel.

Die Mutter trat neben mich ans Fenster. Der Aufsatz des Baggers drehte sich, der Arm kehrte sich ab vom Haus, blieb stehen. Dann drückte offenbar jemand einen Knopf, der Stahlhals schwenkte dem Haus entgegen und mit ihm Seil und Kugel, eine Bewegung von vollendeter Eleganz. Träge wie in Zeitlupe schwang die Kugel ihrem Ziel entgegen. Die Mutter neben mir holte tief Luft, oder rang sie nach Luft?, jedenfalls brauchte sie Luft, viel Luft, wie sie so hörbar den Atem einsog und wieder entließ. Im Atemholen liegt zweierlei Gnade, aber hier lag nichts in der Luft, was auch nur entfernt an Gnade erinnerte, hier war alles Untergang und Zerstörung, als die Stahlkugel ihren Bogen abschloss, ihr Ziel fand, ihren Zweck erfüllte mit einem Laut, der klang wie der Schlag einer riesigen Trommel. Aufprall einer riesigen Kegelkugel. Gedämpft vom wilden Wein, folgte dem Knall, dem donnernden Bersten und seinem Nachhall, ein Poltern und Krachen wie in einem überdimensionalen Kinderspiel. Unwillkürlich zuckte der Mutter die Hand an die Stirn, schlug die Hand ein Kreuz, verlegen sah sie mich aus dem Augenwinkel an. Ich starrte auf die Rankenverschlingungen des wilden Weins, die sekundenlang grünschwankend in der Luft standen, ehe sie in einer Staubwolke den Brocken der Wand mit unentschiedener Bewegung hinterhertorkelten. Staub hochauf, höher, als das Haus je gewesen.

Ich schielte zur Mutter hinüber. Die presste die Lippen zusammen und ballte die Fäuste in hilflosem Protest gegen das da draußen. Sie wandte sich ab: »Dat es doch nit zum Ansehen«, sagte sie. »Dat es doch schlemmer wie im Kriesch.«

Ihre Schritte gingen unter im Motorengeräusch des Baggers, der sich ein kurzes Stück vorwärtsbewegte, einen neuen Winkel zu gewinnen. Wieder brachten sich die beiden Arbeiter in Sicherheit, bevor die Kugel ein zweites Mal gegen den roten Backstein krachte, der nur noch hier und da, wie notdürftig bekleidet, von staubigem Laub und zerfetzten Ranken bedeckt war. Warum tat er so weh, dieser Schlag vor die alten Steine? Warum krampfte mein Herz sich zusammen, als knalle die Kugel mir vor die Brust? Nur die Treppe war der Kugel noch entgangen. Aus Schutt und Mauerresten führte sie geradewegs in den Himmel.

Eine Woge von Zuneigung erfasste mich, Zärtlichkeit für all die Treibhäuser, Komposthaufen, Blumenrabatten. Das Erdbeerfeld. Die Himbeerhecke, das Weißdorngebüsch. Vor allem aber für das Haus, das hier zu Boden gezwungen wurde. Etwas für immer vertilgt, das mir so lange Geheimnis und Vornehmheit bedeutet hatte.

Immer dünner und durchscheinender war die alte Frau Schönenbach mit den Jahren geworden, bis ihre edlen Kleider, wenn sie sonntags an die Kommunionbank schlurfte, in verzagten Falten an ihr herabfielen. Dann kam der Pastor zu ihr ins Haus, und dann war sie tot.

Seltener noch als das Haus der Bürgermeisterfamilie hatte ich das ihre betreten. Beide Wohnungen waren einander ähnlich gewesen, mit ihren dunklen, schweren Möbeln, den bodenlangen Stores, den Gemälden und Vitrinenschränken. Von der Kredenz, hatte die alte Frau Schönenbach bei meinem letzten Besuch das Hausmädchen gebeten, solle sie ihr die Silberschale mit den Erdnüssen reichen. Kredenz, ein Wort, vornehm und entrückt, und nicht mehr zu gebrauchen wie das Haus, in dem es gedient hatte. Wörter können die Dinge eine Weile überdauern. Dann sterben auch sie. Wie Dörfer, die, von den Menschen verlassen, noch eine Weile auf der Landkarte zu finden sind.

Ein neues Geräusch, heller als die dumpfen Schläge gegen die Steine, ließ mich zusammenfahren. Die Treppe splitterte in alle Richtungen. Ich wandte mich ab. In der Erinnerung würde der wilde Wein weiter bis unter die Dachrinne ranken, würden sich die Gardinen aus weitgeöffneten Fenstern hinaus zu den grünen Fensterläden bauschen, Papageien und Meisen Agaven und Oleander in der verglasten Veranda umkreisen, Eichhörnchen an Ananas knabbern. Nur in den Bildern im Kopf. Zorn stieg in mir auf. Etwas wurde zerstört, das mir gehörte. Das jedem gehörte, der im Anblick dieses Hauses großgeworden war. So sicher war ich gewesen, dass, wenn ich aufbrach von hier, wenn ich mich veränderte, dort, wo ich wegging, alles so blieb, wie es war. Das Dorf, die Familie ein unbewegter Hintergrund, vor dem ich meine eigene Wandlung erkennen, messen und genießen konnte.

Ich schloss das Fenster und machte mich auf den Weg durchs Dorf. Mir geschah ja nichts zuleide. Dieses Dach überm Kopf, die Altstraße 2, hatte Bestand.

Ich nahm nicht wie sonst das Fahrrad. Unter die Füße nahm ich den Weg, Schritt für Schritt, frei sollten meine Blicke über Häuser und Menschen schweifen, über Orte und Erinnerungen. Im Rhythmus meines Körpers, allein mit der von mir selbst erzeugten Geschwindigkeit. Ich mochte meine Blicke nicht beschleunigen, nichts aus dem Augenwinkel betrachten: In den Blick fassen wollte ich. Festhalten. Allein auf mich gestellt. Meinen eigenen Blick, mein eigenes Tempo, mein eigener Transporteur. Keine Flüchtigkeit. Ich wollte Dauer. Festhalten und loslassen, wie es mir gefiel. Ich wollte nirgendwohin, nur ankommen da, von wo ich aufgebrochen war, Altstraße 2. Wollte mir einprägen, was da war und was da gewesen war. Da gewesen sein wird.

Schreib auf, was du hörst und siehst. Schmecken, riechen, fühlen, hören und sehen nach meinem Maß.

Wie meine Westentasche, sagt man, wenn etwas sehr vertraut ist. Doch gehört man wirklich an einen Ort oder sogar zu einem Ort, so ist das mehr. Es ist, als habe man mit einem fühlenden und denkenden Wesen zusammengelebt. Eine Vertrautheit, wie sie in einer treuen Freundschaft, besser, Kameradschaft, reift. Denn das Dorf war ja nichts, was ich mir hatte aussuchen können wie einen Freund. Es war Kameradschaft. Wir hatten miteinander auskommen müssen. Durch dick und dünn.

So in Gedanken versunken, war ich schon ein gutes Stück die Dorfstraße hinaufgegangen. Ich kannte jedes Haus, und die Häuser kannten mich. Die von Jalousien wie mit schweren Lidern bedeckten Fenster glichen wissenden Augen, die ihre Neugier nicht allzu deutlich zeigen wollten. Was hatten sie nicht alles beobachtet in meinen Jahren, die mir plötzlich lang und abenteuerlich und verwegen vorkamen.

Schon hatte ich den Schinderturm erreicht, ohne einem bekannten Gesicht zu begegnen. Längst kannte ich nicht mehr alle Leute im Dorf, und Mutter und Tante freuten sich, wenn sie auf einen vom »alten Schlag« trafen.

Wäre er mir auf offener Straße begegnet, ich hätte es geschafft, ihm auszuweichen, notfalls in einen Vorgarten, klingeln an irgendeiner Haustür. Er aber lief geradewegs in den Torbogen des Schinderturms hinein, aus dem ich eben herauskam. Buchstäblich in die Arme, die er in froher Überraschung ausbreitete, rannte ich ihm. Kurz und kräftig drückte mich Kreuzkamp an seinen Bauch, der bis zur Brust hinauf sich wölbte und hielt mich dann an beiden Ellenbogen auf Armeslänge entfernt. In seinem resoluten Zugriff wurde ich wieder zum kleinen Mädchen, das er zur ersten heiligen Kommunion geführt, zum Lehrling, dem er aufs Gymnasium verholfen hatte. Stud. phil. hatte ihm für seine Hilfe bei der Zimmersuche nicht einmal gedankt. Kreuzkamps Augen blitzten im alten, sein Gebiss im neuen Glanz, die Backen bebten vor Vergnügen, als er seinen

Fang betrachtete und sich unverhohlen an meiner Verlegenheit weidete. Hoffentlich hat er es eilig, dachte ich, während ich freudige Überraschung heuchelte und mich aus seinem Griff zu befreien suchte. Vergeblich. Vielmehr rüttelte Kreuzkamp mich an den Ellenbogen ein bisschen durch, verkündete fröhlich, er habe alle Zeit der Welt, und führte mich, eine Hand auf meiner Schulter, Richtung Georgskirche, Richtung Pfarrhaus ab. Und vorbei.

Es ging an den Rhein, ans Wasser. Unverdrossen, zielstrebig stapfte Kreuzkamp voran, wie er die ganzen Jahre auf seiner Lebensbahn Kirche und Welt vorangestapft war. Quietschten seine Sohlen wie in der Kirche? Doch dazu brauchten sie wohl den steinernen Widerstand des geweihten Ortes.

Schweigend durchquerten wir die Auen. Kreuzkamp, einen halben Schritt hinter mir, ließ meine Schulter nicht einen Augenblick lang los, schwer und warm lastete die Pastorenhand auf mir, und allmählich wurde es feucht unter dem Stoff meiner dünnen Sommerbluse.

»Lange nichts von dir gehört, mein Kind«, brach er endlich das Schweigen. »Meine Kinder«, hatte der Aushilfskaplan uns Beichtlinge gern genannt und gesagt, dass Gott seine Hand über uns hielt, eine Hand, mit der sein Stellvertreter etwas in meine Kniekehlen gebohrt hatte, glatt und hart zuerst, dann schleimig und feucht und dann ein Taschentuch.

Mein Schluckauf kam so gewaltig, dass Kreuzkamps Hand von der Schulter zuckte, und ein paar Krähen, die am Feldrand pickten, auseinanderstoben von diesem Laut, der mir hoch und spitz aus der Kehle spritzte wie ein unfreiwilliges Jauchzen.

»Nase zuhalten und schlucken, schlucken«, vernahm ich Kreuzkamp durch einen zweiten Hickslaut, kaum bezähmbarer als der erste. »Oder noch besser, hier.« Kreuzkamp blieb stehen, nestelte in seiner Rocktasche, knisterte ein silbernes Päckchen auseinander und brach aus einer dunkelbraunen, fast schwarzen Fläche ein Stück heraus, ähnlich einem Schokoladenriegel, doch ohne dessen kästchenförmige Unterteilungen.

Er drängte mir die gezackte Scheibe in die Hand und schob sich selbst ein Stück in den Mund. Verdrehte genüsslich die Augen, schnalzte. Vorsichtig biss ich ein Stück von meinem Teil ab.

Glatt, seidig, kühl ließ sich der schwarze Splitter gegen den Gaumen drücken, wo er unter der Zunge erweichte und Geschmack annahm. Gallebitter. Ich spuckte. Übersprühte ein Büschel weißer Margeriten mit braunem Schleim.

»Wollen Sie mich vergiften?« Ich schnappte nach Luft.

Kreuzkamp schüttelte schmunzelnd den Kopf. »Los, mach schon. Den Rest auch noch. Ist doch nur Schokolade. Allerdings Schwarzbitter.«

Ich sah den Pastor verständnislos an.

»Fünfundneunzig Prozent Kakao. Das machen die unten in Afrika. Und die Missionare bringen immer ein paar Tafeln mit. Für Kenner.«

Gehorsam schob ich mir den Rest in den Mund. Kaute und schluckte und blieb dabei: Rattengift. Aber der Schluckauf war weg.

Wir setzten uns wieder in Bewegung. Die Böschung hinauf fiel Kreuzkamp das Gehen schwer. Kehrt machte er nicht.

»Also, Hildegard«, begann er von neuem, »das ist ja schön, dass du jetzt nach Köln ziehst. Sicher das Beste für dich.«

»Danke auch«, brachte ich zwischen den neuen Zähnen hervor.

»Nichts zu danken«, wehrte Kreuzkamp ab und fuhr sich mit einem nicht mehr ganz frischen Taschentuch über die Stirn. »Ich bin froh, dass du so gut unterkommst. Wann ist es denn so weit?«

»Nächste Woche. Der Bertram fährt mit.«

»Ach ja, du hast ja auch Gepäck. Bisschen was zum Anziehen.« Kreuzkamp musterte meine Hose, das weite Hemd, schüttelte den Kopf.

Oben auf dem Damm rang er nach Luft und brauchte wieder sein Taschentuch.

»Gehen wir noch ein Stück«, sagte er, und ich war froh, als er den Weg zum Notstein einschlug. Später würde ich allein ans Wasser gehen, zur Großvaterweide.

Nun musste es kommen. Und es kam. Doch jetzt war ich gefasst und vorbereitet. Bitter füllte der Geschmack der Schokolade die Mundhöhle aus und ließ die Verbindung zum Schluckauf, zur Nacht auf der Lichtung nicht abreißen.

»Seit dem Gymnasium hat man dich ja immer seltener in der Kirche gesehen.« Kreuzkamp sprach leise, was ungewöhnlich war, und er sah auf den Weg, als spräche er zu seinen Schuhen, die schwer und unbeholfen den schmalen Pfad zwischen den Grasbüscheln einzuhalten bemüht waren.

Er machte eine Pause, und mir fiel nichts ein, was ich hätte erwidern können. Bitter, dachte ich, Amara sollte ich heißen, und wie mir alles bitter geworden war seit der Nacht auf der Lichtung.

»Ob du noch beichten gehst oder zur Kommunion? Ich weiß es nicht.«

Unten in den Rheinwiesen stand der Schäferkarren, ein zottiger schwarzer Hund strich um die Herde; die meisten Schafe lagen träge in der Sonne. Unweit davon lehnte der Schäfer auf seinem Stock, fehlte nur das Lamm um die Schultern.

»Seit einem ganzen Jahr, genau seit dem letzten Sommer, hat dich keiner mehr, ich nicht und der Herr Kaplan auch nicht, beim Beichten oder an der Kommunionbank gesehen.«

Der Schluckauf stieg hoch, die bittere Kehle hinauf unter die bittere Zunge; ich drängte ihn hinter die bitteren Lippen zurück.

»Keine Zeit«, stieß ich hervor und setzte meinen Widerstand wie ein riesiges Segel. Alles, was der Pastor nun vorbringen würde, bliese Wind hinein oder entgegen, Segeln gegen den Wind, mein Trotz würde Fahrt aufnehmen bis zur Flucht in den Orkan.

Kreuzkamp schnaufte verächtlich. »Das glaubst du doch selber nicht. Für ›keine Zeit‹ laufe ich hier nicht mit dir am Rhein entlang.«

Was sollte ich Kreuzkamp sagen? Was hätte ich ihm vor der Nacht auf der Lichtung gesagt? Dass Gott für mich so etwas war wie ein entfernter Verwandter, ein reicher Erbonkel, an den man sich wenden konnte, wenn es einmal hart auf hart kam. Hart auf Hart. Ja. Der helfen konnte. Ja. Im Rahmen seiner Möglichkeiten. Die Nacht auf der Lichtung hatte nichts mit diesem Gottvater zu tun. Wofür es keine Worte gab, keine Wörter geben durfte, war niemand zuständig. Weder Kreuzkamp noch der, den er auf Erden vertrat. Mit einem Gott, der für die, die mich auf die Lichtung gezwungen hatten, genauso gestorben war wie für mich, hatte ich nichts zu schaffen.

Aber freundlich sein wollte ich doch, und so dankte ich Kreuzkamp noch einmal für seine Hilfe bei der Zimmersuche.

Der Pastor schwieg. Seine derben Schuhe schienen noch energischer vorwärtszustapfen. Die Schafe hatten sich erhoben, ihre grauen Rücken schoben sich wie eine wollige Decke über das grüne Gras; unverrückt auf seinen Stock gestützt stand der Schäfer da, zu seinen Füßen der schwarze Hund.

»Ja«, Kreuzkamp wandte mir sein Gesicht zu, doch er sah mich nicht an, ließ wie ich seinen Blick über Schafe, Weiden und Wasser schweifen: »Ja, der schwarze Fritz.«

Das war gemein! Mich an die Zeit meiner rückhaltlosen Kindergläubigkeit zu erinnern, mein vorbehaltloses Vertrauen in die Allmacht Gottes, die schwarze Negerpuppen weiß machen konnte, war nicht fair. Wie hatte ich, dem Rat der Großmutter folgend, für diese Umfärbung zu Gott gefleht, gebetet Tag und Nacht. Und dann Kreuzkamp mit seinen erlösenden Worten, als die hämische Kirchengemeinde vor dem Krippchen stand. Dem Krippchen mit meinem schwarzen Fritz in Christkindchens Armen. »Glaubst du wirklich, der liebe Gott hätte die Schwarzen schwarz gemacht, wenn er sie lieber weiß gehabt hätte?!« Ja, Kreuzkamp hatte die Worte gekannt, Zauberworte beinah, jedenfalls hatten dieser Satz und das, was er dann noch zu den Eltern sagte, mich vor Strafe bewahrt. »Phantasie«, hatte er den Eltern erklärt, ein Wort, das ich nicht verstand, damals, aber es hatte sich mir eingebrannt. Zauberwort. Erlösungswort. Phantasie, Phantasie, hatte ich auf dem Nachhauseweg vor mich hin gemurmelt, bis die drei Silben sich mir eingeprägt hatten und ich sie bei mir tragen konnte wie ein Amulett. »Dä Pastur hat jesacht, isch hab Phantasie«, mein Kampfruf. »Phantasie!«, schrie ich mal triumphierend, mal aufsässig, oft verzweifelt, wenn ich zu Hause dat dolle Döppe war oder Strafen zu entgehen suchte. Bei Mutter und Großmutter tat der Verweis auf den Stellvertreter Gottes oft seine Wirkung. Doch der Vater – »Los dä kalle!« – griff ungerührt nach dem Stöckchen hinter der Uhr. Phantasie konnte nützlich, aber auch gefährlich sein. Verlässlich vor Übel schützte sie, sobald Dritte im Spiel waren, nicht.

Kreuzkamp machte eine heftige Bewegung mit der Hand vorm Gesicht und warf den Kopf nach hinten, wedelte einen Mückenschwarm auseinander, der auf meine Seite einschwenkte, so, dass ich nun meinerseits zu fuchteln anfing. Gar nicht mehr aufhörte, mit den Armen in der Luft zu rudern, als könnte ich die lästigen Fragen wie Mücken verscheuchen.

»Der schwarze Fritz«, wiederholte Kreuzkamp hartnäckig, dann, in einem Tonfall, als handle es sich um einen wichtigen Menschen, erkundigte er sich: »Lebt der noch?«

Ja, hätte ich am liebsten geschrien. Der ja. Der lebt noch in einer Kiste auf dem Speicher, zusammen mit Rilke und Mörike, Eichendorff, Novalis und Uhland. Zusammen mit allen, die mich wieder lebendig machen könnten. Angst hab ich vor all den schönen, großen, hehren Worten. Vor der Sprache Gottes und der Poesie. Ich will nur noch wissen. Wissenschaft. Fakten statt Phantasie. Das Fritzchen lebt. Ich, ich bin tot. Gestorben in der Nacht auf der Lichtung. Nach dem Fest der katholischen Landjugend. Seit einem Jahr. Tot.

Doch ich tat ein letztes Mal so, als wischte ich Mücken beiseite, und sagte, wie ich hoffte, freundlich und zuvorkommend: »Ja, die Puppe ist noch da. Glaub ich. Auf dem Speicher.«

Kreuzkamp seufzte. Schwieg. Ich wusste, er wusste, dass ich ihn absichtlich missverstanden hatte. Mit Fritzchen hatte ich auch Phantasie und Gottvertrauen auf den Speicher gepackt.

»Da liegt er ja gut«, sagte Kreuzkamp schließlich. »Nicht ganz so gut wie im Krippchen, aber da kann ihm nichts passieren. Nur – erleben kann er da auch nicht viel. Vielleicht braucht er Ruhe. Hauptsache: Er lebt. Jesus ist ja auch auferstanden von den Toten. Warum nicht auch der schwarze Fritz?«

Es war eine kühne Kombination aus Jesus und Negerpuppe, die er mir in diesem Gleichnis anbot, und ich wusste, wen er meinte, wenn er von Fritzchen sprach. Er gab mich nicht verloren. Glaubte an mich, ohne mich ins Gebet zu nehmen. Kreuzkamp machte es mir leicht. Wie dankbar war ich ihm, dass er mir meine Ruhe ließ. Meine Kapsel. Die grellen Augen des Löwenzahns sahen mich allwissend an.

»Ja, das glaube ich auch«, sagte ich und versuchte, meine Stimme fest und aufrichtig klingen zu lassen. »Und ich nehme das Fritzchen auch mit nach Köln.«

»Ausgezeichnet!«, freute sich Kreuzkamp und rieb sich die Hände, als hätte er einem Geizhals eine noble Spende abgeluchst. »Ausgezeichnet. Und jetzt habe ich noch eine Bitte.«

Wieder machte er eine Pause, und ich dachte, dass unser Gespräch mehr aus Pausen als Wörtern bestand, das Unausgesprochene so vernehmlich wie das gesprochene Wort.

»Ich habe noch einmal nachgeschaut«, fuhr Kreuzkamp fort, »in Köln gibt es mehr als zweihundertfünfzig Kirchen. Das Hildegard-Kolleg liegt übrigens direkt an der Mauritiuskirche. Tja, der heilige Mauritius. Auch so ein schwarzer Fritz. Steht als wunderschöne Statue im Magdeburger Dom. Aber darum geht es nicht. Ich wünsche mir von dir, dass du jeden Monat eine andere Kirche besuchst und mir von da eine Postkarte schickst.« Kreuzkamp räusperte sich. »Na klar. Kontrolle. Aber ich freu mich auch schon auf deine Post. Nur einen Gruß. Und wenn du willst, kannst du auch jedesmal etwas über die Kirche schreiben. Für unser *Georgsblatt*. Honorar gibt's auch. Fünf, äh, zehn Mark pro Artikel. Was meinst du?«

»Ich, ich«, stotterte ich, »ja, danke. Das mach ich doch gerne.« Ich musste meine Freude nicht heucheln. Bittet, so wird euch gegeben. Biblisch verbürgt. Ich hatte nicht einmal bitten müssen, damit mir gegeben wurde. Jemand klopfte an, und ich musste ihm nur auftun.

»Genug.« Kreuzkamp blieb stehen. »Ich bin ein alter Mann. Wie du siehst. Kehren wir um.« Er machte eine ausladende Geste und ließ den gestreckten Arm sekundenlang in Richtung der Schafherde hängen, wo der Hund ein Lamm, das sich zu nah ans Wasser gewagt hatte, kläffend in die Herde zurücktrieb.

Auf dem Rückweg ging es nur noch um mein Studium. Wie in einer Prüfung kam ich mir vor. Doch Kreuzkamps Interesse, vor allem an Eichendorffs *Marmorbild,* war echt. Mochte er auch nicht mehr gut zu Fuß sein, die Begeisterung, die er allen sichtbaren und unsichtbaren Dingen der Schöpfung seines Herrn entgegenbrachte, war ungebrochen, hatte sich, womöglich im Bewusstsein, wie vieles er in immer kürzerer Zeit mitzuteilen, zu ermahnen, zu schenken hatte, noch gesteigert.

Als handle es sich um einen nahen Verwandten, schilderte er den Lebensweg des verarmten Joseph von Eichendorff aus Oberschlesien, der zeitlebens um seine Existenz hatte kämpfen müssen, als Beamter in verschiedenen subalternen Positionen, dann unter der Leitung des Freiherrn vom Stein als Regierungsrat ins Kultusministerium in Berlin berufen wurde, wo er für das katholische Kirchen- und Schulwesen tätig war. Bestimmt habe er da, so Kreuzkamp, *Auch ich war in Arkadien* geschrieben, da gehe es nicht anders zu als heute in der Politik. Vor allem aber gefiel ihm, dass, selbst auf die Gefahr hin, allen Besitz zu verlieren, Eichendorff sich von der Familie nicht zu einer Geldheirat hatte überreden lassen und an seiner armen Luise festhielt. Gar nicht beenden wollte der Geistliche sein Preislied der Ehefreuden zweier römisch-katholisch getrauter Eheleute.

»Aber im *Marmorbild* sieht das doch wohl anders aus«, wagte ich schließlich, als Kreuzkamp bei der Taufe des dritten Kindes angekommen war, einzuwenden.

Wir hielten bei einer Bank, und Kreuzkamp beorderte mich energisch neben sich. *Das Marmorbild:* Nichts anderes sei das als ein Gleichnis vom verlorenen Sohn. Poesie, Dichtung: die sinnliche Darstellung des Ewigen, des immer und überall Bedeutenden, welches auch jederzeit das Schöne ist. »Du kannst dir vorstellen, was du willst«, so Kreuzkamp, »kannst dir die Wälder und Schlösser ausmalen, wie es dir gefällt. Aber der Sinn des Ganzen liegt nicht beim Menschen. Die Fäden hält der liebe Gott in der Hand.«

»Oder der Dichter«, wandte ich ein.

»Ja, und was glaubst du, wer dem die Hand führt?«

»Die Phantasie.«

»Und woher hat er die?«

»Angeboren.«

»Und wer hat ihm diese ›Angeborene‹ angeboren?«

Ich schwieg. Vater und Mutter hätte ich sagen können. Aber das Verhör wäre endlos weitergegangen. Mit Recht. Wer wusste schließlich, woher alles kam, vom Embryo bis zum *Marmorbild*?

Kreuzkamp wusste es: »Ohne Gott keine Menschlichkeit, keine Moral, keine Poesie. Poesie, Menschlichkeit und Moral sind die Formen, in denen Gott sich ausdrückt.« Kreuzkamp rückte sich gerade.

Und die Lichtung?, hätte ich jetzt schreien können. Wo hat Gott sich da ausgedrückt? In den blauen Glockenblumen, den gelben Goldruten? Gott lag rot im grünen Gras!

Ich sprang auf. Lief ein paar Schritte, kam zurück. Blieb vor Kreuzkamp stehen: »Ja, die gute alte Zeit! Der liebe Gott! Vielleicht glaubte Eichendorff ja noch daran, aber schon bei ihm ist das nicht mehr so sicher. Eher so, als ›wüchse ihm langsam ein Haarbeutel im Nacken‹, wie er schreibt. Ruinen, wohin man sieht. Alles gestern schon von gestern! Wo war er denn, der liebe Gott, als …« Ein Schluckauf, gewaltig, wie seit langem nicht, warf mich Kreuzkamp fast in die Arme, die er unwillkürlich nach mir ausstreckte. Ich zuckte zurück.

Kreuzkamp schwieg. Umständlich bohrte er die Spitze seines rechten Schuhs in den trockenen Boden, lockerte einen Stein und trat ihn wieder fest. »Als?«, fragte er dann.

»Als die Juden ins Gas geschickt wurden.«

Ich wischte mir die Augen. Der Schluckauf war weg. Ich wieder in Sicherheit. Der Sicherheit fremder Schicksale. Fremden Leidens. Kreuzkamp würde keine Antwort wissen. Was er sagen würde, war mir egal. Wenn nicht schon lange vorher, war Gott auf der Lichtung gestorben. Genauso wie die Poesie. Gestorben und nicht wieder auferstanden. Jedenfalls bis jetzt nicht. Und ich würde es zu verhindern wissen. Gott so tot wie die Dichtung. Über Ihn reden konnte ich, mit Ihm nicht.

Kreuzkamp tat mir leid. Es war nicht recht von mir gewesen, unserem Gespräch mit dieser Frage eine Wendung zu geben, die nur als Kampfansage aufgefasst werden konnte. Das Leid, das Verbrechen, so unvorstellbar wie Gott selbst.

Warum Gott die Leidenden brauche, hatte ich in der Schule gefragt, als der Krebs den Großvater aus dem Leben fraß, und der Kaplan hatte erwidert: »Damit er sie erlösen kann.« Erlösen? In den Tod? Die Vergasung? Was in Auschwitz geschah, konnte ich so wenig begreifen wie hier auf der Bank neben Kreuzkamp, Gott.

Während ich meinen Gedanken nachhing, hatte Kreuzkamp zu reden begonnen, leise, wie vor sich hin, ich fing nur einzelne Wörter auf. Betroffen, Scham, Verantwortung, dann lauter: »Hast du verstanden, Hildegard? Ich weiß es nicht. Mein ist die Rache, spricht der Herr. Der Prozess war wichtig. Es wird, es muss mehr Prozesse geben. Das ist wichtig. Aber nicht genug. Bedauern für die Opfer, Verachtung für die Täter, harte Strafen: nicht genug. Ihr, die Jungen, müsst alles tun, dass so etwas nie wieder geschieht. Nirgends auf der Welt. Das ist ja schon fast eine Floskel. Trotzdem wahr.«

Ich sah Kreuzkamp von der Seite an. Sein weißes Haar von Sonnenlicht durchstrahlt, das sich an seiner Stirn, seiner Nase, auf seinen Lippen brach.

»Was zu tun ist, das müsst ihr, die Jungen, tun. Auschwitz wird nicht vergeben, nie vergessen. Aber gerechtere Generationen können unsere Schuld abtragen. Jeder an seiner Stelle.«

Kreuzkamp zögerte einen Augenblick und sprach dann weiter, leise, fast zu sich selbst, doch diesmal hörte ich genau hin.

»Warum Gott das Böse geschehen lässt in der Welt, fragst du. Nicht nur in Auschwitz. Stell dir vor, du findest ein Buch, kostbar gedruckt und gebunden. Du schlägst es auf, aber du verstehst nur wenige Sätze, erkennst nur hier und da, was die Bilder zeigen. Seiten fehlen. Wörter sind durchgestrichen, ganze Abschnitte, Kapitel sind in fremder Sprache gedruckt, in fremden Zeichen. Was du verstehst, sind nur Bruchstücke des Ganzen. Du kannst die Bruchstücke zu einem Ganzen verbinden, kannst versuchen, einen Sinn zu finden, in dem, was sich dir erschließt, kannst Zusammenhang stiften. Immer nur den deinen. Einen Zusammenhang der Bruchstücke. Was du verstehst, auch wenn du meinst, das Ganze verstanden zu haben, ist immer nur ein Teil des Ganzen. Das ganze Buch versteht nur, der es schrieb. Sein Schöpfer. Dennoch: Immer mehr zu verstehen von Seinem Buch, so zu leben, dass Sein Wille geschehe, dazu sind wir auf Erden.«

Kreuzkamp stand auf, trat ein paarmal auf der Stelle. »Eingeschlafen«, versuchte er zu scherzen, »wie die Deutschen '33. Wie sind wir nur von Eichendorff auf Auschwitz gekommen? Kann man denn heutzutage kein Gespräch mehr führen, ohne in dieser unglückseligen Zeit zu landen? Ach, Hildegard, sei froh, dass du diese Jahre nur vom Hörensagen kennst.«

Weit draußen tuckerte ein Kutter rheinaufwärts. Kreuzkamp hob den Kopf, schien dem gleichmäßigen Motorengeräusch nachzulauschen und fuhr sich mit beiden Händen durchs Haar über den hellen flachen Schläfen. Unverwüstlich sah er aus, der alte Pastor, unverwüstlich wie das Buch, auf das er seinen Schwur getan hatte.

Kreuzkamp straffte sich und lächelte mich an: »In den Büchern dieser Welt ist das allerdings einfacher. Die verstehen wir zu lesen, was, Hildegard?«

»Also«, ich zog die Silben so lange auseinander, bis ich mir meine Frage treffsicher zugespitzt hatte. »Also, Maria siegt doch im *Marmorbild* nur auf den ersten Blick über die Venus. Der ganze Frühling, alles Blühen und Verlocken zeigt die Herrschaft der heidnischen Göttin. Jedes Jahr kommt die Venus wieder. Eine ununterbrochene Verführung, weg von der christlichen Madonna.«

»Richtig!« Kreuzkamp atmete hörbar aus, erfreut, dass ich sein Stichwort aufgegriffen hatte. »Aber prinzipiell hat Maria gesiegt.«

»Doch Venus verlockt immer wieder«, beharrte ich.

»Ja, aber man muss ihr nicht erliegen. Schönheit muss nicht als Blendwerk dienen. Sie ist Schöpfung Gottes.«

»Aber woran erkenne ich den Unterschied zwischen Blendwerk und Schöpfung?«

»An dem Sinn, den ein Kunstwerk über die Form hinaus vermittelt.«

»Sinn und Form fallen im Kunstwerk zusammen«, gab ich naseweis zurück.

»Eine vollendete Form ist nie Unsinn«, parierte Kreuzkamp.

»Was ist Vollendung?«

»Erreichen wir nie, können wir aber erstreben.«

Fragen und Antworten einander wie Bälle zuwerfend und auffangend, damit jonglierend, sie zurückschmetternd oder verfehlend, fühlten wir uns beide wohl. Was wir einander mitteilten, war mehr als Konversation und weniger als Offenbarung. Wer von Dichtung redet, gibt immer etwas von sich preis, auch wenn es nur um Motive und Strukturen geht. Der Gegenstand steht als sichere Deckung zwischen den Redenden und ermöglicht ihnen, mit einer Offenheit über sich selbst zu reden, die sie im direkten Gespräch nie wagen würden. Ich wusste um diese Verlockung und hielt mich strikt ans Ausgedruckte, ans Objektive, erprobte an Kreuzkamp meine Seminarweisheiten, klärte ihn auf über sämtliche »Funktionen des Liedes im *Marmorbild*«, was ihn zu unwilligem Schnaufern brachte und der Frage, wozu das alles gut sei.

Ja, wozu eigentlich? Um dem Herzen der Dichtung auszuweichen, ihren Herzschlag nicht zu spüren, ihr lebendiges Blut, das mich selbst beleben könnte, hätte ich antworten müssen. Aber der Schluckauf saß schon in der Kehle, und so sagte ich nur kurz angebunden: »Proseminar. War in der Klausur mein Thema.«

»Ach, Hildegard.« Kreuzkamp legte mir wieder die Hand auf die Schulter. Wir waren jetzt fast am Kirchhang angelangt, wo unsere Wege sich trennten. Sachte drehte er mich zu sich, bis wir uns Auge in Auge gegenüberstanden: »Versprich mir, dass du nie vergisst, zwischen den Zeilen zu lesen. Da steht geschrieben, was der liebe Gott... Ach was. Lies mit deiner Phantasie. Mit deinem Gewissen. Und vergiss die Postkarten nicht. Versprochen?«

Ich war schon ein paar Schritte voran, da tippte es mir von hinten auf die Schulter. Kreuzkamp hielt mir ein Päckchen entgegen. »Gegen Schluckauf aller Art«, lächelte er. Seine Schokolade. Schwarzbitter.

Die Bettwäsche lag bereit, rot-weiß gewürfelt, wie neu, hatte Botts Zilli gesagt, als sie die Garnitur aus ihrem Schaufenster nahm; der Bezug nach dem heißen Sommer ein bisschen vergilbt, halber Preis. Dazu schenkte sie mir eine Packung Haferflocken. »Muss de mit Milch essen, dat is jut für et Jehirn.« Zilli bohrte ihren Blick in meine Stirn, als könne sie die erste stärkende Portion dort telepathisch verankern.

Die Bettwäsche lag bereit und daneben die Unterwäsche, die besten Stücke, zum ein Mal Wechseln, samstags würde ich die alte Wäsche zu Hause abliefern und neue mitnehmen, würde mit dem Koffer vor der Tür stehen wie vor Jahren der Wäschemann.

Von allen Seiten flogen mir Geschenke zu. Tante Berta brachte eine Wärmflasche, »du hast doch immer kalte Füß«. Warum sollte ich ihr sagen, dass es im Hildegard-Kolleg Zentralheizung gab? Für jedes Zimmer, auch für meines, für den Flur und die Halle, das ganze Haus ein Hort kostenloser Wärme. Und Wasserhähne für warm und kalt, rund um die Uhr, das hatte nicht mal die Tante mit ihrem Durchlauferhitzer.

»Dat is aber nett von dir, dat de daran jedacht hast«, ich hielt mir das kalte rote Gummirechteck vor den Bauch, »dat kann isch sischer jut jebrauchen.« Freigiebig bedachte ich die Tante mit dem Anblick meiner neuen Zähne.

»Siehs de, Maria«, triumphierte die Tante, zur Mutter gewandt. »Sach isch doch, et kann et jebrauchen. Un hier hast de noch wat.« Die Tante hob ein Glas Gurken aus der Tasche, an dem eine mehrköpfige Familie wochenlang genug gehabt hätte. »Sauer macht lustisch«, kommentierte sie. »Dat kanns de auch jebrauche. Un en paar kanns de ja dä Mama hier lasse. Die kann et immer jebrauche.« Die Tante lachte verschmitzt, und die Mutter packte das Glas und trug es außer Sichtweite.

Von Maria kam ein Kopftuch, weiß mit blauen und roten Segelschiffchen und so glatt, dass es, wie fest ich es auch unterm Kinn zusammenknotete, immer wieder von den Haaren in den Nacken glitschte. Sie hatte den Stoffrest eigenhändig mit Rollstich eingefasst.

Hanni mit ihrem Sinn fürs Praktische hatte einen Tauchsieder beisteuern wollen. »Da kanns de dir auf dem Zimmer, wann de willst, wat ze trinken mache.« Doch anders als die Wärmflasche der Tante durfte ich Hannis Gabe nicht mitnehmen. Elektrogeräte wie Tauchsieder, Wasserkocher, Kochplatten standen auf einer Stufe mit »Herren« und »Tieren« und waren auf den Zimmern streng verboten beziehungsweise untersagt. Verboten kam in der Hausordnung nicht vor. Man untersagte. Und zwar »strengstens«.

»Mannomann«, spottete Hanni, »wat hätt dann ne Tauchsieder met nem Kääl ze dunn? Vielleischt, weil alle zwei nur met Wasser koche! Isch jlaub, dann mache mir dat besser so.« Hanni holte ihr Portemonnaie aus der Tasche und schob mir einen

Schein in die Hand, so schnell, dass ich die Farbe nicht erkennen konnte. »Un nun kauf dir mal wat zum Anziehe. Du siehst us wie früher de Müppe.«

Ich vergrub den Schein in der Hosentasche.

»Nun kuck doch nit so bedröppelt.« Hanni stupste mich in die Rippen. »Isch mein et doch nit so! Du bis doch e lecker Mädsche! Da muss de disch doch nit für schäme. Un och nit verstecke!«, Hanni seufzte. »Isch muss jonn«, sie tätschelte ihren Bauch. »Hiermit bin isch nit so schnell.«

Bettwäsche, Unterwäsche, Handtücher. Zwei Hosen, zwei Blusen, eine Jacke, zwei Pullover. Viel Platz war noch im Koffer. Meine Reclam-Hefte, Das *Einmaleins des guten Tons*, Steinebuch und Pflanzenbuch, *Scivias*. Kayser, Staiger, Böckmann, Tschirch. Endlich würde ich auch die Seminare des Altgermanisten besuchen können, die er samstagsmorgens um sieben abhielt; eine Abschreckung, die dennoch nur leidlich funktionierte.

Zwischen Laken und Kissenbezug bettete ich das Großvaterkästchen. Aus der frisch aufgetragenen Goldbronze – das hatte die Großmutter sich nicht nehmen lassen – blitzten die bunten Scherben. Wie hatte der Großvater gesagt: Un wenn wat kaputt jeht, kann mer auch daraus noch wat machen. Dann die Steine. Aniana, Mohren, Rosenbaum, Kreuzkamp, alle Schutzengel nahm ich mit. Bertrams Lachstein. Den Speckstein. Die versteinerte Schuppe. Den Großvaterstein, meinen Namensstein. Unversehrt, golden: Hildegard Palm. Dazu Kreuzkamps Zettel, den er mir vor Jahren zugesteckt hatte, nach meiner Zeit auf der Pappenfabrik: »Dem Sieger will ich das verborgene Brot geben; auch einen weißen Stein will ich ihm geben und auf dem Stein geschrieben einen neuen Namen, den niemand kennt, als der, der ihn empfängt.«

In einem schallenden Schluckauf verkrümmten sich Stein und Weissagung zu einem neuen Namen: Hilla Selberschuld. Hilla invalidus. Hilla kaputt. Amara. Hatte ich wirklich einmal gehofft, alles wird gut? So, wie es mir entfahren war, damals, mit dem Bruder am Rhein. Als Bertram mir einen neuen Stein gegeben hatte. Den Wunschstein. Ich wog die beiden Steine in den Händen, die Augen auf Kreuzkamps Zettel gerichtet. Ich lebte. Hatte überlebt. Ich dachte an Maria. Und legte den Namensstein in den Koffer, steckte den Zettel in *Scivias. Wisse die Wege.* Der Schluckauf verebbte. Ich wischte den schwarzen Fritz am Hosenbein ab, blies der Puppe den Staub vom Kopf wie vor vielen Jahren der Verkäufer auf Schloss Burg, wo der falsche Großvater mir das Negerlein gekauft hatte. Glaubst du wirklich, Kreuzkamp, Gott hätte die Versehrten versehrt, die Kaputten kaputt gemacht, wenn er sie lieber heil gehabt hätte? Unversehrt? Was sollte ich mit einem Buch anfangen, dem so viele Sätze und Seiten fehlten, dass ich es nicht verstand? Ich warf den schwarzen Fritz zu den Unterhosen. Wunder waren etwas für Kinder und Pastoren. Ich wühlte das Großvaterkästchen noch einmal aus dem Bettlaken. Darin die Zettel von Sigismund. »Halb drei am Notstein.« »Nächste Woche *Minna von Barnhelm.*« »Kann heute nicht.« »Träum schön. Bis morgen. Dein Siggi.« Dein Siggi. Dein.

Alles war wieder da, und es war doch weit weg. Wie nie erlebt. Nie von mir erlebt. Kinderkram. Nicht einmal verbrennen mochte ich die Papierchen. Ich spülte sie ins Klo. Aber den rot auf gold geprägten Papierring von einer der letzten Festtagszigarren, die der Großvater geraucht hatte, nahm ich mit. Wie hatte ich es als Kind geliebt, diese Ringe am Finger zu tragen, bis sie zerfledderten. Diesen einen hatte ich aufgehoben, als hätte ich geahnt, dass es mit den Goldringen zu Ende gehen würde, bald niemand mehr Stumpen rauchen würde in der Altstraße 2.

Dann war der Koffer voll, das blau-grüne Schottenkaro beiderseits ausgebeult wie der Bauch unserer Katze kurz vorm Werfen. Kater Paul hatte sich als trächtig entpuppt. Die schönen Steine von Godehard ließ ich in den Schuhkartons im Holzstall liegen.

Wieder standen sie am Törchen und sahen mir nach. Der Vater im Blaumann; unter den Augen Säckchen faltiger müder Haut. Die Großmutter in ihrer dunkelblauen Arbeitsschürze, grau verfärbt vom Staub der Kartoffeln. Die Mutter, beide Fäuste in den Taschen ihrer Kittelschürze vergraben. »Sach nix dem Papa«, hatte sie mir einen Geldschein zugesteckt.

Bertram fuhr mit; er trug den Koffer.

Es war ein Abschied wie keiner zuvor. Tief in den Augen des Vaters sah ich die Sehnsucht, mit mir in den Zug zu steigen, der Welt entgegen, der Stadt entgegen, raus aus dem Dorf, dem Haus, das die Großmutter ihm noch immer nicht überschrieben hatte. Sein eigener Herr sein. Stadtluft macht frei.

Und da sah die Mutter der Tochter nach und ließ sie laufen, et Kenk, für das sie den Traum einer Kinderschwester geträumt hatte, den Traum einer Heirat mit einem staatse Kääl, Peter Bender, der jet an de Föß hätt. Da ging es dahin, dat dolle Döppe mit den zwei linken Händen, in schäbigen Hosen und Bluse, zwei Nummern zu groß.

Nur die Großmutter winkte mir hinterher, hatte sich sogar ihr Gebiss in den Mund gesteckt für ein zuversichtliches Lächeln. Sie wusste mich geborgen unter Gottes Dach.

»Da kommt schon der Bus, beeil dich«, mahnte Bertram.

»Die Zahnbürste«, ich blieb stehen.

»Die Zahnbürste?«, echote Bertram.

»Vergessen«, ich rannte zurück. »Die Zahnbürste.«

Kopfschüttelnd verschwand die Mutter im Haus, würde dort die Bürste aus dem mit einem grünen Glückskleeblatt verzierten Senfglas am Spülstein greifen. Wortlos kam sie zurück und schob die großzügig in Pergament gewickelte Zahnbürste in meinen Matchbeutel.

»Der Bus!«, schrie Bertram und machte mir aufgeregte Zeichen: »Beeilung!«

Lange noch spürte ich die Hand des Vaters, mit der er die meine umfasst hatte, als besiegele er einen Pakt, spürte ich die trockenen Lippen der Mutter meine Wange streifen, fühlte den harten Daumen der Großmutter, mit dem sie mir ein Kreuz auf die Stirn gedrückt hatte, als drückte sie mir zwanzig Jahre Altstraße 2 noch einmal unter die Haut.

Wir sprachen nicht viel, Bertram und ich.

»Hast du denn auch die Steine mitgenommen?«, fragte er.

Ich nickte.

»Und das Kästchen?«

»Auch. Und das Fritzchen. Alles dabei.« Da lehnte sich Bertram zurück und schloss die Augen.

Es war schön, dass Bertram mit mir fuhr. In die Stadt. Schon in der Bahnhofshalle spürte ich, wie ich mich anders bewegte. Wie wohl ich mich fühlte an Orten wie diesem, wo es für mich und meine Mitmenschen Regeln gibt, denen wir folgen müssen, wo ich allein sein konnte, aber gemeinsam mit anderen. Allein unter anderen einfach eintauchen konnte in diese geschäftige Anonymität, diese Atmosphäre unverbindlicher Freundlichkeit, wo kein Anruf einer Nachbarin mich wie aus dem Hinterhalt treffen konnte: Hilla, is de Mama daheim? Hilla, hier nehm dat der Mama mit. Wo ich nicht um die Ecke biegen musste, um alten Schulfreundinnen zu entgehen, die mir Verlobungs- oder Eheringe präsentieren würden.

»Kuck dir den an«, sagte Bertram, als wir aus dem Bahnhof kamen. Ein Mann stand da mit einem großen Schild: »Höcherl ablösen.« Daneben ein zweiter: »Notstandsgesetze verhindern.« Sie sahen aus wie Zeugen Jehovas, die ein Stück weiter den *Wachturm* hochhielten, wie schon im letzten Semester, Tag für Tag.

»Augenblickschen Frollein«, hielt mich einer der Männer an und drängte mir einen grünen Zettel in die Hand. »Auch Ihr Telefon wird abgehört. Raus mit den Nazis aus unseren Leitungen.«

Ich schmiss den Zettel an der Reibekuchenbude in den Papierkorb zu den fettigen Pappen. »Telefon?«, sagte die Frau neben mir, die ebenfalls das Blatt zerknüllte. »Mir haben kein Telefon.« Ihre Stimme klang aufgebracht, aber auch nachsichtig, verächtlich, als fühlte sie sich dem Mann mit dem Schild unendlich überlegen, sozusagen von Natur aus, wie eine, die das Leben kennt, nicht nur von Zettelchen.

Auf dem Weg zum Dom kamen uns Gestalten entgegen, die bis über den Kopf in Werbetrommeln steckten, eine Vierergruppe, die behauptete: »Troll scheuert und erneuert.« Mit wehendem Schleier ratterte eine Nonne auf einem Moped an uns vorbei. Bertram grinste. »Schad, dass ich keinen Photoapparat bei mir hab. Die wär was für die Oma!«

Wind vom Rhein blies uns ins Gesicht, wirbelte um die Mauern des Doms. »Weißt du noch«, sagte Bertram, »früher dachten wir immer, das ist der Heilige Geist, der Wind, der heult, weil wir nit brav waren.«

»Und die Tauben hätte uns der Heilige Geist geschickt, sozusagen als Pfingstgruß«, ergänzte ich.

»Jedes dritte Los jewinnt!«, schrie ein Losverkäufer der Dombaulotterie, und sein Nebenmann übertrumpfte ihn: »Jottes Segen auf jedem Los!«

Der Wind trieb mir Tränen in die Augen. Ich hielt Bertram mit dem Koffer das Domportal auf.

Vor der Schmuckmadonna nickte er mir aufmunternd zu und zündete zwei Kerzen an. Ich begnügte mich mit einer, rasselte ein GegrüßetseistduMaria herunter und folgte dem Bruder, der beim heiligen Antonius einen Groschen aus der Hosentasche fischte.

Die Orgel setzte ein. Mächtige Akkorde. »Siehst du«, flüsterte Bertram, »der liebe Gott höchstpersönlich bringt dir ein Ständchen.«

»Komm, weg hier«, ergriff ich seinen Arm, als ich merkte, dass er sich setzen und zuhören wollte, und wiederholte schroff: »Komm. Bloß raus hier!« Ließ den verdutzten Bruder stehen und machte lange Schritte zum Portal.

Mit der Straßenbahn fuhren wir bis zum Neumarkt und erreichten bald den viergeschossigen, grauen Neubau.

»Kaserne«, entschied Bertram.

Ich musste ihm recht geben. Zur Kaserne passte die unbehagliche Empfangshalle, passten die vier kantigen schwarzen Ledersessel, der quadratische Glastisch, die Zimmerlinde in der Ecke. Passte der Kommandoton, mit dem uns die Frau an der Pforte empfing. Niemand konnte dieses Haus verlassen, geschweige denn betreten, ohne von ihr einer blitzschnellen Musterung unterzogen zu werden.

»Das ist sie«, konnte ich Bertram gerade noch zuflüstern, da war sie auch schon heraus aus ihrem Glasverschlag, Fräulein Auguste Oppermann. Eine Person jenseits der besten Jahre, groß, aber nicht dick, von wuchtiger Statur; das melierte Haar straff aus dem noch glatten Gesicht gezogen, im Nacken zum Knoten gebunden. Herbe, männliche Züge, helle Augen, die, selbst wenn sie einen ansahen, stets auf einen fernen Horizont gerichtet schienen. Das Kleid in vielen dünnen Biesen über den flachen Busen gelegt, darüber ein Kruzifix, wie es die Nonnen im Kloster nicht größer trugen.

»Grüß Gott, das Fräulein Palm«, begrüßte sie mich knapp. »Haben Sie schon erwartet. Und der junge Herr hier...« Fräulein Oppermann ließ den Satz tadelnd ins Leere laufen.

»Mein, mein Bruder«, beeilte ich mich klarzustellen, stotternd und verärgert über mein Stottern, verärgert, dass dieses Fräulein Oppermann ähnliche Gefühle in mir wachzurufen vermochte wie Frau Wachtel oder Frau Wagenstein, dieses unbestimmte Gefühl, etwas schuldig zu sein.

»Der Bruder. Aha. Sie kennen aber die Regeln?«

Bertram hatte sich für unsere Reise seinen einzigen Anzug angezogen. Ein Hemd und die Krawatte vom Vater. Ein junger Mann. So wollte er gesehen werden. Und so sah das Fräulein Oppermann ihn auch. Wobei ihr doch bei allem Misstrauen unsere Ähnlichkeit auffallen musste.

»Ausnahmsweise«, gab sie nach. »Aber ich gehe mit. Weiß ja nicht jeder, dass es der Bruder ist.«

Fräulein Oppermann marschierte voran, so wie vor kurzem, als ich mich hier vorgestellt hatte. Da hatte sie mir gleich hinter der Tür ein schönes, großes Zimmer gezeigt. Die Straßenbahn rumpelte vorbei, Autos holperten über das Katzenkopfpflaster, direkt unterm Fenster. Daran hätte ich mich gewöhnen können. Jedoch: Ein Bett stand an der rechten, ein zweites an der linken Wand.

»Schönes Zimmer, nicht?«, fragte Fräulein Oppermann damals in einem Ton, der keine Widerrede duldete, und ich darauf, meinen ganzen Mut zusammenfassend: »Nein.«

»Wie?« Fräulein Oppermann hielt sich etwas vor die Augen, das ich nur aus alten Romanen kannte, ein Lorgnon, und musterte mich wie eine aufgespießte Spinne. »Nein?«, echote sie langgedehnt. »Und wieso nicht, wenn ich bitten darf?«

»Ich, ich«, jetzt durfte mich mein Mut nicht verlassen, ich musste bitten, fordern, »ich will ein Zimmer für mich allein.«

»So, will sie das.« Fräulein Oppermann legte die Augengläser über dem Kreuz auf der Brust ab. »Will sie das. Das zahlt die Kirche aber nicht. Ein Zweibettzimmer ist natürlich billiger. Schade.« Sie hob die Gläser wieder an die Augen, und ich fühlte mich schrumpfen, austrocknen, Fossil, Versteinerung.

Doch ich hielt dem durchdringenden Blick des Fräuleins stand: »Ein Zimmer für mich allein.«

Daraufhin war Fräulein Oppermann in ihrer Portierskabine verschwunden und hatte telefoniert. Als sie herauskam, ihre hellen Augen wässrig vor Begeisterung, hatte ich gewusst, noch ehe sie den Mund auftat: Es war geschafft.

Meinem »dicke Kopp« verdankte ich, dass Fräulein Auguste Oppermann heute den ganzen Gang entlangmarschierte bis zur letzten Tür.

»Eigentlich«, sagte sie und steckte den Schlüssel ins Schloss, »sollte das mal ein Gepäckraum werden.«

Fräulein Oppermann öffnete und trat zurück. »Nun, ich lasse Sie beide hier allein. Machen Sie es sich gemütlich.«

Ihre Ledersohlen verhallten, als habe sie es eilig davonzukommen.

Bertram, mit dem Koffer, ging voran. Ich trat hinter ihn. Nebeneinanderstehen konnte man nicht. Vor dem Fenster, schmal und fast unter der Decke wie in den Gastarbeiterbaracken, stand ein Schreibtisch, davor ein Stuhl. Links an der Wand ein schmales Bett, tagsüber als Sofa zu benutzen, an der Wand gegenüber ein Kleiderschrank, daneben ein niedriges Regal mit zwei Fächern. Neben der Tür ein Waschbecken, über der Tür das Kruzifix.

Bertram hob den Koffer auf die Liege. »Nicht viel größer als der Holzstall«, konstatierte er knapp. »Aber alles da, was du brauchst.«

Und für mich. Ganz allein für mich. Vorsichtig, als sei nicht sicher, dass der Stuhl vorm Tisch auch wirklich aus wirklichem Holz war, ließ ich mich auf seiner Kante nieder. Bertram setzte sich neben den Koffer.

»Soll ich dir beim Auspacken helfen?«, fragte er.

Ich knipste die Schreibtischlampe an und wieder aus, zog die Schublade auf und zu. Durch das schmale Fenster brach die Sonne einen Lichtsteig über Tischplatte und schwarzgrau gefleckten Kunststoffboden, dem Bruder direkt auf die Schuhe.

»Das bisschen Zeug«, sagte ich. »Das mach ich schon. Komm, ich bring dich zum Zug. Wir gehen zu Fuß.«

Unsere Einkaufsfahrten mit Mutter und Tante hatten immer am Neumarkt geendet. Dom, Hohe Straße, Schildergasse mit Kaufhof, C&A und Hertie am Neumarkt waren unsere Stationen, letztere nur, wenn eine der Cousinen dabei war.

»Warst du hier eigentlich schon mal am Rhein?«, schrie ich gegen das Rasseln der Straßenbahn.

»Voriges Jahr.« Bertram riss sich die Krawatte vom Hals und steckte sie in die Hosentasche. »Mit der Klasse.«

»Ich noch nie. Den Kölner Rhein kenn ich nur von der Hohenzollernbrücke her. Aus dem Zug. Has de Lust?«

»Immer!«

Wir überquerten den Neumarkt, bogen in die Schildergasse ein.

»Seit wann fahren denn hier keine Autos mehr?«, stutzte Bertram.

»Seit diesem Jahr. Erste Fußgängerzone Kölns«, erwiderte ich, schon ganz großstädtisch.

»Also per pedes wie die alten Römer«, feixte Bertram. »Die sind hier auch schon rumgelaufen. Und die Ubier. Die durften hier mit römischer Erlaubnis siedeln. Caesar höchstpersönlich hat ihnen das erlaubt. Und sein Heerführer Agrippa hatte den Auftrag, um die Wohnungen der Ubier gemeinsam mit denen und römischen Soldaten einen Wall zu bauen. Schutz für das Oppidum Ubiorum, den Ort der Ubier. Und dieses Oppidum war hier.«

»Mensch, Bertram«, staunte ich, »das hast du aber parat! Alle Achtung! Dann hieß dieser Fleck hier erst einmal Oppidum Ubiorum? Woher weißt du das alles?«

»Klassenfahrt«, sagte Bertram. »War Voraussetzung. Willst du noch mehr hören?«

»Na klar! Und wie wurde daraus Köln? Erst doch mal Colonia. Oder?«

»Also«, Bertram schnaufte, und ich wusste, er kam in Fahrt. »Eines Tages hat die Frau des damaligen römischen Kaisers Claudius ihren Mann gebeten, in dem schönen Ubierort am Rhein eine Siedlung für alte Soldaten, verdiente Veteranen, errichten zu lassen. Diese Frau hieß Agrippina.«

»Agrippina?«, unterbrach ich Bertram. »War das nicht die Mutter von Nero?«

»Ja, ja«, bestätigte Bertram unwillig. »Das auch. Soll ich nun erzählen oder du? Also: Und weil die Gegend so schön war, zogen immer mehr Römer hierher. Und aus dem Ubierort wurde eine kleine Stadt. Der Wall wurde durch eine Mauer mit Türmen und Toren ersetzt, und die Leute, die hier wohnten, nannten sich zu Ehren der Kaiserin: Agrippinenser. Und weil es hier schon seit längerer Zeit einen Altar für die römischen Götter gab, bekam die Stadt den Namen Colonia Claudia Ara Agrippinensium. Das heißt?« Bertram gab mir einen Rippenstoß.

»Kolonie des Claudius und Opferstätte der Agrippinenser. Und aus diesem Bandwurm machte man dann Colonia, sprich: Köln.«

»Korrekt!«, lobte der Bruder. »Und Hohe Straße und Schildergasse war die Hauptachse dieser Colonia.«

Wir hatten den Dom erreicht und stiegen die Treppe zur Terrasse hinauf. Bertram sah sich suchend um. »Da«, sagte er und deutete auf einen steinernen Torbogen, »das ist ein Seitenteil des Nordtores, das zur Römerzeit hier gestanden hat. Auf der Tafel da unten an der Treppe kannst du sehen, wie die ganze Anlage mit allen Toren und Türmen einmal ausgesehen hat. Hier war die Stadt schon wieder zu Ende. Wir haben gerade das gesamte römische Köln durchquert.«

»Aber im Rhing haben die sich doch auch schon die Füße gekühlt, was meinst du? Im Rhenus.«

Es gefiel mir, dem Bruder zuzuhören, der vertrauten Stimme mit den vertrauenswürdigen Tatsachen.

»Und ob«, erwiderte der, »die hatten ja auch in Deutz noch ein Kastell. Op dr schäl Sick. Sogar eine Brücke haben die dort über den Rhein gebaut. Unglaublich, was die konnten. Als die Brücke zerstört wurde, hat es fast tausendfünfhundert Jahre gedauert, bis Köln wieder eine feste Brücke bekam. Und dann die Wasserleitung aus der Eifel! Beinah hundert Kilometer lang! Und dann die...«

Nach und nach ließ ich Bertrams Stimme mit Gesprächsfetzen vorüberschlendernder Passanten ineinanderfließen, mit dem Rauschen von Reifen auf dem Asphalt, Fahrradklingeln, einer Drehorgel, deren Versicherung »isch möösch ze Foß noh Kölle jonn« noch zu hören war, als wir schon das erste Tuten eines Dampfers vernahmen. Und dann stand ich ihm zum ersten Mal Auge in Auge gegenüber: dem kölschen Rhein.

In Dondorf konnte ich ihn riechen, den Rhein, längst bevor ich ihn sah. An regnerischen Tagen trug der Westwind den Geruch von Algen und Laich, mitunter auch von Diesel, der sich im Herbst mit Kohl und Porree mischte, über den Damm und die Auen bis an den Kirchberg hinaus. Der Rhein in Dondorf roch nach Abschied und Sehnsucht. Sehnsucht nach Rotterdam, dem Meer. Keine Burgen, keine Berge. Rüben statt Reben. An den Ufern Weiden, Pappeln, Schilf, ein Kirchturm, ein Fabrikschornstein von weitem. Unberühmt und unbesungen, heruntergekommen vom Siebengebirge und der großen Stadt Köln: der Dondorfer Rhein. Wer hätte je einen Vers auf Porree-, Kohl- und Rübenfelder gemacht, Pappeln und Kopfweiden, Kribben, Kiesel, Schlick und Mulm gepriesen?

Nichts braust, nichts dräut, nichts säuselt, bezaubert, betört. Ruhig dehnt sich der Rhein in seinem Bett, beruhigt die Augen, das Herz, die Gedanken. Nichts Besonderes bietet der Dondorfer Rhein, er ist gewöhnlich im besten Sinne des Wortes, das Gewohnte, Bequeme, Angemessene. Ein Rhein für kleine Leute, einer der maßhält, behäbig dahinfließt, mit sich selbst zufrieden, keinen beeindrucken will, kleinbürgerlich, mit naher Verwandtschaft zu schwerer Arbeit. Kein Rhein für Lieder und Schunkelfahrten, kein Hintergrund für Übermut und romantische Abenteuer. Keine wein-, weib- und gesangsselige Gegend, wo die Munterkeit – auch die verkaufte – gedeiht, wo ihm Städtchen wie Rüdesheim, Boppard, St. Goar zu Füßen liegen, alljährliches Ziel der Betriebsausflüge des Vaters. Aber Platz genug, um einmal im Frühjahr über die Stränge zu schlagen, auch das in aller Bescheidenheit, da man ihm Raum lässt bis weit in die Auen hinein.

Keine Romantik. Keine Dramatik, vielmehr Fleiß und Zielstrebigkeit. Ein bescheidener Strom? Ja. Bescheiden und zum Bescheiden verlockend; ein Ort für Frauen in Kitteln und Schürzen und für Männer im Blaumann, die hier, wo sie der vertraute Geruch nach Maschinenöl und Lauge wieder einholt, ihren steifen Sonntagsstaat spazierentragen.

Nichts, was am Dondorfer Rhein den Blick gebannt, gefesselt hätte. Wer hier Schönheit suchte, musste genau hinsehen. Gründlich. Sich hinabbeugen zu den Herzkapselsamen des

Zittergrases, dem Strahlenkopf des Löwenzahns, zu den Klöppeln der Glockenblume, der Schnute vom Knabenkraut. Nichts für schnelle, über alles hinweggleitende Augen. Hinsehen und Hineinsehen: Buchstaben und Geschichten in belesene Steine, böse Gesichter in bösen Stein, Wünsche und Wollen in magische Kiesel. Die Lieder des Schilfs in der Wiege der Luft. Das Läuten von Glocken, Tau und Insekten. Das Unscheinbare zum Scheinen bringen, das Stumpfe zum Leuchten: Das lehrte mich in Dondorf der Rhein.

Und nicht nur das. Gerade weil nichts da war, was festhielt, überwältigte, regte der Rhein auch zum Träumen an, zum Sehnen, Wegsehnen mit dem Strom, ins Weite, ins Ferne. Weg von denen, die es nicht wagten, sich wegzuträumen, wegzudenken, wegzugehen. Diese Landschaft ließ mir Raum; wann immer mir die Dondorfer Wirklichkeit nicht genügte, konnten die Blicke schweifen, die Augen wandern mit den Pappelsamen, nichts, was Augen und Gedanken begrenzte, als der Himmel über mir, gestirnt in der Nacht, waschblau im Sommer wie der Mantel der Madonna.

Hinsehen, hineinsehen, weitersehen, sich seine Überraschungen selbst zu bereiten: Das lehrten mich meine Jahre in Dondorf am Rhein.

»Da ist der Rhein zu Hause aber schöner! He, wo bist du mit deinen Gedanken?« Bertram stupste mich unsanft in die Rippen.

Ich schnupperte. Dieser Rhein roch nach Teer, Maschinenöl, Rost, nach Asphalt und nassem Mauerwerk. Roch nach denen, die ihn gezähmt hatten. Der rollende Donner eines Güterzugs auf der Hohenzollernbrücke erstickte das Tuckern der Schleppkähne, das Tuten der Ausflugsdampfer; steinerne Ufer, Kais und Brückenrampen wiesen den Strom in die Schranken. Auf der anderen Seite die roten Klinker der Deutzer Messe. Wiesen, Weiden, ein paar Pappeln sahen abgenutzt aus. Dieser Rhein musste sich einiges gefallen lassen.

Mein Dondorfer Rhein hatte nichts zu verlieren. Seine Ufer unangetastet wie vor Jahrhunderten. Wer kein Gesicht zu verlieren hat, kann es leicht bewahren. Doch wo immer der Rhein auf die Zivilisation stieß, war es ein Zusammenstoß, den er verlieren musste. Er musste klein beigeben.

»Tja«, erwiderte ich, »die Konkurrenz hier ist gewaltig. Bei uns ist der Rhein sozusagen König. Alleinherrscher. Er triumphiert über Dondorf und weit über Dondorf hinaus. Bei uns lässt man den Rhein in Ruhe. Hier rückt die ganze Stadt dem Rhein auf die Pelle, aber...«

»Hier?«, schnitt mir Bertram das Wort ab. »Der arme Vater Rhein sieht ja aus, als steckte er in zu kleinen Schuhen.«

»Naja, aber doch schön verziert, die Schuhe«, nahm ich Bertrams Bild auf. »Gotisch-elegant: der Dom. Romanisch-standfest: die Kirche da hinten. Und die Altstadt ist doch auch schön bunt«, suchte ich ihn zu beruhigen. Doch ich musste ihm recht geben. Der Kölner Rhein war berühmt. Aber um einen hohen Preis. Er war Knecht. Er diente. War vor allem Straße. Eine Straße neben anderen. Und Sehenswürdigkeit. Eine neben anderen. Die ganze Stadt machte dem Strom den Rang streitig. Dieser Rhein war nicht der meine. Jedenfalls noch nicht.

»Hier muss de deine Boochsteen selber mitbringen«, sagte Bertram.

»Und die Wutsteine auch«, fügte ich schnell hinzu. »Und die Lachsteine.«

»Da«, der Bruder nestelte etwas aus seiner Hosentasche. »Ein Willstein. Echt Dondorf. Mit Garantie.«

Warm und glatt lag der Stein in meiner Hand.

»Nun kuck ihn dir doch auch an!«

Es war ein Kiesel, oval, weiß, von tausend schwarzen und roten Fäden durchzogen. Darauf mit Goldbronze, ganz so, wie auf dem Stein des Großvaters mein Name: Hildegard Palm. Mit einem »Prof.« davor.

»Laborabo«, versprach ich und ließ das steinerne Orakel in den verbeulten Tiefen meiner Hose verschwinden.

»Laborabimus«, grinste Bertram. »Et orabo. Arbeiten und beten.«

»Amen.« Ich deutete auf die Türme des Doms. »Da kanns de mehr Buch-, Wut-, Lach- und Willsteine sehen, als ich jemals lesen, versenken und erfüllen kann.«

»Stimmt«, bekräftigte Bertram. »Und wenn man dann noch bedenkt, wie lange die Kölner daran gebaut haben!«

»Aber sie haben nie aufgegeben«, sagte ich, »jahrhundertelang Ruine, aber immer im Auge behalten. Und jetzt: fertig!«

»Jedenfalls beinahe«, Bertram zeigte auf das Gerüst über dem Südportal. »Irgendetwas gibt er den Kölnern immer zu tun. Und überhaupt: ein für allemal richtig fertig? Wär doch langweilig. Wenn de alles has, wat de wills, bis de tot.«

»Na, hör mal«, ich gab ihm einen Rippenstoß, »in dir steckt ja nicht nur ein Historiker, sondern auch noch ein Philosoph! Philosoph! Wär das nicht auch etwas zum Wünschen?«

»Nä«, sagte Bertram entschieden und deutete auf einen Softeisautomaten, »ein Eis wär mir lieber.«

»Aber nicht hier«, ich zupfte den Bruder am Ärmel fort, »da weiß ich was Besseres. Komm.«

»Wohin denn«, maulte Bertram mit verdrossen-sehnsüchtigem Blick auf den Automaten.

»Lass dich überraschen. Ist nicht weit.«

Wir gingen den Weg zurück, den wir gekommen waren, Heumarkt, Salzgasse, am Gürzenich vorbei zur Hohe Straße, wo die Menschen sich in einer Schlucht aus Licht und Schatten hinauf- und hinunterbewegten. Die einen mit Aktentaschen unterm männlichen Arm, die anderen Einkaufsnetze, Tragetüten von Kaufhof oder C&A in der weiblichen Hand, alle hatten es eilig, nach Hause zu kommen und drängelten durch die träge Menge von Müßiggängern, die schon in Feierabendstimmung vor den Schaufenstern bummelten.

»Mensch, Meyer!«, feixte Bertram. »Das wär was für die Tante. Die würd hier Dampf machen.«

»Kütt drop an«, erwiderte ich, »ob sie's eilig hat oder nicht.«

»Die steht doch immer unter Strom«, gab Bertram zurück. »Oder hast du die schon mal gemütlich gesehen? So richtig

entspannt.« Bertram knickte in die Knie und machte mit schlackernden Armen ein paar Schritte.
»Stopp!«, rief ich. »Hier sind wir!«
»Hier?« Bertram sah sich suchend um. Neben Glockenschuh und Mouson Lavendel ein schwungvoller rosa Neonschriftzug: Campi.
»Hier«, bestätigte ich und schob mit einer Bewegung, die, wie ich hoffte, weltstädtisch und gelassen aussah, den Bambusvorhang hinter der offenen Glastür beiseite. Immer wieder hatte ich den Namen dieses Eiscafés aufgeschnappt, wenn Kommilitonen sich verabredeten.
Bertram pfiff anerkennend durch die Zähne. »Sieht aus wie in Italien.«
»Woher willst du das denn wissen?«
»Glotze«, sagte Bertram übermütig. »Was denkst du denn?«
Ein schmaler, langer Raum, Eistheke vorn und blitzende Espressomaschinen, an der Wand entlang eine Bank, davor winzige runde Tische mit noch winzigeren plastikrot gepolsterten Stühlchen auf staksigen Chrombeinchen. Tulpenförmige Lampen bildeten zwei schnurgerade Reihen sonnengelber Kreise. Gegenüber der Theke eine Treppe nach oben. Neben der Theke an der Kasse zählte ein drahtiger, braungebrannter Mann mit hoher, starrer Bürstenfrisur Geldscheine. Sein Gesichtsausdruck entrückt und konzentriert.
Nuss, Vanille, Schoko, Erdbeere, Zitrone, Banane, Krokant. Bertram war vor der Theke stehen geblieben und sah fasziniert zu, wie der braunhäutige Junge, kaum älter als er, die frostig überhauchten Halbkugeln der blanken Eiszange aufschnappen ließ, in eine der Mulden senkte, darin herumrührte und sie, geschlossen und gespickt mit klebrigen Batzen, wieder herauszog. Süßer Überschuss, den er, je nach Lust und Gnade, entweder am Rande der Mulde oder zur Freude des Empfängers auf der Eiswaffel abstrich, bevor er die Zange spreizte, den Inhalt in die Höhlung des knusprigen Tütchens presste und dann Kugel auf Kugel übereinandertürmte. Ab

fünf Kugeln, fünfzig Pfennig, gab es einen Becher mit Plastiklöffel. Zum Mitnehmen.

»Komm schon«, ich griff Bertrams Hand und zog ihn vorwärts, vorbei an der langen, mit Spiegelglas besetzten Bar; hinten auf der Bank gab es noch zwei freie Plätze. Oben zu sitzen, auch das wusste ich von den Kommilitonen, war etwas für alte Tanten. Das, wofür das Campi berühmt war, die Musik, hörte man am besten hier unten, wo auf einer vorzüglichen HiFi-Anlage der Chef selbst, wenn er nicht gerade Geld zählte, die neuesten Jazz-LPs auflegte. »Softly, as in a morning sunrise«, hüllte uns ein, Kaffeeduft wie nach verkohltem Holz, Nebelbänke von Rauchschwaden, je weiter man in den Schlauch vordrang. Senoussi-Schachteln, Roth-Händle, Gauloises lagen neben übervollen Aschenbechern. Schräg vor uns holte ein Mädchen ein flaches silbernes Etui aus einer weißledernen Handtasche. Kaum hielt sie die Zigarette zwischen Daumen und Zeigefinger, beugte sich ein junger Mann zu ihr herüber und ließ ein goldenes Feuerzeug aufspringen. »Gestatten?«, hörte ich. Das Mädchen lachte und nickte. Genau wie in Fellinis 8½. Die verbrauchte Luft roch nicht länger verraucht; verrucht roch sie, nach Abenteuer und wahrem Leben, dem ich aus sicherer Entfernung zuschauen konnte. Dabei sein, ohne mitzuspielen. Ich streckte die Beine aus. Sah, wie am Nebentisch eine Frau nach dem Kellner winkte und ahmte ihre Geste wie ein Schauspielschüler nach.

»Prego, Signorina«, tänzelte ein Kellner herbei, weißes Hemd, offener Kragen, die Ärmel lässig gekrempelt, an dünnem Goldkettchen ein Medaillon um den braungebrannten Hals. Gleich würde er eine runde Noppenbürste zwischen Mittel- und Ringfinger halten, mir durch die Haare fahren, wieder und wieder, wie vor Jahren Federico am Rhein.

»Prego, Signorina«, lächelte er mich mit schönen, starken Zähnen an, dass ich erschreckt zurückwich, worauf er, »piccola Signorina, non paura«, die Lippen noch weiter auseinanderzog und die Hände beschwichtigend auf- und abbewegte.

»Schoko, Erdbeere und Zitrone«, brachte mich die Stimme des Bruders zurück ins Eiscafé Campi, und ich setzte mich gerade und bestellte meinen ersten italienischen Kaffee: »Un Cappuccio, bitte.« Worauf der Kellner »Grazie, subito« flötete, in einem Ton, als hätte er bei Onkel Lou den Großen Preis gewonnen.
»Cappuccio?«, forschte Bertram. »Seit wann das denn?«
»Seit gerade.« Ich schlug die Beine übereinander und streckte sie wieder aus, unter diesem Tisch für alle und jeden. Wie viele vor mir mochten ihre Beine genau so ausgestreckt haben, wie viele nach mir würden es tun. Egal. Jetzt war ich dran. Was ich am Kölner Rhein nicht gefunden hatte, das Gefühl, richtig zu sein, das Gefühl der Großvaterweide, hier im Trubel des Cafés begann ich zu ahnen: Ich würde es wiederfinden. Überall da, wo ich dabei sein konnte, ohne dazugehören zu müssen, mich entscheiden oder beweisen zu müssen.

Bertram schob den vollen Aschenbecher von sich zu mir herüber, reckte den Hals nach der Eistheke und trommelte ungeduldig auf der Tischplatte. »Prego, Signore, prego, Signorina«, stellte der Kellner Eisbecher und Cappuccio vor uns ab und ließ den vollen Aschenbecher leichthin verschwinden. Signorina. Wie das klang. Hildegard Palm, sogar Hilla Selberschuld gingen in diesem Silbenschmelz unter und erstanden als lockende Schönheit wieder auf. Dazu der bittere heiße Schluck, dieser südlich befeuerte Verwandte von Großmutter- und Tantenkaffee.

»Was lachs de? Mensch, du lachst ja wieder! Siehs de, der Lachstein wirkt doch noch!« Bertram sah mich forschend an und ruckelte auf seinem Platz hin und her. »Locker«, stellte er fest, »der Sitz hier kippt bald aus der Wand.«

»Ich denk gerade an die Tante. Wenn die hier einen Kaffee bestellt und einen Cappuccio kriegt. Da wär was los!«

»Stimmt. Aber das Eis hier. Doch was anderes als in Dondorf.«

»Willst du noch eins?«

Bertram hatte die Anzugjacke ausgezogen und die Ärmel seines hellblauen, seines besten Hemdes aufgekrempelt wie unser Kellner. Doch anders als dieser flotte Bursche sah der Bruder unbeholfen und befangen aus. Mit langer Zunge leckte er das spatenförmige Löffelchen ab und schluckte, wobei sein Adamsapfel den dünnen Jungenhals hinauf- und hinabfuhr. Schwer und fremd lag mir der Cappuccio im Magen. Mein Herz klopfte schneller, stolperte. Wenn wir aufbrachen von hier, würde ich den Bruder an den Zug bringen. Bringen müssen.

»Noch eins? Kannst du dir das denn leisten?« Bertram sah auf die Uhr. »Es wird ja auch schon spät.«

»Kütt drop an«, erwiderte ich. »›Die Zeit geht nicht, / Sie stehet still, / Wir ziehen durch sie hin; / Sie ist ein Karawanserei, / Wir sind die Pilger drin.‹ Aber du hast recht«, seufzte ich. »Es wird Zeit.«

»Gut, dass du deine Dichter doch nicht ganz vergessen hast! Vielleicht triffst du ja auch den Godehard noch mal wieder. Hier in Kölle.« Bertram zog sich seine Anzugjacke über. »Mir müsse!«

»Ach, Bertram«, seufzte ich, »der ist doch sicher längst fertig. In Guatemala oder Andalusien. Steineklopfen.« Aus den Augenwinkeln hatte ich beobachtet, wie die Leute, meist Männer, beide Hände in die Luft hoben, die eine gerade hielten wie eine Tafel, mit der anderen so taten, als schrieben sie darauf, was die Kellner zum Kassieren bewegte. Ich probierte es aus, sehr zum Vergnügen Bertrams; es funktionierte. Wieder zeigte mir der Kellner seine schönen weißen Zähne, und diesmal gab ihm Signorina stud. phil. Hilla Palm sein Lächeln zurück, als stünde es ihr schon zu.

Draußen schnüffelte Bertram naserümpfend an mir herum; Zigarettenrauch hing uns in Kleidern, Haut und Haaren. Mich trugen der Geruch und der schwarzsüße Cappuccio, trug Signorina, grazie, buona sera, noch ein Stück weit die Hohe Straße hinunter, die nun von Schatten und erster Septemberkühle gefüllt war. Als der Dom vor uns aufwuchs, kroch Hilla Palm wieder hinterrücks in mich hinein. Ein schwarzer Pudel fuhr uns zwischen die Beine, die Nase am Boden suchte er die Spur seines Frauchens. Vom Rheinufer Polizeisirenen.

Ich kramte nach den Pfefferminzpastillen. »Hier«, sagte ich und hielt sie Bertram hin. »Von der Mama.« Vorm Dom drehten die Losverkäufer noch immer ihre Trommeln, fette Kisten in Mengen seien da noch drin, schrien sie, und wir zogen mit Blick auf ein schickes blau-weißes Ford-Cabrio eine Niete.

»Rievkooche?«, stupste ich den Bruder im Vorübergehen an der Bude in die Rippen, aber der klopfte sich auf den Bauch: »Da verderb ich mir ja das ganze gelato.«

Hinter den hohen Glasfenstern der Bahnhofshalle staute sich die Wärme eines sonnigen Herbsttages. Lärm schlug uns entgegen, Getöse bis unter die gewölbte Schalendecke, wo sich die unterschiedlichsten Laute zu einem Brei zu verbinden schienen, der Blasen warf, die zerplatzten und die Wortschälle zurückwarfen auf den steinernen Boden und wieder hinauf, bis sie in Schüben nach draußen entweichen konnten, wenn jemand hinausging, jemand hineinkam, so wie wir, die wir unsere Stimmen in das Gewirr der anderen mischten.

In der Halle spielte sich ein Leben ab, fast wie draußen, eine Stadt en miniature. Kneipen gab es, ein Hotel, Restaurant, Bäckerei, Drogerie, Apotheke, die Post, WC, Telefone. Bücher und Blumen. Andenken. Einen Friseur. Gedrängter, geballter, wie die Summe des Lebens draußen, kreiselte es hier, Ankunft und Aufbruch und dazwischen Brötchen mit Bockwurst und Kölsch. Frauen in blauen Kitteln fuhren mit meterbreiten Besen nach Staub und Kippen zwischen die geduldigen Beine der Reisenden und Streuner. Auch die waren hier. Im Bahnhof hat jeder ein Dach überm Kopf, und man ist nie allein.

Eine Gruppe italienischer Gastarbeiter schlenderte von dem Blumenstand rechts vom Eingang hinüber zum Buchladen links und wieder zurück; mag sein, sie fühlten sich an diesem Ort näher an Zuhause, Roma Termini, Napoli, Palermo. Nur einsteigen müssten sie. Tun sie aber nicht, dürfen ja nicht, noch nicht, also gehen und stehen sie herum und sparen. Reden, lachen, sind sich selbst genug in ihrer heimatlichen Gesellschaft.

Doch die Zeit stand nicht still, und wir gingen durch sie hin zum Automaten, der mir die Bahnsteigkarte herausrasselte, der Kontrolleur lochte sie, lochte die Fahrkarte des Bruders.

Auf den Bahnsteigen mischten sich Räderlärm, Gleisrattern, Schaffnergeschrei, Gepäckwagen quietschten, hin und wieder eine Ansage von hohler Lautsprecherstimme, von Zeit zu Zeit durchschnitten von einem heulenden Pfiff, der ohrenbetäubend für Sekunden Stille vortäuschte, die sogleich von noch stärkerem Lärm erstickt wurde. Auf unserem Gleis, Gleis 1 für die Züge Richtung Düsseldorf, kam eine Lokomotive fauchend zum Stehen.

»Weißt du noch«, Bertram wies auf die dichten Rauchschwaden aus dem Schornstein, »wie du geschrien hast, als du die erste Lok gesehen hast? Du dachtest, da sitzt ein Riese drin, der keine Luft kriegt und raus will, um zu fressen. Menschenfleisch. Und natürlich dich.«

»Ja, aber sieh mal hin! Das sieht doch wirklich so aus, als käme der bei jedem Puff mit dem Kopf raus, immer größer. Bis er zerreißt.«

Doch Bertrams Aufmerksamkeit wurde von einer Gruppe gefesselt, die, offenbar beschwipst von einer Familienfeier, ein gewisses Jüppsche an den Zug brachte.

»Jüppsche, has de denn auch noch in dr Tasch, wat dir dat Lispeth jejeben hat!«, machte sich eine blonde Mittvierzigerin am Sakko eines beleibten Mannes zu schaffen, der wie ertappt in seine Hosentasche fuhr und nickte, worauf die Gruppe schallend lachte und Jüppsche in den Zug stieg. Gleich darauf ging das Fenster in seinem Abteil herunter, und der Abschied konnte mit verstärkter Stimmkraft fortgesetzt werden.

»Zeisch et aber nit der Mama!«, schrie die Blonde ins Gelächter der Gruppe und das blöde Gesicht des Jüppsche, der sich die Hand hinters hochrote Ohr legte: »Wie bitte? Versteh nix!«

»Nix dä Mama!« Die Blonde hatte mit beiden Händen einen Schalltrichter gebildet und bemühte sich, über den Lärm hinwegzubrüllen. Auf dem Gleis nebenan ein Güterzug, das endlose, rüstige Klacketiklack seiner Räder.

Ein Mann aus der Gruppe flüsterte nun einer Frau etwas ins Ohr, worauf die, eine Hand zwischen die Beine geklemmt, herumhüpfte und rausprustete: »Nä! Nä!« Was den Mann aber nicht davon abhielt, durch seine Hände vorm Mund ins Abteil zu schreien: »Sach dem Onkel Willi, er soll seine...«

»Wat? Versteh nix! Lauter!« Jüppsche hängte sein Ohr am weit vorgestreckten Oberkörper aus dem Abteil.

»Sach däm Ong-kel, he soll die Doppel-ripp...«

»Nä, nä«, japste die Frau und versuchte, dem Redenden den Mund zuzuhalten.

»...die dicke, wo dat Erna däm e Häz reinjestickt hat!«, brachte der Mann seine Mission zu Ende. Die Männer aus der Gruppe grölten, die Frauen kreischten und quietschen »Nä, nä!« und trippelten mit gekreuzten Beinen auf der Stelle.

»Jüppsche! Scham disch!«

»Dä hätt et Häz en dr Botz!«

»Im Deckschlitz!«

Das Gelächter hatte kaum ein wenig nachgelassen, als sich eine der Frauen die Augen wischte: »Un sach dem Lispeth...«, die Stimme blieb weg, die Frau quiekte und wischte sich die Augen.

»Wat dann?«, rief der Fahrgast.

»Sach ihr...« Lachen erstickte die Stimme abermals, krümmte die Frau wie unter Schlägen zusammen.

»Ja, nu kall doch!«, schrie der im Abteil. »Wat soll isch sagen?«

»Dat et vun mir dat Rezept für dä Opjesetze kritt!« Ein Rezept für Likör? Die Frau kreischte die Worte aus sich heraus, als seien es ihre letzten. Und wirklich. Es war das Letzte, was Bertram und ich, was alle Umstehenden, die aus unfreiwilligen zu immer willigeren Zuhörern geworden waren, von der lustigen Truppe vernahmen. Die bloße Erwähnung des Rezepts von Opjesetztem brachte eine Wirkung hervor, als hätte man diesen nicht gläschen-, sondern flaschenweise genossen. Brüllendes Gelächter übertönte die Lautsprecheransage, die zum Einsteigen mahnte, die Frauen piepsten und schnappten nach Luft, bis schließlich aus den aufgesperrten Mündern nur noch matte, halb erstickte Keuch-, Japs- und Röchellaute kamen, der rheinische Heiterkeitskrampf in hilflosen Schlucksern verebbte und die Taschentücher, feucht von fröhlichen Tränen, gezückt werden mussten, um Jüppsche hinterherzuwinken.

Schnaubend setzte sich der Zug, setzten sich Jüppsche und der gefangene Riese in Bewegung, eine Kette sonderbarster Köpfe zurücklassend.

»Mannomann«, grinste Bertram, »die haben wohl alle ne Lachstein verschluckt.«

»Nä, die brauchen so was nicht.« Was ich gesehen und gehört hatte, war mir von Familienfesten zu Hause vertraut. Doch vor dieser fremden Kulisse gewann die Szene, gewann jedes Wort eine zusätzliche Bedeutung, so, wie hinter dem gerade gelernten Fremdwort das vertraute Wort der Muttersprache eine neue Färbung gewinnt. Es war die Farbe des Abschieds.

Bertrams Stimme und meine wurden von immer mehr Abschied immer leiser. Den Atem anhalten, die Zeit, den Abschied. Wir sind die Pilger drin.

Bertram fragte, was das Zimmer denn koste, und ich sagte, die Hälfte bezahlt die Kirche.

Auf dem Bahnsteig wehte der Wind fast wie um den Dom, Wind vom Rhein, vom Rhein, der von hier nach Dondorf floss, dem Bruder voran. Wie schnell floss der Rhein? Würde das Wasser, das wir gemeinsam gesehen hatten, vor ihm da sein oder später?

»An Gleis 1 hat Einfahrt: Nahverkehrszug von Bonn nach Düsseldorf mit Halt in Köln-Deutz, Köln-Mülheim, Langenhusen-Riesdorf, Langenhusen-Ruppersteg, Großenfeld«, leierte die Lautsprecherstimme die Stationen herunter.

Ein Arbeiter im Blaumann mit einem Eimer, vermutlich Schmieröl, ging am Zug entlang, bückte sich prüfend nach den Rädern und klopfte hier und da mit einem Schraubenschlüssel, fuhr mit einer Quaste über Schrauben, Ketten und Naben der hohen gusseisernen Räder. »Lommer jonn«, knuffte mich Bertram in die Rippen, »und denk dran: De Trone, die de lachs, muss de nit kriesche.*« Und wir schworen uns noch einmal amo, amas, amat. Der Zug war nicht sehr voll. Pendler und Einkäuferinnen waren schon zu Hause. Bertram stand im Abteilfenster wie dat Jüppsche zuvor, und ich reichte ihm eine Pfefferminzpastille nach oben. Dann ging der Mann mit der roten Mütze den Zug entlang, warf eine Tür nach der anderen ins Schloss, hob die Kelle, und diesmal galt sein Pfeifen uns. Ich spürte den Pfiff im Innersten meines Körpers.

»Pass auf den Riesen auf!«, schrie Bertram, als der Zug aus der Halle zockelte, ich lief nebenher, dem flatternden, rotkarierten Taschentuch des Großvaters in der Faust des Bruders hinterher, lief mit auf Kinderbeinen, die immer älter wurden, bis zum Ende der Halle, wo der Zug Fahrt aufnahm. Der Bruder fuhr nach Dondorf zurück. Ich würde von nun an dorthin fahren. Hin nach Dondorf und zurück nach Köln. Unsere Wege trennten sich nicht. Aber die Richtung. Mein Mund so trocken, ledrig die Lippen, alle Feuchtigkeit aufgesogen vom Abschied.

Der Zug rollte schon über die Hohenzollernbrücke, als ich noch immer dastand – amamus, amatis, amant – und winkte, vor meinen Augen Bertrams Hände, die ein Glas voller Kaulquappen aus dem Wasser zogen und die Beute von einem Glas ins andere kippten. Das alte Glas und alles darin noch deutlich zu sehen, aber nie wieder erreichbar.

An der Haltestelle beim Dom hielt ein kleines Mädchen seinen Roller mit beiden Fäusten gepackt und nahm Anlauf auf

---

* Die Tränen, die du lachst, musst du nicht weinen.

eine Pfütze, das kindlich runde Kinn weit vorgestreckt. Aber die Kuhle war tief, verschlammt, der Roller blieb stecken. Das Mädchen patschte durchs Wasser, zog den Roller zurück, auf festen Boden, entfernte sich ein Stück von der Pfütze, packte den Roller, nahm Anlauf und versuchte es noch mal, ernst und entschlossen.

Die Hohe Straße lag jetzt im Schatten, Neonbuchstaben blinkten von den Wänden, ein Saxophon drang durch die offene Tür vom Café Campi, ein Pärchen hörte zu, der Junge rauchte, das Mädchen blies Kaugummi auf. In meiner Tasche klapperten Lach- und Willstein, eine lachende Prof. Dr. Hildegard Palm in spe ging an den klagenden Tönen vorbei, und ich spürte wieder ein bisschen Signorina in mir. Ich griff nach den Steinen. Vielleicht würde ich morgen schon zu C&A gehen, gehen, nicht fahren, einfach hingehen, so, wie zu Piepers oder zum Mini-Markt und mich nach einem Rock, einem Kleid umsehen; oder, nein, zum Kaufhof würde ich gehen, den wir uns nie geleistet hatten, in die Girl-Abteilung, Jeans würde ich kaufen, einen Minirock und ein Dress. Zwischen den Zehen fühlte ich den Zehn-Mark-Schein. Seit dem Sparbuch trug ich ihn bei mir, unterm Fuß im Schuh, wie vor Jahren die Kalenderblätter mit den Kraftsprüchen. Isch hatte jet an de Föß. Meine Geldhaut. Schutzhaut. Ich hatte erfahren, wie empfindlich Armut macht. Die Geldhaut fehlt. Die Schutzhaut. Geld, das abschirmt vor den Rempeleien und Zumutungen der Wirklichkeit.

Immer noch waren viele Menschen unterwegs, bummelten gemächlich und ungestört wie sonntags in Dondorf nach dem Hochamt. In der Schildergasse klappte der Eisverkäufer die Rückwand seiner Bude über den Verkaufstisch, schraubte den Deckel fest, koppelte das Wägelchen an sein Moped und fuhr davon.

»Den zeisch isch an!«, schimpfte ein Mann ihm aufgebracht hinterher. »Dat is hie nur für Foßjänger!«

»Ävver dann jibet hier kein Eis mehr«, gab seine Begleiterin zurück, worauf der Mann wortlos eine Zigarette aus der

Packung klopfte und sich empört nach dem Gelächter zweier Mädchen umdrehte, die ihn keines Blickes würdigten. Das war Stadt, Großstadt: Jeder schaute jeden an oder jeder an jedem vorbei oder drumherum, egal, jeder und jeder, das war so gut wie unsichtbar. Doch jedes Haus, jeder Stein schien mir zuzurufen: Du bist hier! Du bist neu! Gewaltig dehnte ich mich aus mir heraus, die Fassaden hinauf, über die Dächer in den Himmel über Köln schwebte mein Ich, eine gewaltige Freiheit, eine gewaltige Neuheit, die die ganze Straße, die ganze Stadt ausfüllte, während meine Füße Schritt für Schritt auf dem Boden blieben und mein Körper auf den Beinen, die Augen im Kopf gradaus und herum, hoch und höher, subsilire in caelum ex angulo licet, ich kann in den Himmel springen, aus dem Holzstall ins Himmelreich.

Auf der Höhe der Antoniterkirche traute ich plötzlich meinen Ohren nicht. Ich blieb stehen. Wie schön er spielte, der Geiger. Und wie schön er selber war, mit seinen langen schwarzen Locken, dem schwarzen Krausbart, hochgewachsen, schlank, in einer sauberen, gebügelten Latzhose, wie sie Maler trugen, darüber ein Jackett. Ich ging an ihm vorbei, wie lebendig jauchzten und schluchzten die Töne hinter mir her, griffen nach mir, hielten mich fest, wie vor vielen Jahren die Töne des Zigeuners in den Wiesen am Rhein die kleine Hildegard ergriffen und die Sehnsucht nach einer Geige in ihr geweckt hatten. Mit dem ausgedienten Akkordeon der Rüppricher Cousine war ich abgespeist worden. *Lindenwirtin, du junge* hörte ich mich herausquetschten auf dem Geburtstag des falschen Großvaters, hörte noch einmal, wie ich versagte, einmal, zweimal, siebenmal, immer wieder hatte ich es spielen müssen, nicht ein Mal war es mir fehlerfrei gelungen, bis der falsche Großvater abgewinkt hatte. Versagt. Zwischen die Stangenbohnen hatte ich den Kasten geschmissen, der war kurz darauf weg, geklaut, und der Vater hatte den Hosengürtel gezogen, einmal, zweimal, siebenmal. Die Striemen längst verheilt. Die Schmerzen vergangen. Das Herz tat mir weh. Noch immer.

Ich blieb stehen, sah mich um. Hockte mich in den Eingang einer Parfümerie und band mir den Schuh auf. Zog den Geldschein hervor. Ging zurück und lehnte mich an die Kirchenmauer, ließ die Melodien über mich und an mir herab-, in mich hineinströmen – Siehe, ich mache alles neu –, bis die Töne in einen mutwillig raschen Rhythmus fielen, *Heidewitzka, Herr Kapitän*, die mich aus meiner Verzauberung schreckten. Ich steckte den Schein zu den Münzen im schwarzen Zylinder und drückte mich wieder an die Steine, sah, wie schlanke braune Finger in den Hut nach dem Schein griffen, ihn auseinanderfalteten, sah das schnelle, spähende Drehen und Wenden des schönen Kopfes, sah die Lippen im Bart sich zu einem blitzweißen Lächeln öffnen, und dann nahm der Schöne noch einmal die Geige unters Kinn und präludierte, jubilierte *Halleluja, Halleluja* wie sonn- und feiertags Honigmüller auf der Orgel.

»Jitz määt he Schluss«, bemerkte ein Bass aus dem Kreisrund der Zuhörer. »Erst *Heidewitzka* un dann, wenn ristisch wat drin is, ne Schein oder so, kommt noch et *Halleluja*.«

Immer noch lächelnd, stülpte der Geiger den Zylinder auf und machte sich fiedelnd auf den Weg Richtung Dom.

»Ah, da sind Sie ja wieder«, Fräulein Oppermanns Alt klang so mütterlich, wie es ihr eben möglich war. »Einen guten Abend und eine gesegnete Nacht im neuen Heim.«

Ich spürte ihren missbilligenden Blick auf meinem schlotternden Hosenboden, bis sich die Glastür der Empfangshalle hinter mir schloss.

Der Gang lag still und schwach erleuchtet. Ich kannte die Hausordnung. Auf den Gängen leise sprechen, keine Musik nach zweiundzwanzig Uhr. Kochen, auch Wasser, nur in der Küche. Nicht einmal Kaffee oder Tee hatte ich mir zu Hause jemals selbst zubereiten dürfen. Ich musterte die Türen. Die Halter für die Namen waren noch leer. Ich schloss meine Tür auf und hinter mir zu. Klickte den Lichtschalter. Herzklopfen bis in die Haarwurzeln. Mein Zimmer. Ein Zimmer für mich allein. Nie, außer an den wenigen Tagen, wenn der Bruder eine Reise machte, war ich nachts allein gewesen. Ein Zimmer für mich allein. Ich konnte es gar nicht oft genug wiederholen. Hier, in diesem Haus mit sechzigmal Jesus über den Türen, fühlte ich mich sicher. Frei. Die Mutter und der Vater hatten nur schwer vermocht, mir ihre Liebe zu zeigen. Doch eines war so gewachsen: mein Talent für Einsamkeit. Mit diesen anstrengenden Abstechern nach außen und dem wohligen Zurückgleiten zu mir allein. Auch wenn ich da auf eine Kapsel stieß.

Im Spiegel über dem Waschbecken sah ich mir ins Gesicht. Rundes Kinn, rote Wangen, braune Augen, dunkles Haar, stud. phil. Hildegard Palm, ohne Wenn und Aber. Außenansicht. Stirnseite. Ermutigend nickte ich mir zu. Ich hievte den Koffer aufs Bett, ließ die Schlösser aufschnappen, klappte den Deckel hoch – da lag er zuoberst, der Wandbehang mit dem weißen Hirsch. Die Mutter musste ihn im letzten Augenblick über die Schottendecke gelegt haben. Weil sie ihn loswerden wollte? Um mir eine Freude zu machen? In diesem winzigen Zimmer gab es nur einen Platz, an der Längsseite des schmalen Betts, wo er hinpasste und dort die ganze Wand einnehmen würde. Nägel einschlagen verboten. Ich rollte die Stoffbahn eng zusammen und verstaute sie auf dem Boden des Kleiderschranks.

Stück für Stück räumte ich ein, was Vergangenheit mit Zukunft verband oder eigens für die Zukunft angeschafft worden war. Zwei Baumwollgarnituren. Ein zweites Paar frischbesohlter Halbschuhe. Die Cowboystiefel. Meine Hosen, Blusen und Pullover. Die drei Büstenhalter. Ich nahm von dem schmalen Schrank, der nach Leim und Spanplatte roch, Besitz mit den Gesten einer Königin, auch wenn sich meine Habseligkeiten in den Fächern ausnahmen wie Strandgut.

Auf die Regale daneben verteilte ich die wenigen Bücher aus dem Holzstall. Versteckte dahinter die Steine. So viel Platz für Neues.

In der Tasche, die mir die Mutter mitgegeben hatte, fand ich ein Stück vom Platz der Großmutter mit extra viel Rosinen. Ein Stück vom Marmorkuchen der Mutter mit extra viel Schokoladenguss. Dazu ein Kalenderblatt: »Kindern, die eine gute fromme Mutter haben, bleibt der Weg zum Himmel stets offen. Wenn's auch bisweilen einmal trüb wird unter diesem Himmel, desto freudiger blicken wir wieder zu den Sternen auf, wenn's oben hell wird. Adolf Kolping.« Am 21. März, ihrem Geburtstag, hatte die Mutter das Blatt abgerissen und bis heute für einen besonderen Tag aufbewahrt.

Der Platz im Silberpapier schien noch warm. Ich biss hinein, spürte die knusprige Kruste rau am Gaumen, schmeckte der weichen, würzigen, nicht zu luftigen, nicht zu festen Masse nach, mischte sie mit meinem Speichel, kostete sie aus und hatte wie durch einen Filter, den Filter von Großmutters Backkunst und Gottvertrauen, nur das Gute und Liebe meiner Kindheit auf der Zunge.

Mit dem Kuchen der Mutter und einem Teebeutel – »Kamillentee, da schläfs de jut« – trat ich in den Gang hinaus. Aus einem der namenlosen Zimmer drang leise Musik, »schlummert ein, ihr matten Augen«, sang das Klavier, »fallet sanft und selig zu«, hier bist du geborgen in Abrahams Schoß.

In der Küche brannte Licht. Der Wasserkocher zischte. Am Tisch ein Mädchen im blauen Trainingsanzug, das mich fröhlich grüßte und einladend auf den Stuhl neben sich klopfte. »Gretel Kürten«, streckte sie mir ihre Hand entgegen, und ich schwankte einen Augenblick zwischen Hilla und Hildegard.

Gretel sah aus wie ein Gretelein aus dem Märchenbuch; alles an ihr wirkte unschuldig, kindlich, die blonden Kringel, die blauen Augen und gesunden Wangen, das kirschkleine Mündchen, sogar die kurzgefeilten, rosig runden Fingernägel, die, wie die meinen, kaum einen Halbmond zeigten.

»Da sind die Teller«, Gretel wies auf den Wandschrank, ihre quirlige Stimme schien Löckchen, Augen und Mund zum Schwingen zu bringen, »und da das Besteck.«

Ich versorgte mich mit Teller, Tasse, einer Kuchengabel, während Gretel munter drauflosredete. »Hilla heißt du? Das

meint doch sicher Hildegard. Aber Hilla gefällt mir besser. Was trinkst du denn da? Kamillentee? Puh, wie gesund! Hier, probier mal.« Gretel legte ein Stück von ihrem Kuchen auf meinen Teller. »Von der Mutter.«
»Und der hier«, ich zog ihren Teller zu mir und schob ein Stück von meinem Kuchen darauf, »ist von meiner Mutter.« Wir sahen uns an und lachten. Die Stücke waren kaum voneinander zu unterscheiden. Das dunkelbraune Marmormuster sah uns von jedem Teller gleich orakelhaft an.
»Hast du es dir auch schon gemütlich gemacht?«, seufzte Gretel mit einem Blick auf meine Kleidung, stopfte sich ein Stück Kuchen in den Mund, kaute und gähnte. »Ja, ich bin auch müde. Wir sehen uns ja morgen. Hast du schon was vor?«
Ein bisschen erfuhr ich dann doch noch von ihr an diesem Abend, Germanistik und Theologie studiere sie, ihr Vater Religionslehrer am Möhlerather Gymnasium, katholisch natürlich, sieben Geschwister, alle spielten ein Instrument, eine richtige kleine Kapelle. Dann reckte sie sich, spülte Teller und Tasse ab, packte ihren Kuchen ein, strahlte mich noch einmal an und ging schlafen, was bei ihr wohl eher schlummern hieß, schlummern und blondgelockt träumen.
Ich blieb noch eine Weile sitzen. Ich hatte mir einen Tee gekocht. Ein Stück Kuchen verschenkt und bekommen. Kuchen von zu Hause. Tee von hier. Ob Bertram schon im Bett lag? Ich sah mich in der Küche um. Ein Elektroherd, zwei Kochplatten. Ein Schrank, darin Abteile für Lebensmittel. Unter der Spüle der Abfalleimer, daneben ein halbhoher Schranktisch mit Töpfen und Pfannen. Darüber im Wandschrank Geschirr. Ich dachte an Elephteria, Elpida und Nestoria in ihrer Baracke und lächelte ihnen zu aus meiner Geborgenheit im Hildegard-Kolleg, lief in mein Zimmer, holte die feste Tüte, die die Großmutter zu den Päckchen der Mutter gelegt hatte. »Vorsichtisch«, hatte sie gemahnt, »die sin janz frisch.« Behutsam schälte ich aus dem braunen Packpapier eine zweite weiße Tüte, darin vier Ovale, in Silberpapier aus

dem Heidenkinderschatz. Wickelte eines nach dem anderen aus und füllte die eisige Leere des Kölner Kühlschranks mit Dondorfer Eiern, am Morgen von der Großmutter eingesammelt. Erhitzte eine Platte, die Pfanne darauf, schlug ein Ei entzwei und verrührte es, ungeschickt und triumphierend. Ich stand am Herd und rührte, sog den Duft von heißem Eisen und Eimasse ein, rührte einmal, zweimal, siebenmal, schabte die stockende Masse vom Pfannenboden, hackte darin herum, ungestüm und stolz, als gälte es der ganzen Welt zu zeigen: Hier war eine, die Rührei zustande brachte. Ich kratzte die gelbbraunen Eierbatzen aus der Pfanne auf den Teller zu den Kuchenkrümeln. Kein Fett, kein Salz. Es schmeckte sehrsehr gut. Morgen würde ich mir das alles kaufen. Salz und Margarine – oder sollte ich mir Butter leisten? Ein Stück Wurst oder ein Stück Käse, Milch. Die einfachsten Dinge kamen mir aufregend und abenteuerlich vor, hinter diesen Wörtchen: mir und mein. Mir allein. Meine Butter. Mein Brot und mein Salz.

Langsam ging ich zurück. Hinter welcher Türe Gretel sich jetzt auszog, wusch, die Zähne putzte, hatte sie mir nicht verraten. Die Klaviermusik war verstummt. Ich schloss meine Tür auf, machte mein Licht an, ging in mein Zimmer. Der Schreibtisch, mein Schreibtisch. Leer. Ich musterte meine Bücher. Peters Großvaterbuch, Klemperers *LTI* und den *Tod des Sokrates* stellte ich neben die Schreibtischlampe, meine Schreibtischlampe, dazu das Reclam-Heftchen mit Schillers Profil, das ich als Kind wieder und wieder durchgepaust hatte. Davor den Großvaterstein mit meinem goldenen Namen. Bertrams Lachstein. Das glattgestrichene Silberpapier fürs Ei. Der Kassenbon vom Café Campi.

Bedächtig zog ich mich aus, ordnete meine Kleider auf dem Stuhl in Form einer Person, Schlüpfer, Hemd, BH, darüber die Hose, die Bluse, darunter die Schuhe, die Söckchen darin. Breitete mich aus in meinem Zimmer unter dem Kreuz über der Tür, spürte meine Seele und wie sie die Flügel spannte, weit aus – als flöge sie. Nach Haus?

Nachts erschrieb sich vor meinen träumenden Augen eine Geschichte. Stein um Stein, Wort für Wort, ein Buchstabe nach dem anderen entrollte sich auf körnig hell durchleuchteten Steinen. Meine Geschichte. Reihte sich Stein auf Stein zu einer endlosen Kette, lief langsam vor meinen Augen ab, ich konnte sie mühelos lesen, doch zu schnell, um sie behalten zu können. Lebendig waren die Steine, atmeten wie ein Körper, pulsten, und alle Steine, alle Wörter waren untereinander verbunden, aufeinander angewiesen wie Galle und Leber, Herz und Nieren, Subjekt und Prädikat, Vokal und Konsonant. Wie schön, dachte ich, erwachend, wie vollkommen, nur schade, dass ich nichts behalten konnte. Aber ich würde sie weitersuchen, die Geschichte, meine Geschichte:

Lommer jonn! Eamus! Let's go!

Das verborgene Wort
Roman
608 Seiten, gebunden mit Schutzumschlag
ISBN 978-3-421-04243-9

Die fünfziger Jahre in einem katholischen Dorf am Rhein: Hildegard Palm, Kind kleiner Leute, ist offensichtlich aus der Art geschlagen. Sie will sich nicht anpassen an die festen Regeln der Familie, legt eine Sammlung schöner Wörter und Sätze an, lernt Hochdeutsch, liebt Schiller. Bücher werden zu Hillas Rettungsinsel – als Gegenwelt zum Unverständnis der Eltern und der Dorfgemeinschaft. Als Gegenwelt zur vorgezeichneten Zukunft in der Papierfabrik, wo sie eine Lehre beginnen muss und fast an der Härte des Alltags zerbricht. Doch Hilla findet eine zweite, reichere Wirklichkeit: die Freiheit im Wort und Kraft in der Literatur.

Ein mitreißender Entwicklungsroman in bester deutscher Tradition, ein unübertroffenes Sittengemälde der fünfziger Jahre, ein großes sprachphantastisches Epos.

»Ein imposantes, autobiographisch gefärbtes Epos.«
Der Spiegel

»Ein beeindruckender, streckenweise überwältigender Roman.«
Neue Zürcher Zeitung

»*Das verborgene Wort* spiegelt wie kaum ein anderer Zeitroman die kulturelle Atmosphäre der fünfziger Jahre.«
Die Zeit

Liebesarten
Erzählungen
240 Seiten, gebunden mit Schutzumschlag
ISBN 978-3-421-05953-6

Wenn Ulla Hahn erzählt, dann erzählt sie von uns. Wie in ihren Gedichten und in ihren Romanen, trifft sie auch in ihren Erzählungen Töne, die wir meinen, schon in uns gehört zu haben: Geschichten von selbstloser Hingabe, eitler Eigenliebe, idealistischer Menschenliebe oder dem unbedenklichen Genuss des Augenblicks. Es sind Wege, wie Menschen zueinanderfinden, wie sie miteinander und wie sie auch wieder auseinandergehen, die Ulla Hahn hier nachzeichnet. Erzählungen von Leidenschaft, Verzweiflung und trotzigem Glück, »Liebesarten« eben, wie wir alle sie kennen. Spannend und doch zart, nahe, aber nie indiskret erzählt Ulla Hahn aus unserem Leben.

»Es ist das Liebesglück und Liebesleid, allein oder zu zweit, als dessen präzise Beobachterin sich Ulla Hahn in ihren Geschichten erweist. Mit einem feinen Gespür für die Zumutungen des Lebens.«
Der Spiegel

»Die intelligente und belesene Autorin versteht sich auf effektvolle Konstruktionen und anschauliche Beschreibungen, und sie verfügt souverän über die Mittel des erinnernden Schreibens.«
Frankfurter Allgemeine Zeitung

»Auch im neuen Buch der Lyrikerin und Roman-Autorin ist das Glück brüchig. Und die Beschreibungen der Wendepunkte, nach denen nichts mehr ist wie zuvor, sind oftmals genial.«
Brigitte

Gedichte fürs Gedächtnis
Ausgewählt und kommentiert von Ulla Hahn
304 Seiten, gebunden mit Schuber
ISBN 978-3-421-05147-9

Dichtung ist das älteste Gedächtnis der Menschheit. Ulla Hahn hat gut einhundert Gedichte für unser Gedächtnis ausgewählt – Höhepunkte deutscher Dichtung vom Mittelalter bis zum zwanzigsten Jahrhundert.

»Ulla Hahns Leidenschaft ist die Poesie. Sie hat ein Zaubermittel gefunden, das uns wieder sehen und hören lässt.«
Welt am Sonntag

»Gelehrte Leselust.«
Frankfurter Allgemeine Zeitung

»Ein nobles, ein liebenswertes Projekt.«
Die Woche

»Ulla Hahn hat ein Faible fürs Singende und Klingende, aber wer einwendet, Walthers ›Under der linden‹ oder Brechts ›Marie A.‹ seien zu bekannt, der vergisst die Jungen, die mit dem Lesen erst anfangen. Nicht allein für die ist dies eine gute Sammlung mit nützlichem Kommentar.«
Die Zeit

»Ein herrlich gelungenes Werk.«
Fritz Stern, Friedenspreisträger des deutschen Buchhandels

Ulla Hahns Lyrik bei der DVA

Herz über Kopf
Gedichte
88 Seiten, laminierter Pappband
ISBN 978-3-421-06073-8

Liebesgedichte
128 Seiten, gebunden mit Schutzumschlag
ISBN 978-3-421-06655-8

Epikurs Garten
Gedichte
88 Seiten, Klappenbroschur
ISBN 978-3-421-05009-0

Galileo und zwei Frauen
Gedichte
108 Seiten, Klappenbroschur
ISBN 978-3-421-05073-2

So offen die Welt
Gedichte
104 Seiten, gebunden mit Schutzumschlag
ISBN 978-3-421-05816-4

Verlagsgruppe Random House FSC-DEU-0100
Das für dieses Buch verwendete FSC-zertifizierte Papier *EOS*
liefert Salzer, St. Pölten.

1. Auflage
Copyright @ 2009 Deutsche Verlags-Anstalt, München,
in der Verlagsgruppe Random House GmbH
Alle Rechte vorbehalten
Typografie und Satz: DVA/Brigitte Müller
Gesetzt aus der New Caledonia
Druck und Bindung: GGP Media GmbH, Pößneck
Printed in Germany
ISBN 978-3-421-04263-7

www.dva.de